LE VOLEUR DE VENT

Du même auteur

ROMANS

Les Foulards Rouges (Lattès)
Un pont sur la Loire (La Table Ronde)
Ciao, Bella, ciao ! (La Table Ronde)
La manière douce (La Table Ronde)
Jeunes femmes rouges toujours plus belles (La Table Ronde/Poche)
Au bord de la mer blanche (Gallimard)
Quadrige (Gallimard/Folio)
Une charrette pleine d'étoiles (Gallimard/Folio)
Un homme en harmonie (Gallimard/Folio)
Des lendemains enchanteurs (Actes Sud/Poche)
Frivolités d'un siècle d'or (Julliard)

ROMANS NOIRS

Patte de velours (La Table Ronde)
Tueurs de flics (La Table Ronde/Poche)
La nuit des chats bottés (La Table Ronde/Poche)
Sniper (La Table Ronde/Poche)
La théorie du 1 % (La Table Ronde/Poche)
Le souffle court (La Table Ronde/Poche)
Polichinelle mouillé (La Table Ronde/Poche)
Au-dessus de l'arc-en-ciel (La Table Ronde/Poche)
Le faiseur de nuées (La Table Ronde/Poche)
Brouillard d'automne (La Table Ronde/Poche)
L'adieu aux anges (La Table Ronde/Poche)
Clause de style (Gallimard/Folio)
Bleu de méthylène (Gallimard/Folio)
Sous le regard des élégantes (Gallimard/Folio)
Après la pluie (Gallimard/Folio)
Gentil, Faty ! (Actes Sud/Poche)
Querelleur (Actes Sud/Poche)
Les enfants de lune (Denoël)
Le loup d'écume (Albin Michel)
Reines dans la ville (Baleine/Le Seuil)
Les hauts vents (Librio)

www.editions-jclattes.fr

Frédéric H. Fajardie

LE VOLEUR DE VENT

roman

JC Lattès

www.fajardie.net

site officiel de Frédéric H. Fajardie

À Francine, mon amour

À Thomas et Stephan Fajardie

À la mémoire de mes parents

Première époque

LE DRAGON VERT

1

DÉCEMBRE 1609...

Au plus profond d'une nuit glacée, le vent soufflait en violentes rafales et on eût dit hurlements d'un loup au désespoir.

Bien qu'il fût en selle, tenant serrée la bride de son cheval, l'homme frissonna.

C'était un de ces instants de grand trouble où la vie elle-même semble relever d'un rêve incertain, proche du cauchemar, lorsqu'on s'éveille en se dressant tout soudainement, inondé d'une sueur glacée et l'âme en proie à la plus extrême terreur sans qu'il faille y trouver une cause précise.

Le cavalier vêtu de noir de pied en cap, à l'espagnole, et jusqu'aux longues, belles et soyeuses plumes de son chapeau, enfonça ses éperons d'or dans les flancs de sa monture dont le cœur éprouvé par semblable effort risquait de rompre à tout instant.

Il s'agissait là d'un des hommes les plus influents du royaume des lys, un des plus redoutés, et des plus ambitieux, aussi. Il s'apprêtait à entrer en conjuration et grand crime auquel il n'est point accordé de pardon, ni en le royaume de France, ni en celui des cieux.

Il ralentit sa monture.

L'homme, qui n'était rien moins que duc, et des plus puissants, leva vers le ciel son visage tout de morgue et contempla un instant d'un regard hautain les étoiles minérales et glacées au-dessus de remparts en ruine. L'endroit, balayé par le vent, n'inspirait guère confiance mais le cavalier se dirigea sans trembler vers le grand orme mort qu'on lui avait désigné comme lieu de rencontre.

Étonné et fâché de n'y voir nulle âme vivante, il se tourna vers son compagnon.

— Eh bien, baron, n'étions-nous point attendus ?

L'autre répondit avec un fort accent :

— J'en suis étonné le tout premier, monsieur le duc.

Le baron bavarois Dietrich von Hoflingen, venu d'Allemagne pour servir l'ambition du duc et aider au complot, était un homme de haute taille dont le visage portait balafre blême et boursouflée depuis l'œil jusqu'au menton.

Bien qu'il fût d'un très remarquable courage, prouvé en vingt batailles, l'Allemand ne se sentait point en grande sécurité. Il n'ignorait pas que son maître avait maintes fois trahi en sa vie dès lors qu'il y trouvait quelque intérêt. De plus, les ruines du vieux château fort dont les créneaux semblaient fine dentelle de pierres se détachant sur la clarté lunaire, ces ruines lui rappelaient qu'en la durée tout s'achève un jour, des plus puissantes forteresses aux plus vaillants soldats.

Le Bavarois entendit un bruit léger que peu d'hommes auraient perçu tant les hurlements du vent masquaient toutes choses, cris de la chouette solitaire ou appel de petit mulot saisi entre les serres de quelque oiseau de proie.

Von Hoflingen mit pied à terre et sortit l'épée du fourreau, imité en cela par le duc félon.

Une silhouette apparut.

— Tout beau, messeigneurs, je suis celui que vous attendiez et ne porte point l'épée, pas même le poignard, étant homme d'Église et non soldat ou tire-bourse.

— Montre-toi !... lança rudement le duc.

L'homme s'avança. Visage épais et sans finesse, corps gras sous la robe de moine.

— Eh bien parle, où dois-je aller ? demanda le puissant seigneur d'une voix où perçait irritation croissante.

Le moine sourit.

— Ainsi, c'est vous, monsieur le duc !

— Quoi, me connais-tu ?

Loin de répondre sur-le-champ, le moine baissa la tête sans cesser de sourire, impertinence qui grandit encore la colère du duc puis, se frottant les mains avec onctuosité, il répondit d'un ton qui se voulait humble mais en lequel se devinaient fausseté et calcul :

— Je vous vis jadis, monseigneur, quand vous étiez un des très redoutés archimignons du défunt roi Henri troisième puis plus tard, mais de fort loin, en l'époque où vous fûtes gouverneur d'Angoulême.

Contenant la menace qui lui brûlait les lèvres, le duc insista :

— Fort bien !... Et tu n'as pas oublié mon visage, semble-t-il ?...

— Monseigneur, je l'aperçus sur fond de pourpre et d'or et le vois aujourd'hui en cette nuit glacée de grande désolation, mais c'est bien le même. Et comment l'oublier ?...

Le duc lui lança une bourse emplie d'or en disant :

— Avec cela, l'oublieras-tu, ce visage ?...

— Tant plus je vous regarde, monseigneur, et plus je vous oublie.

Le duc, qui tenait le moine pour perfide, feignit d'être persuadé et interrogea :

— Où dois-je aller ?

Le moine se tourna et désigna un bosquet de houx qui fleurissait en boules rouges devant le haut rempart :

— Issue profonde est creusée ici et, tournant deux fois à gauche en le souterrain, vous verrez torche qui ne se peut distinguer du dehors. Flèches rouges vous mèneront où vous devez aller. Arrêtez-vous devant la grille, et n'entrez point, car vous seriez tué sur l'instant. Là, vous trouverez votre nouveau maître.

Le duc n'apprécia point qu'on lui désignât un maître car, hors le roi Henri quatrième, ils étaient peu et se comptaient sur les doigts d'une main, ceux auxquels il devait céder le pas. Il eut soupçon que le moine avait cherché à l'humilier mais, sentant que celui-ci n'en avait point achevé, il attendit.

En effet, l'autre reprit :

— Que monsieur le duc ne s'attarde point à ce qu'il verra en chemin, car la chose veut pour effet que vous n'oubliez pas, monseigneur, qu'on passe le temps d'un soupir de vie à trépas.

— Je n'aurais garde de l'oublier ! répondit le duc en plongeant dans le cœur du moine une longue et fine lame de dague qu'il dissimulait en un pli de son pourpoint de satin noir.

Le coup était joli, et des plus précis, car le moine s'effondra mort en l'instant, sans un cri.

Mais le duc ne s'en préoccupa point, avançant vers le bosquet de houx sans voir le baron Dietrich von Hoflingen qui se pencha vers le cadavre et empocha la bourse d'or.

Le vent redoubla de violence tandis que les deux hommes s'engouffraient en l'obscur souterrain.

Bien qu'il n'eût jamais grand respect de la vie, se montrant souvent cruel, le duc n'avait quelquefois pas reculé avant que de mettre la sienne en péril d'où lui venait la réputation de n'être point couard.

Cependant, il éprouva quelque difficulté à feindre d'ignorer les dizaines de squelettes qui balisaient sa route obscure. Il s'en trouvait un toutes les deux toises[1] mais, davantage que le nombre, la raison d'une telle procession morte l'inquiétait. Quelle colonne d'hommes étrangement petits avait-elle ainsi été décimée, et par quelle autre, infernale et mystérieuse, qui semblait tapie en les recoins de ce souterrain aux murs suintant d'humidité ?...

---

1. Une toise vaut deux mètres.

À cela, qui constituait une irritante énigme, s'ajoutaient ces flèches rouges au-dessus de chaque squelette. Inscriptions fraîches à n'en point douter. N'y tenant plus, le duc se retourna vers le baron allemand.

— Mais qu'est-ce que le rouge de ces flèches, à la fin ?...

Le baron von Hoflingen s'approcha de l'une d'elles et l'observa dans la lumière dansante de la torche puis, ôtant son gant de fer, il y porta le doigt et le mit en sa bouche.

Il n'hésita point :

— Du sang, monsieur le duc. Du sang frais. Et, pour ce que j'en connais, c'est là sang de créature humaine.

Il réfléchit un instant et ajouta :

— Il fallut en saigner quelques-unes pour tracer toutes ces flèches... Mais quelle puissance au monde peut ainsi tuer créatures de Dieu pour simplement indiquer un chemin ?...

On entendit alors le hurlement d'un loup venant des souterrains nord, quand un autre, lugubre, lui répondit des souterrains sud.

Le duc et le baron posèrent la main sur la poignée de leur épée.

La question du baron demeurait comme suspendue. Mais le duc tenait qu'il était de ceux qui posent les questions, attendant des explications rapides, et qu'il serait indigne de son rang de répondre à celles de ce reître.

Il haussa les épaules et reprit sa marche, en état de profonde contrariété.

Il ne savait plus que penser. La nuit paraissait délétère, comme si toute cette affaire, en ses balbutiements, se trouvait placée sous les signes les plus funestes.

Renoncer ?... Il n'y fallait point songer car son étoile pâlissait auprès du roi. Au contraire, s'il triomphait, il deviendrait un homme de première importance, jouissant d'une puissance presque sans limites.

La terreur et l'ambition.

Il s'agaça de lui-même. Il n'était plus temps de laisser place au doute, et pas davantage de s'interroger.

Le baron allemand sur les talons, il progressa davantage encore en les entrailles de la terre.

Il ignorait que la terreur la plus grande était à venir d'ici quelques minutes et qu'alors un piège subtil mais implacable se refermerait sur lui de sorte qu'il ne pourrait jamais plus revenir en arrière, contraint d'avancer toujours davantage en le sang et le déshonneur.

Il ne savait point cela, pensant que, s'il devait plier devant puissance supérieure qui dirigerait le royaume, il n'en aurait pas moins la plus haute charge qu'on puisse espérer, sauf à être roi.

Versatile, il se gorgea de cette importance à venir et murmura :

— Nul homme, jamais, ne me barrera la route !...

En quoi il se trompait peut-être.

Mais, pour l'heure, cet homme qui ignorait tout de son fabuleux destin naviguait sur cette mer très belle et très bleue qu'on nomme « Méditerranée » et qui sépare le royaume de France des terres dites de Barbarie[1].

1. Maghreb.

2

— Navires à bâbord ! cria l'homme de guet perché en haut du grand mât. Le second guetteur, qui veillait au sommet du mât de misaine, fit écho au premier.

En ce jour de décembre de l'an de grâce 1609, *Le Dragon Vert*, beau galion de la marine royale, escortait depuis Malte trois lourds vaisseaux emplis de marchandises.

— Pavillons noirs ! hurla l'homme de guet et sa voix, altérée par l'angoisse, glaça l'équipage, les marins et pareillement les officiers. Tous observaient, non sans étrange fascination à l'arrière-goût de mort, les pavillons noirs où se voyaient tibias croisés surmontés d'un crâne à l'expression ricanante.

Puis la nervosité se répandit par effet de contagion, comme la peste noire ravage une région.

À une exception près, qui n'était point de peu d'importance puisqu'il s'agissait du commandant du navire. L'homme, d'un pas souple, quitta le gaillard d'avant pour gagner la dunette. Il ne semblait pas affecté par tous ces regards qui le suivaient avec anxiété.

L'homme de guet, d'une voix à demi étranglée par grande appréhension et qu'il n'était point facile de comprendre, cria de nouveau :

— Pavillons rouges !

Les marins se regardèrent.

Le pavillon rouge ne laissait pas place au doute quant aux intentions des pirates puisqu'il signifiait que, si l'équipage du *Dragon Vert* se battait, les survivants, dès lors qu'on les ferait prisonniers, seraient tous passés au fil de l'épée.

Le commandant du navire grimpa la dernière marche de l'escalier menant à la dunette et croisa le regard du second, capitaine de pavillon du *Dragon Vert*, Charles Paray des Ormeaux. Il lui adressa un sourire ironique en disant :

— Ces gens-là sont fort prétentieux qui veulent nous impressionner ci-devant que nous ayons combattu. Avant que le soleil ne se couche, nous les trouverons peut-être en plus grande modestie, monsieur Paray des Ormeaux, ne pensez-vous pas ?

Charles Paray des Ormeaux, vieil officier de la marine royale, regarda attentivement son commandant et l'admiration le gagna tout entier tandis qu'il hochait la tête.

Le commandant du vaisseau, Thomas de Pomonne, comte de Nissac, était un bel homme de trente et un ans. Marin d'une grande habileté, on le respectait à part égale pour sa bravoure et son intelligence du combat. Bien qu'il fût vice-amiral des mers du Levant il faisait peu de cas de cette qualité d'officier supérieur. C'était là façon singulière et frisant l'insolence de montrer en quel dédain il tenait les autorités maritimes puisqu'il était connu de tous que le grand amiral de France qui ne quittait point la cour n'avait jamais posé le pied sur un navire.

Il observa les trois bateaux marchands. Conformément aux ordres reçus du comte de Nissac, les capitaines avaient immédiatement obliqué vers la côte et le port de Toulon qu'on fortifiait depuis quelques années. À présent, tel un chien de berger faisant face aux loups, *Le Dragon Vert* s'interposait entre les pirates et les proies faciles que ceux-ci convoitaient.

Le comte de Nissac considéra d'un regard froid les deux puissants navires pirates avec lesquels il allait se mesurer en un combat qu'il savait déjà sans merci.

Ses yeux gris s'arrêtèrent d'abord sur une caraque, vaisseau de fort tonnage très haut sur l'eau qui n'avait point, cependant, la finesse du *Dragon Vert*. La caraque précédait une lourde galère équipée d'un éperon placé à la proue, un éperon effilé capable de crever toutes les coques existantes de par le monde.

Nissac distinguait parfaitement les pirates sur le pont, essentiellement des barbaresques mais aussi des renégats européens qui adressaient des signes obscènes à l'équipage du bâtiment royal.

— Je n'entends point mourir pour les vaisseaux des marchands et pas même pour le roi de France ! lança un marin aux cheveux d'un blond filasse.

Aussitôt, trois hommes se groupèrent autour du mutin.

Le comte de Nissac les balaya d'un rapide regard puis, sans daigner leur répondre, il sourit à demi à un capitaine d'infanterie casqué d'acier, le baron Jean-Sébastien de Sousseyrac.

Le capitaine Sousseyrac était un homme haut d'une toise, le visage barré de cinq cicatrices. Sousseyrac, monté le premier avec Nissac sur une galère barbaresque, avait un jour tué onze adversaires, en précipitant huit autres à la mer et plongeant pour noyer le dernier qui l'avait blessé par-derrière. On disait que la mort elle-même hésitait à le venir prendre, craignant complications. C'est lui qui menait l'infanterie d'assaut.

Nissac lui parla d'une voix que n'altérait pas la moindre émotion :

— Qu'on les attache céans aux mâts. Ainsi, ils verront de près cette bataille devant laquelle ils reculent avec couardise qui ne fait point honneur à notre équipage.

Ainsi fut-il fait mais Nissac n'y prêta nulle attention. Le menton au creux d'une paume, il réfléchissait calmement, comme si les barbaresques, dont les bâtiments fondaient vers le galion, n'existaient point alors qu'on entendait monter la clameur des cris des assaillants.

— Ah çà, notre amiral est-il demi-fou qui rêve et ne donne point d'ordres quand les pirates arrivent ? demanda un jeune marin à mi-voix.

Un homme d'équipage plus âgé, et qui avait déjà

maintes fois navigué avec Nissac, lui répondit d'un ton sec :

— Ne t'inquiète pas de cela. Suis les ordres, fais comme moi en toutes choses et peut-être survivras-tu !... Si Dieu le veut !...

La voix du comte de Nissac, ordinairement posée, devint brusquement métallique. Les ordres claquaient. Les hommes couraient en tous sens, chacun sachant ce qu'il avait à faire.

Bientôt, à la grande surprise des barbaresques qui croyaient *Le Dragon Vert* paralysé par la peur, le galion vira de bord.

La manœuvre, d'une étonnante audace, stupéfia les pirates qui perdirent un temps précieux à ne point réagir et ne le firent que tardivement quand déjà, il n'était plus grand-chose à tenter.

Jouant avec grande maîtrise des courants et de sa voilure, le vice-amiral de Nissac prit ce qu'en les mers on nomme « l'avantage du vent », position des plus favorables qui lui permettait d'attaquer du côté exposé au vent. Déjà, ayant ouvert les sabords, les soixante-six canonniers du pont principal et ceux du pont supérieur avaient bourré les canons par la bouche et n'attendaient plus que l'ordre d'attaquer, les maîtres-canonniers le regard rivé sur les navires ennemis, les seconds tenant d'une main qui ne tremblait pas leurs boutefeux de bois sculpté.

Nissac avait longuement entraîné ses hommes, et certains l'avaient détesté qu'il fût si entêté en cette attitude, ne tenant point compte de la fatigue qui vient à répéter si souvente fois semblables choses. Mais à l'instant, peu comprirent que la grande précision de chacun de leurs gestes, qui venait de l'habitude acquise, leur donnait avantage en toutes choses sur les équipages barbaresques.

La première salve retentit, qui ne visait que la caraque plus rapide que la galère. Avec une diabolique précision, les boulets des canons de bronze firent leur ouvrage là où l'avait commandé Nissac : mâts abattus, ponts et entreponts où se massaient les pirates balayés par les boulets. Bien que la galère approchât au plus près, Nissac assura cette première salve par une seconde, qui acheva la besogne : la caraque, dématée, et ses ponts jonchés de cadavres, n'était plus en mesure de poursuivre le galion.

Sans perdre un instant, Nissac ordonna une manœuvre de défilement et se présenta face à la galère. Les deux navires évoquaient des taureaux furieux se ruant l'un vers l'autre pour s'embrocher. Avec son canon de proue, la galère ouvrit le feu, tuant un archer et deux mousquetaires. Aussitôt, comme effaré, *Le Dragon Vert* déroba mais, exposant son flanc, il fit feu de toutes ses pièces. L'affaire était risquée, et peu élevé l'espoir d'atteindre la faible surface offerte par un navire se présentant de face. Pourtant, les canonniers du *Dragon Vert* dématèrent la galère qui, aussitôt, n'avança plus qu'à force de rames sans tirer quelconque avantage du vent qui ne mollissait point.

Nissac revint alors vers la caraque qui allait en perdition. Impitoyablement, les canonniers achevèrent le vaisseau pirate sans que celui-ci, dans l'impossibilité qui lui était faite de manœuvrer, pût jamais riposter avec quelque efficacité. Bientôt, le navire se coucha sur le flanc, l'eau entrant à flots par les sabords restés ouverts. Puis la caraque, tel un animal blessé, se dressa proue en l'air et s'enfonça dans la mer où elle disparut en un déchirant craquement de bois qui sembla longue plainte humaine.

Mâchoires serrées, ses yeux gris soudain inexpressifs, le comte de Nissac fit achever les survivants par les canonniers et les archers.

— Il est fort cruel ! souffla un mousse à un charpentier.

Celui-ci haussa les épaules et répondit à mi-voix :

— Fais silence, morveux : l'amiral appartient à la marine de guerre et sait des choses. Ramenés à terre, les pirates, par ordre du gouverneur, seraient pendus jusqu'au dernier et sans pitié. À cette fin infamante, monsieur le comte préfère leur offrir mort de marin, le sabre à la main. Dieu, lui, le sait sans doute ! Et tout l'équipage aussi. Mais l'amiral doit se tourmenter pour le salut de son âme et nous pouvons prier pour lui.

Le comte de Nissac observa un instant les corps de

pirates qui flottaient sans vie à la surface de l'eau puis il s'ébroua et donna commandement de revenir à la galère fort mal en point.

Il ordonna un tir rasant qui balaya une nouvelle fois le pont et s'approcha pour l'abordage. Parmi ses hommes, si tous faisaient silence, certains, les plus belliqueux, tenaient grief à leur chef pour sa manière de conduire la guerre. Avec un grand esprit de méthode, Nissac utilisait les armes sans retenue pour ne mettre en jeu la vie de ses hommes que lorsque les risques devenaient presque inexistants. Cette manière d'économie, où l'homme devenait une valeur sacrée, offrait contraste notable avec celle des autres capitaines de ce temps et la majorité des marins, qui ne l'ignoraient pas et tenaient à la vie, vénéraient leur chef pour cette raison même.

Mais le comte de Nissac n'exigeait jamais rien de ses marins qu'il ne fût en mesure d'exécuter lui-même. Cependant, ses façons déconcertaient toujours son équipage. Nul n'ignorait sa froideur ni sa très haute et très ancienne noblesse mais tous s'émerveillaient quand il s'élançait, toujours le premier, à l'abordage.

Un pistolet dans chaque main, le sabre entre les dents, il sauta sur le pont de la galère, vida ses armes sur deux barbaresques et en entreprit trois avec son sabre. En situation de grand enthousiasme, tous le suivirent : la cinquantaine de soldats, les canonniers, les hommes de la soute à poudre, les charpentiers tenus en réserve pour réparer les dégâts et calfater en tous endroits nécessaires, et jusqu'au mousse, au cuisinier et au chirurgien... C'est ainsi près de cent quatre-vingts hommes hurlant et déchaînés qui prirent à partie une cinquantaine de pirates. Ceux-ci, entendant hurler qu'il ne serait point fait quartier, préférèrent se jeter à la mer dans l'espoir de s'accrocher à quelques épaves.

Nissac feignit de ne les point voir...

Puis ce fut le silence et chacun s'immobilisa tandis que Nissac, une hache à la main, approchait des rameurs enchaînés. Dissimulant sa grande compassion, il observa ces dos arrondis et maigres où les cicatrices enkystées des coups de fouet faisaient vilaines boursouflures. Enfin il leva la hache et brisa la première chaîne en disant d'un ton las :

— Vous êtes libres. Vous n'auriez jamais dû cesser de l'être.

Puis, à son second :

— Monsieur Paray des Ormeaux, veillez à ce que ces hommes soient promptement soustraits aux chaînes qui les entravent et installez un équipage de prise tandis que nos charpentiers dresseront un mât de fortune.

Et, tandis qu'on se retenait de respirer, il regagna le château arrière du galion où se trouvait sa cabine. Déjà, enfermé en lui-même, il ne voyait ni n'entendait plus personne.

Il resta longtemps debout près de la table, regardant sans les voir le sablier, le compas, les cartes et le bâton de Jacob. Puis lui vinrent les bruits du dehors. Des marins jouaient aux dés, d'autres aux dominos.

Le comte de Nissac avait envie de vomir, comme après chaque bataille. Au reste, s'il dissimulait bien la chose, la vue du sang l'effarait, le bruit du canon faisait battre son cœur tel un tambour, la violence heurtait en lui quelque chose de sacré qu'il n'arrivait point à définir et jamais, il ne montrait l'état de sa pauvre âme tourmentée.

On frappa et le second, Charles Paray des Ormeaux, se présenta.

Dérangé dans ses songeries, Nissac parla froidement :

— Monsieur Paray des Ormeaux, à notre arrivée à Toulon, j'entends que vous présentiez les rôles de l'équipage au greffe de l'Amirauté et leur signaliez dûment nos pertes.

— Bien, monsieur l'amiral. Dois-je livrer les quatre mutins aux autorités du port ?

Nissac savait qu'en vertu de l'article 68 de l'édit de 1584 concernant les « Ordonnances et règlements de juridiction de l'Amirauté de France », ces hommes seraient exécutés sur-le-champ.

Le second toussota. Aussitôt, il croisa les yeux gris de son amiral sur le visage duquel flottait à présent cet étrange sourire dont on ne savait dire la part d'ironie, et celle revenant à la tristesse. Puis, d'une voix plus chaude :

— Ah çà, monsieur des Ormeaux, vous auriez vu des mutins ?... Où donc ?... Dans la sentine ?... Perchés sur le cabestan arrière ?... Dissimulés sous le fourneau de brique du cuisinier ?... Moi, je n'ai rien vu de tel mais j'ai aperçu marins énervés par les fièvres qui leur donnaient quelque insolence. Qu'on les fasse fouetter... raisonnablement, et qu'on ne me parle surtout pas de gibets. À vous revoir à Toulon, monsieur Paray des Ormeaux.

Le second se retira. Il savait que le maître-voilier avait cousu les six cadavres des hommes du *Dragon Vert* dans leurs hamacs lestés de plomb. On y ajouterait aussi quelques poignées de terre, symbole d'une inhumation sur la terre ferme. Bientôt, avant qu'on fît basculer les corps par-dessus bord, l'amiral lirait l'office des morts mais, en cet instant, il n'aimait point qu'on l'entourât.

« Quel homme étrange... » songea le second en gagnant le pont supérieur.

3

Le duc, et pas davantage le baron von Hoflingen, n'eurent le temps de voir grand-chose si ce n'est une vaste salle partagée en son milieu par une grille et, derrière celle-ci, deux personnages d'une immobilité de statue qu'on distinguait fort mal. À gauche, une forme menue, sans doute féminine, dissimulant son visage derrière masque grimaçant de comédie. À droite, la forte silhouette d'un moine dont le visage était caché par l'ample capuchon de sa robe de bure.

Puis, la vision fut brouillée par l'envol de chauves-souris en grand nombre, tel un sombre nuage vivant. Enfin, un violent courant d'air qui ne semblait rien devoir au hasard souffla d'un coup la torche que le baron allemand tenait fermement dans sa main gantée d'acier.

Les deux hommes n'y virent point durant un instant avant de percevoir à la faible lueur d'une bougie la femme et le moine, toujours immobiles.

Le duc s'approcha jusqu'à la grille dont il éprouva la solidité en feignant de se cogner contre elle.

— Rouillée, mais solide !...

Quelle horrible voix !...

Aiguë, très aiguë, et les mots dits en hâte, fébrilement, comme en le dessein de les faire buter les uns contre les autres. L'ensemble avait un effet des plus effarants car semblant émaner d'une créature d'outre-tombe ou d'un monstre jusqu'alors inconnu.

— Ici, tu n'es rien, duc d'Épernon !... Fiente !... Cadavre vite pourri si nous le souhaitons ainsi en cette demeure de ténèbres où nul, jamais, ne retrouverait ta charogne.

Le duc d'Épernon, puisque c'était lui, pâlit. Von Hoflingen, pour sa part, posa la main sur la garde de son épée.

Comme si elle instruisait procès, énonçant les charges à forte cadence, la petite voix aiguë et méchante reprit de sa manière rapide :

— Ce n'est certes pas nous qui te le reprocherons mais le fait est là : ton roi, l'hérétique Henri quatrième, te fait confiance, or tu ne vis que pour le trahir. Souviens-toi comme la trahison est ta fidèle compagne...

D'Épernon, que cette petite voix aiguë terrorisait davantage que le roulement du tonnerre, songea comment, en 1596, il s'apprêtait à livrer Toulon à l'Espagne lorsqu'il fut battu par Guise et Montmorency. Le roi, comme toujours, pardonna.

— Tu ne nous trahiras pas, pourriture, car tu regretterais alors le jour où ta mère, cette chienne, te mit bas !

Le duc ne songea pas même que nul, jamais, n'avait osé lui parler ainsi. La peur le tenait tout entier, et il ne souhaitait plus que vivre, fût-ce à plat ventre en ses excréments, mais vivre le plus loin possible de cette horrible petite voix qui avait pris, par quelque maléfice, possession de sa volonté, était entrée par sortilège au-dedans de lui-même pour en faire sa chose dévouée.

Il répondit faiblement :

— Je ne vous trahirai jamais !

— Tu parles à ton maître, je veux l'entendre.

— Je ne vous trahirai jamais, Maître !

— C'est mieux ainsi que tu viens de dire, mais ce n'est point suffisant. Tu es rompu à l'intrigue, tu y excelles et peux t'y montrer de bonne finesse mais tu es arrogant, cupide, toujours en grandes fâcheries pour broutilles dignes d'enfant stupide. Il est presque impossible, dit-on, d'avoir bon commerce naturel avec toi.

Le duc remarqua la parfaite immobilité de la femme au masque de comédie quand la silhouette du moine semblait par instants s'agiter. Celui-là parlait et dominait : quel redoutable instrument pour qui saurait se gagner cette créature, la trouvant toujours affectionnée à lui faire service !

La voix du duc gagna un peu en assurance :

— Je suis en bonne résolution de vous servir toujours avec fidélité.

— Es-tu prêt à tout ?

— À tout !

— Trahir, donc, mais aussi tuer, voler, blasphémer ?

— À tout cela car je me donne à vous !

— Comme tu donnas ton jeune et joli corps à Henri le troisième afin qu'il en dispose comme on le fait avec celui d'une femme dont tu imitais si bien les soupirs pâmés tandis qu'il t'imposait sa mâle ardeur... « archimignon » ?

En prononçant ces paroles, la petite voix s'était un instant faite moqueuse.

Le tout-puissant duc d'Épernon baissa la tête. On ne parlait jamais, en sa présence, de ce passé-là, vantant au contraire la qualité de ses maîtresses.

Des souvenirs pénibles lui revinrent en mémoire, puis les visages des mignons d'Henri troisième : Carnavalet, Saint-Luc, François d'O, Caylus... Et enfin, après les mignons, les archimignons, Joyeuse et lui-même, des petits seigneurs sans grande importance devenus ducs parce qu'un roi le désirait ainsi en son caprice. Le pouvoir, les revenus fabuleux, les honneurs, les regards haineux et difficilement soumis de la véritable haute noblesse pliant devant ceux que le maître du royaume appelait sa « chère bande » et qu'il utilisait, hors les plaisirs du lit, pour humilier les tenants des maisons princières ou ducales, tels les Guise.

Le duc d'Épernon ne se leurrait point sur lui-même. Jeune, très jeune, il avait par ses charmes conquis des avantages qu'il n'entendait point perdre. Insolent, voué à un homme, pervers, épris d'élégance en la tenue, il savait le plaisir délicieux de la richesse et du pouvoir s'il souhaitait en oublier aujourd'hui le prix payé à cette époque.

Aujourd'hui...

Il chancela légèrement. Il n'était plus cette jeune et jolie créature qui se fardait, se parfumait et se frisait. Il avait vieilli et le souvenir de son enfance en un vieux château froid et boueux lui était insupportable car le duc n'ignorait point que ce qui ne monte pas périclite...

— Te voilà bien songeur !... reprit la petite voix méchante.

— Je suis en la résolution de vous servir, mais qui êtes-vous ?...

La femme tendit la main et l'ouvrit. Fasciné, d'Épernon reconnut le sceau du roi Henri quatrième. Déjà, la main se refermait et disparaissait la marque de la toute-puissance.

D'Épernon fut pris d'un doute : était-il possible que cette femme fût...

La petite voix cruelle ne lui laissa point le temps de réfléchir plus avant :

— Tu veux la richesse, la puissance et la gloire ?... Elles sont tiennes si tu sais obéir, ne pose pas de questions et ne cherche pas à comprendre ce qui n'est point pour ton esprit.

— Il en sera ainsi.

Ayant répondu en cette façon qu'il montrait grande soumission, d'Épernon attendit, mais la femme et le moine à la petite voix méchante restèrent sans un mot.

En la personne du duc, la peur fléchit, sans cependant disparaître, et vint une grande lassitude. S'il sortait vivant des souterrains en les ruines de ce vieux château fort, d'Épernon savait déjà qu'il ne serait plus tout à fait le même homme. Viendraient comme on le lui en faisait promesse la puissance et la gloire, mais leur goût serait bien fade car on venait de tuer quelque chose à l'intérieur de son âme.

Son honneur et l'estime qu'il avait de lui-même s'évaporaient comme rosée au soleil du matin.

Il s'imagina sortant d'ici, la brute allemande sur les

talons. Et ainsi de la suite : son cheval hésitant sur les mauvais chemins, les flaques gelées réfléchissant la lune tandis que le givre blanchirait l'herbe courte des prairies et que les sombres branches des arbres dépouillés brilleraient par endroits de la glace qui s'y serait formée. Il imagina même un corbeau solitaire croassant vers les étoiles et il y verrait un tel désespoir, en ce paysage de désolation battu par le vent, qu'il frissonnerait de la tête aux pieds et rabattrait sur ses yeux son chapeau aux belles plumes noires.

La petite voix méchante reprit :

— D'Épernon, cesse de penser que tu n'es rien et que tu n'as plus d'honneur car d'honneur, tu n'en eus jamais. Et cesse de penser à ta pauvre âme livrée à la désolation de l'hiver !...

Le duc sursauta : quoi, se pouvait-il que cette créature infernale lise ainsi dans ses pensées ou bien avait-elle si grande connaissance des hommes qu'elle devinait ce qui agitait l'esprit en un instant précis ?

Quelle que fût la réponse, il ne pouvait lutter et choisit de totalement abdiquer :

— Parlez, Maître : j'obéirai.

— Soit !... Mais je ne suis que l'instrument d'une puissance supérieure, sache-le !... Duc, tu es un homme riche et puissant et, si tu consacres dorénavant ta vie à une seule tâche, il n'est point douteux que tu réussiras !

— Je réussirai, Maître !

— Nous t'avons fait approcher, nous savons ce que tu penses : tu es prêt à tuer la bête puante qu'on nomme Henri le quatrième.

— J'y suis résolu, Maître, et pensais bien venir ici en ce dessein.

— Mais si tu tiens le glaive toi-même, tu n'y survivras pas et ce n'est point ainsi que tu songes à l'avenir.

— Vous savez tout de moi, Maître.

— Nous t'aiderons. Toi, tu dois nous représenter auprès de quelques-uns qui vont s'engager en cette noble entreprise et tu dois aussi trouver celui qui tiendra le glaive de la justice de Dieu.

— Je le trouverai, Maître. Au bout du monde si semblable chose est nécessaire.

— Trouve où tu veux mais trouve sans tarder. Et rencontre ceux qui ont accoutumée de se révolter dès qu'on touche leurs privilèges, rassemblez-vous en une seule compagnie et joignez vos forces car on n'est jamais trop nombreux pour abattre un roi de France. Et n'oublie pas : à toute heure, en tous lieux, nos regards seront sur toi.

À cet instant, la muraille coulissa et la femme s'engouffra en cette ouverture, suivie par un moine de petite taille se trouvant jusqu'ici dissimulé derrière celui qui faisait face et ne bougea point.

Interloqué qu'il se fût ainsi trouvé deux moines, le plus fort cachant un second qui venait de fuir, d'Épernon mit quelques instants à trouver bonne contenance.

— Maître !... murmura le duc avant que de reprendre ce mot plusieurs fois, en haussant le ton.

S'enhardissant, il approcha du moine immobile et vit l'Allemand à son côté, qui tendait la main à travers les barreaux pour saisir la bougie.

Enfin, von Hoflingen leva la bougie à hauteur du visage du moine.

D'un même mouvement, le duc et le baron reculèrent en retenant cri d'effroi.

— Quelle horreur !... murmura d'Épernon.

Dietrich von Hoflingen approcha de nouveau la bougie afin qu'on vît complètement le visage du moine mais de visage, il n'était point, seulement grande pourriture où couraient de gros vers.

En la profondeur des souterrains, les deux hommes entendirent un petit rire méchant, sec, interminable.

— Il faut quitter au plus vite ce lieu infernal, monsieur le duc !... dit le baron en tirant par la manche un d'Épernon fasciné par le visage décomposé qui lui faisait face.

De nouveau, plus proches et plus pressants, des loups se répondirent par leurs sinistres hurlements.

4

Déclinant les offres des autorités de se rendre à un banquet en son honneur, Thomas de Pomonne, comte de Nissac et vice-amiral des mers du Levant, regagna son logis habituel au premier étage d'une modeste maison qui offrait une vue dégagée sur le port de Toulon. Ainsi aimait-il, au matin, que la première chose qu'il vit fût la mer et la forêt des mâtures des navires à quais.

Il lui venait souvent la nostalgie de son domaine en la région de Saint-Vaast-La-Hougue, en terre de Normandie. Lorsqu'il ne naviguait point, là était sa vie, dans ce vieux château battu par les vents et les flots, achevé en l'an 1111 et qui avait résisté à toutes les attaques comme aux plus longs sièges. Landes, forêts et étangs voisinaient et l'on n'y manquait jamais ni de bois, ni de gibier, ni de poissons.

Le comte soupira. Il se sentait seul. Seul sur son navire où il ne se livrait à qui que ce fût, confidences et épanchements nuisant, selon l'entendement qu'il en avait, à l'autorité du commandement. Seul dans la vie où, hors certains de ses officiers, il n'avait su se faire des amis car on le trouvait trop silencieux, réservé, retranché en l'intérieur de lui-même, laissant supposer une âme que la plupart, sans rien savoir, pensaient terrifiante tant Nissac au combat dégageait une impression de force, voire de violence.

Seul, enfin, car bien loin des choses de l'amour. Au long de ses interminables séjours en mer, il eût aimé, comme tant de ses marins, pouvoir songer à une femme qui fût sienne. Il n'avait connu qu'une aventure et en gardait un goût d'amertume. Jeune officier de vingt ans, et alors que son navire relâchait à Bordeaux, il s'était laissé entraîner dans une auberge. Ne connaissant point les effets de l'eau-de-vie, qu'il buvait pour la première fois, et tandis que la tête lui tournait, il s'était retrouvé bientôt dans une chambre petite et propre. Il se souvenait parfaitement d'une jeune serveuse montée avec lui. Il revoyait ce beau corps dénudé, et se souvenait d'une grande douceur précédant un acte rapide et violent.

Puis, avec mélancolie, la jeune femme l'avait assuré que bientôt, il oublierait jusqu'à son souvenir.

La jeune serveuse se trompait grandement. Nissac se rappelait son visage, son sourire et son regard. Certes, il eût donné sa vie pour elle mais la chose ne prouvait rien. Chez les Nissac, de vieille tradition, on n'hésitait point à sacrifier sa vie pour une femme, qu'elle fût jouvencelle ou de grand âge, princesse ou fille de ferme, jolie ou fort laide : la chose allait d'elle-même sans souffrir de discussion. Mais Nissac, qui n'en avait point l'expérience, soupçonnait qu'entre une vie qu'on sacrifie par devoir, et celle qu'on offre avec bonheur, la différence pourrait bien s'appeler l'amour...

Il revint en l'intérieur de la chambre et rangea avec grand soin ses objets de toilette : le nécessaire à ongles comprenant différentes lames, le cure-oreille en os sculpté, le peigne à double rangée de dents et la pomme d'ambre bourrée d'épices contre d'éventuelles mauvaises odeurs.

Il ne savait trop que faire de son temps, bien qu'il attendît deux visites en la matinée. Déjà, nombre d'anciens galériens, ceux-là mêmes qu'il avait libérés, s'en étaient venus le remercier : armateurs ou négociants, officiers ou simples marins, tous capturés par les barbaresques.

Aux plus fortunés, qui lui proposaient de l'or pour manifester leur gratitude, le vice-amiral avait d'abord opposé un refus hautain puis, changeant brusquement d'avis, il avait suggéré qu'on utilise toutes ces bourses à bien pourvoir son équipage en nourriture et eau-de-vie.

Il en fut ainsi fait, très au-delà des espérances du comte. S'en allant bientôt visiter son bâtiment, Nissac, épouvanté, avait vu son vaillant équipage dévorer des montagnes de viande, tituber à demi ivre sur les ponts ou traîner en les endroits reculés du navire avec des ribaudes, gueuses et prostituées. On jasait en le port de Toulon, présentant *Le Dragon Vert* de l'austère vice-amiral de Nissac comme un lieu de débauche et de perdition. Mais l'Amirauté, connaissant le caractère ombrageux du comte par ailleurs tout encore auréolé de sa double victoire sur les barbaresques, préféra fermer les yeux.

Le premier des deux visiteurs qu'il attendait se présenta bientôt. Du même âge que Nissac, grand et bel homme, le baron Stéphan de Valenty était un ancien capitaine d'un régiment de Provence qui comptait s'installer à Paris peu avant sa capture. Invité par le comte de Nissac à conter sa tragique aventure, il ne se fit point prier. Ainsi, sachant qu'il ne les reverrait de longtemps en raison de son proche départ pour Paris, Valenty s'en allait visiter la branche romaine de sa famille lorsque le navire sur lequel il voyageait avait été abordé par les barbaresques.

À le bien observer, Nissac trouva le baron fort maigre mais il demeurait l'homme de bon caractère qu'il était sans doute auparavant.

Il exprima sa gratitude au comte de Nissac qui s'enquit des conditions d'existence sur la galère. Le visage de Valenty se durcit.

— Le mépris, le fouet, la rame... Nous étions six pour chaque lourd aviron long d'une toise et la galère portait trente avirons !... Pour repas, une infâme pitance qu'en nos pays, on n'oserait proposer à nos chiens, de peur qu'ils ne nous mordent cruellement sous effet de grande colère. La vie, sur la galère, était courte, à peine quatre ou cinq années pour les plus résistants et j'achevais ma troisième année...

Il leva les yeux sur Nissac.

— Nous redoutions même notre possible libération car en cas de combat naval, si la galère coulait, nous coulions avec, enchaînés comme nous l'étions. Cette horrible mort hantait nos rêves, nous ôtant tout espoir. La galère, c'était la mort en effet de lenteur. La destruction de la galère, c'était mort rapide et atroce. Vous avez manœuvré avec rare intelligence, monsieur l'amiral, et...

Celui-ci l'interrompit d'un geste léger.

— Appelez-moi Nissac. Il existe à présent entre vous et moi un lien de vie qui, me semble-il, dépasse les pauvres conventions de la préséance, ne croyez-vous pas ?

Le baron de Valenty regarda attentivement Nissac, tout pris qu'il était par grande surprise et effet d'émotion. Quoi, ce manœuvrier de grand talent, cet officier tout de froideur mais que ses hommes, d'évidence, aimaient et respectaient bien qu'il fût économe de ses mots, eh bien voilà qu'il venait de lui parler avec chaleur et de niveler tout ce qui sépare un comte de très ancienne noblesse, vice-amiral des mers du Levant, d'un petit baron provençal en congé de son régiment.

Le baron de Valenty ne parvint pas à dissimuler davantage ses sentiments.

— Ah çà, monsieur le comte, je vous dois la vie et je découvre que je vous dois aussi de me sentir digne.

— Digne ?... demanda Nissac, surpris.

— À vous regarder et vous entendre, digne d'être un homme. Disposez de ma vie.

Le comte sourit.

— Alors je forme un vœu : soyez à présent heureux, baron, car vous avez derrière vous des années de souffrances.

Nissac raccompagna son visiteur qui lui arracha la promesse de le venir voir à Paris où son cousin était abbé à la cour du roi Henri le quatrième.

Seul à nouveau, le comte de Nissac fut en proie à un vertige qui ne venait point en raison d'une mal fonction de son corps mais du trouble de son esprit.

Il n'aimait pas qu'on l'aimât, car il ne s'aimait point. La chose le gênait en cela qu'en regard de lui-même, il se jugeait tel un imposteur gratifié impurement de vertus qui n'étaient point siennes. Ses mains ruisselaient de sang, et que celui-ci appartînt à des hommes cruels proches des bêtes sauvages n'ôtait rien au fait qu'il les avait tués sans manière de jugement, sans rien savoir de ce qui faisait d'un homme un pirate, toutes raisons qui représentaient peut-être autant d'explications, sinon d'excuses, à la condition devenue la leur.

Sans en jamais parler, le comte pensait depuis longtemps déjà qu'un homme qui tue créature humaine se tue du même coup, quittant l'harmonie qui préside à l'ordre secret du monde.

Dissimulant la lassitude qui lui venait, Nissac reçut son second visiteur, Louis de Sèze, comte de La Tomlaye. Âgé de vingt-six ans, il était beau, bien que très maigre lui aussi après deux années sur la galère barbaresque. Mais, avec un bel entrain, il parla de sa joie d'avoir retrouvé sa sœur, ses terres et son château délabré.

Nissac prêta soudain attention au jeune homme. Il aimait la manière dont celui-ci évoquait le berceau de ses ancêtres et son grand attachement à sa terre. Elle n'était point différente, cette manière, de celle dont Nissac appréciait son château de Saint-Vaast-La-Hougue. Le comte de La Tomlaye reprenait tradition ancienne de noblesse vouée à la terre quand Nissac en avait suivi une autre où, de père en fils, on servait dans la marine royale.

Ainsi pris en ses rêves et en la joie de constater qu'il n'était point seul à vouloir perpétuer des choses existant avant lui, Nissac se laissa surprendre lorsque La Tomlaye lui dit :

— Monsieur de Nissac, mon château est à quelques heures de cheval de Toulon. Nous pourrions y atteindre avant que le soleil ne soit couché. J'aimerais vous présenter ma sœur Élisabeth et tout ce que j'ai cru perdu au temps maudit de la galère. De grâce, monsieur, cédez.

— Eh bien... En vérité, je n'ai rien là contre à vous opposer si ce n'est que votre sœur ne nous attend point et qu'il est bien malséant d'arriver ainsi tout de go sans qu'elle en soit prévenue.

La Tomlaye avança et prit les mains de Nissac dans les siennes. Le regard du jeune homme brillait d'un tel feu que Nissac avait déjà capitulé lorsque l'ancien captif ajouta :

— Élisabeth ne parle déjà que de vous qui m'avez sauvé !... Nos parents sont morts voici dix ans, et bien qu'elle fût plus jeune que moi d'un an, elle fut souvent comme une mère en le souci que j'ai pu lui donner. Pour elle, pour moi que vous avez ramené d'entre les ombres, cédez, je vous en prie.

— Il en sera donc ainsi que vous le souhaitez tous deux ! répondit Nissac, assez curieux de ce que serait cette soirée.

Ils avaient poussé les chevaux et arrivèrent lorsque le soleil déclinait. Par la suite, Nissac tenta de se rappeler ce voyage, ses impressions devant ce château délabré mais ses souvenirs s'en étaient allés vers les espaces célestes des choses disparues lorsqu'un événement de grande importance efface tous les autres en un temps des plus courts.

Elle lui apparut comme ils descendaient de cheval et tous deux se regardèrent avec curiosité.

De quelques paroles que Nissac distingua mal en raison de son trouble, Louis de La Tomlaye présenta sa sœur Élisabeth au vice-amiral des mers du Levant. Brune, grande de taille mais fine, réservée, la jeune femme ne put arracher son regard des yeux gris de Nissac qui, lui aussi, fut impressionné.

Louis, auquel pareil attrait de part et d'autre n'avait point échappé, s'en réjouit aussitôt. Que la femme qu'il aimait le plus au monde, sa sœur, et l'homme qu'il admirait au-dessus de tout autre, Nissac, se regardent d'une manière qui pouvait laisser songeur semblait au jeune homme chose réconfortante.

Prenant chacun par la main, il les entraîna vers l'intérieur en se disant que ces terribles années de galère trouvaient peut-être en cette rencontre justification pleine et entière et, fût-ce le cas, il ne regrettait point ces souffrances.

Il remarqua comme sa sœur et Nissac évitaient de se regarder. Puis la conscience lui vint que la main d'Élisabeth, dans la sienne, le serrait avec une force qu'il ne lui connaissait point quand celle de Nissac, ce valeureux officier, tremblait légèrement.

5

Élisabeth n'ayant point été prévenue de l'arrivée de son frère en compagnie du vice-amiral des mers du Levant s'empressa d'aider à la cuisine suscitant, bien qu'il se gardât de le montrer, contrariété chez Nissac qui désirait contempler le visage de son hôtesse afin de lire en sa propre âme les causes du trouble qu'elle y apportait.

Élisabeth n'avait point la tête à ce qu'elle faisait, tout occupée à s'interroger sur le comte de Nissac, ce magicien surgi dans les lueurs pourpres du soleil couchant. Jeanne, la vieille cuisinière, n'en fut point dupe et s'en réjouit. Étant présente lors de la venue au monde de Louis et d'Élisabeth que les malheurs n'avaient point épargnés, elle s'interrogeait souvent, non sans angoisse, sur l'avenir de sa jeune maîtresse. Au reste, d'avenir, elle n'en voyait point. Élisabeth de Sèze, bien qu'elle fût âgée de vingt-cinq ans, ne s'intéressait guère aux gentilshommes qui se pressaient depuis plusieurs années avec l'ambition avouée de la prendre pour femme. Ayant vu grandir Élisabeth, la vieille femme savait comme celle-ci se trouvait incapable de se donner à un homme qui ne la fît pas rêver. Il n'était que de se souvenir de la petite fille puis de la jeune fille réfléchissant des heures entières en suivant d'un regard distrait le vol des papillons ou se plongeant en les livres narrant les amours des temps jadis. Elle attendait un homme semblable à ceux des récits de chevalerie, des hommes tels qu'on n'en voit plus guère.

Ainsi fuyait-elle le comte d'Espinou, deux cent quarante livres de graisse et une cervelle de dindon. Ou le marquis de Rocadour qui, tel le feu roi Henri troisième et ses mignons, préférait la compagnie des rudes marins à celle des belles dames... mais que sa mère voulait tout de même marier. Sans même songer au vieux comte d'Alguf, soixante et quinze ans, goutteux et souffrant de la gravelle. Ainsi pour chacun, bien souvent avec entendement de vérités dissimulées, trouvait-elle à redire.

Jeanne, cependant, cherchait à protéger Élisabeth d'une passion aussi soudaine et brutale à l'endroit d'un inconnu. Aussi, voyant le trouble de sa maîtresse, s'était-elle à plusieurs reprises glissée derrière une tenture pour observer le comte de Nissac. C'était un bel homme, de haute taille, aux larges épaules mais peut-être un peu trop mince. Bien qu'il parlât fort peu, elle l'écouta avec grande attention et remarqua que, ne passant mesure en rien, il semblait avoir accoutumée d'écouter les autres bien que lui aussi fût à l'évidence sous effet d'un certain trouble. Jeanne fut à son tour émerveillée par les yeux gris du vice-amiral des mers du Levant, des yeux au regard tour à tour si dur ou qui paraissait celui d'un enfant naïf et étonné.

Elle décida d'aider l'entreprise qui semblait prendre corps, cependant que Louis ne fut pas à convaincre et qu'il s'agissait bien plutôt d'écarter excès de pudeur et timidité en l'un et l'autre parti.

Élisabeth, de son côté, cherchait vainement à chasser l'émotion qui la dominait depuis l'arrivée de Nissac. Pourtant, elle ne se leurrait point et savait que sa raison ne prenait nulle part à ce débat en l'intérieur de son cœur. L'évidence de son sentiment lui apparaissait avec une telle pureté et netteté qu'il ne laissait aucune part à possible erreur : elle se sentait attirée par Nissac depuis l'instant où elle l'avait vu. Ainsi, il en allait de la réalité comme en ses rêves nourris des livres de chevalerie, et il n'était point besoin de séduire sur la durée par manières agréables, compliments bien tournés ou feinte attention soutenue.

La jeune femme y vit intervention divine. L'élu apparaissait dans la lumière rouge du couchant et on savait que c'était lui qu'on attendait depuis toujours, lui, là, sur l'instant et pour toute la vie.

Mais, tout aussitôt, elle regarda son frère et ne put s'imaginer le laisser seul dans la vie si bien qu'elle allait de l'abattement à une joie presque exubérante, passait de la plus grande nervosité à un calme étrange imposé par la certitude de ne se point tromper, car, chez les femmes de cette sorte qui savent attendre ce qu'elles désirent, la vérité n'arrive que rarement sous forme de tempête. Seule la peur d'un geste maladroit ou d'une parole qui ne le fut pas moins lui donnait quelque vivacité en son comportement sitôt qu'elle ne pensait qu'à elle, et non à son frère..

Comme on allait se mettre à table, elle décida, quelque désir qu'elle en eût, de ne point montrer ses sentiments.

Pendant ce temps, Nissac et Louis de La Tomlaye parlaient devant la cheminée où brûlaient quelques grosses bûches car, bien qu'on fût en région du sud, décembre, cette année, était froid et le « mestral », un fort vent du nord soufflant vers la mer, glaçait davantage encore les pauvres voyageurs qui n'avaient point trouvé accueillante auberge ou abri d'une grange.

Louis paraissait heureux d'entretenir le comte de Nissac à propos de son bonheur perdu et retrouvé. Il en parla longuement puis, profitant que sa sœur ne fût point là, son ton devint plus grave :

— Je suis de cette sorte de gentilhomme qui évite les villes pour habiter aux champs sauf à faire service au roi s'il était nécessaire. Nos terres exigent bien du temps, et c'est là façon de veiller à notre héritage. L'agriculture est chose fort exigeante, et nous devons sans cesse aider nos fermiers. Enfin, pour ma part, je ne serais pas à ma place à la Cour, n'ayant point de carrosse ni d'habit de belle étoffe violette avec pierres d'émeraude aux manchettes. Cependant, il serait bon qu'on y vît Élisabeth qui n'a point quitté nos terres tandis que j'étais captif des barbaresques. Cher Nissac, elle a vingt-cinq ans et mérite de voir un peu le monde tel qu'il n'est point en nos régions. Pourriez-vous m'y aider ?

Nissac fut en profond embarras. Certes, il connaissait

Paris mais seulement par les affaires de l'Amirauté et n'avait jamais approché les gens de la Cour où son prestige et sa très ancienne noblesse lui eussent permis, s'il l'avait désiré, de se montrer tel un gentilhomme qui ne fait que se trouver là où l'autorise son rang.

En outre, s'il pensait certes qu'il lui fût possible de faire venir Élisabeth, il n'ignorait point que cela pourrait servir le dessein de la revoir et cette seule idée d'un calcul, d'une manœuvre de séducteur allant vers ses fins, cela lui levait le cœur tant pareille vilenie se trouvait étrangère à sa nature.

Était-ce cela, l'amour ? Et alors pourquoi cette réserve, ce désir de demeurer sur ses gardes ?

C'était pour lui chose des plus nouvelles, dont il n'avait point la connaissance directe mais sur la nature de laquelle il savait qu'il ne se fallait point tromper. Certes, comme souvente fois, les beaux esprits trouveront à redire et verront grossier paradoxe au fait qu'on puisse ainsi reconnaître ce que l'on ne connaît point en expérience passée, mais que savent les beaux esprits de l'amour ? Bel esprit ne veut point dire noble cœur et monsieur de Nissac, quoiqu'il l'ignorât, en était un, étranger à toute malice. On n'eût guère pu lui reprocher que de dissimuler quelquefois derrière plaisante ironie qui le protégeait fragilité de son âme qu'il mettait à la torture en la questionnant sans cesse et à tout propos.

Louis, le voyant hésitant, se fit davantage pressant :

— Comprenez-moi, Nissac, il ne s'agit point qu'Élisabeth passe sa vie à la Cour. Voyez-vous...

Sa voix, altérée par la tristesse, devint presque un murmure :

— C'est la plus belle et la plus aimante des sœurs qui se puisse trouver et je suis le plus malheureux des hommes d'être à ce point en la gêne en raison de ce domaine qui nous fait vivre si chichement. J'eusse souhaité trouver pour Élisabeth beau parti, quelque gentilhomme doux et tout d'affection mais je sais trop bien qu'en notre région, il n'est rien de tel. Or donc, elle ne rencontrera point possible mari et vieillira seule car jamais elle ne se résignera à épouser quelque barbon aux humeurs méchantes. Si je ne puis changer cela dans l'impuissance où me réduit mon état, j'aimerais qu'Élisabeth ne passe pas toute sa vie sur nos terres et puisse trouver à la cour, si ce n'est un époux digne d'elle, au moins matière à rêver en les longues années qu'il lui reste à vivre, si Dieu le veut ainsi. Me comprenez-vous, à présent ?

Nissac, qui n'avait point frère ni sœur, fut ému au spectacle de ce fraternel amour et décida d'en faire ainsi que le souhaitait Louis :

— Je puis en effet en parler à quelques-uns. Il se trouve que sur votre galère était enchaîné un baron Stéphan de Valenty, le connaissez-vous ?

— Je connais son nom, mais ne lui ai guère parlé car nous n'étions point au même aviron.

— Eh bien il est venu me rencontrer moins d'une heure avant vous. Il m'a fait la meilleure impression en son attitude amicale et sincère, tel un homme agissant sans feintise. En outre, bien que la chose soit fausse, il se croit mon débiteur et serait sans doute heureux de me rendre service. Précisément, il partait pour Paris où son cousin est abbé à la cour du roi. On dit que les abbés de cour sont gens puissants qui se connaissent tous et se rendent aimables services. Je ferai donc ce que vous attendez de moi.

Louis n'eut guère le temps de remercier le comte de Nissac car à présent, venait l'heure du dîner.

On passa donc à table assez tard pour se retrouver autour d'un potage de citrouille, puis d'un chapon qui fut sacrifié et cuit au fenouil et aux herbes tel qu'on le prépare dans les régions du sud du royaume. Enfin on servit de délicieuses cerises confites.

Louis s'amusait de la timidité d'Élisabeth et de Nissac, puis il en fut tourmenté. Leur trouble lui avait paru des plus charmants mais à y mieux regarder, il ne s'agissait pas de cette gêne qu'éprouvent jeunes gens mis en présence par d'accidentelles circonstances. Au reste, Nissac avait trente ans, Élisabeth vingt-cinq et Louis perçut leur semblable inclination mêlée de méfiance.

Ce qui se produisait sous ses yeux lui paraissait inquiétant. Quoi, sa sœur bien-aimée et Nissac se devaient peut-être un jour marier ?... Qu'avait-il été parler à Nissac d'envoyer Élisabeth à la Cour !... Il s'agissait bien de cela !...

Mais sa conscience le tourmenta aussitôt car l'égoïste besoin qu'il avait de sa sœur pouvait gâcher la vie de celle-ci.

Un peu cérémonieux, le comte de La Tomlaye se leva et prétexta la fatigue de ses années de galère pour se retirer en sa chambre mais c'est d'une voix ferme, qui lui était peu habituelle, qu'il insista pour qu'Élisabeth fît la conversation à leur invité.

Nissac, embarrassé, balbutia que lui-même devrait partir très tôt avant l'aube car son navire l'attendait mais Louis coupa court en serrant un instant son sauveur dans ses bras et en murmurant :

— Quand nous reverrons-nous ?... Allons, restez un peu, cher Nissac, Élisabeth, c'est la demie de moi, et je suis la moitié d'elle. Ou bien m'auriez-vous sauvé pour me laisser en état de grande tristesse ?

Puis il quitta la pièce à grands pas.

Nissac ne savait que faire et se tenait les yeux baissés devant Élisabeth en la même attitude. Il est des fois où l'on se demande si la nature ne relève point du bûcher en cela qu'elle semble sorcière en ses malices et sortilèges, et ce fut le cas en cette occurrence car le comte et Élisabeth de Sèze levèrent précisément au même instant le regard l'un sur l'autre. Ensemble, ils éclatèrent de rire tant la situation de gêne profonde contenait en son contraire éléments de drôlerie.

Nissac redevint le hardi capitaine qu'il était, le vice-amiral des mers du Levant qui jugeait d'une situation d'un seul regard. C'est d'une voix calme qu'il dit à Élisabeth en lui prenant la main :

— Sortons, voulez-vous ?

6

Elle était belle, très belle, et la regardant, le duc d'Épernon lui-même, dont les goûts amoureux oscillaient parfois des hommes aux femmes, ne pouvait nier la chose.

Dans ces conditions, il n'était guère étonnant que le roi Henri quatrième en eût fait sa maîtresse, puis sa favorite, et que le temps lui-même n'eût jamais défait cette grande passion d'un monarque vieillissant pour si séduisante marquise.

Mais si joli visage et corps tout de charme sont des armes dont on ne peut nier la redoutable efficacité, cela ne disait rien des raisons qui poussaient la marquise à vouloir faire occire son royal amant.

Or ces raisons, le duc d'Épernon les connaissait fort bien et comptait utiliser le ressentiment de la jeune femme à son profit car pour frapper ensemble, il n'est point nécessaire d'avoir semblables motifs.

Un instant, il interrompit le fil de ses pensées pour écouter la marquise qui, en grande amertume, laissait libre cours à sa colère :

— C'est moi qui le voyais s'agiter dans mon ventre en grognant, sentais contre ma peau sa barbe blanche en état de grande saleté. C'est moi, lorsqu'il pressait sa bouche toute de pourriture et sans dents contre la mienne, qui subissais son odeur infecte car il pue. Il pue de gousset. Au reste, il pue de partout, ayant de même fâcheuse senteur de l'aile et du pied.

Elle se tut un instant et, semblant en grand accablement, reprit :

— Il pue telle une charogne... Le fumet de gousset et d'orteils confinés, de ruts récents, l'odeur de ses chicots mal curés, tout en lui me donne la nausée...

Encore ne disait-elle point tout, et qu'Henri quatrième eut semblable comportement avec la reine. La Galigaï, sa confidente, rapportait partout que de bon matin, le roi avait lâché un pet sonore dans la chambre de la reine et comme monsieur de Roquelaure, présent, applaudissait, le roi lui dit :

— Cours après, mon ami !

À ces mots, Roquelaure était sorti en courant, revenu puis produit avec son cul semblable bruit en disant :

— Je l'ai capturé et le voici, Sire !

Et le roi de rire aux larmes tel un enfant.

Quel accablement !

Le duc hocha la tête avec une feinte compassion, ne voulant point aller contre l'état de la marquise, les dispositions batailleuses de celle-ci servant ses desseins. Mais en vérité, l'un comme l'autre n'étaient point dupes : en dépit du mal qu'ils en disaient et malgré ses débordements, ils savaient qu'Henri quatrième était un très grand roi.

En outre, si d'Épernon ne doutait certes pas que le monarque était par ailleurs un homme sale, sans raffinement du corps et de la tenue, il n'ignorait pas non plus que la belle marquise n'y trouvait point tant à redire à l'époque où elle imaginait en tirer les plus grands profits.

Une nouvelle fois, il considéra la jeune femme qui se laissait aller à telle véhémence et se souvint...

Une dizaine d'années plus tôt, précisément le 1er octobre 1599, le roi Henri quatrième avait signé au père de la jeune fille, appelée alors Henriette d'Entragues, acte curieux en forme de promesse où il s'engageait à épouser cette vierge – qui ne l'était déjà plus beaucoup ! – si elle lui donnait un fils avant un an. En concomitance, il faisait d'Henriette d'Entragues une marquise de Verneuil.

Mais la chance ne servit point la toute nouvelle marquise car, si elle fut bien grosse des œuvres du roi en les bons délais, et mit bas un fils, celui-ci fut mort-né et le roi considéra dès lors le pacte caduc. Au reste, Henri quatrième obligea le père d'Henriette à lui restituer sa promesse le 2 juillet de l'an 1604.

Cependant, la marquise ne reconnut point cette situation nouvelle, estimant tout au contraire le document en état de validité et, subséquemment, ne reconnut pas davantage le mariage du roi avec Marie de Médicis qu'elle jugea comme nul, ayant entre-temps eu du roi un second fils appelé Henri de Verneuil qu'elle considéra dès lors tel l'héritier légitime du trône du royaume des lys.

Car être la favorite d'un roi ne suffisait point à son ambition puisqu'elle souhaitait être entre autres avantages mère du prochain monarque.

Forte de cette certitude que la justice en passait par là où elle voulait, elle commença à intriguer avec l'Espagne où l'on montra grande complaisance à entendre sa cause, le roi Philippe III allant jusqu'à promettre de reconnaître Henri de Verneuil tel le légitime héritier du royaume de France.

Dès aussitôt, madame de Verneuil ne modifia plus sa vision des choses ni n'appauvrit de quelque manière que ce fût sa résolution et rien, jamais, n'entama sa certitude que le trône devait échoir à son fils à la mort d'Henri quatrième.

Et peu lui importait que la reine Marie de Médicis prît ombrage de sa présence en la couche du roi, et qu'elle l'appelât par-derrière elle « la putane ».

Le duc d'Épernon, auquel la créature à la petite voix méchante avait fait tenir billet lui ordonnant de recruter la marquise de Verneuil en son complot de crime de lèse-majesté, songea qu'il devait se montrer habile. La marquise était riche, très riche, et si le bras tenant le glaive faisait encore défaut en cette affaire, l'or, lui, ne serait jamais de trop.

Le duc songea alors aux puissants amis de la marquise, et à ses bonnes et constantes relations avec l'Espagne. Sans doute, cette fois encore, les grands noms du royaume seraient en nombre dans cette affaire quand il n'était point douteux que Philippe III d'Espagne offrirait l'appui de sa toute-puissance à ceux qui voudraient abattre la hyène puante et hérétique.

Enfin, la marquise conservait son empire sur les sens du roi car un vieil amant, souvente fois, forme sa jeune maîtresse à son désir comme à ses vices et n'en veut point d'autre qui peut se montrer maladroite dans les gestes de l'amour.

D'Épernon choisit soigneusement ses mots :

— Marquise, en l'entreprise qui nous réunit, et où d'autres encore se joindront à nous, votre place est de grande importance.

— Quelle est-elle, cette place ?... demanda madame de Verneuil non sans méfiance.

Le duc mit de la finesse en son expression :

— Madame, l'hérétique est en grande dépendance de vous et l'homme satisfait de l'amour qu'il vient de recevoir devient bavard et sans méfiance.

— C'est là tout ?...

— Non point, madame. Car si Henri quatrième laisse échapper secrets qui peuvent être utiles à notre affaire, il est pareillement en votre pouvoir de l'influencer tel que nous souhaitons pour faire avancer la cause qui nous unit.

— J'entends bien, monsieur le duc, et puis en grande facilité vous donner cela que vous attendez, mais je ne veux point qu'on oublie les droits de mon fils au trône de France.

— Si vous-même prenez garde d'oublier qu'il faudra à ce très jeune roi Premier ministre et grand Connétable, Henri de Verneuil trouvera en moi défenseur de ses droits légitimes.

Le duc et la marquise échangèrent un long regard et il n'était guère besoin de mots pour en expliquer le sens. Cependant, d'Épernon tint à préciser :

— Ce qui commence en cet instant devra être achevé et nul repos, nulle trêve, nulle hésitation ne devront en perturber le cours que l'hérétique fût envoyé en enfer.

— Je le veux ainsi !... répondit la marquise qui ajouta, je n'ai point peur, comme vous reconnaîtrez par le temps. Dussé-je finir exécutée en Grève, battue et écartelée.

Malgré lui, d'Épernon ne put réprimer un léger sourire tant ces paroles de femme lui semblaient vantardises de peu de conséquences.

Mais cela n'échappa point à madame de Verneuil.

— Suivez-moi, monsieur le duc, que vous connaissiez comme est ma résolution en toutes choses.

La curiosité, et elle seule, poussa le puissant duc à suivre la marquise. Ainsi l'emmena-t-elle assez loin en une aile du château exposée au nord, et où régnait grand froid.

Transi, et refrénant son impatience à être ainsi entraîné en ce lieu, d'Épernon vit la marquise tourner une lourde clef dans une solide serrure puis lui laisser le passage.

Fasciné, le duc observa une chose qu'il n'avait point vue encore bien qu'en sa vie spectacles horribles lui eussent été familiers. L'aspect repoussant du spectacle le disputait, en l'âme tourmentée d'Épernon, à un trouble profond qu'il ne jugea point déplaisant en cela qu'il réveillait ses sens.

Il dit à mi-voix :

— C'est là le très beau marquis de Meneuse, qu'on disait disparu et qui fut votre amant ?

Madame de Verneuil sourit.

— Il pensait qu'il me pouvait quitter, et porter sa belle queue à une autre. Il ne la portera plus nulle part.

Le duc hocha la tête et observa la queue du marquis de Meneuse placée dans un bocal empli d'un liquide de grande transparence quand la tête nageait en un second bocal, de plus forte taille.

La marquise de Verneuil toisa le duc d'Épernon.

— Comprenez, monsieur le duc, que je peux certes servir vos projets en la couche de l'hérétique mais que je ne suis pas femme qui geint et que l'on peut tromper.

— Je n'aurai point l'idée de vous tromper, madame.

Et, malgré lui, il accorda fugitive caresse à son bas-ventre sans quitter certain bocal des yeux.

Mais il songea : « Il ne faudra point mésestimer valeur d'une telle femme. »

7

Ils hésitaient à se parler, guettant les bruits de la nuit qui pourraient leur fournir matière à engager la conversation. Mais, par quelque ironie du sort, le silence le plus total régnait en ces lieux, tant du côté des champs d'oliviers que de la pièce d'eau qui ne faisait point entendre de sons cristallins et cascadant, la fontaine étant gelée.

Élisabeth de La Tomlaye frissonna soudain et Nissac, ôtant sa cape bleu marine, en couvrit les frêles épaules de la jeune femme. Il hésita un instant sur la conduite à tenir, puis :

— Je suis habitué au froid sur le pont de mon navire, et n'y suis plus guère sensible. C'était vous oublier, madame, et je vous en demande mille pardons. Rentrons, voulez-vous ?

Élisabeth se trouva au plus profond d'un grand embarras, ne pouvant expliquer à Thomas de Nissac que son frisson ne devait rien à la froideur de la nuit et tout à cet homme aux côtés duquel elle se trouvait, qui l'ensorcelait, mais qui l'arracherait à son frère tant aimé, chose qu'elle ne pouvait envisager sans avoir l'impression de trahir ce qui constituait le sens de sa vie.

Elle répondit assez sèchement :

— Je ne crains pas plus que vous le froid, monsieur, me trouvant à soigner les vignes même en cette saison.

Un peu gauchement, Nissac reprit sa cape et la plia sur son avant-bras. Il était animé d'un sentiment étrange et tout nouveau : pour la première fois en sa vie, il se sentait ridicule.

Ridicule et blessé. Il savait déjà que la jeune femme ne le ménageait point, lui faisant payer quelque chose qu'il ignorait alors même qu'il lui avait rendu ce frère qu'elle aimait comme une mère aime un fils.

Telle était l'étrange situation. Ainsi, elle se trouvait à ses côtés, en cette nuit provençale où soufflait le *Mestral* glacé, mais l'idée qu'elle s'y trouvât en service commandé par un frère qu'elle chérissait blessait le comte de Nissac.

Aussi préféra-t-il, non sans noblesse et quoi qu'il lui en coûtât, ne point affliger la jeune femme d'une présence qui ne la distrayait aucunement.

— Madame, en son cœur pur où le calcul ne siégea jamais, votre frère Louis me porte sentiment de haute reconnaissance que je ne mérite point, n'ayant agi que de la manière dont tout homme devrait se comporter, et davantage encore s'il est gentilhomme. En son amical aveuglement, Louis n'en a point la conscience mais vous, vous le savez sans doute comme je le sais moi-même. Aussi, convenons par artifice que nous avons passé un moment ensemble et que je suis reparti. Ainsi, je vous libérerai d'une présence que je sais en tout point ennuyeuse, étant depuis toujours un homme de solitude qui n'a point l'art de la conversation.

« Je le hais !... songea-t-elle. Pour son élégance, sa gentillesse, sa prévenance qui me forcent à l'aimer alors que mon devoir est auprès de Louis ! »

Elle répondit agressivement :

— Ah çà, monsieur l'amiral, feriez-vous les questions et les réponses comme vous le faites sans doute sur votre navire où vous êtes seul maître après Dieu ?

— Ayez la grâce de m'en excuser, madame, je ne voulais point faire montre d'aussi peu de manières.

Tous deux étaient malheureux.

Nissac, qui se voyait avec le regard qu'il prêtait à Élisabeth, avait bien piètre opinion de lui-même quand il n'avait jamais souhaité blesser la jeune femme.

Élisabeth, qui se savait odieusement injuste et entièrement responsable de cette situation désagréable, se trouvait en grande tristesse. Elle ne s'abusait pas, sachant bien que le comte de Nissac aurait pu être le grand amour de sa vie mais chez les La Tomlaye, rien, jamais, durant les siècles, n'était passé avant le devoir. Or Élisabeth considérait que Louis serait sa vie durant un enfant, et qu'elle devait veiller sur lui, y sacrifiant sa propre existence.

Nissac reprit :

— Madame, je crois entendre ce que vous ne dites point. Faisons ainsi que je vous parle encore quelque temps car j'ai vu la silhouette de votre frère derrière une fenêtre de l'étage, et laissons-lui à penser que nous avons bonne conversation et agréable entente car je m'en voudrais de lui causer quelque chagrin qui alimenterait aussitôt le vôtre.

La jeune femme fit taire la grande estime qui lui venait vis-à-vis du comte de Nissac, comme elle faisait taire son trouble et, conservant sa voix froide et son air distant, elle répondit :

— Soit, monsieur. Eh bien faisons semblant !...Mais de quoi parlerons-nous ?... De navigation ?

Nissac haussa les épaules.

— Comme il vous plaira... Je sillonne en tous les sens la mer où j'ai sauvé votre frère, depuis le Pont-Euxin et l'Hellespont, au levant, jusqu'au ponant, Gibraltar et sa garde espagnole. Jeune officier, j'ai navigué sur autre océan, voyant Thulé, les Indes occidentales et la Nouvelle France qu'on appelle aussi Canada depuis qu'on y créa des établissements. Êtes-vous satisfaite, madame ?

Ces noms étranges, dont certains qu'elle ne connaissait point, firent rêver la jeune femme qui n'avait jamais quitté sa Provence natale, ne poussant guère plus avant qu'Aix. « Pont-Euxin », « Hellespont », « Indes occidentales », « Nouvelle France » : Nissac, qu'elle admirait, s'auréolait du mystère charmeur de ces lointaines contrées.

Elle sentit posé sur elle le regard du vice-amiral et s'ébroua en disant avec toujours davantage de rudesse qu'elle n'eût souhaitée :

— Sans doute. Mais pourquoi ces combats sur mer, nous ne sommes point en guerre, me semble-t-il.

Il retint un soupir. L'idée d'ennuyer Élisabeth lui était désagréable, et plus encore de l'ennuyer avec des choses lui tenant à cœur, car qu'est-ce que sa vie ?... Son navire *Le Dragon Vert* et son équipage qui remplaçait la famille qu'il avait perdue très jeune. Et son château, près de Saint-Vaast-La-Hougue et Barfleur noyé dans les brumes et sur lequel, depuis des siècles, les vagues venaient se briser, fouettant les remparts lors des hautes marées.

Il regarda la lune et reprit d'une voix où perçait la tristesse de qui sait par avance qu'il va ennuyer en parlant de ce qui lui est cher :

— Madame, en mer, c'est toujours la guerre. Ainsi, depuis la bataille de Lépante où la Grande Armada de Philippe II écrasa la flotte turque, les bateaux de ces pays s'affrontent. Mais il faut compter aussi avec les barbaresques et, si certes ils sont alliés à la France, la plupart n'en attaquent pas moins nos bâtiments par surprise. Et pareillement les marins anglais qui font grands ravages dans notre flotte de commerce quand le monarque d'Angleterre feint de ne le point savoir. La France est un puissant pays, mais sa flotte est sans importance, inexistante. Or, nous avons des ennemis.

Intéressée, Élisabeth demanda :

— Quels sont-ils ?... Et qui sont nos alliés ?... J'ignore tout de ces affaires politiques et au moins pourrez-vous servir à cela, que je ne sois point sotte en l'avenir.

Nissac sentit avec une telle évidence qu'on voulait lui déplaire qu'il se contenta d'un demi-sourire :

— Vous n'êtes point sotte, madame, mais les affaires politiques du royaume sont de grandes complications. Êtes-vous certaine d'en vouloir être informée ?

— J'en suis certaine !... répondit-elle avec véhémence.

Nissac expliqua donc avec lenteur :

— L'Espagne hait notre roi. Et pareillement ses alliés, car la haine se partage plus facilement que l'amour. Avec l'Espagne vont les Pays-Bas de Belgique et du Comté de Luxembourg où domine le cardinal archiduc Albert, un

Habsbourg, qui n'étant point dans les ordres a épousé l'Infante Isabelle, fille de Philippe II d'Espagne et souveraine de Bourgogne. Sur le trône impérial d'Allemagne se trouve encore un Habsbourg, Rodolphe II. Hongrie et Autriche sont aux mains des Habsbourg qui influencent Pologne et Bohême quand le Portugal est sous domination espagnole. Pareillement la partie espagnole de l'Italie nous est hostile : la vice-royauté du Milanais, le royaume de Naples, Sicile et Sardaigne, les duchés de Mantoue, Ferrare, Parme ainsi que la république de Gênes, la Toscane, la Franche-Comté, le duché de Savoie, celui de Lorraine, les cantons catholiques de Suisse et Venise enfin.

— Mais à part l'Angleterre, quels sont nos alliés ?

Nissac sourit, car ils n'étaient pas d'un grand poids face à la formidable coalition qui détestait la France.

— Les cantons protestants de Suisse et la seigneurie de Genève. Les Pays-Bas de Maurice de Nassau, fils du Taciturne. La Suède où règne Charles IX. Enfin, la Turquie de Mohamed Khan III, arrière-petit-fils de Soliman-le-Magnifique qui fut un allié de François Ier. La flotte de La Sublime Porte protège les navires de commerce français et, me trouvant seul navire de guerre du royaume des lys en cette mer, il m'est arrivé en retour de défendre des navires turcs. Avec les capitaines de « L'Empire aux vingt royaumes », nous nous saluons d'un amical coup de canon lorsque nous nous croisons.

Des nuages sombres masquèrent un instant la lune et Nissac songea que le temps passait, mettant en outre l'intérêt de la jeune femme sur le compte de la politesse.

Il savait bien qu'il ne reprendrait point la mer avant quelque temps, ayant idée de modifications à apporter au *Dragon Vert*, mais il préféra faire un demi-mensonge :

— Je serai en mer dès bientôt, madame, préférant avancer mon départ.

— Mais nous vous avons fait préparer une chambre...

Il la regarda, ne pouvant masquer une légère insolence :

— En mer, je n'ennuie personne, madame, parlant fort peu à mon équipage.

Il retourna vers le château et revint presque aussitôt, l'épée au côté, la cape sur les épaules et coiffé de son chapeau de feutre marine aux longues et soyeuses plumes vertes, blanches et bleues qui formaient une très belle harmonie de couleurs.

Embarrassée, n'imaginant point devoir le retenir – un mot, pourtant, eût suffi –, elle ne put s'empêcher de poser une ultime question :

— Est-il vrai, monsieur, que chaque jour, lorsque le soir est tombé, vous saluez la lune ?

Une lueur amusée passa dans les yeux gris du comte de Nissac et la jeune femme songea que tel homme devait avoir, quoi qu'il en parût, du goût pour le bonheur tandis qu'il répondait en souriant :

— C'est pourtant vrai, madame, car la lune est fort ancienne amie.

Puis il ôta son beau chapeau à plumes et d'un geste d'une rare élégance, comme s'il s'agissait d'une dame, il salua l'astre qui semblait aussi solitaire dans le ciel qu'il l'était sur terre.

Longtemps, Élisabeth suivit des yeux le cavalier qui s'éloignait dans la nuit froide.

8

C'était un dimanche de brume et de gel.

Le duc d'Épernon se sentait d'humeur exceptionnellement bienveillante et c'est un sourire indulgent aux lèvres qu'il assistait au viol d'une petite bergère par trois de ses gardes. Au reste, il aurait bien tenté lui-même l'aventure, comme ses hommes lui en avaient fait courtoise proposition dès qu'il eut accordé sa permission, mais il n'était point certain que l'adolescente fût propre. À quoi s'ajoutait trop grande occupation de son esprit en ses affaires pour ainsi culbuter une gueuse rencontrée au hasard du chemin.

Il feignit de ne point voir l'air contrarié de Dietrich von Hoflingen. La pruderie du baron d'Allemagne l'étonnait et semblait un constant désaveu de sa conduite même si von Hoflingen exécutait toujours les ordres, tels que ses maîtres les Habsbourg avaient dû lui faire la leçon.

D'Épernon songea que tout allait rondement en le bon avancement du complot qui devait débarrasser le royaume des lys de l'usurpateur hérétique, cette bête puante.

Après Henriette d'Entragues, marquise de Verneuil, l'ambassadeur d'Espagne, Don Inigo de Cardenas, s'était joint à la conspiration, amenant en l'affaire un ancien jésuite de son pays, José d'Altamaros, qu'on disait s'occupant des basses œuvres : crimes, corruption, chantage et toutes choses qu'on ne pouvait faire qu'en secret et se dérobant à la royale justice.

Il avait également reçu avis, en grande confidence, que Léonora Galigaï et son mari, Concino Concini, étaient du nombre de ceux qui allaient bousculer le trône.

— Ce sera décisif !... songea-t-il à voix haute.

Léonora Galigaï n'était certes point bien née, mais elle se trouvait être la meilleure amie de la reine Marie de Médicis et portait le titre très jalousé de Dame d'atours.

On disait, et ce n'était point une légende, que petite fille, Marie de Médicis se trouvait en humeur de perpétuel ennui et de constante mélancolie. Qu'ainsi, la future reine de France se tenait loin des choses, en situation d'éternelle bouderie, comme si l'existence ne la satisfaisait point. La voyant si triste, un ingénieur qui travaillait au palais proposa qu'on lui présente Léonora Dori, la fille d'un de ses charpentiers, vive et joyeuse. Ainsi fut-il fait et elles devinrent les meilleures amies qu'il se trouva jamais. Au point que Marie lui fit acheter le noble et glorieux nom de Galigaï, qui allait se trouver sans descendance. Et qu'elle exigea, plus tard, que Léonora Galigaï l'accompagne la toute première à la cour de France.

Dès aussitôt, un homme était entré en la vie de Galigaï, aussi beau qu'elle était laide. Concino Concini, puisque c'était lui, appartenait à la noble famille des comtes de La Penna.

Il fit d'abord de brillantes études, mais se montra fort tôt joueur et débauché au point que son oncle, secrétaire du grand-duc, l'expédia en France en lui interdisant de revenir jamais.

Le jeune homme, prompt à tout comprendre, saisit l'intérêt qui serait le sien à être en faveur auprès de l'amie de la reine qu'il courtisa dès aussitôt sans retenue. D'abord en très grand étonnement de faire telle impression sur le bel Italien, puis très flattée, Léonora lui céda et devint son épouse. Lorsqu'il en fut ainsi, Concini n'eut guère de peine à satisfaire son ambition, se trouvant bientôt en la charge de premier écuyer de la reine.

Mais bien qu'il fût subtil en ses artifices, Concini ne put empêcher que le roi, qui avait grande connaissance des hommes, ne l'aimât point.

Songeant à toutes choses, et même aux temps futurs où le complot étant réussi, l'histoire aurait à en connaître, le duc d'Épernon imagina que l'Église de France devait être représentée en l'affaire. Or le hasard le servit à merveille car le cardinal Mathieu de Bellany, jusqu'ici des plus réservés, s'était en sa présence laissé aller à une violente charge contre Henri quatrième, dont il soupçonnait que la conversion ne fût point sincère. Aussitôt approché, le cardinal de Bellany avait demandé comme une faveur de participer à ce qu'il appelait « l'acte de purification du royaume des lys ».

Bien qu'il recommandât à chacun des conjurés la plus grande prudence, le duc d'Épernon savait que courait déjà le bruit d'un redoutable complot en préparation mais, fort heureusement, aucun nom ne fut cité car les uns et les autres ne se connaissaient point, ne pouvant ainsi se trahir.

Après une courte période d'observation, le duc approcha alors le marquis de Pinthièvre, dont on savait qu'il représentait les intérêts des tout-puissants ducs de Guise, et tout spécialement Charles, gouverneur de Provence. On se comprit rapidement, et des demi-mots, on passa à langage de grande clarté. En chose si capitale, le marquis de Pinthièvre ne pouvait engager les Guise sans leur en référer d'abord mais, dès que ce fut fait, il apporta leur appui au complot.

Dès alors, le duc d'Épernon entreprit Jehan de Bayerlin, colonel aux chevau-légers, dont on disait qu'il ne se trouvait point de meilleure lame en le royaume. Flatté d'être approché par si grand seigneur que d'Épernon, Bayerlin se rallia dès l'instant où les choses furent dites mais, si son accord fut rapide, il discuta longuement des avantages de toutes sortes qu'il comptait retirer de sa participation au complot. À telle enseigne que d'Épernon, pourtant peu regardant sur les défauts des autres, fut cependant déçu que si grand capitaine possédât âme si mesquine.

Enfin, à tous ceux-là, d'Épernon devait ajouter celle qui se trouvait au sommet et à l'origine du complot, femme mystérieuse qui se faisait accompagner par le moine à la petite voix méchante. Mais ces deux-là ne feraient qu'un, puisque l'une avait fait savoir qu'elle se trouverait représentée par l'autre.

À mi-voix, le duc d'Épernon compta sur ses doigts en commençant par lui-même, car c'était là son habitude en toutes circonstances de se servir en premier :

— Moi, cela fait un !... Le moine à la voix étrange : deux !... Dietrich von Hoflingen : trois. L'ambassadeur d'Espagne : quatre !... Son représentant en les basses œuvres, ce José d'Altamaros : cinq !... La marquise de Verneuil : six !... Léonora Galigaï : sept !... Concino Concini : huit !... Le marquis de Pinthièvre, du parti des Guise : neuf !... Le cardinal de Bellany : dix !... Jehan de Bayerlin, colonel en les chevau-légers : onze !...

Il réfléchit un instant et ajouta :

— Et l'assassin, dès lors qu'il sera trouvé : douze !...

Joyeux, il approcha son cheval de celui du baron allemand.

— Baron, nous sommes douze, comme l'étaient les apôtres de Jésus-Christ. Voilà signe divin qui ne trompe point sur notre prompt succès !...

Von Hoflingen désigna d'un signe de tête qui indiquait profonde lassitude la scène de viol qui se déroulait à quelques toises des deux hommes.

— Les apôtres ne violaient pas de pauvres bergères.

Le duc d'Épernon maîtrisa à grand-peine une soudaine colère :

— Baron, je vous trouve en mauvaise disposition à mon égard et cela, trop souvente fois à mon goût.

— Monsieur le duc, vous ne pouvez me faire reproche que je vous dise la vérité, mais qu'y puis-je si celle-ci n'est pas toujours chose plaisante ?

— Il me déplaît de l'entendre.

— Monsieur le duc, méfiez-vous plutôt des flatteurs car, en la plupart des cas, ce sont gens malintentionnés.

Le duc lui jeta un regard glacé.

— Pourtant, je les préfère à d'autres qui, me gâchant mes plaisirs, ne resteront point longtemps en mes bonnes grâces et s'en retourneront d'où ils viennent.

Le baron von Hoflingen perçut la menace mais ne

renonça point pour autant car il pensait en toute bonne foi que le dessein d'occire Henri quatrième servait Dieu et l'Église. Cependant, il estimait aussi qu'une noble cause perd sa légitimité si ses serviteurs s'avilissent au rang de ceux qu'ils veulent abattre.

Il répondit d'une voix mesurée :

— Monsieur le duc, je ne parle en l'instant que de vos gens qui violent pauvre fille car point tant ne me désole leur cruauté, ni le peu d'entendement qu'ils ont de la souffrance, que votre indifférence à celle-ci.

— Il serait avantageux pour vous, baron, de ne parler de certaines choses qu'à demi-bouche, ou de n'en point parler du tout, ce qui serait mieux encore. Ah, regardez : voici le meilleur instant car Toussaint connaît bien son affaire.

Le baron suivit le regard du duc et vit un homme, sans doute celui qu'on appelait Toussaint, qui serrait entre ses mains puissantes le cou de la jeune fille. Étouffant, celle-ci sortit hors la bouche langue qui semblait de plus en plus s'allonger comme la malheureuse ne trouvait plus d'air.

Le duc d'Épernon rit en battant des mains, tel un enfant cruel.

L'Allemand se détourna, écœuré.

La langue hors de la bouche et les yeux agrandis, la jeune fille, morte, laissa tomber sa tête sur le côté.

Déçu, le duc dit à mi-voix :

— Déjà, tout s'achève ! Pourquoi les plaisirs sont-ils si brefs quand l'ennui emplit des journées entières et ces sombres journées toute ma vie ?

Nul ne répondant à cette question, le duc, qui n'était point descendu de cheval, tourna bride sans attendre ses gens et s'enfonça en la brume. Déjà, il ne songeait plus à ce crime qu'il jugeait sans nulle importance et son esprit retournait au complot.

Quelques points, encore, l'inquiétaient : qui se cachait derrière le cadavre pourri du gros moine ? Qui était le second moine ? Était-il seulement moine ? Et qui était la femme que servait la créature à la petite voix cruelle, serait-il possible, comme il le croyait, qu'elle soit si importante qu'on n'osait l'imaginer sans frémir ?

Il avait lancé tant de gens sur cette énigme et promis tant d'or qu'il ne doutait point de l'apprendre bientôt.

Mais ne le regretterait-il pas ?

9

Debout sur la dunette du *Dragon Vert*, le vice-amiral de Nissac regardait l'horizon. Une brise légère gonflait les voiles sur mer calme et l'équipage, excepté les hommes de quart, mangeait de bonne humeur et en excellent contentement.

Ce jour, anniversaire du second Charles Paray des Ormeaux, l'équipage était mieux nanti qu'avec les habituels biscuits trempés en un ragoût de poissons aussi liquide qu'une soupe. En effet, le cuisinier servait pois, fèves, viande bouillie – dont on écumait la graisse pour fabriquer des bougies –, fromages, ails et oignons. À quoi s'ajoutait une unique mesure de vin car sur le *Dragon Vert*, la boisson était comptée. En effet, le vice-amiral ne voulait point d'hommes saouls quand le combat pouvait éclater à tout instant : il faut vivre sur les mers sur ses gardes constantes, tel l'oiseau qui ne connaît point de repos, tournant sans cesse la tête pour n'être pas surpris par qui le veut dévorer.

« Qu'ils mangent en grande quantité », songeait Nissac qui savait que bientôt, on en viendrait au poisson séché. Amusé, le vice-amiral se souvint de proverbe anglais qui, par son caractère universel, réjouissait les marines de tous les pays du monde : « Dieu envoie les vivres, le diable les cuisine ! »

Thomas de Nissac évitait de songer à Élisabeth de La Tomlaye dont l'indécision lui pesait car il se trouvait en un moment de sa vie où, après tant de solitude, il eût aimé partager un grand amour avec une femme souhaitant toutefois autant être choisi qu'il la choisirait.

En homme ayant appris à se contenter de ce qui s'offrait à lui, il se réjouit de commander si fier galion que le *Dragon Vert*, trop méconnu à la cour du roi, mais considéré par l'étranger comme le fleuron de la marine royale française.

Son regard s'attarda sur le grand mât, celui-là même qu'il avait embrassé le jour où il prit livraison du bâtiment sur son chantier de construction, perpétuant ainsi vieille coutume des capitaines aux temps jadis.

Le grand mât... Il avait choisi de fixer bois de laurier en son sommet pour se garder de la foudre, et qu'elle ne frappât point son navire, délaissant ainsi autres matières réservées à pareil usage tels le veau marin, les peaux de hyène ou de crocodile, le bois de figuier ou la carapace de tortue.

Ici était sa vie, et en son vieux château de Normandie lorsqu'il mettait pied à terre pour quelque temps. Il aimait toutes choses à bord du *Dragon Vert* et, loin de s'en lasser, s'y attachait chaque jour davantage tel un amant pour sa bien-aimée en les plus belles des histoires galantes. Il se plaisait à arpenter sa cabine où il invitait souvente fois à sa table ceux de ses officiers qu'il avait en sympathie : son second, le capitaine Charles Paray des Ormeaux, le capitaine commandant l'infanterie d'assaut, ce rude géant de Sousseyrac, et enfin le tout jeune lieutenant Martin Fey des Étangs au visage d'ange qui chavirait le cœur de bien des dames.

En ces soupers, tandis que le soleil couchant empourprait la cabine en s'engouffrant par les vitres et vitraux de la fenêtre donnant, à l'arrière du vaisseau, sur la galerie de poupe, le vice-amiral parlait fort peu, comme à son habitude, écoutant ses officiers. Son regard s'attardait parfois sur des instruments de navigation aux reflets cuivrés : boussoles, compas, astrolabe. Puis il effleurait des tables astronomiques, des livres de mer décrivant rivages, amers, passes et accès portuaires ou cet ouvrage plus rare encore contenant indications précieuses sur les marées et profondeurs près des côtes.

C'est sur *Le Dragon Vert*, après de longues méditations et réflexions, qu'il avait mis au point sa façon de faire la guerre : se montrer économe de la vie de ses hommes, dérober le vent à l'ennemi et l'obliger à combattre face au soleil, préférer la rapidité du tir et la vitesse de déplacement aux savantes manœuvres ou à un nombre supérieur de navires. C'est ici encore qu'il avait inventé pour les bâtiments amis, lorsque la nuit survenait, signaux codés à l'aide de lanternes qu'on aveugle par intermittence.

Il aimait s'allonger sur sa couchette et regarder les planches du plafond à travers le cône doré d'un rayon de soleil où dansaient des poussières de bois. Ces calmes instants lui servaient lors des violentes tempêtes où il faisait mettre bas les voiles tandis que *Le Dragon Vert* fortement secoué tanguait, oscillait et roulait sur la lame. En cet instant où le galion semblait comme accablé sur le flot, tandis que certains hommes d'équipage récitaient le *Confiteor* et chantaient *Salve Regina* ou *Sancta est Maria mater gratiae,* Nissac gagnait le gaillard d'avant, posait ses mains sur le bord et ne bougeait plus, quoi qu'il advînt, rassurant ainsi l'équipage.

Rassurer, rassurer toujours, même lorsque la victoire semblait longtemps balancer entre barbaresques et marine royale, même lorsqu'il doutait, condamné à ne jamais révéler son angoisse à un confident qui eût allégé celle-ci en la partageant.

Il regarda la ligne d'horizon où le bleu de la mer se confondait avec celui du ciel. Ici, la distance et le temps semblaient se dilater, permettant d'échapper à l'étroitesse de la vie de chaque jour à terre, et il comprenait ce phénomène tant du point de vue géographique que de celui des choses humaines.

En outre, lorsqu'il se trouvait à bord de son galion, les langues étrangères, elles aussi, s'estompaient. Ainsi, on parlait le français sur *Le Dragon Vert*, qui était langue naturelle de l'entendement coutumier mais parlait-on matière juridique qu'on ne se pouvait comprendre qu'en espagnol ou portugais, même si l'on s'adressait à un Turc lui aussi au fait de cet usage. Pareillement, s'il s'agissait de construction maritime, tous les marins d'Europe entendaient le hollandais, et le germanique pour le combat, l'anglais pour la conduite du navire et l'arabe pour l'évolution sur la mer en belles figures compliquées.

Contrairement à bien d'autres, qui appliquaient ces choses sans y réfléchir, le comte de Nissac, esprit curieux de tout, les méditait longuement. Ainsi en était-il arrivé à faire sienne l'idée qu'un langage universel imposé par la nécessité rassemblait les hommes au lieu de les diviser et que, dès lors qu'ils se comprenaient, ils perdaient souvente fois motifs de se combattre. De cette pensée venait une autre selon laquelle les religions, parfois différentes en un même pays, étaient motifs à affrontements sanglants. Aussitôt qu'il l'eut ainsi pensé, il détesta les religions toutes ensemble cherchant, au long des années en mer, ce qui pouvait présider favorablement aux destinées humaines. La réponse lui vint tout soudainement, comme il s'interrogeait sur le fonctionnement de sa pensée : seule la raison pouvait guider les hommes car, en ses développements ultimes, elle contenait idées de liberté, de respect et d'égalité, bannissant au contraire sectarisme, intolérance, guerre et violence.

Le vice-amiral gardait pour lui seul cette découverte, étant certain que les temps n'étaient point venus où il pourrait en entretenir d'autres hommes. Cependant, ne voulant pas que fût perdu travail de pensée si long et tant ardu, il lui apparut bientôt que, faute d'en pouvoir discourir, il appliquerait en sa vie de chaque jour tels principes. Secrètement, il espérait ainsi que ceux qui se trouveraient surpris de son attitude en viendraient à se poser semblables questions dont les réponses les amèneraient en ces dispositions où il se trouvait lui-même.

Nissac aimait le monde secret de son esprit, il l'aimait tel qu'on adore contrée que l'on chérit parce qu'on la redécouvre toujours avec ravissement, elle et ses creux, ses collines ou ses ruisseaux familiers et rassurants.

Sans doute ne s'en rendait-il point compte, se trouvant

en grande solitude de pensée, mais le comte vénérait la Raison à l'égale de la religion pour d'autres, ne doutant point qu'elle triompherait un jour qu'il ne verrait hélas pas de son vivant.

Et qui sait si d'autres, tout aussi émerveillés qu'il l'était lui-même, ne partageaient pas secrètement ses croyances ?

Il sentit une présence et tourna la tête. Sousseyrac, embarrassé de son grand corps, lui souriait.

— Eh bien, Sousseyrac, en quelle humeur êtes-vous ?

— Excellente, monsieur le comte. Mais vous, ne mangerez-vous pas ? répondit avec fort accent du sud-ouest du royaume le capitaine commandant l'infanterie d'assaut.

— Je n'ai guère faim. La raison en est peut-être ces mouettes.

Sousseyrac regarda en la direction indiquée.

— C'est pourtant vrai. Et pourquoi s'opiniâtrent-elles toutes ainsi à aller sur semblable point en l'horizon ?... La terre n'est-elle pas lointaine ?...

— Elle l'est, Sousseyrac.

— En ce cas...

— En ce cas, navire va poindre. Et je sens qu'il ne sera point seul.

— Espagnols ?

— J'en doute, ce n'est point là leurs routes maritimes.

Les vigies signalèrent bientôt deux vaisseaux et Nissac fit appeler l'équipage aux postes de combat.

Les hommes, qui dissimulaient leur nervosité sous un calme apparent, virent se dessiner les silhouettes de deux forts galions arborant le pavillon noir emprunté aux pirates anglais des Antilles.

Les navires, lourdement chargés, peinaient sur la vague.

Aux côtés du vice-amiral, le second, Charles Paray des Ormeaux, avait remplacé Sousseyrac qui se trouvait à présent parmi ses soldats, s'efforçant de ne point gêner les marins à la manœuvre.

— Ils vont librement !... commenta le second en observant les bâtiments.

Nissac ne répondit point. Contrarié, il constatait une

nouvelle fois que Paray des Ormeaux y voyait de moins en moins car les vaisseaux, des galions de prise, semblaient peiner en charge de forts butins. Le vice-amiral se souvint en avoir ainsi arraisonné un semblable, après violent combat, et l'un des barbaresques capturé confessa qu'il revenait d'une longue campagne de dix-huit mois à écumer l'Atlantique avant de regagner la Méditerranée.

Paray des Ormeaux ébaucha légère grimace en disant :

— Nous allons affronter artillerie valant deux fois la nôtre...

— Il nous faudra donc nous montrer deux fois plus intelligents ! répondit avec sécheresse le vice-amiral.

Fugitivement, il s'interrogea sur cette obstination à ne point fuir quand il pourrait sans peine se prévaloir de la supériorité ennemie. Que cherchait-il ?... La mort ?... Voir jusqu'à quel point son savoir-faire pouvait défier le nombre ?... Ou bien agissait-il par sens du devoir, honneur, et respect de la parole donnée ?...

Il ne répondit point à ces questions, voyant les bâtiment pirates hisser le pavillon rouge : « Pas de quartier, pas de survivants. »

— Envoyez le même ! ordonna Nissac.

Il était bien nouveau qu'un navire de la marine royale arborât pavillon rouge qui n'appartenait ordinairement qu'à la piraterie.

Amusé par cette ruse, Paray des Ormeaux se pencha vers Nissac :

— Voilà qui va bien les surprendre, monsieur l'amiral, et les plonger en grande confusion.

Nissac n'entendit pas même ces paroles. D'un calme absolu, il se demandait s'il existait manœuvre permettant à un galion solitaire d'en affronter deux.

Et de les vaincre.

Sans se trouver lui-même envoyé par le fond avec tout son équipage...

10

De puissants coups de tonnerre faisaient sursauter jusqu'aux plus courageux, tant ils se succédaient à rapide cadence. Des éclairs zébraient le ciel noir et illuminaient par instants les tristes façades de cette petite ville sans importance. Les maisons, groupées peureusement autour de l'hôtel de ville, semblaient n'en devoir jamais finir de sangloter depuis leurs toits d'ardoise une pluie fine et glacée.

Certains, bien qu'ils aient su « le monstre » derrière double rangée de barreaux de fer, restaient cloîtrés en leur logis. Il se disait qu'aucune geôle au monde ne pourrait retenir semblable créature qui venait assurément du fin fond des enfers pour décimer l'humanité et effacer jusqu'au souvenir de Dieu. Tous tremblaient en la ville, ses faubourgs et ses campagnes circôvoisines car lorsque « la bête » briserait ses chaînes, ce serait carnage et chaos, rivières de sang et fleuves de larmes.

Il avait fallu trente hommes d'armes pour seulement l'approcher au plus près, mais dix d'entre eux étaient morts avant, carotides arrachées et nuques brisées entre les énormes pattes de cet antéchrist. Et seule la ruse, puis forces hors la nature, avaient montré quelque efficacité après qu'on eut jeté sur « la chose » dont la bouche écumait de sang et d'amertumes blanches le contenu de plusieurs mesures d'eau bénite et des reliques saintes, dont un fragment de la vraie couronne d'épines. Puis était apparu ce moine au visage entièrement caché – sauf aux yeux de la bête – par un ample capuchon et celui-là brandissait un crucifix à l'envers, faisait signe de croix à l'envers en tenant poignards par la lame qui formaient une croix de Saint-André et créait un vide apeuré autour de lui. Alors « le monstre » vacilla.

Le moine avait parlé mais si doucement que nul n'entendit ses paroles, mais point « le monstre » qui, brusquement en état de grande terreur, dissimula son visage en portant vivement ses énormes pattes à hauteur de ses yeux.

On disait qu'alors, « la créature » vomie par les entrailles brûlantes de la terre aurait reculé en murmurant :

— Non !... Non !... Pas cela !... Pitié, grande pitié, pas cela !...

Un capitaine de la garde du gouverneur, homme de grand courage qui s'était couvert de gloire à l'époque des guerres de la Ligue se serait à cet instant, dit-on, approché si hardiment qu'il se trouva placé entre « la bête » et le moine, de sorte qu'il vit le visage de celui-ci.

Que vit-il ?... Qui le saura jamais ?... Longtemps, en les temps qui suivirent, on échangea impressions, faisant boire des soldats du gouverneur pour en tirer quelques paroles mais aucun n'avait distingué le spectacle qui s'offrit en un fugace instant au regard du capitaine.

Ce qui n'est point douteux, et chose établie des plus formellement qui soit, c'est que le courageux soldat porta sa main à la cuirasse, à hauteur du cœur, et les yeux révulsés s'effondra foudroyé. Plusieurs affirmèrent par la suite qu'il aurait murmuré : « Quelle horreur !... J'ai mal ! ... » D'autres, moins nombreux il est vrai, jurèrent que telles paroles ne furent point dites et la question resta entière.

En revanche, tous vinrent peu après contempler le visage du défunt capitaine et chacun fut stupéfait en découvrant l'expression de ses traits tels que les avait figés la mort. En effet, ce n'était point là spectacle de la peur, pas même de la terreur, mais très au-delà, comme si les limites de l'effroyable s'étaient trouvées reculées vers des frontières jusqu'ici inconnues. Le malheureux laissait voir sur cette pauvre face à quel point il regrettait, en cet instant, d'être venu au monde pour y contempler pareille chose et beaucoup qui se trouvaient favorablement en cet avis pensèrent alors, et à jamais, que le capitaine avait de lui-même décidé que son cœur devait cesser de battre car c'était là l'unique issue pour échapper à ce qu'il voyait et ne pouvait ni conjurer, ni supporter.

Longtemps, lors des saisons qui plus tard s'enchaînèrent, puis pareillement les années et jusqu'aux plus jeunes qui devaient vivre les décennies de la Fronde et les règnes de Louis treizième et Louis quatorzième, tous furent unanimement de semblable opinion et en ressentirent bien profond malaise.

Car il se trouvait une chose qui ne se pouvait discuter et qui restera à tout jamais des plus mystérieuses : le capitaine était certes bien mort de frayeur mais en regardant... *le moine*, pas « le monstre » !

Oui, décidément, l'homme foudroyé par si grand effarement n'avait point craint de regarder « la bête » à tête de grand singe avec crâne bosselé et tondu, petits yeux de porc profondément enfoncés en de sombres orbites, nez qui semblait plutôt museau et cette horrible bouche ruisselant de sang où se voyaient dents magnifiques, d'extrême blancheur, mais telles qu'on n'en voit point aux hommes ordinaires.

En revanche, le capitaine emportait au-dedans de la tombe secret du visage du moine, et expression qu'il y découvrit. Et tous s'interrogèrent sur ce visage si étonnant, divin ou démoniaque, mais faisant si forte impression qu'on ne pouvait survivre à semblable abîme.

Le moine était escorté par des gardes royaux si bien que les soldats de Claude de La Châtre, baron de Maisonfort et gouverneur du Berry, devaient s'incliner devant une autorité supérieure dont il n'était point séant ni fondé de discuter la prééminence. Aussi, et bien qu'on fût en grand effarement en apprenant semblable nouvelle, il apparut qu'il n'était guère possible d'empêcher l'étrange moine d'entrer seul en la cellule du « monstre », et de se faire enfermer avec celui-ci.

Rassemblés en la place du Marché, ils étaient des centaines, gardes, bourgeois et paysans, en grande inquiétude tandis que le temps s'écoulait.

Une heure passa ainsi, puis une deuxième, mais rien ne filtrait de la cellule, ni un bruit, ni une parole, et la foule devint nerveuse, trempée de pluie, tressaillant au roulement du tonnerre et clignant des paupières sous la lumière aveuglante des éclairs car en très inhabituelle constance, l'orage ne faiblissait point si le ciel, lui, devenait d'un noir évoquant à présent couleur de la suie ou muraille du royaume de Satan.

En plusieurs points de la vaste place, certains, parmi les plus fervents catholiques, étaient tombés à genoux et priaient avec ferveur. Un huguenot, qui évitait de se joindre à semblable manifestation de dévotion et semblait tenir en mépris spectacle de la piété, fut poignardé à dix-sept reprises et par des mains différentes afin que, vis-à-vis de telle multitude, il ne fût point possible de juger la chose.

En ces instants, nul ne pensait revoir jamais vivant le courageux moine et certains de rappeler comment « la bête », qui avait apparence humaine, s'était trouvée surprise au cimetière, entre chien et loup, tandis qu'après avoir tué et dévoré la gorge de plusieurs enfants, elle avait choisi, cette fois, poussée par son inclination sacrilège, de violer une sépulture.

Il s'agissait de la tombe fraîche du matin de toute jeune fille de quinze ans et « la bête » ayant creusé la terre en avait sorti le corps dont elle ouvrit le ventre et la poitrine, se régalant du cœur de la malheureuse ainsi outragée après la mort.

Repu, « le monstre » s'était assoupi et ce n'est qu'à l'aube que, prévenus depuis la veille, les soldats du gouverneur avaient cerné le cimetière mais reçu l'ordre d'attendre l'arrivée du moine.

On sait combien le combat fut rude et sanglant. La peur y fit beaucoup car les soldats redoutaient cet homme à tête de loup mais il arriva en la mêlée qu'il la perdit et l'on constata alors qu'il portait, pareil à un masque souple, véritable et bien réelle tête de loup, évidée du sang, du cerveau, des os et privée de la mâchoire inférieure, ce qui permettait de l'enfiler comme un gant va à la main.

Cependant, le loup-garou, puisqu'on ne pouvait nier qu'il s'agissait là de représentant de cette espèce maudite, avait sous le masque visage bestial et de grande laideur qui ne rassura point.

Seul le moine, dès qu'il écarta les soldats, parvint à réduire l'horrible monstre par sa seule présence et le conduisit à la prison, où il se laissa enchaîner.

Si on ne niait point sa vaillance, on se demandait cependant qui était ce moine, qui l'avait prévenu et pourquoi il était arrivé au grand galop avec escorte royale... Et, pareillement, on s'interrogeait : pourquoi l'étrange moine avait-il fait ôter les chaînes qui entravaient le loup-garou et pourquoi – que de questions ! – exigea-t-il de se trouver enfermé en la même cellule que l'engeance de Satan ?

En la foule où beaucoup, accablés, baissaient la tête, on ne se faisait guère d'illusions, persuadés que « le monstre » avait ouvert le ventre du moine pour dévorer ses intestins fumants.

Certains pensaient même ne retrouver du zélé serviteur de Dieu que quelques os jonchant le pavé de la cellule.

On pria donc avec ferveur pour le pauvre saint homme dont on ne connaîtrait sans doute jamais le visage. À peine la voix lorsqu'il avait ordonné :

— Qu'on m'enferme seul avec lui !...

Une petite voix curieuse, pointue, irritante, que d'aucuns trouvèrent fort méchante...

11

Avantageusement campé mains sur les hanches en la dunette du premier galion, le capitaine barbaresque Johan Van Dick observa ce curieux bâtiment royal qui, à la surprise générale, et en certains cas la consternation, venait de hisser le pavillon rouge : « *Aucun survivant* ».

Puis il remarqua avec quelle foudroyante habileté le commandant du vaisseau royal parvenait à se placer de sorte qu'il attaque avec le soleil dans le dos et un vent favorable.

Van Dick, pris d'une appréhension soudaine, murmura :

— Le Voleur de Vent !

Ainsi surnommait-on le vice-amiral Thomas de Pomonne, comte de Nissac, en les mers du Levant et ce nom, colporté de tavernes d'Espagne jusqu'au nouveau monde en passant par les côtes de l'Afrique, avait grande célébrité. Espérant se tromper, le renégat Van Dick chercha des yeux la proue du galion royal puis, y découvrant la tête effrayante d'un dragon vert de bois sculpté, il balaya ses derniers doutes.

Eh bien soit, si tel le voulait le Voleur de Vent combat il y aurait et Van Dick n'avait pas souvenir que jamais encore en l'histoire maritime un seul galion en eût vaincu deux. Il pensait ainsi et s'en trouvait d'autant plus convaincu que sur l'autre galion pirate, le capitaine Jean

Bohrange, de Dunkerque, n'avait jamais connu la défaite si bien qu'on le tenait pour un grand capitaine du temps.

Van Dick, qui sentait la possible victoire, murmura entre ses dents :

— Nous allons noyer ce chien de Nissac !... Et, pour autant qu'il y ait abordage, il découvrira arme nouvelle dont il n'a point l'entendement.

Cette « arme nouvelle », utilisée à plusieurs reprises depuis la mer de Chine, semblait invincible et valait presque à elle seule le reste de l'équipage de renégats. En outre, à considérer qu'il fût attaqué le premier, Van Dick savait que son ami le capitaine Bohrange fondrait aussitôt sur les arrières de Nissac. Oui, décidément, le Voleur de Vent était fol de courir si promptement à une mort certaine.

Van Dick tendit impatiemment la main et un homme auquel il manquait la mâchoire inférieure, arrachée par un boulet espagnol, présenta un cruchon d'alcool à son capitaine. Celui-ci but une longue rasade puis, considérant l'équipage qui attendait quelques mots, il lança d'une voix forte :

— Nous sommes à deux jours de route de notre port d'attache où nous serons fêtés en vainqueurs. Les femmes se jetteront à vos pieds et vous pourrez même vous acheter pucelle. Nous sommes partis voici trois années sur mauvais bateaux hollandais et revenons sur deux fiers galions conquis aux Espagnols. Les cales de nos navires débordent d'or et de pierreries, et nous ramenons captive jolie duchesse andalouse dont le père est ministre du roi d'Espagne qui paiera très forte rançon. En trois années de campagne en mer, nous avons gagné davantage qu'en deux mille ans de travail de la terre. Entre nous et la vie dont vous rêvez, il n'y a que ce galion royal français commandé par un amiral hautain, orgueilleux et taciturne !

Il marqua un temps et reprit d'une voix plus forte :

— Le galion royal du Voleur de Vent qui a tué tant des nôtres et qui nous veut faire mauvais parti !... À nous tous, culbutons ce *Dragon Vert*, renvoyons-le aux enfers d'où il est venu et que Nissac soit enfin pendu à la grand-vergue !...

— À mort !... reprirent les hommes en grand enthousiasme.

Satisfait, Van Dick arracha le cruchon d'alcool des mains de l'homme à la bouche mutilée. Puis il se demanda pourquoi les hommes du *Dragon Vert* précipitaient bas sur chaque bord huit tas de cordages qui embarrassaient le pont supérieur, le gaillard d'avant et celui d'arrière.

Lorsqu'il comprit, il pâlit.

Nissac observait les hommes s'affairant autour des seize canons supplémentaires répartis sur chaque bord. En ne comptant point les seize couleuvrines, les douze demi-couleuvrines et les huit canons légers appelés « sacres » et installés sur l'embelle, il avait fait passer son armement de trente-six canons en dotation sur les galions les mieux armés à cinquante-deux. Jamais, en aucun lieu ni aucun moment de l'histoire, bâtiment n'avait possédé telle puissance de feu.

Nissac regrettait qu'en l'Amirauté, il ne fût point envisagé de l'écouter. Ainsi, le roi Henri quatrième venait-il de relancer la construction navale, mais point de vaisseaux de haute mer, uniquement de lourdes galères que Nissac jugeait déjà d'un autre temps et condamnées à disparaître. En effet, les galères ne se risquaient guère loin des côtes, réagissaient fort mal sur mers agitées et n'embarquaient que quelques canons situés à l'avant, ce qui leur infligeait dramatique infériorité en cas de canonnade avec un galion.

Nissac soupira, observant ses arquebusiers qui se préparaient derrière leurs couleuvrines sur les châteaux avant et arrière en l'attente de faire pleuvoir sur les pirates abondante moisson de projectiles.

La marine royale ne construisait point de galions et celui-ci avait été offert en reconnaissance au roi de France par un banquier vénitien délivré des barbaresques par Nissac qui, à l'époque, commandait une vieille caraque. Mais le banquier avait exigé que Nissac fût à vie commandant de ce galion si bien que le futur vice-amiral avait pu intervenir sur le chantier de construction.

De fait, Nissac s'était-il souvenu des lois qu'il tirait en enseignement des combats navals. Certes, prendre le vent, arriver dans le soleil et ne point hésiter à attaquer de nuit. Mais, plus encore, le vice-amiral croyait en la conjugaison de la vitesse et d'une puissante artillerie. Les galions eux-mêmes, compte tenu du temps de rechargement des canons, en arrivaient à des manœuvres trop longues : on tirait à bâbord, puis par l'avant, tournait les bateaux, tirait à tribord, puis par l'arrière...

Stupidité !...

Nissac avait discuté avec les architectes pour qu'on allégeât les rondeurs du galion, abaissant avec audace les châteaux qui prenaient le vent de face, freinant ainsi la course. Plus long mais plus étroit, *Le Dragon Vert* devint ainsi vaisseau le plus rapide de son temps, d'autant que Nissac avait pris le parti de choisir toujours le matériau de construction le plus léger qui fût, notamment pour les bois. En outre, le vice-amiral se rendit en Suède où le métal est le meilleur du monde et fit fondre canons améliorés, plus simples à l'emploi. Disposant de cette artillerie moderne, mieux entraînés et plus souvent que n'importe quel équipage, les canonniers du *Dragon Vert* pouvaient faire feu toutes les une à deux minutes quand il en fallait de cinq à dix sur les autres galions.

Nissac savait que la réussite tenait à la cadence de tir rapide. Il n'était plus nécessaire, sur *Le Dragon Vert,* de tourner le navire sur chaque bord pour faire feu et s'il arrivait à Nissac d'utiliser semblable méthode, la raison tenait qu'il voulait que son équipage fût en toutes choses le plus fin manœuvrier du monde. Aussi avait-il fait débarquer, et pour toujours, artillerie de chasse et artillerie de fuite, concentrant toute sa redoutable puissance de feu sur les deux bords du bâtiment.

Le comte ne voulait point tomber en l'aigreur de ceux

qui ont raison trop tôt, le savent, et qu'on n'écoute point. Il pensait que les idées justes font toujours leur chemin... parfois longuement !

Enfin, il s'amusait fort de savoir que le roi Henri quatrième, qui ne l'aimait point – pour raison qui n'honorait pas le monarque – comptait sur lui, et sur lui seul, pour faire régner l'ordre royal en les mers du Levant. Henri quatrième, humilié de voir ses navires marchands capturés par les pirates, tempêtait qu'il ne tolérerait point qu'on « insultât le pavillon » mais beaucoup savaient que ce que déplorait davantage le roi tenait que le commerce qui assurait la richesse du royaume fût ainsi entravé par les barbaresques au levant et les pirates au ponant.

Le comte de Nissac fut tiré de ses pensées par le second, Charles Paray des Ormeaux :

— Monsieur l'amiral, de grâce, ne m'en veuillez point de cette question mais pourquoi livrer si dangereux combat ?

Sans quitter du regard les galions ennemis, Nissac répondit :

— Monsieur des Ormeaux, les seuls combats qui vaillent et qui me séduisent sont ceux qui apparaissent perdus d'avance.

Il songea que, s'il devait mourir aujourd'hui, ce serait comme un chien abandonné, seul au monde et sans l'amour d'une femme.

— Je ne mérite sans doute que cela !... murmura-t-il.

Sans tourner la tête, il ajouta d'une voix calme :

— Soyez très attentif à la manœuvre, monsieur des Ormeaux : nous allons tout risquer sur la vitesse.

Le second hocha la tête en grande conviction car si ailleurs on appelait le vice-amiral le Voleur de Vent, à bord du *Dragon Vert* on lui donnait un autre surnom : « l'amiral du diable ».

Van Dick regardait évoluer *Le Dragon Vert* qui, rapide et léger, semblait courir sur la vague.

Le renégat hollandais, pourtant bon marin, oublia un instant l'imminence de la bataille pour admirer le vaisseau royal. En cet instant, il aurait échangé tout l'or qui alourdissait ses cales pour le seul bonheur de commander *Le Dragon Vert*.

Graziano, le second de Van Dick, s'approcha du capitaine et, d'une voix inquiète :

— Il nous a volé le vent comme en se jouant !... Comme il vient vite, il est déjà sur nous !...

— Nous tirerons les premiers, il n'est point encore à notre hauteur, à peine la moitié de son navire a dépassé notre poupe.

Mais en un angle impossible, cette moitié fit feu et ce fut suffisant pour démâter sans quartier le galion du capitaine Van Dick.

12

Le loup-garou se trouvait assis dans l'angle le plus reculé qui fût en la cellule. Adossé aux barreaux, le moine se tenait bras croisés, l'ample capuchon dissimulant ses traits en permanence bien que « le monstre » les eût aperçus précédemment.

Depuis deux heures, l'homme d'Église menait l'interrogatoire et pas un instant le loup-garou n'avait été tenté d'apporter aux questions réponses qui fussent empreintes de la moindre fausseté.

En un effet tout contraire, « le monstre » trouvait grand réconfort à répondre tel qu'on l'en priait avec une ferme douceur des plus étranges, comme si ces questions, quelquefois très indiscrètes, lui permettaient de se mieux connaître lui-même en les réponses qu'il faisait, découvrant en cette occurrence singulier réconfort.

Ainsi confessa-t-il qu'il fut toujours très laid, enfant déjà, ne trouvant point de compagnons de jeu tandis que ceux qui eussent dû l'être le fuyaient ou se regroupaient pour lui jeter des pierres. Pareillement, jeune homme, il ne connut point de filles et il n'est jusqu'aux prostituées qui, en les maisons de fillettes [1], se dérobaient, à l'exception des plus âgées qui n'avaient que peu d'amateurs mais encore fallait-il quintupler la somme.

Son père, un notaire, accablé par cet état de choses, se

1. Bordels.

résolut à le prendre à ses côtés pour lui transmettre sa charge mais ceux qui venaient habituellement traiter leurs affaires furent effrayés. Il se disait que le fils du notaire avait le mauvais œil et qu'on risquait de tout perdre si bien qu'en quelques mois l'endroit se trouva désolé de solitude.

Celui qui n'était point encore loup-garou, alors âgé de dix-huit ans, comprit la situation et quel remède il devait y apporter.

Jusqu'ici, malgré sa laideur, son âme était de pureté semblable à celle du diamant. Jamais il n'avait répondu au mal par le mal, ne demandant pas davantage raison pour les violences qu'il subissait. Au monde n'existaient que ses parents qu'il chérissait, son père qui le regardait en effet de grande bonté quand sa mère ne semblait point le tenir pour laid. Eux deux étaient sa vie, son seul horizon puisque le jeune homme savait qu'il ne trouverait jamais femme qui le veuille épouser. Aussi ne voulut-il point causer la ruine de ses malheureux parents.

Un jour d'hiver froid, morne et désolé, il partit si tôt le matin que le coq n'avait point encore chanté.

Près de dix années furent nécessaires pour parcourir l'interminable route qui le mena en le cimetière où il fut capturé. Dix années de solitude, de froid, de faim et de coups. Il servit un temps en la garde de Charles de Gontaut, baron de Biron et gouverneur de la province d'Auvergne. Il fut employé dans les fermes, sur les quais du port de Nantes, puis devint charbonnier, boucher et enfin serrurier. D'une force hors du commun, il se montra en les foires où il affrontait un ours à mains nues mais un jour que la foule hurlait tandis que sa poitrine devenait rouge de sang sous les coups de pattes quand l'ours saignait de la gueule, tous deux se regardèrent.

Celui qui allait devenir redoutable loup-garou égorgeur d'enfants, celui-là n'avait point encore commis vilenies mais en avait tant subi en ces dix années que le souvenir tendre de ses parents s'estompait. Il ne connaissait plus la douceur d'un regard et ce que l'on peut encore y lire tels la compassion, le respect ou l'accablement fraternel de se trouver en semblable situation de détresse.

Et c'est pourtant ce qu'il crut voir dans le regard voilé du vieil ours des Pyrénées battu depuis sa naissance, abruti de coups, d'injures et de crachats.

Tandis que la foule faisait brusquement silence, le futur loup-garou s'était approché du forain qui l'obligeait ainsi à se battre et curieusement, l'ours avait agi de même. Devinant la gravité de l'instant, le forain, dont la peur agrandissait les yeux, sortit une bourse emplie de pièces d'or en disant :

— Prends !... Prends et va-t'en !...

Quoi, il fallait tant souffrir, et si longtemps, pour gagner une seule de ces pièces et on les lui offrait toutes dès lors qu'on le craignait ? Ignorant la foule qui grondait, mécontente de ce que le combat avec l'ours se trouvât interrompu, celui qui allait devenir loup-garou ouvrit sa formidable mâchoire qu'il devait à la nature et le rendait si hideux puis il la referma sur la gorge du forain, emportant la pomme d'Adam. Aussitôt, il fut inondé de sang mais lui trouva étrange et bonne saveur...

La foule silencieuse hésitait, les gardes allaient se précipiter. Maîtrisant sa propre frayeur, l'assassin se tourna vers l'animal en disant :

— Viens, l'ours, tu me dois suivre ou ils nous feront mauvais parti !

Ainsi, l'homme et l'ours traînèrent-ils toute une année par les chemins défoncés du royaume. Ils tuaient pareillement, arrachant la tête des poulcs ou des moutons et se gorgeant de sang chaud qui faisait oublier l'âpreté de l'hiver et la morsure du froid.

Puis, lors d'une battue, l'ours fut tué et l'homme, lui-même blessé, s'échappa en profonde forêt. Des loups vinrent le flairer mais les grognements de l'homme, et les étonnantes dents qu'il montrait en attitude de haine, le firent respecter.

L'homme observa longuement les loups et qu'ils fussent des bêtes ne le gênait point car il n'attendait plus rien des hommes, se souvenant que seul un vieil ours l'avait regardé de façon humaine.

En les années qui suivirent, tandis qu'il coiffait tête

d'un compagnon abattu par des chasseurs, l'homme découvrit par hasard le sang d'enfant qu'il trouva à son goût, l'estimant sans humeurs ni impureté. Ainsi était-il né à cet horrible état de loup-garou et c'est ce qu'il confessa, en grand bonheur de parler, au moine à la petite voix désagréable.

Pensif, l'homme d'Église garda le silence quelques minutes, comme tel qui prend importante décision puis, tout soudainement :

— Je ne t'abandonnerai point. Trois de tes semblables sont déjà sous ma protection, vous serez donc quatre, comme les cavaliers de l'Apocalypse, et c'est bien ce que je compte faire de vous !... Mais n'oublie jamais que tu me dois de vivre et cette vie, je te la peux reprendre à tout instant en t'envoyant combattre ma cause. Ne dérobe jamais à un ordre, renonce au monde, prépare-toi à vivre en l'ombre des souterrains d'un vieux château avec trois de tes pareils et ne crains point leur compagnie car vous avez en commun tant de souffrances subies et causées qu'il est d'usage bien établi que vous ne vous jetiez pas à la gorge les uns des autres. Acceptes-tu ?...

— J'accepte, Maître !...

— As-tu à poser questions qui te tourmentent ?... Demande à présent, ou renonce à jamais...

— Qui êtes-vous, Maître ?... Quelle cause servez-vous ?... Et d'où vous vient ce terrifiant visage ?...

Le moine eut un rire bref et la petite voix répondit :

— Tu es un homme intelligent. Ce sont là les trois questions que j'aurais posées si je m'étais trouvé en ta situation. Quelle cause je sers, dis-tu ?... Au-delà des têtes royales et princières, on attend sans doute de moi que je serve Dieu pour restaurer la vraie foi en ce royaume désolé par l'hérésie et toi, m'obéissant, tu servirais pareillement Dieu... Hélas, rien de cela n'est vrai car je ne crois absolument pas, m'entends-tu, absolument pas en ce Dieu ni en aucun autre, quoi que je dise ailleurs !

Il soupira et reprit, parlant toujours en un débit rapide :

— Qui je suis est sans importance mais il me plaît de

penser qu'en dehors d'une certaine personne, qui au reste est une femme de grande puissance, seuls trois, et bientôt quatre loups-garous connaissent mon secret. Je m'appelle Vittorio Aldomontano et suis moine ambrosien du couvent Saint-Nicolas de Nancy. C'est moi qui réussis en compagnie du général de ma compagnie, notoirement incompétent, à exorciser le cardinal de Lorraine qui se croyait ensorcelé, et n'avait point tort de le penser. Vois-tu, les hommes, fussent-ils d'Église, sont des plus ingrats. Aussitôt libéré de son mal, le cardinal de Lorraine, très puissant seigneur d'une très grande famille, se trouva gêné de devoir son salut à un simple ambrosien arrivé de Milan si bien qu'il fit prendre quelques renseignements. Ainsi apprit-il qu'on me disait partout magicien et me convoqua-t-il aussitôt pour m'apprendre que je devais rendre compte de cela.

— C'est là grande ingratitude, Maître !...

Aldomontano conserva le silence, étonné. Il n'était point accoutumé qu'on coupât ainsi sa parole mais la remarque du loup-garou montrait que celui-ci ne manquait point d'intelligence. Or, si l'Italien ne craignait rien moins que la bêtise de ceux qui se trouvaient appelés à le servir, il tenait en méfiance trop d'intelligence.

Il décida cependant de répondre, mais indirectement, afin de ne point laisser l'autre mener sa parole :

— Il ne me fut point de grande difficulté d'expliquer au cardinal de Lorraine qu'il ne pouvait avoir été ramené à Dieu par homme du diable car sa guérison serait aussitôt remise en cause et sa possession connue de tous. Après quoi, j'avançai au cardinal que, si je me trouvais en l'état de magicien, la chose tenait de Dieu pour la délivrance des hommes et qu'on ne pouvait donc y déceler l'œuvre du Malin.

Aldomontano demeura un instant songeur puis il baissa le capuchon de sa robe de moine et le loup-garou étouffa un cri d'effroi.

Quittant sa vivacité coutumière en très inhabituel instant, la petite voix pointue et méchante expliqua avec soupçon de lassitude :

— C'est là l'œuvre du premier loup-garou dont je croisai la route et qui est à présent avec moi docile comme un agneau. Celui-là s'appelle « Rouge », les deux autres « Bleu » et « Vert » quand toi tu seras « Jaune ». Comme tu le constates, il ne me reste qu'un œil car « Rouge » a gobé l'autre et l'a aussitôt avalé mais cela n'empêche point que je surveillerai ton application à obéir et tes progrès en le métier des armes où vous devez être les meilleurs.

Le loup-garou, qui allait s'habituer au nom de « Jaune », observa le visage ravagé. L'orbite droite se trouvait vide, la joue droite avait été dévorée jusqu'aux os tandis que sur le devant et le côté on voyait les dents partout apparentes comme il en est des squelettes. Le nez n'était plus qu'un trou, et la bouche pareillement, les lèvres ayant été mangées.

Le moine italien eut un petit rire désagréable et ajouta :

— Comme tu le vois, je n'ai plus grand-chose à craindre s'il te venait mauvaise humeur mais il se trouve qu'à présent je ne supporte des loups-garous que bonnes dispositions à me servir. En cas de désobéissance, il n'est qu'une sanction, la mort, et des plus affreuses car tu serais livré à la populace qui aurait tôt fait de te lyncher avant que de te brûler vif.

— J'obéirai, Maître !

Satisfait, Aldomontano remit en place son vaste capuchon et appela aussitôt ses gens.

13

Jean Bohrange, hardi marin de Dunkerque et capitaine barbaresque qui ignorait la défaite, eut peur pour la première fois de sa vie.

Le Dragon Vert courait sur l'eau, manœuvrait à la perfection, utilisait son artillerie avec précision qui faisait frémir le Dunkerquois. Pour lui, Nissac n'était point simplement un Voleur de Vent mais le diable en personne et son navire, le chien de chasse des mers et océans.

Ne voulant point demeurer en fascination impuissante de son ennemi, fascination qui paralysait l'initiative, Bohrange fit effort de volonté comme pour écarter un charme délétère et donna ses ordres afin qu'on dérobe en se rapprochant des terres de Barbarie.

Par cette manœuvre, le Dunkerquois comptait surprendre le bâtiment royal et mettre à profit ce temps pour fuir à l'horizon mais les choses ne se passaient pas ainsi qu'en son espérance.

Fidèle à son habitude, Nissac n'avait point perdu un instant à tourner autour du premier galion, celui de Van Dick. Il avait simplement assuré son avantage en ordonnant seconde salve qui pulvérisa l'artillerie adverse. Démâté, rendu à l'état de vulgaire barque sans aviron, le galion allait dériver en l'attente que Nissac revienne l'achever. Car, aussitôt exécuté son terrible tir, *Le Dragon Vert* avait viré finement pour lancer la chasse sus au galion de Bohrange.

L'équipage du renégat était gagné par l'esprit de défaite, ne s'étant jusqu'ici jamais trouvé en l'obligation de fuir. Les hommes maugréaient et, ne se trouvant pas en état de vérité avec eux-mêmes, critiquaient à demi-bouche la couardise de leur chef tout en se trouvant des plus aises qu'il n'y eût point combat contre le vice-amiral de Nissac. Ainsi étant, ils reportaient l'ardeur destinée au combat vers l'art de la manœuvre permettant la fuite si bien que le galion pirate allait fort bon train.

Cependant, Bohrange était trop habile marin pour ne point s'apercevoir qu'inexorablement, *Le Dragon Vert* gagnait du terrain. Aussi ordonna-t-il d'une voix qu'altérait l'émotion :

— Droit vers la côte !

S'échouant sur les hauts-fonds et gagnant la terre proche, il lui serait possible de monter plus tard expédition afin de récupérer or et pierres précieuses accumulés en ses cales. Il perdrait son bâtiment de prise mais sauverait son trésor, sa prestigieuse otage et sa propre vie.

Le vice-amiral de Nissac se trouvait debout sur la dunette, entouré de ses plus proches officiers : le second, Paray des Ormeaux, le jeune lieutenant Fey des Étangs et le capitaine de Sousseyrac commandant l'infanterie d'assaut.

Bien prises sous le vent, la voile de misaine, la grand-voile ainsi que celle d'artimon avaient été renforcées par des bonettes, petites voiles supplémentaires qui augmentaient la surface de toile présentée au vent.

— Ah çà, le rattraperons-nous avant que ce fol ne se fracasse contre la côte ?... demanda Sousseyrac.

Nissac, qui en cet instant songeait à Élisabeth de La Tomlaye, s'ébroua. Il avait l'esprit extrêmement rapide, l'utilisant comme un marin le fait d'une drisse ou d'une amure, en grande promptitude. Tout au combat et à la manœuvre, sachant que les choses ne bougeraient pas de toute une minute, il pouvait occuper celle-ci à rêver, tel qu'il venait de le faire.

Les yeux gris du vice-amiral observèrent le galion pirate et, de cette voix grave au ton légèrement traînant qui séduisait sans que Nissac s'en doute, il répondit :

— Nous serons sur lui avant, mais de justesse !...

Aucun des trois officiers présents aux côtés du vice-amiral ne mit un seul instant la chose en doute car, si Nissac n'était point bavard, il parlait d'or.

— Est-ce vraiment nous qu'il fuit en si grande résolution ?... demanda Fey des Étangs.

— Il cherche à sauver sa carcasse !... répondit Sousseyrac qui ne pouvait imaginer autre raison.

Paray des Ormeaux se montra en état de plus grande prudence :

— Qu'en pensez-vous, monsieur l'amiral ?...

— Il est très lourdement chargé. De l'or. Il veut donc sauver son trésor en montant expédition terrestre vers les hauts-fonds s'il parvient à y échouer son navire. Cet homme est sans doute une canaille, mais il n'est point stupide.

Il se produisit peu après phénomène étrange, consécutivement à quelques ordres brefs donnés par Nissac : les vergues, qui auraient dû se trouver brassées en croix – ou au carré – furent orientées en sens inverse, pour un vent bâbord qui n'existait point. Aussitôt, sur le navire des renégats, on exulta tandis que les visages s'allongeaient parmi les membres de l'équipage du *Dragon Vert* : le navire royal s'éloignait du galion du capitaine Bohrange.

Plus grave encore, il semblait que Nissac n'eût point conscience de sa grave erreur car, contre toute logique en cet instant de fausse manœuvre, le vice-amiral ordonna :

— Canonniers, attention à faire feu !... Première vague d'assaut, attention à l'abordage !...

Et c'est alors que se produisit stupéfiant phénomène : le vent, qui soufflait en poupe, changea. Et *Le Dragon Vert*, en sa prétendue fausse manœuvre, s'était placé de telle sorte que les vergues brassées comme il fut dit profitèrent du vent soufflant bâbord. Le vaisseau partit en flèche, l'équipage hurla sa joie à pleine poitrine.

Le Dragon Vert sembla sauter sur la vague en un prodigieux bond en avant tandis que, sur le galion du renégat Bohrange, on se trouvait en grande consternation pour certains quand d'autres tombaient à genoux en se griffant le visage car, pour eux, il n'était point douteux que le vice-amiral fût le diable en personne qui prévoyait ainsi que le vent allait changer si brutalement, et devinait même son orientation à venir.

Le capitaine Bohrange avait compris. Avant que ne fût tiré un coup de canon, l'ampleur du désastre et la certitude de la défaite lui apparaissaient l'une et l'autre.

Son regard désespéré s'attarda sur son équipage. Celui-ci allait à la manœuvre sans conviction, en état de grande résignation, et le Dunkerquois avait suffisamment vu d'équipages espagnols en semblable état d'abandon pour savoir que le combat était perdu.

Comme l'apprenti regarde le maître, Bohrange admira la façon dont *Le Dragon Vert* se présentait finement sous le vent. Un instant, il sentit qu'il pouvait se montrer plus prompt et ordonna le feu mais rien ne vint si ce n'est quelques coups perdus : la majorité de ses canonniers avaient abandonné leur poste pour se réfugier le plus loin possible sur l'autre bord, en l'attente de l'apocalypse.

L'artillerie méthodique de Nissac fit une nouvelle fois la preuve de son excellence. Une première salve rasa les quatre mâts sans coup férir : contre-artimon, artimon, grand mât et mât de misaine. La seconde salve, d'une étonnante promptitude, dévasta sabords et batteries presque désertes. Une troisième balaya le pont où les pirates se tenaient couchés pour éviter les boulets.

Après que les canons se furent tus, les pirates survivants se relevèrent un à un, sabre à la main pour l'abordage. Leur courage ranimé par la certitude de mourir s'ils ne se défendaient point vacilla cependant en entendant fifres et tambours sur le pont du *Dragon Vert* car à Toulon, Nissac avait enrôlé marins connaissant ces instruments. L'air était métallique, lancinant et martial : il glaçait le sang, car on croyait entendre martellement de centaines de chevaux.

En un mot, il semait la terreur. En un autre mot : la chose avait été imaginée en ce but.

Bohrange, effondré, admira et haït une fois encore son adversaire qui ainsi cherchait – et trouvait – sans cesse idées nouvelles pour aider la victoire.

Hurlante, irrésistible en son prodigieux élan, la première vague d'assaut de la marine royale déferla sur le pont du galion pirate et Bohrange nota la présence d'un géant – Sousseyrac – qui fauchait ses hommes comme on moissonne le blé. Puis le renégat aperçut homme mince, de haute taille et de grande élégance, vêtu de bleu marine, chemise de dentelle blanche et coiffé d'un très beau feutre aux plumes blanches, vertes et bleues. Celui-là, qui frappait d'estoc un seul coup en la gorge de ses adversaires ne pouvait être que Nissac qui, l'apercevant, vint vers lui.

Éperdu, Bohrange s'enfuit mais Nissac, à peine freiné en sa course par les coups de sabre distribués à qui gênait son passage, le poursuivit et le rattrapa à l'entrée de la cale à filin.

Retrouvant son courage un instant défaillant, Bohrange fit face, attaquant avec extrême violence mais le comte, dont les yeux gris ne quittaient pas son adversaire, para avec facilité.

Enfin, Nissac regarda le Dunkerquois avec un air de vague tristesse en disant :

— Tes dernières heures durent être pénibles. Si ma parole a quelque crédit à tes yeux, sache que je te trouve capitaine intelligent et si tu en doutas, c'est parce que j'ai manœuvré pour que tu penses ainsi.

Le combat reprenant, Bohrange ne put parer le coup terrible qui lui traversa le larynx.

Nissac, sabre à la main, ouvrit brutalement la porte de la chambre du feu capitaine, située en la poupe du pont principal, et tomba nez à nez avec une femme d'une époustouflante beauté.

Il fut stupéfait, et s'étonna qu'elle frissonnât à sa vue.

La jeune femme rousse, âgée de vingt-deux ans, fut plus surprise encore. Elle pensait voir revenir Bohrange victorieux, car jusqu'ici il l'était toujours. Elle l'attendait non sans craintes. En effet, s'il l'avait respectée, il s'en était fallu parfois de bien peu, car il arrosait ses victoires en vidant un cruchon d'alcool.

Elle savait le combat achevé. Sur le pont, le cliquetis des armes ne s'entendait plus, ni les cris et clameurs du combat. Sans doute fouillait-on les morts avant de les jeter à la mer.

Mais cet homme grand et élégant, aux fascinants yeux gris sous le bord marine d'un feutre orné de plumes superbes, qui était-il, se demandait-elle tandis que le sang gouttait sur le plancher depuis la lame du sabre qu'il tenait en sa main gantée de gris perle.

Nissac ôta son chapeau.

— Thomas de Pomonne, comte de Nissac, vice-amiral des mers du Levant en la marine du roi de France, Sa Majesté Henri quatrième.

En un geste des plus adorables, car presque enfantin, la jeune femme rousse porta ses petits poings fermés à hauteur de sa bouche en disant d'une voix agréable où se devinait accent espagnol :

— Dieu soit loué !... Duchesse Inès de Medina Sidonia, enlevée par ces pirates sur un vaisseau du roi d'Espagne. Me ramènerez-vous en mon pays, monsieur ?...

— Comment refuser, madame ?... répondit Nissac, souriant, en songeant qu'elle était décidément bien jolie.

Troublée, elle ne sut que dire. Elle devinait en une tranquille certitude que cet homme était plus important que tous ceux qu'elle avait croisés jusqu'ici car, pour être duchesse et d'une prestigieuse famille, Inès de Medina Sidonia n'en était pas moins femme.

14

Au petit matin, alors que l'eau des fossés gelait, le cortège, sinistre, quitta la ville par la porte nord sous une violente averse de neige tandis qu'une lueur d'un gris sombre, à l'est, barrait l'horizon.

Derrière un groupe de soldats royaux de la cavalerie légère venait le moine à la voix méchante dont nul, en ville, n'avait vu le visage toujours caché par une ample capuche. Il était monté sur un cheval pâle à la robe magnifique où le blanc neigeux le disputait à un gris perle des plus délicats et un vieil écuyer, retiré en cette ville, de dire que ces montures sont affectionnées par ceux dont l'âme est noire.

Venait ensuite une étrange charrette tirée par six chevaux. Il s'agissait d'une grande cage dont le contenu était caché par des pièces de toile de tente et des peaux de bêtes cousues hâtivement les unes aux autres. La foule silencieuse n'ignorait point qu'en cette cage de fer se trouvait tapi « le monstre » et sur son passage, ponctué par le bruit sinistre des roues sur le pavé, chacun se signait avec ferveur.

Venait enfin un groupe de gendarmes royaux qui fermaient la marche.

Accablés par la chute de neige qui redoublait de violence, tous ces cavaliers allaient tête baissée, comme perdus en eux-mêmes, mais nul ne les plaignait en la population car chacun souhaitait les voir quitter la petite ville au plus vite pour n'y jamais revenir.

Un forgeron, crâne chauve et poitrine velue sous un gilet de cuir demi-ouvert, demanda :

— Et où emmènent-ils ainsi « la bête » ?

— Au royaume des ténèbres où elle sera ensevelie sous charbons ardents en les siècles des siècles !... répondit une vieille herbagère aux cheveux gris.

Passé la muraille qui ceinturait la ville, la triste colonne arriva à hauteur du cimetière où, pour la seconde fois, on enterrait chrétiennement les pauvres restes de la jeune fille qu'avait profanée, en sacrilège pratique, le loup-garou.

Famille, amis et fossoyeurs, tous ensemble levèrent la tête. Certains auraient souhaité esquisser geste de malédiction mais la force leur manqua et tous, pareillement mal à l'aise, détournèrent les yeux.

Seul le prêtre, pourtant bien jeune, s'obligea à regarder la cage tout en s'approchant à moins d'une toise mais il ne put s'empêcher de trembler lorsqu'un fugitif instant, les peaux de bêtes furent écartées par une main massive.

Le jeune curé, au comble de l'effroi, aperçut derrière de lourds barreaux d'acier tête de loup dont la partie inférieure était mâchoire d'homme.

Se contraignant à ne point détourner le regard, le curé remarqua les yeux de la créature et fut bouleversé d'y lire désespoir sans fond, tristesse et douleur telles, qu'il n'avait point souvenir d'en avoir jamais vu de semblables. Puis, très distinctement, il vit deux grosses larmes qui perlaient sur le pelage gris de la tête de loup...

La neige cessa à cet instant par phénomène étrange en sa rapidité et le ciel, jusqu'ici couleur d'étain, se teinta de mauve précieux et de violet délicat qui s'harmonisaient avec la légèreté de la neige.

Un oiseau chanta sur une branche dénudée et le jeune prêtre, distrait, l'observa.

Lorsqu'il regarda de nouveau vers l'étrange colonne, les derniers soldats royaux disparaissaient au détour d'une forêt aux cimes d'arbres blanchies de neige.

Alors, pour que ses paroles échappent aux autres qui ne l'auraient point compris, le jeune prêtre murmura :

— Pauvre créature !... Dieu ait pitié d'elle car en vérité ses souffrances semblent à la mesure de ses crimes et valent celles des pauvres âmes perdues en les enfers !...

Élisabeth de Sèze posa son livre et regarda son frère Louis qui, assis devant la cheminée, lui tournait le dos et semblait en grande fascination des flammes.

Sans doute l'amour qui lie frère et sœur est-il quelquefois si fort qu'il en paraît magique car Louis devina le regard d'Élisabeth et demanda d'une voix très douce :

— À quoi songez-vous ?...

— Vous le savez, monsieur mon frère, et même votre gentillesse ne peut porter remède à un mal dont je suis seule responsable.

Il se leva, s'adossa à la cheminée et regarda sa sœur. Son fin visage ne se défaisait jamais plus d'une expression douloureuse qui lui restait du temps où il se trouvait en l'état de galérien.

— Élisabeth, tout cela n'est point chose achevée qu'il faille considérer qu'il est à jamais impossible d'y revenir. Songez que vous avez rencontré bien peu notre cher comte de Nissac et que, si l'impression que vous lui fîtes ne parut point bonne, elle se peut modifier lors de sa prochaine visite.

Elle se leva à son tour et entreprit des aller-retour nerveux d'un mur de la pièce à l'autre.

— Louis, Louis !... Je crains que vous n'ayez point l'entendement de ces choses !... Revient-on jamais, lorsqu'on est homme de trente ans, sur le jugement que vous inspire une femme en la première rencontre ?... Je fus détestable.

Il s'approcha et lui saisit les mains qu'il porta à sa bouche pour les baiser.

— Ma sœur bien-aimée, quelle douleur de vous voir si malheureuse quand tout n'est peut-être point joué.

Elle se dégagea sans s'apercevoir de la brutalité de son geste et reprit son va-et-vient.

— C'est ainsi, pourtant. Il connaît la Cour et d'autres femmes que moi qui suis perdue en ma province. Celles-là savent sans doute parler d'amour et même faire accroire qu'elles aiment quand ce n'est point le cas alors que moi, mes manières furent rudes.

— Elles sont franches, sans calcul.

— Mon frère, trop souvent on dissimule sous le beau masque de la vertu ce qui n'est point autre chose qu'absence d'esprit de conquête en les entreprises amoureuses.

— Nissac est homme de sincérité qui n'aime point les artifices.

Élisabeth se trouva un instant apaisée par la constance des certitudes de Louis, certitudes qui ne vacillaient point. Elle s'approcha des flammes et y laissa longuement son regard puis, à mi-voix :

— Louis, cher frère, il entre en tout amour une part de calcul, manœuvre ou fausseté car la vérité est parfois trop difficile à dire ou à entendre. Or ce prix, celui du mensonge de circonstance, est davantage que je ne saurais consentir car en le triomphe de l'instant, on cultive les défaites de demain.

Louis éprouva quelque peine à entendre ce que sa sœur ne disait point, ou suggérait en grand détour.

— Ma sœur, est-il nécessaire de se torturer l'esprit comme hélas vous le faites ? Nissac sait bien des choses. Il n'ignore pas que notre château est vieux, les revenus bien modestes, la vigne ingrate et les saisons toujours en grand caprice. Et je sais pour l'assez bien connaître que cela n'est point son souci. Ne reste donc que vos sentiments, et pourquoi en douteriez-vous quand vous seule les connaissez ?

— Il est une autre rivale encore : la mer.

Louis hésita peu :

— Il est heureux de naviguer, mais pourquoi ?... J'ai parlé à ses marins, ses officiers... Nissac est un homme désespérément seul, irrémédiablement seul.

— C'est là son souhait ?

— Je ne sais... Mais la solitude est trop vieille

compagne du vice-amiral qu'il n'ait fini par l'aimer. Méfiez-vous-en, ma sœur et qu'aucune autre femme ne chasse ce désir de solitude car celle-là sera celle qu'il aimera.

Élisabeth faillit répondre et se ravisa. Elle savait sa position des plus délicates : être aimée de Nissac, mais ne jamais quitter son frère un instant. Elle songea que ses raisons n'étaient point indignes et lui permettaient d'employer des moyens que d'autres jugeraient sans doute condamnables. En effet, il lui faudrait beaucoup de finesse, pas mal de duperie et un peu de chance.

15

Devant l'énormité du trésor accumulé en les cales du vaisseau pirate, le comte de Nissac avait renoncé à transférer le fabuleux butin sur son propre navire, préférant prendre en remorque le galion entièrement démâté de feu le capitaine Bohrange.

Freiné en sa course par le bateau captif, *Le Dragon Vert* faisait route vers le lieu où il avait laissé le navire privé de mâts et d'artillerie du capitaine Van Dick.

Nissac, immobile sur la dunette, scrutait la mer d'un air indéchiffrable. Ombre fidèle à un pas derrière lui, le second, Charles Paray des Ormeaux, se tenait silencieux mais ses paupières plissées par instants indiquaient aux plus perspicaces qu'il y voyait mal

Sur le gaillard d'arrière, la duchesse Inès de Medina Sidonia se trouvait en la compagnie du charmant Martin Fey des Étangs dont elle n'écoutait que d'une oreille distraite la conversation pourtant des plus brillantes.

Inès de Medina Sidonia se sentait revivre parmi ces gentilshommes français aux manières tant courtoises qui contrastaient fort avec celles des pirates.

Ainsi, le vice-amiral avait pris ses dispositions pour qu'elle logeât dorénavant en sa chambre, qu'il lui céda sur-le-champ. Pareillement, tandis qu'elle sortait sur le pont supérieur, Fey des Étangs avait ôté sa cape, la jetant sur une large flaque de sang afin qu'elle n'y posât point directement son pied menu. Ce geste, gracieux en la manière et délicat en la pensée, la faisait revenir en un monde qu'elle décida de ne jamais quitter, faisant vœu de ne plus poser le pied sur un navire.

Elle avait peu parlé avec le vice-amiral, et le regrettait. De plus, il ne lui avait assigné aucun endroit précis où elle dût se tenir en la journée si bien qu'elle n'hésita point à demander à Fey des Étangs qu'il la conduisît séant sur la dunette.

Le jeune homme hésita, sachant combien cette étroite plate-forme de poupe, qui se trouvait le point le plus haut des ponts, était territoire du comte de Nissac. Au reste, on n'y pouvait tenir à cinq sans se gêner et Nissac s'y trouvait déjà en compagnie du second et d'un tireur d'élite attentif derrière son mousquet.

Fey des Étangs succomba. Par galanterie, certes, mais aussi parce qu'il ne pouvait résister à ce regard brusquement glacé : les Medina Sidonia étaient de noblesse immémoriale et la jeune Espagnole ne semblait point en habitude qu'on refusât de céder à ses caprices.

Perchée sur la dunette, elle admira la vue exceptionnelle qui s'offrait au regard, puis porta son attention sur le comte de Nissac qui n'avait point fait de commentaire sur son arrivée.

La jeune femme avait entendu parler en les récits d'autrefois de grands généraux et fabuleux capitaines, mais étaient-ils ainsi que Nissac, enfermé en un monde où nul ne semblait pouvoir entrer ?

Froid, distant, tenant sur ses épaules la responsabilité du navire et la vie de l'équipage, il lui apparut muré dans une solitude qui le privait sans doute de la plupart des plaisirs et laissait peu de place, entre mort ou folie, à un quelconque avenir. Au reste, songeait-elle, quel était-il, ce précaire avenir, et combien d'années, de mois, peut-être, le vice-amiral de Nissac allait-il échapper à une mort inscrite en son existence même ?... Qui possédait assez de force, à moins de devenir fol, pour aller de combat en combat sachant que, tôt ou tard, l'un d'eux vous sera fatal ?

La duchesse savait que le comte de Nissac exerçait la police du roi de France sur les mers du Levant. Elle n'ignorait pas davantage que la marine royale était inexistante, que le roi Henri quatrième se décidait seulement à faire construire quelques galères mais qu'en cet instant, *Le Dragon Vert* se trouvait la seule unité combattante qui représentât l'autorité du monarque sur ces interminables étendues infestées de pirates.

Elle fit un pas en avant et s'adressa au vice-amiral :

— Eh bien, monsieur, avez-vous égaré le navire du renégat Van Dick ?

Nissac entendit bien l'accent moqueur où perçait subtilement la provocation. Loin de s'en irriter, il s'en amusa mais, comme toujours, n'en laissa rien paraître. Enfin, désignant un point qui semblait imaginaire en la ligne d'horizon, il répondit :

— Je n'égare point mes ennemis, madame, car la chose serait du plus mauvais effet. Le galion pirate est là, en l'endroit que je viens de vous désigner.

— Il n'y a rien, comte, si ce n'est le ciel qui rejoint la mer !... Ah çà vous, monsieur des Étangs, voyez-vous quelque chose ?

Martin Fey des Étangs sourit et sa complicité avec ceux du *Dragon Vert* fut plus forte que sa passion naissante pour la ravissante duchesse :

— Madame la duchesse, vous ne voyez rien et moi pas davantage, car aucun œil humain ne peut distinguer ce qui n'est point visible. Mais si monsieur l'amiral dit que le navire s'y trouve, c'est qu'il y est, exactement où il fut indiqué.

Plusieurs minutes d'un pesant silence s'écoulèrent, nul n'osant ouvrir la bouche en l'espace étroit de la dunette. Pourtant, d'instant en instant grandissait la joie de la duchesse à l'idée qu'il arrivait que le comte de Nissac se puisse tromper, et qu'elle assistait à l'une de ces erreurs qu'elle supposait rarissimes.

Brusquement, alors que le bruit de soie froissée de l'éventail de la duchesse agaçait les marins, la voix de la vigie déchira le silence :

— Navire droit devant !

La duchesse rougit, Fey des Étangs regarda ses bottes,

Paray des Ormeaux observa le ciel d'un air pénétré, le tireur d'élite ne put réprimer un discret sourire.

Seul le vice-amiral semblait avoir totalement oublié l'incident, ou agit ainsi par galanterie, ordonnant d'une voix nonchalante :

— Monsieur des Ormeaux, faites détacher les cordages retenant le vaisseau capturé. Que monsieur de Sousseyrac prenne ses dispositions pour l'abordage.

« Il triomphe en grande modestie, et c'est plus terrible encore ! » songea la duchesse qui fut cependant touchée par la délicatesse de Nissac qui déjà, sobrement, donnait d'autres ordres. Bientôt, soulagé du fardeau que constituait le galion de feu le capitaine Bohrange, *Le Dragon Vert*, léger sur la vague, prit le vent en se jouant et se plaça de sorte que le soleil fût derrière lui.

La duchesse entendit un cliquetis d'armes venant du pont et distingua le géant haut d'une toise, ce baron appelé Sousseyrac, qui alignait en une ligne parfaite sa première vague d'assaut. La jeune femme frissonna : certains hommes étaient armés de haches.

Elle se souvint d'une phrase de Fey des Étangs à propos de Nissac : « Il fait avec commisération un cruel devoir » et d'une autre encore : « Pour lui, être un homme libre, c'est ne jamais subir. » Mais en ce tableau, ces phrases perdaient de leur force.

Elle remarqua les regards des fantassins et ceux des hommes de manœuvre qui se tournaient vers Nissac. La confiance et l'admiration qu'ils portaient à cet amiral froid et parfois nonchalant eussent fait des envieux chez les plus puissants monarques.

Indifférent, ou plus certainement n'en ayant pas même conscience, le vice-amiral ôta son pourpoint et sa chemise. Puis il en passa une autre, d'un blanc de grande pureté, que lui tendait un mousse. Comme la duchesse interrogeait Fey des Étangs du regard, celui-ci murmura à l'oreille de la jeune femme :

— Sauf lorsqu'on se trouve nous-mêmes surpris et devons réagir vite, c'est ainsi avant chaque abordage. Monsieur l'amiral, s'il doit passer de vie à trépas, veut mourir avec chemise immaculée.

La curiosité de la chose charma la duchesse.

Le tout jeune mousse, à peine âgé de onze ans, apporta au comte de Nissac deux pistolets chargés. Le comte, mais aussi tous les occupants de la dunette, ne furent point sans remarquer comme les mains du pauvre petit garçon tremblaient tandis que sur le pont du *Dragon Vert* commençaient à rouler les tambours. Bientôt, les fifres lançaient leurs trilles tellement inattendus par leur joyeuseté, en la gravité de l'heure et en contraste des tambours, qu'ils semblaient terrifiants à ceux qui ne connaissaient point cet étonnant artifice imaginé par monsieur de Nissac pour égarer l'adversaire qui ne savait plus s'il se trouvait en une fête ou au combat, c'est-à-dire en l'antichambre de la mort.

Le vice-amiral prit en ses mains celles du jeune garçon et lui parla d'une voix douce, si bas que seule la duchesse, qui avait l'oreille exceptionnellement fine, distingua ses paroles :

— As-tu peur, garçon ?

L'enfant n'osa point soutenir le regard de Nissac et confessa :

— Oui, monsieur l'amiral.

Nissac lui sourit avec gentillesse :

— Quelle que soit ta peur, et même si elle noue ton ventre et glace ton petit cœur, tu dois savoir que j'ai plus peur que toi encore.

— C'est là chose impossible, monsieur l'amiral, car vous êtes le plus ardent au combat et le plus hardi de tous.

— Garçon, la peur n'est chose honteuse que pour les imbéciles. Avoir peur de perdre la vie, ou de prendre celle d'un autre homme, indique simplement grand respect de la plus belle chose qui nous fut jamais donnée. Et surmonter sa peur est la seule marque de courage car il n'est de courage que si la peur lui sert de mesure.

L'enfant leva sur le vice-amiral un regard émerveillé. Brusquement mal à l'aise devant ces yeux lumineux de confiance et telle marque d'estime, le comte de Nissac ajouta d'un ton plus rude :

— En l'assaut, reste quelques pas derrière monsieur de Sousseyrac car le renégat qui le tuera n'est point né encore.

Puis, vivement, il se plaça devant la première vague d'assaut.

La duchesse de Medina ne pouvait détacher son regard de cet homme en chemise, hautes bottes, chapeau marine empanaché de plumes blanches, vertes et bleues qui tenait un pistolet en chaque main et un sabre d'abordage entre les dents.

Elle l'aimait déjà follement. Elle aimait qu'il fût le premier à se lancer à l'assaut quand tant d'amiraux n'allaient jamais au feu. Elle l'aimait pour ses paroles sur la peur et le courage. Elle aimait qu'il doutât, qu'il fût à la fois si fort et si vulnérable.

Mais, espagnole et duchesse, elle aimait par-dessus tout qu'il se lançât ainsi en l'arène car viendrait-il à être tué, elle pourrait l'aimer la vie entière sans qu'il s'y puisse opposer...

16

Le capitaine renégat Johan Van Dick se tourna vers son second, Graziano, et commenta d'une voix teintée en l'aigre poison de la jalousie :

— Observe comme il avance et vient vers nous, ce chien de Nissac !

— Chien sans doute, car il nous veut occire, mais le plus habile marin que je vis jamais.

— Cours t'engager à son bord, si tu penses ainsi mais tu ne le feras point, sachant que nous possédons de quoi anéantir dernier représentant de la marine royale en les mers du Levant.

Il aspira l'air avec un bonheur feint, et ajouta :

— Bientôt, nous foulerons le pont du *Dragon Vert* et amènerons le pavillon du roi de France pour torcher nos culs !... C'est la raison pour laquelle je ne veux pas que nous abîmions ce magnifique galion qui n'a point souffert de nos boulets.

« Ce n'est pas faute d'avoir essayé, incapable ! » se dit Graziano qui ne répondit pas.

Van Dick, songeur, suivait la manœuvre du *Dragon Vert* qui allait le mener bord contre bord pour l'abordage et l'explication finale où il se trouvait en grande certitude et bon contentement de surprendre et d'anéantir le comte de Nissac et les siens.

— Eh quoi, ce n'est que justice, à la fin !... maugréat-il entre ses très rares dents, toutes noircies par la pourriture.

Van Dick ne pouvait se défaire de sa peur, parvenant cependant à la tempérer par sa raison en songeant à l'arme secrète et irrésistible qui se trouvait en ses cales.

S'il parvenait à ne point frissonner en voyant approcher *Le Dragon Vert*, et à oublier avec quelle furie Nissac et ses hommes avaient la réputation de mener les abordages, il profiterait tout entièrement de la joie future que lui donnerait spectacle des soldats et marins du roi pour la première fois battus, humiliés, tête basse et mains en l'air.

Venger le capitaine Bohrange ne lui déplaisait pas car le Dunkerquois, dont il ne doutait pas qu'il se trouvât mort en cet instant, était bon marin et franc compagnon. Mais le réjouissait plus encore l'idée du prestige qui lui viendrait d'avoir pendu l'amiral de Nissac et tout cela n'était rien s'il songeait à la grande fortune qui se trouvait en les cales de son navire et dont il entendait bien profiter !... Trois années à écumer les mers de Chine et du Japon avant de longer les côtes d'Amérique et de Cadie, qu'on nomme aussi Nouvelle France.

Non, il n'était point décidé si près du but à perdre sa fabuleuse fortune et savait que, devant que le jour ne tombe, il serait enfin un riche et puissant seigneur, craint et respecté.

Il se tourna vers Graziano :

— Tenons-nous prêt à ménager fort désagréable surprise à monsieur l'amiral de Nissac.

Van Dick et Graziano sourirent en grande complicité et joie renouvelée en l'idée de l'usage prochain de leur invincible arme secrète...

Il gelait à pierre fendre.

La terre des chemins était dure comme la pierre et la lune éclairait le paysage d'une lumière métallique.

Vittorio Aldomontano avait abandonné l'escorte royale et la cage roulante depuis près de quatre lieues afin qu'on ne connaisse point son sombre repaire et il allait seul, à présent, avec la créature qu'il avait arrachée au bûcher.

Le loup-garou, qui répondait depuis peu au nom de « Jaune », marchait d'un pas léger, surprenant de la part d'un homme si fortement charpenté. Il ne portait point de chaînes, ni aucune entrave, et obéissait parfaitement à la voix, comme on l'attend d'un molosse dressé en les règles de l'art. Il ne s'éloignait jamais à plus d'une toise et l'Italien s'étonnait de pareille docilité. Au reste, tous ses loups-garous, celui-là comme les trois autres qu'il tenait cachés en les souterrains du château en ruine, manifestaient grande obéissance. Les choses étaient ainsi que les aberrations de la nature réservaient des surprises, telles leur propreté après qu'ils eurent mangé en état de saleté repoussante, ou bien encore leur façon de garder le silence des heures entières, où ils semblaient ne respirer pas même, attentifs, oreilles dressées et regards impavides sous les têtes de loup.

Et Aldomontano, qui aimait comprendre chaque chose afin d'aiguiser son intelligence, se heurtait au fait que ses quatre loups-garous n'avaient au départ rien de commun. « Jaune » avait travaillé en l'étude de son père notaire, « Rouge », le premier dressé après qu'il l'eut défiguré, était au départ un aristocrate de vieille lignée en la région de Lorraine, ayant domaines en Aunis, Saintonge et Angoumois. Mais « Vert », lui, né dans le Perche, venait de la tourbe, du bas peuple, et fut tour à tour crocheteur puis estafier, ces laquais armés portant livrée de leur maître. Ayant ferré la mule[1] lors des approvisionnements, renvoyé, on le connut tire-bourse quand lui vint sans qu'il pût jamais l'expliquer le goût du sang d'enfant. Enfin, bien différent encore se trouvait être « Bleu », jadis vaillant capitaine d'un régiment d'Auvergne. Atteint d'un coup de fauconneau[2], il traînait quelquefois la jambe, boitant légè-

1. Faire danser l'anse du panier.
2. Canon léger.

rement sans qu'on puisse vraiment le dire stropiat[1]. Un temps, il avait fréquenté d'autres anciens soldats : chevau-légers à jambes de bois, canonniers aux bras coupés, pétardiers sans plus de visage... Puis, à lui aussi vint le goût du sang d'enfant sans qu'il pût nommer la raison.

Aldomontano frissonna. Le froid pénétrant lui fit songer par contraste à son Italie natale. Rome !... Le palais aux Santi Apostoli où l'on appréciait sa présence, et ces autres de Fracati et de Marino. Rome, ces ruelles obscures, l'étouffante chaleur, l'été, sur les quais du Tibre où se retrouvaient, nombreux, ceux qui avaient goût pour Sodome ou ceux, plus indécis, qu'on disait « à poils ou à plumes ». Et ces rendez-vous de libertins en de belles demeures où coulait à flots le Spumante du Piemont jusqu'à ce que, lassé de l'orgie, on s'amuse à guetter les juifs du ghetto de la Via Merulana pour les voir en leur Kabbale, à moins que l'on ne préférât entrer en complicité avec les alchimistes qui s'adonnaient à la magie blanche.

Libertin, beau et insouciant, Vittorio Aldomontano avait été tout cela et en conservait grande nostalgie.

Il regarda longuement le dos puissant du loup-garou puis, se décidant, ordonna :

— Halte !... Es-tu si pressé d'arriver en le château des Chimères où blanchissent par centaines les os humains ?...

Devant l'incompréhension manifeste de « Jaune », l'Italien précisa :

— Ainsi est nommé le lieu où tu vivras dorénavant et qui fut jadis un des nombreux châteaux des nobles Mortemart.

Aldomontano observa le vol gracieux d'un rapace nocturne dont les ailes déployées masquèrent un instant la lune, puis reprit :

— Il en sera ainsi jusqu'au jour où vous sortirez en pleine lumière, vous, la garde personnelle la plus effrayante qu'on vit jamais mais tu devras d'abord apprendre à manier l'épée douze heures par jour et vivre en bonne intelligence avec ceux de ta race. Et quand viendra

1. Invalide.

l'instant, quand l'hérétique chutera du trône de France pour tomber en la pourriture et l'oubli, nous n'aurons plus à nous cacher car totale impunité nous est promise. Et moi, moi... J'aurais fait l'Histoire !...

Il hésita, changea vivement d'humeur et ajouta de sa petite voix pointue et méchante :

— Profitons de cette halte pour faire nos eaux contre cet arbre.

Il souffrait de la vessie, et se soignait ordinairement en vieux remède qui consiste à s'oindre les couilles de sang de renard mais il ne l'avait point fait de plusieurs jours, se trouvant en autres occupations.

Il jeta un regard au loup-garou à ses côtés puis, soupirant :

— C'est fort belle queue que dieu ou diable t'a donnée là. Je la regarderai peut-être de plus près quelque autre moment où le froid sera moins vif.

Mais il chassa cette idée. Le pouvoir, le pouvoir et surtout l'Histoire d'abord. Le reste, tout le reste viendrait après.

17

Le vice-amiral comte de Nissac, un pas devant le capitaine Sousseyrac qui précédait lui-même la première vague d'assaut, eut le regard attiré par étrange phénomène sur le pont du navire de Van Dick.

Venant des cales sur plate-forme hissée à bras d'hommes par poulies et cordages apparut machine de guerre des plus singulières.

Puis la machine fit un pas, et l'on comprit qu'il s'agissait d'un homme.

En la partie supérieure du corps et jusqu'aux hanches, il portait, renforcée aux épaules, armure légère en petites pièces métalliques laquées, articulées sur cuir par mailles de fer, qu'on saura plus tard s'appeler *Tosei-gusoku*. Les avant-bras se trouvaient renforcés par des gantelets de tissu recouverts de plaques d'acier reliées entre elles par des lacets. Selon un système voisin, plaques d'acicr carrées protégeaient les épaules et le cou. Il tenait à la main sabre long et étrange, mais on voyait à sa ceinture, placés horizontalement – ce qui parut fort étrange – un sabre moyen et un sabre court. Derrière son dos, on distinguait un arc puissant et fort long, tandis que d'un carquois dépassaient des flèches emplumées. Enfin, lui donnant aspect terrible, il était coiffé de ce que l'on ne savait point encore nommé *hoshi kabuto*, un haut casque d'acier à deux cornes de taureau et ce casque descendait en l'arrière bas sur la nuque, presque jusqu'aux épaules, en demi-cercle.

Le visage paraissait dur et très maigre, les yeux bridés, la peau jaune : il était la fine fleur des Samouraï.

— Serait-ce là un homme de la Chine ?... demanda le comte de Nissac à Paray des Ormeaux, accouru dès l'apparition de ce qu'un murmure des hommes du *Dragon Vert* appela « La chose diabolique ».

Paray des Ormeaux, qui avait voyagé en mers lointaines, répondit :

— Non point, monsieur l'amiral. Il est de l'empire du Japon. C'est un guerrier, qu'ils appellent samouraï et c'est peut-être un grand seigneur.

À cet instant, les deux galions se heurtèrent, bord contre bord. Sans plus se poser de questions, le vice-amiral, suivi de son équipage, sauta sur le pont du bâtiment barbaresque, vida ses deux pistolets sur des pirates et, sabre à la main, entama sa progression.

Pendant ce temps, les tambours roulaient et les fifres laissaient échapper notes légères depuis le pont du *Dragon Vert*.

Cependant, Nissac observait le Japonais immobile qui se trouvait flanqué d'un petit homme qu'on sut ultérieurement être chirurgien de marine, et qui semblait exhorter le samouraï à ne point combattre. À proximité, le capitaine Van Dick, que Nissac devina tel, en état de grande colère, insultait le petit homme qui, à la grande surprise du vice-amiral, lui adressa des signes amicaux en criant :

— Vive le roi de France !... Vive la marine royale !...

Ce fut sans doute là davantage que n'en pouvait supporter le capitaine renégat qui, ivre de rage, plongea son sabre dans le ventre du chirurgien qui s'effondra tout d'une pièce sur le pont.

Bientôt, un puissant cri de rage qui venait des profondeurs de la poitrine de l'homme au casque étrange glaça les combattants, qu'ils fussent renégats ou soldats du roi, et tous cessèrent le combat.

En un geste d'une rapidité telle que certains, par la suite, jurèrent qu'il ne l'avait point eu, le samouraï se retrouva le sabre à la main et, le temps d'un soupir, la tête de Van Dick et celle de son second, Graziano, volèrent en les airs, proprement décollées des épaules.

Paray des Ormeaux, qui n'était point en grande assurance, se tourna vers Nissac, quêtant un encouragement mais le vice-amiral, qui ne semblait pas plus impressionné que cela, commenta sobrement :

— Tiens, c'est une arme de taille et non d'estoc. Voilà qui est curieux.

L'équipage du *Dragon Vert* s'était légèrement replié, pour signifier au Japonais qu'il n'était point solidaire des renégats et les hommes regardaient en grande fascination le samouraï dont on suivait la progression au-dessus de la mêlée en voyant têtes de pirates voler en les airs et tourbillonner gracieusement avant que de retomber sur le pont du navire en un bruit sourd, assez désagréable à l'oreille.

Et tel était l'intérêt soutenu que les soldats du roi, en qualité de spectateurs, portaient à cet étrange combat, qu'ils ne virent point le comte de Nissac et le baron de Sousseyrac attaquer les pirates à revers, afin d'alléger la pression pesant sur le seigneur du pays du Soleil Levant.

Rappelés à leur devoir, et assez rudement en la manière, par monsieur des Ormeaux, ceux du *Dragon Vert*, en une poussée irrésistible, enfoncèrent les rangs des renégats qu'ils taillèrent en pièces, les derniers survivants préférant se jeter à la mer.

Puis, un silence impressionnant tomba sur le lieu du combat et le vice-amiral de Nissac s'approcha du samouraï agenouillé à proximité du petit homme qui était en train de passer en l'autre monde.

Le vieux chirurgien mourant trouva cependant la force de sourire au comte qui, assis sur ses talons, le regardait avec bienveillance. Le vieil homme toussa longuement, puis demanda :

— Ne seriez-vous point monsieur de Nissac ?...

— Je le suis, en effet.

— Je vous vis voici des années à Toulon. Quel plaisir d'être délivré par vous qui en ce temps-là commandait caraque royale et sauva ma fille en surprenant les barbaresques quand ceux-ci allaient aborder vaisseau où elle se trouvait voyageuse. Elle n'osa rien vous dire, mais tomba en grande passion pour vous, monsieur le comte.

Nissac, embarrassé, ne sut que répondre mais l'homme dont la mort durcissait déjà les traits lui prit la main :

— Le temps passe, monsieur le comte. Écoutez-moi, je vous en prie. Je fus capturé voici un an au large des côtes de Nouvelle France sur bâtiment marchand dont l'équipage fut promptement occis et je ne dus la vie qu'à mon état de chirurgien dont Van Dick, ce chien enragé, avait nécessité. À bord se trouvait cet homme...

Il sourit au samouraï et reprit :

— Je vous le recommande, car c'est un très grand et très haut seigneur ainsi qu'un noble cœur. Il était le seul survivant d'un naufrage au large du Japon quand survint Van Dick qui, curieux, le prit à son bord. Il s'appelle Chikamatsu Yasatsuna, c'est un samouraï, un guerrier, général en son pays.

À ces mots, Yasatsuna se leva et Nissac fit pareillement. En grande politesse, le Japonais, talons joints, s'inclina quand Nissac, selon ses propres usages d'Occident, ôtait son beau chapeau à plumes. Puis les deux hommes s'accroupirent près du mourant qui reprit de cette voix assurée que donne parfois la proximité de la mort :

— Ce noble seigneur du Soleil Levant, sauvé de la noyade par Van Dick qui ne savait trop quoi en faire, donna sa mesure contre pirates chinois et le renégat comprit quel formidable guerrier se trouvait là, et tout le parti qu'il en pourrait tirer. De son côté, le seigneur Yasatsuna, pour lequel l'honneur importe davantage que la vie, ne voulait point s'attarder au mal état de pirate de Van Dick, ne considérant qu'une chose : le renégat l'avait sauvé d'une mort certaine tandis qu'il dérivait sur son radeau à la limite de la mer Jaune et de l'océan Pacifique. Dès son arrivée, je m'intéressai au seigneur Yasatsuna et lui enseignai notre langue qu'il connaît fort bien à présent car l'ayant étudiée toute une année que nous avons passée ensemble en cette longue traversée tandis que Van Dick, cherchant des proies, musardait.

Le chirurgien étouffa un cri de douleur et, en son regard, Nissac devina que la mort, présente, s'impatientait. Il reprit cependant :

— Monsieur le comte, Van Dick promit qu'une fois les trésors en lieu sûr, il ramènerait le seigneur Yasatsuna en son lointain pays. Il ne l'eût point fait mais vous, ne l'abandonnez pas car grande est sa mélancolie des petits matins clairs en les jardins précieux du Japon.

— Je veillerai à la chose !... répondit le comte de Nissac soucieux à l'idée qu'il engageait ainsi sa parole en ne sachant pas comment la tenir, mais en l'irrévocable résolution de ne point faillir.

Le chirurgien, satisfait, sourit puis se cabra brusquement et rendit son âme à Dieu.

Le comte de Nissac fit voiler les tambours de crêpe noir et, l'équipage aligné sur le pont, on donna le corps du chirurgien à la mer.

Bientôt, *Le Dragon Vert* mit le cap sur Toulon mais, bien qu'il fût à la voile en toute la toile possible, et que le vent se trouvât des plus favorables, le galion du vice-amiral allait à très petite allure en la raison qu'il ramenait en son sillage, solidement arrimés, le *San Francesco*, repris au capitaine Bohrange, et le *Santa Maria*, qui fut un temps propriété usurpée de feu le renégat Van Dick.

Lors d'une rapide visite, le comte de Nissac se persuada que la cale regorgeait d'or, de pierreries et de vaisselle précieuse à l'égal du *San Francesco*, si bien qu'il se décida à envoyer pigeon au Louvre, directement. Il n'en faisait jamais tel usage, utilisant d'habitude pigeons dressés à revenir à Toulon mais devant l'importance de la prise, il ne lui semblait point douteux qu'il devait prévenir, à défaut du grand amiral, monsieur de Roquelaure en utilisant ce pigeon exceptionnellement robuste qui ne connaissait que le Louvre pour point de ralliement.

À présent, le vice-amiral présentait Yasatsuna à ses officiers.

Le seigneur japonais considéra avec bienveillance le baron de Sousseyrac, s'inclina, puis :

— Zire de Zouzzeyrac très fort, très rapide, très puissant !... Vous très redoutable tueur de pirates, beaucoup occire eux !... Vous samouraï peut-être un jour, si beaucoup travail.

Le géant balafré, flatté que son mérite fût ainsi reconnu par un homme de l'art, balbutia :

— Eh bien... Seigneur Yama... Tsa, non Tsé... c'est grand honneur que vous me faites.

La duchesse Inès de Medina Sidonia, qui s'était éclipsée à la fin de la bataille pour mettre de l'ordre en sa belle chevelure rousse, réapparut.

Le seigneur Yasatsuna ne crut point nécessaire de s'incliner devant elle et demanda au vice-amiral :

— Elle votre créature à plaisir ?...

Nissac comprit immédiatement que le samouraï n'avait point représentation exacte du rang de la jeune femme ni du rôle qu'elle tenait à bord, aussi précisa-t-il :

— La duchesse Inès de Medina Sidonia appartient à l'une des plus grandes familles espagnoles.

Le Japonais sourit.

— Oh, espagnols ?.... J'ai tué beaucoup eux quand je me trouvais sur bateau de Van Dick. Eux très braves mais trop pressés. Et peu de souplesse en le jarret.

La duchesse ouvrit son éventail et détourna le regard en affectant air de bouderie qui la rendait plus belle et plus désirable encore.

Puis, à la stupéfaction de l'équipage, le seigneur Yasatsuna gagna le gaillard d'avant et s'assit sur les talons, jambes croisées, la colonne vertébrale très droite, le menton rentré vers la poitrine et visiblement l'esprit absent en une position qu'on sut plus tard appelée *Zazen*.

Autant l'avouer, le seigneur Yasatsuna n'avait point achevé d'étonner le monde...

18

En les tristes paysages noyés dans un brouillard glacé qui entouraient le château des chimères, il faisait un froid de gueux.

« Jaune », en la cave voûtée dont une grille interdisait de s'échapper, hurla avec les autres loups-garous.

L'heure du dîner approchait, la faim commençait à tenailler son ventre mais là n'était point raison principale de son comportement.

« Jaune » se trouvait en grand bonheur de hurler ainsi car il se sentait accepté en la confrérie, ses congénères qui l'avaient si mal accueilli peu avant.

Il se souvint de son arrivée, trois jours plus tôt, à la nuit, en compagnie du moine qui n'avait plus visage humain. Une chouettc hululait peureusement quand au détour d'un chemin il découvrit ce lieu. La lune d'hiver éclaboussait d'argent liquide les ruines du château fort. Bientôt, derrière très épais buisson de houx aux feuilles piquantes tel l'acier, mais qui révélait vite passage dégagé, on parvint à une entrée secrète menant à un large et long souterrain.

« Jaune » remarqua le grand nombre de squelettes qui jalonnaient le chemin et, bien qu'il en ressentît léger malaise, il nota la petite taille de la plupart qui lui fit songer que le moine italien fournissait les autres loups-garous, et bientôt lui-même, en nombreux enfants.

Enfin, après plusieurs souterrains qui se succédaient

toujours plus profondément en les entrailles de la terre, et tandis que la lueur pourpre de la torche éclairait par instants le visage hideux de Vittorio Aldomontano, on gagna ultime galerie.

Plusieurs caves s'y trouvaient, n'ayant chacune point d'autre porte que forte grille et « Jaune » n'avait pas deviné qu'une de ces cellules lui était réservée.

« Jaune » avançait sans crainte derrière le moine lorsque brutalement, trois loups-garous hurlant, toutes dents dehors, se jetèrent contre leurs grilles qu'ils secouèrent avec violence, et leurs yeux sombres et fiévreux, derrière têtes de loup, ne s'arrachaient point à lui.

« Jaune » hurla à son tour, puissamment, et les défia en tapant son torse puissant de ses poings de boucher.

Bientôt, les cris des autres loups-garous cessèrent, et devinrent grognements.

Aldomontano ouvrit la porte d'une cellule vide puis, de sa petite voix pointue et désagréable :

— Te voilà accepté. Sois le bienvenu en le château des chimères.

La nuit, cette première nuit, fut longue. Les autres loups-garous murmuraient entre eux à voix basse, non point des mots mais des grognements dont le ton variait étonnamment. Ne se mêlant point à leur conversation et bien qu'il tendît l'oreille, « Jaune », dont la cellule se trouvait à l'écart des autres, ne perçut pas ce qui se disait là.

Il eût souhaité dormir, tant en raison qu'il fut passé bien près du bûcher qu'en raison des fatigues du long voyage mais sitôt sa tête dodelinait comme il était pris par le sommeil, sitôt l'un des loups-garous hurlait, et ses congénères avec lui. « Jaune », en ces instants, joignait son hurlement aux autres et, après un long temps, il remarqua que tous quatre hurlaient comme d'une même voix.

Dès cet instant, ce fut le silence et alors, alors enfin, il put dormir quelques instants, les longs couloirs poussiéreux des souterrains ne renvoyant plus, en interminables échos, les plaintes des loups-garous.

Le jour se levait sur Paris.

Empruntant passage qu'on nommait « galerie sur l'eau » et qu'il avait fait bâtir pour relier le Louvre aux Tuileries, palais dont Catherine de Médicis avait ordonné la construction, le roi Henri quatrième marchait d'un pas vif.

Soucieux, il allait tête baissée en cette galerie longeant la Seine. Il ressentait douleur à la cheville qu'il s'était froissée trois jours plus tôt en la galerie des cerfs, à Fontainebleau.

Devant lui allait « maître Guillaume », son fou, hérité d'un de ses oncles, le cardinal de Bourbon. Fol, il l'était bien mais souple et solide, qui faisait sur les mains tour de la salle des cariatides, réputée pouvoir contenir mille cinq cents personnes.

Derrière le roi marchait un de ses plus fidèles compagnons, François de Bassompierre, militaire de grande valeur et homme de beaucoup d'esprit. Jeune encore, il serait un jour maréchal de France, mais l'ignorait en cet instant où il se trouvait colonel général commandant les « Cent Suisses », garde d'élite d'Henri quatrième.

Les deux hommes et le nain débouchèrent en les jardins avec, pour perspective, le bois des Champs-Élysées.

Une compagnie des Gardes Françaises, en habit bleu à parements rouges, croisa à quelque distance une compagnie de gardes suisses en casaques rouges à parements bleus.

Six cents soldats défendaient le Louvre.

Bassompierre se porta à hauteur du roi.

— Sire, est-ce si contrariant ce qui semblerait bonne nouvelle à la plupart ?...

— Hé, Bassompierre, c'est qu'ils vont me voler !... Le Guise est gouverneur de Provence, et c'est un fieffé gourmand !...

Les deux hommes s'arrêtèrent à proximité d'un massif,

observant Maître Guillaume qui donnait la chasse à un merle peu pressé de s'envoler.

Bassompierre songea au texte de ce message arrivé par pigeon d'une traite depuis le pont d'un galion des mers du Levant jusqu'au Louvre, adressé aux hommes de confiance du roi.

Que disait-il ?... Quelque chose en cette façon :

Dragon Vert à Messieurs Roquelaure ou Bellegarde, Salut !
Trésor si grandement considérable que impossibilité transbordement. Ramène deux galions captifs. Craint surgissent multiples convoitises.
Prévenir le Roi et prendre toutes dispositions jugerez utiles. Fais route petite vitesse vers Toulon.
Bien Vôtre, vice-amiral de Nissac.

Comme s'il devinait les pensées de monsieur de Bassompierre, mais plus probablement parce que son esprit suivait semblable cheminement, le roi ajouta d'une voix où se devinait colère contenue :

— Non, cela ne va pas. Rien qu'entre le port et le palais de ce cochon de Guise[1], la moitié du butin se... perdra !...Et quand je dis perdu, Bassompierre, tu me comprends : ce ne sera point pour tout le monde !...

L'autre, qui avait l'esprit des plus vifs, répondit :

— Sans doute, Sire, mais il n'en sera point ainsi de toutes les façons. Par exemple, si lorsqu'il touche le quai, *Le Dragon Vert* est attendu par des chariots escortés d'hommes de confiance.

— Va pour les chariots, Bassompierre, mais les hommes ?... Passé un certain nombre de sacs d'or, la confiance se fait aussi rare que fraises en décembre.

— Une centaine de Cent Suisses, qui abandonneraient le Louvre quelques jours, remplacé par nombre supérieur de Gardes-Françaises.

— Cela ne va point, tes Cent Suisses sont bien trop connus.

---

1. Charles de Lorraine, duc de Guise, gouverneur de Provence de 1594 à 1631.

— Taillons-leur nouvel uniforme, Sire. Que sais-je ?... Les mousquetaires gris. Un tout nouveau corps. Par ordre royal. Et ma présence là-bas.

Henri quatrième sentait forte tentation. Bassompierre était d'un grand courage, sans quoi il n'eût point été colonel général des Suisses et chef de sa garde. Il était également intelligent. Mais l'autorité risquait de lui manquer face au puissant Guise.

Le roi prit sa décision.

— Je viens avec toi. Guise, ce fin renard, n'osera me jouer quelque tour à sa façon si je suis présent, même dans l'ombre.

— Sire, vous sur ces méchantes routes...

— Ce ne seront point les premières. Allons, que la garde parte sur l'instant, nous les rejoindrons à bride abattue avec escorte légère. Je dois visiter Margot[1] qui a des évanouissements. J'irai ce tantôt en son château de Madrid, au bois de Boulogne. Nous partirons peu après. Pas un mot, tu ne sais rien.

— Comme il vous plaira, Sire.

Les deux hommes, suivis du nain, revinrent vers le Louvre. Bassompierre remarqua :

— Ce Nissac est précieux à votre cause, Sire.

— Sans doute.

Le colonel, sentant une réticence, insista :

— Il est en grande honnêteté, et d'un parfait loyalisme.

— Il est honnête et loyal.

— Courageux, et sans doute le meilleur marin qui soit au monde.

— Tout cela est vrai, Bassompierre.

Bassompierre perdait patience, le roi ne l'ayant point habitué à ces manières de dissimulation où il voyait manque de confiance qui insultait son amitié. Il chercha délibérément à provoquer le souverain :

— En toute notre histoire, jamais encore les comtes de Nissac ne sont entrés en rébellion contre la couronne.

---

1. Marguerite de Valois, première épouse d'Henri IV.

Et leur histoire est longue : j'ai ouï dire que les Nissac remontent à Charlemagne.

Le roi sourit.

— Quand les Bourbons ne peuvent en dire autant, notre noblesse n'étant point si ancienne. Tout cela est bel et bien, mon ami, et je n'en disconviens pas. Alors dis-moi ce que tu veux savoir au lieu de chercher à me gâter les sangs en provoquant ma colère.

— C'est chose simple, Sire. Le comte de Nissac n'a que des qualités mais vous ne semblez pas l'aimer.

Henri quatrième jeta un regard glacial à son ami.

— Telle est la situation, Bassompierre : Nissac est irréprochable. Mais je ne l'aime pas. J'ai ma raison, même si je n'ai point raison.

Bassompierre n'insista pas, ajoutant cependant :

— Souhaitons pourtant qu'il arrive à bon port. Avec deux galions de prises qui paralysent ses manœuvres, Nissac risque d'avoir fort à faire en ces eaux infestées de barbaresques.

Le roi, qui n'avait point songé à cela mais aux seuls périls une fois à terre, répondit :

— Que Dieu le protège !... Et pareillement son vaisseau au nom si étrange, ce *Dragon Vert*...

Il demeura quelques instants rêveur.

19

Nissac se tenait sur le gaillard d'avant, penché sur le pont où le seigneur Yasatsuna, très petit pinceau à la main, exécutait motifs étranges.

Il commenta, à l'intention du vice-amiral :

— Le caractère *ryn* veut dire dragon. Comme votre *Dragon Vert*.

Nissac hocha la tête, silencieux, mais admira la manière dont ce dessin avait été exécuté d'un seul trait.

Il saisit un parchemin abandonné sur le sol et désigna le motif :

— Serait-ce là un renard, monsieur de Yasatsuna ?

— C'en est un, admiral. Lui renard *inari*, représente un des esprits.

D'un trait vif, le seigneur venu du pays du Soleil Levant dessina joli portail en expliquant :

— Et ça, *torii*, grand portail rouge. Lui permet arriver en monde invisible et ses créatures, les *kamis*, qui sont les esprits. Vous comprendre cela, admiral ?

— Amiral, il n'est point de « d ». Oui, je crois comprendre. Mais ces figures, comment trouvent-elles leur sens ? Faut-il les mettre toutes ensemble pour conter quelque histoire ?

Le samouraï adressa regard rusé au comte de Nissac.

— Vous, admiral, cherchez toujours à comprendre. Tout cela ensemble fait *emaki*, qui se déroule en le sens de l'écriture. Pour art du pinceau, il faut attention, éveil au monde et exigence. Très bon pour guerriers. Plus redoutables pour servir leur seigneur.

— Tous les samouraïs servent grand seigneur ?

— Toujours. En France, en Espagne, baron obéir et servir duc, duc servir votre roi, semblable chose. C'est le *bushido*, la Voie du guerrier, la façon de l'honneur. Nécessaire pas s'enrichir. Peu posséder, peu manger. Le *Daimyô* exige beaucoup allégeance.

— Vous n'avez plus d'encre, monsieur de Yasatsuna.

— Nous ferons sans, admiral ! répondit le samouraï en brisant son fin pinceau.

Puis, souriant, il ajouta :

— Il faut savoir se passer de toutes choses, admiral, sinon devenir pauvre esclave.

— Mais vous ne l'êtes point, monsieur de Yasatsuna.

— La gloire de mes ancêtres n'est pas inconnue !... Je descends de la famille du général Ashikaga qui, depuis ce général, a toujours suivi la voie des guerriers. J'appartiens à la vingt-septième génération. Toujours l'art de la guerre et grande curiosité pour autres choses. Apprendre médecine par herbes et points sur le corps. Apprendre jouer *kota*[1] et *Shakuhachi*[2]. Vous connaître musique, admiral ?

Nissac regarda au loin, souriant vaguement :

— Le violon, autrefois... On nous attend à ma table, monsieur de Yasatsuna.

Grande table se trouvait en la salle du gaillard d'arrière située sous la dunette, aménagement récent où le vice-amiral, accompagné de ses plus proches officiers, recevait pour les repas l'unique femme se trouvant à bord.

Ainsi, outre Nissac, on pouvait remarquer son second, Paray des Ormeaux, le capitaine de Sousseyrac, le lieute-

1. Cithare à treize cordes.
2. Flûte de bambou en biseau, à cinq trous.

nant Martin Fey des Étangs, le seigneur Yasatsuna et la ravissante duchesse Inès de Medina Sidonia.

Celle-ci éprouvait quelque répugnance à observer le samouraï qui, à chaque repas, mangeait à l'aide de baguettes poisson cru coupé en fines tranches mais aussi algues séchées. Au reste, apprenant la chose, l'équipage tout entier refusait de croire possible qu'homme puisse se délecter d'algues.

Et pourquoi pas des coquilles d'huîtres ? disait-on en esprit de moquerie.

Monsieur de Nissac, seul, ne s'en formalisait point, semblant toujours lointain et évasif dès lors qu'il se trouvait en compagnie.

Cependant, la duchesse de Medina Sidonia évitait le regard du samouraï car, chaque nuit, l'un et l'autre se retrouvaient en points différents du navire pour observer semblable spectacle. C'était là leur secret, mais ils n'en parlaient pas, éprouvant d'ailleurs impressions et sentiments qui leur étaient propres.

Chaque nuit, lorsque paraissait la lune, le vice-amiral sortait en grande discrétion, regardait longuement l'astre mort, puis ôtait son merveilleux chapeau à plumes vertes, bleues et blanches. Il saluait alors en grande cérémonie, son panache de couleur frôlant le bois du pont.

Le fils du pays du Soleil Levant tenait Nissac en haute estime. Il avait deviné le grand capitaine, le marin habile et le soldat tout de vaillance mais si tout cela était bel et bon, inclinant le samouraï au respect, l'estime venait d'ailleurs. Il soupçonnait chez Nissac esprit libre en une époque et une société qui ne l'étaient point.

Son ami, feu le vieux chirurgien, l'avait entretenu de la religion catholique ainsi que de celle qu'on appelait réformée mais qu'il jugeait toutes deux de grande intolérance. C'est pourquoi, appelant son vaisseau *Le Dragon Vert*, Nissac avait-il dû, en son temps, faire grincer les dents de quelques curés. Il y fallait du courage.

Mais que penser de ce salut muet et respectueux que le vice-amiral comte de Nissac adressait à la lune, comme on le fait à belle dame ou monarque ?... Qu'y avait-il au juste en l'esprit curieux de cet homme qui ne ressemblait point aux autres ?... Pourquoi était-il le seul, sur ce grand vaisseau, à poser des questions et à s'intéresser aux autres peuples ?... Quelle vérité traquait monsieur de Nissac ?...

La duchesse de Medina Sidonia observait à la dérobée le comte de Nissac qui mangeait peu. Le regard perdu vers le plafond, il avait un vague sourire aux lèvres. À quoi pensait-il ?... Comme elle aurait aimé le savoir, pénétrer à l'intérieur de l'âme de cet homme secret, connaître ses pensées, ses songes et ses espoirs.

Grande duchesse d'Espagne, personnage important – le roi Philippe III avait fait de sa libération une affaire d'État –, elle était impuissante à percer le mystère d'un homme qu'elle aimait chaque jour davantage.

N'était-il point fol, ce comte de Nissac qui, en un geste de grande beauté, saluait la lune en ôtant son chapeau aux si jolies plumes ?

Et pourquoi l'aimait-elle ?

Car, elle n'en doutait pas, elle n'aimait que lui. Lui qui occupait son esprit lorsqu'elle fermait les yeux pour s'endormir mais était de nouveau présent, au matin, sitôt qu'elle les ouvrait.

Aimer, ainsi le découvrait-elle, était chose délicieuse et douloureuse. Songeant à Nissac, il arrivait à la jeune femme qu'elle en eut mal au ventre, et le cœur serré. Le voyant, elle pensait quelquefois défaillir, la tête lui tournait et elle ne trouvait point ses mots.

Oui, pourquoi l'aimait-elle ?

La promiscuité sur ce navire ?... Non, elle l'aurait aimé au milieu du désert. Il ne ressemblait point aux autres, et là gisait peut-être la raison de sa passion secrète. Il était incomparable, beaucoup trop différent, étrange et parfois imprévisible. En tout cas, il n'avait rien à voir avec les hommes de la cour d'Espagne, austères et tout de noir vêtus, ombres glacées en les sombres galeries du palais de El Escorial.

El Escorial !... Construit par le fils de Charles-Quint sur le modèle du gril où saint Laurent fut sacrifié. Quelle idée !... Et situé au nord-ouest de Madrid en un endroit sauvage, venteux et désolé au pied de la Sierra de Guadarrama. On y avait avant-goût de la mort quand le comte de Nissac évoquait la vie !

Elle se contraignit néanmoins à suivre la conversation puis intervint comme il était question du second :

— C'est chose étrange que monsieur le second s'appelle Paray des Ormeaux et le lieutenant Fey des Étangs. L'ormeau est un arbre, il pourrait pousser en bordure d'un étang. Est-ce là le fait du hasard, monsieur l'amiral ?

Le comte de Nissac secoua lentement la tête. L'instant d'avant, on eût juré qu'il n'écoutait point la conversation et ignorait la question que l'on venait de lui poser. L'instant d'après, on sut que son apparente nonchalance ne l'empêchait point de tout entendre de ce qui se disait.

— Point de hasard, madame. Nous cherchions un jeune officier pour compléter l'équipage et voyant sur la liste qui énonçait plusieurs noms celui de Fey des Étangs, il me vint qu'il formerait belle harmonie avec monsieur des Ormeaux.

Il hésita un instant, observant le lieutenant Martin Fey des Étangs qui, le regard baissé, dissimulait mal une certaine angoisse.

Le vice-amiral reprit :

— Il apparaît donc que monsieur Fey des Étangs fut choisi par jeu, et je ne veux point dissimuler cette raison. Mais l'ayant vu à la manœuvre, au combat et chaque jour à ma table, je ne le changerai contre personne, fût-ce le Grand Turc.

Fey des Étangs jeta un regard brûlant de reconnaissance au comte de Nissac mais, en sa toujours très vive crainte des effusions, celui-ci se leva.

— Nous toucherons au port de Toulon d'ici qu'il soit trois heures de relevé. Que chacun se prépare. L'escale ne durera que vingt-quatre heures. Les officiers et les hommes descendront à terre par roulement. Monsieur des Ormeaux, vous veillerez à l'approvisionnement mais attendrez le dernier instant pour embarquer l'eau douce. Il faut changer la voile de contre-artimon, elle va se rompre sous peu.

Puis, s'adressant à la duchesse :

— Madame, nous ferons diligence pour reprendre la mer sitôt *Le Dragon Vert* en état. Nous vous déposerons au port de Barcelone. Dès tout à l'heure, un cavalier du gouverneur partira pour Madrid afin d'y annoncer votre prochaine arrivée, et qu'on y soigne l'accueil. Il faut cependant prévoir ce jourd'huy certain retard, car la manœuvre pour amener le *Santa Maria* et le *San Francesco* aux quais du port de Toulon sera des plus délicates.

— Garderez-vous ces navires, monsieur l'amiral ?... demanda la duchesse qui s'en moquait mais voyait là moyen de prolonger la conversation avec le peu bavard comte de Nissac.

Celui-ci se raidit et ses yeux gris se durcirent tandis qu'il répondait :

— Ils sont à présent propriété du roi de France, madame.

— Et les incomparables richesses qui se trouvent en leurs flancs ?

— Elles appartiennent à la couronne de France, madame.

Au fond, la duchesse se satisfaisait du fait que monsieur de Nissac fût si loyal envers son souverain, et si honnête. Mais elle se plut à provoquer l'homme qu'elle aimait en secret :

— Vous n'ignorez point, monsieur, que ces navires et leur contenu furent dérobés à l'Espagne par équipages barbaresques. Il est donc en bon droit et en justice qu'ils retournent en Espagne.

Le vice-amiral la toisa, mais ne fut pas insensible à son entêtement et à l'air des plus charmants que lui donnait celui-ci. Cependant, il choisit un ton de grande neutralité, tel qu'il indiquerait à son second route maritime à suivre :

— Madame, en le droit de la mer, je n'ai point à considérer ici quels furent jadis les armateurs propriétaires de ces vaisseaux et de ce qu'ils contiennent. Vous me parlez de l'Espagne, soit, la chose est belle et bonne mais qui sait si l'Espagne n'a point capturé ces navires à la flotte anglaise qui elle-même les déroba, plus lointainement encore à la flotte des pays de Hollande ?... Et quand cela serait vrai, qui sait si en Hollande ces navires ne furent point achetés par armateur de la Frise à armateur de la Gueldre, qu'il mal paya, et lequel intenta procès ?...

— Ah çà, monsieur l'amiral, vous allez si vite en vos mauvaises raisons que la tête me tourne.

— Aussi, j'en achève : ces navires furent capturés par navire royal du pays de France aux mécomptes des capitaines barbaresques Bohrange et Van Dick, lesquels ne sont plus en mesure de les réclamer en la raison qu'en cet instant, ils nourrissent les poissons.

Le vice-amiral se tourna vers le samouraï et ajouta avec un demi-sourire :

— Ces mêmes poissons que vous mangez tout crus, monsieur de Yasatsuna.

— Oh la fine pensée ! Voilà bien la raison pour laquelle ils me semblent assez coriaces, ces temps derniers ! répondit le seigneur du pays du Soleil Levant.

Tous sourirent, et chacun pensa que le vice-amiral de Nissac se tirait de l'affaire avec habileté.

La duchesse de Medina Sidonia, malgré elle, sourit sans doute davantage et plus longtemps que les autres, mais monsieur de Nissac ne s'en aperçut point : le visage de nouveau impénétrable, il quittait la pièce à grands pas pour monter sur la dunette.

20

Tandis que *Le Dragon Vert*, traînant les deux lourds galions de prise, peinait sur la vague tel un cheval sauvage entravé, d'autres, qui représentaient la puissance, n'entendaient point servir le roi Henri quatrième aussi loyalement que monsieur de Nissac, nourrissant au contraire de sombres projets.

En effet, ailleurs se préparait affaire bien différente qui, en ces temps, était le plus impardonnable, le plus atroce et le plus durement châtié des crimes qui se puisse concevoir ici-bas.

Loin, très loin des eaux proches du port de Toulon, des âmes noires au cœur de suie parcourues des flammes rouges du fanatisme psalmodiaient étrange psaume :

— Vienne vite la mort !

Disant telles paroles, les créatures hochaient leurs cagoules de pénitent en satin noir où ne se voyaient que trous percés à l'endroit des yeux et qui, fermées pour dissimuler la tête, s'achevaient en manière très pointue.

L'un des comploteurs réunis en cette secrète assemblée, et qui n'était autre que le duc d'Épernon, leva la main :

— C'est assez connivé. Il nous faut agir et noyer dans le sang ce qui n'eût point dû être.

Tous approuvèrent avec gravité...

C'était là leur première réunion et pas un des conjurés ne manquait, à la notable exception du « douzième apôtre », celui qu'on n'avait point encore trouvé mais dont la main ne devait pas trembler lorsque viendrait l'instant suprême de la mise à mort du roi.

Dans la pièce chauffée avec grand excès, l'ambassadeur d'Espagne, Don Inigo de Cardenas, suait à grosses gouttes sous sa cagoule de satin noir qui se terminait par un cône. Il trouvait ce luxe de précautions des plus inutiles, chacun pouvant faire suivre les autres pour savoir qui ils étaient – quoique ce ne fût pas sans risques... En outre, certains conjurés étant arrivés en cet hôtel particulier de la rue des Poulies en voiture avec armoiries, le secret n'était point entièrement étanché et cette comédie prenait caractère d'agacement.

Cependant, l'ambassadeur se força à l'attention lorsque le grand seigneur cagoulé qui dirigeait l'affaire et qu'il savait être le duc d'Épernon prit la parole. Sa voix sèche et saccadée en disait long sur le caractère de l'homme. L'ambassadeur d'Espagne ne l'appréciait pas, étant en la certitude que le duc n'aimait ni Dieu, ni les hommes mais avait soif de pouvoir et de revanche, tant il haïssait le Béarnais, roi de Navarre devenu roi de France. Cependant, l'ambassadeur était en service et savait que son propre roi, Philippe III d'Espagne, lirait son rapport avec grande attention.

D'Épernon ne dissimulait point son amertume :

— S'il est ainsi protégé, c'est que ce huguenot maudit est en la main de son maître Belzébuth car telle constance dans la fortune n'est point chose humaine.

L'ambassadeur, qui se trouvait bailleur d'une grande partie des fonds des conspirateurs, crut devoir faire montre de l'autorité que lui avait déléguée son roi :

— La chance tourne lorsqu' on sait persister en ses entreprises dont d'autres assurent qu'elles ne soient point rendues malaisées au motif qu'il y manquerait de l'or.

D'Épernon, qui ne pouvait point oublier qu'il fut puissant duc, se leva vivement et tourna vers l'ambassadeur son inquiétante tête cagoulée. Il n'aimait point être interrompu mais eu égard à la qualité de son interlocuteur, sa rage se voila d'excessive politesse :

— Je n'en disconviens certes pas, et remarque toute la justesse de vos paroles.

Satisfait d'avoir ainsi montré les crocs, et souhaitant qu'on fût à présent en apaisement, l'ambassadeur feignit d'avoir nécessité du recours à d'Épernon pour qu'on lui rappelât en quoi Henri quatrième semblait protégé de Dieu :

— La chance de ce faux converti est-elle donc si grande ?

Le duc, comme soudain accablé, s'assit avec lassitude.

— Plus grande qu'on ne l'imagine, car tout n'est point connu de ceux qui tentèrent de tuer le huguenot. Ainsi, le capitaine Michau, qui échoua. Louis Pépin, qui ne fut pas plus chanceux. Pierre Barrière, qui échoua, eut le poing qui tenait le couteau brûlé vif, vit ses membres rompus et finit sur la roue. André Regnard, encore un échec, le poing droit brûlé et l'homme pendu au pont Saint-Michel le 4 avril de 1594. Jean Châtel qui blessa l'imposteur à la lèvre et lui coupa une dent avant d'être écartelé vif. Le vicaire de Saint-Nicolas-des-Champs, pendu. Jacques Bâticle, pendu. Julien Guesdon, pendu en place de Grève. Nicolas Langlois, frère lai capucin, le corps brisé sur la roue. Charles Ridicauwe, un dominicain, roué à mort lui aussi. Nicole Mignon, exécutée en place de Grève. Saint-Germain de Roqueville, gentilhomme de Normandie, décapité...

« Voilà une belle bande de maladroits ! Ils méritaient mille fois la mort ! » songea l'ambassadeur qui, hypocrite, hocha gravement la tête.

Néanmoins, il se montra plus attentif lorsque d'Épernon dit d'une voix sifflante :

— L'échec nous sera cette fois inconnu !...Nous nous y préparons en trop grand sérieux pour ne point réussir. Guillaume d'Orange Nassau[1] aussi échappa longuement à la mort mais la dernière tentative fut la bonne qui infligea à cet hérétique juste châtiment.

L'ambassadeur observa l'effet produit par ces paroles.

---

1. Prince allemand dit « le Taciturne », opposant à l'occupation espagnole, chef militaire et fondateur les armes à la main des Provinces-Unies.

Le marquis de Pinthièvre, qui était en l'assemblée les yeux et les oreilles des Guise, hocha la tête et pareillement madame de Verneuil qui se trouvait en la grande espérance que le fils qu'elle eut d'Henri quatrième serait un jour roi de France.

L'ambassadeur continua de promener son regard sur l'assistance.

La seconde femme présente ne pouvait être que Léonora Galigaï, la confidente de la reine, flanquée de son mari, l'ambitieux et fort peu capable Concino Concini. Il eût été utile de savoir si la Galigaï se trouvait en ce lieu pour son propre compte, ou celui de sa maîtresse, mais l'ambassadeur ne désespérait pas d'être fixé sur ce point quelque jour prochain.

Son regard effleura Dietrich von Hoflingen, présent pour les affaires des Habsbourg d'Autriche, et ne s'attarda point sur le cardinal de Bellany. Puis, continuant son tour de table, il ignora José d'Altamos, qui le servait en ses affaires délicates, et Jehan de Bayerlin, un colonel aux chevau-légers qui n'avait point le premier rôle en ce complot.

Le onzième homme, en revanche, l'intéressait fort, étant le seul dont il ne connaissait point l'identité. D'évidence, le duc d'Épernon le craignait car, bien qu'il fût pressé par l'ambassadeur, il refusait en grande obstination de dire le nom de cet homme et les intérêts qu'il servait.

Le regard scrutateur de l'ambassadeur considéra longuement le « onzième apôtre » en le complot. La lumière des bougies posées sur la grande table de chêne se reflétait sous les cagoules en les yeux de ceux qui formaient le cercle mais l'ambassadeur, dont l'excellence de la vue était bien connue, se trouva confirmé en la croyance qu'il n'y avait qu'un œil sous cette cagoule conique.

Un borgne, donc.

Voilà qui devrait permettre de le plus facilement reconnaître car, pour l'ambassadeur, il n'était point question de se trouver bailleur de fonds sans connaître tous les participants en l'affaire, les intérêts qu'ils servaient et les buts visés par les commettants. Ainsi allait de longue tradition la politique de la très sainte Espagne, poursuivie jusqu'à Philippe III.

Tout de même, ce onzième homme qui parlait peu possédait un signe qui le distinguait des autres : une petite voix méchante, fort désagréable à l'oreille.

En grande perplexité, l'ambassadeur se souvint des paroles du duc d'Épernon :

— Prenez garde, celui-là représente le point le plus haut de l'État. Ne cherchez surtout pas à percer le mystère dont il s'entoure.

L'ambassadeur sourit sous sa cagoule de soie noire et murmura :

— Nous verrons bien !

Sur la dunette du *Dragon Vert*, le vice-amiral comte de Nissac restait insensible aux clameurs montant des nombreuses embarcations venues au-devant du valeureux navire qui peinait à ramener au port de Toulon ses deux imposants captifs, beaux galions de haute mer.

De la modeste barque de pêche à la galère, on comptait plus d'une centaine d'embarcations qui faisaient ainsi cortège au *Dragon Vert* qui régnait, hautain et magnifique, sur les mers du Levant.

Et si tous regardaient le redoutable galion en grande admiration, ils cherchaient aussi à distinguer sur le pont la silhouette élégante du vice-amiral de Nissac, marin glorieux et à ce jour toujours invaincu malgré ses nombreuses campagnes où il n'avait jamais fui le combat, fût-ce à un contre dix.

Les hommes du *Dragon Vert* se penchaient en souriant vers les barques. On riait et s'apostrophait. En l'équipage, on savourait l'ivresse de la victoire et se trouvait en grand effet de bonheur d'avoir une nouvelle fois échappé à la mort.

La duchesse de Medina Sidonia remarqua que même les officiers proches du comte, Paray des Ormeaux, Sousseyrac et Fey des Étangs, ne dissimulaient point leur plaisir.

Il n'était que deux hommes qui se tenaient à l'écart.

Ainsi, celui qu'on disait seigneur en le pays du Soleil Levant et qui avait nom Chikamatsu Yasatsuna. Vêtu d'une simple chemise de lin gris-vert, il regardait le port et la ville sans rien manifester.

Pareillement se trouvait le comte de Nissac, et la jeune femme fut heureuse qu'une fois encore, l'homme qu'elle aimait secrètement ne fût point pareil aux autres.

Le visage du comte, ce visage aux joues creuses et aux pommettes saillantes qu'elle aimait tant, ne marquait aucune expression si ce n'est, peut-être, une politesse ennuyée. En grande indifférence, le vice-amiral semblait ne point être là, mais la duchesse, qui apprenait rapidement à le parfaitement connaître, savait comme en ce moment même il se trouvait ému et attentif à toutes choses.

Les yeux gris inexpressifs regardaient le port de Toulon comme si *Le Dragon Vert* revenait d'une courte promenade en mer alors qu'après sa double victoire, il peinait à ramener ses gros captifs.

Un vent léger jouait dans les magnifiques plumes blanches, bleues et vertes du chapeau de feutre marine de Nissac et le panache ondoyant fascinait la jeune femme.

Balayant l'espace de la main, d'un élégant geste du poignet entouré de dentelles blanches, le comte signifia à monsieur des Ormeaux qu'il lui fallait la voie libre pour entrer en le port.

Malgré elle, la jeunc femme substitua à cette image du comte fort bien mis celle de l'homme en chemise, sabre entre les dents et un pistolet dans chaque main, sautant sur le pont du navire barbaresque au grand mépris de la mitraille qui sifflait autour de lui.

Elle secoua doucement la tête en murmurant :

— Comment ne pas t'aimer, Thomas de Nissac ?...

Puis elle vit la foule des petits et grands bateaux s'égailler pour laisser *Le Dragon Vert* et les vaisseaux captifs entrer en le port afin d'y tenter manœuvre sans précédent en ce lieu.

21

Le roi Henri quatrième, flanqué de ses fidèles, François de Bassompierre, colonel général des Cent Suisses, et le baron Antoine de Roquelaure, maître de la garde-robe, avait trouvé bon point de vue sur le port en une maison élevée prêtée par un ami du gouverneur.

Henri quatrième, qui en son règne avait fort négligé la marine, s'émerveilla de voir le pavillon royal flotter sur *Le Dragon Vert*, ce fin vaisseau victorieux qui traînait en son sillage les deux gros galions captifs.

Le Béarnais, tout à sa fierté, s'exclama :

— Cela semble gracieuse libellule tirant par le nez deux gros hannetons !

Bassompierre, qui savait voir très loin en les choses militaires, suggéra :

— Sire, leurs mâts remplacés, ces deux beaux vaisseaux de prise pourraient fort contribuer à assurer votre paix en les mers du Ponant.

— Il en sera ainsi !... répondit impulsivement le roi, ignorant que la mort le prendrait avant qu'il puisse veiller à l'exécution d'un tel ordre et que les deux beaux galions espagnols, privés d'entretien, ne seraient hélas point réarmés et pourriraient près de trente années durant en un coin reculé du port de Toulon.

— Contiennent-ils vraiment si grands trésors ?... questionna Roquelaure dont le ton indiquait assez qu'il en doutait.

Le roi, qui espérait ne pas être déçu, répondit un peu brusquement :

— Ce comte de Nissac n'est certes point vantard !...

« Je suis mieux placé que tout autre pour le savoir », songea Henri quatrième, non sans honte, au souvenir des lauriers qu'il avait volés au tout jeune comte de Nissac qui ne devait point être âgé de plus de seize ou dix-sept ans lors de cette délicate affaire...

Chassant ce pénible souvenir, il reprit d'un ton radouci :

— Allons chez le Guise, nous verrons bien !...

Louis de Sèze, comte de La Tomlaye, poussait son cheval pour atteindre rapidement le château familial.

Son cœur battait plus vite à l'idée de l'excitation qu'il allait susciter chez Élisabeth, sa sœur bien aimée.

Trouverait-il les mots ?... Saurait-il raconter ?... Transmettrait-il l'émotion qui avait été la sienne à l'arrivée du *Dragon Vert* en le port de Toulon ?...

Il le souhaitait et répétait l'histoire qu'il composait en inversant l'ordre du récit, essayant de nouvelles combinaisons pour tirer effet qui fut le plus près possible de la réalité.

Il ne fallait point trahir la vérité et il savait qu'Élisabeth l'écouterait telle une enfant, savourant chacun de ses mots comme on le fait d'un massepain dont on découvre sous la dent le goût des amandes et des noisettes.

Il savait aussi qu'une partie de son récit risquait de provoquer grand chagrin, considérant que sa sœur avait un certain goût pour la souffrance réelle... ou imaginaire.

Au loin, il ne distinguait toujours pas son château.

Sitôt les galions amarrés, les mousquetaires gris avaient envahi les quais, installant d'infranchissables barrages entre les vaisseaux et la population.

Une population curieuse. Curieuse du trésor dont on parlait en tout lieu du port et de la ville, mais pareillement de ces mousquetaires tous vêtus de gris fer, aux manières rudes et qui, pour certains, n'entendaient pas même le français.

Bassompierre hâtait la manœuvre et veillait à toutes choses. Il savait que son roi attendait en la résidence de Charles de Lorraine, duc de Guise et gouverneur de Provence. Il n'ignorait point non plus que, chez Henri quatrième, la patience n'était pas la vertu première.

Bientôt, les chariots s'ébranlèrent.

Ils avançaient en ordre compact, la longue file gardée de chaque côté par double haie de ces étranges mousquetaires, gris jusqu'à la plume de leurs chapeaux, et qui conservaient en permanence la main sur la poignée de l'épée.

Henri quatrième, en la belle demeure du duc de Guise, entendit bien la colonne arriver, le hennissement d'un cheval, le bruit des coffres qu'on descendait des chariots mais, buvant un verre de vin en compagnie du gouverneur, il estima contraire à la royale majesté de ne point réprimer sa grande impatience.

Enfin, un officier entra et murmura quelques paroles à l'oreille de Guise qui, aussitôt, se tourna vers le roi de France :

— Si Votre Majesté daigne me suivre...

Intérieurement, le roi pesta contre la lenteur des petits pas du gouverneur de Provence, estimant par ailleurs détestable cette idée d'entreposer le trésor en une salle si éloignée de l'endroit où il se trouvait peu avant.

Enfin, quelques escaliers et longs couloirs plus loin il parvint, sur les talons de Guise, devant une porte massive gardée par quatre mousquetaires gris qui ne bougèrent point d'un cil lorsque le gouverneur leur ordonna de s'écarter, car ils n'obéissaient qu'à Bassompierre ou à leur souverain.

Irrité, Henri quatrième leur adressa petit geste nerveux. L'un des mousquetaires ouvrit alors la porte mais la referma sitôt derrière le roi et le duc de Guise.

Stupéfait, Henri quatrième n'osait faire un pas devant le spectacle de dizaines de gros coffres aux couvercles levés qui laissaient voir des milliers de pièces d'or et de pierres précieuses.

Dans un coin, entassés hâtivement et tous façonnés en l'or le plus fin se voyaient calices, encensoirs, retables, ciboires, ostensoirs...

Se reprenant enfin, le roi se tourna vers le gouverneur et constata non sans plaisir que le détachement qu'il avait ostensiblement affiché jusque-là laissait la place à un tel étonnement qu'il semblait que les yeux du duc allaient choir hors de leurs orbites.

Cherchant à retrouver belle apparence, le duc toussota puis, d'une voix qui manquait cruellement d'assurance :

— À n'en point douter, Sire, ce Nissac est une bénédiction !...

« Nissac... Nissac... Toujours ce Nissac !... » songea le roi qui eût aimé qu'une si fabuleuse fortune fût ainsi déposée à ses pieds par quelque autre gentilhomme.

— Sans doute !... répondit-il, furieux de devoir quelque chose à Nissac pour la seconde fois en sa vie.

Le duc, voyant que le bât blessait, poursuivit perfidement :

— Vous eûtes fort belle inspiration, Sire, lorsque vous fîtes construire ce *Dragon Vert*. Une inspiration renouvelée lorsque vous vint l'idée de confier le commandement de ce navire à Nissac.

— Certainement !... rétorqua aigrement Henri quatrième qui savait bien, lui, que *Le Dragon Vert* était un don qu'on lui fit, lui imposant Nissac du même coup. Il eut pourtant la faiblesse de ne point repousser ces compliments indus, par fatuité, certainement, bien que le doute le traversât quant à la sincérité du duc de Guise.

Celui-ci, revenu de Paris où il s'était fait conter par Pinthièvre, sa créature, ce qui s'était dit à la réunion des conspirateurs en cagoules de satin noir, chercha à dissimuler son mépris.

Il détestait le roi, qu'il tenait pour un imposteur se coiffant d'une couronne qui ne lui revenait pas. Il lui trouvait autant d'allure qu'un cocher et guère davantage de propreté qu'un crocheteur des quais de Toulon.

Il l'observa tandis qu'Henri quatrième qui s'était approché plongeait ses mains dans les coffres pour faire cascader les pièces d'or.

« Un vieillard ! » songea-t-il en voyant les cheveux blancs et le dos voûté par les années. Il avait remarqué peu avant, tandis que le monarque lui parlait, sauce séchée sur la barbe blanche et l'idée se présenta à lui qu'il s'agissait là d'un vieux bouc puant.

« Mort, il puera davantage encore ! »... se dit Guise qui, voyant le regard du roi posé sur lui, quitta en un instant l'air de grand dédain qu'il affichait quelques instants auparavant.

Il parla d'un ton dégagé :

— Sire, ne sachant quel parti tenir, j'ai fait mander monsieur de Nissac qui attend en une pièce où on lui a servi des fruits, notre homme ayant refusé le vin.

Henri quatrième, mains derrière le dos, fit le tour de la pièce, puis revint se planter devant Guise qui le dominait d'une tête.

— Nissac est-il averti de ma présence à Toulon ?...

— Il l'ignore, Sire, vos ordres ne manquaient point de clarté à ce sujet. Quant à moi, je n'ai point trouvé le temps de le recevoir. Le verrai-je donc seul ?...

La dernière phrase, dite d'un ton feignant l'accablement, laissait entendre que ce serait grande ingratitude royale que de ne point recevoir, ne serait-ce que quelques instants, officier si audacieux, vaillant et honnête.

Henri quatrième perçut l'écueil et agit en conséquence par sa réponse qu'il fit d'un ton modéré :

— Monsieur de Nissac mérite reconnaissance et félicitations en la manière dont il fait son devoir... Malheureusement, je souffre de migraine. Le voyage depuis Paris, sans doute. Aussi...

Il se tut, réfléchit, puis :

— Trouvez pièce en cette demeure où je puisse entendre et voir le comte de Nissac sans être aperçu de lui et adresser lui votre compliment au nom du roi.

Le duc de Guise, qui n'était point sot, comprit qu'il existait un contentieux grave entre le roi et le vice-amiral mais il s'égara en attribuant la raison du différend à une affaire de femmes.

— Je m'en occupe à l'instant, Sire.

22

Il faisait un froid tel, en cette Provence fille du soleil, qu'au dire des vieillards, on n'en avait point éprouvé de semblable depuis près de cinquante années.

Pourtant, cherchant à aller au plus vite, Louis de Sèze, comte de La Tomlaye, n'hésitait point à lancer son cheval à grandes brides sur les routes neigeuses et défoncées, ni à passer rivière à guet malgré l'eau glacée de décembre, s'enfonçant jusqu'aux épaules en celle-ci à proximité de pont effondré lors des grandes crues d'automne.

Enfin, il fut en vue du château et ralentit sa pauvre monture très éprouvée. Il savait qu'il apportait le bonheur en cette maison dès lors qu'il donnerait des nouvelles fraîches de Thomas de Pomonne, comte de Nissac et vice-amiral des mers du Levant.

Le frère et la sœur se trouvaient dans une petite pièce du rez-de-chaussée du château. Dans la cheminée, un feu généreux parfumait l'endroit, les bûches provenant de vieux chênes abattus deux années plus tôt lors même qu'ils allaient choir après une tempête.

Ils se tenaient assis, profitant de la chaleur, et Élisabeth avait pris en les siennes les mains de Louis.

— Parlez vite, mon frère !...L'avez-vous vu ?... Que vous a-t-il dit ?... Et comment va-t-il ?

Louis se trouvait embarrassé. Il ne voulait certes pas se montrer cruel envers sa sœur qu'il sentait en grande impatience de connaître réponses à ses questions mais ce n'était point ainsi qu'il avait préparé son affaire :

— Soyez sans crainte, ma sœur chérie, rien ne vous sera dissimulé mais je comptais vous dire tout de son arrivée selon l'ordre naturel où les choses ont eu lieu...

Sentant les mains nerveuses d'Élisabeth se crisper dans les siennes, il sourit et poursuivit :

— Je l'ai vu. Il semble en fort bonne santé. Je n'ai point réussi à l'approcher en raison de la présence de mousquetaires gris mais l'un d'eux, pour un écu, accepta de lui porter billet où je l'invitais à passer nous visiter dès lors qu'il le pourrait. Le comte, qui veillait au déchargement de nombreux coffres qu'on dit emplis d'or et de diamants, lut le billet, je le vis de mes yeux bien que je fusse assez éloigné.

— Quelle fut sa réaction ?... Oh, dites-moi tout, Louis, ne me cachez surtout point la moindre petite chose.

— À la vérité, ayant lu, il sembla étonné. Un instant, ses yeux gris s'attardèrent sur cette foule qui le fêtait, puis il fit hâter le déchargement par ses officiers.

Elle le regarda longuement, mettant ses mains à la torture, puis :

— Louis, vous me cachez chose grave.

Le comte de La Tomlayc se sentit vaincu par ce regard blessé. Il reprit son récit :

— Il y avait fort jolie femme rousse sur le pont. On dit qu'elle serait princesse espagnole, mais plus certainement grande-duchesse captive des pirates et libérée par le comte de Nissac. Il se dit qu'elle passerait la nuit en la demeure du gouverneur mais réembarquerait dès demain sur *Le Dragon Vert* pour s'en retourner en son pays.

Élisabeth se leva et s'approcha des flammes qu'elle regarda longuement puis, se retournant vivement vers son frère :

— Et que faisait-elle, sur le pont ?

— Elle ne quittait point monsieur de Nissac du regard. C'est une femme entièrement prise par l'amour, chacun put s'en rendre compte.

Élisabeth chancela un instant mais se rattrapa d'extrême justesse. Une fois encore, si elle savait ne point vouloir vivre avec Nissac loin de son frère, l'idée que le vice-amiral donne son amour à une autre lui brisait le cœur.

Elle adressa un pauvre sourire à Louis qui en fut bouleversé :

— Il aime ailleurs. Tant mieux, il ne verra point comme je suis devenue laide.

— Il n'en est rien !... Vous avez maigri à refuser de vous nourrir en raison que vous vous punissez de vous être montrée hostile à monsieur de Nissac.

Elle l'écoutait à peine. Il sourit et s'approcha.

— Vous ne m'avez point demandé comment Monsieur de Nissac, lui, regardait la belle princesse espagnole ?

Élisabeth devina que la réponse à cette question ne devait point être désagréable à entendre.

De nouveau, elle saisit les mains de son frère.

— Louis !... Louis !... Bien sûr je vous le demande mille fois et vous prie de ne point différer votre réponse : comment la regardait-il ?

— Il ne la regardait pas. Et c'eût été grande tristesse si la situation n'était point que vous éprouvez inclination envers monsieur de Nissac et que l'infortune de cette belle princesse était le meilleur signe que l'objet de votre possible amour ne l'aime point en retour. Il ne la voyait pas et, si son regard passait sur elle pour surveiller tel marin à la manœuvre, il ne s'y attardait aucunement. C'est ainsi, Élisabeth, en grande vérité telle que mes yeux ont vu ces choses.

Élisabeth eut alors une réaction qui étonna son frère bien qu'il fût de longtemps prévenu de la bonté de la jeune femme. En effet, Élisabeth dit à mi-voix :

— La pauvre princesse, comme elle doit souffrir car monsieur de Nissac n'est point un homme qu'on aime à demi.

Un long silence s'installa entre le frère et le sœur mais

si Élisabeth n'en eut guère conscience, Louis en fut gêné qui feignit un ton joyeux :

— Décidément, vous ne voulez rien savoir de l'arrivée en le port de Toulon du vice-amiral couvert des lauriers de sa double victoire.

Elle le regarda sans comprendre puis, saisissant tout soudainement les paroles de son frère, elle le pressa :

— N'omettez rien, Louis !... Je veux tout connaître. Ainsi, vous étiez en le port ?

Cette fois, le jeune homme sourit, heureux qu'on en vienne enfin à cela pour lequel tant il s'était hâté vers le château.

— Avec quelques milliers d'autres !... C'est que la chose s'était sue par voile de pêcheur fine et légère filant sous le vent et tout l'équipage de ce bateau de pêche, à peine arrivé, de conter que *Le Dragon Vert* s'en revenait encore victorieux traînant en son sillage deux magnifiques galions captifs.

— Deux ! coupa Élisabeth, admirative.

Louis reprit :

— Des tavernes du port, la nouvelle gagna toute la ville et le palais où se trouvait le gouverneur. Ainsi, cela explique sa présence et celle de ses gardes, mais plus étrange était la proximité de ces mousquetaires gris, soldats royaux qui ne parlaient jamais, pour les rares qu'on voyait en les rues pour le service car les autres restaient cloîtrés en leurs quartiers. En tout cas, ils furent bientôt sur le port et firent reculer la foule qui arrivait de partout et, en cet office, ils ne firent point montre de douceur. Mais eux aussi tournèrent la tête lorsqu'une clameur annonça point sur l'horizon. Ah, Élisabeth, comme la chose fut belle et comme je regrette que vous ne l'ayez pas vue !

— Contez-la-moi, Louis !

— *Le Dragon Vert* apparut bientôt en sa parfaite beauté et sa rare élégance, car vous savez que monsieur de Nissac l'a dessiné plus fin que tous les autres galions de par le monde. Toutes ses belles voiles étant gonflées de vent, il n'en peinait pas moins durement à ramener ses deux lourds prisonniers. Ceux-là aussi, quoique démâtés, sont fort beaux, comme savent les construire les Espagnols qui ne lésinent point sur les ors et les pourpres. La foule, en grande fascination, suivait les efforts du *Dragon Vert* et chaque toise gagnée gonflait le cœur de tous ceux qui assistaient à la scène. C'est spectacle bouleversant de voir navire plus fin, de plus modeste tonnage, traîner à sa suite bâtiments plus puissants qui n'en furent pas moins vaincus. Aussi les regards cherchaient-ils le vice-amiral qu'on sait toujours sur la dunette, reconnaissable à son chapeau de feutre couleur marine empanaché de plumes bleues, vertes et blanches, nul n'ayant encore percé le secret du choix de telles couleurs. Bourgeois et marins l'acclamaient quant aux femmes, qu'elles fussent de petite noblesse, épouses d'armateurs ou de porteurs d'eau, toutes se pâmaient en grand émoi. Pourtant, le vice-amiral demeurait immobile, indifférent à cette gloire, comme si ce n'était point lui que la foule fêtait, lui que la victoire traite toujours comme son fils chéri !

— Vous en parlez si bien, Louis !... Et qu'advint-il après ?

— Lorsqu'il descendit du navire, un officier des mousquetaires gris s'approcha de lui et présenta au comte un haut cheval noir comme on sait que les Nissac, depuis Charlemagne, dit-on, ne montent que cette sorte de chevaux puis, encadré par ces étranges mousquetaires, il gagna la résidence du gouverneur au grand dépit de la foule qui eût aimé voir plus longuement son héros.

— Et ce fut tout ?

— Après, les choses furent différentes, l'intérêt qu'on y portait, pour grand qu'il fût, se trouvant moindre dès que Thomas de Nissac eut disparu avec son escorte. On discuta de la jeune Espagnole, duchesse ou princesse, et la foule la trouva fort belle, la voyant s'engouffrer en un élégant carrosse lui aussi flanqué de mousquetaires gris à cheval. puis on spécula sur la qualité du trésor, la valeur du ducat espagnol par rapport à l'écu et chacun de produire écu à la couronne, à la salamandre ou au porc-épic, les commerçants se montrant les plus savants pour les conversions en livres Tournois, pistoles et autres monnaies de compte.

Mais déjà, je partais en grande hâte vous porter toutes ces nouvelles.

— Merci, Louis. En vérité, je ne sais trop vous conter quel effet vos paroles produisent en mon cœur où tout, brusquement, se trouve en inextricable confusion.

— Que voulez-vous dire ?

Élisabeth se leva et marcha en va-et-vient d'un mur à l'autre, en état de grande nervosité.

— Ce long silence concernant monsieur de Nissac, puis toutes ces nouvelles... Par manque de courage, je regrette presque le temps d'avant son retour. Oui, je l'avoue !... Au moins, les choses ne portaient pas en elles mystères et interrogations. Je le savais sur son beau vaisseau, je craignais la tempête et les navires barbaresques mais ces maux, même si je les redoutais, au moins étaient-ils devenus familiers. Tandis qu'à présent...

Louis se leva à son tour, se plaçant devant sa sœur.

— Mais qu'y a-t-il de différent ?

Elle lui sourit.

— On voit que l'amour ne vous effleure point, Louis... Il y a de différent que, malgré vos paroles, je redoute la beauté de cette belle princesse espagnole !... Il y a de différent que ce fabuleux trésor et l'audace couronnée de succès de monsieur de Nissac risquent de changer sa position si le roi n'est point ingrat et dès lors, pourrais-je espérer le revoir ?... Il y a de différent, enfin, mon cher Louis, que Thomas de Nissac est de retour et que j'ai aussi peur qu'il ne vienne... ou ne vienne pas, je veux lui parler et je le veux fuir... Louis, je souhaite des choses et leur contraire en le même instant.

— Je crois cependant qu'il nous viendra visiter, Élisabeth.

Elle sembla effarée.

— Non, c'est chose trop redoutable pour moi.

Ému et amusé de l'état où se trouvait sa sœur, Louis fit mine de réfléchir.

— Vous avez raison : je lui interdirai notre demeure, prétextant que vous souffrez de migraine.

La jeune femme eut un haut-le-corps.

— Vous n'y songez point, Louis !... Dites-lui tout au contraire qu'il est le bienvenu.

Élisabeth, fort intelligente et en très ancienne complicité et tendresse avec son frère, comprit que par ce jeu, il la plaçait dans l'obligation de voir clair en elle-même et, conséquemment, de faire un choix. Elle lui sourit.

— Louis, vous vous jouez de moi.

— Non, point tout à fait. En vérité, je vous observe avec émotion.

Il se tut un instant, réfléchit, puis :

— Sans doute avez-vous raison, et ne suis-je pas en grande connaissance des mécanismes de l'amour. Pourtant, je crois savoir certaines choses et par exemple que jolie femme n'a pas le droit de s'enlaidir en portant vilaine robe sombre et sans joie telle que vous le faites en cet instant.

Élisabeth leva sur son frère un regard de biche traquée :

— Mais... que faire, Louis ?

Le jeune homme soupira :

— Votre robe de brocatelle de soie à fond vert relevé de doré et de blanc. Votre jupon de satin blanc doublé de taffetas blanc. Vos bas de soie blanche.

Elle posa sur lui un regard où se lisait profonde reconnaissance.

— Votre avis est subtil et de bon goût, Louis. Savez-vous ?... Je crois qu'aucun homme ne vous vaudra jamais.

Brusquement émue, bouleversée que fût ainsi pour la première fois formulée à voix haute chose en laquelle elle croyait secrètement depuis toujours, elle se jeta dans les bras de son frère et y pleura à gros sanglots en comprenant qu'elle préférait cette épaule à toutes celles qui se trouvaient en le monde.

Fût-ce celle du comte de Nissac...

23

Charles de Lorraine, duc de Guise, veilla à ce que le roi Henri quatrième et son fidèle Bassompierre fussent placés en une petite pièce à mince cloison qui se trouvait jouxtant la salle où le gouverneur recevait le vice-amiral de Nissac. Par les yeux vides d'un portrait installé en la salle, derrière lequel, dans la petite pièce, se plaça le roi, il voyait sans être vu, nul ne pouvant imaginer que les yeux de tel tableau soient véritables et appartiennent au roi de France. En outre, le peu d'épaisseur de la cloison permettait de ne rien ignorer de ce qui se disait entre Guise et Nissac.

Henri quatrième, découvrant le vice-amiral, songea : « Il n'a point changé depuis l'âge de ses seize ans quand je le vis si extraordinaire à Fontaine-Française. Toujours cette haute taille, mince, élancée, ce visage osseux, cet air d'éternelle jeunesse, d'intrépidité, cette audace réfléchie et ces yeux gris qui me donnèrent si grand malaise lorsqu'il comprit, sans dire un mot, que je lui volais sa victoire et sa gloire »...

Le roi chassa cette pensée pour suivre la conversation entre Nissac et Guise, celui-ci ayant été chapitré de sorte qu'il ne ménagea point son interlocuteur, bien qu'on ne lui eût pas indiqué motif pour lequel il devait se montrer ainsi désagréable.

Le duc, qu'incommodaient la très ancienne noblesse des Nissac et l'allure distante du vice-amiral, demanda d'un ton où il laissa volontairement percer une irritation dont il n'eut qu'à modifier la raison :

— Ainsi donc, monsieur, vous risquez bâtiment en combat perdu d'avance ?

Le vice-amiral, qui si souvente fois oubliait volontairement son rang pour ne point mettre en état d'infériorité ses interlocuteurs, retrouva en cet instant cette froideur glacée des Nissac dès lors qu'on se montrait en mauvaise foi ou trop familier avec eux. Il n'avait point à rougir ni à baisser les yeux devant ce gros Guise à la loyauté chancelante et à l'honneur vacillant quand les Nissac, eux, avaient toujours servi la monarchie en sa légitimité et le parti royal dès lors qu'il se trouvait menacé, que ce fût à l'intérieur ou à l'extérieur du royaume.

Il répondit en regardant volontairement au-delà du duc de Guise :

— Si ce combat fut jamais perdu d'avance, c'est par les barbaresques dès lors qu'ils divisèrent leurs forces.

Le duc sentit qu'il ne s'était point montré habile en cette manœuvre. Il attaqua autrement :

— Et ce... butin, vos hommes en ont-ils soustrait quelque part ?

— Il ne manque pas une pièce d'or mais, si vous le désirez, mes marins, mes officiers et moi-même pouvons-nous mettre nus pour séance de fouille tandis que vos mousquetaires couleur de matin pluvieux inspecteront et nos effets, et *Le Dragon Vert*.

Guise sentit que cette fois encore, il n'avait su manier la menace comme il eût convenu.

Derrière la cloison, le roi songea que le gouverneur agissait sottement quand Bassompierre, impressionné par Nissac, trouvait scandaleux qu'on économisât les compliments dus à un tel homme pour l'entourer d'un injurieux climat de suspicion.

Guise reprit :

— Il n'est pas question de cela !... Mais avec la duchesse, vous avez libéré personne fort gênante. Les Medina Sidonia sont une des plus hautes familles d'Espagne.

— Suggérez-vous, monsieur le gouverneur, que j'eusse été plus avisé en la jetant par-dessus bord ?

— Ce n'est point là ce que je veux dire, Nissac !... Mais elle sait que nous allons garder à la couronne de France le fabuleux trésor que vous... qui se trouvait sur les galions.

— Trésor et galions pris aux barbaresques. Je doute que les représentants de ceux-ci s'en viennent plaider procès.

— Vos paroles sont insolentes, comte de Nissac.

— Elles valent tes questions, Guise !... répondit le vice-amiral, portant la main à la garde de son épée.

Guise pâlit.

Derrière la cloison, Bassompierre jubila. Le roi, malgré ses mystérieuses préventions, ne put s'empêcher d'admirer Nissac, un homme tel qu'il les aimait en cette façon très entière de réagir.

Le duc de Guise se reprit. Il ne souhaitait pas un duel avec le vice-amiral dont il connaissait, comme tout le royaume, la réputation de très fine lame. En outre, un court instant, il avait lu en les yeux gris et froids de son interlocuteur l'annonce de sa propre mort.

Il frissonna, et questionna d'un ton de plus de civilité :

— Si ce n'est déjà fait, j'enverrai coursier prévenir la Cour d'Espagne de l'imminente arrivée de la duchesse. Je crois que nous n'avons plus rien à nous dire, comte de Nissac.

Le vice-amiral le regarda sans dissimuler son mépris.

— Tout est dit et ce qui ne le fut pas, vous l'avez deviné, me semble-t-il.

Puis, un sourire ironique aux lèvres, Nissac quitta la pièce sans saluer.

Énervé, le duc de Guise s'en vint ouvrir la porte de séparation. Il croisa le regard amusé de Bassompierre et celui du roi, qui indiquait assez clairement en quelle estime il tenait le gouverneur de Provence. Cela poussa à son paroxysme la colère de Guise qui pourtant se contint, songeant : « Profite de mon humiliation, chien d'hérétique et fauteur de troubles, car tu n'as plus longtemps à vivre. »

Mais ses paroles furent toutes différentes :

— Quelle insolence bien digne d'un marin !... Si votre Majesté ne s'était trouvée derrière cette cloison, je crois que j'aurais occis ce Nissac.

Bassompierre, qui détestait Guise, répondit :

— Il est certain que si, par quelque lassitude de la vie, vous eussiez tiré l'épée, on eût ramassé cadavre sur ces tapis.

Le roi, qui semblait en état d'absence, eut un geste las :

— Qu'on m'apporte du vin, et qu'on me laisse seul !...

Henri quatrième avait été séduit par Nissac. Séduit, et davantage encore. En sa nature généreuse et prompt aux élans du cœur, le roi eût aimé pouvoir serrer en ses bras cet homme qui servait la couronne avec courage, loyauté et modestie et qui, s'il se tenait à l'écart de la Cour, n'évitait point les champs de bataille.

Mais hélas...

Le roi revit cette journée du 5 juin 1596, quatorze ans plus tôt, tel qu'en son souvenir et en la connaissance de détails qu'il avait appris ultérieurement.

Un amiral de la flotte du Ponant avait coulé une galère espagnole et, pressé de se faire valoir, dépêcha aussitôt un messager devant trouver le roi pour lui remettre un pli où il pourrait lire les détails de la bataille. Le choix s'était porté sur le plus jeune officier, d'un grade très subalterne. Mais on le savait excellent cavalier et son poids des plus légers ne risquait point de crever ses montures successives. Le cavalier s'appelait Thomas de Pomonne, comte de Nissac.

Et le roi de revoir l'aventure du très jeune homme comme si elle se déroulait en l'instant, là, devant ses yeux...

Nissac atteint rapidement la Bourgogne. Il se sait alors proche de l'armée d'Henri quatrième mais doit louvoyer pour éviter celle des Espagnols. Ce 5 juin de 1596, dans l'après-midi, il s'égare du côté de Lux où il apprend que le

Connétable de Castille, don Fernando de Velasco, arrivé d'Italie avec douze mille hommes grossis des troupes ligueuses de Mayenne, a traversé la Saône la veille. Par la même occasion, on le prévient que le roi de France s'est porté en reconnaissance vers l'avant, du côté de Fontaine-Française, avec un petit parti de deux cents cavaliers et cent arquebusiers.

Nissac arrive à l'instant où le maréchal de Biron vient d'être blessé pour la seconde fois par l'avant-garde espagnole. Néanmoins, le très jeune officier de marine se présente devant le roi et lui remet la dépêche que celui-ci fait semblant de lire, ému par le courage tranquille de celui qu'il considère comme un enfant.

Puis, à la surprise générale, Henri quatrième, malgré ses troupes ridiculement faibles, décide de charger l'importante armée du Connétable de Castille. Il s'écrie alors :

— À moi, messieurs, et faites comme vous m'allez voir faire !

Mais, en ce fugitif instant, son corps se dérobe et n'obéit point.

À deux toises, il remarque alors « l'enfant » qui lui a remis la dépêche et le regarde, devinant la royale hésitation.

Aussitôt, en l'esprit d'une charge sans merci, et le tout premier, « l'enfant », ce tout jeune officier, enfonce ses talons en les flancs de sa monture tout en se cabrant sur la selle pour accroître la pression. C'est superbe, de parfaite maîtrise et révèle un exceptionnel cavalier.

Le grand cheval noir, pourtant fatigué, réagit à la vitesse d'un boulet de canon. Le jeune Nissac, parti en flèche, est seul en pointe du parti royal qui hésite. Tous sont fascinés par la façon de charger du gamin, sabre entre les dents, un pistolet en chaque main, armes qu'il décharge contre les premiers Espagnols, et dont deux vident les étriers.

Ce n'est point tout. À présent, Nissac tient les rênes de son cheval entre les dents, le sabre en la main droite et, en la gauche, une hache d'abordage qu'il cachait en l'arrière de sa selle.

Le gamin taille, sectionne, fauche... C'est à couper le souffle. Les Espagnols regardent venir contre eux ce cavalier dont le corps trop frêle n'est pas encore celui d'un homme, et déjà plus celui d'un enfant.

À cet instant, pour gagner de la vitesse, le petit Nissac se couche sur l'encolure de son cheval. On voit la crinière noire de la bête mêlée au panache de plumes blanc, bleu et vert du chapeau du garçon. Les rayons du soleil se reflètent en brefs éclairs sur le fil coupant du sabre et celui de la hache qui continue à s'abattre.

Français ou Espagnols, on ne peut arracher son regard de ce jeune cavalier. Toujours couché sur sa selle pour ne point offrir prise au vent et gagner ainsi en vitesse, il ne se redresse, quelques secondes, que pour lever et abattre sa hache, faire tournoyer son sabre. Il avance follement, renverse un gros Espagnol, en bouscule deux autres, s'enfonce toujours plus profondément en l'avant-garde ennemie.

Voici un Andalou géant, résolu, qui barre le passage. La hache de Nissac passe à la ceinture et l'on voit la main du jeune homme flatter en certaine manière douce et ferme l'encolure du haut cheval noir. La monture semble comprendre, dévie légèrement sa course afin de heurter par l'épaule cheval du géant andalou aussitôt projeté sur le sol par la violence du choc.

Affolé, le Connétable de Castille fait donner le canon, préférant massacrer ses propres troupes que d'assister plus longtemps à pareille humiliation. Monsieur le chevalier d'Athis, côté Français, qui tente de rattraper Nissac, est décapité par un boulet auprès du jeune homme qui, éclaboussé de sang, poursuit sa folle course.

Henri quatrième, avant bien d'autres, comprend enfin le but du tout jeune officier. Ils sont trois fiers gentilshommes espagnols, dont l'un tient la bannière du roi d'Espagne quand les deux autres l'encadrent.

Un de ceux-ci s'élance vers Nissac. Le choc est si violent que le sabre du jeune homme reste fiché en l'œil de son adversaire qui poursuit étrangement sur quelques foulées avant de rouler à terre.

Le second, courageux, s'élance à son tour vers Nissac et, en les rangs français, on se demande si cette fois...

Sans qu'il ralentisse sa folle course, la main fine du jeune Nissac descend vers sa botte et y saisit en le revers un couteau de lancer. Couché sur le cou du cheval, les magnifiques plumes de son panache inclinées par le vent de la charge, il ne se redresse que pour lancer le couteau avec une précision infaillible : l'arme blanche miroite au soleil tel un poisson d'argent et se plante jusqu'à la garde en le cou de l'Espagnol.

Le dernier du trio a sorti l'épée, mais sans lâcher la bannière du roi d'Espagne.

L'artillerie de Philippe II a cessé son tir. Plus personne n'obéit, tous regardent.

Les « Tercios » invincibles de la redoutable armée de Charles-Quint subissent grand flottement car chez ces soldats de légende, la beauté de l'adversaire peut parfois importer davantage que sa propre victoire.

Le seigneur espagnol, l'épée à une main, la bannière dans l'autre, ne semble point effrayé par ce hardi cavalier qui n'a plus même de sabre, mais une hache incommode.

— Cette fois, il perd la raison, la chance ne peut lui faire escorte plus longtemps !... murmure le roi.

L'adolescent fougueux, le magnifique panache du chapeau, le haut cheval noir, tout cela va disparaître...

Mais Thomas de Pomonne, comte de Nissac, se redresse à trois toises de son adversaire. Le bras, qui semble d'acier, se lève. La hache part en tournoyant en les airs et on ne sait qui d'elle ou de Nissac arrivera le premier sur l'Espagnol. C'est la hache, car la moitié du visage de l'officier de Philippe II est emportée en un geyser de sang. Mais le corps du gentilhomme n'est point tombé de cheval que Nissac arrache de ses mains mortes la bannière du roi d'Espagne.

Tout est fini.

Deux arquebusiers espagnols ont Nissac à portée de tir et pourtant, Dieu seul sait pourquoi, ils renoncent en secouant la tête et battent en retraite car les Français chargent.

Le jeune homme revient vers le roi de France au pas majestueux de son cheval noir. Pour tous les hommes présents, l'émotion est intense.

Sous le magnifique panache du chapeau marine, la sueur inonde les joues rosies par l'effort et tout son juvénile visage. Ses yeux brillent et il sourit comme un enfant. La cape, couleur marine elle aussi, est trouée, éclaboussée de sang. Ce Nissac aux gestes gracieux et au sourire candide, si fier d'avoir bien servi son pays et son roi, est, en cet instant, d'une stupéfiante beauté. Il paraît presque un jeune Dieu quand la gloire, soumise et amoureuse, se serait jetée à ses pieds.

Fontaine-Française est une magnifique victoire.

Les trompettes espagnoles sonnent la retraite.

Le temps devient brusquement lourd et orageux. Déjà, de grosses mouches se posent sur les cadavres couverts de sang frais.

Chez les Français, quelques-uns en tout cas, les sentiments changent tel un vent côtier. L'ivresse de la beauté du geste s'évapore, on aime moins Nissac et l'on jalouse tout à coup ce qu'on n'a jamais été – et ne sera jamais..

— Ainsi sont les hommes !... murmure le roi considérant, songeur, la carafe à demi vide.

24

Henri quatrième se leva et fit appeler Bassompierre. Mais le temps qu'on allât chercher le futur maréchal, le roi ne put échapper, en son souvenir, à l'épilogue de la victoire de Fontaine-Française.

Tandis que pour l'armée espagnole sonnaient les trompettes de la défaite, il observait ce garçon de seize ans qui s'était mieux battu que des milliers de vieux combattants aguerris, qu'ils fussent français ou espagnols.

Le roi se souvint d'avoir ressenti de l'envie et de la jalousie. Il n'avait jamais possédé la beauté et la grâce du jeune Nissac ; il n'aurait jamais plus ses seize ans.

Puis il eut honte. Il éprouvait, en une émotion toute contraire à la première et qui pourtant voisinait avec celle-ci, fierté, et reconnaissancc cnvers la Providence de posséder en ses armées jcunc homme si exemplaire.

Vint ensuite l'heure de la politique qui, si souvente fois, altère les choses humaines... Fontaine-Française constituait une très grande victoire, il ne pouvait en laisser le bénéfice à ce tout jeune homme à peine sorti de l'enfance. Non, il ne le pouvait point : cette victoire, il fallait qu'elle fût sienne. Pour sa vanité personnelle, certes, et Henri quatrième était assez honnête homme pour ne se point leurrer sur lui-même. mais au delà de sa personne, il devait faire connaître Fontaine-Française telle une victoire des Bourbons.

Et quelle victoire !...

Trois cents hommes qui en chargent deux mille. Un petit groupe de reconnaissance contre la grosse avant-garde d'une immense coalition. Et la victoire pour la poignée de valeureux. L'armée espagnole retraitant, certes en bon ordre et non sans noblesse. Le Connétable de Castille et Mayenne tournant bride, défaits, pâles et sans un mot. La Bourgogne livrée à la France. L'unité du peuple forgée dans l'audacieuse victoire. La gloire pour la couronne. Non, mille fois non, il ne pouvait être question de laisser le prestige de Fontaine-Française à cet adolescent, même si justice et vérité l'eussent ainsi exigé.

Le jeune Nissac avait ôté son superbe chapeau à plumes et Henri quatrième grava en sa mémoire ce visage aux joues rouges, aux yeux gris et rieurs, aux narines tour à tour pincées ou dilatées par l'effort, visage ruisselant de sueur et éclaboussé de sang.

Nissac avait incliné vers le sol la royale bannière espagnole en disant :

— Pour vous, Sire !...

Henri quatrième eût aimé la refuser, montrer qu'il était le maître. Mais nul n'aurait compris pareil geste, ni ses hauts seigneurs, ni ses officiers et soldats, ni même les prisonniers espagnols.

Henri quatrième saisit la bannière que lui tendait Nissac et répondit d'une voix sans chaleur :

— En la charge, vous avez précédé le roi de France !...

Le jeune homme cilla légèrement.

— Sire, tant j'étais persuadé que c'est en la mort que mon devoir était de précéder Votre Majesté.

« Superbe réponse, noble et de grande sincérité », songea le roi qui se sentit en l'obligation d'adopter ton plus conciliant :

— C'est bien, Nissac. Vous fîtes là fort bel ouvrage et pourriez être bientôt excellent colonel si vous n'aviez choisi la marine. Allez vous reposer.

Le regard fugitif de Nissac signifia assez qu'il avait compris mais, sentant qu'il crucifiait le roi, il n'insista pas et détourna ses redoutables yeux gris.

Cependant, sitôt le jeune homme disparu, le roi souffla à l'un de ses généraux :

— Faites que le jeune Nissac rejoigne son bord au plus vite. Et veillez qu'il ne soit point question de lui en les chroniques : à Fontaine-Française, c'est le roi et lui seul qui mena la charge.

Ainsi fut-il fait. Et écrit.

Ils étaient quatre, un sergent et trois hommes. Tous soldats vieillissants. Ainsi le sergent, Léonard Poisleu. Celui-là était un ancien de la Ligue. Il n'en conservait point excellent souvenir, se rappelant vaguement cet accord, en 1585, entre grands seigneurs catholiques français et le roi d'Espagne qui portait à la connaissance du peuple création de « La Sainte Ligue perpétuelle, offensive et défensive ». Une belle machinerie qui inspirait crainte au point que Henri troisième lui-même l'avait reconnue le 21 juillet 1588 quand on la nomma « Sainte Ligue des Catholiques ».

Ces temps étaient aujourd'hui lointains et le sergent Poisleu, ainsi que ses trois hommes, achevaient leur carrière militaire en le service d'Urbain de Montmorency-Laval, marquis de Bois-Dauphin et gouverneur d'Anjou. La place n'était point mauvaise et la tâche guère harassante. Quelque jour, une sorcière dont il fallait se saisir afin qu'elle fût jugée et brûlée. Tel autre jour, la chasse donnée à quelques déserteurs violeurs, pillards et assassins quand ce n'était point la poursuite d'un mari jaloux qui venait d'occire l'épouse infidèle et l'amant d'icelle.

Cependant, avec le flair qui vient aux vieux renards ayant survécu aux guerres comme aux maladies, et sillonné les campagnes en tous leurs recoins, le sergent Léonard Poisleu eut brusquement les sens en éveil. Il arrêta sa monture, imité en cela par les trois autres, et tendit l'oreille. Puis, le sourcil froncé :

— Ah çà, on dirait pleurs d'enfants...

Les autres hochèrent la tâte.

Le sergent enfonça ses talons en les flancs de sa monture.

Vittorio Aldomontano, dont le visage était caché par ample capuchon de sa robe de moine, vit en grande contrariété arriver les quatre soldats d'Urbain de Montmorency-Laval.

C'est qu'il venait de loin, et n'était point rendu : de beaucoup s'en fallait !

Comme s'il se plaçait en dehors de la situation qui était la sienne en cet instant, il imagina spectacle qui allait s'offrir aux quatre soldats.

Son impression ne fut point bonne.

De beaux chevaux, peut-être trop beaux, menés par un moine qui dissimulait son visage et quatre hommes aux airs brutaux, aux impressionnantes mâchoires et aux yeux fous. À quoi s'ajoutait une charrette munie de barreaux, celle-là même qui avait servi à « Jaune » lorsqu'il l'avait été soustraire à une exécution certaine.

Vittorio Aldomontano jeta un regard irrité en direction de la charrette derrière les barreaux de laquelle huit enfants de sept à onze ans, garçons et filles, pleuraient et criaient en état de grande terreur qui se trouvait être la leur.

De sa petite voix désagréable, le moine lança à ses quatre loups-garous :

— Il faudra sans doute tuer. Vite et bien. Tous ensemble, chacun le sien. « Rouge », ne sois pas trop prompt ou ce sera le fouet et le fer rouge sur ta poitrine.

— Hon-Hon !... répondit « Rouge » qui parut contrarié.

Le moine eût cependant préféré quelque discussion où il pourrait circonvenir les soldats du duc d'Anjou et s'en tirer aux moindres frais. Ce serait la meilleure des solutions, mais il n'y fallait point trop compter. Et dans tous les cas, il ne pouvait envisager de perdre « la récompense » promise à ses loups-garous.

Il jeta un regard fatigué aux enfants en larmes. Huit, pour ses quatre loups-garous, cela faisait deux chacun. Il faudrait laisser passer quatre semaines avant que ne fût offerte à ses tueurs seconde fournée d'enfants vivants. Puis il serait nécessaire de repartir en chasse...

Épuisant !...

Mais c'est ainsi qu'il tenait ses fauves, ceux-là mêmes pour lesquels le bien ne le disputait plus au mal depuis longtemps déjà, ceux-là mêmes qui, par leurs monstrueux désirs, se ravalaient au rang de bêtes féroces à ses ordres, puisqu'il les avait su dompter.

Ils n'en formaient pas moins la meilleure garde privée qui fût jamais, un instrument qui devait permettre sa survie en toutes circonstances et servir l'ambition de sa vie : faire l'histoire.

Le sergent s'adressa à « Vert » qui répondit d'un grognement et il eut semblable réponse avec « Bleu ».

Aldomontano intervint :

— C'est à moi seul qu'il faut parler.

Le sergent le scruta longuement, puis :

— Je n'aime guère faire conversation à un homme qui cache son visage. Qui es-tu, moine, et qui sont ces enfants ?

— Je suis moine ambrosien. Ces enfants sont ceux de sorcières brûlées en les régions du royaume des lys. Je les mène en mon couvent où, par nos offices, nous les rendrons à Dieu avant que le démon ne s'empare de leur âme à tout jamais.

Le sergent estima pareille réponse plausible. Cependant, persistait en lui mauvaise impression à laquelle, d'instinct, il choisit de se fier.

Ainsi se montra-t-il insistant :

— Si tu dis vrai, pourquoi pleurent-ils et se lamentent-ils en cet état de désolation où nous les voyons ?

Une petite fille aux yeux clairs tenta de dire quelque chose au sergent mais « Vert » lança son bras qui tenait fouet à sept nœuds. L'une des lanières passa entre deux barreaux et cingla durement la joue de l'enfant.

Le sergent n'aimait guère qu'on se montrât brutal sans raison. Sa voix, lorsqu'il s'adressa à « Vert », se fit plus sifflante :

— Tu es bien prompt à manier le fouet avec fillette, l'ami. Dis-moi qui tu es, d'où tu viens et où tu vas.

— Hon-Hon !... rugit « Vert ».

Mal assuré par telle réponse qui ne signifiait rien, le sergent dirigea son regard vers l'ambrosien qui eut un geste apaisant :

— Ne te méprends pas. Ces hommes sont fidèles serviteurs, anciens soldats auxquels les Espagnols coupèrent la langue.

Le sergent observa « Vert », qui fut jadis crocheteur et tire-bourse, puis « Jaune », qui servit en qualité de commis chez son père notaire. Peu convaincu, il répondit :

— Ils ne semblent point anciens soldats.

— Ils le sont, pourtant.

Le sergent sentait son irritation qui, en l'étrangeté d'une situation qu'il ne saisissait point, se transformait en colère :

— Je n'aime pas ta voix !... Montre-moi ton visage !...

Les soldats de Montmorency-Laval perçurent, venant de sous la cagoule, rire désagréable, aigrelet, et qui mettait en grand malaise. mais bientôt, le sergent s'entendit répondre :

— Ne me demande point chose que tu regretterais si je t'obéissais. Et laisse-nous poursuivre notre chemin car nous n'avons rien fait qui puisse ainsi nourrir ta suspicion.

Peu convaincu, le sergent prit alors grave décision :

— On signale enfants volés en notre région. Aussi allez-vous nous suivre.

— Attends !... répondit Aldomontano.

Il porta les mains au bord de son capuchon et poursuivit :

— Tu voulais voir mon visage ?... Je vais t'obéir.

Le capuchon fut baissé d'un coup sec, découvrant abominable visage. Les quatre hommes du gouverneur d'Anjou eurent un haut-le-corps et aucun ne remarqua que l'escorte de l'horrible moine avait changé sa disposition. « Rouge », « Vert », « Bleu » et « Jaune », chacun se trouvait à proximité d'un des soldats.

Puis le sergent comprit. Il comprit ce qui allait arriver et qu'il était déjà trop tard pour l'empêcher.

Fasciné, il regarda bouche affreusement mutilée du moine qui lança ordre unique :

— Tuez !...

Les trois loups-garous ouvrirent des bouches qui semblèrent démesurées aux soldats puis bondirent sur trois de ceux-ci, les faisant tomber de cheval. Bientôt, alors qu'ayant vidé les étriers, ils roulaient sur le sol avec leurs agresseurs, des dents puissantes leur arrachèrent pommes d'Adam, libérant des flots de sang en les convulsions de la mort. À l'exception du sergent, maintenu en selle par les mains puissantes de « Rouge » qui lui goba les yeux avant de lui arracher le nez.

À cet effrayant spectacle, les enfants hurlèrent de terreur.

Aldomontano observa « Rouge » en esquissant affreux sourire puis, d'une voix où perçait l'indulgence :

— « Rouge », tu ne changeras donc jamais ?

25

Le vice-amiral Thomas de Pomonne, comte de Nissac, n'avait jamais, en sa vie, dérobé devant une épée mais en cet instant où le regard lourd d'Élisabeth de La Tomlaye ne faisait pourtant que l'effleurer, il eût préféré s'enfuir fût-ce – fuite bien illusoire ! – sur le « Cheval de la Sainte Inquisition[1] ».

Les choses, une nouvelle fois, s'étaient passées en manière désagréable. À Toulon, le comte avait été retardé par des problèmes d'approvisionnements de son navire. S'imaginant, par on ne sait quelle folie, que le commandant du *Dragon Vert* partageait les trésors des galions capturés avec le roi, ce qui en ferait un homme d'immense richesse, commerçants et fournisseurs de marine affichaient de grandes prétentions. À ces conditions, la corde coûtait plus cher que le fil d'or, le hauban valait le prix de l'argent et les balancines, celui des topazes. Il avait fallu que le comte de Nissac menace de faire dès ce jour escale en un autre port que Toulon pour que certains retrouvent le bon usage de leur tête.

Le vice-amiral était donc arrivé au château des La Tomlaye plus tard qu'il n'escomptait et déjà, le pâle soleil d'hiver se trouvait voilé de brouillards vespéraux.

1. Plaisanterie du XVIIe siècle. « Le cheval espagnol », inventé par les inquisiteurs, était un cheval de bois sur lequel on attachait « l'hérétique » de sorte que ses pieds ne touchent pas terre. On suspendait alors à ces chevilles des poids de plus en plus lourds, jusqu'à ce que les articulations se disloquent en d'horribles souffrances.

Certes, Louis lui avait fait accueil des plus chaleureux et, chez cet homme, Nissac ne l'ignorait point, rien n'était fausseté car il s'opiniâtrait à porter grande reconnaissance à celui qui l'avait arraché aux bancs des galères barbaresques.

Mais, par un hasard des plus malheureux, Louis et sa sœur recevaient visite inopinée d'un vieil ami de feu leur père, le chevalier Simon de Brenne, ancien jurisconsulte en la ville de Marseille. L'homme, quoiqu'aimable, était plus sourd qu'un pot et bavait d'abondance sur son pourpoint si bien qu'entretenir conversation avec le chevalier s'avérait plus fatigant qu'un abordage de galère barbaresque.

Ajoutant aux contrariétés du comte, Élisabeth ne se montrait point depuis plus d'une heure qu'il était en les lieux.

Enfin, Louis, qui n'entendait pas que Nissac reparte comme la fois dernière, lui avait montré sa chambre, de sorte que ce coup-ci, le vice-amiral ne se trouvait point libre de fuir les lieux à son envie – lui qui avait toute contrainte en horreur.

Cependant, la visite de ce qui allait être sa chambre l'émut. Il se trouvait fleurs fraîches, venues de la serre, en un petit vase bleu et, même à trois pas, les draps sentaient les roses et la lavande. Enfin, la pièce était aussi propre – davantage eût été impossible – que le pont du *Dragon Vert*.

Puis Élisabeth s'était montrée. Ravissante, un bleuet piqué en sa chevelure brune. Mais Nissac la trouva amaigrie, et s'en inquiéta fort sans oser cependant en demander la raison.

Le comte de Nissac recula devant l'abondance des mets car, en raison de la présence du jurisconsulte de Marseille, on avait compté large, l'homme étant réputé pour son gros appétit.

On goûta donc une panade où se mélangeaient en bonne harmonie eau de source, pain clair et beurre, liés avec des jaunes d'œufs, puis du hachis de chapon bouilli, ailes et cuisses de jeunes poulets rôtis et fromage de brebis tel qu'en le pays. Les mets furent servis en assiettes d'étain, quand cuillères et couteaux étaient en argent. Les plats arrivaient tenus en torchons de chanvre et chacun avait serviette fine pour son usage personnel. Quant aux vins, ils ne venaient point de Provence mais de Coucy et Nérac.

On avait quitté la table pour gagner la salle basse dont les fenêtres donnaient sur jolie pinède. Il y faisait bon, la cheminée dispensant chaleur généreuse et bonne odeur de chêne.

C'est en cet instant que, pour le malheur de monsieur de Nissac, le jurisconsulte, qui disait connaître anecdote sur son compte et cherchait vainement à s'en souvenir, retrouva brusquement la mémoire :

— Je sais, à présent. Je l'ai entendue au Louvre, où un mien ami était à l'époque en la garde et avait favorisé mon entrée.

Nissac, très méfiant, suggéra :

— Monsieur, il se dit souvente fois au Louvre choses qui ne sont qu'imaginaires.

Le jurisconsulte, qui n'entendait point convenablement, se fit répéter la phrase jusqu'à épuisement de Nissac puis il protesta :

— Mais la chose est connue, monsieur de Nissac, et concerne vos amours !

Nissac fut anéanti. Sa vie amoureuse d'un total dépouillement ne pouvait donner prétexte à historiettes et l'énormité d'un tel mensonge paralysait son envie de protester.

D'autant qu'Élisabeth de La Tomlaye ne lui en donna point l'occasion :

— Ah çà connaîtrons-nous les nombreuses amours de monsieur de Nissac ?

— Tout cela ne peut être qu'imaginations, madame !... répondit Nissac avec véhémence.

La voix soudain sèche et hautaine d'Élisabeth découragea Nissac tandis qu'elle lançait ;

— Vous protestez, monsieur ?... Mais de quoi ?... Rien n'a été dit encore que vous affirmez déjà que c'est là mensonge si bien qu'on se demande, à la fin, quel est celui qui ment.

Louis, qui assistait au mauvais déroulement des choses, fut atterré. Il regarda sa sœur avec un désespoir impuissant. Cependant, il tenta de venir en aide à Nissac qu'il voyait en difficulté et dont, d'instinct, il devinait la bonne foi. Faisant taire d'un geste le jurisconsulte, il lança :

— On décide bien vite, ici, de ce qui est mensonge et de ce qui ne l'est point quand on sait d'expérience passée que la vérité de l'un semble souvente fois mensonge à l'autre.

Il hésita un instant et ajouta, à destination voilée de sa sœur :

— Il en va comme pour ces gens qui répondent, ce semble, toujours plus méchamment qu'ils ne souhaitaient et font ainsi leur malheur.

La jeune femme, rappelée à l'ordre, baissa la tête mais alors que plus personne ne souhaitait l'entendre, le jurisconsulte se pencha vers Élisabeth en prenant tournure de vieux galantin :

— Or donc, que je vous dise, la chose se passa voici quelques années mais monsieur de Nissac ici présent se trouvait déjà vice-amiral des mers du Levant avec la réputation que l'on sait de bravoure, chose qui produit ordinairement grand effet sur les belles dames de la Cour. On se demandait non sans anxiété comment était fait pareil homme. Serait-il bedonnant ?... Avait-il jambe de bois ?...

Le jurisconsulte s'interrompit un instant pour boire longue gorgée de vin de Coucy, puis reprit, sans s'apercevoir de l'anxiété que ses paroles suscitaient autour de lui :

— Je me trouvais là à peine toléré, et juste pour quelques instants, mais je vis l'arrivée de monsieur de Nissac. Ses hautes bottes, son manteau de marine, son magnifique chapeau à plumes et un visage qui fit belle impression car trois dames s'évanouirent pour attirer son attention.

Nissac coupa le jurisconsulte et, d'une voix métallique :

— Mais je ne les remarquai point, monsieur. Pour les voir, il eût fallu pour le moins qu'elles se déguisent en girafes ou défassent à l'épée une compagnie des Gardes Françaises.

Le jurisconsulte, qui n'avait point entendu un seul mot

du discours de monsieur de Nissac, crut que celui-ci confirmait ses dires et reprit :

— Absolument, monsieur le comte : vous eûtes ce jour là davantage d'amoureuses que d'autres en toute une vie !

— On doit s'habituer rapidement à ce genre de chose et passer de femme en femme sans même y prendre garde !... remarqua Élisabeth.

— Madame !... répondit Nissac qui fut interrompu par le jurisconsulte.

— Mais parmi toutes celles-ci se trouvait une des plus belles, des plus convoitées : Julienne d'Estrées, duchesse de Villars. N'est-elle pas ravissante, monsieur le comte ?

En son humeur des plus sombres, Nissac répondit :

— Certainement !... Mais elle ne m'évoque point les jardins de la reine Sémiramis : sa bouche sent l'ail à quatre toises.

Élisabeth fut émue, et prise de forte envie de rire. Au fond, elle ne croyait pas que le vice-amiral fût un galant assoiffé de conquêtes et, en l'histoire contée ici, elle ne doutait pas de sa bonne foi. Alors pourquoi ne le montrait-elle pas ?... Pourquoi toujours chercher à déplaire à cet homme qu'elle aimait malgré tout ce qui se mettait en travers de si tendre sentiment ?... En cet instant, où il se trouvait en grand embarras et de la plus injuste des façons, elle eût souhaité se blottir contre lui.

Mais c'est un regard glacé qu'elle lui jeta tandis que le jurisconsulte reprenait :

— On aurait tort de se moquer, car Julienne d'Estrées, duchesse de Villars, se prit réellement de passion pour monsieur de Nissac qui, ce n'est pas un secret, la repoussa. De chagrin, la belle duchesse se suicida.

— Elle survécut, hélas !... ajouta Nissac qui, brusquement, porta la voix en l'oreille du jurisconsulte :

— Savez-vous comment elle se suicida ?

— Mais certainement : elle avala ses diamants et n'en mourut point.

Louis partit d'un rire de grande gaîté, tant lui semblait bien en la manière de la Cour de se suicider... en avalant des diamants !

Nissac, qui connaissait cette histoire de longue main pour l'avoir en partie vécue ne rit pas et, aussitôt, Élisabeth lui demanda sans douceur :

— Pourquoi êtes-vous toujours si sérieux, monsieur de Nissac ?

Las d'être ainsi malmené, le comte répondit pour la première fois d'un ton un peu vif :

— C'est le seul moyen que j'ai trouvé pour me faire rire, madame.

Puis, se tournant vers Louis :

— Je prends la mer demain et il me faut dormir.

Cette nuit-là, pourtant, le comte de Nissac tarda à s'endormir. Il se trouvait en état de grande tristesse et sans guère d'espoir qu'Élisabeth change d'attitude à son endroit.

Il murmura :

— Elle ne m'aime point, ne m'a jamais aimé et ne m'aimera jamais.

Pourtant, il ne s'était jamais encore trouvé, en sa vie, en un tel besoin d'être aimé et d'aimer lui aussi.

— Je suis folle !... Je ne travaille qu'à mon malheur, qu'à ruiner l'intérêt que me porte monsieur de Nissac. Louis, je ne mérite ni l'amour, ni le bonheur.

Le frère prit la sœur en ses bras, ne sachant que répondre.

Endormi sur son fauteuil, le jurisconsulte bavait d'importance, inondant son pourpoint.

Dehors, en la nuit froide, une chouette lança son cri solitaire.

26

Le Dragon Vert filait, légèrement incliné sur la vague, le vice-amiral de Nissac prenant le vent au mieux des possibilités de la voilure de son navire.

Deux vaisseaux s'étaient montrés, d'abord entreprenants en leur approche, pour s'éloigner au plus vite en reconnaissant le grand dragon de bois sculpté peint en vert qui ornait la proue du bâtiment royal. Et grande fut leur chance car le comte de Nissac, occupé ce jour en autre mission, ne chercha point l'engagement.

Le vice-amiral se trouvait sur la dunette, le second, le baron Charles Paray des Ormeaux, à ses côtés.

Silencieux, tous deux suivaient du regard monsieur de Yasatsuna, le torse nu et le front ceint d'un bandeau rouge qui, son curieux sabre japonais à la main, s'exerçait sur le vaste pont supérieur contre adversaires imaginaires qui semblaient, en cette figure, l'attaquer de tous côtés à la fois et au même instant.

Sur le gaillard d'arrière, à portée de voix de Nissac puisque le vent se trouvait favorable, les barons de Sousseyrac et Fey des Étangs commentaient cet étrange combat contre des ombres.

— Il est fort rapide et des plus précis !... remarqua Sousseyrac en homme de guerre de grande expérience.

— Vous devriez faire tel que lui, capitaine, et manger poisson cru ou demi-pourri pour avoir séjourné en saumure dont ne voudraient point sorcières pour y faire apparaître démons de l'enfer.

— Peut-être le devrais-je en effet mais poisson pourri séjournant entre les dents ne plaît point aux dames car il donne aux baisers goût de sentine.

Fey des Étangs secoua la tête.

— Certes, et la chose est désagréable. Mais on peut y remédier avec préparation que donnaient nos nourrices contre le mal de dents.

— Je ne me souviens guère des années où je fus nouveau-né, Des Étangs.

— Vous m'étonnez, Sousseyrac !... Les nourrices frottaient nos gencives avec un doigt trempé en une pâte où se trouvaient cervelle de vipère et de porc, miel et lait de chienne. C'est d'un meilleur effet que le poisson pourri.

Sousseyrac, tout en écoutant, se dirigeait vers la dunette, entraînant son ami qui ajouta :

— En outre, l'odeur de la bouche n'est point tout, Sousseyrac, je vous l'ai dit mille fois déjà. Un bon amant prépare une femme à l'amour, se montre attentif et attentionné. La musique ne suffit point...

C'était faire allusion à vieille habitude de monsieur de Sousseyrac qui, aux escales, se faisait chercher à bord par trois violons qui le précédaient en la ville. Au retour, les violons se trouvaient toujours à précéder Sousseyrac mais les uns et les autres, ayant fort bu, marchaient en moins fière allure et d'un pas franchement plus incertain.

Ils débouchèrent sur la dunette et saluèrent le vice amiral qui répondit d'un signe de tête. Pourtant, les deux barons ne renonçaient point à leur conversation.

Ainsi Sousseyrac :

— La musique alanguit les belles, mais il est d'autres moyens... L'une m'a dit, à Chypre, que pour se faire aimer d'une femme, il faut lui faire boire eau en laquelle ont trempé l'os d'un mort et des mouches cantharides pulvérisées.

Nissac intervint en souriant :

— Ne cherchez point plus avant, baron : si elle boit cette horreur, c'est qu'en effet elle vous aime !

Flatté d'intéresser le comte de Nissac, Sousseyrac ajouta :

— À Syracuse, une autre me confia que pour se faire adorer, il suffit de porter sur soi rognures d'ongles de l'aimée. Qu'en pensez-vous, monsieur l'amiral ?

— J'en pense, monsieur, que c'est pousser jusqu'au sublime les preuves d'amour !

Le second, Paray des Ormeaux, intervint à son tour :

— En ces remèdes étranges, qui courent les ports et les campagnes, il faut se méfier de ne rien oublier de la préparation. Je me souviens du commandant d'une galère, un certain comte Hasso, qui combattait la rougeur des yeux en avalant une eau distillée avec merde d'homme où l'on ajoute camphre, pour qu'elle ne pue point. Mais en la traversée, il fut rapidement à court de camphre si bien que lorsqu'il fut tué par les Espagnols, on ne regretta pas cet imbécile, tant ce fétide mangeur de merde distillée était devenu peu fréquentable.

Déjà, le vice-amiral n'écoutait plus. Son regard se perdit en les hautes mâtures où deux marins déployaient le hunier avec grande habileté. Il reconnut aisément Cornelius Van der Linden et Peter Van Kappel, deux Hollandais d'Amsterdam parmi les meilleurs marins qu'on vit jamais sur mer. Cependant, ils faisaient hamac commun, se protégeaient furieusement l'un l'autre en les combats d'abordage et on les surprit plus d'une fois à échanger baiser d'amour et caresses si bien qu'objets de dérision en tous les ports d'Europe, nul capitaine ne les voulait à son bord.

Sauf Nissac.

Tout d'abord, il pensait que les amours des autres n'étaient point son affaire et que la liberté de chacun devait être respectée en ces choses. C'était là la part du cœur de Nissac. Mais il existait aussi part de calcul consistant à ne se point priver d'aussi remarquables marins en raison qu'ils préféraient étreintes viriles à pâmoison féminine. Si bien qu'il avait interdit avec extrême fermeté à l'équipage que Van Kappel et Van der Linden fussent sujets à moquerie.

Depuis, les deux jeunes Hollandais vouaient au vice-amiral reconnaissance, admiration et amitié et se seraient fait tuer pour lui sans la moindre hésitation, pourvu qu'ils meurent ensemble et que l'un ne survive pas à l'autre.

La nuit allait tomber.

Cachés l'un à côté de l'autre – proches à se toucher – derrière le cabestan du pont supérieur, la duchesse Inès de Medina Sidonia et le seigneur Yasatsuna attendaient le même événement, comme chaque soir.

Ils ne s'étaient jamais parlé. À peine regardés. Ils ne partageaient qu'une chose, en la vie : image volée de monsieur de Nissac saluant la lune.

Pour le seigneur Yasatsuna, qui luttait contre grande nostalgie, ce spectacle, sans qu'il en sût la raison, lui faisait songer à son lointain pays mouillé de pluie quand la lune étincelante se levait sur les rizières. Le geste du vice-amiral eût pu être accompli par un fils du Soleil Levant et le seigneur Yasatsuna estimait que le comte de Nissac était assez noble pour revêtir armure des samouraïs.

La duchesse amoureuse, curieusement, ne se trouvait point si éloignée des pensées du seigneur Yasatsuna. À ceci près qu'elle remplaçait le mot « samouraï » par le mot « chevalier ». En effet, le jeune femme pensait que, si en l'art maritime et celui de la guerre, le comte de Nissac comptait grande avance sur les hommes de son temps, il relevait par bien des choses d'une autre époque. Ainsi était-il intrépide jusqu'à la folie en l'action, rêveur et enfermé en lui-même le reste du temps, ne cherchant point à séduire, indifférent s'il déplaisait...

Nissac monta sur la dunette. Il était apparu tout soudainement, telles ces panthères noires aux yeux étranges dont le regard semble fouiller votre âme pour y découvrir son ultime vérité.

Il s'immobilisa devant la lune qu'il regarda longuement, puis s'inclina bas en ôtant d'un geste large son beau chapeau à plumes qui effleurèrent le pont tant le geste fut précis.

La vision qu'on avait du gentilhomme semblait se découper sur le fond d'argent de la lune et le duchesse se jura de faire exécuter, sitôt en son palais d'Espagne, peinture représentant pareil spectacle.

Mettant fin à son singulier hommage, le vice-amiral se tenait droit, d'une raideur de statue. La duchesse n'ignorait pas qu'il allait demeurer quelques instants ainsi, pensif, avant de redescendre. Pareillement, elle connaissait en son cœur brusquement douloureux que demain, *Le Dragon Vert* entrerait en le port de Barcelone et qu'elle ne verrait sans doute jamais plus l'homme qu'elle aimait.

Elle se redressa de derrière le cabestan et déjà marchait vers la dunette lorsqu'une main légère se posa sur son avant-bras : le seigneur Yasatsuna lui souriait.

Il eut un geste large qui désignait les milliers d'étoiles comme autant de grains de riz posés sur une somptueuse étoffe bleue marine et murmura :

— En amour comme en la guerre, l'audace est la clef de la victoire.

Elle lui sourit et posa à son tour sa main sur celle du samouraï en répondant :

— Merci, seigneur Yasatsuna !

— Vous passez ainsi votre vie sur la dunette d'un vaisseau de guerre ? demanda la duchesse.

— L'endroit n'étant pas sans dangers, on y évite les courtisans !... répondit Nissac.

— Mais alors vous ne prendrez donc femme, n'aurez point d'enfants et laisserez disparaître le nom glorieux des Nissac ?

Il jeta un regard fatigué à la duchesse et, en cet instant, elle eut une folle envie de le serrer contre sa poitrine, passant sa main en les cheveux du comte. Mais il n'en sut rien et répondit :

— Il est difficile d'être un Nissac. Et même d'être un homme.

— Vous parlez ainsi, vous qui sautez le premier sur le pont des navires ennemis, savez dérober le vent aux meilleurs capitaines et ne vous trompez jamais.

— Méfiez-vous de telles apparences, madame. Ceci est le service d'un officier en mer. Gouverner sa propre vie est plus difficile que commander un galion en les plus furieux combats.

Elle le sentit désemparé, et en fut émue. Cependant, se maîtrisant, elle poursuivit :

— Mais on ne peut laisser le cœur en telle solitude, tel abandon ?

— Que vous répondre, madame ?... Le cœur choisit-il vraiment d'être solitaire ?.... Et que puis-je apporter aux autres si ce n'est servir mon pays, me montrer économe de la vie de mes hommes et éviter l'infamie et la peur d'une fin désolante aux barbaresques qui tombent entre mes mains ?...

— Mais en la vie, c'est folie de ne point songer à soi et si ce n'est en tout premier, pour les natures généreuses dont vous êtes, il faut réserver place au bonheur.

— Cette vôtre résolution de trouver le bonheur n'est point universelle, madame. Je préfère quant à moi trouver un sens à la vie.

— Dieu y a pourvu !... répondit la duchesse.

Le ton du vice-amiral se fit ironique :

— Dieu est occupé ailleurs souvente fois, moi de même : nos rencontres sont donc des plus rares.

— Alors songez à l'amour !...

— L'amour ?... J'en vois certains effets et m'en amuse fort. J'ai croisé des hommes amoureux : l'un pâmait de ci, l'autre chancelait par le travers quand un troisième pantelait de là. Ce n'est point gracieux spectacle.

— Vous n'aimerez donc jamais ?

Il se tut. Puis, après un long silence :

— Quelle belle nuit étoilée, ne trouvez-vous point ?

Mais ces paroles, autant destinées à ne point laisser la duchesse discourir sur sujet si brûlant qu'à tenir à distance le grand trouble qui l'envahissait, furent sans effet sur Inès de Medina Sidonia.

Elle, avait choisi. Comme seules savent faire les femmes en cette détermination des plus admirables qui est la leur pour les choses de l'amour.

Elle s'approcha à deux pas, il la dominait de deux têtes.

Il n'empêche, elle ne vit plus la haute stature du vice-amiral, oublia sa témérité en les batailles et cette fausse indifférence qui, en le reste du temps, égarait les imbéciles. Elle vit, en cet instant, Thomas de Pomonne comte de Nissac tel qu'on pouvait l'imaginer à seize ans, troublé par l'odeur d'une femme, affolé par les réactions de son propre corps.

Alors, d'un geste léger, elle effleura la joue du comte de Nissac et colla son frêle petit corps de grande-duchesse espagnole contre celui qui paraissait indestructible de l'homme qu'elle aimait.

Puis, elle se sentit soulevée de terre par deux bras solides comme des chênes. Il la tenait ainsi à sa hauteur. Ils se regardèrent longuement.

Le Dragon Vert semblait glisser sur la vague tant la mer se fit douce, peut-être pour faciliter entreprise de ce marin qui toujours l'avait respectée.

Alors, à la lumière d'une lune complice elle aussi et tandis que filait une étoile sur fond marine, la duchesse embrassa le vice-amiral.

Et ce fut bien le premier abordage en lequel monsieur de Nissac n'eut point l'avantage, rendant les armes sur-le-champ et capitulant sans conditions...

27

Comme le découvrirent ceux du *Dragon Vert*, et le tout premier leur commandant, le vice-amiral de Nissac, les Espagnols sont peuple de grande noblesse, mais la simplicité n'est certes point leur qualité première.

Ainsi, *Le Dragon Vert* fut-il autorisé à accoster en le port de Barcelone, mais en endroit qui se trouvait à l'écart des principales activités maritimes, à proximité d'un bassin de radoub à l'abandon.

Émissaire très cérémonieux finit par monter à bord du bâtiment de la marine royale française pour annoncer que seul, le comte de Nissac était autorisé à descendre à terre afin d'y rencontrer le gouverneur et personnage qui ne consentit point à dire son nom, se trouvant sans doute ministre ou haut conseiller de Philippe III, roi d'Espagne.

Lors de cette rencontre, on aborda en grande courtoisie affaire des deux galions espagnols repris aux barbaresques par le comte de Nissac mais celui-ci ne variant guère en sa position, et ne faiblissant point sur sa détermination, les Espagnols n'insistèrent pas.

On remercia alors, au nom du roi d'Espagne, le vice-amiral d'avoir délivré la duchesse de Medina Sidonia mais comme le Français répliquait que c'était là chose naturelle, et s'enquit du même coup des raisons pour lesquelles la duchesse n'était point descendue à terre, il lui fut répondu que la chose se produirait, mais seulement en fin d'après-midi.

Après avoir congédié les autres, le ministre, à moins qu'il ne fût conseiller, suggéra alors que le comportement du vice-amiral de la marine royale française méritait récompense, et par exemple très forte somme en or dont l'impressionnant montant fut révélé mais voyant Nissac se raidir aussitôt en un refus hautain, l'Espagnol, de grande compréhension des choses humaines et des caractères altiers, se retira promptement de cette entreprise, précisant tout de même avec quelque fermeté :

— Monsieur l'amiral, vous obligeriez la couronne espagnole en acceptant un témoignage de sa gratitude car, en le cas contraire, Sa Majesté le roi se trouve votre débiteur et telle situation n'est point en les usages royaux.

Nissac prit à dessein ton d'indifférence, voire d'ennui :

— Soit, je pense en effet à quelques avantages qui me procureraient plaisirs et permettraient à votre roi d'estimer ne plus rien me devoir.

— Parlez, Monsieur, ces choses vous sont par avance acquises ! répondit le ministre soulagé de voir sa mission se trouver en bonne réussite mais un peu déçu que Nissac ne fût point homme à tout refuser. À cela s'ajoutait, chez le ministre, curiosité, ne sachant ce qui faisait ainsi faiblir le vice-amiral français : diamants ?... Terres ?... Châteaux ?...

Nissac ne différa point davantage sa réponse, mais comme de petites fossettes se dessinaient sur les joues creuses du Français, le ministre, un homme très fin, envisagea qu'on allait le jouer. Ce qui se vérifia sur l'instant en la bouche du vice-amiral :

— Pour mon seul usage, j'aimerais quelques-unes de vos oranges, deux ou trois de vos citrons et une mesure de votre délicieuse huile d'olives pressées.

L'Espagnol, pourtant tout de raideur car élevé à la Cour de Philippe II, ne put s'empêcher de sourire, satisfait, au fond, que Nissac fût ainsi en situation de grande élévation d'âme : pareillement, il appréciait sa plaisante manière de céder en apparence pour ne finalement point consentir :

— C'est là bien peu, monsieur !... Ne pouvons-nous davantage ?

— Permettez à mon équipage de descendre à terre.

— La chose est prévue. Dans trois jours, fête sera donnée en votre honneur qui se clôturera par course de chevaux sautant obstacles mais étant assez médiocre cavalier, je ne sais si cet usage nouveau vient d'Angleterre ou de terres de Barbarie. Tout votre équipage et vous-même y êtes conviés. Néanmoins, vos hommes pourront descendre à terre dès votre retour, car c'est là autre chose.

Nissac remercia.

Le ministre le mena alors en les différentes salles du palais et le comte de Nissac, indifférent aux ors, meubles et tapis les plus précieux, s'arrêta longuement, sans pouvoir cacher son plaisir, devant certains tableaux si bien qu'il sembla au ministre que cet homme des flots et des combats se trouvait être grand amateur du travail des peintres.

Il voulut vérifier qu'il ne se trompait point :

— Quel intérêt trouvez-vous à cela, vraiment, monsieur l'amiral ?... Le modèle n'est point beau, la tenue des plus austères et le décors de grande rigidité.

Nissac lui jeta un regard désolé puis répondit :

— La chose se discute, monsieur, mais voyez-vous, je suis en grande fascination de la lumière. Ce peintre l'a choisie rasante et dorée. Nous sommes en mai, le soleil se couche sur belle journée de printemps. La lumière, monsieur !...

Le ministre fut surpris mais n'insista pas. Poursuivant autre manœuvre, et prétextant qu'il fallait tout voir, il mena le Français en les souterrains. Là, une noire engeance d'inquisiteurs et de bourreaux donnaient liberté à leur amour de la persécution des autres.

Sans cacher son plaisir, car il cherchait à voir Nissac faiblir, le ministre désigna pauvre homme livré à « la flûte d'infamie ». Accusé d'être mauvais musicien, le malheureux tenait flûte de bois en ses mains mais, les doigts se trouvant passés en des anneaux, on procédait à serrage de ceux-ci, qui peu à peu broyaient les os.

— Que dites-vous de cela, monsieur l'amiral ?

— C'est fort ingénieux, monsieur : vous avez musique par la flûte, et chanson par la voix de l'homme qui hurle de douleur. Votre roi est économe.

Le ministre fut dépité.

Il montra alors « la fourche aux hérétiques ». Petites fourches d'acier aux deux extrémités se trouvaient insérées en collier de cuir. Lorsqu'on serrait celui-ci, fourches pénétraient en la chair sous le menton et en la poitrine.

— N'est-ce point étonnant, monsieur l'amiral ?

— Et le nez ?... Et les yeux ?... Il faut prévoir plus nombreuses fourches sur votre collier de cuir, monsieur, ou bien se moque-t-on du monde, à la fin ?...

Mais, démentant ces paroles, Nissac adressa regard triste au malheureux soumis à pareil traitement.

On lui montra alors, en les hurlements des tourmentés, le chevalet, l'échelle, les pinces de flétrissure, la chaise d'inquisiteur munies de pointes d'acier, l'affreux pendule, la « fille du boueur » puis la roue.

— N'est-elle point belle, monsieur ?

— Quant à moi, je la trouverais plus utile sur charrette. Et si vous y tenez, laissez-y le gueux : il distraira les passants à chaque tour de roue !

Déçu, le ministre lui fit voir le gril sur lequel se trouvait jeune femme évanouie par la douleur :

— N'est-ce point ingénieux, monsieur l'amiral ?

L'air lointain, Nissac répondit :

— N'étant point barbare, je ne mange pas de chair de jeune femme et ne puis donc juger du bon état de sa cuisson.

Le ministre se trouvait en grand étonnement du calme de monsieur de Nissac. Toujours, et quelle que fût leur vaillance, les étrangers pâlissaient en voyant ces tortures. Le Français, lui, ne semblait guère ému et paraissait s'ennuyer.

Le ministre lui fit voir alors « le berceau de Judas », qui n'est rien d'autre que le supplice du pal où homme attaché par les pieds et les poignets est descendu sur bois pointu qui pénètre en son fondement jusqu'à déchirer l'intestin.

Voyant Nissac perplexe, le ministre triompha :

— Le procédé est d'aujourd'hui pour bien vieux supplice. Ah, vous êtes songeur...

— En effet, monsieur, en effet !... Voyez-vous, je me demandais quels sodomites grimaçants hantaient l'esprit et le bas-ventre de celui qui inventa cette chose si grotesque.

Le ministre capitula. Il avait voulu effrayer Nissac, dont le maintien l'agaçait, et n'avait récolté en cette entreprise que certitude absolue : le regard de pitié du Français trahissait son humanité mais rien ne brisait sa volonté de ne la point laisser paraître.

Ils croisèrent alors jeune bourreau qui allait d'un pas vif, tenant par les cheveux tête coupée.

— On s'occupe beaucoup, ici !... remarqua Nissac, ironique.

Le ministre, cette fois, ne perçut point la malice et répondit :

— Celui-là était palefrenier. Nous l'avons tenaillé au fer rouge, brûlé la main droite en un gaufrier, émasculé, cœur et entrailles furent arrachés et corps mis en quartiers.

— Et vous gardez la tête en souvenir d'un si dur labeur ?... demanda Nissac en souriant.

— Non point, elle sera fichée au bout d'une lance et plantée quelques jours devant l'entrée du palais.

— L'inconvénient étant qu'elle attirera les mouches.

Le ministre comprit que monsieur de Nissac n'était point sérieux et ne retint pas un franc sourire. À mesure qu'il le connaissait, il appréciait le Français. Celui-ci n'était point homme qui montre ses qualités masculines par jurons, voix forte, main à l'épée au premier prétexte, gros rire en compagnie d'autres hommes pareils à lui en ces choses affligeantes.

L'amiral parlait souvent à mi-voix. Il semblait considérer la vie en ce qu'elle peut avoir de drôle, se trouver sans doute faible en son humanité qu'il se gardait pourtant de montrer, devait aimer la solitude mais il avait au fond de ses étranges yeux gris lueur telle qu'on devinait redoutable sabreur et volonté que rien, jamais, n'arrêtera.

Un homme rare.

— Et qu'avait donc fait la tête ?... Je veux dire : feu le palefrenier ?

— Ah, grand crime !... Meilleur élevage d'Andalousie tenait comme son trésor le plus cher cheval de deux ans, bête la plus belle que je vis jamais en ma vie et plus rapide coursier qu'il puisse exister ici-bas... On le destinait à Rudolphe de Habsbourg, empereur germanique. Mais ce maudit palefrenier, par haine du roi, porta aux yeux du cheval poudre qui le rendit aveugle. Pourtant, on ne s'aperçut point en l'instant de la chose, les yeux demeurant intacts et fort beaux.

— Ce cheval, est-il haut ?

— C'est une bête plus haute que les autres, grande et massive.

— La couleur de sa robe ?

— Noire.

— Pourrais-je le voir ?... demanda l'amiral.

Le ministre fut surpris :

— C'est que... Le boucher devait le venir prendre pour équarrissage car cheval aveugle n'a point son utilité. Allons cependant nous en assurer.

Et, tandis qu'ils gagnaient la sortie du palais, le comte de Nissac ne put se défaire de cette impression qui était sienne depuis qu'il avait quitté *Le Dragon Vert* : on le suivait.

Et homme qui le suivait avec si diabolique habileté devait être adversaire de grand talent...

En effet.

Il s'appelait Juan de Sotomayor, un nom dont il faudra se souvenir !... Colonel de cavalerie, soldat exceptionnel, il avait une mission simple : tuer le vice-amiral comte de Nissac.

Mais point sur le sol espagnol.

28

Ils arrivèrent sous tempête de neige et Aldomontano, son visage mutilé toujours dissimulé par le capuchon de sa robe d'ambrosien, lança de sa petite voix irritante :

— Bienvenue en le château des chimères !

Puis il rit.

À une lieue du château en ruine, et sur un signe de leur maître, « Vert », « Rouge », « Bleu » et « Jaune » avaient masqué leurs visages sous les têtes de loups évidées.

On cogna aux barreaux de la charrette aménagée en cage et les huit enfants somnolents, brusquement terrorisés par ce bruit du métal frappant le métal, à quoi s'ajoutait la neige tombant en flocons serrés et le spectacle des hommes de l'escorte, les huit enfants, donc, se mirent à hurler, les plus petits entraînant les plus grands.

La chose amusait fort Aldomontano qui trouvait ces enfants en état de grande stupidité : par quelle aberration du jugement ne comprenaient-ils point que les hurlements de leurs petites voix aux sonorités de cristal redoubleraient l'excitation de ses fauves assoiffés de sang et de chairs tendres comme ayant mariné en le lait de nourrice ?

« Trop stupides pour vivre !... » songea-t-il.

Puis il observa ses loups qui, de leurs mains fébriles, ouvraient de nombreux cadenas qui fermaient les grilles de la cage.

Comme il tenait bien ses créatures en état de dépendance !

Il loua le diable de l'avoir mené en la voie de l'exorcisme où, entendant créatures possédées, il avait compris que l'enfance attirait les hommes en état de pourriture morale.

Ainsi, les brutes qui avaient rudoyé et humilié les femmes qui se succédaient en leurs couches voulaient toujours davantage en leurs égarements et l'enfant se trouvait au sommet de la route de perdition.

Il fut un temps, avant les loups-garous qu'il réservait à sa garde personnelle *et certain projet*, où il avait fourni les puissants en petites filles et petits garçons afin que tous ces seigneurs puissent les outrager sans encourir de châtiments.

Toute chose s'arrêtait devant cette confrérie des amateurs d'enfants. Des seigneurs et des membres du Parlement donnaient grâce qu'en le peuple, on ne comprenait point. Un dossier était-il instruit cependant, des juges le faisaient disparaître en les palais de justice. Les hommes de prévôté s'assuraient-ils d'un violeur d'enfant, ils étaient joués par leurs officiers qui libéraient les coupables en secret.

Amateurs d'enfants, pour pourris qu'ils soient, tenaient place importante et ne s'abandonnaient point les uns les autres.

L'ambrosien soupira et tapa en ses mains. Aussitôt, les loups-garous dressèrent vers lui leurs têtes inquiétantes tandis qu'il lançait :

— « Jaune », qui n'est point là depuis longtemps, mènera les enfants en les geôles. Vous autres, allez en les campagnes hurler votre bonheur à la lune afin que vos cris ne m'assourdissent point les oreilles et ne revenez qu'à la mi-nuit, où votre contentement vous attendra.

Incrédule, le ministre du roi d'Espagne regardait monsieur le vice-amiral comte de Nissac, poitrine nue, qui ferrait devant la forge le grand cheval aveugle tel un maréchal-ferrant dont il posséderait tous les secrets.

Il le vit également brider, débrider, seller, puis desseller l'animal, refaisant la chose aussi souvent qu'il lui fut nécessaire jusqu'à ce que celui-ci ne frissonne plus.

Puis, une nouvelle fois – la millième ? – monsieur de Nissac caressa le cheval et lui parla à l'oreille, en un chuchotement que nul autre n'entendait.

Il parut fugitivement au ministre que le cheval écoutait cette voix étrange, si douce et si grave. Il lui sembla même que le cheval comprenait le sens des paroles qu'on lui soufflait mais, sachant la chose tout à fait impossible, le ministre repoussa cette pensée.

Il ne s'expliquait point le comportement singulier du Français, homme pourtant de grande réputation pour son jugement rapide et sûr ainsi que pour la fermeté de son intelligence.

Trois jours plus tôt, au sortir des caves de l'inquisition, monsieur de Nissac avait acheté le cheval aveugle au boucher qui déjà l'emmenait pour l'abattre et depuis, il ne le quittait plus, se mettait en selle pour tourner en la cour, allant même jusqu'à dormir en l'écurie.

Trois jours !

Le comte de Nissac n'avait point pris le temps de visiter la ville de Barcelone, laissant son équipage s'y égailler sous la discrète surveillance de la police de Philippe III.

On avait ainsi vu un baron géant, capitaine d'infanterie d'assaut qui avait nom Jean-Baptiste Sousseyrac, quitter le bord précédé de trois violons.

Un certain seigneur Yasatsuna hanta les échoppes de poissonniers pour manger séant créatures de la mer sans point les faire cuire, à l'effarement des poissonniers et des passants.

On remarqua aussi deux marins qui, d'après l'excellente police du roi, avaient nom Peter Van Kappel et Cornelius Van der Linden et allaient main dans la main dans les ruelles de Barcelone mais leur cherchait-on querelle sur leurs mœurs, ils sortaient les couteaux et montraient qu'ils n'étaient point des filles mais hommes redoutables tandis que de partout, et surtout des lits des dames, surgissaient marins et soldats du *Dragon Vert*, ces diables de Français se montrant plus unis que les doigts de la main.

On avait suivi le second, Paray des Ormeaux, et remarqué que sa vue était fort mauvaise, information transmise séant à l'Amirauté où l'on ne doutait point qu'un jour, en la guerre, il faudrait affronter *Le Dragon Vert* et qu'on n'en saurait dès lors jamais trop sur ses officiers.

On avait renoncé à suivre le très blond et angélique Martin Fey des Étangs qui allait de femme en femme, celles-ci se battant pour l'attirer en leur couche. Note fut jointe sur l'étonnante bonne santé de ce jeune officier français en les choses de l'amour.

Mais monsieur de Nissac, lui, ne bougeait point des écuries royales.

Profondément perplexe, le ministre se demanda pour quelle raison homme si admirable s'en allait se ridiculiser devant Philippe III, roi d'Espagne et toute la Cour, ainsi que les ambassadeurs étrangers, en participant à la grande course avec obstacles où il comptait monter cheval aveugle ?... Certes, on disait que la mère de Nissac, fine cavalière, était descendue de selle pour le mettre au monde aussitôt, mais tout de même !

À Barcelone, on ne parlait que de cela. Et bientôt en toute l'Espagne. Ainsi, cavaliers et carrosses arrivaient-ils en grand nombre et à vive allure de Madrid, Valence, Saragosse et cent autres villes pour assister à pareil spectacle.

— C'est l'heure, monsieur l'amiral. Le départ sera bientôt donné.

En la lumière du soleil qui lui faisait face, Nissac, toujours torse nu, plissa les paupières sur ses yeux gris et sourit.

— Ne vous émotionnez point tant, monsieur le ministre. Ce n'est qu'une course, après tout.

La belle duchesse de Medina Sidonia se tenait en la grande tribune royale, aux côtés du roi Philippe III.

Elle tremblait pour le comte de Nissac, assez insensé pour monter cheval aveugle quand les sept autres cavaliers se trouvaient être les meilleurs du royaume montant les plus rapides chevaux de la Très Sainte Espagne.

« Nissac êtes-vous donc si fou, bel amour, à trop saluer la lune en ôtant votre chapeau à plumes pour ainsi monter en course pauvre cheval aux yeux morts ?... », songea-t-elle.

Elle souffrait. Et comme elle l'avait redouté, elle se trouvait surveillée depuis qu'elle avait posé le pied en Espagne, si bien qu'elle n'avait pu voir le comte de Nissac un seul instant.

En ses songeries, elle fut surprise par le départ.

Trois tours, il fallait trois de ces longs tours complets, comme si un seul ne suffisait point.

Elle pria. Et remercia Dieu sitôt l'interminable premier tour bouclé. Nissac et son très haut cheval noir se trouvaient derniers, loin derrière les autres, et avaient touché chaque obstacle – certains durement – mais miraculeusement, ils n'étaient point tombés et la foule saluait pareille performance telle qu'on n'en avait jamais vue en aucun temps et nul lieu.

Le second tour parut à la grande duchesse plus éprouvant encore que le précédent. Deux chevaux étaient tombés, Nissac se trouvait toujours dernier mais il avait réduit l'écart et, lors de son passage devant la tribune de la Cour, on vibra à son courage.

Pourtant, il semblait que monsieur de Nissac ne fût point en la course. Penché sur l'encolure, étriers assez hauts, on voyait qu'il parlait à son cheval, la bouche près de l'oreille, comme s'il lui faisait commentaires sur la qualité de chaque obstacle, qu'il s'agisse de haies ou de rangées de tonneaux. Sa main, parfois, passait en grande douceur sur les beaux yeux sans vie du cheval...

Puis, nul ne comprit ce qu'il advint. Le cheval aveugle qui avait sauté, certes, mais fort mal, ébouriffant chaque obstacle, parut, après deux tours, avoir définitivement pris la mesure de chacun d'eux. Bientôt, on ne vit plus que cela qui parut phénomène magique : le Français au beau chapeau à plumes remontait ceux qui le précédaient. Ainsi, on le vit bientôt cinquième, quatrième, troisième, second...

La course allait finir après le saut du dernier obstacle et sur la longue ligne droite finale, Nissac, magnifique cavalier couché sur l'encolure de son cheval qu'il sollicitait du plat de la main attaquait – pour l'honneur ? – le très probable vainqueur.

En les tribunes, c'était le plus furieux délire. On s'évanouissait, hurlait, se griffait le visage en criant sa joie à pleins poumons car ce qu'il y a de noble et de grand en l'homme et la femme sera toujours sa joie qu'en les choses humaines les faibles, les malades et les mutilés puissent vaincre les puissants parmi les puissants.

On n'avait point entendu ceux du *Dragon Vert*, lorsque...

Tel un redoutable roulement de tonnerre venant du « coin des Français » où se trouvaient impeccables, en carré compact, les deux cents officiers, soldats et marins, on entendit en cadence scandé tel le nom de César acclamé par ses légions :

— Nissac !... Nissac !... Nissac !...

Sur la piste, les deux chevaux se trouvaient à présent à même hauteur, les cavaliers au botte à botte mais, tandis qu'on allait passer le fil, le grand cheval aveugle eut un sursaut.

Et l'emporta d'une encolure, mais sans coup férir.

Un profond silence tomba sur l'endroit.

Philippe III, qui pour être roi n'en était pas moins homme, eut difficultés à dissimuler l'émotion qui étreignait son cœur devant spectacle d'une pareille beauté.

L'homme avala sa salive à plusieurs reprises, et battit des paupières pour chasser vision si merveilleuse. Le roi refusa de saluer le Français et lança paroles politiques qui se trouvaient être grande menterie :

— Il n'est nulle surprise !... Avec un cheval destiné à l'empereur d'Allemagne, seul un maladroit eût échoué.

Mais les Espagnols, qu'ils fussent nobles ou appartinssent au peuple, ne partageaient point tel jugement et l'on fêta le comte de Nissac en lui jetant fleurs, jolis mouchoirs et chapeaux à plumes tandis que des « vivats » montaient de milliers de poitrines.

Le colonel de cavalerie Juan de Sotomayor qui suivait Nissac depuis son arrivée en Espagne et avait ordre de le tuer quelque jour prochain fut lui-même en grande émotion. Mais nul cœur ne battit plus vite, ce jour-là, que celui de la duchesse Inès de Medina Sidonia...

29

Dans les chaumières où l'eau gelait en les cruches, on entendait des cris de loups-garous exultant au clair de lune qui argentait les flocons de neige tombant drus.

Ils battaient la campagne, égorgeaient chèvres et moutons, se répondaient à travers les coteaux en lançant longs hurlements. En leurs lits, les paysans tremblaient de peur et les couples glacés tant par le froid que par la terreur se serraient plus fort que jamais.

En cette nuit désolée de grands débordements, la campagne appartenait aux forces du mal que dégorgeaient les plus noirs enfers.

Non loin, et sans qu'il faille s'attarder à telles horreurs, quatre petits enfants attendaient en quatre cellules closes de solides barreaux.

Ils pleuraient doucement, sans grands sanglots, sur le malheur d'être arrachés à leurs familles et jetés en un monde où la violence extrême paraissait l'ordinaire.

Pourtant, ils n'avaient encore rien vu...

Visages dissimulés derrière leurs étranges cagoules coniques, ceux que Vittorio Aldomontano appelait « les douze apôtres », et qui n'étaient que dix ce soir-là, échafaudaient leurs plans minutieux.

L'homme qu'ils cherchaient existait, mais ils ne l'avaient point encore trouvé.

Cela n'allait pourtant pas tarder.

Du haut d'un balcon, la duchesse de Medina Sidonia attendait, et des milliers d'autres avec elle en les rues de Barcelone éclairées par des centaines de torches.

Vexé que la fine fleur des cavaliers et des chevaux espagnols ait été battue par un Français montant un cheval aveugle – quel fâcheux symbole ! –, Philippe III d'Espagne avait ordonné que les hommes du *Dragon Vert* et leur amiral embarquent de nuit.

Sans tarir en rien la ferveur populaire.

Une immense clameur précéda les Français et la duchesse se pencha dangereusement pour y mieux voir.

Les pavés de la rue menant au port étaient jonchés de milliers de pétales de fleurs et bientôt, sur son haut cheval aveugle, Thomas de Pomonne, comte de Nissac et vice-amiral des mers du Levant parut, précédé d'un enseigne portant drapeau fleurdelisé.

Il allait au pas lent de sa monture, insensible, en apparence, aux centaines de fleurs qu'on lui jetait. Ses yeux gris s'attardèrent un instant sur le balcon où se trouvait la ravissante duchesse et leur froideur fit place à quelque chose de tendre, de rieur et d'enfantin.

Alors, et tandis que la foule laissait échapper un « Oh ! » étonné, le comte de Nissac, en un geste de grande élégance, ôta son beau chapeau à plumes et salua la duchesse.

Certains Espagnols furent enchantés qu'une des leurs ravît cœur de semblable héros mais bientôt, roulements de tambours et mélodie fluette des fifres accompagnés du martellement régulier de bottes leur fit tourner la tête.

Mousquetaires en tête, qui avaient placé fleurs en les

canons de leurs mousquets, les deux cents soldats et marins du *Dragon Vert* avançaient en un bloc compact, uni, soudé, encadrés au plus près par leurs officiers en grande tenue.

Les fleurs pleuvaient sur les Français et quelques femmes durent se détourner de leurs maris pour dissimuler leurs larmes tant ceux qui partaient laissaient de bons souvenirs...

En un vieux château du pays de Provence, un homme jeune encore, Louis de Sèze comte de La Tomlaye, se trouvait au désespoir.

Sa sœur Élisabeth mangeait à peine, et sa maigreur se voyait au premier regard.

Louis qui aux galères avait eu un commerce prolongé avec la mort n'en doutait point : Élisabeth caressait l'idée de ne plus vivre. Et lui-même en arrivait à penser qu'il eût mieux valu qu'il disparaisse que d'assister en grande impuissance d'agir à spectacle si désolant...

Mais la mort qui rôdait semblait en grand appétit.

Ni les petits enfants livrés à la barbarie des loups-garous, ni Élisabeth de La Tomlaye n'auraient su rassasier sa goinfrerie.

Et c'est à grands coups de faux qu'elle espérait moissonner parmi ceux, bons ou mauvais, qui apparaissent en la longue histoire qui vous est contée ici...

FIN DE LA PREMIÈRE ÉPOQUE

SECONDE ÉPOQUE

LE MARCHAND D'OUBLIES

30

DÉBUT DE L'AN DE GRÂCE 1610...

Chose qui aurait pu changer le cours de l'histoire, et de bien peu s'en fallut, commença par simple rencontre entre deux hommes d'Église. Des hommes qui ne se trouvaient point être hauts prélats et dont la mise, tout au contraire, n'eût pas éveillé l'intérêt des mendiants.

Le premier, un père jésuite appelé Coton, n'était pourtant rien moins que le confesseur du roi Henri quatrième.

Le second était capucin de l'ordre fondé par Saint-François d'Assise. Il s'appelait Joseph du Tremblay mais les chroniques se souviendront de lui sous le nom de « Père Joseph ». L'homme parlait italien, anglais, espagnol, allemand, latin, grec, hébreu, et tels dons ne se trouvaient point démentis par l'agilité d'esprit dont il faisait preuve en toutes occasions. Mais là ne s'arrêtaient point ses mérites car il avait su discerner entre tous grands talents de futur homme d'État en la personne d'un certain Armand Jean du Plessis de Richelieu, évêque de Luçon. Pour le mieux servir, et encourager la grande ambition du jeune évêque, Joseph du Tremblay s'était adjoint en cette cause un abbé de Cour nommé Luc de Fuelde, homme d'intelligence subtile qui s'était ménagé des amitiés chez les puissants, les utilisant parfois pour son usage. C'est ainsi qu'il venait de réussir à faire entrer comme officier aux Gardes Françaises un sien cousin récemment libéré des galères barbaresques par le vice-amiral de Nissac, et qui se nommait Stéphan de Valenty...

Les deux ecclésiastiques s'étaient retrouvés en la boutique d'un tailleur, homme des plus sûrs à en croire Luc de Fuelde agissant pour Joseph du Tremblay. Et de fait, le tailleur ne montra nulle indiscrétion ; gênés pourtant de ne point être seuls mais, voyant que la boutique ne se trouvait pas vide, les hommes d'Église empruntèrent autre entrée.

En effet, si la boutique ouvrait sur la rue, son étal en plein vent, on pouvait cependant y accéder également par passage latéral.

En toute apparence, le tailleur qui n'avait point été informé de l'heure d'arrivée de ses visiteurs était occupé avec son courtier et son commissionnaire, le facteur, par bonheur, n'ayant point déféré à la convocation de son commettant.

Le tailleur n'éprouva point de difficulté à se débarrasser de ses employés et apprentis, fermant la boutique aussitôt qu'ils furent partis.

Après échange de politesses et compliments réduit au strict minimum, le confesseur de roi ne tarda pas davantage pour aller au fait :

— Un vent détestable souffle actuellement sur le royaume !

— La guerre est proche !... répondit le Père Joseph.

Les deux hommes n'ignoraient point qu'en l'année passée, et tout spécialement au long de l'été 1609, nombreuses escarmouches avaient eu lieu le long de la frontière de Navarre entre Français et Espagnols. Pareillement, tous deux savaient qu'agissant discrètement pour l'intérêt d'Henri quatrième le gouverneur du Béarn et de la Navarre, Jacques Nompar de Caumont, duc de La Force, avait fomenté par pratiques secrètes troubles en Navarre.

— L'armée est prête ! répondit le Père Coton.

— Mais les esprits ne le sont point.

— À quoi pensez-vous ?

Le Père Joseph hésita. Il estimait que le jésuite allait

un peu vite en besogne. Cependant, la chose lui paraissait finalement préférable car de tous côtés, du moins en les endroits présentant certain intérêt, arrivaient nouvelles alarmantes sur complot de puissants seigneurs.

Le Père Joseph regarda Coton droit dans les yeux.

— Un complot s'organise.

— Nous en avons également connaissance mais ne savons rien des détails et pas davantage le nom des comploteurs.

Le Père Joseph retint un sourire, tant ce « nous » qui englobait l'ordre des Jésuites lui semblait abusif. Certes, Coton et d'autres étaient en grande fidélité au roi mais de nombreux jésuites ne se trouvaient point en ces dispositions de loyalisme, considérant toujours le roi comme un hérétique.

Le Père Joseph, en son caractère, ne cultivait point la vanité, aussi ne s'attarda-t-il pas au fait qu'en leur organisation, et considérant la cause qui réunissait les deux hommes, les jésuites ressemblaient à rivière demi-asséchée quand l'ordre de Saint-François bénéficiait, pour demeurer en cette image, de l'apport de milliers de ruisseaux.

Par lesquels ne manquaient pas d'arriver précieux renseignements...

Sentant grande anxiété chez le Père Coton, le Père Joseph du Tremblay se décida enfin à en dire davantage :

— Les plus grands noms du royaume seraient mêlés à l'affaire.

— Lesquels ?... demanda vivement Coton et sa voix résonna curieusement en la boutique vide car jusqu'ici les deux hommes d'Église s'étaient entretenus à voix basse.

— Je ne peux vous livrer qu'un nom en certitude absolue, car celui-là est l'organisateur et dut montrer, par nécessité de cette fonction, quelque imprudence.

— Quel est ce nom ?

— Le duc d'Épernon !

— L'ingrat !... Tant lui fut pardonné par notre roi et voici qu'il recommence. Comme j'aimerais voir sa tête rouler en place de Grève !... dit le Père Coton d'une voix que la colère rendait sifflante.

Le Père Joseph ne répondit point, estimant quant à lui qu'il n'était pas de bonne politique, en cette affaire, de laisser sentiments altérer la froideur du jugement.

Il attendit donc que le Père Coton se maîtrisât, ce qui ne tarda guère car le confesseur du roi se trouvait en bonne conscience qu'il venait de commettre une faute. Aussi, c'est en chuchotement retrouvé qu'il questionna :

— Que savez-vous d'autre ?

Joseph du Tremblay, en cet instant, entrevit qu'il pouvait faire avancer favorablement sa cause car si, en son cœur, assassins d'Henri quatrième provoquaient profond dégoût, il n'en servait pas moins personnage de grand avenir qui, en d'autres temps, s'occuperait lui aussi au mieux des intérêts du royaume :

— Je sais d'autres choses qui ne sont point sans importance mais si défendre la personne sacrée du roi est un devoir, il m'en est un autre, impérieux lui aussi, qui est de ne pas laisser en situation subalterne homme de grand talent que le roi n'aime point.

Le Père Coton soupira.

— Cet évêque de Luçon, en lequel vous voyez futur grand ministre de la couronne ?

— Il le sera quelque jour, quoi que vous fassiez ou ne fassiez point, mais en toutes choses, j'ai la détestation du temps perdu et votre prompt renfort serait des plus utiles à cette cause.

— J'en parlerai au roi en un moment favorable. Aussi, voyons ce complot, à présent.

Le Père Joseph décida de livrer une partie de ce qu'il savait :

— Ils seraient douze, y compris le régicide lui-même. Puissants, ils disposent d'or et de gens en grand nombre. L'Espagne ne serait point tenue hors du complot, sans en être pourtant l'instigatrice mais la chose est encore incertaine. Ils changent chaque fois de lieu de réunion et, lors de leurs rencontres, chacun porte cagoule de pénitent si bien qu'il faudra du temps pour identifier chaque comploteur. Deux femmes participent à l'affaire. Ils sont tous en grande ambition de réussir. Une chose paraît nouvelle :

malgré l'importance du complot, rien ne filtre et d'Épernon tient remarquablement bien son monde.

Le confesseur du roi écouta ces paroles avec attention, puis :

— Intéressant. Et terrifiant. Mais comme vous l'avez remarqué, il est à peine croyable que complot réunissant si grand nombre conserve pareille discrétion. En autres temps, les grands seigneurs ne manquent jamais de se vanter ou considèrent comme étant indigne de leur rang de manifester en pareille entreprise prudence qui pour d'autres irait de soi.

Le Père Joseph, qui un instant avait douté de la vivacité d'esprit du confesseur du roi, fut satisfait que celui-ci ait ainsi perçu ce qui lui paraissait le plus grave.

Mais le Père Coton ne s'arrêta pas en si bon chemin, poursuivant :

— Comment avez-vous eu si bonne connaissance de toutes ces choses ?

— Je ne puis, hélas, vous le révéler.

Le jésuite modifia son angle d'attaque, tentant sans trop y croire la flatterie :

— Cependant, vous n'en sauriez point davantage si vous aviez réussi, en très grande habileté, à placer un homme à vous parmi les douze du complot...

Le capucin de l'Ordre de Saint-François contra le jésuite comme en se jouant :

— On peut en effet penser ainsi.

Il sourit et ajouta :

— Serait-ce le cas, et connaîtrais-je son nom, que je ne le confierais pas même à mon ombre car cet homme de grand courage, s'il existait et vivait en cette condition d'espionner pour notre compte, risquerait sa vie à chaque instant, hanté par les tourments d'une mort probable qui ne serait point douce.

Ils gardèrent un instant le silence et tous deux songèrent pareillement que l'informateur glissé parmi les comploteurs par le Père Joseph, et qui agissait sans doute pour la gloire à venir de monsieur de Richelieu, ne verrait probablement jamais celle-ci en son épanouissement.

Puis le Père Coton avança davantage en son entreprise :

— Je pense que nous ne devrions plus nous revoir, c'est trop grande imprudence.

— Je me trouve également en ce sage avis. Si je suis le représentant de monsieur de Richelieu, l'abbé Luc de Fuelde, lui, me représentera. Nul ne sait, à part vous, qu'il partage l'ambition qui est mienne de voir un jour l'évêque de Luçon accéder à la direction de l'État.

— C'est avisé. Je trouverai moi-même à joindre votre abbé de Fuelde par quelques miens jésuites.

— Alors c'est que tous ne sont point dévorés par les langues de feu du fanatisme, dirait-on.

— Tous ne le sont point !... répondit en grande froideur le Père Coton.

On s'observa avec méfiance durant quelques instants puis le Père Coton reprit :

— Votre monsieur de Richelieu est en l'affaire, le roi l'est aussi, il vaut mieux que vous le sachiez. Sans doute savez-vous également la désinvolture qui est sienne concernant tous ces complots, dont il a pourtant réchappé quelquefois d'extrême justesse. Cependant, cette fois, je suis parvenu à l'inquiéter. Certes, il oubliera dès qu'une femme lui fera tourner la tête, et la chose arrive dix fois en la journée, mais je saurai le rappeler à sa promesse de ne se point désintéresser de l'affaire.

— Ce qui veut dire que pour combattre les factieux, nous pourrons nous appuyer sur la puissance royale ?

Le Père Coton parut gêné.

— La chose est vraie sans être tout à fait exacte. La puissance royale nous aidera, mais elle ne souhaite point le montrer au grand jour car il ne sied pas au roi de paraître inquiet à son peuple.

Joseph du Tremblay hocha la tête.

— Je m'en doutais... Je connais le roi, et vos paroles ne me surprennent pas. Aussi, voyons les choses simplement. Il s'agit d'une pyramide. En son sommet, le roi. En dessous, et sur l'autre versant, monsieur de Richelieu. Au niveau inférieur, sur chaque versant, vous et moi. Descendons encore, nous trouvons Luc de Fuelde et son équivalent chez vos jésuites. Descendons toujours : voyez-vous ce qui nous manque cruellement ?

Le Père Coton n'hésita point.

— Le bras armé !... Il nous faut des hommes d'épée, les meilleurs, mais qui ne soient point truands et acceptent de se sacrifier en silence pour le roi de France. En outre, il est nécessaire qu'ils soient nombreux, se connaissent et soient hommes de guerre de grande valeur.

Le Père Joseph admira la prompte intelligence du jésuite, et le rassura aussitôt :

— La chose est fort bien dite. Il nous faut des hommes que l'on puisse envoyer au massacre sans qu'ils soufflent mot, disposant d'un chef exceptionnel qui ne frémît pas à l'idée que son corps ira pourrir en la voirie. Ce chef existe, c'est le vice-amiral Thomas de Pomonne, comte de Nissac. Et la troupe unie que nous cherchons est l'équipage du *Dragon Vert* qui ne cesse de se couvrir de gloire.

Le jésuite prit son menton en sa main, un instant pensif, et répondit :

— Nissac !... Discret, courageux, courtois, attentif, voulant rester simple et ne point être une complication pour les autres. C'est un homme admirable et, dit-on, le meilleur sabre du royaume. Mais, pour d'obscures raisons qui m'échappent, le roi le tient en grande détestation.

— Peut-être, mais Thomas de Pomonne, comme tous les Nissac avant lui, est de grande fidélité et loyauté à son roi. En une telle affaire, il sera évidemment tué et avec lui, la plupart de ses deux cents officiers, soldats et marins. Mais avant que leurs os ne blanchissent en les fossés, ils porteront coups terribles à nos adversaires et déjoueront le complot si nous savons les renseigner.

— Qui vous dit que Nissac acceptera ? demanda le Père Coton.

— Je vous le répète, Nissac est un homme d'honneur : il ne dérobera point.

— Lui parlerez-vous vous-même ?

— Certes non. Luc de Fuelde a un cousin, Stéphan de Valenty, récemment libéré des galères par Nissac et qui sert aujourd'hui en les Gardes Françaises. En suivant cette filière, il sera facile d'arriver jusqu'au vice-amiral.

— C'est fort ingénieux. Et très heureux que ce Valenty se trouve justement en les Gardes Françaises : le hasard nous a bien servis.

Joseph du Tremblay ébaucha fugitif sourire.

— Le hasard n'y est pour rien.

Le Père Coton adressa un regard rusé à son interlocuteur.

— Décidément, je crois qu'en effet votre Richelieu est un fin politique !...

31

Grognant, se poussant du nez et tournant en rond, ils devenaient en état de grande nervosité et Aldomontano redouta le moment où, échappant à sa main, ils s'égailleraient en le royaume de France, laissant derrière eux longues traînées du sang de leurs victimes.

Puis ses loups-garous se trouvant séparés les uns des autres, isolés, seraient un à un cernés par la populace et les belles machines à tuer finiraient par plier sous le nombre, brûlés vifs ici, les flancs percés à l'épieu là, massacrés en autres endroits par foule paysanne que la peur rendrait haineuse.

Quel gâchis !

« Bleu » avait été fouetté au sang, et « Vert » deux jours plus tard pareillement mais sans qu'ils se calment pour autant.

Même en l'entraînement militaire, où tous quatre excellaient, ils se montraient distraits, posant l'épée pour rêver à petit enfant laissé captif en leur cellule telle une friandise, attaquant sauvagement de taille et d'estoc un compagnon, en l'imagination de croire qu'il gardait par-devers lui fillette reçue du « Maître » en manière d'avantage.

L'ambrosien au visage mutilé connaissait la cause du mal. Et le remède.

Cependant, une fatigue lui venait à l'idée d'écumer les

villages au pas lent des chevaux traînant la lourde charrette transformée en cage pour enfants.

Il leva son œil unique et admira le ciel bleu. Il faisait bien froid, à faire éclater les pierres, et il fut en l'espérance que vienne enfin le printemps s'apprêtant à donner son assaut pour balayer la froidure et la neige.

L'idée lui vint qu'il était enfin temps de passer à autre chose. Et cette idée le réconforta car lui aussi était las, souffrant de ce long enfermement en les souterrains du château des chimères.

Il écarta les buissons de houx qui masquaient l'entrée des souterrains construits en l'époque de la guerre de Cent Ans. Voulant aller trop vite, il s'y griffa les mains, mais telle était la condition de la sûreté du lieu.

Il s'en allait risquer autre chose et, tout bien pesé, il n'aurait à répondre de cette affaire que devant lui-même.

Plus question d'atteler la charrette-cage et de traîner des semaines sur mauvaises routes au milieu des pleurs d'enfants. Ils iraient à cheval. Ils traverseraient monts et rivières pour se trouver à grande distance du château des chimères afin que ce lieu demeurât un sanctuaire.

Il sourit :

— Un sanctuaire, tout de même, à considérer ce qui s'y pratique !

Il se plaisait fort à blasphémer quand en autres moments, de plus en plus rares il est vrai, la ferveur religieuse le rigidifiait des pieds à la tête.

À présent encore, il eût peut-être risqué sa vie pour sauver Sa Sainteté le pape menacé de quelques périls, mais il eût peut-être été le premier à pousser cette vieille canaille de pape en un profond ravin. Tout dépendait de l'humeur de l'instant et de l'état de ces peurs horribles qui lui tenaient l'âme depuis toujours.

Il aimait qu'en sa conscience le bien et le mal s'affrontent même si la lutte était de plus en plus inégale, considérant la disposition où il se trouvait de toujours favoriser les entreprises du démon.

Se faufilant à travers la barrière de houx pour regagner les sombres souterrains humides, il en vint à songer que Dieu n'était qu'une idée de la vie telle qu'on la peut rêver, quand le diable, lui, était la vie elle-même en ses débordements, sa violence et son absence de scrupules.

Il n'avait point cherché, se disait-il, à acquérir le feu qui brûlait en lui. Il datait, ce feu, de l'époque où, lorsqu'il était âgé de huit ans, un moine noir de poils, barbu et puant la charogne s'était servi de lui comme d'une femme. Et rien, jamais, ne vint à bout de cet incendie qui n'en finissait pas de consumer sa pureté enfantine dérobée par une brute qui ne se posait point de questions.

L'idée qu'il pût se trouver tout autre l'intéressa. Et par exemple prêtre en un village déshérité. Une soutane usée aux coudes, et nulle autre de rechange. Un mobilier bancal, une cheminée tirant mal avec dans un coin maigre tas de bois flotté. La chambre tendue d'une vilaine tapisserie d'Auvergne auréolée de taches d'humidité, un lit à trois pieds avec une pierre en lieu du quatrième, lit des plus ordinaires à hauts piliers et pentes de serge bleue. Custode sans grâce. Vilaines bougies de suif dégageant mauvaise odeur pour éclairer les nuits glacées de l'Avent ponctuées de fêtes tristes où l'on grelotte dans l'église : Toussaint, Trépassés, Saint-Martin, Saint-Nicolas... Ne penser qu'à Dieu, et point à l'amour, au plaisir de son dard, au durcissement de ses couilles tandis qu'il foutrait petite fille ou petit garçon.

— Ça, ça c'est autre chose !...

Il rit.

Eh bien aux saints hommes, il laissait le paradis décidément trop pénible à gagner alors même que son existence, ni celle de l'enfer, au reste, n'était certitude.

Au moins, en le vice, il allait au bout de lui-même et se trouvait en fort nombreuse compagnie car riches et pauvres, seigneurs et bas peuple, tous le servaient avec plus ou moins de franchise.

Eh, que dire de telle mère mangeant son bébé lors d'un siège, et qu'on brûla ?... Et ces autres, bien pauvres eux aussi en la ville de Paris qui, près du cimetière des Innocents où sont empilés les cadavres, remplaçaient le pain par os des morts passés au moulin avant que cette poudre ne fut trempée et mollifiée en de l'eau : on vivait en le péché, certes, mais ne payait point le prix du blé.

Et ce grand seigneur, mais n'était-ce point le maréchal de Biron qui fut depuis décapité pour haute trahison ?... Quoi qu'il en soit, lors d'un très rude hiver où il assiégeait place forte, il prit habitude de se faire amener femme vivante et telle quelle, on lui ouvrait séant le ventre afin que le maréchal puisse réchauffer ses pieds en les entrailles fumantes de la défunte.

Le bien devait s'incliner devant la force et fol qui pensait le contraire.

Il frotta nerveusement son orbite vide, là où « Rouge » avait gobé son œil aussi sûrement et rapidement que s'il s'était agi d'un œuf.

Songeant à cette scène d'extrême violence, où le monstre aux prodigieuses mâchoires arrachait ses lèvres, sa joue et son nez pour ne laisser qu'un trou où soufflait étrangement l'air, il se félicita. Bien d'autres que lui eurent en l'instant cédé à la colère, à la haine, et fait mettre « Rouge » à mort.

Mais point lui !

Bien que la douleur fût atroce, il s'était trouvé disposition en son esprit qui voyait ces choses abominables en parti de fin calcul. Quoi, il existait donc des loups-garous venus du fond des âges ?... Il existait une telle force, doublée ou triplée par son aspect de terreur, et qu'on n'utilisait point comme on le pourrait faire pour servir une ambition qui peinait à s'accomplir ?

Tout s'était décidé là, en quelques secondes.

Aldomontano donna coup de pied dans crâne d'enfant qui se trouvait en son chemin.

Changeant d'état d'esprit en cet instant, il se trouvait en état de grande colère. Il songeait au passé, et ce passé passait mal !... Servir les grands, leur amener chair fraîche, accepter les maigres avantages qu'ils lui consentaient du bout des lèvres pour prix de ses services...

C'en était bien fini.

Certes, il serait bientôt fort riche mais cet or-là n'avait point grande saveur. On l'allait remercier pour avoir été l'âme et l'organisateur du complot qui ferait disparaître Henri quatrième.

Il arrêta sa marche et réfléchit. Les torches renvoyaient lueurs rougeâtres sur les parois du souterrain jonché d'ossements et de crânes d'enfants.

— Que m'importe ce chien d'Henri quatrième !... Et Henri troisième avant lui, et tous les autres à venir !...

Jamais comme en cet instant il n'eut la pensée claire du but qu'il se proposait : il voulait vivre, vivre vite, vivre fort. Il voulait violer, tuer, piller, semer la terreur en un mot, ne plus exister qu'en les yeux terrorisés de ses victimes. Et être l'âme secrète du plus magnifique complot qui fut jamais, complot dont on ne saurait le fin mot..

Il arriva en salle basse et ses quatre monstres levèrent vers lui leurs têtes de loup.

Leurs yeux brillaient car leur instinct, en cette seconde, leur parlait.

— Ah, mes beaux sires, voulez-vous petits enfants en nombre tel qu'il vous viendra pour quelque temps lassitude et dégoût ?

— Hon-Hon !... répondirent-ils car ils avaient interdiction de parler et déjà « Rouge », qui se trouvait en situation d'ancienneté, ne possédait plus l'usage de tous les mots ni la compréhension de certains autres.

— Nous nous mettrons en selle, lourdement armés, et nous tiendrons sagement quelque temps. Puis nous nous trouverons en terre orléanaise. On dit qu'Orléans est ville des disputes : nous saurons faire taire leurs querelles et les mettre tous d'accord en leur ôtant la vie.

Il marcha d'un bout à l'autre de la pièce taillée en le roc. Il allait mains derrière le dos et les loups-garous aux yeux vifs sous les têtes de loups suivaient attentivement et en silence chacun de ses gestes.

Il reprit :

— Nous déboucherons en les villages en semant la terreur, que les survivants, s'il en reste, disent qu'ils furent visités par les cavaliers de l'Apocalypse flanqués de l'ange de la mort. Et bien après notre disparition, on parlera de nous en les chaumières et les châteaux en se signant et en baissant la voix de peur de réveiller nos mânes. Car en vérité, s'il ne reste rien de nos corps, notre légende sera telle qu'on craindra toujours de voir nos âmes mortes chevaucher à nouveau pour déchirer les vivants. Nous n'avons pas fini de donner grande fierté au diable !...

Les têtes de loup l'observaient, silencieuses, attentives et graves.

32

Le ciel était bas, d'un gris terne, il pleuvait dru et un vent glacé soufflait en tempête depuis la côte italienne jusqu'à Marseille.

Le Dragon Vert arrivait en vue du port de Toulon, après longue patrouille en mer, et une fois encore, puisqu'il n'avait point coulé, on le savait victorieux. On se préparait donc, en la fièvre, à voir flotter au plus grand mât les fleurs de lys du royaume de France.

Pourtant, cette fois encore, la traversée n'avait point été de tout repos...

Tout avait commencé avec le dégagement d'un bateau marchand aux prises avec une flûte[1] barbaresque d'origine hollandaise. *Le Dragon Vert*, qui n'avait point la réputation de lâcher ses proies, avait aussitôt entamé la poursuite.

Ainsi, par mer en furie et pluie d'apocalypse, tandis que les voiles souffraient et que grinçait la mâture, le galion royal doubla Gibraltar en grands risques pour déboucher en mer du Ponant où le flot déchaîné donnait vision de fin du monde.

---

1. Navire de guerre.

Mais à l'aube, le temps se mettant au beau, de flûte il n'était point en la mer redevenue calme.

Une semaine passa ainsi, sans qu'on vît le navire barbaresque et bientôt succéda une autre huitaine qui sembla interminable aux vigies dont les yeux rougissaient à force de scruter l'horizon.

Tous, en l'équipage, pensaient alors qu'on ne reverrait point cette flûte si agile qui méritait distinction, se trouvant premier navire à échapper à une chasse lancée par *Le Dragon Vert*.

Officiers, soldats et marins plaignaient en grande sincérité le vice-amiral qui, dormant quatre heures par nuit, demeurait tout le reste du temps sur la dunette, les mains aux phalanges blanchissant sur la rambarde, ses yeux gris en étrange fixité ne quittant jamais la ligne d'horizon.

Et si on le plaignait, on ne l'en admirait pas moins tant spectacle de la volonté humaine, en tous temps de l'histoire et tous lieux de la planète, est chose réconfortante qui donne espoir à ceux que le doute tenaille en manière d'habitude.

En cette atmosphère émolliante où le renoncement gagnait chaque jour du terrain, et tandis qu'on passait au large des isles Shetland, il ne se trouvait que le second, Paray des Ormeaux, pour sourire en sa barbe grisonnante :

— Cette maudite flûte ne lui échappera point !... Il la suit au flair, en son instinct de chasseur des mers et ainsi certains Anglais nomment-ils notre amiral : « Seas Hunter » !...

Le jeune lieutenant Fey des Étangs, en grande soif d'apprendre, demanda alors :

— Mais ?... Navire n'a point d'odeur !

Le vieil officier leva sourcil de désapprobation sur son cadet et répliqua :

— Alors c'est qu'il la voit !... Au-delà de l'horizon et des choses visibles par les yeux, il la voit, cette damnée flûte !

Il n'avait point achevé de dire le dernier mot que la vigie cria :

— Navire droit devant !

Et, sans qu'il faille longtemps tergiverser sur la chose, c'est bien la flûte barbaresque qui apparut et déjà, finement, elle tentait l'esquive.

Paray des Ormeaux conserva son sourire, indifférent aux adroites dérobades de l'adversaire :

— Ne vous l'avais-je point dit ?... Et maintenant, c'est comme si monsieur de Nissac avait planté ses dents en la viande : il en a pris le goût et aucune force au monde, aucune science du capitaine barbare – que ne fera échouer la poursuite.

Il en fut ainsi.

Monsieur de Nissac, qu'on disait « le Voleur de Vent », sut placer *Le Dragon Vert* avec finesse qui ne fut pas en la manière du capitaine ennemi, pourtant fort habile.

L'écart se réduisait à chaque quart d'heure mais le barbaresque, dont on sut plus tard qu'il fut crétois, lutta admirablement pour durer car s'il tenait jusqu'à la nuit, il parviendrait à s'échapper à la faveur des ténèbres.

Mais l'entreprise échoua en cela que monsieur de Nissac avait fait mettre toute la voile et serrait le vent au plus près, quels que soient les caprices de celui-ci qu'il semblait prévoir à l'avance par étrange magie qui dut désemparer le capitaine barbaresque en son esprit, le privant par là même d'une partie de ses capacités de jugement.

Cependant, le Crétois se trouvait l'héritier d'un grand peuple de marins qui savait tendre voile à une époque où, en France, il n'était ni marine ni royaume, mais barbare vivant en les cavernes. À quoi on eût cependant pu répondre qu'un ancêtre de Nissac, aux croisades, avait épousé et ramené en France jeune fille d'une noble et vieille famille carthaginoise aux ramifications phéniciennes et que ces peuples anciens de Carthage et de Phénicie n'avaient rien à envier aux Grecs en l'art de la navigation. Ce qui faisait des Nissac, peut-être, les exceptionnels marins que l'on sait.

Avec renversante audace, qui en aurait surpris plus d'un, le barbaresque se voyant perdu fit demi-tour complet, la tête remplaçant vivement le cul, et fonça tel taureau furieux sur *Le Dragon Vert*. Mais accomplissant cette manœuvre des plus surprenantes, on vit en le même temps canonniers barbaresques s'activer derrière les sabords où l'artillerie s'apprêtait à donner de la voix.

Le Dragon Vert, qui filait droit sur la vague, ne pouvait que se laisser prendre au dépourvu par semblable piège, d'autant que les vents devenaient incertains et confus.

Un jeune charpentier du bord, qui ne se trouvait point en grande ancienneté sur le vaisseau royal, lança :

— Barbaresque qui passe à l'attaque est autre chose que foutre duchesse espagnole !

Le marin qui se trouvait à sa gauche le gifla en disant calmement :

— Monsieur l'amiral sait sans doute s'occuper des femmes, espagnoles ou pas, sans que tu te mêles de la chose.

Et le marin qui se trouvait à la droite de l'imprudent le gifla à son tour en ajoutant sans élever la voix :

— Monsieur l'amiral sait recevoir le barbaresque sans point que tu donnes ton avis.

Et, pour clore l'affaire, la victime reçut enfin coup de pied au cul tandis qu'une voix tonnait en son dos :

— Tais-toi, regarde et admire la manœuvre.

Mais qu'y avait-il à voir ?

En vérité, fort peu de chose !... Le comte de Nissac, immobile telle une statue, observait froidement l'approche de la flûte qui se ruait en la charge.

Les yeux gris, où nul n'aurait pu lire la moindre expression ni déchiffrer l'ombre d'une émotion, regardaient venir l'adversaire qui se trouvait en l'avantage de l'initiative.

Rien n'arrivait, et le temps semblait suspendu à bord du *Dragon Vert*.

En leurs sabords, les canonniers échangeaient regards inquiets. Sur le pont, l'infanterie d'assaut casquée n'osait risquer un mot, monsieur de Sousseyrac veillant à son petit monde, mais l'on n'en pensait pas moins. Les marins, et même les plus anciens, commençaient à trouver le temps bien long. Les officiers, rigides, attendaient eux aussi les ordres, en espérant qu'ils viendraient.

Il ne se trouvait guère que le seigneur Yasatsuna à ne point être dévoré par l'angoisse. Vêtu de son armure, le sabre à la main, il regardait venir les barbaresques comme s'il les voulait manger.

Puis, alors que les vents soufflaient en tourbillon, inutilisables, et qu'on désespérait de partout, la voix métallique du vice-amiral de Nissac claqua en le silence :

— Le hanneton !...

Brève fut la stupeur, tant l'ordre était rare, mais des plus vives la réaction tandis qu'un vieux marin de Paimpol, bouche édentée grande ouverte en un effarant sourire, montrait le ciel en disant :

— Les vents tournants !...

Et tous crurent entrevoir ce qui allait advenir.

L'avaient-ils maudite, cette manœuvre jamais encore employée au combat, qui ressemblait à un ballet des plus compliqués où tous dépendaient de chacun et le vaisseau de ces fous vents tournants !

Marins se répandaient partout en les voiles et la mâture, à la vitesse de l'éclair. On s'activait tels des fols sur les enfléchures, veillant à tout ce qui soutenait la voile : vergues, rabans, drisses, itagues, écoutes, balancines, martinets, cargues, racages, haubans... Et les voiles se gonflaient ou s'abattaient plusieurs fois en la même minute selon les lois du « hanneton » inventées par le vice-amiral de Nissac.

En cet instant, sur le barbaresque où l'on devait fort se divertir de cette agitation comprise comme de la confusion, on n'eût pas parié cher sur les chances du légendaire *Dragon Vert* qui, en cette panique, tournait sur lui-même de plus en plus follement et de plus en plus vite, tel ce jouet inventé voilà peu et qu'on appelait « toupie ».

Tenant assez mal le vent mais artillerie aux aguets, la flûte arrivait droit sur *Le Dragon Vert* défait, incontrôlable, qui tournait follement sur lui-même.

Puis, du côté profane, on comprit enfin, mais un peu tard...

Le Dragon Vert ouvrit le feu, et par l'autre sabord, et de nouveau par le bord, et l'autre !... Ce n'était plus navire mais masse de canons tournant à folle allure, feu continu, inatteignable, ajustant tir d'une remarquable précision !... C'était manœuvre du diable, jamais vue avant monsieur de Nissac et que l'on ne verrait plus par la suite en l'histoire de l'humanité car, au cœur des vents tournants, le galion faisait tour sur lui-même à la vitesse d'un coursier, réussissant deux tirs de chaque bord en un seul tour.

Monsieur le lieutenant Martin Fey des Étangs, qui finirait grand capitaine, regardait exécution du « hanneton » bouche bée, confit d'admiration devant esprit si savant, si ingénieux et inventif que celui de monsieur de Nissac qui prévoyait, en la froideur de sa solitude, si implacable manœuvre que « le hanneton ».

Le jeune et brillant officier, qui serait grand marin sous Louis treizième et Richelieu mais sans jamais approcher le génie de Nissac, ne pouvait point savoir comment cette figure guerrière, beaucoup trop complexe pour survivre à son créateur, avait germé en l'esprit de celui-ci.

Il n'y faut voir, pourtant, rien qui fût surnaturel, ni don de Dieu, ni pacte avec le diable.

Nissac avait onze ans et se trouvait près du château familial de Saint-Vaast-La-Hougue. C'était par une étouffante journée d'août où il cherchait l'ombre d'une haie. Un hanneton, gavé de soleil, cogna avec un bruit sec contre branche basse de frêne et s'abattit sur le sol. Pour son malheur, l'insecte aux ailes froissées était tombé à moins d'une demi-toise d'une fourmilière et il fut bientôt cerné de toutes parts.

Le petit Nissac regardait la scène avec de grands yeux, prêt à soustraire l'insecte à la foule médiocre des fourmis quand hanneton, jouant de son poids supérieur et de son envergure, tourna follement sur lui-même, écrasant fourmis ou les envoyant au diable. Puis, ses ailes reposées, il prit son envol et s'échappa en le soir d'été tout parfumé de l'odeur des mûres et teinté d'une douce lumière violette.

Et nul, hormis ceux qui liront ces lignes, ne sut jamais d'où venait cette figure maritime appelée « le hanneton » dont on douta, un siècle plus tard, qu'elle fût possible et eût jamais existé.

Le Dragon Vert, tournant donc en « hanneton » en faisant feu précis et meurtrier de tous ses canons à la cadence que bien l'on imagine, disloqua le barbaresque dès la cinquième salve.

Et bientôt, il n'en resta rien que trois survivants mais

le vice-amiral veilla qu'on ne les achève point et les dépose vivants sur les rivages d'Afrique afin qu'ils portent au monde histoire de ce pavillon à fleurs de lys qu'on n'amène point et qui flotte haut en les ciels d'azur.

Victorieux, *Le Dragon Vert* le fut encore en plusieurs combats contre les barbaresques qu'il attaqua en battant pavillon tantôt espagnol, tantôt anglais, pour dissimuler que les mers du Ponant n'étaient point sa place. Mais il ne se priva pas de livrer bataille, emplissant ses cales de butins capturés au nom du roi de France.

Puis, équipage épuisé et navire éprouvé, le fier galion doubla Gibraltar et mit le cap sur Toulon. Cependant, dernière péripétie attendait *Le Dragon Vert* au large du port de La Linea de la Concepción.

Prévenu de la présence de six galions espagnols agressifs par navire ami appartenant à nos alliés de la flotte turque, monsieur de Nissac ordonna qu'on se tînt aux postes de combat.

Car les choses avaient changé, et très rapidement, depuis les journées glorieuses de Barcelone où femmes se pâmaient et rues se trouvaient jonchées de pétales de fleurs sous les pas des vainqueurs français du *Dragon Vert*.

Par message confidentiel, et sur ordre direct d'Henri quatrième, l'Amirauté prévint qu'on eût à se tenir prêt avec l'Espagnol, et n'hésitât point, en manière d'avertissement, à lui montrer les dents sans pour autant dépasser la simple provocation ni offrir motif à plainte officielle.

Or donc, après la délivrance du message de notre allié turc, tout se prêtait à combler les vœux royaux en leur stricte application, dosée subtilement, qui humilie sans offrir motif à déclaration de guerre.

Le soir tombait. C'était déjà presque le crépuscule en la mer du Levant.

En file, les six puissants vaisseaux de la flotte espagnole gagnaient Gibraltar, équipages somnolents et officiers rêveurs.

Cela dura peu...

Ayant habilement pris le vent, *Le Dragon Vert* hissa le drapeau noir à la place des fleurs de lys. Puis, sur le fond pourpre du soleil couchant, il remonta à grande vitesse toute la ligne ennemie et fit feu sans interruption, salve sur salve, mutilant les fleurons de la flotte de Philippe III, et tout spécialement le navire amiral.

Enfin, tandis que les cloches d'alarme tintaient bien vainement sur les pont dévastés des navires espagnols, *Le Dragon Vert*, ombre imprécise mais menaçante, se coucha sous le vent favorable en la direction d'Alger, afin que les pistes fussent brouillées.

Monsieur des Ormeaux, en grande joie de cet audacieux coup de main comme l'équipage l'était lui-même, s'enhardit alors jusqu'à demander :

— Pavillon à fleurs de lys, pavillon rouge, pavillon noir, espagnol, anglais : ah çà, monsieur l'amiral, quel pavillon devons-nous hisser, à présent ?

Deux cents hommes, la fine fleur militaire du royaume de France, attendaient la réponse de l'impénétrable monsieur de Nissac.

Ses yeux gris, indéchiffrables, s'attardèrent sur les côtes d'Afrique mais il ne put s'empêcher d'ébaucher vague sourire en répondant :

— Monsieur des Ormeaux, considérant que nombreuses femmes, mariées ou pas, attendent cet équipage courageux en le port de Toulon, je suggère qu'on hisse belle chemise de toile de Hollande de monsieur le lieutenant Fey des Étangs, afin que vos intentions soient connues des intéressées.

Ainsi fut-il fait, pour la plus grande joie de l'équipage qui se divertit fort à voir le beau lieutenant Martin Fey des Étangs grimper tel un singe au grand mât afin d'y récupérer sa chemise.

33

La chose s'était discutée, souvente fois âprement, et jusqu'à l'Escurial, entre le roi et ses conseillers puis l'un d'eux suggérant que le roi de France n'était rien d'autre qu'un vieux bouc éternellement en rut, il ne semblait finalement pas de si mauvaise politique de laisser partir pour Paris la très belle et très jeune duchesse Inès de Medina Sidonia. Ainsi l'Espagne compterait ambassadrice ravissante quoiqu'officieuse qui sans rien donner, étant grande dame et espagnole, pourrait égarer le jugement du « vieux bouc puant » qu'en ces lieux on nommait également « faux converti », « renégat », « apostat », « relaps » et de bien d'autres noms encore pourvu seulement qu'ils soient tous insultants et mettent en doute la sincérité religieuse d'Henri quatrième.

Ainsi fut-il fait, la duchesse dûment chapitrée par ces hommes sinistres, maigres, vêtus de noir et en grande occupation de conseiller le roi. Il fut dit à la jeune femme d'écouter beaucoup, avec attention, mais sans trop parler, et de ne point omettre d'ouvrir les yeux sur toutes choses pouvant intéresser l'Espagne. Car, en ce pays magnifique et violent, espionnage se trouvait pratique fort répandue qui ne semblait point vile en bien des cas, les moines s'y livrant avec ferveur religieuse, les seigneurs par ambition et goût du frisson, les militaires par habitude, les diplomates par vocation, si bien qu'il n'était guère que ceux qui exigeaient or contre renseignements que l'on méprisât, et bien à tort, car en faisant profession de l'espionnage, eux et leurs « mouches [1] » s'y montraient généralement habiles et bien meilleurs que les nobles amateurs.

Appliquée en cette nouvelle pratique, la duchesse nota certaine effervescence à la frontière où l'on se montrait très nerveux de part et d'autre mais, constatant la chose, la jeune femme oublia ses leçons tant elle mesurait avec frayeur ce que cette situation, qui annonçait la guerre, signifiait pour elle et monsieur de Nissac. Alors même qu'elle venait de remuer les sommets dorés de la Très Sainte Espagne pour revoir celui qui avait illuminé sa première nuit d'amour, la guerre entre leurs deux pays allait les arracher l'un à l'autre.

Le carrosse espagnol traversait la Beauce glacée et, se retournant, la duchesse constata avec dépit que son bagage, soit cinq voitures, ne suivait pas, ou avec retard. Il ne restait plus qu'à espérer qu'il ne tomberait point entre les mains de brigands et, une fois en les murs de Paris, que les cochers trouveraient cette rue des Petits-Champs où se situait bel hôtel particulier appartenant à la couronne d'Espagne par banquier interposé, là même où elle s'en allait vivre quelque temps.

Revoir le comte de Nissac !...

Elle n'y pensait pas sans effarement. Certes, il avait pris l'initiative de leur premier baiser, mais après qu'elle l'eut provoqué.

Elle soupira. Monsieur de Nissac s'était montré merveilleux amant, ardent et délicat, mais tous les hommes ne se montraient-ils pas en pareille disposition ?... Et comment le savoir, sauf à prendre autres amants ?

Cette idée, qui se présentait à elle pour la première fois, la troublait, l'irritait et la ravissait, si bien qu'elle éprouvait grande difficulté à démêler l'écheveau de ses sentiments et de ses désirs.

Monsieur de Nissac, avant que de se retirer au matin, n'avait rien promis – mais rien ne lui fut demandé. Cependant, à cette manière subtile, la duchesse comprenait que,

1. Informateurs.

pour le comte, cette aventure devait rester sans lendemains. Ce qui les séparait, à commencer par leurs pays respectifs, ne se pouvait comparer qu'à gouffre immense et, pour le combler, il eût fallu passion telle qu'on y sacrifia bien des choses, ce qu'elle ne souhaitait pas, et lui non plus sans doute.

Elle se savait jeune et belle. Elle aimait plaire. Plaire à monsieur de Nissac, certes, mais point à lui seul.

Elle se le voulait attaché, supportant affreusement mal qu'il donne semblable bonheur à autre femme et aime ailleurs, mais elle-même ne souhaitait rien plus ardemment que de rester libre afin de découvrir en ses menus détails l'amour en toute sa variété. Elle voulait le comte de Nissac à ses pieds, elle demeurant debout pour voir s'il ne se présentait point homme aussi merveilleux et qui sait, davantage encore que ce premier amant.

Et dans tous les cas, ce qu'elle ne voulait absolument pas, spectacle entre tous horrifique, c'eût été de voir le vice-amiral en aimer une autre.

Aussi décida-t-elle de lui jouer comédie à sa façon, de sorte qu'elle ne le perdît point.

Que ce fût lorsqu'il réunissait son conseil, ou s'entretenait de personne à personne, Henri quatrième détestait se trouver assis à une table, préférant se promener en les jardins de Tuileries où, l'air vif aidant, les idées lui venaient plus rapidement et paraissaient de meilleur effet.

En cette matinée très froide, il allait de son large pas de soldat tandis qu'à ses côtés, le Père Coton, son confesseur, tentait difficilement de le suivre.

Le monarque, qui avait par instants de ces petites cruautés en lesquelles s'abaissent souvente fois les rois, feignait de ne point entendre respiration courte et sifflante du jésuite et, maîtrisant mal énervement, il s'emporta à demi :

— Ah çà, quel vilain tour me joue-t-on là ?... Complot

s'ourdit contre moi, soit, un de plus, le centième, peut-être... On me convainc, bien que je fusse réticent, de prévenir celui-là qui serait de qualité différente et de plus grand danger. J'accepte, en partie pour ne vous point froisser, et qui me suggérez-vous pour briser le cercle des comploteurs ?... Nissac !...

— Monsieur le vice-amiral de Nissac est très grand marin, sire !... plaida le jésuite.

— La mer est sans doute le seul endroit où l'on ne complote pas contre moi alors qu'on ne manque point de le faire partout ailleurs en le royaume !... Ici même, sans doute, et en bien des quartiers de Paris. Votre Nissac y sera perdu.

— Monsieur le vice-amiral vole de victoire en victoire.

— Soit. C'est parfait. Je le fais amiral à part entière ce jour. Êtes-vous heureux ?

— Mais sire, il couvre votre nom de la gloire la mieux établie qui soit en les mers du Levant, on respecte et craint votre pavillon, il tient le sabre comme personne, son équipage est une merveille de l'art militaire : que peut-on souhaiter de plus ?

Le roi, en son for intérieur, n'était point insensible aux paroles du Père Coton. S'il se fût agi de tout autre que Nissac, il eût convenu de son contentement avec chaleur, devant l'intéressé au sommet de sa gloire, le faisant sans doute maréchal – et l'amiral le méritait. Mais pour son malheur, celui-ci se trouvait témoin fâcheux qu'il eût parfois souhaité mort, ayant entraîné la magnifique charge de Fontaine-Française dont lui, Henri quatrième, avait usurpé la gloire. Le roi chercha donc à biaiser mais, pris de court, il ne savait comment faire et cela participait de son énervement.

Le jésuite, lui, interpréta ce silence comme un fléchissement de la volonté royale.

— Sire, les renseignements arrivent, et arriveront sans doute de plus en plus à mesure que nous pénétrerons en le cœur du complot. Mais puisque Votre Majesté ne souhaite point réagir publiquement et montrer sa défense, il nous faut un homme discret, de premier ordre en les choses militaires et prêt à donner sa vie. Monsieur le comte de Nissac est bien le seul qui réunisse en un seul homme toutes ces qualités.

— C'est un marin !

— Sire, il a montré à Barcelone, sur cheval aveugle, quel cavalier il est et homme qui sait tenir le sabre sur le pont d'un galion saura tenir épée sur terre.

— L'épée, le sabre, la hache, le poignard de lancer... Je sais tout cela.

— Sire, il réussirait n'importe quelle épreuve.

Le roi tressaillit.

« Épreuve », ah le joli mot qui fleure bon l'ossuaire et la fosse commune !... Là se trouvait la solution pour en finir avec ce Nissac.

S'il échouait en y laissant la vie, la chose se trouvait réglée. S'il survivait à l'échec, il retournerait pour toujours en les mers du Levant afin d'y remâcher sa fierté bafouée, et l'on en serait débarrassé. Enfin, il ne fallait point envisager qu'il réussisse et la chose était en grande certitude pourvu que ce qu'on lui demanda fût tout simplement impossible à réaliser.

Henri quatrième sourit benoîtement, éveillant ainsi la méfiance du jésuite qui le bien connaissait puis, d'un ton enjoué :

— Soit !... Me voilà tout soudainement convaincu. Il suffira que votre Nissac réussisse épreuves auxquelles je vais songer tout spécialement pour lui.

Et, intérieurement, le roi ajouta : « Adieu donc, monsieur de Nissac, car vous n'y survivrez pas ! »

34

Monsieur de Nissac, indifférent aux acclamations sans qu'il eût à se forcer car telle était sa nature, descendit du *Dragon Vert* sitôt qu'il en eut achevé avec la délicate manœuvre de l'entrée en le port de Toulon.

Préoccupé, il fit débarquer son cheval aveugle, ce grand Andalou à la belle robe noire qu'il avait appelé « Flamboyant » quand son chien resté en le château de Saint-Vaast-La-Hougue, et tout noir également, s'appelait, lui, « Flamberge ».

Le vice-amiral se trouvait en selle pour gagner le petit logement tout proche du port qu'on lui réservait aux escales lorsque la rumeur le rattrapa, où l'on disait que son magnifique cheval aux grands yeux noirs serait aveugle et c'était là chose qu'on ne pouvait point croire à voir avec quelle habileté la monture du comte de Nissac se faufilait entre les étals et ceux qui traversaient la rue devant lui.

Nissac avait appris à connaître gens de Toulon, et à les estimer, mais il demeurait un homme du nord qui hésite à montrer ses sentiments, combat pour lui-même exubérance telle faute de goût, ne se livre point et passe pour froid et mystérieux.

Cependant, escomptant qu'il aurait ainsi la paix car ici, les nouvelles se propagent en grande vitesse, le vice-amiral ne se déroba point lorsque la foule, presque suppliante, voulut vérifier ce qu'il en était de la vue de son cheval. Aussi, bientôt, un homme vigoureux passa-t-il une torche devant les yeux du haut cheval noir qui ne battit point des paupières et n'eut aucune réaction, en quoi l'on devait admettre qu'il était bien aveugle tout de bon.

Un « Oh » parcourut la foule en laquelle la surprise le disputait à l'admiration.

— Ah çà, Monseigneur, si le diable ne vous aide point, comment vous y prenez-vous avec ce cheval aveugle ?... lança une voix.

— Je le gouverne à la main.

— Et la chose est suffisante ?... demanda un apothicaire depuis le seuil de son échoppe.

— Et vos remèdes, l'ami, sont-ils suffisants pour soigner la gravelle ?... répondit Nissac, mettant les rieurs de son côté.

Il enfonça doucement les talons en les flancs de sa monture et déjà repartait quand on lui apporta coup sur coup deux messages qui le contrarièrent l'un comme l'autre.

Le premier, qui venait du jeune comte de La Tomlaye, lui fixait rendez-vous à six heures de relèvement en une taverne du port appelée « La baleine bleue ».

Le second, plus comminatoire, l'enjoignait de venir séance tenante rencontrer le gouverneur, monsieur de Guise n'aimant point attendre.

Guise évitait de le regarder en face, les yeux gris de monsieur de Nissac lui évoquant la dureté de l'acier. Sa voix, qu'il eût souhaitée d'un ton de dédain, fut simplement saccadée en son débit :

— Vous n'êtes plus vice-amiral, Nissac.

Le comte chercha le regard du duc, qui se déroba. Chez Nissac, qui se crut sanctionné, la curiosité fut plus vive que la déception et c'est d'un ton assez gai qu'il demanda :

— M'a-t-on rétrogradé mousse ?... Et si tel est le cas, dois-je tel avantage à votre affectueuse attention ?

Guise ignora l'insolence et répondit :

— Vous êtes à dater d'aujourd'hui amiral, amiral à part entière. Ainsi l'a signé le roi. Félicitations.

Nissac ne répondit pas. Pour lui, nonobstant le titre, cela changeait fort peu de choses. En revanche, s'il se trouvait amiral en reconnaissance des services passés, pourquoi pas cinq ans plus tôt, ou dans cinq années, selon qu'on mettait un certain temps à reconnaître ses mérites ?

Agacé par ce silence, là où tout autre aurait manifesté sa joie, le duc de Guise fit remarquer :

— Vous semblez étonné. Il vous arrive pourtant d'être victorieux, me dit-on.

Pour un homme n'ayant jamais connu la défaite, telle appréciation montrait le Guise fort modéré en le commentaire d'une si étincelante carrière.

— Autre chose ?... demanda Nissac, en grande impolitesse.

Le duc se détourna et se mordit les lèvres ; ah, pourquoi cet homme lui inspirait-il semblable peur, instinctive et démesurée ?

S'efforçant au calme, le gouverneur de Provence répondit :

— Il vous faut aller à Paris. Le roi a mission secrète et périlleuse à vous confier. Partez dès demain à l'aube, amiral.

Nissac se retira sans saluer et Guise, intérieurement, songea en grande ferveur : « Ah qu'il crève !... Par le fer ou par la vague, mais qu'il crève !... Jamais on ne m'a pareillement humilié. »

L'amiral de Nissac arriva à l'heure dite à « La baleine bleue » où l'attendait, fébrile, Louis de Sèze, comte de La Tomlaye.

Les deux hommes se saluèrent avec une affection qui n'était point feinte puis Nissac, comme on l'en priait, conta brièvement sa dernière campagne, omettant de dire qu'il avait durement canonné, en enfilade, toute la ligne espagnole car la chose se pouvait considérer comme secret d'État.

Puis Louis devint grave :

— Il faut que je vous entretienne de ma sœur.

Nissac réfléchit, prenant son temps, et répondit :

— J'y ai beaucoup songé, moi aussi.

Louis, qui n'était point à l'aise, reprit :

— Si vous saviez de combien de tristesse lui fut son emportement.

— Il lui est coutumier, pourtant, et la chose ne changera jamais.

Louis, surpris, questionna :

— Que voulez-vous dire ?

— Vous-même, qu'alliez-vous dire ?

— Eh bien qu'elle vous aime. Elle vous aime mais ne sait point gouverner son cœur si bien qu'en votre présence, elle se montre méchante et souffre au point de ne se presque plus nourrir lorsque vous êtes en mer.

Le comte de Nissac ne répliqua point. Ses yeux gris s'attardèrent de l'autre côté des vitres, en la rue, où un ours jouait du tambourin sous la férule d'un bohémien. Le comte se demanda fugitivement pourquoi l'on n'avait pas laissé la pauvre bête en liberté dans ses montagnes quand ici, son pelage brun se trouvait tout pelé et ses yeux réfléchissaient la plus grande tristesse qui fût au monde.

— Vous ne répondez pas, Thomas ?

Nissac retint un haussement d'épaules. Que dire ?... Pouvait-il expliquer qu'un de ses bonheurs, en le métier de marin, fût qu'il pouvait penser des heures entières, sur la dunette, et qu'à force d'envisager les questions de toutes les façons qui fussent possibles, il avait des choses une connaissance qui souvente fois se trouvait confortée en la réalité ?

Il aimait beaucoup Louis, sa droiture, sa pureté, et qu'il fût si entier en ses choix. Il aurait pu aimer Élisabeth et avait déjà en son cœur cédé en partie à cette tendre inclination mais il savait qu'il ne serait point aimé en retour, ou si mal.

Mais comment dire ces choses à Louis, assez fermement pour qu'il n'y faille plus jamais revenir, et en manière suffisamment douce pour qu'elles ne le blessent point ?

Nissac n'y réfléchit pas plus avant.

— Votre sœur ne m'aime point, Louis. Elle me tient en affection, et c'est très différent.

Stupéfait, Louis de la Tomlaye demeura un instant sans voix, puis :

— Tout au contraire, elle vous aime en grande passion.

— Je sais bien que non.

Louis parut blessé.

— Il me peine que vous en doutiez !... Et que pensera-t-elle, sinon que vous cherchez prétexte ?

La voix calme du comte de Nissac faisait grand contraste avec celle de Louis :

— Je renoncerai à ma tête sur les épaules, plutôt qu'elle pense semblable chose.

— Eh bien... Elle vous aime, vous dis-je, et toute la bonne rumeur qui court sur votre nom la ramène toujours à vous.

— Car on n'en connaît qu'un versant, Louis !... On ne veut point savoir qu'avec les barbaresques, je ne fais point de prisonniers, que je fais jeter leurs blessés à la mer, tirer au canon sur leurs barques de sauvetage.... En certains quartiers de Marseille où vivent parents de barbaresques, cette réputation me fait les plus mauvais offices qui soient. Mais là n'est point la question.

— Quelle est-elle, alors ?... demanda Louis.

— Votre sœur ne m'aime point, Louis, et s'il m'a certes fallu du temps pour le comprendre, aujourd'hui je n'en doute pas.

— Pour l'amour de Dieu, expliquez-vous : vous paraissez en si grande certitude que j'en suis troublé.

Thomas de Nissac regarda en la rue spectacle du pauvre ours qui, se dandinant de façon grotesque, suivait son maître cruel vers d'autres aumônes, d'autres coups de bâton, une mort où on le laisserait à l'abandon au détour d'un chemin lorsque, trop vieux, il ne pourrait plus suivre...

Nissac, malgré l'affection qu'il portait à Louis, eut aimé se trouver seul mais il n'était point en sa manière de se dérober.

Il expliqua :

— C'est vous qu'elle aime, Louis. Oh, telle qu'une sœur aime son frère mais en votre cas, plus encore peut-être car en la vie, tout ce qui vous a séparés vous rapproche à nouveau mais en façon irrésistible. Vous êtes tellement en son cœur qu'il n'y a place pour personne d'autre et, si j'ai pu avoir illusion contraire, ce n'est que par vous, vous ayant rendu à la vie, vous ayant rendu à sa vie... Elle aimerait me récompenser, et du même coup vous être agréable car je suis votre ami, et pour cela, elle croit devoir devenir ma femme, mais elle ne m'aime point et ne doit pas penser pareille chose honnête. Elle trouvera toujours prétexte à me brusquer, me malmener, car elle ne veut point que mariage se fasse et eût-il eu lieu, ce serait grande catastrophe où nous serions tous trois malheureux.

Louis fut abasourdi et vida son verre d'un coup, ce qui n'était point en sa pratique coutumière.

Il parla tant pour Nissac que pour lui-même :

— Se peut-il qu'Élisabeth m'ait joué semblable comédie ?

Le comte posa une main amicale sur l'avant-bras du jeune homme.

— Ai-je jamais dit pareille chose, Louis ?... Elle ne vous a point menti, se croyant toujours sincère. Son désespoir à ne pas me voir était désespoir que je reviendrais sans doute mais Élisabeth l'ignorait. Si elle mentit jamais, et en toute bonne foi, c'est d'abord à elle-même. Dès qu'elle sut mon rôle en votre libération, elle éprouva reconnaissance sans bornes à mon égard et, n'entendant parler autour d'elle que de mariage, elle se dit que la chose serait plus commode si elle m'aimait. Puisque mariage il fallait, je me trouvais le plus méritant pour vous avoir sauvé et le jurisconsulte baveux qu'il me fut donné de voir chez vous eût-il été à ma place qu'elle se serait convaincue de l'aimer et de devoir l'épouser, ne comprenant point quelle part obscure en elle-même repousserait cet homme alors que cette part est une manifestation de la vie qui ne désire point s'obliger par devoir à épouser homme qu'on n'aime point.

Il se tut un instant et reprit :

— Je crains, Louis, qu'il n'en soit toujours ainsi. Quelquefois père aime sa fille beaucoup trop fort, fils estime sa mère à ce point sublime qu'aucune autre femme ne trouve grâce à ses yeux. Votre sœur vous aime de façon déraisonnable... Vous êtes un homme intelligent, Louis, et vous savez que je dis vrai.

Louis sentit que Nissac cherchait son regard. Il le redoutait, mais ne s'y déroba point.

Alors l'amiral vit en les yeux du jeune homme qu'il ne s'était point trompé.

35

C'était village tranquille et assez prospère en bord de Loire, non loin d'Orléans. On y pouvait même voir fonderie de cloches assez réputée, qui contribuait à la richesse de l'endroit.

Bien qu'il ne fût que midi, en ce jour d'hiver glacé, le ciel d'un gris d'étain laissait à penser que la journée se trouvait plus avancée.

En la folie qui allait bouleverser ces lieux paisibles, au point qu'en la région, pendant près de deux siècles, on appellera « la journée sanglante » ces terribles événements, ce furent les chiens qui, les tout premiers, furent mystérieusement avertis.

Plusieurs hurlèrent à la mort, se répondant de manière sinistre à chaque coin du village, puis tous, et même ceux que la terreur tenaillait au point qu'ils demeuraient silencieux, tous, donc, eurent semblables agissements. On les vit ainsi la queue basse, roulant des yeux craintifs, allant du bout des pattes comme s'ils avançaient sur braises ardentes. Gros et petits, féroces ou affectueux, ils ne formèrent bientôt plus qu'une meute sous la conduite du plus vieux d'entre eux et celui-là, borgne, auquel il manquait une oreille, n'avait que trois pattes. En telle procession, ils ressemblaient à rats quittant cave inondée mais quant à eux, c'est le village qu'ils quittaient, par la rue principale, et pour n'y plus jamais revenir.

Hommes et femmes, les enfants, même, cessèrent qui

leurs conversations, qui leurs jeux. En très grande fascination, on regardait ce troupeau de chiens aller au petit trot en attitude si décidée, regards obstinément fixés vers l'horizon, sourds aux appels de leurs maîtres, faisant taire entre eux toute querelle et semblant les multiples corps d'un seul et même esprit.

Brusquement, les chats disparurent à leur tour, cherchant leur salut en ces cachettes que les félins connaissent pour y toujours prévoir retraite possible.

Enfin, en les cages, oiseaux pris de folie donnèrent du bec contre les barreaux, saignant cruellement et jusqu'au sang les doigts qui s'immiscaient pour tenter de les calmer.

Les villageois éprouvèrent d'abord grand malaise.

Ceux des logis sortirent en la rue, ceux de la rue se regardaient sans comprendre mais pourtant se glissait en eux une terreur sans nom car beaucoup pensèrent qu'arrivait la fin du monde et que des démons grimaçants allaient surgir des entrailles de la terre, incubes pour les mâles, et succubes pour les femelles.

Il avait gelé fort en la nuit et l'on savait que sorciers provoquent l'arrivée du gel en battant avec baguette l'urine qu'ils ont répandue au clair de lune.

Bientôt, tout le monde se trouva dehors, très vieux et malades mêlés à marmaille et petits marmousets pour une fois silencieux.

Puis, prêtant l'oreille, on entendit bruit lointain et terrifiant qui se rapprochait à grande vitesse. On plissa les paupières pour y mieux voir n'omettant point, pour certains, de se rapprocher des autres.

Hormis le roulement plus perceptible d'instant en instant, jamais le village ne fut davantage silencieux car l'outil ne frappait plus le métal du côté de la fonderie toujours si bruyante.

Le curé parut en haut des marches de l'église et bien qu'il fût de haute stature ayant, dit-on, manié l'épée autant que le crucifix au temps où il fut ligueur, sa silhouette massive ne rassura point, et moins encore son visage creusé par les vicissitudes d'une terreur dont on ne l'imaginait pas se trouver quelque jour victime. Et que celui qu'on pensait le plus proche de Dieu fut celui qui en cet instant en semblait le plus éloigné, et le plus abandonné, pareille vision serra le ventre à nombreux habitants.

Et enfin, « ils » parurent...

Ils parurent, et d'aspect si effroyable que la peur paralysa les jambes, brouilla les regards et vrilla les oreilles en amplifiant le tapage que faisaient les monstres par le galop de leurs chevaux.

Celui qui montait cheval blême, celui-là sortait de la tombe à moins que ce ne fût des marnières où, en certaines régions de très ancien droit coutumier, on jette vifs moines ayant commis grand crime qui n'a point de pardon ici-bas.

Capuchon rejeté sur ses maigres épaules, il présentait visage qu'on crut dévoré par la pourriture du tombeau car il manquait nez, joue, lèvres et un œil à l'orbite creuse et rougie, sembla-t-il, tandis qu'on voyait les os de sa mâchoire et les dents sur celle-ci.

Il tenait lance en une main, épée dans l'autre et ses cruels éperons entraient en les flancs saignants du cheval blême.

Quatre autres suivaient le moine, pareillement armés et lancés au grand galop mais ceux-là ne montraient point crâne demi-pourri car ils avaient têtes de loup et toutes dents dehors.

Ils ne parlaient point, ne grognaient pas, semblaient sans nécessité de respiration mais tuaient à tour de bras, à la lance aussi bien qu'à l'épée ou au sabre et telle était leur force que, lorsque lame épaisse s'abattait sur un crâne, elle fendait son homme jusqu'au cou.

En la population, on ne résistait pas, ne fuyait pas même, attendant tel bétail résigné le couteau du boucher.

Pourtant, surgissant en vive course mais à pied entre deux maisons, un prévôt isolé, l'épée haut levée, se précipita sur moine au visage décomposé de pourriture et sans doute aurait-il porté coup mortel si l'un des loups-garous, d'un coup de lance, ne lui avait percé le cœur.

Le moine hideux, qui paraissait le chef des quatre loups-garous, regarda son sauveur en expression, sembla-t-il, de surprise et de reconnaissance et on jura qu'il aurait dit :

— « Jaune » ?... Toi ?.... Vraiment ?...

Mais ces paroles, les seules dites en la horde, ne furent point reconnues ultérieurement par les autorités civiles et ecclésiastiques car il n'est aucun homme qui se puisse appeler « Jaune », et pas même loup-garou.

Cependant, tandis que se produisait cet incident, autres créatures continuaient leur mortelle besogne et n'agissaient point en aveuglement bestial quoiqu'on eût certes pu l'affirmer en la manière, mais point du tout en le choix des victimes car celles-ci qui roulaient en la poussière se trouvaient être uniquement hommes valides capables, une fois la surprise passée, de réagir en offrant une certaine résistance.

Aussi, les hommes décimés, et ne craignant plus guère réactions de la population, les loups-garous entreprirent-ils chasse aux enfants. Sans même descendre de cheval, ils les saisissaient par un bras, les hissaient sur les selles et, indifférents aux hurlements des mères, arrachaient chairs palpitantes de la gorge à l'aide de leurs formidables mâchoires.

Plus loin, faisant cliqueter les éperons de ses bottes, le moine au crâne demi-pourri, descendu de cheval, monta lentement les marches de l'église dont l'entrée se trouvait barrée par le curé ancien ligueur. Et celui-ci, auquel la vue de semblable barbarie avait rendu quelque courage et foi un instant vacillante, se tenait bras écartés pour interdire l'entrée du saint lieu.

Cependant, lorsqu'il fut face au spectacle inhumain qu'offrait le visage ravagé du moine, le courage du curé chancela de nouveau, comme fléchissait sa bonne résolution de défendre endroit consacré.

Et c'est alors qu'il reculait pas à pas que le moine, sortant des plis de sa méchante robe poignard courbe tel qu'on en voit aux peuples des terres de barbarie, détendit le bras, ouvrant largement la gorge du prêtre.

Il enjamba alors, sans lui jeter un regard, corps qui tressautait sous effet de convulsions puis, décidé, il pénétra en l'église où il brisa vitre pour faire main basse sur tiare ornée de diamants que légende disait rapportée d'Égypte par saint Pierre et qui se trouvait de valeur telle que même un roi eût renoncé à l'acquérir s'il l'avait dû acheter à sa véritable valeur.

Les yeux révulsés sous l'effet du plaisir, il coiffa la tiare.

Sacrilège, arborant affreux rictus dont on songea qu'il était peut-être sourire de cette bouche sans lèvres, il sortit ainsi en haut des marches, achevant d'accabler la population martyre à présent résignée.

Résignée, à une seule exception.

Celle-ci se nommait Isabelle de Guinzan mais, malgré ce nom, ne se trouvait point noble et veuve d'un officier de marine disparu en les mers du Ponant trois ans plus tôt.

Âgée de vingt-huit ans, grande, elle portait cheveux blonds tombant bas sur les épaules, et légèrement ondulés. Les yeux verts, la bouche bien dessinée, on la trouvait jolie, puis ravissante dès lors qu'elle souriait, ce sourire se trouvant porteur de douceur et de sensualité.

Elle sortit en la rue comme un des loups-garous, « Vert », crocheteur en son état ancien, se penchait sur sa selle pour attraper petite fille de cinq ans.

La jeune femme, qui revenait à l'instant de ses vignes, prit en un instant la mesure de la situation.

Et détendant son bras gracieux avec une rigidité de statue, cela dit pour qu'on ne doutât point qu'elle ne tremblait pas, elle visa le loup-garou comme on s'apercevait que sa jolie main se trouvait prolongée d'un pistolet qui fit feu.

En la plupart des hypothèses concernant un tel cas, à considérer vitesse et sûreté du geste de la jeune femme, « Vert » aurait dû rouler au sol, tête fracassée, mais le roué se pencha sur sa selle au dernier instant et la balle lui pénétra en l'épaule, taillant l'os en sifflet. Sous l'effet de la douleur, « Vert » n'en vida pas moins les étriers.

Et c'est alors que les loups-garous, pour la première fois inquiets, virent Isabelle de Guinzan se précipiter vers le cadavre du prévôt, saisir son épée et revenir sur ses pas en l'évidente ambition d'achever « Vert ». Ce que voyant,

« Bleu » sauta de cheval et engagea le fer mais en sa très désagréable déconvenue, il s'aperçut que le jeune femme savait tenir l'épée, compensant par agilité, souplesse et audace ce qui lui manquait de force.

Sur sa selle, nerveux, le moine au visage décomposé s'impatientait.

Déjà, « Jaune » descendait de cheval pour prêter main forte à « Bleu » quand une pierre le toucha en la gueule et sous effet de la douleur, il lâcha son épée.

Cette fois, et tandis que les villageoises jetaient autres pierres, le moine fit signe qu'on montât en selle mais la jeune femme n'eût point lâché ses proies si « Rouge », lançant son cheval depuis fort loin, n'était passé en trombe, bousculant Isabelle de Guinzan qui roula sur le sol. Puis, par vengeance, deux loups-garous jetèrent tisons sur le toit de chaume de la maison de la jeune femme, les flammes le consumant rapidement.

Emportant « Vert » en travers de la selle de l'un d'entre eux, les quatre cavaliers d'Apocalypse disparurent au galop.

Et l'on n'entendit plus que les plaintes des blessés et les pleurs des mères.

Isabelle de Guinzan, une mèche blonde et rebelle barrant son front, se demanda alors si elle n'avait point rêvé tout cela.

Puis, voyant sa maison en flammes, elle ne persista point en ce doute.

36

En les temps de grande modernité sous Henri quatrième, tels qu'ils apparaissaient à ceux vivant à cette époque en le royaume, on souriait à l'évocation, seulement cinquante ans plus tôt, du règne de François Ier, un des Valois dont Henri troisième fut le dernier sur le trône.

Car sous le Béarnais, une dépêche mettait seulement six jours pour arriver à Irun, quatre pour parvenir à Londres, et, toujours de Paris, on se rendait à Orléans ou à Rouen en moins de deux jours.

Le comte de Nissac, pour sa part, allait bon train depuis Toulon, mais sans crever « Flamboyant », son haut cheval noir et aveugle.

Il se demandait certes, non sans curiosité, quelle était cette « mission secrète » que le roi lui voulait confier et, fils de la région de Saint-Vaast-La-Hougue, il se trouvait en la situation de bien des provinciaux qui, non sans bonnes raisons, tiennent Paris en grande méfiance.

Il faisait un froid désolant et l'amiral allait, au pas de son cheval, enveloppé en sa longue cape bleu marine, le bord de son chapeau à panache rabattu sur les yeux. Au milieu du chemin, plus d'une fois, il avait vu cadavres d'oiseaux surpris par le gel en plein vol et tombant telles des pierres.

Certaines auberges n'ouvraient pas leurs portes, attendant des jours meilleurs, et le comte de Nissac se résolut à demander hospitalité en pauvres chaumières. Même s'il payait en monnaie d'or, il n'était pas rare qu'on la refuse, donnant préséance à l'hospitalité et Nissac fut touché de constater que véritable générosité se trouvait davantage en pauvres foyers qu'en châteaux d'une noblesse souvent cupide, hypocrite, et en grande sécheresse de cœur.

L'amiral de Nissac, qui passait l'essentiel de sa vie en mer, connaissait peu les conditions d'existence des paysans, en ces masures enfumées et fort difficiles à chauffer. Ici, on dînait à dix heures alors que le repas de midi avait lieu plus tard en les foyers bourgeois, et le souper se prenait à sept heures du soir.

Les repas s'organisaient autour de pain de seigle ou d'orge trempé en soupe légère et en les régions les plus pauvres, on trouvait compléments avec glands, châtaignes, racines et herbes sauvages.

La chose n'apportait point contrariété au comte de Nissac, homme pour lequel le bien manger, en la vie, avait peu d'importance et qui plus est habitué sans contraintes à la frugalité de règle sur les vaisseaux de la marine royale.

Aussi se trouvait-il confus lorsqu'on lui offrait du porc, viande accessible en les modestes ménages mais cependant assez rarement servie et il se sentait bien plus à l'aise lorsqu'on lui coupait tranches de pain de seigle en général cuit pour trois semaines à quoi l'on ajoutait un hareng, un œuf et un morceau de fromage.

En les maisons de torchis, c'est-à-dire boue séchée, il faisait sombre car il était peu de fenêtres mais, avec leurs toits de chaume, ces demeures défiaient les siècles. Certes, les paysans allaient nu-pieds et vivaient ici avec leurs bêtes mais en ces lieux régnait souvent plaisir de vivre et quand au bonheur, faute qu'il eût l'idée de venir par lui-même en tels endroits, on n'hésitait point à l'aller chercher.

Le repas achevé, les femmes s'occupaient aux quenouilles, tout en parlant, quand les hommes s'activaient eux aussi car il y avait le cuir à graisser, le chanvre à teiller et les cerneaux à denoiseller.

Mais, plus souvent, on parlait devant la cheminée, évoquant souvenirs du temps jadis, disant grand mal des voisins ou chantant tandis que, dans l'ombre propice, jeunes garçons et filles se caressaient le corps avec mains indiscrètes...

Parfois, lorsqu'il neigeait, les femmes étendaient la buée[1] en la maison et les murs sombres devenaient alors si gais qu'on eût dit qu'il neigeait aussi en l'intérieur des logis, ce qui rendait plus vifs les airs du joueur de vielle convoqué à pareille fête.

En tous ces foyers, le comte de Nissac, au matin, laissait une pièce d'or, parfois en la remettant à un enfant, plus souvent en la glissant au fond d'un bol ou sous un pot.

Le voyage se passait donc en grande tranquillité, ou presque...

À Avignon, deux brigands lui avaient bien barré la route mais Nissac portant les mains à ses pistolets, tandis que ses yeux gris soudain inexpressifs ne quittaient pas les deux hommes, c'est ceux-ci qui avaient demandé grâce sans qu'il y eût combat.

À Valence, autre aventure faillit finir plus tragiquement. Femme dite adultère se trouvait obligée de courir nue en les rues de la ville sous les huées de la population lorsque Nissac parut, seul, tenant son cheval par la bride, sa haute silhouette barrant la rue étroite. Arrêtant la femme d'un geste de sa main gantée de gris perle, il couvrit de sa cape bleu marine la nudité de la malheureuse.

Ainsi était le comte de Nissac qui ne tenait aucun compte de la tradition lorsque celle-ci attentait à la dignité humaine.

Privée de son spectacle, la foule gronda, dépêchant au beau seigneur empanaché quelques forts-à-bras mais cela ne sembla point du tout impressionner l'étranger qui calmement tira l'épée.

La résolution de Nissac était sans faille mais elle fut encore plus solide en son cœur lorsque la malheureuse lui dit d'une petite voix tremblante :

— Mon beau seigneur, ils vous mettront à mal tant ils sont mauvais et, n'étant que femme de perruquier, je ne vaux point que vous exposiez ainsi votre vie.

---

1. Lessive.

Nissac la regarda plus attentivement. Elle était forte, la peau vilaine mais le regard si doux, tant résigné à subir le mal qu'on lui souhaitait imposer, que le comte de Nissac en fut ému comme si son âme frissonnait.

Il lui sourit et répondit :

— C'est à moi seul d'en juger, madame.

— Ne m'appelez point madame, seigneur, vous devez savoir que je ne vaux rien.

— Ah ?... Il faudra que je m'en souvienne car j'ai peu de mémoire lorsque je ne suis point d'accord... Madame.

— Mais monseigneur, s'ils allaient vous tuer, vous seriez mort pour moi et c'est... c'est...

— Ce serait grand honneur, madame !

Trois hommes engagèrent Nissac qui, pour leur malheur, maniait aussi divinement l'épée que le sabre si bien que tous trois furent désarmés et gratifiés d'un coup sur le cul qui, la lame entrant profondément, provoqua saignement.

En la foule, on hésita avant d'en déléguer quatre autres, qui ne furent pas plus heureux car se trouvant désarmés et fessés à l'épée plus rapidement encore que les précédents.

Vinrent alors les soldats mais le sergent, homme d'un certain âge, remarqua la mise et les manières de l'inconnu, soupçonnant un haut seigneur qu'il pria de se présenter, ce que fit l'intéressé :

— Thomas de Pomonne, comte de Nissac, amiral des mers du Levant. Service du roi.

Le sergent rectifia la tenue et la position. Pour sa part, il aurait bien laissé filer ce comte car le service du roi ne souffre point de retard mais la foule espérait toujours qu'on lui rendrait la femme adultère. Là encore, le sergent aurait volontiers soustrait cette pauvre créature à ses tourmenteurs car par goût, il se trouvait de ceux qui supportent mal qu'on humilie les femmes. Cependant, il craignait les ennuis, aussi dit-il sans grande conviction :

— Monsieur le comte, vous allez en cette affaire contre l'usage courant.

— Sergent, lorsque l'usage est mauvais, il faut en changer.

— Mais que vais-je leur dire ?

Nissac, amusé, monta sur une borne et s'adressa à la foule :

— Femmes, voyez vos maris et combien ils sont tristes. Pourquoi l'usage les a-t-il exclus de cette pratique qui, cette fois, les concernerait ?... Femmes, ne vous ont-ils donc jamais trompées ?

Une sourde rumeur lui répondit favorablement. Il poursuivit :

— Eh bien qu'on les mette nus et les fasse courir à travers la ville pour donner air à leurs gros ventres et fraîcheur aux furoncles de leurs lourdes fesses.

Des hommes protestèrent, certains clamant qu'ils n'avaient ni gros ventre ni furoncles, d'autres que pareil traitement serait barbarie, mais trois d'entre eux, soit deux puceaux et un vieux bouc, ravis, se dévêtirent, proclamant qu'ils rêvaient depuis longtemps déjà de se promener nus en la ville sous le regard des dames. Aussi, on entama conversation, car si certaines femmes voulaient égalité de traitement, d'autres argumentaient que tel spectacle serait grande horreur pour les yeux.

Pendant ce temps, certaines, les silencieuses, concentraient leur attention sur étrange vision : sur grand cheval noir et aveugle venu d'Andalousie, femme adultère se trouvait ramenée chez elle par ce seigneur portant chapeau à plumes, et ce cavalier laissait derrière lui bien des cœurs rêveurs.

Ainsi, femmes et hommes traversent fugitivement la vie d'hommes et de femmes sans jamais savoir qu'ils ont séduit, et quelquefois pour toujours...

37

« Jaune » ne savait plus en mesure d'exactitude ce qu'il devait penser. Au reste, il ne savait point s'il s'en trouvait encore capable. « Le Maître » le lui avait dit, à lui et aux autres loups-garous : « Obéissez en l'instant, et toujours. Alors vous ne connaîtrez point les tourments de ceux qui ignorent où ils doivent guider leurs pas. »

« Jaune » s'interrogeait sur ces paroles rassurantes en une vie qui, elle, ne l'était point. En peu de temps, les loups-garous qui partageaient son existence l'avaient accepté comme étant des leurs mais il n'était pas en grande certitude de le souhaiter.

Il eût aimé entendre autres conseils que ceux du « Maître » et savoir s'il n'existait point conduite différente qui fut possible en sa vie. Cependant, cette pluralité n'était guère envisageable sérieusement car il n'entrait en le château des chimères que loups-garous, ou enfants destinés à ne point vivre longtemps, mais nul fin causeur trouvant place auprès de la cheminée – il n'en existait d'ailleurs pas – pour discuter de ces choses et du choix qu'on en avait.

Avec une audace de pensée qui, un instant, lui causa grande frayeur, « Jaune » songea que le cours de son existence nouvelle ne lui laissait point grande satisfaction.

En sa vie précédente d'errance, où on le pourchassait, s'il commettait parfois « le grand péché », qui consiste à tuer petits enfants, il lui arrivait de renoncer. Il se produisait alors, en mystère de son cœur et de son âme qu'il ne parvenait jamais à percer, phénomène que certains appellent « pitié ».

Ainsi était-il libre de ne point tuer tel enfant au regard profond, ou tel autre aux gestes maladroits provoquant émotion. Libre de cela, mais aussi d'aller et venir, sans se trouver prisonnier en cette cellule dont les barreaux enfermaient son corps et pareillement l'espoir de courir encore en les vallons mouillés de rosée, ou de s'asseoir sur méchante pierre pour voir soleil disparaître derrière épaisse forêt de sapins.

Il chassa cette pensée, suivant le maître qui le précédait en les souterrains jonchés d'ossements. Le bruit des clés que l'ambrosien tenait en sa main rendait un son joyeux, inattendu en cet endroit sinistre.

« Jaune » marchait derrière « le Maître » avec application, avec la certitude qu'il se devait surveiller en tous les instants car jamais l'homme au visage mutilé n'avait semblé totalement convaincu que le dernier loup-garou arrivé en le château des chimères fût pareil aux autres en le renoncement à toute humanité.

— J'ai prévu pour toi belle récompense !... dit le Maître sans même tourner la tête.

— Hon-Hon !

Ne point parler. Exprimer, en ce grognement qui se trouvait langage commun aux loups-garous, ce qu'en d'autres temps il eût nommé « remerciements ». Ne surtout point trahir qu'il résistait au Maître quand celui-ci exigeait qu'ils abandonnent leur part humaine afin que cet espace libéré fût occupé uniquement par la sauvagerie animale qui leur fut donnée par le diable à la naissance.

En sa réflexion, qui était pour lui unique moyen de survivre en tant qu'homme, « Jaune » se demanda pourquoi le Maître, qui n'attendait pour réponse que des « Hon-Hon », persévérait à leur parler de façon coutumière. En la seule exception de ses voyages à Paris, pour lesquels il préparait étrange cagoule achevée en manière de cône, le Maître, qui vivait confiné au milieu de ses loups-garous, craignait-il de sombrer lui aussi en cet autre monde qui est fermé aux hommes, et dont on ne revient plus ?

La clé tourna en la serrure de la porte constituée de solides barreaux et le Maître, avant de pousser celle-ci, regarda « Jaune » de son œil unique.

— « Jaune », tu m'as donné nombreuses inquiétudes car j'ai cru que tu n'étais que demi loup-garou mais la façon dont tu tuas le prévôt qui mettait ma vie en grand danger me donne bonne espérance que tu as renoncé à la société des hommes. Tu n'es point fait pour vivre au milieu d'eux. D'ailleurs, à quoi t'aurait servi de t'opiniâtrer davantage en semblable erreur ?... Et l'aurais-je cru que tu ne serais plus de ce monde car si j'avais souhaité en arriver à pareille extrémité, je vous aurais tué, toi et tous ceux qui ne se montreraient point fidèles !

— Hon-Hon !... répondit « Jaune » qui souhaitait échapper à cet œil unique et scrutateur sans point l'oser, car c'eût été nourrir la suspicion de l'Ambrosien.

Celui-ci soupira, comme s'il balançait encore en son jugement, et ouvrit grande la porte de la cellule qu'il referma à clé dès que « Jaune » en eut passé le seuil.

Tandis que les pas du moine s'éloignaient, « Jaune », à la faible lueur d'une méchante bougie, distingua petit enfant d'un peu plus de deux ans, fort blond et dodu.

Le loup-garou frémit de la tête aux pieds.

Des vagues de désirs le prenaient, l'exaltaient, le portaient vers ces sommets tant chéris que maudits qu'on ne peut atteindre que par « le grand péché » où l'on déchire chairs et démembre petit enfant.

Mais les choses ne se passèrent point ainsi.

Un geste, un simple geste suffit, et « Jaune », sans qu'il le sût, n'appartint plus à l'engeance maudite des loups-garous.

Le petit enfant regarda l'homme au torse massif, aux bras épais, aux mains de boucher et à la tête de loup gris et..., bras grands ouverts, vint à lui en souriant.

« Jaune », en grande confusion de sentiments mêlés et contraires, sentit que l'enfant serrait avec force, entre ses petits bras, ses jambes bottées jusqu'aux genoux.

Troublé et curieux, « Jaune » se pencha, saisit le petit garçon sous les bras et le souleva à hauteur de son visage.

L'enfant le regarda, sourit, et, avançant une main potelée, caressa les poils gris de la tête de loup.

« Jaune » s'interrogea non sans angoisse car, en temps coutumier, son aspect provoquait terreur telle que les petites victimes hurlaient ou, tout au contraire, restaient sans voix, les yeux agrandis par si effrayant spectacle.

Le petit garçon porta bientôt le trouble de « Jaune » en son paroxysme car il bâilla, signe qu'il n'éprouvait nulle peur, puis, prenant le loup-garou par le cou, il posa la tête sur cette épaule musclée et s'endormit aussitôt.

« Jaune » n'osait plus bouger.

Il se trouvait en le centre de sa cellule, tenant en ses bras ce petit garçon endormi et comprenant fort mal déferlement de sentiments qui battaient son cœur en manière de tempête.

Puis l'évidence s'imposa à lui et il murmura :

— Il a besoin de moi !... Il me fait confiance !... Mon aspect ne lui paraît point hideux !...

Et c'étaient là trois choses qui avaient toujours cruellement manqué en la vie médiocre de « Jaune ».

Aussi, sa résolution fut-elle rapide :

— Tu vivras !.... Et je mourrai pour que tu vives !...

Alors, l'ancien serrurier approcha de la muraille sa main si souvente fois meurtrière, puis il ôta une pierre descellée.

Il saisit alors une clé grossière en sa finition, mais habilement ouvragée en la partie qui entrait en la serrure. Ainsi avait-il occupé le temps qui n'était point consacré à l'entraînement militaire.

Il ne pensait point, en ce labeur, à quelque évasion mais cette clé, si elle ouvrait une serrure, ouvrait pareillement un rêve : celui de pouvoir s'évader vers autre vie. Encore que jusqu'ici, seule l'idée que la chose fût possible éveilla son intérêt, point la chose en elle-même.

« Jaune », tenant d'une main l'enfant plaqué contre sa solide poitrine, approcha l'autre de la serrure.

La clé tourna sans provoquer grincements.

Cette chose se trouvant faite, demeurait le plus difficile : comment allaient réagir, derrière leurs grilles, trois autres loups-garous, ses compagnons ?

Cependant, deux dormaient profondément, et « Vert » en geignant car il se trouvait blessé à l'épaule par jeune femme blonde qui leur avait tenu tête.

Mais « Rouge », lui, ne dormait point. « Rouge », précisément le plus ancien, celui qui venait de la noblesse, se montrait toujours le plus cruel, le plus avide de sang !... Celui, enfin, qui dévora visage du « Maître » pour n'en laisser que cette chose hideuse qui n'est point regardable.

L'un en le couloir tenant un enfant, l'autre derrière sa grille en grande immobilité, les deux hommes-loups s'observaient, pareils à des statues.

Nulle parole ne fut prononcée, rien en leur corps ne bougeait et surtout pas ces deux paires d'yeux derrière les têtes de loups.

La tension devenait si vive que « Jaune » eut le sentiment qu'il la pouvait toucher.

Puis, contre toute attente et en ce grand silence, « Rouge » hocha sa tête de loup, ouvrant ainsi le chemin de la liberté.

« Jaune » rendit le signe, et s'enfonça avec l'enfant en la profondeur des souterrains devenus charniers...

38

On s'était réuni en une grotte naturelle des bords de la rivière de Seine où l'on n'avait rien à craindre. En effet, le capitaine des bateaux du roi et de la rivière de Seine avait été acheté, à quoi l'on avait ajouté menaces, si bien que de risques, il n'en était point.

Le duc d'Épernon, sous sa cagoule, déplorait qu'une fois encore, ce maudit moine ambrosien du nom de Vittorio Aldomontano ne fût point venu. Moins sa personne en elle-même que l'intérêt supérieur qu'il représentait. En courtisan rompu aux manœuvres de Cour, et habitué à sa versatilité, d'Épernon se demandait si ce désintérêt ne se devait pas comprendre comme désaveu tardif.

Présidant la séance comme en son habitude, d'Épernon promena son regard sur les conjurés qu'on eût pu penser être spectres, tant les cagoules pointues et les reflets des torches donnaient à la scène air surnaturel bien digne de l'au-delà.

Le duc s'efforça de se convaincre que l'absence de l'ambrosien ne prêtait point à conséquence car sans doute une des siennes créatures ici présente l'avertissait de toutes choses dites en ce conseil.

Comme il la sollicitait, le duc d'Épernon donna la parole à l'ambassadeur d'Espagne, don Inigo de Cardenas.

L'homme possédait grande expérience et connaissance des affaires françaises, ainsi que de tous les grands de la Cour si bien que Philippe III ne plaçait sa confiance qu'en lui.

Don Inigo de Cardenas était un grand seigneur, bel

homme, intelligent et rusé. Il plaisait aux femmes, ce qui en ce milieu ne nuisait point à l'avancement de ses affaires.

Il pouvait se montrer cassant, et l'instant d'après des plus serviles. On l'avait vu, au Louvre, arrêter un valet qui portait l'épée d'Henri quatrième. Saisissant celle-ci, il l'avait en grande dévotion portée à ses lèvres en disant assez fort pour être entendu :

— Heureux que je suis d'avoir tenu l'épée du plus brave roi du monde !

On chute rarement aussi bas en la flagornerie !

D'un ton mesuré, l'Espagnol fit remarquer que les choses n'avançaient guère, ajoutant qu'il y avait urgence à tuer le Béarnais faussement converti car, pour reprendre son expression, « la hyène puante » s'apprêtait à faire la guerre à l'Espagne, voulant qu'aux yeux du monde la France fût la plus grande puissance en Europe, chose au demeurant exacte, mais qui le serait davantage encore si l'Espagne était écrasée militairement.

Il existait majorité de Français en le cercle des comploteurs mais au grand soulagement du duc d'Épernon, aucun ne fut blessé par ces paroles car peu leur importait le renom de leur pays, voire qu'il fût occupé par l'étranger. En effet, tous ne pensaient qu'à leurs ambitions personnelles, oublieux du bien public et de l'indépendance de la nation.

Ainsi, en l'histoire de la France, trahison et pacte avec l'ennemi sont souvente fois le fait des élites de la société...

D'Épernon se devait de répondre à l'ambassadeur, ce qu'il fit sans différer davantage :

— Nous avons l'homme !... Je sais que nous l'avons, qu'il est celui dont la main vigoureuse ne tremblera jamais !...

— Lui avez-vous parlé ?... demanda le baron Dietrich von Hoflingen qui, en cette assemblée, représentait les Habsbourg d'Autriche.

D'Épernon hocha la tête.

— Je lui ai parlé. Et parlé de sa mission que le peuple louera et qui lui ouvrira les portes du paradis.

— Mais point le paradis sur terre !... grimaça Jehan de

Bayerlin, considéré comme la plus fine lame du royaume et qui se trouvait colonel en les chevau-légers.

D'Épernon ignora l'ironie. Il tenait ce Bayerlin pour fou mais redoutable, ayant disputé cinquante duels et envoyé quarante et un de ses adversaires au cimetière quand les autres n'avaient survécu que pour être amputés.

— Est-il fol ou d'esprit faible ?... questionna Concino Concini, son accent italien plus agréable aux oreilles de l'assemblée que l'accent germanique du baron von Hoflingen.

D'Épernon vit le piège.

En effet, un fol n'est point sûr, et souvent imprévisible, si ce n'est certaines variétés tel ce grand seigneur, un des grands noms de France, qui se croit potiron et se fait arroser par ses gens en son jardin chaque jour, à midi.

« Arrosage à midi quand le soleil est au zénith n'est point bon pour les plantes ! »... avait plaisanté Henri quatrième qui ne l'aimait point.

La marquise de Verneuil répondit à la place de d'Épernon :

— Il est en forme de folie où il craint Dieu, et obéit aveuglement à ce qu'il croit être ses commandements.

— Le connaissez-vous, vous aussi ?... demanda sans douceur Léonora Galigaï, épouse de Concini et confidente de la reine qui détestait la belle marquise, la Galigaï se trouvant elle-même fort laide et toute contrefaite.

Le duc d'Épernon reprit la situation en main.

— Il faut bien s'occuper de cet homme qui, livré à lui-même, tient propos d'illuminé qui risquent de le trahir.

Le cardinal de Bellany, qui parlait généralement fort peu en ces assemblées, sembla inquiet.

— Ainsi donc, si cet homme échappe à votre vigilance et annonce en la ville sa sienne ambition de tuer le roi, on l'arrêtera. Nous serons alors en telle situation que ne pourrons plus prétendre abattre le renégat Henri quatrième. Ce n'est guère encourageant !

D'Épernon soupira. Si même Bellany d'habitude si peu actif lui échappait il n'était point quitte d'avant longtemps de perdre son temps à rassurer tel ou tel quand très nombreuses choses sérieuses restaient à faire.

Son ton devint plus froid, et tous le remarquèrent.

— Nous tenons deux autres assassins pouvant servir notre projet si le premier faisait défaut.

— Ne sont-ils pas meilleurs ?... s'inquiéta l'ambassadeur.

D'Épernon eut envie soudaine de partir sans répondre mais son ambition de diriger les affaires du royaume ou de se trouver Grand Connétable de France – titre aboli par Henri IV – nourrit sa patience.

— Ils ne sont pas meilleurs régicides et le seraient-ils que nous ne pourrions davantage les lancer en cette entreprise. Car n'oubliez pas que la reine n'a jamais été sacrée et qu'il le faut absolument avant que nous passions à l'action. Elle-même y travaille et tous, y compris ceux qui ne sont point en ce complot, car Henri quatrième ne peut partir en guerre, et risquer d'être tué, sans que reine fût sacrée pour assurer la régence. Nous savons que le Béarnais s'y est finalement résolu et c'est à présent affaire de semaines ou de peu de mois. La difficulté est que notre assassin doit frapper en très courte période séparant le sacre du départ à la guerre mais nous savons de source sûre que le maudit Sully manœuvre autant qu'il est possible pour raccourcir encore ce bref intervalle de temps afin de prévenir tout attentat.

D'Épernon avait parlé d'une traite et rapidement. Il reprit son souffle et on le laissa faire, impressionnés, car décidément l'organisation de cette affaire semblait des plus soignées et l'on se trouvait ainsi grandement en confiance de bonne réussite.

D'Épernon acheva :

— Le temps, pour l'assassin, n'est point un problème. C'est un fanatique, il veut réussir. Il frappera quand nous lui dirons d'agir, et où nous lui dirons.

— À quoi occupe-t-il son temps ?... demanda le cardinal de Bellany.

D'Épernon sourit sous sa cagoule.

— Nous lui faisons entendre sermons écrits tout spécialement pour lui par les jésuites et croyez-moi, il y trouve matière à fortifier sa haine !

39

Elle regardait le paysage sans le voir, regrettant d'avoir cédé.

Tous l'avaient comme assiégée pour qu'elle accepte, ainsi de l'église d'Orléans en ses plus hauts représentants, des magistrats de la ville dont un l'accompagnait aujourd'hui en ce carrosse, des femmes de grands seigneurs qui pour la première fois la recevaient en leurs châteaux en proposant gâteaux et friandises. Et il n'était point jusqu'au peuple lui-même qui ne se fît insistant pour qu'elle se rende à la Cour puisque le roi en personne voulait entendre cette histoire de loups-garous et voir de ses yeux celle qui s'était opposée à ces horribles créatures avec si grand courage et fermeté de caractère.

La blonde Isabelle de Guinzan, dont les yeux verts reflétaient colère et impatience d'en finir, pensait qu'elle allait perdre son temps. Le roi l'écouterait-il en grande attention, se montrant terriblement désolé des malheurs frappant ce petit village près d'Orléans, cela ne rendrait point aux femmes leurs maris percés de coups de lance ni leurs enfants égorgés à pleines dents par la horde sauvage de loups-garous.

Et, comme toujours, Paris se mêlait de choses dont cette ville futile n'avait point l'entendement car tous événements importants pouvaient avoir lieu ailleurs, y compris...

La belle jeune femme battit des paupières pour que larmes ne roulent point sur ses joues. Telle demeurait intacte son émotion qu'en l'instant où elle vit arriver d'Orléans et les campagnes circôvoisines troupe fort nombreuse de maçons, menuisiers, peintres, serruriers et charpentiers se pressant et se bousculant parfois pour reconstruire sa maison incendiée par les loups-garous.

Et c'était là un des rares bonheurs qu'elle ait connus car en le théâtre de sa vie, c'est le malheur qui, de tout temps, avait occupé la loge principale.

Seule fille en sa famille, avec cinq frères plus âgés qu'elle, elle se trouvait de nouveau seule aujourd'hui. Son frère aîné avait été tué au siège de Paris que fit Henri de Navarre, un autre à la bataille d'Ivry, un troisième en l'expédition montée par Henri quatrième contre le duc de Bouillon révolté. Quant aux deux autres, marins, l'un disparu au large du Canada et le dernier, le plus jeune, qui servait en le même bâtiment que son mari, périt avec lui dans un naufrage dont on ne sut rien, ou presque.

Son mari...

Cette évocation lui donnait grand malaise.

Isabelle de Guinzan, indépendante en son caractère, ne voulait point prendre époux, préférant demeurer vieille demoiselle que de subir homme qui n'eût pas été l'image même de l'amour ainsi qu'elle l'imaginait. Mais, telles pour ce voyage à Paris, pressions surgirent de tous côtés.

Aussi, elle acheva par ne plus lutter et épousa ce baron de Guinzan qui perdit son titre lorsque le roi lança campagne pour vérification de la noblesse et que le baron, par négligence et paresse, ne produisit point les pièces exigées, et pourtant existantes bel et bien.

S'il n'était plus baron, et ne s'en souciait guère, il demeurait en sa possession belles vignes qui produisaient vin d'Orléans réputé, et permettaient de vivre. Car en effet, et la chose fut sensible dès la nuit de noces, le baron préférait la bouteille à tout autre plaisir, fût-ce sa femme, et ne ramenait guère de solde en son foyer, l'ayant bue.

Le mariage dura deux ans avant que l'époux ne disparaisse en un mystérieux naufrage mais ces deux années ne furent point heureuses où Isabelle eut la hantise des escales, quand l'homme à l'haleine chargée de vin lui faisait l'amour en poussant grognements qu'on eût dit d'un porc.

Puis, en les derniers mois du mariage, elle lui avait interdit de la toucher et, comme il entreprenait de la battre, il découvrit avec stupeur que fille ayant cinq frères tous soldats ou marins qui la chérissaient – mais la traitaient souvente fois en garçon –, n'était point oiselle mais adversaire redoutable. Ainsi, à coups de poing et de pied, elle le domina. Il sortit alors l'épée, elle en brandit une, rouillée, et duel eut lieu en la grande rue du village. Il y gagna balafre, et elle grand respect des populations. Ivre de rage, visage ensanglanté, il avait été chercher deux pistolets et tirant le premier, sans galanterie, il la rata tandis qu'elle lui annonçait qu'il allait perdre une oreille, et ainsi la perdit-il en raison d'un tir de grande précision...

Le carrosse, assez ancien et prêté au magistrat par un noble d'Orléans, avait dépassé Étampes depuis peu.

Isabelle jeta un regard à son compagnon de voyage qui ronflait comme une forge.

C'était un homme jeune encore, mais au ventre tel qu'on l'eût cru plein, et près d'accoucher. Mais il s'était montré émouvant en sa joie enfantine de voir la Cour, et peut-être le roi. Grisé par ces alléchantes perspectives, il avait, comme agissant naturellement, posé sa main sur l'entrecuisse de la jeune femme avant qu'une gifle sonore lui fît comprendre que ce voyage avait pour destination le Louvre, et non Cythère.

Le comte de Nissac avait lui aussi dépassé Étampes depuis peu et se trouvait en fait très proche du carrosse de madame de Guinzan mais, ménageant « Flamboyant », il demeurait à quelque distance du nuage de poussière soulevé par la voiture orléanaise.

Nissac tentait de songer à la mission qu'on lui allait

confier mais il ressentait grande méfiance. L'idée venait du roi, et d'Henri quatrième, Nissac savait n'avoir rien de bon à attendre.

Suffisamment subtil, le comte n'ignorait point que la royale hostilité lui venait de sa conduite lors de la victoire de Fontaine-Française.

Il savait que l'élan décisif de la charge victorieuse venait de lui, malgré son très jeune âge et quoi qu'en fît le roi pour l'écriture en les livres d'histoire, bien des survivants n'ignoraient pas que les lauriers revenaient au tout jeune Nissac.

Au reste, l'amiral ne courait point après la gloire et le démontrait chaque jour en n'accordant à ses superbes victoires navales guère plus d'importance que l'intime contentement du travail bien exécuté, jusqu'en ses détails.

En revanche, ce qu'il était seul à savoir, se trouvant bien placé, c'est l'hésitation qu'avait marquée le corps du roi sitôt qu'il eut prononcé sa célèbre phrase : « À moi, messieurs, et faites comme vous m'allez voir faire ! »

Paroles hardies de Béarnais, grand courage qui n'est point contestable mais voilà que le corps rechigne, hurle qu'il ne veut point que mitraille et acier le traversent, le mutilent, déchirent ses chairs... est-on lâche pour autant ?

Certes non, pensait Nissac. Cette forme supérieure de trahison de soi par soi-même, de l'esprit par le corps, de l'idée par la matière, on ne la prévoit sans doute pas, la découvrant avec horreur en l'instant où elle s'accomplit. Et ainsi se déroulèrent les choses pour Henri quatrième qui ne démérita point en cette fugitive dérobade qui ne relevait pas d'une volonté défaillante mais du corps de tout homme sain éperdu de vivre.

Et, pour son malheur, le tout jeune Nissac avait croisé le regard du roi où il vit effarement et désarroi.

Que fût-il arrivé, en effet, si après ce martial appel à s'élancer, le roi fût resté immobile, le cul brusquement en plomb, les talons trop mous pour s'enfoncer en les flancs de son cheval et lui donner l'élan de la charge ?

Le regard du roi appelait « Au secours ! »

Et Nissac le comprit si bien qu'il partit seul sus à l'Espagnol en vitesse qui fit songer à celle d'une balle de pistolet.

Sauf qu'en raison de la mémoire et de la complexité des hommes, c'est mission de sacrifice que d'aider un roi en péril de manque de courage, et de sauver l'honneur d'un monarque qui n'eut alors de cesse de tenir en grande détestation garçon de seize ans sans lequel il eût été la risée de toutes les Cours d'Europe, et du Peuple lui-même.

Pour injuste que soit la chose, le comte de Nissac comprenait tout cela. Il pensait néanmoins avoir bien agi et, malgré les funestes conséquences de cet acte généreux, referait de même aujourd'hui si semblables circonstances se présentaient.

Il voulut chasser ces pensées, et y parvint, mais le regretta aussitôt car vint l'assaillir le souvenir d'Élisabeth de La Tomlaye et d'Inès de Medina Sidonia.

En ces affaires, ce n'était point l'amour qui s'avançait vers lui, car malgré les charmants visages des deux jeunes femmes, serait rapidement venu le temps des désillusions et de l'amertume.

Certes, il ressentait bonheur à exister pour toutes deux mais ce n'était point là en la façon qu'il eût désirée, où l'autre vous est tout, où l'on est tout pour l'autre.

La belle Élisabeth aimait trop son frère Louis pour se jamais donner pleinement à un autre homme, et le comte de Nissac, aimé à demi seulement, eût souffert plus encore de finir par en vouloir à Louis, qui n'était pour rien en l'état des pensées et sentiments de sa sœur. Car ainsi étaitelle en vocation de mère, beaucoup trop mère pour être femme.

Nissac, renonçant à Élisabeth, pensait avoir agi sagement même si son cœur se désolait de ne pouvoir s'ancrer en si belle et tendre compagne.

Pareillement, renonçant à la ravissante duchesse Inès de Medina Sidonia, comme il le lui avait fait comprendre, il estimait avoir agi en grande prudence, ayant décelé petites choses qui, le temps aidant en son travail de corrosion, n'eurent point manqué de devenir grandes affaires.

Ainsi, la duchesse pensait l'aimer, quand elle aimait

l'amour. Et Nissac le devina si bien qu'il n'eut guère de peine à imaginer quelles seraient ses infortunes si d'aventure, elle devenait sa femme. Il avait vu du désir en ses yeux, mais point l'amour qui est renoncement de soi pour le bonheur de l'autre tel qu'en les imaginations du comte hommes et femmes devraient s'aimer.

Où était-elle, l'étincelle qui transfigure un visage rien qu'à voir paraître l'autre qu'on aime ?... Où était-il, ce regard lumineux qui annonce la passion, la douceur et le bonheur d'être au monde puisque celui-ci porte l'être aimé ?... Où était-il, le sourire tendre et complice qui vous unit à l'autre quand est accompli l'acte amoureux et que sentiments profonds prennent la relève des corps au plaisir assouvi ?... Où était-elle, la main qui cherche la vôtre en le lit pour la serrer si fort afin de suggérer qu'en un univers où rien ne dure, si ce n'est les planètes, il faut étreindre ce que l'on aime car, tôt ou tard, la mort vous l'arrachera ?...

La duchesse n'était point en ces préoccupations et fière, sans doute, de s'être offerte à un amiral célèbre autant pour ses victoires que pour ne se point donner à la première venue.

Nissac comprenait qu'il n'était qu'un jouet en la stratégie d'un parcours amoureux dont il devinait qu'il serait fort long et très fourni en hommes de toutes sortes.

Il ne blâmait point la duchesse, promise à la futilité de son rang et déjà gangrenée par la quête du plaisir égoïste, tel qu'il se conçoit en ce milieu. Au fond, le comte n'était pas loin de la plaindre pour tout ce qu'elle ne connaîtrait jamais, espérant même qu'elle n'en aurait pas la connaissance tardive, lorsqu'il est trop tard et que vient le temps stérile des regrets.

Deux fois, coup sur coup, il était passé bien près du bonheur mais se retrouvait plus seul que jamais. C'était tant pis, c'était tant mieux, car il préférait la solitude à passion qui ne fût point entière, extrême, dévorante. Passion qu'il ne pensait jamais pouvoir rencontrer quelque jour en sa vie car, en amour comme en toutes choses, l'exigence n'est point amie de la facilité.

Enveloppé en sa longue cape bleu marine, les belles

plumes de son chapeau ondoyant sous le glacial vent du nord, ainsi allait vers son destin sur son cheval noir et aveugle l'amiral de Nissac, en les mauvaises routes durcies par le gel de l'hiver.

40

Autant que le moyen d'imaginer intelligence en la bataille leur manquait, autant leur faisait défaut le style.

Ils étaient sept, l'épée à la main, face au carrosse dont le cocher, résigné, avait arrêté les chevaux. Cependant, placés tels qu'ils étaient en un seul côté de la route, alors qu'ils auraient dû s'y trouver de part et d'autre en enfilade, le cocher eût pu tenter manœuvre de débordement, sauf qu'il manquait de courage.

Depuis le virage où bouquets d'arbres le masquaient à la vue des coupe-jarrets, le comte de Nissac, qui avait arrêté son cheval, vit sortir du carrosse homme vêtu de noir et bedonnant qui tomba à genoux devant les brigands en offrant sa bourse.

Celui-là aussi ne paraissait point animé de grand courage.

Le comte de Nissac se résolut à intervenir sans grand enthousiasme et mû par le seul sens du devoir. Il se dit, pour conforter cette résolution, qu'il se réchaufferait en affrontant les tire-bourses, mais ce fut bien le seul avantage qu'il vit à la chose.

Il allait pousser « Flamboyant » lorsqu'une vision l'immobilisa en la stupeur. En effet, femme blonde sortit du carrosse et pointa un pistolet en un geste de grande sûreté où le bras ne tremblait point. Puis elle fit feu sans attendre et un homme s'effondra.

Le comte de Nissac, en grande peine, s'apprêtait à voir

cette femme courageuse rouler au sol sous les coups de rapière lorsque, retournant vivement vers le carrosse, elle en revint l'épée à la main, engageant aussitôt le combat et, bientôt, un des brigands mordit la poussière.

Lançant son cheval au galop, et alors que la belle, croisant le fer contre cinq, se trouvait en grande difficulté et péril d'y laisser la vie, Nissac écrasa un des voleurs et les quatre autres, distraits par cette intervention, relâchèrent la pression qu'ils faisaient peser sur la jeune femme.

Déjà, Nissac avait sauté de cheval et, l'épée bien en main, blessa les quatre hommes en quelques secondes, tous pareillement en le bras qui tenait l'épée car il ne les voulait point tuer.

Ramassant leurs blessés, la troupe des coupe-jarrets s'éloigna en clopinant, pathétique et ridicule en ses ambitions cruellement déçues.

Remettant épée au fourreau, Nissac leva alors les yeux sur la jeune femme blonde, dont il découvrait enfin les traits d'aussi près.

Et faillit chanceler, lui qu'aucun assaut violent n'avait jamais fait défaillir.

Tout, elle était tout ce qu'il avait vainement cherché, et sans oser se l'avouer, de par le monde, en l'extrémité des océans et de tous temps.

Une mèche blonde et rebelle barrait son front où, malgré grand froid, perlaient petites gouttes de sueur en la raison du combat. Ses yeux verts et son regard moqueur annonçaient cependant bien d'autres choses, plus douces, et crucifièrent le comte de Nissac qui pensa tout de bon mourir lorsqu'elle lui sourit.

Elle n'avait point lâché une épée rouillée, portait les accrocs de coups de rapière en sa robe de satin incarnadin et saignait légèrement du poignet gauche. Il la supposa douce et tendre en amour, car tout indiquait cette pente, comme il l'avait vue batailleuse et en allure de garçon digne d'un soldat de mérite lorsqu'elle affrontait les coupe-jarrets.

Il l'aima donc immédiatement, et pour toute la vie.

Il balbutia :

— Je suis désolé, tant désolé, de n'être point arrivé plus tôt.

Elle tenta en l'esprit d'enraciner ses pieds en le sol afin de ne se point évanouir.

Il existait !

Il était tout, la somme des rêves, le merveilleux total des espérances de petite fille, d'adolescente puis de femme bien mal mariée.

Il était beau, si beau !... Point de ces beautés grassouillettes, dodues et le visage mou tel qu'ils séduisent à la Cour. Sous le chapeau à si belles plumes bleues, vert émeraude et blanches, un visage maigre, osseux : mais quel sourire ravageur et magique dont on ne sait pourquoi, il met le cœur des femmes à l'envers !... Et quels yeux gris, banquise fondante, flammes et glace !... Quel corps mince, presque trop maigre en cette haute stature aux larges épaules et hanches étroites.

Et puis...

Elle chercha et ne trouva point.

Et puis... C'était lui, parce que c'était lui et que sur ce point, cœur, âme et corps de femme ne commettent point d'erreur lorsqu'elle se trouve en cette certitude inébranlable, en cette tranquille assurance. On dit femmes compliquées, mais c'est là paroles d'hommes effarés par la simplicité du désir qui ne se masque point à lui-même, effrayés de cette envie de posséder qui ne cherche pas prétexte : si les hommes ont si peur des femmes, c'est pour raison qu'elles, elles davantage qu'eux, savent regarder passion bien en face et se pendre à son cou !...

— Vous êtes tout de même arrivé à temps !... parvint-elle à répondre.

Il ne pouvait s'empêcher de la regarder en souriant, et elle pareillement, si bien que le temps passait mais qu'ils n'en avaient point la nette conscience car pour chacun d'eux, confronté à son rêve accompli, le temps se trouvait suspendu et les aiguilles arrêtées en le cadran des montres.

Le magistrat d'Orléans, en grande ingratitude, feignit de tousser pour rappeler sa présence et bref, qu'on échangeât quelques paroles et repartît car le roi n'attendait pas. Il ne doutait point que ce seigneur empanaché, tout seigneur qu'il fût, n'avait jamais approché le roi quand lui-même l'allait sans doute apercevoir à quelques toises.

Gonflé de telle importance que pareille rencontre conférait par avance à sa personne, le magistrat manifesta plus clairement l'impatience en laquelle il se trouvait :

— Nous vous remercions grandement mais allons devoir...

Il n'alla pas plus loin : deux yeux gris venaient par leur simple expression de lui causer frayeur plus grande encore que l'attaque des coupe-jarrets.

« Maudit imbécile !... » songea Isabelle, qui ne voulait point voir ces instants s'achever.

Quant au comte de Nissac, il comprit qu'il lui fallait trouver quelque chose d'artificieux afin que la jeune femme ne repartît point si vite.

— À l'épée, votre style est de qualité, madame. Cependant, en l'assaut, songez à garder près du corps coude du bras tenant l'épée afin de la pouvoir allonger vivement pour toucher.

— Comme ceci ?... dit-elle en se mettant en garde.

Ils croisèrent le fer, quelques passes pour s'éprouver, prendre la mesure de l'autre. Nissac en fut agréablement surpris, découvrant que femme pouvait tenir épée en soutenant victorieusement comparaison avec soldat de niveau relevé.

De son côté, Isabelle de Guinzan se vit confirmer ce qu'elle avait cru deviner en voyant coupe-jarrets si promptement mis hors de combat : ce seigneur était épée exceptionnelle qu'on ne pouvait vaincre que par le nombre ou la traîtrise.

— Allez-vous me tuer, monsieur ?... demanda-t-elle en souriant.

— Vous désarmer, madame, sans vous froisser le poignet mais sans vous permettre de me jouer en ramassant trop vite votre épée.

— Vous n'auriez point dû m'en faire confidence, monsieur, car à présent, je m'y cramponne et vous ne l'aurez point.

— À cela, pour ma part, je n'ajouterai pas crédit.

Ils ne cessaient de se regarder avec une intensité qui démentait sans qu'il faille en douter un seul instant ce ton de badinage.

Le comte de Nissac, en grande douceur, opéra avec sa lame enroulement de celle d'Isabelle de Guinzan qui, en la manœuvre, fut désarmée. Cependant, à l'instant même où sa main lâchait l'épée, elle sentit extraordinaire poussée de sorte que, si elle n'en éprouva aucune douleur, elle ne fut point surprise de voir sa lame s'élever à près de dix toises. Mais plus fort encore : lorsque l'épée sembla descendre du ciel, Nissac la rattrapa par la manche, chose qu'elle ne croyait point possible tant il y fallait rapidité et adresse.

— Joli coup !... dit-elle, tandis qu'en grande galanterie, il lui tendait son épée, la tenant par la lame afin qu'elle la puisse saisir par le manche.

En cet instant, c'est-à-dire avec retard, le comte de Nissac, à voir le regard et le sourire de la jeune femme, comprit qu'il ne la laissait pas indifférente.

C'était là grand bonheur, mais qui recelait en lui-même fâcheuse contrepartie, le comte de Nissac craignant par-dessus tout que ce qu'il pensait sympathie de l'instant de la jeune femme ne puisse se trouver gâchée si en son attitude il s'entendait à prolonger cette merveilleuse rencontre, apparaissant ainsi tel un homme de bas calcul.

Sa voix se fit plus froide, mais cela tenait à l'émotion qui le saisissait à l'idée de quitter la belle inconnue :

— Je ne me pardonnerais point de vous retarder, madame.

Elle se montra plus faible ou, selon l'entendement qu'on a des choses humaines, plus franche :

— Peut-être nous reverrons-nous... Isabelle de Guinzan.

Il fut à cheval d'un bond, sans même utiliser les étriers et, ôtant son magnifique chapeau à plumes en un geste d'une grâce infinie :

— Thomas de Pomonne, comte de Nissac, amiral des mers du Levant. Au rare bonheur de vous revoir, madame !...

Elle fut interloquée, suivant des yeux ce superbe seigneur sur son haut cheval noir qui s'éloignait en grande hâte comme si le diable en personne le poursuivait.

Femme de marin, fille et sœur de marins, elle savait tout du comte de Nissac et s'étonna de n'avoir point songé qu'un tel homme, si noble et si terrible, ne pouvait en effet être un autre.

L'amiral de Nissac était pour tous les marins du royaume, mais également pour leurs femmes, une légende vivante qui, sur son redoutable et mythique *Dragon Vert*, imposait humaine justice en les mers cruelles en faisant flotter sur son plus haut mât le pavillon à fleurs de lys du roi de France.

Lui !...

Elle frémit de la tête aux pieds. Son cœur s'accéléra, sa poitrine se gonfla, elle crut tout de bon défaillir et dut un instant s'appuyer au carrosse. Elle avait chaud, puis froid, et chaud de nouveau. Elle avait soif, tellement soif !...

Lui !...

Il n'était pas un petit bateau, qu'il fût suédois ou hollandais qui, attaqué, ne comptait marins espérant voir surgir la haute silhouette du *Dragon Vert*, l'amiral de Nissac à la dunette, qui le protégerait aussitôt sans s'interroger un instant sur le royaume dont il relevait et l'animadversion dont ses dirigeants entouraient la France.

Le Dragon Vert surgissait des brouillards quand tout semblait perdu, arrivait en le soleil ou sous pluie battante, volait le vent, s'inclinait dangereusement pour gagner de la vitesse, inventait mille ruses mais toujours, finalement, attaquait avec étonnante science du combat.

À un contre plusieurs, il triomphait encore.

On disait *Le Dragon Vert* plus rapide navire de son temps, avec le plus extraordinaire équipage, la plus redoutable artillerie et le plus grand commandant qui fût en les mers mais tout cela avait été fabriqué jour après jour par le comte de Nissac, et ne devait rien au hasard.

On disait encore qu'avant le combat, l'amiral de Nissac était plus blanc qu'un mort mais qu'au premier boulet, il avait joues roses d'adolescent tandis que ses yeux gris comme on n'en connaissait point d'autres voyaient tout, même ce qui se passait en son dos.

On disait parfois que monsieur de Nissac ne pouvait que descendre d'Ulysse qui, après la chute de Troie, avait conçu ancêtre du comte avec la belle Circé, fille du soleil, ce qui lui valut la haine de Poséidon cependant désarmé par sa bravoure et son humanité.

Légendes ou vérités, on disait ainsi mille choses de l'amiral de Nissac mais jamais en aucune bouche, fût-elle la plus vile, paroles qui ne furent point respectueuses.

Le juge d'Orléans, qui ne savait rien de tout cela, ignorant même la gloire de monsieur de Nissac, s'impatientait :

— Madame !... Ah çà, madame, pressez-vous donc !

Elle s'ébroua.

— Que voulez-vous, à la fin ?

— Mais le roi, madame !... Le roi n'attend pas !

Elle esquissa un sourire triste.

— Que m'importe le roi quand j'ai parlé au plus merveilleux des hommes qui fût jamais ?

Puis, à mi-voix :

— Comte de Nissac, mon beau seigneur et mon doux rêve, te reverrai-je jamais ?

Peut-être bien plus tôt qu'elle n'osait l'espérer, mais en des circonstances qu'elle n'aurait pu imaginer !

41

La riposte n'avait pas tardé. Quant au châtiment envisagé, il n'en était qu'un : la mort ! Et s'il est une chose que « Jaune » ne devait point espérer, c'est qu'elle fût rapide.

Visage caché par le capuchon de sa robe de moine, Aldomontano allait à cheval flanqué d'un certain Clément Lescuyer qui fut lieutenant de police en la ville de Tours avant qu'on l'en chassât pour s'être en plusieurs occasions montré malhonnête en l'exercice de sa fonction. Mais qu'il fût cupide et voleur n'altérait en rien les qualités de policier de l'ancien lieutenant de police dont spécialité était la traque où il se montrait rusé, tenace et inspiré.

Ainsi, à voir sur distance de deux lieux les traces de pas en les souterrains du château des chimères puis en la forêt avait-il affirmé à l'homme défiguré :

— Votre loup-garou, que vous nommez si étrangement « Jaune », n'est point seul. Il a emmené enfant très jeune et l'a bientôt pris en ses bras car traces de pas ne sont plus quatre mais deux et celles du loup-garou sont tout soudain plus profondément enfoncées en le sol quand il porte le poids de l'enfant. Ils sont donc deux... Vous eussiez dû m'en avertir, car en ce genre de chasse, il faut tout savoir du gibier que l'on traque si l'on veut prompt hallali. Je ne forcerai la bête que si je la bien connais.

Aldomontano fut en grande fureur d'être ainsi découvert même s'il tenait le policier pour un esprit subtil et qu'il n'était donc point déshonorant de se trouver en cette situation eu égard à la qualité de l'adversaire. Soit, il avait trouvé plus forte partie en ce duel qui opposait dissimulation à perspicacité : la belle affaire !

Mais il s'agissait là de positions de principe car l'homme sans nez ni bouche, orgueilleux, n'acceptait point de perdre, quelles que fussent les circonstances.

Il répondit donc avec fausseté accomplie :

— Je n'avais point à vous en informer, et vous deviez découvrir ce détail par vous-même car il était pour moi le garant que vous n'aviez pas perdu vos bonnes dispositions de chasseur.

Le policier leva sur l'ambrosien regard étrange, où perçait fugitif désarroi.

— Vous ai-je jamais déçu ?

Éprouvant certain malaise, Aldomontano eut un geste agacé de la main.

— Laissons là cette affaire et n'en parlons plus.

Bien que le ton fût sec, le policier ne s'en formalisa point, revenant à ce qui l'occupait :

— Quel âge a l'enfant ?

— Deux ans, trois, peut-être.

— Étrange !... Je n'ai point vu signe de lutte, ni violence contraignante de ce « Jaune », et pas davantage résistance opiniâtre de l'enfant. Telles choses se déchiffrent quand on sait les chercher, même en les détails les plus insignifiants d'apparence.

— Qu'il n'ait point saigné l'enfant, je ne l'ignore pas. Mais il l'a enlevé, la chose est certaine.

Puis, voyant l'air dubitatif du policier, l'ambrosien poursuivit :

— Quoi, à la fin : en doutez-vous ?

L'ancien lieutenant de police lui adressa regard où se lisait lassitude de celui qui sait et doit convaincre celui qui ne sait pas, et pourtant croit savoir.

— Enlevé, c'est possible. Mais il n'eut point à utiliser la violence. Au contraire, ce semble qu'ils soient partis en bon accord et je dirais donc plus précisément qu'ils ont fui ensemble.

Puis, à son tour plus sèchement :

— Je n'ai pas à vous fournir raison de pareille situation mais vous dois de vous la signaler afin que vous, vous seul, en compreniez la signification. S'il en est une.

— Je m'en vais y réfléchir !... répondit l'ambrosien d'un ton maussade.

D'un mouvement vif de la main, il fit signe aux trois loups-garous, qui avaient coiffé leurs têtes de loup, de suivre le policier quand lui-même décida de fermer la marche, menant au pas son cheval pâle.

Il ruminait son échec. « Jaune » ne lui avait jamais inspiré confiance. Il lui manquait quelque chose en le regard et sa foi en le mal se trouvait trop souvent vacillante. Il eût dû l'éliminer, ou le laisser brûler, car qui ne se trouvait point en grande adhésion à cette petite société secrète qu'il avait créée devenait aussitôt un ennemi.

Oui, brûlé vif !... Et les choses allaient ainsi que si souvente fois, pour ne point dire toujours, les sorcières étaient étranglées par le bourreau alors qu'on mettait le feu au bûcher, ce ne fut jamais le cas des loups-garous qui, en l'exigence de la justice et de la religion confondues, devaient griller tout vifs.

— Mais il n'est point trop tard !... maugréa l'ambrosien en un affreux rictus de sa bouche sans lèvres et l'on peut penser qu'en l'intention, il s'agissait là d'un sourire.

En le carrosse gris de poussière arrivant d'Orléans, Isabelle de Guinzan, assise au côté du magistrat, découvrait la ville de Paris qu'elle trouva, en le premier abord, lieu de très grande puanteur.

Puis elle s'étonna du nombre élevé de tavernes et de cabarets qu'on y voyait, et faillit en parler à son compagnon de voyage mais lui-même semblait en grande fascination de tous ces lieux qu'il connaissait pourtant, étant venu souvente fois en cette ville.

Bien entendu, le cocher s'égara en le dédale des rues

mais Isabelle de Guinzan ne trouvait point matière à s'en plaindre, heureuse de découvrir la ville si bien que, voulant l'obliger, le magistrat organisa promenade.

Cependant, les choses allaient en si grande vitesse, et les lieux la déroutaient tant, qu'elle éprouvait certaine difficulté à mettre de l'ordre en ses émotions.

Un vieux du village lui avait parlé de la porte Saint-Marceau près de laquelle il avait vécu mais elle ne la vit point tant il est vrai que seize portes commandaient l'entrée en la ville, toutes gardées par la Milice qu'on appelait au son du tambour.

Elle remarqua que les moines habitaient plutôt les faubourgs, ici des chartreux, des cordeliers en le Faubourg Saint-Marcel, là, les moines de Saint-Victor et à Vaugirard, les carmes reformés. Mais d'autres voisinaient, tels bernardins, augustins ou mathurins, résistant aux jésuites qui, depuis 1608, s'infiltraient partout, sauf chez les pauvres curés ayant lamentables conditions de vie.

Elle ouvrit de grands yeux au Marais, qu'on disait quartier fort riche.

Rue Saint-Honoré, elle fut surprise de voir surgir devant le carrosse la Croix du Trahoir et éprouva léger frisson devant la Tour de Nesle en partie écroulée, l'imaginant en la nuit se découpant sur la pleine lune, les eaux sombres de la rivière de Seine léchant la base de l'édifice. Ne disait-on pas horribles choses sur ce lieu ?... Mais l'on disait aussi qu'à la nuit des loups poussés par la faim erraient en la capitale, et qu'ils s'enhardissaient à la montée des eaux car Paris était souvent inondé.

On ajoutait qu'à la nuit encore, en cette ville où les rues n'étaient point éclairées, le plus fort était le maître et qu'on se trouvait en la nécessité d'utiliser nombreuses allumettes soufrées pour retrouver son chemin.

À de beaux palais succédaient, sans qu'on y fût le moins du monde préparé, lieux plus sinistres. Ainsi le vieil Hôtel-Dieu où, d'après le magistrat qui voyageait en sa compagnie, on entassait plusieurs malades en un seul lit, ce qui facilitait propagation des maladies. Isabelle vit aussi le pilori, près des Halles, où l'on attachait faux-monnayeurs, putains, banqueroutiers, débaucheurs ou blasphémateurs et tous ceux-là étaient fouettés sous les insultes de la foule. Elle frissonna en voyant les gibets de Montfaucon et détourna le regard au spectacle des hommes sans oreilles dont on lui expliqua que voleurs, ils avaient trouvé de cette façon leur châtiment.

On passa assez au large de la Cour des Miracles, les archers eux-mêmes évitant ces lieux mais Isabelle de Guinzan imagina le pire à l'aspect de ces infectes petites ruelles fangeuses. Le magistrat, qui connaissait bien son affaire, expliqua à la jeune femme, non sans quelque complaisance, que gens de truanderie seraient plus de sept mille à Paris, se réfugiant en cas d'alerte en la vaste forêt de Bondy, où ils vivaient en hordes.

Isabelle, qui aimait monter à cheval pour longues courses en les forêts d'Orléans, se sentit étouffer, voyant trop de choses – et beaucoup fort laides ! – en trop peu de temps. Les contrastes l'étonnaient, telles ces masures voisinant avec de somptueux palais, sans parler des couvents et églises où l'on ne se troublait point de la proximité désolante des lieux de supplices, et donc de souffrances.

Elle souhaitait que le voyage fût bref, ne voulant plus voir ces murailles et ces tours, ces ruelles étroites, sales et obscures, ces ponts trop fragiles et pourtant surchargés.

Et il n'était guère que le quartier Saint-Jacques où elle eût aimé s'attarder, celui-ci se trouvant être le quartier des libraires au nombre de deux cent trente-cinq. Mais cette plaisante image ne compensait point l'effet dévastateur que toutes ces visions avaient inspiré à son âme.

Elle observa, en le centre de la rue, ruisseau stagnant, faute de pente. Les eaux visqueuses et pourries lui portèrent le cœur au bord des lèvres. Elle se tourna vers le magistrat :

— Rentrerons-nous bientôt ?

Il lui jeta regard sévère.

— Attendez donc d'avoir vu le Louvre. Et le roi.

42

À Toulon, on ne s'inquiétait point qu'il ne se passât rien de nouveau et l'équipage du *Dragon Vert*, bien qu'il vénérât l'amiral de Nissac et que chacun fût prêt à donner sa vie pour lui, appréciait ce temps de repos entre deux campagnes, l'occupant de diverses façons.

En la population, on s'habituait à voir *Le Dragon Vert* si longtemps à quai bien qu'en temps normal, le grand et redoutable vaisseau donnât impression de ne point tenir en place, tirant sans cesse sur ses amarres, comme pressé d'aller en découdre en haute mer.

La plupart des marins passaient leurs journées en les cabarets, jouant aux dominos ou courant les filles faciles : mais pourquoi ne point louer les filles faciles quand la vie est si courte ?

Les poissonniers attendaient sourire aux lèvres et se frottant les mains heures des repas et arrivée du seigneur Chikamatsu Yasatsuna qui, prenant couteau des mains du boutiquier, coupait en gestes admirables de précision morceaux de poisson qu'il avalait crus en son bon contentement. On lui conservait également quelques algues, dont il avait la gourmandise, et bien heureux ainsi de n'avoir point à les jeter en la voirie puisqu'il se trouvait fol pour tant les apprécier.

On attendait également, le matin et le soir, sorties et entrées de monsieur le baron de Sousseyrac, commandant l'infanterie d'assaut. Le matin, l'œil frais et le teint rose, il attendait sur le pont du *Dragon Vert* l'arrivée des trois violons qui le précédaient partout en la ville, telle une petite cour. Mais on les guettait aussi le soir lorsque monsieur de Sousseyrac, l'œil battu et le teint brouillé, revenait incertain au navire précédé des trois violons titubant qui jouaient musique si infâme que les chiens du port s'enfuyaient à l'autre bout de la ville en hurlant à la mort.

Monsieur le baron Charles Paray des Ormeaux, lui, partait chaque jour à cheval en l'arrière-pays de Toulon. En un lieu demi-désertique, il rencontrait vieux berger qui appliquait sur les yeux du second linge mouillé d'une eau de source mêlée de racines et plantes de Provence mais si, en l'instant, des Ormeaux sentait profond bien-être, celui-ci durait une journée et la mal vue revenait. À présent, et bien qu'il n'en parlât à personne, le second craignait de devenir aveugle.

Monsieur le baron Martin Fey des Étangs, lieutenant en le vaisseau royal, continuait à connaître vif succès en ses entreprises, celles-ci consistant uniquement à séduire les dames. Il ne se montrait pas toujours exigeant, ni sur la beauté, ni sur l'âge, mettant frénésie certaine à additionner les conquêtes. Peut-être celles-ci servaient-elles à lui faire oublier qu'enfant, dernier venu après nombreux frères et sœurs, on ne lui accorda nulle importance et son père parlait-il de son plus jeune fils qu'il déclarait, sans le point connaître réellement, qu'il était trop maigre et donc certainement stupide. Fey des Étangs en avait certes souffert, mais bien moins que de l'indifférence de sa mère, madame la baronne ne le voyant tout simplement pas. Et, petit enfant, bravait-il la froideur du regard maternel pour venir embrasser celle dont il pensait qu'elle avait moyen d'apaiser ses frayeurs, il se trouvait repoussé sans ménagements, traité d'idiot et envoyé en sa chambre sans souper.

Monsieur Fey des Étangs aimait les femmes aux belles poitrines qu'il caressait longuement, n'hésitant point à téter : par chance, les femmes auxquelles il imposait semblable pratique ne s'en plaignaient pas, y voyant agaceries qui n'étaient pas désagréables, et non point, comme il eût sans doute convenu, nostalgie d'une petite enfance volée.

Le baron Fey des Étangs avait adopté politique de grande constance envers les maris cocus par sa faute. Leur ayant pris – quelque temps – leur femme, il estimait qu'il eût été du dernier mauvais goût de leur prendre également la vie, aussi, bien qu'il fût très remarquable lame, déclinait-il toute invitation à se battre en duel lancée par de colériques maladroits.

Si bien qu'on vit souvent, et pour le plus grand plaisir des dames qui se pressaient aux fenêtres, le jeune et très beau baron s'enfuir par les toits, nu, ce qui permettait de détailler son anatomie et de constater que sa réputation n'était point usurpée.

Ce jour-là, cependant, ni lui ni les autres ne pouvaient se consacrer aux occupations habituelles, aussi agréables fussent-elles.

Menée par les énergiques Cornelius Van der Linden et Peter Van Kappel, toujours très unis l'un à l'autre, petite troupe de huit hommes d'équipage fit le tour des cabarets afin de ramasser et ramener avec eux – parfois sur leurs épaules – tous les marins du *Dragon Vert* qui se trouvaient en ces mauvais lieux car événement important s'allait produire sur le pont du navire. En effet, on amenait à marier forte jeune fille avec un charpentier du bord, celui-ci l'ayant mise grosse, chose qui se distinguait fort bien car remontant déjà, en son origine, à plusieurs mois.

Chacun prodiguait ses conseils et avis, bien qu'il fût à présent un peu tard pour annuler la cérémonie ou changer de jeune fille, mais marins du *Dragon Vert* ne s'encombraient point de semblables considérations.

Paray des Ormeaux, Fey des Étangs et Sousseyrac, qu'on appelait en le bord « les trois inséparables barons » au motif qu'ils ne se quittaient que pour les affaires de service et connivaient souvente fois ensemble, écoutaient certains marins, butinant leur plaisir en entendant choses toutes plus idiotes les unes que les autres.

Le baron Sousseyrac proposa :

— Allons écouter les superstitieux.

— Non, c'est davantage que je n'en puis supporter !... grimaça Paray des Ormeaux.

On se tourna donc vers Fey des Étangs car se trouver trois amis, nombre impair, permet toujours de prendre décision.

Le jeune baron, qui avait passé nuit épuisante avec deux sœurs qui ne se voulurent point départager quant à savoir celle qui serait sa maîtresse, si bien qu'elles le furent toutes deux ensemble, songea que c'était là occasion d'une diversion à sa fatigue.

— Pourquoi non ?... Il est rassurant de voir et écouter hommes dont on a la certitude qu'ils sont plus stupides que vous. En outre, ils croient ce qu'ils racontent, ce qui ajoute au plaisir de les entendre.

Des Ormeaux, le second, dut en convenir :

— C'est qu'ils n'inventent rien. J'ai ouï ailleurs et en d'autres temps semblables niaiseries et en ai même lue en des livres.

— Mais aujourd'hui, dit Sousseyrac, ils parleront du mariage et nous n'avons point eu encore privilège de les entendre sur pareil sujet.

Cette fois unanime, le trio d'officiers s'approcha de deux marins se tenant un peu à l'écart. Noirauds tous deux, et semblablement de petite taille, ils regardaient les mariés et parlaient à mi-voix, d'un ton uni qui pourtant se révélait fatigant à la longue.

Ne semblant point dérangés par l'arrivée des officiers, ou s'en accommodant, ils poursuivirent leur conversation, l'un d'eux secouant la tête.

— C'est là fausseté !

À quoi son compagnon répondit :

— Il faut choisir avec soin la femme qu'on épouse, et y réfléchir même avant que de la voir ou de faire ce maudit choix. Pour savoir si l'affaire est bonne, il faut, la veille de la Saint-André, s'arrêter devant la porte d'une étable où une truie allaite ses petits. Il est nécessaire de frapper à la porte au douzième coup de minuit. Si la truie grogne la première, il est sage d'épouser une veuve. Si c'est les petits, on marie une vierge. Voilà, c'est ainsi qu'il faut prendre femme.

L'autre réfléchit un instant, puis :

— La méthode n'est point certaine !... Ce qui est plus éprouvé, c'est qu'il ne faut pas se marier un mercredi, sinon le mari sera cocu. Et en le jour du mariage, ne point avoir bu de vin, ou les enfants à naître seraient muets. Si un cierge s'éteint avant la fin de la messe, un des mariés meurt dans l'année et celui des deux dont la main est la plus froide, celui-là trépassera avant l'autre. Ah, mais c'est que la chose est prouvée !

Celui qui lui faisait face ne sembla point convaincu.

— J'ai en effet ouï dire ces choses, qui semblent le fait de gens n'ayant point toute leur tête. Une autre méthode est plus certaine, et vérifiée de longtemps. Ainsi, quand les parents s'en vont faire la demande, il n'est que deux choses possibles en l'avenir.

— Bon ou mauvais mariage !... approuva l'autre.

Son interlocuteur hocha la tête et reprit :

— Le mariage sera mauvais si, sur le chemin de la maison de la mariée, les parents du marié croisent femme échevelée, lézard, moine, stropiat, lièvre, aveugle ou serpent. Plus grave encore : si le lièvre éternue, il faut rentrer chez soi en courant !... Et le mariage sera en bonne réussite si l'on entend coup de tonnerre ou croise un pigeon, une cigale ou une chèvre.

Feignant de trouver grand intérêt à cette conversation, monsieur de Sousseyrac intervint :

— Tout cela est fort beau mais qu'arrive-t-il si sur le chemin de la maison de la mariée, parents du marié croisent mouton à deux têtes ou bouc à sept pattes ?

Les deux noirauds se regardèrent. Leurs yeux brillaient, et on les sentait tout soudainement en grand bonheur proche de pâmoison.

L'un d'eux répondit :

— Ah çà, monsieur le capitaine, voilà cas qui nous est inconnu et question qui mérite que nous en discutions. Nous vous ferons connaître notre réponse d'ici un an ou deux.

Les officiers s'éloignèrent et Paray des Ormeaux, sourire aux lèvres, commenta :

— Ah çà, baron, vous êtes bien cruel de leur soumettre pareille question dont réponse n'existe pas.

Sousseyrac secoua la tête.

— Point du tout. Ils vont en débattre longuement et cela les occupera en manière de passion car, bien souvent, étudier question est chose de plus grande excitation que de connaître réponse.

Fey des Étangs regarda la mer et, à mi-voix :

— Ainsi, ils iront plus facilement à la bataille, ne verront point passer les saisons ni s'envoler les jours qui tous emportent un peu de notre pauvre vie.

Des Ormeaux et Sousseyrac échangèrent un regard, mais ne répondirent point.

43

Le roi Henri quatrième avait mangé en grand appétit pâté de lièvre, côtelettes de mouton, corneilles aux choux dont il était friand, truffes et asperges, fromage de Brie avec excellent pain de froment et tarte aux coings, buvant en outre vin de Beaune qu'il appréciait fort.

Il eût volontiers été s'allonger mais savait qu'il devait recevoir avant que vers cinq heures de relevé il ne retrouve, et dans quelles voluptés et délices, la superbe et fort jeune duchesse espagnole Inès de Medina Sidonia.

On a beau être roi, et familier du succès, celui-ci le laissait encore en grande surprise. Un conseiller lui ayant vanté la grande beauté de la très jeune femme arrivée d'Espagne, il l'avait reçue assez vite et à considérer qu'elle fut d'une très noble famille, la chose n'avait rien là qui puisse étonner. Certains, des malveillants assurément, auraient peut-être trouvé à redire au fait que Sa Majesté reçoive la duchesse en petite pièce surchauffée où se voyait un lit, mais c'eût été faire procès sur intentions, qui ne sont point les faits.

Quoi qu'il en fût, Henri quatrième avait badiné, davantage par habitude qu'en l'espoir d'obtenir en telle entreprise amoureuse quelque foudroyante victoire... qui pourtant fut au rendez-vous.

Ayant grande expérience des femmes, le roi ne fut point long à deviner que la duchesse se trouvait initiée à l'amour – elle n'était plus vierge – depuis fort peu de temps, avait dû connaître amant habile et espérait trouver à nouveau, le plus rapidement possible, semblable émoi. Et que tant qu'à faire, un roi de France est figure rare en la galerie des amants qui se puisse imaginer, d'où la bonne fortune royale.

Cependant, Henri quatrième ne se leurrait point trop sur la suite probable de cette plaisante aventure. Tout d'abord, la duchesse retrouverait tôt ou tard l'Espagne, et probablement plus tôt que tard puisqu'il comptait lui promptement faire la guerre afin d'asseoir la supériorité de la France et briser l'encerclement que les Habsbourg avaient patiemment tissé : Espagne au sud, Autriche à l'est, Provinces du nord occupées...

À cette raison s'en ajoutait une autre, à savoir qu'aussi jolie femme, qui plus est de grande famille, ne demeure point longtemps sans mari, si bien qu'il fallait profiter de pareille aubaine sans différer davantage.

Enfin, le roi savait devoir également compter sur sa propre inconstance qui lui faisait changer si souvente fois de maîtresse bien qu'il sût par avance qu'il regretterait celle-ci.

Néanmoins, il n'était pas encore lassé de la belle Espagnole et comptait connaître nouvelles ivresses en découvrant plus avant ce joli corps

Il décida donc de briller par l'esprit car, l'âge étant venu, il ne s'était point montré sans momentanément faillir en l'amour même s'il s'était repris en vue de donner bon épilogue à cette première rencontre.

Aussi, et tandis qu'ils étaient encore allongés côte à côte en le lit, avait-il demandé, l'air pénétré :

— Madame, vous n'êtes point familière de ceci qui nous occupait à l'instant car à vous foutre comme je le fis, il me sembla constater chez vous découverte bien récente du plaisir.

La duchesse n'avait point aimé cette question déguisée, et moins encore la manière dont elle fut formulée.

Aussi répondit-elle :

— Sa Majesté devrait considérer que ces choses ne sont point bonnes à dire pour celles qui les confessent.

Semblable réponse ne pouvait qu'irriter le roi.

— Ne point dire, c'est trahir, et c'est là habitude de femmes, prétend-on. Cependant, me dirait-on mille fois que vous me trahissez, je n'en croirais rien que je ne vous entende. Aussi, répondez : avez-vous eu nombreux amants ?

— Un seul, Sire, mais il les valait tous, j'en jurerais.

— Un Espagnol ?

— Un Français.

Henri quatrième enragea. Quoi, il s'en était fallu d'un homme, et par malheur un de ses sujets, qu'il ne prenne lui-même si adorable pucelage ?

— Quel est cet homme ?

— Votre bel amiral des mers du Levant, Sire, Thomas de Pomonne, comte de Nissac.

Henri quatrième donna grande claque sur le lit et laissa échapper :

— Mort-Dieu : encore lui !...

Puis, rapidement, il avait entretenu la duchesse d'autre chose car il n'entendait point s'expliquer avec elle sur monsieur de Nissac.

Cependant, il avait peu de goût à la conversation car son esprit revenait sans cesse à l'amiral heureux à la guerre comme en l'amour. Si bien qu'en peu de temps, il en vint à considérer, non sans un aveuglement des plus volontaires, que Nissac n'avait pris la ravissante Espagnole pour maîtresse que dans le projet de le ridiculiser. Dès lors, il fut dans l'intention de faire payer son déshonneur le plus cher qu'il fût possible.

Henri quatrième s'ébroua. Pour Nissac, on verrait bientôt. Il devait d'abord rencontrer autre personne.

Le roi, incrédule, porta la main à sa joue où se pouvait voir la trace de cinq doigts.

Cela faisait fort longtemps que femme ne l'avait point

giflé et il trouva en cet afflux de sang au visage plaisir un peu sauvage, qui n'était point pour lui déplaire.

Étranger à toute rancune en cette occurrence, il sourit en voyant la jeune femme qui lui faisait face. Une mèche de cheveux blonds barrant son front, les yeux verts étincelants de colère, elle le regardait avec une pointe de dégoût qui, très curieusement, renforça le désir du monarque. Distrait, il mit quelques secondes à comprendre ce qu'Isabelle de Guinzan venait de lui dire, si bien que devant son air d'incompréhension, elle dut répéter :

— Je n'ai point fait le voyage depuis Orléans pour que Sa Majesté éprouve de la main la fermeté de mes fesses.

— Tant je le regrette, madame, elles sont rondes, dures et dodues, irrésistiblement attirantes et il m'eût été fort aise d'être leur maître.

— La chose est de toute façon impossible, Sire : j'aime ailleurs.

Henri quatrième fut dès lors sans illusions, comprenant que cette réponse n'était pas fausseté, mais correspondait à quelque chose de très profond. Cependant, il ne regretta pas d'avoir posé la main sur si mignonnes fesses et petit cul des plus avenants, considérant que ce qui est pris est pris.

Songeur, il recula d'un pas pour mieux considérer la jeune femme. Au fond, tout se tenait en cette histoire et, si elle pouvait gifler le roi de France, il n'était point étonnant qu'elle eût, comme on le lui avait expliqué, attaqué une bande de loups-garous en blessant l'un d'eux avant de se jeter contre brigands de grand chemin sur la route de Paris.

« Une femme exceptionnelle !... J'eusse aimé la juger en l'amour ! » songea-t-il.

Il soupira :

— N'en parlons plus, madame !...

D'un pas lent, il s'approcha du bureau et scella un document en expliquant :

— Madame, apprenez ceci qu'actes et édits sont ordinairement scellés à la cire brune. Seule la cire verte, que j'emploie pour vous, indique application éternelle de la volonté royale. Ce document vous rend votre titre de baronne, selon vos mérites et notre bon plaisir.

Isabelle de Guinzan, femme qui appréciait la loyauté en le caractère, la fermeté en la volonté et la droiture des âmes fut touchée que le roi fît ainsi preuve de constance en ce qui fut sans doute son intention première. Car d'évidence, il ne l'avait point fait venir pour l'entendre, sachant probablement tout de ses aventures, mais pour la récompenser. Or, monarque mesquin, blessé par le fait qu'elle l'eut giflé, aurait sans doute cherché à surseoir à la restitution de son titre avant que de feindre de l'oublier. Henri quatrième n'était point de cette sorte d'hommes mesquins et la jeune femme, émue, ne sut que dire :

— Je vous remercie, Majesté !

De son côté, le roi devina les pensées de la baronne. Sans doute avait-elle pensé qu'il descendrait à cette bassesse consistant à ne point récompenser ses mérites dès lors qu'elle lui avait refusé son corps, et se trouvait-elle à présent en agréable surprise. Il aima le regard qu'elle porta sur lui, car ce regard le grandissait à lui-même. Elle lui refusait son amour mais lui donnait son estime, il n'avait donc point tout perdu.

Détendu, il lui sourit.

— Ne me remerciez point, madame. Dites-moi plutôt, car ma curiosité est grande, quelle sorte d'homme peut ravir votre cœur si farouche.

— Sire, vous serez le premier à l'apprendre et cet homme lui-même n'en est point avisé. Au reste, le serait-il, il en ferait sans doute peu de cas.

— Ce serait chose bien injuste. Quel est cet homme ?

— Il est, Votre Majesté, telle une légende dont on parle durant des siècles à ceci près qu'il est bien vivant.

Une pointe de jalousie vint chatouiller Henri quatrième car il eût aimé qu'on discourût ainsi de lui et pensait d'autre part qu'il n'était autre légende en le royaume que lui-même.

Qui d'autre ?

Curieux et impatient, il insista :

— Ah çà, son nom, madame.

Souriante et brusquement rêveuse, comme alanguie, Isabelle de Guinzan répondit :

— Votre superbe amiral des mers du Levant, Sire, Thomas de Pomonne, comte de Nissac.

Henri quatrième donna grand coup de pied en un des murs et lança :

— Toujours lui !... Ah çà, il les lui faut donc toutes ?...

Mais, une fois encore, il ne souhaita surtout pas entrer en le détail des choses bien que le regard de la baronne belle et rebelle l'en priât avec force.

Il raccompagna Isabelle de Guinzan et, une fois seul, murmura rageusement :

— Nissac !... Nissac !... Nissac !... Nissac qui prend le cœur des femmes que je désire et n'ai point toujours la chance de mettre en ma couche !

Sous effet de nouvel accès de colère, il donna coup de pied rageur en une chaise et médita d'améliorer sa vengeance.

Avant que de savoir que l'amiral chavirait ainsi le cœur des femmes, y compris sa propre maîtresse et celle qu'il convoitait, et au seul souvenir amer de la mal aventure de Fontaine-Française, Henri quatrième avait préparé avec soin affaire délicate où il fallait courage, ruse et chance. Et Bassompierre lui-même, militaire de grand talent connu pour sa clairvoyance et son grand courage, avait commenté la chose ainsi :

— C'est fort cruel, Sire. Monsieur de Nissac n'en reviendra pas, ni lui ni son vaillant équipage. Persister à vouloir risquer l'amiral, ses officiers et ses hommes en si chaude affaire, c'est l'envoyer à la mort en un combat perdu avant que d'être livré.

Henri quatrième savait bien que le futur maréchal n'avait point tort mais il ne pouvait supporter de vivre avec l'idée que son prestige dépendait de la discrétion d'un homme qu'il connaissait si peu.

Certes, il faisait montre d'injustice et en avait la claire conscience mais, une fois encore, il eut la certitude que, Nissac mort, sa vie serait plus tranquille et sa dynastie assurée.

Henri quatrième fut cependant pris d'un tardif scrupule. Il se rappelait en le port de Toulon l'arrivée de ce beau *Dragon Vert* tirant captifs deux magnifiques galions plus lourds que lui. Il se souvint du pavillon royal claquant au plus haut mât, de ces fleurs de lys sur fond de ciel d'azur. Il se souvint du bon peuple en liesse...

Qui, en le royaume, le servait avec tels discrétion, courage et modestie ?

Mais il se souvint, avec déplaisir cette fois, que les femmes présentes sur le port se pâmaient, certaines feignant de s'évanouir à la vue du commandant du *Dragon Vert*.

Il revoyait parfaitement cette silhouette haute et mince, le sabre au côté, le chapeau à plumes, l'immobilité de l'amiral...

En la conscience du roi, la jalousie l'emporta sur la reconnaissance et si ce fut finalement de bien peu, cela ne changeait rien au résultat.

Le roi avait préparé mission dont on ne revient pas. Et si Nissac, ce diable d'homme, y survivait tout de même, autre mission l'attendait, plus terrible encore.

— Il en sera ainsi, car telle est ma volonté de le savoir enfin mort !... lança le roi en le silence de la pièce, s'apprêtant à recevoir son second visiteur.

44

Avec attitudes de comploteurs dont ils n'avaient point conscience, les deux hommes, à demi dissimulés derrière une colonne, virent le comte de Nissac pénétrer en le Louvre sur son haut cheval noir.

— Maintenant ?... demanda le premier.

— C'est trop tôt, attendons !... répondit le second.

— Peut-être aux Tuileries ?

— Nous verrons !... répondit l'autre, encore hésitant.

Juan de Sotomayor, en mission spéciale pour le compte de Philippe III, bénéficiait de puissants appuis dont le duc d'Épernon qui ne refusait jamais rien à l'Espagne. Il se trouvait en la cour du Louvre sachant, par renseignements, que l'amiral de Nissac, qu'il devait tuer, s'en allait y venir.

L'Espagnol tenait en les plis de sa cape poignard qui n'était point de toute beauté mais, au lancer, la meilleure arme de ce genre qui fût jamais conçue.

Le colonel espagnol vit s'avancer Nissac dont le cheval allait au pas. Occasion si favorable risquait de ne se plus présenter avant longtemps car il suffisait en l'instant de détendre le bras pour en finir avec celui qui avait humilié le roi d'Espagne à deux reprises : en dominant meilleurs cavaliers du royaume et en reprenant avec son seul *Dragon Vert* deux forts galions espagnols perdus au profit des barbaresques par capitaines malhabiles.

Juan de Sotomayor baissa les yeux, éprouvant quelques difficultés à regarder l'homme qu'il allait tuer car il ne se pouvait défendre de ressentir admiration à son endroit. En effet de diversion recherchée, il en vint à observer le cheval, cette pure merveille andalouse qui pourtant se trouvait être aveugle. Il remarqua alors que, toutes les dix ou vingt secondes, l'amiral passait la main sur l'encolure de l'animal et que les pressions variaient sur une gamme très étendue. Ainsi le Français avait trouvé la clé de cristal ouvrant serrure de verre : diriger un cheval aveugle uniquement à la main. Colonel de cavalerie, Sotomayor fut émerveillé par la précision du geste et ce qu'il supposait comme confiance acquise par Nissac auprès de sa monture. De mémoire d'homme, cavalier obtint-il jamais semblable complicité avec un cheval ?

Puis quelque chose glaça Juan de Sotomayor : l'instant propice était passé !... En son admirative contemplation, le colonel avait laissé échapper l'occasion. Certes, il pouvait encore agir mais non, décidément non : Nissac n'était pas un homme qu'on abat de dos et lui, pas davantage celui qui commettrait geste si lâche.

Dépité, l'Espagnol murmura :

— J'agirai lorsqu'il sortira et cette fois, rien ne me détournera de mon devoir.

Inconscient des dangers qui l'attendaient de toutes parts et des nuages qui s'accumulaient au-dessus de sa tête, Nissac confia son cheval à un palefrenier, puis...

Ils tombèrent tous deux en arrêt au même instant, précisément à semblable seconde.

Puis Nissac sourit.

À quoi souriait-il, au fond ?... À Dieu – mais il y croyait en grande modération – pour lui rendre grâce d'une semblable bonne fortune ?... À la providence ?... À la complexité extraordinaire du hasard créant telle situation ?... À la chance qui, en ses nombreuses campagnes navales toutes de violence et de mort, ne l'avait jamais abandonné un seul instant ?... Souriait-il à ce magnifique ciel bleu, pur et limpide, tandis qu'un froid sec inspirait la transparence de l'air qui donnait grande netteté au contour des choses ?... Ou bien souriait-il à tout cela réuni, et à la belle Isabelle de Guinzan qui, visiblement, sortait de chez le roi ?

Quoi qu'il en fût, et bien qu'il en fût totalement ignorant, le sourire de monsieur de Nissac eut un effet irrésistible. On n'y pouvait pourtant rien distinguer de calculé mais l'on sentait que ce sourire-là arrivait tout droit de l'enfance comme si le temps qui passe et les horreurs de la guerre n'avaient point altéré chez le comte une part d'enfance et d'innocence qui survivait envers et contre tout.

Isabelle de Guinzan sentit son ventre se nouer tant la vue de cet homme, qu'elle pensa un peu magicien, la bouleversait. Et bien qu'elle eût souhaité dissimuler les sentiments si forts et la passion tant violente qui faisaient d'elle femme à jamais amoureuse, elle rendit le sourire.

Et ce fut le comte de Nissac qui faillit à son tour chanceler car comme il fut dit en ce récit, si madame de Guinzan était femme qu'incontestablement on remarque et qui attire par quelque chose de mystérieux sans qu'on puisse pour autant parler de stupéfiante beauté, belle, elle le devenait, et à l'excès, dès lors qu'elle souriait.

En outre, Nissac ne la voyait point seulement ainsi qu'elle se trouvait en cet instant mais aussi pistolet au poing ou l'épée à la main, mèche blonde et rebelle sur le front, affrontant seule et sans trembler meute de coupe-jarrets.

Si pour tout autre, spectateur que le hasard eût mené en pareil endroit à cet instant, la passion que ces deux êtres éprouvaient l'un pour l'autre eût semblé évidente, tant elle était visible, il n'en allait point pareillement pour madame de Guinzan et le comte de Nissac. En effet, en ce grand mystère qu'est l'amour, et qui par exemple fait du sage un fol, souvente fois personne qui en toute autre circonstance semblerait de grande intelligence perd l'utilité de celle-ci et devient d'aussi peu de raisonnement qu'un petit enfant.

Ainsi, la baronne se savait éperdue d'amour pour monsieur de Nissac mais ignorait tout de l'effet qu'elle produisait sur lui, craignant même de ne susciter qu'un intérêt poli. En le même instant, le comte savait que se trouvait devant lui la femme qui pouvait illuminer sa vie mais doutait fort, et en désespérait, de produire semblable effet sur madame de Guinzan.

Le comte prit l'initiative mais sa voix parut assez froide, tant il craignait de trahir ses sentiments :

— Quelle étrangeté, madame, de vous quitter sur mauvaise route pour vous revoir en ce palais !

La baronne lui répondit d'une voix que l'émotion, mais aussi brusque colère, rendirent sifflante :

— Après rencontre avec le roi. C'est en effet bien étrange car sans doute n'est-il point imaginable qu'Henri quatrième me reçoive. C'est bien là ce que vous pensez ?

Le comte de Nissac ne put réprimer un haut-le-corps et, sans qu'il le devine, la baronne, dès lors, ne douta pas de sa sincérité lorsqu'il répondit :

— Dieu me garde de penser semblable vilenie, Madame. Je m'étonnais simplement de ce double hasard : que vous fussiez ici quand je m'y trouve, et que ce soit au même instant mais jamais je ne remis en cause qu'il y eut justice à ce que le roi reçoive dame d'un si grand courage et d'une telle hardiesse.

— Malgré ma noblesse bien petite et des plus volages ?

Nissac, qui ne comprenait point, répéta :

— Volage ?

Elle lui sourit, le bouleversant à nouveau :

— J'étais baronne voici deux ans, ne l'étais plus tout à l'heure, et le suis à nouveau par la grâce du roi. Tandis que chez les Nissac, noblesse remonte à Charlemagne et nul ne le conteste.

Il fut assez perspicace pour noter qu'elle s'était renseignée sur sa famille, et y vit preuve de l'intérêt qu'elle lui portait. Mais il ne sut tirer avantage de cette découverte car si, en les choses militaires, monsieur de Nissac était sans doute le plus fin tacticien et le plus habile manœuvrier de son temps, en l'amour, tel n'était point le cas.

Cependant, il serait hasardeux de croire que cette carence tenait à quelque déficience de la part du comte, car pareil jugement serait erroné et la véritable raison, si elle peut sembler obscure, grandissait l'amiral : en les choses du cœur, les plus belles et les plus nobles existant à ses yeux, monsieur de Nissac ne voulait introduire ni calcul ni manœuvre, mais demeurer en la pureté des sentiments.

Il répondit en souriant :

— Madame, je n'ai point fouillé les vieux actes, moines l'ont fait à la place de mon père qui avant leur lecture croyait que nos titres remontaient à Saint-Louis tandis que nous savons, nous, les Nissac, que nous descendons d'un barbare venu des terres désolées de l'Est le plus lointain, monté sur haut cheval noir et tenant longue épée. Mais que ma noblesse remonte à Charlemagne ou Saint-Louis, qu'elle ait trois siècles ou qu'elle en ait sept, je l'ai trouvée en mon berceau et n'y ai guère mérite. Trop de nobles sont des canailles et, si un titre se trouve à la naissance, le but de la vie est de s'en montrer digne par sa conduite. Telle est ma pensée sur ces choses.

Cependant, elle ne put lui répondre car le roi parut.

Henri quatrième remarqua immédiatement que la très désirable baronne de Guinzan se trouvait en la compagnie du comte de Nissac, qu'il haït encore plus fort en songeant : « Comme elle le regarde !... Quelle chance est la sienne !... Ai-je jamais, même au temps de ma jeunesse, suscité passion si visible, si forte, si violente... et si sincère ? »...

Nissac salua le roi avec naturel et une certaine retenue pourtant absente de tout calcul. La chose apparut en grande netteté à Henri quatrième aussi bien qu'à madame de Guinzan. Tel qu'était fait ce salut, on n'y pouvait rien relever d'irrespecteux en l'apparence, mais en l'esprit, on ne se pouvait méprendre : Nissac saluait le roi avec respect mais quelque chose en lui, bien qu'il n'en eût sans doute point conscience, pouvait laisser deviner que les Nissac étaient nobles bien avant les Bourbons.

Henri quatrième s'empourpra mais se contint. Ce qu'il avait à dire était assez terrible, il le devait donc exprimer sans trace de haine ou de jalousie car alors, ses intentions seraient trop apparentes.

À cet instant, le monarque conçut d'améliorer son plan, ajoutant la ruse à la cruauté. Ainsi, il feignit la bonne humeur :

— Vous voici en fort belle compagnie, Nissac.

— Je ne suis point certain de mériter pareil avantage, Sire, tant madame de Guinzan est personne de grande valeur.

« Tandis que moi, je lui mets la main aux fesses, ne voyant que son très beau cul et point ses très grands mérites. Autant dire que je n'ai point de délicatesse d'esprit. Ah çà, Nissac, tu vas payer cette nouvelle effronterie au prix fort ! »..., songea le roi.

Henri quatrième savait qu'il envoyait Nissac à la mort et songea que voir blêmir le vaillant amiral devant celle qui tant l'aimait et admirait pouvait constituer spectacle en forme de revanche.

Aussi, prenant ton accommodant, proposa-t-il :

— Je m'en voudrais de vous séparer. Que la baronne reste présente pour ce que j'ai à vous dire, Nissac !... Allons nous promener en les jardins des Tuileries.

45

Il n'espérait plus rien, sachant que sa vie allait s'arrêter là, sous ce ciel bleu de grande pureté, en cette journée glacée tandis qu'un pâle soleil, sur le déclin, lui rappelait qu'il fut jadis petit garçon s'amusant du vol des papillons en les journées d'été.

En ces années-là, si lointaines aujourd'hui, « Jaune » ne savait point qu'il était laid, ne se voyant qu'au travers du regard tendre de sa mère.

Il s'étonna qu'en son déroulement une vie passât si vite. Les jours s'ajoutaient aux jours, et le malheur au malheur, mais toujours demeurait en le cœur l'espérance que tout pouvait encore changer.

Mourir ne lui faisait point peur bien qu'il sût qu'on lui infligerait telles souffrances que cette mort, dans la douleur extrême, il en viendrait à l'appeler comme son vœu le plus cher.

Il ressentait mélancolie à quitter tout cela. Le ciel, encore une fois, mais aussi le chant des oiseaux en les matins clairs, le bruit cascadant des ruisseaux et, en sa courte vie, quelques rares regards d'hommes et de femmes qui semblaient en grande sincérité de le plaindre pour pareille laideur qui le faisait montrer du doigt.

Au reste, sans ces traits disgracieux, eût-il été loup-garou ?

La question, qu'il ne s'était jamais posée, le passionna

tout soudainement comme étant une des choses les plus importantes qui soient.

Il devait y répondre mais savait également qu'il devait faire un choix entre demeurer ici, en l'orée d'un petit bois, ou aller vers le village. Ce choix était de grande importance car il lui permettait de préférer telle ou telle mort.

Ainsi était la situation qu'en effet existait alternative...

Surpris dix minutes plus tôt par un cavalier, jeune homme qui faillit dégringoler de cheval en tombant nez à nez avec cet homme à tête de loup portant petit enfant endormi en ses bras, il avait vu l'inconnu en question se ressaisir et pousser aussitôt son cheval vers le village.

Il ne doutait donc pas que le cavalier avait donné l'alerte et, entendant le tocsin, il en eut la profonde conviction. Ainsi donc, on l'attendait au village et, s'il était assez fol pour s'y montrer, il avait idée assez précise du sort atroce qu'on lui réservait. Cependant, il nota qu'il devait créer là-bas grande terreur car semblait s'ébaucher tacite proposition : s'il ne venait point, on ne lui donnerait pas la chasse, espérant qu'il se ferait prendre ailleurs et ne voulant en aucun cas risquer la vie des habitants du village, tant était solidement établie la réputation d'excellents combattants des loups-garous.

Mais loup-garou, il l'était, précisément, et en possédait toutes les qualités par quoi il faut entendre non point des qualités humaines mais d'exceptionnelles dispositions au combat de ces créatures tant fascinantes. Car être loup-garou suppose aussi qu'on y voie la nuit, certes, mais que l'on possède oreilles de très grande finesse ainsi qu'instinct de chasseur jamais pris en défaut.

Or, depuis quelques heures, « Jaune » sentait des poursuivants lancés à ses trousses.

Ceux-ci avaient manières de loups-garous dont il connaissait tous les tours et savait toutes les ruses. En outre, ils étaient menés par pisteur exceptionnel et « Jaune » ne douta point que le moine sans visage s'était adjoint le meilleur.

Certes, il pouvait donc choisir d'échapper aux villageois pour mourir de la main des siens. Ne serait-ce point là ordre plus naturel imprimé aux choses de l'existence ?

Cependant, il ne souhaitait pas fournir au moine italien pareil motif de se réjouir et prenait même un certain plaisir à imaginer la déconvenue de l'homme défiguré voyant mettre en pièces une de ses créatures par des villageois qu'il tenait sans doute en grand mépris.

Aussi, affermi par cette dernière pensée, sa résolution fut totale et il reprit sa marche en avant, tenant toujours en ses bras l'enfant endormi.

Alors lui revint en mémoire la question qu'il s'était posée peu avant et qui consistait en le fait de savoir s'il eût été pareillement loup-garou en l'hypothèse où son visage n'eût point été marqué par l'empreinte de si grande laideur :

— Comment le saurais-je ?... murmura-t-il.

Il comprit alors que lui eût-on laissé la vie jusqu'en un âge très avancé, ce temps, qui en cet instant où tout allait finir paraissait irréel, ce temps interminable, donc, n'eût cependant pas suffi pour répondre à pareille question.

Il savait peu de chose, et ne pouvait raisonner qu'à partir des blessures qu'on lui avait infligées. Mais parmi celles-ci, pourtant tellement variées, la plus cruelle fut sans doute tous ces regards posés sur lui, ces regards qui...

Il eut brusque révélation.

Comment n'y avait-il point songé plus tôt ?... La chose était certaine : ces regards avaient fait de lui un monstre avant qu'il ne le devienne tout de bon. Ces regards, où la peur le disputait au dégoût, l'avaient poussé à devenir un monstre, comme s'il cherchait à ne point décevoir l'attente des autres.

En sa grande nervosité, il faillit trébucher et l'enfant se réveilla.

Une fois encore, le tout petit garçon sourit et avança sa main potelée vers la tête de loup. Puis, en grande douceur, il caressa le pelage gris et dur.

Ému, « Jaune » n'eut plus qu'un souhait : qu'on épargne à l'enfant le spectacle de sa mise à mort.

Le moine défiguré se tourna vers l'ancien lieutenant de police qui menait la traque. La voix, coupante, laissait deviner, sans doute à dessein, profond mécontentement :

— Ah çà, vous le dites tout proche depuis dix minutes et je ne vois toujours rien. Auriez vous perdu vos bonnes dispositions à suivre cette piste pourtant fraîche ?

L'autre ne le regarda pas même.

— Il est proche, vous dis-je. Mais c'est un loup-garou et, comme tel, il se montre fort habile, prompt à s'adapter au terrain et retors pour déjouer les pièges. Mais il ne nous échappera pas.

Le moine allait répondre lorsque « Bleu » tendit le doigt en grondant :

— Hon !... Hon !...

Tous regardèrent en la direction indiquée.

Aussitôt, Aldomontano comprit que sa vengeance risquait de lui échapper. En effet, « Jaune », qui paraissait brusquement avoir perdu ses dons prodigieux, marchait droit vers un village où plus d'une centaine d'hommes, armés de fourches et de faux, semblaient l'attendre sans cependant oser se porter au devant de lui.

— S'il continue ainsi, il est perdu !... dit l'ancien officier de police de cette voix toujours empreinte d'un grand calme qui irritait le moine défiguré, celui-ci étant créature nerveuse.

Ravisant sa colère, il répondit :

— Quel idiot !... Il va droit sur eux sans les apercevoir.

L'ancien policier se tourna vers lui.

— Sans les apercevoir, dites-vous ?... En êtes-vous si certain ?

Cette fois, l'ambrosien comprit.

« Jaune » se livrait. Sa fuite, la clé ouvragée en secret, l'habileté à brouiller les pistes en son récent parcours, tout prouvait que « Jaune » était loup-garou de très grand talent ne pouvant commettre semblable erreur et pas davantage espérer que les villageois lui feraient quartier.

« Jaune » se vengeait en se soustrayant au châtiment qu'il lui voulait infliger. Résigné, le moine sans visage lança :

— Il a choisi sa mort, nous ne pouvons plus rien.

Et, entouré du policier et des trois autres loups-garous, il regarda.

46

Les deux hommes aperçus en allures de comploteurs et qui guettaient le comte de Nissac n'en étaient point, ou bien alors pour la bonne cause en les fins dernières de ce complot.

Et l'un d'eux, au moins, connaissait et aimait l'amiral des mers du Levant.

Allaient ainsi en les jardins des Tuileries le baron Stéphan de Valenty et son cousin, Luc de Fuelde, abbé à la Cour, auquel il était très lié, tous deux ayant grandi ensemble. Cependant, si Fuelde se trouvait proche du Père Joseph et de Richelieu – qui sera duc à la mort de son frère –, Valenty l'ignorait encore.

Bien que le comte de Nissac et les hommes du *Dragon Vert* eussent brisé ses chaînes depuis quelque temps déjà, Valenty appréciait chaque instant de sa liberté retrouvée mais ce jour, la joie qui lui était coutumière se trouvait ternie par l'attitude de Luc qui semblait en situation d'anxiété, et courait peut-être quelque péril.

Valenty décida d'aller au fait.

— Eh bien, à la fin, Luc, pourquoi cet air sombre ? Et pourquoi veux-tu parler à l'amiral de Nissac ?

Luc de Fuelde s'immobilisa et lui jeta un regard triste.

— Pourrais-tu le comprendre ?

— En aucun cas si tu ne me l'expliques point.

Luc de Fuelde hésita longuement, puis :

— Je sers un prince de l'Église avec dévouement, car

c'est homme de Dieu juste, subtil, ayant le sens du royaume comme tu le verras un jour sans doute. Les circonstances en lesquelles il en vint à apprendre terribles choses et grand complot contre la personne du roi sont si compliquées, et au reste peu indispensables à la compréhension de la chose, que je préfère ne te les point conter, le principal étant ce complot en lui-même.

— Hé, que ne t'en vas-tu avec ce grand personnage trouver le roi et lui dire la chose ainsi que tu viens de me la raconter ?

— Tu le sais sans doute, des complots, il en est tous les jours et le roi s'est lassé de ces alertes nombreuses et presque toujours vaines car ces mauvaises actions restent souvente fois en l'état d'imaginations sans que leurs auteurs fassent autre chose qu'en parler avec d'autres pour se soulager de ce qu'ils n'entreprendront jamais.

— Mais pourquoi en fais-tu si grand cas, ce complot n'est sans doute point différent des autres fomentés par quelque fol qui confond les mots et les dagues ?... Ou bien... Pourquoi le serait-il ?

— Parce que celui-ci, tout spécialement celui-ci, implique hauts personnages dont tu ne peux imaginer la puissance. Le jour où le roi a signé à Nantes un édit autorisant les réformés à pratiquer leur culte dans le royaume, il a signé sa perte. Jamais dans l'histoire des hommes pareille chose ne s'est faite car il ne faut point s'y tromper, c'est la liberté de conscience qu'il a autorisée. Et crois-moi, il faudra des siècles avant que les peuples l'admettent. En attendant, c'est le pouvoir des grands qu'il a ébranlé, et ceux-ci sont résolus à le lui faire payer.

— Le roi a des ennemis chez les humbles comme chez les grands, mais cela n'est point nouveau.

— Il est nouveau qu'ils se réunissent en lieu secret...

— Ah çà, que ne faites-vous surveiller l'endroit ?

— Parce qu'il est toujours différent.

— Soit. Si vous ne pouvez contrôler ce lieu, surveillez certains de ceux qui s'y rendent et ils vous y mèneront.

— L'évêque que je sers n'est point homme de police et se méfie de tous. Il craint autant les traîtres que les maladroits. Une action trop vive, trop précipitée, pourrait faire échouer la résolution où nous sommes de les faire prendre ensemble afin que tous soient châtiés et, s'il n'en reste plus un, le danger sera moins grand que la machination se répète quelque jour prochain.

— C'est entendu ainsi, mais serez-vous long à les démasquer tous ?

— Presque chacune de leurs réunions secrètes est occasion d'en démasquer un. Mais l'affaire prendra du temps.

Valenty s'immobilisa et observa l'abbé de Fuelde.

— Cousin, pourquoi m'entretiens-tu de telle affaire d'État ?... Je ne suis rien, n'ai point de relations chez les hauts personnages du royaume. Alors, qu'en est-il ?

Luc de Fuelde hésita avant de répondre à mi-voix :

— La chose est dérisoire...Celui que je sers, qui est évêque mais sera un jour cardinal, tant est légitime sa très grande ambition, celui-là, donc, n'est pas en situation de trouver appui en la cour pour affaires de police et le serait-il qu'il ne le voudrait pas car sa méfiance de tous est des plus grandes.

— Sans doute, sans doute... Et pourquoi un zèle si excellent pour un roi qui ne le connaît point, et ne peut faire avancer favorablement sa situation ?

Luc de Fuelde regarda son cousin avec une certaine appréhension.

— Mais que dis-tu ?...On ne peut laisser ainsi tuer un homme !... Car le roi est un homme, une créature de Dieu...

— Il fut huguenot ! coupa Valenty.

— Je crois en la sincérité de sa conversion !... répondit froidement l'abbé.

— Ah, point de querelle entre nous, mon cousin. Au reste, j'aime assez ce roi qui aime les femmes.

L'abbé baissa les yeux.

— On peut l'aimer pour d'autres raisons !...

Un vent vif se leva et ils observèrent le gracieux mouvement aux cimes des arbres, puis Valenty posa la main sur l'épaule de son cousin.

— Allons, oublie que tu es homme d'Église, et souviens-toi quand nous étions enfants comme nous nous parlions sans détours. Qu'attends-tu de moi ?

— Je ne sais pas. Une force étrange me fit obligation de te parler sans que j'en comprenne la raison. L'évêque cherche de l'aide, que peux-tu ?

Stéphan de Valenty réfléchit puis sourit d'un air rusé.

— Que veux-tu dire, cousin ?... Ne serait-ce pas en rapport avec ton désir d'approcher l'amiral de Nissac ?...

— L'évêque cherche le plus courageux et remarquable des hommes. Stéphan, ne finassons pas puisque tu sais parfaitement à qui je pense.

— Le comte de Nissac, je sais, et tu le veux rencontrer. Rien n'est plus facile, mon cousin, attendons son retour.

L'abbé, qui ne semblait point à son aise, regarda autour de lui avec méfiance puis répondit :

— Nous ne pouvons nous attarder davantage en cet endroit. Déjà, on nous a sans doute remarqués. Parler au comte de Nissac ici serait afficher nos intentions. Nous agirons en secret dès avant qu'il ne regagne Toulon. Toi, en revanche, tu vas demeurer ici et lui porter message : nul ne s'étonnera que tu lui parles puisqu'après tout, tu lui dois la liberté, et peut-être la vie.

Stéphan de Valenty jeta un regard amusé à Luc de Fuelde.

— Cousin, n'êtes-vous point tous en tel ennui, à la Cour, que vous vous amusez à vous faire peur ?

Avant même que l'abbé ne réponde, le regard qu'il leva sur Stéphan, où se lisait rien moins que la peur, avait convaincu celui-ci qui écouta attentivement la réponse :

— Stéphan, les forces qui se déploient face à nous sont si puissantes et si variées que j'en suis épouvanté. Encore ne les connaissons-nous point toutes... J'ai ouï dire qu'ils s'apprêtaient à recruter leurs tueurs et comploteurs en les milieux des sorciers aussi bien que chez les assassins de métier. La partie sera rude, Stéphan, et vois-tu, celui que je sers et qui sera un jour l'homme le plus puissant du royaume après le roi, cet homme à la volonté de fer et qui ne compose pas, en est aujourd'hui arrivé à penser avec davantage de modestie.

Impressionné, Stéphan de Valenty ne put empêcher léger tremblement de sa voix :

— Ah çà, mon cousin, ta peur se communique à moi !... Que veux-tu dire ?

— Je veux dire que celui que je sers est aujourd'hui en la pensée que nous n'empêcherons sans doute pas assassinat d'Henri quatrième.

De stupeur, Stéphan de Valenty resta un instant sans trouver ses mots. En son esprit régnaient désordre et confusion et, malgré la gravité de l'heure, il songea que ses pensées étaient semblables à troupeau de moutons que pauvre bergère, lui-même en cette occurrence, ne parvenait point à rassembler tant ils s'égaillaient en toutes les directions.

Enfin, il parvint à balbutier :

— Luc, cher cousin, tes paroles n'ont aucun sens. Si toi et celui que tu sers êtes en cette conviction que le roi sera assassiné sans qu'il soit possible d'empêcher la chose, à quoi bon se battre, à quoi bon exposer la vie de l'amiral de Nissac, pourquoi lutter ?

L'abbé réfléchit longuement à ces paroles qui, visiblement, l'ébranlaient. Une nouvelle fois, il regarda autour de lui avec méfiance.

— Il faut se battre et tuer un nombre élevé de régicides car telle engeance n'a point sa place ici-bas.

— Ce n'est point là raison suffisante.

— Il faut se battre et montrer qu'on ne tue pas si facilement roi de France, comme on le fit pour Henri troisième. Si le roi est assassiné, ils seront deux monarques à la suite à connaître pareil destin tragique. Et le prochain roi ne sera en aucun instant en sécurité.

— Ce n'est pas raison suffisante, l'abbé !

— Il faut se battre pour affirmer que derrière le roi, c'est l'État, et derrière l'État, la France, et que celle-ci tout entière ne saurait soumettre son sort au cheminement du couteau d'un assassin.

Stéphan de Valenty hocha lentement la tête et répondit :

— Ces trois raisons en font une et des meilleures, cousin, tu m'as convaincu. Et pourtant, j'en vois une quatrième.

Luc de Fuelde, qui pensait à ces choses jour et nuit, n'imaginait pas qu'aspect de la question ait pu lui échapper.

Masquant son anxiété, il demanda :

— Quelle est-elle, Stéphan ?

— Il faut se battre pour la beauté du geste et amour des causes perdues. Vois-tu, c'est là raison qui séduira Nissac qui est ennemi de la facilité.

L'abbé resta un instant sans voix, tant cette réponse lui parut surprenante, puis :

— « L'amour des causes perdues »... « La beauté du geste »... Mais cela n'a point de sens, on n'agit pas, en la vie, pour la beauté, ne crois-tu pas ?

Stéphan de Valenty sentit que cette fois, il dominait enfin son cousin de la tête aux pieds. Il fut sans pitié.

— On agit pour la beauté lorsque votre âme est belle... Tu devrais méditer là-dessus, cousin, car ce serait méditer sur la signification de l'existence !...

47

Henri quatrième avait entraîné le comte de Nissac et la baronne Isabelle de Guinzan en les jardins des Tuileries mais, au long de « la galerie du bord de l'eau », il n'avait point prononcé une parole. Ce jour-là, et bien que ce ne fût pas toujours le cas, loin s'en faut, il était richement vêtu : pourpoint de soie et satin noir et blanc, chemise de satin jaune, bas de soie, manteau d'écarlate rouge avec parements d'or et d'argent, chapeau de castor avec panache de plumes blanches...

Le roi, usant de sa manœuvre familière qui réussissait si bien avec certains, dont son confesseur le Père Coton, allongea le pas en l'intention d'essouffler ses invités et de prendre ainsi ascendant sur eux.

Malheureusement pour lui, l'amiral de Nissac semblait absolument infatigable quand Isabelle de Guinzan, qui paraissait par instants garçon manqué, caracolait en tête sans éprouver la moindre fatigue.

Si bien que ce fut le monarque lui-même qui, bientôt, sentit accélération des battements de son cœur quand le souffle, brusquement trop court, lui manquait.

Ravalant sa fureur, son plan ayant échoué, il prit ton faussement jovial :

— Ah çà, où allons-nous si vite ?... Nous serons aussi bien ici car ce que j'ai à vous dire, Nissac, est assez bref.

Nissac, le regard perdu vers la Seine, répondit distraitement d'un signe de tête, car il aimait cette rivière en la ville de Paris.

Voyant là nouvelle insolence, le roi fut cramoisi mais une fois encore il se contint, ayant arrêté sa décision d'éviter toute colère.

Quant à Isabelle, fascinée, elle regardait l'amiral, ses traits durs et ses yeux d'enfant, les belles plumes vertes, bleues et blanches de son chapeau qu'un vent léger paraissait caresser. Elle aussi avait remarqué l'attitude distraite, presque désinvolte, du comte de Nissac et elle songea : « On penserait que c'est lui le roi, tant sa noblesse est naturelle, quand Henri quatrième, vieux barbon, semble son valet. »

Henri quatrième, qui avait bien préparé sa vilaine affaire, se fit flatteur.

— Nissac, un mot pour vous remercier d'avoir fait respecter et craindre mon pavillon en toutes les mers du Levant. Je sais vos éclatantes victoires, votre courage à un contre dix, l'honneur avec vous toujours sauf. Je sais également qu'on ne vous voit point à la Cour, que vous ne quémandez aucun avantage, vous contentant de servir le royaume en grand courage, modestie et loyauté sans faille. Je suis fier de vous, amiral.

« Qu'ai-je dit là, et avec quelle passion ! » songea le roi, atterré. Car ainsi était Henri quatrième que chez lui, la fausseté ne l'emportait jamais bien longtemps, la sincérité reprenant vite le dessus.

Mais il se dit alors qu'en laissant aller son cœur, il avait fait avancer sa cause qui consistait à égarer Nissac si bien que parfois, sans qu'elle le désire, la vérité sert le mensonge.

Le roi entendit vaguement réponse marmonnée par Nissac, où l'on distinguait les mots « naturel », « devoir » et « Sire ».

Il reprit :

— On m'a dit, Nissac, comme vous aviez humilié le roi d'Espagne à quatre reprises en très peu de temps. Tout d'abord, en reprenant aux barbaresques, le sabre à la main, les deux beaux galions que des capitaines maladroits ou lâches avaient perdus. Je sais aussi que vous avez remis à la couronne trésor auquel Philippe III, en sa grande avarice et son besoin désespéré d'or pour l'entretien de ses troupes et lointaines garnisons, doit rêver toutes les nuits, et c'est là sa seconde humiliation. La troisième fut cette course où, montant un cheval aveugle qu'on allait livrer au boucher, vous avez battu meilleurs cavaliers et chevaux d'Espagne !... Un cheval aveugle !... Pourquoi pas un cheval à trois pattes ?

Il rit en grande sincérité car, malgré ses sombres desseins, le roi de France appréciait follement la chose, ajoutant :

— Tous ces Espagnols de l'Escurial, de noir vêtus et l'allure sinistre, vont en manger leur chapeau, à moins que la rage ne les étouffe.

Enfin, prenant ton de la confidence à demi murmurée, il ajouta avec perfidie :

— Et la quatrième humiliation !... Ventre bleu, Nissac, vous êtes fort !... Même leurs femmes !

Le roi nota aussitôt légère crispation de l'amiral quand la baronne, brusquement aux aguets, dressait l'oreille. Il sentit alors qu'ici, mettre un peu de sel sur les plaies participerait au bon avancement de ses affaires.

— Nous savons que vous avez séduit la magnifique duchesse Inès de Medina Sidonia, une des plus nobles familles d'Espagne.

— Sire !... protesta Nissac.

Levant la main, le roi ne laissa point poursuivre Nissac, ajoutant sans quitter Isabelle des yeux :

— Dieu qu'elle est belle !... Séduite sur le navire !... Ah, Nissac, comme les Espagnols doivent vous bien haïr !

La baronne, les larmes aux yeux, mais qu'elle contenait pourtant avec un émouvant courage, tourna son visage vers la Seine. Nissac, bien qu'il semblât accablé, piaffait d'impatience en l'envie où il se trouvait de répondre.

Henri quatrième fut brusquement sincèrement désolé. Il voulait agacer, il consternait. Il avait souhaité irriter, il plongeait deux êtres en profond chagrin d'amour. Il n'avait point désiré cela car chez cet homme qui méditait davantage projet de nuire que réalisation d'un tel vœu, attaquer en les affaires d'amour pouvait s'assimiler à un désaveu de sa propre existence. Trop de femmes, trop de peines légères ou de chagrins réels l'avaient disposé en grande compréhension du sentiment amoureux et ses dispositions le poussaient davantage à aider les couples qui s'aimaient qu'à les séparer.

Aussi laissa-t-il volontiers parler le comte de Nissac :

— Sire, il est des cas où il convient de repousser mêmement les flatteurs et les méchants. Celui qui vous a conté cela était en vilaine malice, et sans doute faisait-il le rieux pour mieux cacher son âme sombre.

« Il me gâte !... Voici à présent que je suis "un rieux à l'âme sombre". Pourtant, la phrase est bien tournée ! » songea le roi qui hocha la tête d'un air compréhensif.

Il était rarissime de voir monsieur de Nissac en colère, c'est à peine si la chose arrivait une fois tous les cinq ans et le roi comme la baronne eurent la conviction qu'ils ne reverraient point pareil spectacle de sitôt.

Mais Nissac, d'ordinaire si peu bavard, parlait à présent d'une voix maîtrisée, qui n'en était que plus impressionnante :

— Je les connais, ces langues de scorpion et ces cœurs de vipère aux yeux de basilic. Ils trompent l'ennui par l'usage de la calomnie. Le premier chauffe-cire venu peut ainsi répandre son poison !... Ah, il faut qu'ils sachent que pareil méfait ne sera oncques pardonné par homme connaissant la valeur de la vérité.

Puis, regardant le roi, il ajouta d'un air de réprobation :

— Ils en ont menti, car les choses ne furent point ainsi en leurs circonstances. Mais si je sais qui ils sont, je les amènerai à résipiscence et ce ne sera point pour douce admonition !... Au reste, Votre Majesté, peut-être n'est-il point sage d'écouter telles vilenies car en cette voie où sont les médisants, qui sait si, devant que les feuilles ne reviennent aux arbres, ils ne diront pas que vous avez séduit et abandonné le Grand Turc.

Henri quatrième fut un instant interdit, tentant mentalement de rassembler ce qu'il venait d'entendre afin qu'on dressât un acte et conduisît séant monsieur de Nissac à la Bastille : » J'ai donc une langue de scorpion, un cœur de vipère, des yeux de basilic, je suis en outre un chauffe-cire qui a séduit et abandonné le Grand Turc ! »

Puis il comprit que cela ne s'adressait point à lui en l'esprit de l'amiral et, aussitôt mis à l'aise, il eut plutôt envie d'en rire.

Il s'en garda pourtant devant l'air sombre de monsieur de Nissac qui poursuivit :

— Sire, je n'avais point le projet de séduire la duchesse. C'est elle qui s'en vint à la nuit me trouver sur la dunette. Elle savait ce qu'elle voulait, moi pas. Je suis un homme de solitude, sans artifices, et de peu d'expérience avec les femmes car attendant l'amour, et non les aventures galantes. Mais, à l'aube de cette nuit, tout fut fini entre la duchesse et moi.

« Il ne manque point de courage de parler ainsi car il est rare qu'un homme confesse son peu d'expérience avec les femmes !... Sans doute ces paroles sont-elles aussi destinées à la baronne, mais ma présence ne l'a point arrêté en sa résolution. Ah, Nissac, comme j'aurais aimé t'avoir pour ami au lieu de quoi je vais t'envoyer à la mort car il y a entre nous Fontaine-Française et que la vérité sur cette affaire, au-delà de ma personne, ou à travers elle, ternirait la monarchie. »

Ainsi pensait le roi, non sans tristesse. Tristesse qui s'accrut encore en voyant scène qui se déroulait sous ses yeux.

Comme enfermé en lui-même, l'amiral-comte de Nissac regardait avec mélancolie du côté de la rivière de Seine, n'apercevant point avec quels yeux amoureux la baronne l'observait. Aimer ainsi, Henri quatrième en eut le vertige et songea une nouvelle fois arrêter son entreprise consistant à envoyer Nissac à la mort. Et sans doute aucun l'eût-il fait si l'affaire n'engageait que lui mais hélas pour l'amiral, c'est la monarchie qui risquait de se trouver en péril.

La baronne Isabelle de Guinzan savait depuis le premier instant que le comte de Nissac était le grand amour de sa vie et qu'après lui, si tragiquement il devait se trouver un « après », les autres hommes n'existeraient pas. Mais voir ainsi celui qu'elle aimait renoncer à la fierté du paraître, ne point endosser habit flatteur du séducteur, comme l'y invitait le roi, choisir la vérité, quand celle-ci vous montre tel un homme qui n'a point besoin de multiplier les conquêtes amoureuses pour exister et cherche en une seule femme ce que les autres ne trouvent point en toutes, ah, c'était là chose délicieuse. Elle songea, regrettant de ne le pouvoir dire : « Comme je t'aime, cher comte !... Comme je serais heureuse de me blottir contre ton épaule et que tu prennes ma taille entre tes bras puissants, et me serres, me serres si fort que j'en meure de plaisir. »

Cependant, le roi reprit :

— C'est fort bien, Nissac, et pour ma part, je ne cherchais point à vous blesser. Néanmoins, les humiliations que vous avez infligées à Philippe III amusent une partie de l'Europe, nos alliés, qui se trouvent ainsi rassurés. Il faut continuer.

— Disposez de moi, Sire.

Henri quatrième hésita. Il était temps encore de tout arrêter mais, chez le Béarnais, la conception qu'il se faisait du devoir fut la plus forte, et c'est là toute la cruauté du métier de roi : savoir sacrifier un homme de grande valeur tel Nissac à l'intérêt de la couronne.

Henri quatrième continua :

— Vous devez encore frapper l'Espagnol, telle cette fois qui ne vous est pas officiellement attribuée : le canonnage, presque de nuit, de six de leurs beaux vaisseaux de ligne au large de La Linea de La Concepción. Vous devez humilier l'Espagne, que le noiraud rase les murs de son palais de l'Escurial. Vous agirez avec votre magnifique équipage, mais sans *Le Dragon Vert*.

— Sans mon navire, Sire ?... Mais de quelle utilité serais-je ?

— Votre troupe appartient à l'élite de l'élite, à terre comme sur mer car vous l'avez superbement formée. Tous se connaissent et savent pouvoir compter les uns sur les autres ce qui, en les choses militaires, fut de tout temps grand avantage, tel aux Thermopyles, souvenez-vous en. Partagez-vous ce point de vue ?

— Tout à fait, Sire.

Henri quatrième soupira d'aise. Plus de la moitié du chemin était parcourue, il fallait aller au terme, arracher un « oui » à Nissac car un homme tel que lui préférerait mille morts plutôt que reprendre sa parole.

— Nissac, vous agirez sans votre bateau ni le drapeau à fleurs de lys. Vous et votre troupe ne serez personne et, même si l'on s'en doute, on ne doit point savoir que vous relevez de moi. Comprenez-vous ?

— Je comprends, Sire.

— Fort bien !... Si vous êtes capturé, ne parlez point. Pris, je ne vous défendrai pas et feindrai de ne vous pas connaître. Si vous mourez, vous, vos officiers et vos hommes ne serez point enterrés religieusement, car les évêques espagnols le refuseront, et vos corps iront pourrir en la voirie. Acceptez-vous sort si atroce ?

— Vous servant et servant la France, je l'accepte tel un honneur, Sire !

« Pourquoi dois-je perdre un tel homme, et pour rien, quand je n'en ai point deux de semblables en tout le royaume ? » songea le roi avec tristesse.

Néanmoins, il poursuivit :

— Vous frapperez l'Espagnol au nord et au sud, deux fois, deux coups terribles et la distance est si grande entre ces deux affaires, et vous irez si vite de l'une à l'autre, qu'on croira que l'Espagne est frappée partout au même instant. Si vous réussissez, les alliés de Philippe III fléchiront en leur confiance quand les nôtres y trouveront motifs à s'engager toujours davantage au côté de la France car sachez-le, Nissac, la guerre est proche.

— Où dois-je attaquer, Sire ?

— Au sud, à la frontière où ils construisent un redoutable fort qui pourrait bientôt prendre sous ses canons les troupes du duc de La Force, gouverneur du Béarn et de

Guyenne. Au nord, en région de glace, une de leurs flottes de guerre au mouillage.

— Ainsi, je l'attaquerai depuis la terre ?

Henri quatrième, qui n'était point à son aise, dut répondre à la question :

— Je sais bien, Nissac, que la chose est impossible mais, si vous réussissiez pourtant semblable affaire, vous sèmeriez la panique sur tous les navires espagnols, et en le monde entier. Nissac, vous seul le pouvez, et si vous échouez, c'est que nul autre au monde ne le peut faire. Ah, Nissac, vous savez bien que, face aux Espagnols, la flotte française ne pèse rien. Il faut que les galions de Philippe III restent en leurs ports sans attaquer mes convois marchands, il faut que les capitaines espagnols demeurent sourds aux ordres qu'ils recevront de nous attaquer, prétextant mille avaries. Nissac, le tenterez-vous ?

— Je le ferai, Sire !... répondit Nissac d'une voix un peu lointaine car tout en lui s'était glacé, sachant qu'il ne pouvait espérer survivre à pareilles aventures. Mourir, il y était résolu depuis qu'il avait pour la première fois posé le pied sur le pont d'un navire, mais mourir sans avoir osé avouer son amour à la femme qui, à ses côtés, le regardait avec de grands yeux effarés, oui, mille fois oui, cela lui coûtait.

Henri quatrième savait à présent qu'il l'avait emporté en ce combat douteux mais il n'en tirait nulle joie, nul bonheur. Nissac, si vivant à son côté, Nissac n'était déjà plus qu'un cadavre, plus que le souvenir d'un officier supérieur exceptionnel, courageux, compétent et modeste mort sans doute sans un cri, sans un mot, en soldat de tradition.

Le roi, sur lequel s'abattait grande tristesse, parvint à se convaincre que ce qu'il avait dit correspondait à la vérité. Ces objectifs militaires certes inatteignables, qui pouvait discuter leur importance capitale ?

Pourtant, Henri quatrième n'avait plus qu'un but : oublier !... Oublier Nissac, sa loyauté, sa fidélité, et qu'il faisait pourtant assassiner en manière déguisée. Oublier cette jolie baronne dont il supportait mal de briser la vie à l'aube d'un grand bonheur en envoyant à la boucherie l'homme qu'elle aimait.

Il ne voulait plus aller retrouver, comme la chose était prévue, la duchesse de Medina Sidonia mais monter à cheval et tuer la bête sous lui à force de chevaucher en forêt.

Mais, avant tout, il lui fallait partir. Non, point partir : fuir !

Il se tourna vers la baronne.

— Je suis bien aise de vous connaître, madame.

Puis, à Nissac :

— Et pareillement pour vous, cher Nissac.

Le comte, une lueur amusée dansant en ses yeux gris, répondit :

— Nous nous connaissions déjà, Sire.

Henri quatrième sentit le sol se dérober sous lui. Non, Nissac n'oserait pas...

Il répondit assez sèchement :

— Vous m'étonnez, Nissac !

— Il n'est point étonnant que Votre Majesté l'ait oublié, mais je vous ai approché lors de la bataille de Fontaine-Française.

— Fontaine-Française ?... Vraiment ?... répondit Henri quatrième d'une voix sifflante tandis que la peur lui serrait la poitrine.

— Oui, j'y étais, Sire !... Et je vous ai suivi, d'assez loin, il est vrai, lorsque vous avez mené la charge.

Henri quatrième rougit violemment, de honte et de bonheur tout à la fois. Ainsi, si Nissac, le principal intéressé, écrivait l'histoire de cette façon, il ne risquait plus, plus jamais !, d'être tourné en ridicule pour avoir volé à un garçon de seize ans l'honneur d'avoir mené une des plus belles charges de l'histoire de la cavalerie française.

Mais la honte avait également installé ses campements infâmes en le cœur du roi. Quoi, il allait faire crapuleusement tuer par les Espagnols homme qui à toutes ses qualités ajoutait à présent élégance extrême et rare intelligence qui veut qu'en l'histoire, il est grand et utile qu'on sache s'effacer, oubliant toutes les vanités au profit de la cause que l'on sert ?

Henri quatrième songea à tout annuler mais réalisa aussitôt combien telle inconstance serait mal comprise, et par Nissac le tout-premier.

Les larmes lui vinrent aux yeux en voyant l'irrésistible sourire du comte de Nissac qui le regardait en grande confiance et sympathie alors qu'il le trahissait – pour la seconde fois après Fontaine-Française – et allait le faire tuer.

Et les larmes coulèrent tout de bon sur les joues du roi lorsque son regard croisa ces magnifiques yeux gris, profonds, rieurs et graves tout à la fois qui bientôt, seraient des yeux morts.

En un irrésistible élan, le roi de France prit Nissac dans ses bras et l'embrassa avec chaleur puis :

— Je t'aime, Nissac !... Je t'aime, car j'ai tout compris. Tu es à présent mon frère et autorisé à me parler comme tel. Sois prudent, méfie-toi de tous, prends le temps, l'or, les canons, tout ce dont tu as besoin car le royaume de France tout entier, son peuple, son armée et ses richesses seront partout et toujours à ton service. Et le Louvre, la maison qui t'attend en comptant les jours.

Henri quatrième se détourna et s'éloigna à grands pas pour tenter de dissimuler son émotion.

48

« Jaune » s'avançait, tenant en ses bras l'enfant de dix-huit mois.

En grande fermeté de caractère et sagesse étonnante, il avait fait ses adieux au monde. Il n'espérait guère que sa mort fût rapide, connaissant le peuple et ses bonnes dispositions à traîner en ce genre de choses. Le coup d'épée en plein cœur, la balle dans la tête, il n'y fallait point songer. Tout juste espérait-il qu'on cacherait la scène au petit garçon qu'il tenait en ses bras, celui-là même qui lui souriait et lui faisait confiance, l'être qu'il aurait le plus aimé au monde avec ses pauvres parents auxquels il regrettait tant d'avoir causé grand embarras par sa seule existence.

Il se souvint des jolies choses évoquées non sans mélancolie à l'idée que la vie allait brusquement s'arrêter pour lui, ces choses qui furent parmi les plus belles en sa vie d'errance : courses de papillons, soleil levant ou couchant, chants d'oiseaux, musique des frais ruisseaux jouant aux fols entre les rochers...

Il se contraignit peu ensuite à songer à différents versants de sa vie : chiens féroces lancés à ses trousses, coups de pied et de bâton, rires cruels, dégoût inspiré aux femmes, froid vous faisant disputer la paille aux bêtes, repas de racines... Et ces horribles instants, ce frémissement de la tête aux pieds lorsque, voyant un enfant, il savait qu'il l'enlèverait en grande facilité et commettrait peu après « le grand péché » qui consistait à mordre dans cette chair tendre avec sa formidable mâchoire, à avaler ce sang, tout ce sang qui l'étouffait aujourd'hui par l'arrivée du souvenir. En le tuant, on l'allait libérer des forces du mal qui parfois prenaient possession de lui, domestiquant sa volonté et enchaînant son âme.

Il fut heureux de cette trouvaille : ceux qui croyaient lui ôter la vie, le bien le plus précieux, allaient en réalité lui faire connaître enfin la liberté et qu'il s'agît de son âme, point de son corps, la chose paraissait plus belle encore car ce corps laid, ce visage disgracieux, il les haïssait.

Enfin, on l'allait libérer de ce moine fou et intelligent, sans morale, sans visage et le cœur charbonneux. Il n'aurait plus douleurs de peur en la poitrine dès qu'il apercevait la forêt pétrifiée, le village en ruine, la rivière aux vapeurs de soufre puis l'imprenable château des chimères aux souterrains jonchés d'ossements. Lui-même ne serait bientôt plus que cela, des ossements, et la chose lui importait peu. Il se souvint des paroles d'un vieil Allemand ayant perdu les bras à la guerre et qui se nourrissait à plat ventre, lampant tel un chien. L'ancien soldat n'était point idiot qui prétendait que l'homme portait sa vie durant le crâne qui subsisterait de lui après la mort, à peine habillé de peau de son vivant comme pour satisfaire aux convenances.

Il s'en allait dire adieu, enfin au monde des épouvantes, à ces rêves affreux qui hantaient ses nuits.

Il arriva à l'entrée du village dont barricade de tonneaux interdisait l'entrée.

Une centaine d'hommes, menés par le curé, se tenaient derrière, silencieux, si bien qu'on n'entendait que les pas de « Jaune » dont les bottes faisaient craquer les flaques gelées. En retrait, les femmes silencieuses attendaient, visages durs.

« Jaune » sentit que les choses ne se passeraient point telles qu'en ses espérances, et sans doute plus durement qu'en ses épouvantes.

Le curé !

Celui-là, au visage de fou, avait regard de fanatique. À quoi s'ajoutait que les villageois avaient eu peur, et qu'ils feraient payer cette frayeur au prix fort.

Quoi qu'il en soit, « Jaune » savait qu'il était à présent trop tard pour reculer.

Toujours en l'impressionnant silence, on écarta avec méfiance quelques tonneaux et « Jaune », tenant l'enfant en ses bras, s'engagea en le passage ainsi libéré. Il hésita, puis jeta son épée sur le sol.

Il s'adressa au jeune curé et, à travers la tête de loup, sa voix paraissait étrange :

— Prenez l'enfant. Je suis un maudit, et celui-là est un innocent.

Le prêtre recula théâtralement, son regard fol étincelant de joie mauvaise.

— Tu le protèges, chien de l'enfer ?... C'est donc qu'il appartient à ta satanique engeance, une graine du diable !

— Mais c'est un tout-petit... Je me livre à vous pour être châtié selon le goût qui est le vôtre, mais point lui qui fut enlevé à ses parents auxquels vous le devez rendre.

Le curé aspergea l'enfant et le loup-garou d'eau bénite puis, à un homme au poitrail imposant barré d'un tablier de cuir et qui se trouvait sans doute forgeron :

— Enferme celui-là. Nous le brûlerons plus tard.

On arracha l'enfant des mains de « Jaune » qui sentit déchirement en son cœur lorsque le petit garçon, qui ne voulait point cette séparation, se mit à hurler de désespoir. Mais déjà, on l'emportait.

« Jaune » constata alors qu'on l'entourait de toutes parts et vit le curé hocher la tête d'un air de grande componction.

Alors, ce fut violence extrême et déchaînement infernal chez tous ces hommes si favorables à un Dieu de bonté et de pardon.

La baronne Isabelle de Guinzan et le comte de Nissac s'en étaient revenus en la cour du Louvre sans s'adresser un mot.

Les paroles du roi, les détails de la mission audacieuse où l'impossible était demandé, tout cela s'était comme envolé sitôt le monarque disparu. Et ne demeurait plus que la réalité de ce qu'il demandait, cause d'effarement chez la baronne et de grande perplexité chez le comte. Mais ni elle ni lui n'osaient parler en premier car ils se trouvaient en semblables pensées : ils allaient côte à côte, réunis, et n'était-ce point déjà comme l'orée du bonheur ?

En un endroit de son esprit qui certes n'occupait pas une très grande place car l'essentiel était consacré à monsieur de Nissac, la baronne observait petites choses et notamment toilettes des belles dames de la Cour. Telle celle-ci, portant jupe de drap d'or de Turquie brodée de fleurs d'émeraude, corps de taffetas de Florence incarnat et crème tandis qu'au moins vingt étoiles de diamants se trouvaient dispersées en sa chevelure mais cette dame était la superbe marquise de Verneuil dont le roi, ensorcelé en les pièges amoureux de cette intrigante, n'avait jamais su se déprendre.

Elle remarqua aussi la tenue des hommes de Cour, et ne l'aima point. Ainsi de ces étroits chapeaux noirs à court bord roulé avec pierre et aigrette ou ce gros homme, portant ouverte cape de frise d'Espagne, chemise de dentelle fine, rubans de soie, anneaux garnis d'opales aux oreilles, un bouton de chapeau en diamant et rubis mêlés, un autre en améthyste et en perle. Il riait à ce que lui disait son compagnon et Isabelle constata avec amusement que suivant mode nouvelle, afin de rendre ses crocs plus éclatants et sourire plus séduisant, il se servait de poudre d'or sur les dents ; or dont on ferait meilleur usage, pensa-t-elle, en les familles de pauvres paysans qui ne mangeaient point à leur faim.

Ailleurs allaient en étrange ballet robes pourpres des cardinaux et violettes des évêques.

Elle trouva plus émouvant fort âgé gentilhomme au visage émacié vêtu rudement d'un vieux pourpoint de velours tanné, usé aux épaules et aux côtes par frottement de la cuirasse, haut-de-chausses de velours feuilles mortes, collet de maroquin, écharpe de taffetas blanche qui indiquait vieux partisan du parti d'Henri quatrième lorsqu'il n'était que Navarre et feutre brun déformé orné d'un panache d'un gris incertain maladroitement attaché par une médaille.

En sa fine observation, baronne remarqua alors homme dont le comportement lui sembla étrange par son côté furtif. Choses en lui contrastaient, indiquant qu'il se souciait peu de sa tenue. Ainsi, s'il portait chausses d'un vert passé, il se trouvait coiffé de riche chapeau de velours noir à glands d'or, pourpoint de satin ordinaire, mais très beau collet de chemise, cape sans éclat descendant à mi-jambes, mais magnifiques bottes en cuir de Russie...

Tout cela n'allait point en bonne harmonie !

Se sentant observé, malgré la discrétion de la baronne, l'homme se tourna à demi, feignant d'observer sa montre. Tel objet pouvait surprendre lui aussi car, avec sa vue exceptionnelle, la baronne remarqua les matériaux qui constituaient la montre : argent, vermeil, cristal, à quoi s'ajoutaient miniatures sur le fond du cadran et heures marquées par des diamants.

Isabelle de Guinzan, avec tous ses frères qui furent soldats, savait reconnaître un militaire et, si cet homme rude en était assurément un, cette montre n'était point celle d'un soldat.

À moins qu'on ne lui eût confié si bel objet le temps d'une mission. Mais quelle mission ?... Au Louvre ?...

D'une stupéfiante rapidité, l'homme se retourna alors et sa main se détendit, lançant couteau qui fila vers Nissac. Et sans doute l'eût-il atteint en plein cœur, et avec quelle force, si la baronne, en très vive réaction, n'avait d'un geste énergique poussé l'amiral.

Déjà, l'homme sautait à cheval et enfonçait ses éperons en les flancs de sa monture lorsque Stéphan de Valenty, qui venait de surgir en voyant tout, sortit son pistolet et fit feu hâtivement.

Le colonel Juan de Sotomayor, puisque c'était lui, sentit que sa monture, touchée, allait s'effondrer.

Avec grande audace, ses pieds quittèrent alors les étriers et il sauta comme le cheval s'écroulait.

Le colonel espagnol roula sur le sol en figure qui accompagnait la chute, se releva, un instant hagard, et regarda autour de lui.

Il avisa alors un officier des Gardes Françaises qui entrait en le Louvre sans rien savoir de ce qui venait de s'y passer.

En un saut prodigieux, Sotomayor bondit et lança son poing au visage de l'officier qui, le recevant au menton, dégringola de cheval.

Sans perdre un instant, l'Espagnol remplaça le Garde Française sur la selle et gagna l'extérieur en quelques foulées.

Valenty, qui découvrit alors la main armée d'un pistolet de Nissac, s'étonna :

— Quoi, vous n'avez point tiré ?

Les yeux gris de l'amiral avaient un instant prit teinte lavande sous effet de grande tension. Il répondit :

— J'ai vu son visage. Je ne le veux point tuer, car je pense l'avoir quelque jour prochain au bout de mon épée. Il faudra bien alors que ce monsieur me dise pour le compte de qui il me voulait occire.

L'amiral croisa le regard de la duchesse Inès de Medina Sidonia qui avait vu toute la scène comme elle sortait prématurément de chez le roi, celui-ci n'étant point, ce jour, d'humeur amoureuse.

Un instant crucifiée par les yeux verts d'Isabelle de Guinzan, la belle Espagnole ne sut que faire puis choisit de s'évanouir.

À tout hasard...

49

Les coups pleuvaient de tous côtés et, malgré sa robustesse, « Jaune », qui avait décidé de ne se point défendre, perdit l'équilibre et tomba durement sur le sol gelé.

Aux coups de poing succédèrent alors coups de pied, ceux au visage étant souvent les plus douloureux.

Sous la tête de loup, « Jaune » saignait d'abondance, nez et dents cassés, et il ne put voir le curé arriver des rangs arrière, entraînant avec lui le forgeron.

Celui-ci tenait barre de fer très lourde entre ses mains puissantes. Heureux que tous le regardent, chose qui d'ordinaire ne se produisait jamais, il lança d'une voix forte :

— J'ai là remède pour que le monstre ne se sauve point et reste à demeure pour que nous nous amusions encore.

Avec précision, et sans ressentir la moindre émotion, il leva et abaissa la barre de fer à quatre reprises, brisant les jambes et les bras de « Jaune » qui, cette fois, le voudrait-il, ne pourrait plus s'échapper, et pas davantage rendre les coups.

Au centre du village, on se hâtait de réunir fagots de toutes tailles en un gros bûcher tandis que d'autres amenaient la poix.

« Jaune » fut tiré en affreuses souffrances par ses jambes cassées jusqu'au bûcher. La douleur atroce lui arrachait des grognements car les os brisés en menus fragments entraient à chaque mouvement et secousse en les chairs déjà meurtries.

Pourtant, les grognements qu'il lançait ne rallièrent personne à sa cause. Aucun, aucune ne songea que, si par ses actes « Jaune » n'appartenait plus à l'espèce humaine, et serait alors créature dont on ignorait l'ordre, celle-ci ne s'en trouvait pas moins vivante et comme telle, ressentait la souffrance. Nul, en ce pieux village, ne se tint raisonnement selon lequel à utiliser certains moyens et méthodes avec êtres malfaisants, on se ravale soi-même, quelle que soit la justesse de votre cause, au rang de créature malfaisante. Et pareillement, il n'en fut pas une, pas un, pour penser que si créature n'a plus sa place en la communauté humaine, et qu'il faille alors se résoudre à lui ôter la vie, le plus tôt fait serait le mieux.

L'exemple venait de haut.

Le curé, qui pour connaître les paroles de l'Évangile, n'avait point cherché à savoir si, en prêtant l'oreille au loup-garou, il entendrait battre le cœur de la création, le curé, donc, ne voyait les choses que selon la raideur des dogmes.

Restant à proximité de la pauvre créature à tête de loup qu'on continuait à battre, il répétait :

— Qu'on ne la tue point, la mauvaise semence !... Qu'elle vive encore un peu, la créature du démon !... Loup-garou doit être brûlé vif, et le corps, et le cœur, et l'âme !... Vif, tout vif en les saintes flammes !...

Les hommes fatigués de tant frapper laissèrent alors la place aux femmes qui attendaient sans un mot, mais non sans grande excitation.

En hurlements stridents, elles se jetèrent sur la pauvre chose pantelante et tels les hommes, elles se gardèrent bien d'ôter la tête de loup. Pourtant, le prêtre n'avait point donné instructions en ce sens mais toutes et tous pensaient que sous la tête de loup se trouvait visage du diable et que pareille vision ferait perdre l'usage des yeux quand l'âme, aussitôt, s'échapperait pour s'en aller errer dans la campagne froide et venteuse en les siècles des siècles sans plus jamais trouver refuge consacré.

Les femmes n'avaient point la force des hommes et plusieurs s'étaient armées de couteaux.

Le curé les écarta un instant car une fois encore, il ne voulait point que les choses se passent hors de l'usage qui réservait les flammes, vif, à tout loup-garou capturé.

Troublé par toutes ces femmes qui l'entouraient, par leur odeur de transpiration et celle du sang frais du monstre, le curé ne savait plus si en son office il versait vers le divin ou le péché, acte de bonne religion ou fête barbare car, sous sa soutane, sa queue s'était durcie sans qu'il y puisse porter remède.

Sa voix, inversement, fut des plus fluettes lorsqu'il ordonna :

— Ne taillez point les chairs en profondeur !... Il doit vivre pour expier en le feu purificateur !... Tel vous devez faire !

Il s'écarta.

Aussitôt, plusieurs femmes jouèrent du couteau. On taillait morceau de viande en les muscles des cuisses, de la poitrine et des bras, n'entendant pas même les plaintes de plus en plus faibles du loup-garou.

Certains portèrent la chair à leur nez pour en éprouver l'odeur et le curé, en inspiration soudaine, perdit tout à fait le peu de tête qu'il possédait en ordonnant :

— Mangez la chair du diable !... La manger, c'est la faire disparaître à jamais et montrer que créature du Seigneur est plus forte que celle du diable, que brebis de Dieu terrasse loup-garou de Lucifer tel saint Georges le dragon.

On mangea donc du « monstre » alors qu'il n'avait point encore expiré.

Parut alors jeune fille qu'on disait simplette et qui, jusqu'à cet instant, n'avait point assisté au spectacle de « la bête » terrassée.

On ne lui prêta guère attention. Au reste, bien qu'elle fût âgée de dix-huit ans, elle ne comptait guère en la vie du village.

Elle s'approcha sans qu'on l'écarte, les autres se trouvant occupés à comparer goût de la viande. Elle s'agenouilla et regarda le loup-garou. Elle trouva belle cette tête de loup car, quoi qu'on dise de cet animal, ce serait réelle injustice de lui discuter qu'il ne manque pas de beauté.

Elle vit les poils en plusieurs variétés de gris, allant de la couleur de l'étain jusqu'à un blanc très pur.

Puis elle vit son regard.

Les yeux, sombres et profonds, très noirs, émurent la jeune fille qui souffrit en voyant les nombreux filets de sang qui en altéraient beauté et venaient de tous les coups reçus.

Elle trouva l'expression du regard si malheureuse qu'elle en fut bouleversée.

Enfin, elle fut seule à entendre une voix suppliante, déformée par les dents cassées :

— Tue-moi !... Je t'en supplie, je souffre trop, tue-moi !... Achève-moi, par pitié !...

Celle qu'on disait simple, et qui vivait à l'écart non de son fait, mais parce qu'on ne la considérait point, celle-là qui, lors des messes, s'ennuyait et pensait à autre chose pour ne point bâiller, elle, qu'on laissait courir les forêts pour ne rentrer qu'à la nuit, l'idiote, en un mot, avait longuement regardé vivre les bêtes sauvages. En les forêts, on tuait et se faisait tuer. On mangeait, on était mangé. Mais jamais comme chez les hommes, grands dispensateurs de mépris pour tout ce qui n'est point eux, on ne faisait souffrir pour le plaisir.

Elle regarda autour d'elle et vit un couteau sanglant abandonné près du corps supplicié.

Elle hésita.

Puis de nouveau, son regard plongea en celui du loup-garou et de « monstre » à « idiote », entre réprouvés, tous deux se parlèrent sans échanger une parole.

Langage de douleur, de souffrances, il n'est personne qui le sache traduire car jamais en l'histoire ne fut rapportée conversation muette entre loup-garou agonisant et folle cloîtrée en un autre monde.

Monstre dut pourtant se montrer persuasif car la jeune fille saisit le couteau d'une main qui ne tremblait point.

Le loup-garou ferma un instant les paupières puis, regardant de nouveau la jeune fille :

— En le cœur, de toutes tes forces !...

La simplette enfonça le couteau jusqu'à la garde et écouta le soupir qui s'échappait du pauvre corps supplicié.

Le curé, seul, car il veillait à la chose plus que les autres qui à présent dansaient et chantaient, aperçut le manche du couteau dépassant de la poitrine du loup-garou.

Mesurant l'ampleur du désastre, il fut en un bond près du cadavre et ôta la lame sanglante.

Il avait perdu !...

Perdu devant Dieu, songea-t-il, mais point devant les villageois, aussi décida-t-il de tenir secrète la mort du loup-garou. Quant au reste...

Il porta la voix :

— Il est temps !... Que les flammes fassent leur office !...

Toujours le tirant par les jambes, on traîna joyeusement le corps sur le bûcher. Un vieillard, un instant, faillit faire trébucher l'entreprise fallacieuse du prêtre car, s'étant approché du loup-garou, il clama d'un air épouvanté, et tous l'entendirent :

— Il est mort !... Satan l'a tué de sa main pour qu'il prît possession d'un autre corps et, en son office, en fît autre loup-garou !...

Un murmure effaré suivit ces paroles. Dans le silence, le prêtre se baissa et approcha son oreille de la bouche morte du loup-garou. Puis, prenant air de grande satisfaction, il se redressa :

— Non, il n'est point mort, prie Notre Seigneur et se repent !... Mais la voix est faible, il est grand temps de le brûler !...

On se hâta.

Rapidement, on répandit poix sur le corps et les fagots avant d'y mettre le feu.

Tous reculèrent.

En les grésillements, et avec fascination, on vit le corps se redresser à demi mais, si le curé savait qu'il s'agissait d'effet naturel des muscles sous l'action des flammes, et fût-ce les muscles d'un cadavre, les villageois, ignorants, y virent bonne manifestation du fait que c'est bien vif que le loup-garou avait été livré aux flammes et qu'ainsi, les choses se déroulaient telles qu'elles se devaient.

À l'orée d'un petit bois, invisibles depuis le village, cinq cavaliers regardaient le corps de « Jaune » qui partait en fumée.

L'un d'eux empocha bourse alourdie d'or, la soupesa puis, souriant, l'ancien lieutenant de police tourna bride.

Ne demeurèrent plus alors que le moine défiguré sur son cheval blême et ses trois loups-garous qui se tenaient très droit en selle : « Rouge », un noble, et de loin le plus redoutable ; « Bleu », ancien capitaine d'un régiment d'Auvergne et « Vert », presque remis de sa blessure.

Curieux, le moine sans visage observa ses loups-garous, cherchant une réaction qui ne vint pas. Il nota cependant la grande beauté de ces trois têtes dont les profils se découpaient sur les haies et les champs, telle une image reproduite à trois reprises.

Aldomontano, qui ne laissait rien échapper, remarqua alors que « Rouge » resserrait sa main sur ses rênes en un geste qui traduisait certes l'impuissance, mais aussi la colère. Ainsi, l'ambrosien avait réussi à créer esprit commun entre ses loups-garous de sorte qu'en sa petite troupe d'élite chacun se sentît attaché à l'autre.

Satisfait, il lança de sa voix désagréable :

— « Jaune » nous avait certes trahis, vous comme moi, mais de son vivant, il fut loup-garou. Aussi le devons-nous venger.

Puis, désignant le village, il ordonna :

— Tuez !... Tuez-les tous !... Tuez jusqu'à patauger en le sang, tuez jusqu'à l'ivresse, tuez car vous n'êtes venus en cette vallée de larmes que pour cette fin.

50

La confusion régnait autour du comte de Nissac, mais davantage encore en son esprit.

Tout d'abord, la duchesse de Medina Sidonia, aussitôt revenue à elle qu'évanouie et qui, s'approchant, passa sa main sur la joue de l'amiral en prenant air de chatte et voix chaude pour dire :

— Mon cher, très cher comte !... J'ai cru que cet assassin vous avait tué !... C'eût été grand dommage pour vous, pour les femmes et pour l'amour.

Ce que voyant, Isabelle de Guinzan, le regard étincelant, avait toisé Nissac en disant :

— Je vous laisse en mains expertes et affectueuses !...

Et s'était éloignée à grands pas tandis que l'amiral, stupéfait, n'osait la rappeler, trouvant indigne de se justifier et de se placer en telle obligation de jurer que caresse de la belle Espagnole, abusive, ne correspondait point à l'état de ses sentiments car il n'avait jamais aimé qu'une femme en sa vie, et n'en aimerait qu'une, elle, Isabelle de Guinzan. Enfin, et ce n'était pas là simple détail, il n'avait pas pu exprimer sa gratitude à celle qu'il aimait et qui venait de lui sauver la vie.

Et comme si tout cela ne suffisait pas à égarer homme ayant de si peu échappé à la mort, surgissait quand on ne l'attendait pas, et comme s'il arrivait de la lune, le baron Stéphan de Valenty qu'il avait laissé la fois dernière en la ville de Toulon !...

Satisfaite de l'effet désastreux que son apparition venait de causer, la duchesse de Medina Sidonia, voyant posé sur elle le regard gris acier dépourvu de toute douceur de l'amiral, préféra s'éclipser sans même prendre congé.

Resté seul avec Valenty, Nissac lui sourit.

— Heureux de vous revoir, baron, bien que les circonstances soient des plus étranges.

— C'est que le monde lui-même est des plus étranges, amiral.

Nissac l'observa plus attentivement.

— Que voulez-vous dire ?

Le baron de Valenty regarda autour de lui, puis :

— Précisément, ce n'est pas à moi de vous parler et cependant, on doit vous parler.

— Qui est ce « on », baron ?

— Là-dessus non plus je ne puis rien dire. Les choses sont en grande complication.

— Et vous ne faites rien pour les simplifier.

— C'est que je ne puis, monsieur le comte. Chacun en cette affaire des plus graves a sa place, et la mienne est modeste. Mon rôle consiste en ceci, qui est de vous prévenir qu'un homme va vous parler. Vous logerez, cette nuit, en la rue de Betisy. Soyez devant la porte à huit heures et attendez, malgré la nuit tombée. Ne vous fiez point à l'apparence de celui qui vous abordera, il est beaucoup plus puissant qu'il ne vous semblera. Et surtout, écoutez-le avec grande attention car il n'est rien au monde de plus important ni de plus urgent.

Impressionné, Nissac répondit :

— Soit, il en sera ainsi. Mais vous-même, vous voilà capitaine en les Gardes Françaises ?

Une fois encore, le baron Stéphan de Valenty regarda autour de lui avec anxiété, puis, baissant la voix :

— Monsieur le comte, bientôt sans doute, ces choses ne seront plus un mystère pour vous.

— Je n'y vois point mystère, baron, et suis persuadé que vous ferez honneur aux Gardes Françaises.

— Des dizaines d'autres gentilshommes en le royaume ont mes mérites, monsieur le comte, et je n'occupe point cette place par hasard. Mais si je remercie mes amis tels que vous, j'ai appris dès longtemps à ne point ménager mes ennemis, qu'ils gîtent en ruelles obscures ou vivent en grands châteaux.

— Pourquoi me dites-vous cela ?

Valenty parla si bas, que sa voix fut presque un murmure :

— Vous le verrez bientôt, mais soyez sur vos gardes. J'ignore qui vous a voulu tuer à l'instant et ne doute point que vous leur ferez bientôt repentir, mais les forces du mal, diaboliques, n'hésitent pas à se parer des habits de la vertu ou de la religion.

Le comte de Nissac sourit.

— De tout temps, le diable a aimé barboter en les bénitiers !... Mais ne vous laissez point abuser, Valenty : il n'est ici bas de forces qui ne soient compréhensibles et explicables. Le diable... C'est le grand mensonge et ceux qui admettent son existence sont de facile croyance.

— Pourtant, monsieur le comte, dès aujourd'hui, soyez sur vos gardes. Méfiez-vous des grandes-duchesses comme des carognes, des ministres comme des marjaulets.

— Votre émouvante ardeur à me vouloir sauver de mystérieux périls me touche, baron, et...

Un groupe de Cent Suisses, qui discutaient depuis un moment, rompit sa réunion et en l'espace dégagé, le comte de Nissac aperçut la baronne de Guinzan en discussion avec le magistrat d'Orléans.

Il lui sembla alors, bien que le vent fût glacé, que des souffles légers et tièdes arrivaient du sud, embaumés d'odeurs printanières.

— Excusez-moi, baron.

— Je vous attendrai, monsieur le comte, car je vous dois mener en la rue de Betisy.

— Sans doute, baron, sans doute !... répondit Nissac sans plus écouter Valenty et en s'approchant à grands pas de la baronne. Ce que voyant, le magistrat d'Orléans, prudent, préféra s'écarter.

— Comment vous remercier, madame ?

— Ne me remerciez point. Vous m'aviez vous-même sauvé la vie face aux coupe-jarrets.

— Le chose n'est point comparable, madame.

— Et pourquoi donc ?

— Parce que je suis un homme et que vous êtes une femme.

— La belle affaire que cela !... Lorsque je tiens l'épée, je suis femme avec une épée et vaux bien des hommes. Qui regardez-vous ainsi ?

Elle avait suivi le regard du comte. Il sourit et désigna un homme qui entrait en le Louvre d'un pas peu sûr.

— Cet homme que vous voyez là, assez mal fagoté, qui n'est point rasé et titube un peu est Nicolas Vauquelin des Yveteaux. Le connaissez-vous ?

— Je n'ai jamais entendu son nom.

— Ah, il ne le cèle point qu'il est libertin et bon vivant, mais c'est un poète que j'aime, qui fut amené à la Cour par le maréchal d'Estrées et se trouve à présent précepteur du Dauphin, lui apprenant la rhétorique et le latin sans guère le brusquer, dit-on. Il déteste le pape, multiplie les aventures érotiques et, pour ces raisons, a l'estime du roi.

— Et la vôtre.

— Pour raisons différentes, madame.

— Quelles sont-elles ?

Le comte hésita. Il était en son élément en s'élançant contre adversaire dix fois plus nombreux que lui mais n'osait dire poème à la femme qu'il aimait. Et cependant, il pensait qu'en l'amour, tout se doit partager. La poésie elle aussi. Mais non, il n'osait point.

— J'aperçois bien que vous les voulez savoir mais... Ah, madame, en quelques instants, lorsque je me serai couvert de ridicule, vous ne me pourrez plus reprocher mon hésitation à vous dire quelques vers de mon ami Des Yveteaux, hélas trop ivre pour vous les dire lui-même.

— Dites-moi ces vers, monsieur le comte, je vous en prie.

Nissac prit sa respiration et porta le regard de ses yeux gris vers les lointains en récitant d'une voix de basse :

— « Hais les sectes de part, mais aime tous les hommes,

« Sans te réduire aux lois des climats où nous sommes,

« Que l'Arabe, le Scythe et les fronts basanés,

« Qui sous un autre ciel que le nôtre sont nés,

« Ne soient tenus de toi pour des peuples barbares,

« Et chéris leurs esprits, s'il s'en trouve de rares. »

Elle l'aima plus encore, quoique quelques instants plus tôt, elle eût cru la chose impossible.

Par l'inclination naturelle de son esprit, elle adhérait au sens de ces vers que chérissait Nissac, mais ses propres aventures, qui la firent baronne, puis roturière et de nouveau baronne, l'avaient confortée en cette pensée selon laquelle la naissance n'est rien, quel que soit son rang ou son pays, et qu'hommes et femmes n'existent en la qualité que par leurs actions et ce qu'ils font de leur vie.

Mais le trouble de la baronne venait aussi d'autres raisons.

Ainsi, l'air embarrassé, et fort émouvant, du comte, qui ne savait quel effet il venait de produire et dont les superbes yeux gris prenaient très légère coloration violette.

Et cette réalité singulière, que cet homme si remarquable, célèbre et tant redouté en l'action occupait son temps, lorsqu'il posait son sabre, à lire des poètes dont il se faisait des amis !

Elle lui ôta toute anxiété en disant :

— C'est là fort belle tournure et idées qui me sont proches, les deux faisant jolie réussite.

Ils se regardèrent. Jamais comme en cet instant ne leur était apparu en telle clarté ce qu'ils devaient faire, et qui consistait à se jeter l'un contre l'autre, échanger des baisers fous et les entrecouper de nombreux « Je vous aime ! »

Pourtant, et quoi qu'ils aient dit ou pensé peu avant des différences de naissance, ils l'éprouvèrent hélas, même si ce n'était point en le sens des préjugés, tout au contraire.

Le comte de Nissac, au nom couvert de gloire depuis des siècles, craignait que la baronne, pourvu qu'il risque un geste ou une parole, ne pensât qu'il abusait de sa puissance.

La baronne, pour sa part, redoutait de risquer le même geste, elle qu'on eût dès lors peut-être jugée comme étant intrigante.

Elle désigna le triste magistrat d'Orléans qui manifestait signes d'impatience.

— On m'attend. Je dors ce soir en auberge à Paris et repartirai demain pour les bords de Loire.

Elle hésita et ajouta :

— De bon matin. Six heures.

Il nota soigneusement la nouvelle en son esprit et répondit :

— Pour ma vie que vous avez sauvée, je vous dois... ce que vous voulez ! Réfléchissez-y, car sur cette dette à payer, je ne capitulerai point.

Ils éprouvèrent quelques difficultés à s'arracher à la contemplation l'un de l'autre puis chacun, enfin, alla tristement son chemin.

51

En raison d'épaisse fumée, on ne voyait point le cadavre se consumer, et les villageois en concevaient dépit et peur.

Ils eurent en effet aimé voir brûler le loup-garou en les détails de la combustion, prêtant une oreille attentive aux os qui rompent et aux chairs grésillantes car tous pensaient qu'en leur avenir, et vivraient-ils très vieux, ils n'assisteraient point encore à pareil spectacle d'un loup-garou sur le bûcher. De là leur venait sentiment qu'on leur volait leur plaisir et bon contentement.

D'autres, moins nombreux il est vrai, estimaient très étrange que ce bois de fagots qui semblait pourtant bien sec fût en réalité si vert qu'il produisait fumée blanche masquant toutes choses en le bûcher, à quoi s'ajoutait présence de vents tourbillonnants qui jouaient en grande malignité avec la fumée mais de sorte qu'on n'y vit jamais rien et que l'on étouffa à demeurer trop près des flammes. Et en leur esprit de penser que le diable, qui n'abandonne point les siennes créatures, activait les flammes, qui constituent son élément, pour récupérer l'âme maudite du loup-garou.

Donc, on s'impatientait, se trouvant tous là du plus jeune au plus âgé, à la seule exception de « l'idiote » que le curé, sans explications, avait envoyée en la forêt, mais on se souciait fort peu de connaître raisons d'une telle pénitence car de tout temps « l'idiote » vivait par l'esprit – le peu que lui avait concédé Dieu – hors le village.

En revanche, on se réjouissait du spectacle à venir car devant déception des villageois le jeune curé, toujours premier au combat contre Satan, avait promis que sitôt les flammes retombées, on dirait messe pour l'enfant amené par le loup-garou et le brûlerait à son tour avant la fin du jour. Et à la question de savoir s'il fallait le pendre avant, ou lui trancher le col, le prêtre avait répondu qu'un loup-garou est et demeure tel quel que soit son âge si bien que celui-ci, qui n'était point enfant volé ainsi que le prétendait l'homme qui brûlait mais fils de celui-ci, était donc enfant-loup-garou et devait subir sort commun aux loups-garous ainsi que le recommande notre très sainte mère l'Église.

Mais cette fois, on choisirait en grand soin les fagots car enfant brûlé vif est tout de même spectacle recherché et rare. Au reste, la chose se trouverait facilitée en cela que le bûcher serait fatalement plus modeste en ses dimensions, car tout petit enfant de deux ans, bien qu'il soit, croyait-on, encore tout gorgé de lait naturel, et par là risque de brûler assez mal, s'enflammera tout de même joliment si on l'asperge de plusieurs seaux de poix.

Déjà, des hommes et des femmes dévoués, les plus assidus aux offices et très bons catholiques, s'affairaient à déposer fagots de bonne qualité et bois très sec, car l'idée était tout soudainement venue au curé qu'il fallait dresser bûcher du fils au côté de celui du père. Et cela en l'ambition de ne souiller de cendres diaboliques que modeste surface du sol du village, qu'on retournerait plus tard en y semant du sel avant de l'inonder d'eau bénite afin de poursuivre âmes noires des loups-garous en les entrailles de la terre car la chose était acquise : elles tenteraient de s'enfuir en cette issue vers les enfers pour y retrouver Satan, leur maître.

Le curé regardait tous ces événements en bon contentement car il n'avait qu'à se louer du zèle de ses paroissiens. Son prédécesseur, vieux curé aujourd'hui rappelé à Dieu, lui avait conté avec délice qu'à peine parvenus en le village les échos de la Saint-Barthélemy, on s'était jeté sur les huguenots pour faire bon office en œuvrant à la gloire de Dieu. Nul n'avait été épargné, pas même les femmes enceintes et à l'une, dont on avait ouvert le ventre lors qu'elle vivait encore, on y vit remuer l'enfant, assistant de près au développement de la graine de Satan qu'on arracha lestement des entrailles pour le fouler aux pieds. Le pasteur, capturé, fut coupé vif en quatre morceaux et sa tête, placée en pot de grès, envoyée à l'évêque qui remercia vivement de cette pieuse pensée.

Seule note sombre, quelques catholiques se dirent « épouvantés par semblable barbarie » et quittèrent à jamais ce village.

Tout cela se passait sous le règne de Charles neuvième, trente-huit ans plus tôt, et certains qui avaient pris part au massacre vivaient encore, en la considération des autres et en bons serviteurs de Dieu.

Le curé soupira d'aise car cette affaire de loups-garous tombait à point pour rendre vigueur à la ferveur religieuse et assurer en ces lieux incontestable domination de « la vraie foi ».

Son regard satisfait se porta au-delà du village, vers cette colline proche d'un petit bois où...

Il demeura paralysé par la surprise. Il se trouvait en pleine conscience que ce qu'il voyait était chose épouvantable mais ne pouvait se défendre d'y trouver une certaine beauté.

Le sommet de la colline était vide et l'instant d'après... Il avait vu apparaître capuchon de moine et trois têtes de loup, puis leurs épaules, leurs corps, les chevaux qu'ils montaient et celui du moine était pâle. Quatre, tels les cavaliers de l'Apocalypse !... Ils se tenaient en selle, immobiles, pareils à des statues et cette absence totale du moindre mouvement participait à la frayeur que ressentait le curé.

Bientôt, des villageois les virent eux aussi et l'on cessa de constituer bûcher pour le petit enfant, on cessa d'ailleurs tout mouvement, se trouvant en semblable immobilité que les effrayants cavaliers.

Puis, tous quatre ensemble, les cavaliers enfoncèrent

leurs éperons en les flancs de leurs montures, lesquelles avaient le pas pesant en ce début de course car ceux qui les montaient se trouvaient lourdement chargés d'armes.

Le curé vomit son repas du matin, le bouillon, les œufs coque et la pomme cuite. Bien que ce ne fût pas l'instant, il sentit sous sa langue qu'avec le repas était parti le liège bouchant une dent creuse car si en tel cas, pour le roi et les hauts seigneurs, on utilisait l'or, les autres avaient droit au liège et au plomb. Penser à migraine de dents lui permettait de tenir à distance la peur que lui inspiraient ces cavaliers descendant de la colline et arrivant droit vers le village. Et vers lui !... À mal de dents, vaut pour remède de se tondre les cheveux et de porter au cou dent de taupe qui endort la douleur mais le prêtre savait, quelque part en lui-même, que ces pensées qui le devaient distraire de sa peur étaient illusoires et n'empêcheraient point les hommes-loups et le moine fou qui les menait de venir jusqu'à lui qui avait ordonné de brûler loup-garou.

Les cavaliers avaient atteint barricade de tonneaux mais les chevaux sautèrent ce barrage et déjà, villageois qui tenaient fourches les lâchaient afin de s'enfuir plus vite et se trouvaient de ce fait percés en le dos par les courtes lances des loups-garous.

Ceux-ci tenaient en l'autre main hache à deux lames qu'on dit « hache française », si bien qu'ils pouvaient tuer deux hommes en même temps car le bras droit, par effet diabolique, ignorait chez eux le bras gauche et tous deux fonctionnaient comme en l'usage de mettre toute son attention en un seul.

La rue se peuplait de corps et sur chacun, le moine se penchait, dague à la main, pour finir la besogne en enfonçant lame de sa dague dans un des yeux : vengeance de borgne.

Comme toujours en leur art de la guerre, les loups-garous ne s'affairaient que sur les hommes, dont ils vinrent bientôt à bout, le dernier se trouvant être le forgeron auquel s'ajoutait le curé qui avait disparu en l'intérieur de son église mais pour celui-ci, rien ne pressait les hommes-loups car on le tenait en exception.

Le forgeron, qui avait brisé les quatre membres de « Jaune » en la bonne humeur, eut les quatre membres non pas rompus mais sectionnés à la hache.

— Qu'on grille cette charogne !... lança le moine en jetant regard méprisant au tronc sanglant du forgeron et à son gros visage bêlant de douleur.

Ainsi fut-il fait, et le tronc du forgeron jeté vif sur les braises rouges du bûcher de « Jaune ».

Fidèles à leurs habitudes, les loups-garous tuèrent alors les enfants, se régalant de sang chaud et chairs tendres, puis vint le tour des femmes à l'exception des trois plus belles qui furent violées.

Le moine ne prit point part au viol mais s'amusa fort du spectacle que donnait brunette de vingt ans, bien charpentée et d'une stupéfiante beauté. La jeune fille – l'insensée ! – ne se faisait point violer comme les deux autres femmes qui hurlaient car celle-ci, plus malicieuse, donnait apparence de bon plaisir si bien que la chose ne semblait point un viol.

Le moine n'était pas dupe. Il regardait avec mépris jeune fille révulsant ses yeux de plaisir feint tandis que le loup-garou couché sur elle tenait en ses mains avides globes bellement arrondis des seins. L'ambrosien remarqua la main de la jeune fille caressant tête de loup, comme si le pelage était de soie, mais le moine voyait nettement que la main tremblait. Avait-elle espéré sauver sa pauvre vie en faisant manière de plaisir ?... Sans doute, mais la peine fut perdue car, une fois poussé cri étouffé en un âpre contentement, le loup-garou l'étrangla. Néanmoins, cette façon contraria le moine défiguré car le loup-garou, qui se trouvait être « Bleu », l'ancien officier, fit la chose en quelques secondes, transformant douce caresse en strangulation, si bien que la victime mourut sans souffrir. Aldomontano n'aimait point cela. Certes, « Bleu »n'avait sans doute pas agi par humanité, car c'eût été là gravité profonde et la raison de son geste tenait plutôt au bon contentement qu'il tirait de l'attitude de la jeune fille mais gratitude, puisque c'était de cela dont il s'agissait, relevait déjà de sentiments humains et ceux-ci ne devaient plus exister chez ses créatures rendues à la nature.

— À l'église !... ordonna l'ambrosien d'un ton rogue.

Les trois loups-garous se regardèrent avec lueur d'excitation en les yeux car la mise à sac des églises leur procurait toujours grand plaisir.

Le moine sans visage, pour sa part, se promit de surveiller « Bleu ».

Pourtant, il se trompait.

« Bleu » avait certes agi par gratitude, et en cela, le moine avait bien vu les choses. Mais tel sentiment n'était pas de grande gravité car semblable, en la forme, à chien se frottant contre les bottes de son maître qui vient de lui donner un os.

En revanche, l'ambrosien eût défailli s'il avait suivi « Rouge » lorsque les loups-garous avaient visité chaque maison où l'on retrouvait habitants dissimulés sous les lits, en les placards, les caves et les greniers et tous se trouvaient aussitôt tête fendue par coup de hache.

Cependant, en une pièce fermée à clé de la demeure du forgeron, dont il ouvrit la porte d'un coup de botte, « Rouge » était tombé nez à nez avec le petit enfant de deux ans que les villageois s'apprêtaient à brûler.

« Rouge » se tenait là, l'épée en une main et la hache franque en l'autre, la première ruisselant de sang, la seconde de matière de cervelle.

Le loup-garou regardait l'enfant qui lui souriait.

Il savait qu'il aurait dû le tuer. Ainsi le souhaitait le maître. D'autre part, « Rouge » savait également ce qu'il adviendrait du petit garçon s'il l'épargnait : abandonné, seul au monde, il finirait en quelque ferme après une vie sans joie hanté par le souvenir des loups-garous. S'il en avait souvenance et parlait, on ne le croirait point et le moquerait... Une telle vie valait-elle d'être vécue ?

« Rouge » leva sa hache, mais sa volonté fléchit et sa détermination vacilla.

Il ne pouvait point tuer si petit enfant qui lui souriait avec confiance. Il n'avait point, ou plus, cette force. En outre, à le bien regarder, le petit garçon continuait par sa seule existence la vie achevée de « Jaune ». Pour lui, « Jaune » avait pris de grands risques et connu horrible trépas. Le tuer, c'était de nouveau tuer « Jaune », ce malheureux et étrange compagnon qui ne ressemblait ni à « Bleu », ni à « Vert ».

« Jaune », il l'oublierait sans doute car en sa vie de loup-garou, souvente fois reclus entre quatre murs, il oubliait et le monde, et les êtres connus, croisés, aperçus...

Mais « Jaune » lui rappelait un monde aux contours incertains, où l'on ne disait point « Hon-Hon », un monde qui apparaissait et disparaissait en instants fugitifs, comme masqués par vapeur de soufre de la rivière du château des chimères.

« Rouge » sursauta et fut pris de grande terreur en s'entendant dire malgré lui :

— Ton ami le loup t'attend en le vallon. Sauve-toi par le jardin et cours-y vite sans jamais revenir ici.

Troublé, il conduisit le petit garçon à la porte de derrière qu'il referma dès que l'enfant se fut élancé à la recherche de « Jaune ».

Puis « Rouge » sortit en la rue en regardant le sol, ayant conscience d'avoir commis acte que le « maître » eût puni de mort s'il en avait eu connaissance.

Le voyant soucieux, marchant tête basse, l'ambrosien, profondément en l'erreur, songea : « Quelle horrible besogne vient d'accomplir "Rouge" ?... À l'évidence, il se fait peur à lui-même. La chose est bonne, fort bonne ! »...

52

Le colonel de cavalerie Juan de Sotomayor entra d'un pas décidé en l'auberge de « L'âne mort », que tous les Parisiens savaient lieu de grands dangers, fort mal fréquenté par voleurs et assassins, d'où l'on ressortait certes toujours, mais bien souvent en l'état de cadavre.

Le colonel regarda autour de lui. Quelques femmes, au reste jolies, s'étaient reculées vers l'entrée de la cave.

Déjà, deux hommes s'étaient levés et placés devant l'entrée, interdisant toute sortie à l'Espagnol mais il n'en fut point surpris car c'est bien ainsi qu'il s'attendait au déroulement des choses.

En sa carrière militaire, José de Sotomayor avait commandé à des milliers d'hommes et il croyait les bien connaître, aussi créa-t-il la surprise en se plaçant devant une table où se trouvait assis vieillard qui ne payait point de mine, mal vêtu, les cheveux blancs en désordre et un anneau d'or passé en l'oreille. Il se trouvait pourtant qu'il s'agissait du chef incontesté de la redoutable bande de « L'âne mort », qui avait nom Dieulefit mais fut jadis, ce que tous ignoraient ici, marquis sous un autre nom, le sien véritable.

— Que me veux-tu ?... demanda-t-il d'une voix de grande froideur.

L'Espagnol, avant que d'ouvrir la bouche, répandit contenu d'une bourse d'or sur la table. Dieulefit mordit en l'une des pièces et eut air de bonne satisfaction.

C'est à peine radouci, cependant, qu'il questionna :

— Eh bien ?

— Eh bien ?... Deux choses. La première est tuer un homme, et tu auras cinq fois plus d'or.

— Il est déjà mort. La seconde ?...

L'Espagnol posa la main sur le pommeau de son épée et répondit :

— Il faut que tu saches qui je suis, puisque nous voilà en affaires. Je ne te dirai point mon nom, pourtant, mais te montrerai volontiers qui je suis l'épée à la main, et qu'il n'est point bon de me faire injure, par exemple en prenant mon or sans accomplir la besogne. Aussi, désigne-moi le meilleur de tes hommes et qu'il se mesure à moi.

Dieulefit le regarda d'un air soupçonneux, puis sembla s'amuser.

— J'aimerais voir le reste de ton or avant qu'un des miens ne t'envoie en enfer. Mais si tu le souhaites vraiment, Levrault t'affrontera

Un homme grand et mince se leva, ne quittant point Sotomayor des yeux.

Ils sortirent épée du fourreau au même instant et le combat s'engagea aussitôt.

Il dura plusieurs minutes, fut de haut niveau et belle facture, ravissant la canaille qui y assistait.

Ainsi, le nommé Levrault, en la première partie, tenta toutes les feintes apprises en les ruelles mais le colonel s'adapta immédiatement à cette manière, ayant appris sensiblement les mêmes mauvais coups sur les nombreux champs de bataille où la cause de la Sainte Espagne l'avait conduit.

Se voyant ainsi paralysé en son entreprise, car il ne pouvait espérer progresser, Levrault, homme intelligent, changea de manière pour une façon à présent très classique, où il excellait encore. Malheureusement pour lui, en les casernes espagnoles, Sotomayor fut familiarisé de longue main avec ce style et il tint la dragée haute à son adversaire qui eut le rare mérite de ne se point énerver et toujours conserver son sang-froid.

Enfin, Juan de Sotomayor, en le silence, tapa le parquet de bois du talon de sa botte à trois reprises et aussitôt toucha Levrault à la poitrine, déchirant chemise et faisant apparaître premier sang.

Blessure des plus légères, certes, mais tous savaient que le colonel l'avait voulu ainsi, ne souhaitant point tuer adversaire de valeur qui demain, sans doute, serait en sa cause auxiliaire précieux contre l'amiral de Nissac.

Dieulefit, le chef de bande, se leva et Sotomayor constata qu'il avait jambe de bois. D'où lui venait, alors, son autorité ?... Il apprit plus tard qu'huguenot, lors de la Saint-Barthélemy, Dieulefit avait égorgé tour à tour quatre arquebusiers royaux, caché en endroit sûr dizaine de seigneurs de la religion réformée, s'était trouvé la jambe déchiquetée par tir d'arquebuse alors qu'il tentait de briser les chaînes des embarcations toutes rassemblées en la rive droite de la rivière de Seine, et surveillées sur ordre de Charles neuvième. Cerné de tous côtés, perdant son sang, il s'était alors jeté en la Seine et avait échappé à la fureur populaire qui se donnait libre cours en la ville de Paris.

En cette époque, il ne s'appelait point Dieulefit, se trouvait marquis de bonne noblesse et promis à très bel avenir eu égard à son très grand courage et à la reconnaissance de hauts seigneurs dont il avait sauvé la vie, faisant d'eux ses obligés. Mais la perte de sa jambe, à quoi s'ajoutaient les visions d'horreur de la Saint-Barthélemy et la révélation qu'il eut de lui-même en sa faculté, sous la terreur, d'inventer ruse et d'organiser résistance, lui fit à jamais changer de vie. À quoi la rumeur ajoutait amour d'une belle prostituée, devenue sa créature et qu'il ne pouvait emmener vivre en son ancien milieu.

Enfin, Henri quatrième qui savait se souvenir qu'il fut lui-même huguenot, respectait Dieulefit – dont il savait la noblesse –, l'homme qui avait sauvé plusieurs de ses amis si bien que les soldats du roi ne s'aventuraient jamais du côté du cabaret de « L'âne mort », devenu aussi inviolable que le Louvre.

Sotomayor ignorait encore tout cela, mais il faillit vaciller de surprise en voyant le vieil homme repousser son or vers lui.

— Tu ne veux point de mon or ?... constata-il, davantage qu'il ne questionnait.

Dieulefit secoua la tête.

— Non. Garde ton or, l'Espagnol, mais rassure-toi, la besogne sera faite.

— Est-il explication au refus de mon or ?

Le vieil homme sourit.

— Tu n'as point tué Levrault quand tu le pouvais. Vois-tu, neuf sur dix l'auraient fait soit pour m'étonner, soit par cruauté ou par jeu, ce qui en tel cas est semblable affaire. J'ai estime pour ceux qui respectent la vie, et cela depuis une certaine journée...

L'Espagnol n'était pas en bon entendement de ce discours.

— Ah çà, mais on tue, en ton auberge de « L'âne mort », et la chose est bien connue.

— Certes, mais si l'on tue, c'est avec bon motif. On tue des bourgeois à bourses pleines et petits nobles arrogants et tous sont des porcs qui viennent pour foutre nos femmes.

Son regard s'attarda un instant sur la demi-douzaine de très jolies filles, puis il reprit :

— Nous sommes petite famille paisible. Dix-huit hommes, six femmes. Tous heureux de vivre ici. Certes, nous pourrions détrousser les bourgeois et les renvoyer, mais ils iraient se plaindre et nous amèneraient désagréments...

Il s'ébroua.

— Revenons à ton affaire. Je ne veux surtout point connaître l'homme que tu veux tuer mais, si tu as besoin d'aide, c'est qu'il est redoutable. Je te donne quatre de mes meilleurs hommes.

— La chose est bonne.

— Quand te les faut-il ?

— Sur l'instant. Nous chevaucherons de nuit et tendrons piège demain, après avoir reconnu la route.

— Qu'il en soit alors ainsi.

Le roi Henri quatrième se promenait en les jardins des Tuileries, accompagné de Bassompierre, qui marchait en retrait, et d'un homme plus âgé qui se trouvait très vieux compagnon : Maximilien de Béthune, baron de Rosny et duc de Sully.

Ingénieur militaire de talent, non dépourvu de courage, blessé à la bataille d'Ivry, il s'occupait, en la réalité des choses du pouvoir, des finances en le royaume des lys. Huguenot, il détestait l'Espagne, qu'il tenait pour le foyer de l'infection fanatique catholique si bien que sa position se trouvait en ce cas d'espèce assez délicate : s'il prônait en toutes choses les économies, ayant ainsi rétabli l'équilibre des finances du royaume, il entrait en grande excitation dès lors qu'on parlait de faire la guerre aux Habsbourg d'Espagne et d'Autriche et cela, quel que fût le prix à payer.

Il savait la guerre très proche. Ainsi le voulait Henri quatrième, ainsi le souhaitait-il lui-même. Et cette guerre, inévitable, devait avoir lieu selon le moment favorable à la France qui devait attaquer à son heure et ne point subir.

Henri quatrième souhaitait une armée qui marquerait l'histoire : cent mille hommes dotés de l'équipement le plus complet et le plus moderne, une artillerie sans rivale. Il fallait frapper vite et fort, au sud, à l'est et au nord. Et mettre l'Espagne à genoux en deux mois. Il le fallait à tout prix car, si l'on traînait et manquait de ferme résolution, la guerre durerait dix ans, trente ans, et ravagerait l'Europe.

Avec soin et méthode, Sully travaillait à cet office. En mai, Henri quatrième aurait tout ce qu'il souhaitait. On pourrait aussitôt faire battre tambour et lancer en la bataille les plus beaux régiments du monde.

Mais pour cela, il ne fallait point distraire un écu de la cause sacrée car cette guerre serait coûteuse, aussi, monsieur de Sully fit-il la grimace lorsque le roi lui dit :

— Il faudra desserrer les cordons de la bourse si nécessaire car j'ai en vue de servir cause de première importance.

En l'esprit de Sully, il ne pouvait s'agir une fois encore que d'affaires de femmes. Maris complaisants, pères maquereaux : combien en avait-il acheté au roi, de ces jolies créatures qui, assurant ascendant sur Henri quatrième par leurs bonnes dispositions au lit, exigeaient ensuite châteaux domaines, rentes...

— Comment s'appelle-t-elle, Sire ?... demanda Sully d'une voix lasse.

— Il n'est point question de femmes !... La cause qui m'importe est militaire et s'appelle Nissac, qui va mettre le feu à l'Espagne.

Sully tressaillit à double titre. Tout d'abord, il aimait le nom de Nissac bien qu'il n'ait jamais rencontré cet homme mais comment ne pas aimer un nom toujours accolé à la victoire ?... Ensuite, il pensait le roi en détestation de l'amiral et s'étonnait qu'Henri quatrième ait pu confier mission au comte comme il fut surpris, en le passé, par l'attitude de Nissac. En effet, il ignorait pour quelle raison le comte se montrait malgré tout aussi fidèle, et à quel impérieux sens du devoir il devait d'en agir ainsi.

— Je suis surpris d'entendre le nom du comte de Nissac, Sire.

— Eh bien il faudra s'y habituer. Nissac est le meilleur de mes sujets. Je ne vous parlerai point de ces missions, mais elles sont de la plus haute importance. En toutes choses et en tous points du royaume, je veux que le comte soit aidé et assisté s'il en fait la demande. Est-ce compris ?...

— Parfaitement, Sire. Et s'il contribue à détruire l'Espagne, je servirai fort belle rente à monsieur de Nissac.

Henri quatrième s'immobilisa et regarda son vieux compagnon avec gravité.

— Tu lui ferais injure... Il est d'un autre temps où servir loyalement est chose naturelle qui n'exige point récompense. On dit qu'il vole le vent aux autres capitaines, mais point l'or !... Un voleur de vent, c'est bien jolie chose que cela.

Il resta songeur.

Il ne savait point même où joindre l'amiral et s'était donc trouvé en l'obligation de faire partir pour Toulon messager porteur d'une lettre.

En celle-ci, scellée par simple queue de cire jaune, était écrit :

Au Louvre, le 27e jour de Février

Henri par la grâce de Dieu Roy de France et de Navarre, à notre cher et bien aimé comte de Nissac, amiral des mers du Levant, Salut :

Nous étant dès longtemps en connaissance de votre fidélité (et de votre discrétion comme nous venons de le constater tout maintenant) nous avons eu agréable de vous rencontrer et vous confirmons qu'en toutes choses, le royaume de France sera votre appui sans réserve.

Comptez, cher Nissac, que vous êtes à présent de mes amis. Et, afin qu'elle ne garde point mauvaise impression de moi, présentez mon souvenir à votre très excellente madame la baronne de Guinzan.

Henri.

L'An de grâce mille six cent dix,
et de notre règne vingt et unième.

Henri quatrième fut tiré de sa songerie par ton de grande conviction de Sully :

— Il réussira !... Je sais qu'il réussira !... lui demanderiez-vous de vous ramener le diable revêtu de la pourpre des cardinaux.

— Le diable, je n'en saurais que faire. Mais l'Espagne blessée en son prestige, la chose serait de bon calcul.

— Saurais-je un jour le détail de cette affaire ?... demanda Sully, dévoré de curiosité.

— S'il réussit, l'Europe entière le saura. Et toi, quelques jours avant elle. Mais garde la tête froide, il a à peine une chance sur mille.

— S'agissant de l'amiral, quelle importance ?... Avec son seul *Dragon Vert*, il est presque une armée. Ah, quel homme terrible ! Après sa mort, et s'il se trouve quelque chirurgien du talent de feu Ambroise Paré, il faudrait faire étudier son cerveau.

— C'est plutôt ses couilles qu'il faudrait étudier !... lança Bassompierre qui s'était approché.

Les trois hommes se regardèrent, frappés par ce propos, puis éclatèrent de rire.

53

Réfugié derrière le maître-autel, le jeune curé tremblait de tout son corps.

Transi de peur, il entendit des pas, les éperons de plusieurs cavaliers frappant les dalles.

Puis une voix. Une vilaine petite voix agaçante et cruelle qui disait :

— Sors de ta cache, curé, car si nous te devons chercher, nous commencerons par te couper le nez avant toute chose.

Le curé qui se tenait accroupi se leva lentement et découvrit de plus près les quatre hommes.

Ils demeuraient immobiles, et lui firent grande impression. Ainsi des loups-garous, hommes tous de haute stature, auxquels les têtes de loup aux oreilles dressées et yeux inquiétants de fixité donnaient aspect terrifiant.

Puis soudain on entendit petit rire méchant se répercutant sous la voûte tandis que le moine baissait son capuchon, révélant visage de cauchemar.

Le moine s'approcha du prêtre qui regardait en grande fascination cette face mutilée où manquaient le nez, les lèvres, une joue et un œil.

Le moine parla avec accents du prêche et paroles d'apparence anodines – le sens, lui, ne l'était point –, sur ce ton si particulier qu'on ne peut entendre qu'en les églises :

— Comme tu peux le voir, j'ai servi de goûter à un de

mes gentils loups-garous mais toi, brebis de Dieu, serviras-tu de dîner ?

Le curé tomba à genoux en priant.

Le moine s'approcha de l'autel et balaya d'un geste violent ciboire, crucifix et tous objets religieux qu'il jugea sans intérêt.

Puis, montant le ton :

— Ah çà, où caches-tu objets de valeur ?

Le prêtre sentit qu'il lui fallait réfléchir rapidement. Qu'étaient ces gens, outre leur qualité de loups-garous et de profanateurs, sinon des voleurs ?

Il les fallait donc contenter.

Aussi, d'une voix défaillante en son assurance, le prêtre répondit-il :

— Il n'est point de valeurs ici, seigneur, mais j'en connais, tout près de cette église.

Le moine, qui observait un calice, le jeta avec violence sur le sol et l'objet résonna sur les dalles. Puis, d'une voix lente :

— Voilà qui est fort bien. Je remarque tes bonnes dispositions envers les loups-garous et, pour toutes récentes qu'elles soient, elles sont douces à mon cœur qu'on fléchit facilement. Puis-je espérer que tu nous aimes, brebis de Dieu ?

— Oui, monseigneur.

— Qui aimes-tu ?

— Les loups-garous.

— Et ?...

— Et celui qui les mène.

— C'est fort bien, brebis de Dieu. Mais ne demeure point ainsi à genoux devant moi car il me viendrait dès lors des idées et je ne pense pas qu'en ce saint lieu il soit de bon goût d'ajouter le péché de lubricité aux peccadilles dont mon âme s'est déjà rendue coupable en ce gracieux village où l'on sait si bien s'amuser. Tiens, jouons de nouveau : prosterne-toi devant moi.

Le curé se coucha sur le sol.

Alors, d'une voix dure s'adressant aux loups-garous, le moine ordonna :

— Relevez cette folle brebis qui broute le sol de l'église !

Le prêtre fut relevé par deux puissantes paires de bras, les loups-garous n'y mettant cependant point trop de douceur.

Le moine défiguré lui fit face :

— Tu parlais de richesses ?... Je t'écoute.

Conscient qu'il rendait bon service à celui qui menait loups-garous, le curé se montra prolixe :

— À une demi-lieue d'ici se trouve château qui n'est point en bon entretien mais contient nombreuses richesses. Il appartient à vieille comtesse ayant peu de domesticité, celle-ci étant par ailleurs âgée. Vous pourriez en grande facilité vous rendre maître de l'endroit.

— Décris-moi cela, douce brebis de Dieu.

— Eh bien je n'ai point tout vu, il s'en faut de beaucoup mais la vieille se trouvant fort mal voici un an, je fus appelé à son chevet. La chambre contient grandes richesses, et peut-être alors est-ce semblable chose en le reste du château.

Le moine enlaça familièrement le curé, lui serrant de près la taille, et l'entraîna à faire quelques pas, l'ecclésiastique se forçant à ne point regarder ce profil et par exemple ces dents que l'on voyait jusqu'à la naissance de la gorge en raison de l'absence de joue. Le moine prit ton amical :

— Marchons brebis !... Voilà qui est bien.... Maintenant, dis-moi telle qu'en ton souvenir était cette chambre.

— Au début, mon impression n'était point bonne, seigneur... Comme en tous les châteaux, en celui-ci circulaient les courants d'air et froid glacé dès que l'on s'éloigne des cheminées. La chambre, elle, était bien chauffée. J'arrivais donc juste après que par saignée, on eut tiré une bonne pinte de sang à la vieille comtesse qui du coup somnolait si bien que j'eus tout loisir pour observer les lieux.

— Ah, je vois que ma gentille brebis est fort curieuse !

— Je le suis, seigneur.

— Curieuse et observatrice. Bonne brebis !... Dis-moi, tu n'es plus brebis de Dieu, n'est-ce pas ?... Tu es ma petite brebis à moi seul ?

— Je le suis, seigneur.

— Tu es quoi ?... Sois précise, brebis !

— Je suis votre brebis, pour vous seul, seigneur.

Le moine mit la main aux fesses du curé en disant :

— Et tu m'es toute dévouée, n'est-ce pas ?

Le curé, ayant avalé sa salive, ferma les yeux puis, en un abandon qu'il crut sublime :

— Je suis à vous de la tête aux pieds, seigneur.

— Ah mais non, tu ne peux point dire ainsi !... Voyons, tu es à moi de la tête aux sabots puisque tu es brebis. Voilà les bonnes paroles.

— À vous comme il vous plaira, seigneur.

— Nous verrons cela, brebis, mais ne fais pas ta tête folle à me parler de « pieds »... sauf s'ils sont fourchus !

Il y eut un long silence et le moine reprit :

— Ici, brebis, tu aurais dû rire.

Le prêtre rit faussement. Le moine ne parut point convaincu :

— C'est bien tard, brebis !... Mais parle-moi de cette chambre où reposait vieille carcasse de comtesse.

— Ah, seigneur, un fort bel endroit. Le ciel de lit et les rideaux étaient de velours tanné. Chaises de noyer à dossier de cuir vert, ces chaises elles-mêmes recouvertes de toiles d'argent et de soie couleur aurore. Le lit était de velours cramoisi, qui est la couleur des reines. On s'éclaire à la lampe à huile mais pour éviter mauvaises odeurs, telles qu'en les riches demeures, on parfume l'huile avec mélange de camphre et d'encens.

Le moine défiguré leva la main pour interrompre le curé et, d'une voix où perçait déception :

— Brebis, tu juges fort mal de la situation. Vois-tu, mes loups-garous et moi-même ne faisons point commerce de lampes à huile, lit, chaises...Nous ne sommes pas marchands de meubles anciens : en avons-nous l'aspect ?...

— Seigneur, j'ai vu aussi coupe d'agate et de cristal, paniers de vermeil mais plus que tout, pièce magnifique et unique : un reliquaire tout pavé d'émeraudes de bon poids.

— C'est fort bien, brebis, nous irons en ce château de ta part. Mais à présent, vois-tu, tu vas nous servir de repas puisque tu as osé faire goûter la chair de mon loup-garou à tes drôles !...

« Vert » surveillait le curé, « Rouge » s'activait à entretenir grand foyer de braises tandis que « Bleu », qui connaissait la forge, fabriquait pièce de fer qui ne devait assurément servir qu'une fois en pareil usage.

Pendant ce temps, le moine défiguré, Vittorio Aldomontano, inspectait non sans dédain la maison du forgeron. Il trouva la cave bien garnie de deux muids de clairet de Bourgogne, deux feuillettes de Beaune et un petit tonneau de vin blanc de Guérard.

Il jeta un regard froid aux tapis de Turquie et à la chambre tendue de tapisseries des Flandres.

En la salle, il ouvrit buffet et en inspection aussi hâtive que brutale jeta au sol mouchoirs de lin puis, par amusement mauvais, renversa table montée sur châssis à sept colonnes couverte d'un tapis vert avant de précipiter avec violence chandelier de potin contre tableau représentant scène pieuse.

Enfin, tout fut prêt et le moine annonça :

— Aucune cruauté que tu n'aies toi-même infligée à mon pauvre « Jaune », curé. La justice !... Pour une fois, la justice !...

Les loups-garous, malgré leur force, ne furent point trop de trois pour maintenir le curé tandis que l'ambrosien, qui connaissait chirurgie depuis l'Italie, passait longue tige de fer chauffée à blanc en le pied du curé. De là, le métal traversa toute la jambe, sortit du corps par la hanche, y replongea en le gras de la poitrine et acheva sa course à l'articulation de l'épaule.

Sans doute les deux objectifs du moine étaient-ils atteints : passer tige de fer en le corps du curé et ne le point tuer.

Transporté ainsi sur sa tige, le curé hurlait de douleur.

Il fut cependant porté jusqu'aux braises et les deux extrémités de la tige posées sur deux fourches profondément plantées en le sol.

Le lit de braises dégageait une insupportable chaleur.

L'ambrosien semblait en grande insensibilité des cris du curé souffrant et de la tige de fer en son corps, et de la braise qui le brûlait par sa forte température.

Tandis que les loups-garous tournaient la tige pour que chair du curé rôtisse en toute sa surface, l'ambrosien récitait prière en latin, affectant élégantes tournures anciennes assorties de remarques en grec.

Enfin, il s'approcha, sortit sa dague effilée, coupa en la fesse du curé, hocha la tête avec contentement et offrit la viande à « Bleu » qui goûta sans bouder son plaisir, avalant en commentant avec satisfaction :

— Hon !... Hon !...

Le moine, qui comptait rédiger lettre, regarda le curé supplicié non sans tendresse :

— Tu es délicieuse, brebis, et ton dévouement à nourrir ton prochain est pour moi source d'émerveillement. Vois-tu, s'il demeure un peu de toi lorsque nous partirons, je gage que les soldats du gouverneur qui découvriront massacre en ce village ne résisteront point à l'envie de finir tes restes avec ravissements. Quant à moi, c'est la première fois que je mange du curé et te trouve moins goût de brebis que de sanglier. Tu aurais gagné à boucaner quelque temps... Sache encore, brebis, que je vais écrire histoire de ta punition et de celle de ce village afin que nul n'ose plus brûler loup-garou.

Puis, le regard se durcissant et la haine ne se dissimulant plus :

— Crève lentement, charogne, et dans mille douleurs !

54

La nuit était depuis longtemps tombée sur la rue de Betisy et le comte de Nissac, appuyé contre la façade de la maison où on lui avait trouvé chambre, fumait petite pipe en terre à très long tuyau en observant un chien qui déféquait avec air totalement égaré qui l'amusa beaucoup. Il se dit que, si un jour des précieux tels les mignons d'Henri troisième faisaient interdire chevaux et chiens en la ville de Paris, celle-ci serait bien avancée pour retourner à la barbarie.

Bien qu'il fît froid, Nissac n'était point mécontent de fuir son propriétaire qui souffrait de la goutte et de la gravelle, soignant cette dernière avec crottes de souris – qu'il devait trouver en abondance en son logis si l'on en jugeait par les grattements en les plafonds.

Nissac attendait depuis deux heures et sans doute cimetière se trouvait-il tout proche car il avait entendu crieurs allant en les rues pour annoncer enterrement. Plus tard, il vit passer ce fameux « cercueil du pauvre » qui est bien le seul à revenir du cimetière, quand son locataire y demeure en vilaine fosse.

Il s'étonnait que les hommes ne fussent point égaux devant la mort. Au moins n'était-il rien de semblable en mer.

Il se souvint qu'ayant dû rencontrer le Grand Amiral à Paris trois années plus tôt, il avait logé à proximité de l'hôpital. Là, on cousait les morts en une serpillière avant de les mettre en fosse commune du cimetière Saint-Marcel. Visite inutile, le Grand Amiral n'étant point à Paris, ayant été prendre les eaux à Forges, à moins que ce ne fût à Plombières où, pour raisons qui échappaient à Nissac, les riches allaient chaque année... sauf les années bissextiles où la chose était réputée dangereuse.

Nul ne savait pourquoi.

Nissac souffrait de toute cette bêtise nourrie de stupides superstitions. Son propriétaire et ses crottes de souris !... Que n'avait-il entendu sur ce chapitre !... Et qu'on soignait les écrouelles avec cloportes bouillis. Et qu'il fallait essence d'urine contre les vapeurs. Et qu'un collier de langues de chiens faisait disparaître chancres en la bouche.

Lui-même, enfant, avait subi cela en le château familial de Saint-Vaast-La-Hougue. Ainsi, lorsque sa mère – qui interdisait telle chose – était absente, une vieille domestique s'obstinait-elle à lui faire manger affreuse viande de porc-épic qu'on disait bon remède contre incontinence... dont il ne souffrait point !

Lui-même encore, bien que ses parents fussent intelligents, portait toujours autour du cou une dent de loup au bout d'une chaîne d'argent. Mais ne disait-on pas que pour construire leur château, les Nissac des temps anciens avaient dû disputer la lande aux loups ?... Cela lui plaisait davantage qu'autres talismans qu'il avait aperçus au cou de certains hommes : nouet de racine d'iris ou d'angélique, voire de pivoine mâle, dent de vipère mâle enchâssée dans l'or...

Le comte de Nissac secoua la tête tout en observant un herbager dont il se demanda s'il n'était pas celui qu'il attendait mais l'homme passa son chemin et Nissac revint à ses pensées.

Il trouvait quelque excuse à tous ces remèdes idiots, car gens qui les utilisaient n'étaient point de grand savoir. En revanche, il détestait ceux qui prônaient pareilles bêtises en affectant de connaître la science.

Pourtant, Nissac ne tournait point le dos au progrès, toujours soucieux de la vie des membres de son équipage qui se trouvaient blessés. Ainsi ne voulait-il point, comme cela se pratiquait encore beaucoup, qu'on cautérise au fer rouge ou à la poix bouillante, mais qu'on ligature.

Et c'est au nom de cette facilité à s'adapter au progrès – dont il se tenait très informé – contre la tradition qu'il savait aussi dire « non ». Ainsi de la saignée, dont il ne voulait point entendre parler, tant elle constituait insulte à l'intelligence. Inventée par Botalli, un Piémontais médecin d'Henri troisième, il la justifiait en disant : « Plus on tire eau croupie d'un puits, plus il en revient de la bonne : le semblable en est donc du sang et de la saignée. »

— Sauf si le puits en question est à sec !... dit Nissac à mi-voix, dans un sourire.

Ainsi, souvente fois en la vie, il préférait en rire qu'en pleurer tant il ressentait grande impuissance à changer son époque.

Même Henri quatrième, que Nissac admirait pour être à l'origine de l'Édit de Nantes, extraordinaire avancée de la tolérance, Henri quatrième lui-même le décevait pour se montrer cruel en organisant certains jeux aux Tuileries. Tels ces dogues qui se combattaient entre eux, ou contre taureau, quand on ne les lâchait point contre un pauvre ours.

Ou cette autre coutume chaque 23 juin, veille de la Saint-Jean... On plante alors en place de Grève arbre entouré d'un bûcher. Sur cet arbre sont pendus des sacs contenant douze chatons. Puis l'usage veut qu'avec une torche ardente de cire blanche, le roi lui-même allume le bûcher en le silence bientôt déchiré par les clameurs du peuple dès lors qu'on entend les hurlements des malheureux chatons brûlés vifs.

— Il est cruel, il est le roi, mais le sang appelle toujours le sang !... murmura Nissac qui désespérait quelquefois en considération de ce qu'il y a de sauvage et de petit chez l'homme.

Certes, en mer aussi, on tuait, et beaucoup, mais chez ceux du *Dragon Vert*, jamais par plaisir. Telle était la condition de la marine militaire qu'on se battait durement, mais sa propre survie était en cause. Demeurait la question des prisonniers : on n'en faisait point. Un événement avait très profondément influencé Nissac en ce sens.

Il se souvenait d'un capitaine anglais, un barbaresque, du nom de Warwick. Celui là non plus ne tuait point par plaisir et, en la marine royale française, on le considérait avec un certain respect.

C'était juste après avoir quitté le commandement d'un modeste vaisseau et Nissac, alors capitaine, sillonnait les mers du Levant sur une flûte de prise.

Après long duel d'artillerie, Warwick étant mieux armé, Nissac avait feint de dérober pour revenir confondu en l'aveuglant soleil et après avoir volé le vent.

Combat au corps à corps fut d'extrême violence, mais le dernier mot demeura aux marins du roi et Warwick lui-même, blessé par Nissac en combat loyal, fut ramené en le port de Toulon.

L'amiral se souvenait parfaitement de cet homme de vingt-trois ans aux longs cheveux blonds bouclés, à la peau brunie par le soleil, aux yeux d'un bleu faïence.

Passant devant Nissac pour monter au gibet, Warwick lui avait murmuré :

— Capitaine de Nissac, il eût mieux valu me tuer, me noyer, mais point la corde. Souviens-t-en, toi qui pensais agir avec noblesse : point la corde, mais l'épée ou la vague.

Les femmes voyaient passer avec tristesse si bel homme que ce Warwick, qui mourut avec courage.

Sous le soleil d'août, deux jours plus tard, gros vers grouillaient sur le beau visage de l'Anglais et le comte considérant ce spectacle avec tristesse se jura de faire ainsi que feu Warwick avait demandé.

— Oublies !... Marchand d'oublies !... Qui veut mes oublies ?... Oublies !... Marchand d'oublies !...

Nissac tressaillit.

Il sentit que ce marchand risquait peu de vendre ses oublies, ne se trouvant personne en les rues glacées pour les manger aussi en conclut-il que c'était là l'homme qu'il attendait.

Au reste, celui s'arrêta devant Nissac et demanda :

— Amiral-comte de Nissac ?

— Lui-même.

— Je dois vous parler.
— Allons dans ma chambre.

Le marchand d'oublies, qui n'était autre que Luc de Fuelde, s'était présenté comme tel, ne cachant point que Stéphan de Valenty fût son cousin et évoquant sans les nommer le Père Joseph et Richelieu.

Il ne dissimula point non plus ce qu'on attendait de lui :

— Il vous faudra exécuter les comploteurs.

En l'esprit de l'amiral, les choses commençaient à aller trop vite et cet abbé de cour déguisé en marchand d'oublies tentait peut-être d'arranger les choses en sa façon qui ne servait point forcément au mieux les intérêts de la vérité.

— Un instant, dit Nissac, que sait le roi ?

— Il sait que ce complot n'est point semblable aux autres. Je crois... puis-je vous parler franchement ?

— Sans doute. Et moi pareillement ?

— Bien entendu.

Nissac regarda les oublies, petites gaufres en forme tantôt de cylindre, tantôt de cornet.

— Alors je mangerai bien de vos oublies car à vous attendre si longtemps, je n'ai point soupé.

De Fuelde fut surpris :

— Eh bien... mais je vous en prie. Or donc, le roi à...

— Elles sont délicieuses. Et bien sucrées !... coupa Nissac.

De Fuelde était de ces hommes qui, l'esprit occupé par une cause, ne pensent à rien d'autre, et pas même à manger. Aussi ne comprenait-il point que l'amiral de Nissac puisse avoir faim.

Masquant son irritation, il reprit en grande patience :

— Pour parler franchement du roi...

— Ah çà, les avez-vous préparées vous-même, l'abbé ?

Luc de Fuelde n'était point idiot et vit lueur amusée en les fascinants yeux gris de l'amiral. Il comprit alors que ces interruptions n'étaient point dues à gourmandise mais au désir du comte de Nissac que les choses aillent en une allure et sous une forme où il pourrait les suivre et y participer en rang d'égalité.

Il sourit.

— Soit. Si je ne suis point clair en mes propos, n'hésitez pas à me demander précisions.

— Telle est bien mon intention.

— Donc, à vous parler en grande franchise, nous pensons que le roi a peur. Il ne le peut point dire car ce roi de tout temps fit montre d'une vaillance qui ne connut jamais de faille.

Songeant à la charge de cavalerie de Fontaine-Française, Nissac répondit :

— Sans doute, pas un seul instant.

— Il est rassuré, cependant, que tant d'hommes d'Église dont mon maître et son propre confesseur aient pris les choses en main pour déjouer le complot.

— Sait-il le rôle que vous me réservez ?

— Il le sait.

Nissac resta un instant songeur.

— Il vient pourtant de me confier missions qui me tiendront quelque temps éloigné de Paris et je ne pourrai rien contre ceux qui complotent.

Un trait de contrariété barra le front de Luc de Fuelde.

— Nous savons cela, même si nous ne connaissons point le détail de ce que le roi attend de vous.

— Et vous n'avez point à en connaître. Mais ce me semble, m'envoyer au loin pour la guerre et accepter que je m'occupe de ce complot à Paris est grande contradiction, ne croyez-vous pas ?

Luc de Fuelde, soucieux, attrapa une oublie en laquelle il mordit sans y prêter grande attention :

— Nous ne comprenons point cette contradiction, mais ne devons pas nous y arrêter. Nous préférons penser à l'avenir. Après tout, tôt ou tard, vous reviendrez, n'est-ce pas ?

— Rien n'est moins certain. Ces affaires ne sont pas sans menus dangers.

L'abbé, qui entendait toujours ne point demeurer en retard sur le déroulement des choses, poursuivit :

— Je ne veux voir que le cas où vous reviendrez.

— C'est très gentil à vous et j'aimerais moi aussi considérer les choses sous cet aspect car après tout, il s'agit de ma peau.

— Nous progressons presque chaque jour en la bonne connaissance du complot et de ceux qui y participent sous la conduite d'un chef absolu, le duc d'Épernon, et c'est hélas le seul nom que je vous puis livrer pour l'instant. Mais il serait illusoire d'imaginer qu'on puisse mêler police et justice royale à l'affaire car toutes deux sont gangrenées par l'or espagnol et ne le seraient-elles, leur temps à réagir est toujours beaucoup trop long pour affaire si pressante.

Nissac réfléchit un instant, puis :

— Tout cela, je le puis comprendre. Vous voulez donc que je me substitue à la justice défaillante et aux carences de la police ?

— C'est bien dit !... Mais c'est sur votre rapidité et votre efficacité que nous comptons.

— Achevez de connaître ceux qui sont du complot, faites-moi secrètement parvenir leurs noms et détails de leur organisation et nous, nous tenterons d'agir vite.

Luc de Fuelde se leva, signifiant ainsi qu'il n'avait plus rien à dire si ce n'est :

— Mon cousin Valenty ne tarit point d'éloges sur vous.

— Je pense semblablement de lui à tel point que, puisque mes pouvoirs semblent brusquement assez considérables, je compte le prendre avec moi.

De Fuelde hocha la tête.

— C'est entendu. Avez-vous autres questions ?

— Une. La plus importante. Au reste, je vous l'ai déjà posée mais vous ne m'avez point répondu.

Luc de Fuelde endigua sentiment de panique. Il était toujours maître de lui, et de sa mémoire, mais même en cherchant...

— Importante question, dites-vous ?... Vraiment, je ne vois pas...

— Est-ce vous qui avez préparé ces succulentes oublies ?

55

Le comte de Nissac allait tête basse au pas de son haut cheval aveugle dont la robe noire d'Andalousie faisait prendre peur à certains villageois.

L'amiral, pour rejoindre Toulon, avait décidé de passer par Orléans, espérant apercevoir sur sa route la baronne de Guinzan qui allait sans doute semblable chemin.

Il ne se reconnaissait plus, et s'en effrayait. Il se sentait par instants sans force, le cœur trop lourd, abandonné du monde.

Plus grave, il savait l'origine de son mal : il n'avait point vu la baronne depuis... hier, et ne le supportait point.

Ainsi, sans s'y pouvoir tromper cette fois, c'était cela, l'amour ?... Si doux et si terrible à la fois mais même s'il se trouvait en grande souffrance, il n'aurait à aucun prix changé cet état contre sa condition précédente.

Il leva les yeux et, en le ciel d'hiver, aperçut petit nuage semblable à voile légère sur la mer bleue.

Quel curieux chemin que le sien !

Quoi, pendant toutes ces années, rien, pas la moindre femme, pas d'amour. Et voilà que coup sur coup, en si bref délai, apparaissaient en son existence Élisabeth de Sèze de La Tomlaye, la duchesse Inès de Medina Sidonia et la baronne Isabelle de Guinzan.

Une brune, une rousse, une blonde...

Mais de quelles forces était-il donc le jouet dérisoire ?... Ou bien ces belles apparitions préludaient-elles à sa mort prochaine, comme pour faire connaître en si peu de temps ce qu'il avait ignoré sa vie durant ?

Pourtant, seule des trois, la baronne était aimée de lui. Aimée...

Il eut peur de cet amour, de son amour. Il voulait Isabelle contre son épaule, en grande douceur, mais l'instant d'après la désirait nue sur un lit pour couvrir de baisers ce corps tant désiré.

La route était affreusement déserte.

Pourtant il avait préparé son affaire avec soin, calculant qu'il devait rattraper la baronne avant Étampes, ville qui se trouvait à présent à six lieues derrière lui.

Il se résolut à penser que, s'il ne pouvait revoir la baronne, il ferait en sorte d'être tué lors des très périlleuses missions que venait de lui confier le roi de France.

Ses yeux gris marqués d'une grande tristesse, il murmura :

— Qui me regretterait, si ce n'est mon chien et mon cheval ?

— Plus vite !... Non, ralentissez !...

La baronne Isabelle de Guinzan donnait ainsi ordre et contre-ordre depuis Étampes et le magistrat d'Orléans, impressionné que le roi l'ait rencontrée à deux reprises et lui ait restitué son titre de baronne, n'osait point aller contre la volonté de la jeune femme.

La baronne, de plus en plus affolée, portait ses ravissants petits poings à sa bouche :

— Il devrait être devant !... À moins qu'il ne soit derrière ?

Le magistrat soupira.

Comment cet homme ennemi des passions en toutes choses – excepté celles de la table – aurait-il pu comprendre ce qui se passait en le cœur de tant jolie baronne ?

« Comme je l'aime ! »... songeait-elle, émerveillée par sa propre passion.

Elle n'avait point dormi deux heures, hantée par ce visage creusé, marqué par la vie, les combats et peut-être les désillusions.

Elle imagina nu ce grand corps à la taille fine et aux larges épaules...

Elle eût souhaité qu'il lui fasse l'amour, ne serait-ce qu'une fois. Ce point douloureux en le bas-ventre, cette jolie poitrine à présent rendue opulente par le désir : elle eût aimé lui donner tout cela et qu'il en dispose comme bon lui semblait.

Elle aimait !... Enfin !...

Oui, enfin elle aimait et pour la première fois en sa vie. Mais non : elle aimait le comte de Nissac depuis toujours, avant même que de le connaître, et savait qu'elle l'aimerait jusqu'à sa dernière heure.

Elle soupira. Son regard fiévreux suivit petit ruisseau...

Elle se dressa d'un coup, manquant de se cogner la tête au toit du carrosse. Non, elle ne rêvait point. Là, ce haut cheval noir qui se tenait immobile, semblant regarder son cavalier qui plongeait son chapeau dans l'eau et le portait à sa bouche pour en boire le contenu !... Ce chapeau au panache mouillé, plumes vertes, bleues et blanches.

— Arrêtez !... cria-t-elle.

Le cocher tira énergiquement sur les rênes.

Elle descendit aussitôt et marcha vers Nissac qui, l'ayant aperçue, demeurait muet de stupeur, tenant encore en une main pain de munition.

Elle fut émue en songeant : « Du pain et de l'eau !... J'espère qu'un jour tu verras, cher amour, que je peux cuisiner bien meilleures choses. »

Ils faillirent se jeter au cou l'un de l'autre, mais n'osèrent point.

Et ce fut elle qui parla la première :

— Vous souvenez-vous, monsieur, que vous m'avez proposé d'exaucer n'importe lequel de mes souhaits ?

— Parlez, madame, j'obéirai.

— Je veux embarquer sur *Le Dragon Vert*.

— Mais...

— Je veux donc que vous m'emmeniez à l'instant à Toulon.

— Mais...

— La chose n'est point discutable, car un Nissac préfère mourir que manquer à sa parole, tout le monde sait cela.

— Mais...

— Ne savez-vous dire que « Mais », monsieur ?

— Mais...

— Vous voyez bien !

— C'est-à-dire, baronne, que vous ne me laissez point achever.

— Bien, que comptez-vous répondre à tout cela ?

Il sourit.

— Tout cela, n'est-ce pas ?

— Oui, sans rien omettre.

— Eh bien, que de réponses... Je vous dirais donc.... oui !... Il en sera comme il vous plaira, madame, et pour tout cela que vous venez de dire. En doutiez-vous ?

Abandonnant le magistrat d'Orléans à grande perplexité et lui laissant même son bagage, ne songeant plus à ses terres, ses vignes ni sa demeure, et moins encore à sa réputation, elle sauta en croupe, passant ses bras autour de la taille du comte de Nissac.

Le cheval noir et aveugle filait rapidement, et plus d'un se retourna pour voir ce couple, l'un avec le panache des belles plumes de son chapeau et l'une, avec ses longs cheveux blonds au vent.

Certains, les plus âgés, se signèrent, craignant pour ces inconnus ils ne savaient quels périls

Car ce couple était la beauté, la jeunesse, la force et l'amour et tout cela ne serait sans doute point de trop pour tenir à distance la laideur, la traîtrise, la violence et la mort.

Car en vérité, leurs aventures ne faisaient que commencer...

FIN DE LA SECONDE ÉPOQUE

Troisième époque

LE CHÂTEAU DES CHIMÈRES

56

MARS 1610...

Ils chevauchaient rapidement et allaient, par un froid cruel et sous un vent mordant, en paysage désolé.

La baronne, parfois au bord de l'évanouissement, serrait alors plus fort la taille du comte de Nissac ou croisait parfois les mains sur la poitrine musclée du cavalier qui l'avait prise en croupe.

Sous le ciel noir, des rafales de vent glacées faisaient frissonner la jeune femme. Les deux premières nuits, ils dormirent en auberge de route mais la troisième, surpris par les ténèbres, ils avaient trouvé refuge en un grenier à foin.

En les auberges, on remarqua qu'ils faisaient chambres séparées mais cette fois, il leur fallut bien dormir côte à côte. Nissac, s'effrayant du froid en songeant à Isabelle, avait couvert cette menue baronne de sa longue cape bleu marine avant de se coucher près d'elle.

Puis, la sentant grelotter, il l'avait prise en ses bras.

En cette promiscuité de deux corps serrés l'un contre l'autre, il eût été facile, pour elle comme pour lui, de voler un baiser. À la vérité, chacun y songea et, plus important, chacun se trouvait en la conviction que l'autre ne le repousserait pas, en quoi tous deux n'avaient point tort.

Au fond, l'une et l'autre se trouvaient en la tentation du sublime, de l'amour qui, par sa force, et la pureté qui en est l'essence, sait résister à tout, y compris à extraordinaire attrait du corps de l'être aimé

On voyait rayon de lune délicat se faufilant par trou en la toiture du grenier à foin et poser lueur étincelante sur les visages du couple allongé.

Le comte de Nissac, qui douta un instant que communion entre un homme et une femme puisse être si totale, chercha non point à tendre piège, mais à s'assurer que la baronne se trouvait en semblables dispositions que les siennes :

— Faute de le connaître, je n'ai point souvent songé au bonheur mais il me vient aujourd'hui que c'est chose d'une grande simplicité, à la fois effrayante et merveilleuse. Quelle diablerie, que cela !

— C'est que le diable, alors, a grand pouvoir de séduction. Mais est-ce le diable, ou bien plutôt la nature, qui peut faire succéder tempête et grand calme ?

Le cœur de Nissac s'accéléra : ne venait-elle point de confesser, sans le dire, qu'elle se trouvait aussi émue que lui-même ?

À présent, les vents glacés avaient chassé les nuages noirs et, par le trou en la toiture, le comte et la baronne, qui ne pouvaient point dormir, découvraient nuit émouvante et étoilée.

Il tourna légèrement la tête vers elle, et une mèche de cheveux blonds effleura son visage.

Il murmura :

— Madame, je n'ai point d'expérience en ces choses...

Le courage lui manqua et Isabelle, souriante en la demi-pénombre, répondit :

— Et moi pas davantage, monsieur.

Nissac sursauta presque :

— Ah çà, madame, comment auriez-vous l'entendement de ce que je n'ai point dit encore ?

— Pour raison des plus simples, monsieur, c'est que je les devine pour les ressentir pareillement.

Nissac fut stupéfait. À aucun instant, depuis qu'il avait revu la jeune femme, il n'avait songé que les choses se présenteraient sous aspect de telle facilité. Mais la situation lui échappant, il craignait de passer pour homme fuyant le danger, ce qui n'était point sa manière en l'existence.

Il sourit à son tour.

— Madame, j'ignorais qu'il en irait ainsi tout uniment. Je redoutais de vous confier si vite que je crois au bonheur, et donc à l'amour. Sans doute sur les mers je cours mauvaise fortune de mourir mais mes craintes d'affronter barbaresques ou Espagnols ne sont point à la mesure de celle où je me trouvais de vous faire cet aveu.

— Monsieur, soyez toujours ainsi loyal et vous connaîtrez combien je le serai en retour.

Il s'insurgea, mais avec douceur :

— Je ne suis point de nature dissimulé, madame, et parle avec franchise même lorsqu'il m'en coûte. Et s'il m'arrive, comme en cette nuit étrange, de ne point tout dire, c'est en la raison que je crois qu'il ne faut point précipiter les plus belles choses qui puissent arriver en une vie.

Elle ne répondit pas, et fit bientôt semblant de s'être endormie. Mais tel n'était point le cas, et comment l'aurait-elle pu, se trouvant si proche de l'amiral des mers du Levant.

Elle se tourna sur le côté, il agit pareillement. Bientôt, elle feignit souffle régulier de personne profondément endormie. Il se passa alors longues minutes, puis elle sentit main douce qui écartait ses cheveux et bientôt, on lui déposa long baiser sur la nuque.

Elle aurait aimé contrôler toutes choses, mais ne contrôla rien du tout car, tel un tremblement de terre, ce baiser de nuque lui donna long frisson de la tête aux pieds, l'effet s'attardant plus longuement en le bas du dos.

Nissac, un instant très surpris, sourit. Puis il décida d'être sage.

Ils arrivèrent à Toulon sur le coup de midi.

À une heure de relevé, dernière patrouille montait à bord, ramenant marins ramassés en tavernes et cabarets.

Quelques minutes plus tard, précédé de trois violons qui marchaient encore droit et jouaient juste en raison que la journée n'était point trop avancée, monsieur de Sousseyrac monta à son tour sur *Le Dragon Vert*.

Le motif à embarquement si rapide fut que l'amiral des mers du Levant voulait mener son navire au radoub en le port de Rouen, son chantier d'origine, afin qu'on nettoie en bassin la coque alourdie de coquillages et qu'on calfate certaines infiltrations. Il devait en outre profiter de l'occasion pour rendre compte au grand amiral qui souhaitait le rencontrer.

Ainsi pensait-on pouvoir égarer espions du roi d'Espagne qui ne manquaient pas en les ports français.

En outre, conscient des dangers existants, le comte de Nissac avait discrètement tenté de mettre en garde la baronne contre ce partement, mais elle n'en voulut point ainsi.

Tous les ruffians de l'équipage du *Dragon Vert* apprenant la nouvelle d'une femme à bord entrèrent en grande fébrilité. On coupa les cheveux, tailla les barbes, lava les vêtements durcis de crasse et, en émouvante façon, chacun s'éprouva à parler langage de politesse qui déclenchait force crises de rire quant tel, qui disait habituellement « Denis, porc immonde au fumet mâtiné de bouc en pleine pourriture du fondement, tends-moi le tonnelet d'eau-de-vie ! » revoyait sa façon pour la rendre plus exquise : « Denis, doux ami au regard pur et dont le cœur ne l'est pas moins, me feras-tu l'honneur de me tendre ta fiole d' eau-de-vie ? »

Et cela faisait rire aux larmes.

Lorsque l'amiral et la baronne de Guinzan posèrent pied sur le pont, monsieur des Ormeaux, le second, fit manœuvrer et aligner en belle allure tout l'équipage. Satisfait, Nissac dit quelques mots et fit rompre les rangs mais il éprouva légère appréhension lorsque Isabelle s'approcha des marins.

Pourtant, elle dosait en grande intelligence instinctives paroles plaisantes et questions habiles si bien que l'équipage en tomba follement amoureux sans qu'il vînt à quiconque idée de faillir au respect lui étant dû.

Nissac, assez fier, invita Isabelle sur le gaillard d'avant :

— Ah çà, madame, voudriez-vous prendre ma place ?

— Point donc, monsieur l'amiral. Je voulais voir et connaître ces hommes qui ont combattu à vos côtés.

Nissac baissa le ton.

— Eh bien, qu'en pensez-vous ?

— Ce sont vos marins, votre équipage : ils sont tous magnifiques. Avez-vous entendu leur étrange langage qui ne semble point le leur habituel ?

— C'est qu'ils font efforts pour ne vous point décevoir et donner belle apparence du *Dragon Vert* car certains, qui n'ont ni feu, ni lieu, ni famille, estiment que ce galion est leur maison.

— Ils me donnent grande émotion ! Point vous ?

— Tout pareillement.

— Mais vous ne le montrez pas... Pourquoi ?

Nissac hésita :

— Ma nature est réservée... Et puis c'est ainsi, le capitaine doit vivre comme en exil. Je ne sais point vous l'expliquer. Un mot affectueux de temps en temps, car je ne peux m'en empêcher, mais jamais trop.

— Mais savez-vous qu'ils vous aiment ?

Nissac sourit, regarda ses hommes à la manœuvre.

— Et vous, s'il en est ainsi que vous le dites, savez-vous pourquoi ?

— Comment ne pas vous aimer ?

Nissac fut très ému de cette réponse naïve de femme qui pense que tous sont en ses dispositions. Aussi chercha-t-il à ne point brusquer Isabelle :

— Il est peut-être autre raison... Je les ai toujours menés à la victoire, ils ont confiance en moi et savent mon dégoût du sang versé. Ce sang, c'est le leur.

Bientôt, on leva l'ancre et le navire appareilla.

Il glissait bien sur le flot, ne donnant point toute sa voilure mais ayant pris le vent.

Seule Isabelle s'en étonna, mais ne posa point de question, constatant cependant que le cap était à l'est.

Elle comprit lorsque, au large des îles d'Hyères, un petit navire rapide aux couleurs génoises accosta au *Dragon Vert*. Un capitaine borgne, sans dents et sans cheveux, sauta sur le pont du galion et, l'air préoccupé, se retira avec Nissac dans la cabine de celui-ci.

Charles Paray des Ormeaux, le second, s'approcha d'Isabelle :

— Le Génois est un de ceux qui informent monsieur l'amiral des mouvements des barbaresques. Il en est comme celui-ci beaucoup, qui sont les yeux de monsieur le comte, afin qu'il ne soit jamais surpris.

Le Génois sortit de la cabine dix minutes plus tard et regagna son bâtiment.

Quant à Nissac, soucieux, il donna ordre de mettre le cap sur la Sardaigne mais, découvrant le regard anxieux d'Isabelle, il prit ton forcé de plaisanterie :

— Affûtez le fil de votre sabre, madame, car nous courons sus aux barbaresques.

Puis Nissac devint impénétrable, songeant déjà aux dispositions de combat qu'il devrait prendre.

Mais le Génois, trop pressé de ne point s'attarder près des pirates, avait compté deux galères, ce qui n'était point affaire facile même pour Nissac et son magnifique *Dragon Vert*.

Cependant, elles n'étaient point deux, mais trois.

Flanquées d'un galion...

57

L'amiral de Nissac était soucieux.

Il ne pouvait tolérer l'existence du convoi barbaresque qu'on venait de lui signaler, le cherchant depuis un certain temps, mais cette affaire risquait d'être très chaude or, il était fort occupé ailleurs.

Ainsi, s'arrêter une semaine à Saint-Vaast-La-Hougue, afin de recevoir une partie du matériel neuf que lui faisait discrètement livrer monsieur de Sully en le faisant transiter moitié par Chartres, moitié par Le Mans, ce qui ne pouvait qu'égarer espions espagnols. En outre, cette semaine devait permettre de sélectionner les quarante-cinq qui iraient à terre pour accomplir actions voulues par Henri quatrième.

Cela fait, il fallait se rendre à Rouen et y laisser quelques jours *Le Dragon Vert* au radoub, profitant de ce délai pour courir à Paris chercher le reste du matériel de guerre sortant, neuf, des entrepôts de monsieur de Sully.

Après quoi, le nord... Puis ce fort en les Pyrénées.

Mais avant tout cela, il comptait prendre téméraire initiative pouvant faire avancer son autre mission en semant le trouble chez les comploteurs qui ne s'attendaient aucunement à une attaque sévère.

Nissac restait toujours sous le vent mais naviguait au plus près des côtes de Sardaigne qu'il connaissait en grande perfection.

On n'attendait point navire de cette importance en ces

lieux dangereux et plus d'un paysan eût sursauté de frayeur en voyant passer si près de son champ l'imposant *Dragon Vert*. Mais la chose n'était point possible pour la raison qu'une brume épaisse empêchait d'y voir au-delà de la poupe pourvu qu'on fût placé sur le gaillard d'arrière.

L'équipage se trouvait en grande anxiété et le silence imposé par l'amiral n'arrangeait point les choses. Charles Paray des Ormeaux lui-même, le second, jetait parfois bref regard à Nissac, debout sur la dunette, élégant, froid et silencieux. On ne pouvait rien lire sur son visage, ni ses intentions, ni ses sentiments.

Depuis plus d'une heure les canonniers se tenaient à leur poste, prêts au combat. Au moins, canons pointés, avaient-ils comme les hommes de manœuvre quelque tâche qui les occupa quand l'infanterie en l'attente de l'assaut demeurait avec ses pensées.

Isabelle se tenait sur le gaillard d'arrière avec conseil – cependant assez ferme ! – de se réfugier en la galerie de poupe sitôt le premier coup de canon mais, malgré elle, elle s'éloignait de l'ouverture de la galerie et s'avançait sur le pont pour lever les yeux vers Nissac immobile sur la dunette.

Elle comprit tout soudainement pourquoi l'homme qui était devenu sa vie même était si follement aimé de son équipage. Avec lui, la défaite paraissait chose étrangère au *Dragon Vert*. Il se dégageait de l'amiral impression de force et d'intelligence, de grande sûreté en les manœuvres, comme si son esprit prenait possession de celui des capitaines barbaresques afin de connaître leurs pensées avant même qu'elles leur fussent venues.

Devançant les vigies et les plus expérimentés des marins, Nissac lança :

— Attention, ils sont là.

La brume se déchira un instant et l'on vit une puissante galère.

Nissac lança un ordre et toutes les pièces de tribord ouvrirent le feu. Prise de vitesse, la galère fut dématée de partout, son pont ravagé, pauvre navire transformé en l'état de ponton allant à la dérive avec un équipage qui se demandait quelle colère divine venait de s'abattre sur le vaisseau.

Une deuxième galère apparut et Nissac, imperturbable, songea : Tiens, la galère de ce bandit de capitaine Van Thorbeck !

Il observa le renégat hollandais puis l'artillerie du *Dragon Vert* se déchaîna. Touchée en sa salle des poudres, la galère explosa, ses restes coulant aussitôt.

Les hommes d'équipage allaient quitter leurs postes lorsque, par habitude, ils levèrent les yeux sur Nissac. Celui-ci n'avait point bougé, restant attentif, et un marin souffla au mousse :

— S'il ne bouge pas, c'est qu'il en est d'autres. C'est chose singulière : il flaire l'ennemi avant que de le voir !

Une troisième galère apparut mais cette fois, l'effet de surprise ne joua point car elle ouvrit le feu la première. Par chance, la main des canonniers avait tremblé en reconnaissant, à la proue du galion, dragon sculpté en le chêne et peint en vert. Tous savaient quel était ce navire, et qui le commandait. Aussi n'affronte-t-on pas sans appréhension homme qui ne fut jamais vaincu en combat naval et la défaite rapide de la galère tint sans doute davantage au peu de sûreté de son équipage lequel, en sa grande incertitude et sans en avoir la pleine conscience, ne croyait ni en lui-même, ni en la victoire.

Pourtant, le capitaine barbaresque, habile marin d'Alger, tenta de virer à force de rames. Nissac voyait la chiourme redoubler d'efforts tandis que les gardes abattaient des fouets mouillés sur ces malheureux dos arrondis pour pousser l'aviron.

Nissac aurait dû suivre le mouvement de la galère. Plus rapide et plus maniable, il se fût trouvé à hauteur de son bâbord mais il ne s'y résolut point, ordonnant le feu en des conditions où son adversaire, la manœuvre commencée, se présentait de trois quarts à ses coups.

Le meilleur des canonniers de Nissac vit une forte lame soulever la galère et ajusta aussitôt le tir le plus rasant qu'il fut possible. Touchée en un point ordinairement placé sous l'eau, la galère, dès qu'elle retomba en un creux, s'emplit des flots qui entraient par la brèche en alourdissant sa coque. Le navire donna aussitôt de la bande et sombra sans qu'il fût possible de délivrer les malheureux rameurs.

L'équipage, cette fois, ne comprit pas que Nissac restât à son poste, toujours immobile n'étaient ses yeux gris qui semblaient chercher autre adversaire derrière la brume.

Il ne se trompait pas. Un galion, surgissant brusquement de l'arrière où on ne l'attendait point et qui le mettait sous le vent lui aussi, ouvrit un feu précis. Secoués, les canonniers du *Dragon Vert* ripostèrent, mais leur tir ne fut point aussi précis qu'à l'ordinaire, et l'avantage des bordées restait au galion barbaresque appelé *L'Eldorado*, sans doute son nom d'origine que l'équipage de prise avait conservé tant il évoquait de délices à venir.

La seconde bordée de *L'Eldorado* fut plus précise encore. Des voiles, des morceaux de mâts, des poulies s'abattirent sur le pont du *Dragon Vert* sur lequel des hommes hurlaient en se tordant de douleur. Sur la dunette, mains crispées sur la rambarde, le comte de Nissac ne bougeait pas. Les boulets le frôlaient sans qu'il cherchât à s'y dérober et, à ses côtés, un jeune officier fut coupé en deux.

Mais c'est d'une voix calme que l'amiral ordonna :

— Virez à tribord. Monsieur des Ormeaux, notre proue droit sur *L'Eldorado*.

Charles Paray des Ormeaux ne discuta point. *Le Dragon Vert* commença sa manœuvre dont la netteté apparut à chacun : il allait percuter *L'Eldorado* par le milieu. Il le coulerait sans doute, mais n'y survivrait pas. Si on pâlissait sur le vaisseau royal, l'équipage du pirate était en proie à une terreur grandissante et le capitaine, un Anglais nommé William Pelhman, ordonna de dérober en grande hâte. Une hâte si grande que *L'Eldorado* achevait son cercle en perdant le vent quand *Le Dragon Vert*, à mi-chemin de la courbe, ne l'acheva pas, obliqua sur bâbord, reprit le vent et fila en toute hâte.

Fou de rage, William Pelhman ordonna de reprendre le vent mais son cercle, s'il l'achevait en totalité, le menait sur les rochers si bien qu'il dut redresser, longer la côte en direction inverse du *Dragon Vert* et amorcer un large virage sur bâbord pour retrouver semblable route que celle du navire royal.

Et entamer la poursuite.

William Pelhman était confiant et ne doutait point de rejoindre sa proie blessée. Tous le savaient bon marin et excellent capitaine. Son vaisseau, bien que touché, était en meilleur état que *Le Dragon Vert*. Certes, ce diable de Français l'avait joué avec diabolique habileté, se dérobant en un premier temps et le menant ensuite se faire fracasser sur la côte qu'il évita de justesse. Mais la chance a ses limites et à l'usage, l'intelligence ne résiste pas à une force très supérieure.

William Pelhman fit taire sa joie, songeant qu'il aurait bientôt le temps de la savourer. Ce serait donc lui qui coulerait le redoutable *Dragon Vert* avec son célèbre capitaine, ce Nissac qui plus est amiral des mers du Levant. Le couler, oui, car il ne fallait point espérer prendre ce genre d'homme vivant.

Oh, comme on allait le jalouser !... Un amiral !

Certes, cela signifiait peu eu égard à la grande faiblesse de la marine française mais enfin tout de même, un amiral est chose très rare. Ah, ceux trop nombreux qui le tenaient en médiocre prédicament s'en allaient être en l'obligation de revoir leur avis !...

Il se tourna vers son second :

— Veilles-y, je ne veux pas un seul survivant.

58

Isabelle de Guinzan ne variait guère de l'état de grande fascination en lequel la mettait le comte de Nissac.

Insensible à toutes choses, du moins en apparence, il avait précisé la route, calculant au plus juste les vents et les courants.

Satisfait, il quitta la dunette pour gagner le pont supérieur et y donner quelques ordres aux quatre charpentiers de bord mais, innovant sans cesse et sans que bousculer l'usage courant parût lui peser, Nissac avait fait engager parmi ses fantassins des volontaires s'intéressant au travail du bois. Huit hommes qui partageaient cette passion avaient été formés assez correctement. Ainsi, contrairement aux autres capitaines, l'amiral disposait de trois fois plus de charpentiers. Il avait agi de même avec les voiliers.

Sans s'attarder, il alla à grands pas trouver le chirurgien qui lui-même, depuis quelque temps, apprenait à un soldat les usages de son art.

Nissac serra les mâchoires. Sept de ses marins étaient morts, et trois autres condamnés. Le chirurgien n'avait point grande alternative. Lui amenait-on blessé aux membres, il sciait le bras ou la jambe atteint, et l'homme pouvait peut-être survivre. Pour les autres, gravement touchés à la poitrine ou l'abdomen, il n'était rien à faire qu'attendre que la mort les délivre de leurs souffrances.

Les blessures étaient atroces. Beaucoup, en les villes et les campagnes, qui n'entendent rien aux guerres des océans, s'imaginent que la mort d'un marin, à l'exclusion des combats d'abordage, survient du fait d'un boulet qui l'atteint. Ce n'est là qu'une partie des choses car plus souvente fois, les événements ne se passent point ainsi qu'on le croit communément. Lorsqu'un boulet traverse le flanc d'un navire, il projette plusieurs dizaines d'éclats de bois avec très grande vitesse et grande force qui se fichent partout en les corps, les traversant et lacérant en les pires tourments et douleurs qui se puissent imaginer.

Nissac ordonna qu'on alignât les mourants et les hommes condamnés sur le gaillard d'avant et leur fit donner à chacun eau-de-vie à volonté. Il se baissa alors près d'eux et, accroupi sur les talons de ses bottes, leur parla très longuement, sans que nul autre puisse entendre cette conversation.

Se redressant enfin, il adressa un bref sourire à Isabelle et s'en retourna voir les charpentiers et voiliers.

Les dommages étaient nombreux, mais point de gravité extrême. Des boulets avaient touché le mât de beaupré mais le mât de misaine, le grand mât et le mât d'artimon furent épargnés quand la grand-vergue, elle, était atteinte à tribord. Des haubans et enfléchures ne se trouvaient point indemnes, l'étai du mât d'artimon avait été coupé net. La coque, par bonheur, n'avait point trop souffert. On se mit aussitôt au travail, un va-et-vient incessant de marins montant des rouleaux de la cale à filins ou de la toile depuis le magasin du voilier. Les hommes allaient vite en besogne et *Le Dragon Vert* ne perdait point trop de vitesse, ce manque se trouvant au reste compensé par les manœuvres habiles de Nissac qui savait toujours se placer sous le vent du mieux qu'il fut possible.

Depuis la poupe, l'amiral contemplait, au loin, les voiles de *L'Eldorado* qui ne gagnait point de terrain, mais n'en perdait pas non plus.

Isabelle rejoignit Nissac.

— Quel est ce vaisseau ?

— *L'Eldorado* est un galion de prise. Les Espagnols l'ont perdu voici deux ans du côté de Samothrace, quand je me trouvais moi-même entre Rhodes et les Cyclades. Il n'y eut pas de survivants.

— Et son capitaine ?

— Un certain William Pelhman.

— Quel homme est-il ?

Nissac savait ce qu'il en était : Pelhman, un Anglais de Plymouth cruel et cupide, qui ne respectait point sa parole et faisait des manières d'hypocrisie. Lorsqu'il capturait une femme sur un vaisseau, ainsi une grande dame ou demoiselle d'Espagne, il la violait pendant des jours puis, lassé, la faisait précipiter à la mer, nue, afin de revendre ses vêtements. Nissac se demandait si ce n'était point là usage courant des hommes d'Angleterre, réputés ne point être de grande affection avec les femmes, car il se souvenait d'avoir lu en les chroniques semblable affaire. Ainsi de Salisbury et du comte d'Arundel, commandant la flotte anglaise partie de Southampton avec nombreux vaisseaux et une importante troupe de courtisanes... que d'Arundel fit cruellement jeter à la mer pour alléger son navire menacé par une tempête.

Cependant, il répondit :

— Pelhman est homme sans honneur. De surcroît, beaucoup moins habile qu'il ne l'imagine en son imbécile vanité.

— Et il ne craint point d'attaquer ainsi amiral du royaume de France ?

Nissac sourit :

— Nos rois s'intéressent bien peu à notre marine et je n'ai jamais eu pour toute escadre que *Le Glorieux*, qui fut coulé voici une année alors que je n'étais point à ses côtés. Je n'ai pas davantage de pouvoir qu'un simple capitaine d'une marine étrangère. Quant à l'amiral que je suis censé servir en second me trouvant responsable des mers du Levant, ce duc d'Épernon qui a le titre de « Grand Amiral de France », on ne l'a jamais vu sur un navire ou dans un port.

Isabelle regarda les voiles lointaines de *L'Eldorado*.

— Lui échapperons-nous ?

— Douteriez-vous de moi ? répondit-il en souriant.

Pendant deux jours pleins, on vit *L'Eldorado* qui, en sa chasse, parfois se rapprochait pour reperdre aussitôt ce terrain gagné. Enfin, la troisième nuit, sans lune ni étoiles, *Le Dragon Vert* s'échappa tout de bon.

Au matin, William Pelhman entra en grande colère, frappant et injuriant les marins qu'il croisait, puis il s'en alla boire de l'eau-de-vie en jurant contre Dieu.

Il s'en voulait de ne point avoir réussi à couler *Le Dragon Vert* qui, à lui seul, représentait Henri quatrième, roi de France, en les mers du Levant et parvenait à y faire régner un certain ordre car sa valeur était telle qu'on le craignait davantage que plusieurs navires. Au moins ne le verrait-on de quelques mois, se disait le capitaine barbaresque pour trouver consolation.

Le soir tombait sur ce jour commencé en la déception. William Pelhman s'efforça de chasser de ses pensées *Le Dragon Vert* et le maudit amiral qui le commandait. À présent, tous deux devaient se trouver loin, se traînant vers la côte pour y panser les plaies du galion.

Lorsque...

Le colonel espagnol José de Sotomayor, flanqué de la fine lame Levrault et de trois autres spadassins de « L'Âne mort », n'avait guère apprécié de rater l'homme qu'il devait tuer – lui aussi ! –, cet amiral de Nissac protégé de Dieu... et des femmes !

Car, ayant reconnu tel qu'en la description qui lui en avait été faite, le carrosse où voyageait cette jolie baronne Isabelle de Guinzan, il ne s'était point gêné pour le faire arrêter, interrogeant sans douceur le magistrat d'Orléans. Celui-ci, en grande bonne volonté de donner tous renseignements qu'on sollicitait de lui, expliqua comment la baronne disparut après être montée derrière le comte de Nissac sur splendide cheval aux étranges et beaux yeux fixes.

Sotomayor s'étonnant de ne point avoir croisé le couple, le complaisant magistrat expliqua que la baronne ayant bonne connaissance du pays entre Étampes et Orléans lui avait sans doute fait traverser champs et vallons pour gagner quelques lieues.

Sotomayor laissa donc Levrault et ses compagnons prendre bourse du magistrat, considérant que ces hommes ne faisaient que leur misérable métier. En revanche, il entra en grande colère lorsque les spadassins ouvrant un coffre en sortirent en riant bas de soie noirs ou incarnats ainsi que vêtements plus intimes appartenant à cette jeune femme blonde qu'il avait vue en grande proximité de l'amiral français, ayant même, comme il le déplorait, sauvé la vie de celui-ci.

Ainsi était fait ce noble Espagnol qui, s'il acceptait de tuer le comte de Nissac, ne voulait point perdre son estime, et c'eût été à coup sûr ruiner sa réputation auprès de lui que de lui donner l'impression que de dépit, il se vengeait sur le bagage de la baronne.

Il inspecta néanmoins, par devoir, les bagages de celle-ci et malgré lui, porta discrètement à son visage petite pièce de soie... Tout ce linge, immaculé, sentait curieusement le pois de senteur, parfum peu répandu. Une seule de ces pièces avait été portée, sans doute la veille au soir, et l'Espagnol, respirant très discrète odeur de femme, fut pris d'un violent désir...

Allait-il, après avoir admiré le comte, tomber amoureux de la baronne ?

Il tenta de chasser cette impression, mais n'y parvint guère. Il aimait la simplicité de la jeune femme, simplicité qui ne l'empêchait point d'être jolie. Ainsi portait-elle ses cheveux blonds sur les épaules, simplement partagés en leur milieu quand tant de femmes adoptaient coiffures compliquées avec bouffants et frisons. Ainsi encore baronne gardait-elle ses cheveux naturels, sans y mettre goutte d'huile de fleur d'oranger pour fixer la poudre, violette pour les brunes et iris pour les blondes.

L'Espagnol soupira en repliant en leur bon sens les

robes de la baronne, elles aussi sans complications mais de belle coupe et couleurs agréables.

En le « Service Spécial », à l'Escurial, où on le préparait à sa mission secrète, il avait étudié jusqu'aux toilettes des dames de la Cour et, devant la simplicité des robes de la baronne, il fut pris de dégoût en songeant à ces habillements de duchesses et de princesses et aux noms idiots donnés à leurs couleurs : « flammette de la faveur », « couleur de veuve réjouie », « singe envenimé », « triste amie », « ventre de biche », « espagnol malade », « Zinolin », « face grattée », « fleurs mourantes », « couleur de constipé »...

Le colonel de Sotomayor monta à cheval et, s'adressant au magistrat qui tremblait en s'inquiétant de savoir si on lui laisserait la vie :

— Dites à madame la baronne que je suis fort marri du désagrément survenu à son bagage et que j'ai tenté d'y mettre bon ordre du mieux qu'il me fut possible, car je suis homme d'épée et non point dame d'atours.

Le magistrat promit, décidé, au reste, à promettre tout ce que l'on voudrait mais une fois encore, il s'étonna. En effet, en la bourgeoisie d'Orléans on ne parlait guère ni n'invitait – jusqu'à son exploit contre les loups-garous – cette veuve jeune et jolie, renvoyée vers ce que certains pensaient être « les abîmes du peuple » dès lors qu'elle avait perdu son titre. À part qu'elle fut jolie, mais bien de jeunes paysannes le sont, elle ne présentait aucun intérêt, n'ayant point de position. Et lui-même lors du voyage d'Orléans à Paris lui avait peu parlé afin qu'elle sente qu'ils n'étaient point de semblable condition. À peine lui avait-il touché l'entrecuisse, car pour éviter l'ennui du voyage, il aurait aimé la foutre. Il pensait d'ailleurs qu'on peut foutre femme que l'on méprise... pour ne point trop penser au soufflet qui couronna piteusement son entreprise.

Aurait-il commis quelque erreur en mésestimant baronne au point de ne lui point cacher qu'il la tenait en certain mépris ?

Le roi l'avait reçue. Mais point quelques secondes !... Et sans lui, pourtant magistrat, resté en la Cour. Reçue non seulement, mais lui restituant son titre de baronne. Et l'homme au chapeau à plumes vertes, bleues et blanches, celui-là même qu'il avait pris pour petit baronnet et dont on disait au Louvre qu'il était amiral, comte, et des plus anciennes et hautes familles du royaume : celui-là lui témoignait bien de l'empressement, l'emportant sur son cheval. Et le roi, qui recevait l'amiral, n'écartait point la baronne, la rencontrant pour la seconde fois !... Et à présent le chef de ces spadassins, un homme dur et qu'on devinait redoutable, lui aussi se faisait mouton en présentant ses excuses à la baronne de Guinzan !...

Bien qu'en les choses du courage le magistrat fût frileux et trembleur qui craint son ombre, il n'était pas sans ambitions, aussi décida-t-il de taire à Orléans la grande faveur en laquelle les puissants tenaient la baronne quand lui-même, dorénavant, ne manquerait point de lui témoigner la plus grande considération, le plus profond respect et très vive attention : sa carrière y gagnerait sûrement.

Sotomayor, que rien ne retenait en ces lieux, tourna bride, suivi telle son ombre par Levrault et les trois spadassins.

Il devait se préparer à orageuse rencontre avec l'ambassadeur qu'il n'avait point revu depuis le samedi pénultième de février.

Et prendre de nouveaux ordres.

59

— Par la mort de Dieu !... murmura Pelhman, stupéfait.

Semblant courir sur la vague, beau, fringant et parfaitement sous le vent, *Le Dragon Vert*, vaisseau fantôme qu'on pouvait croire revenu du royaume d'entre les morts, fondait sur *L'Eldorado*.

À ne point croire et de fait, William Pelhman se demanda s'il rêvait. *Le Dragon Vert* qu'il pensait durablement défait paraissait fier navire confondu en la boule rouge du soleil couchant qui touchait la mer.

— Nissac !... Cet homme est le diable, il est arrivé dans le soleil... Et il m'a volé le vent !...

D'une voix étranglée par la terreur, le capitaine barbaresque donna ses ordres mais en cette heure tardive, une bonne partie de l'équipage ronflait sous l'effet de l'eau-de-vie quand l'autre traînait les pieds pour gagner les postes, croyant à nouvelle persécution de leur capitaine qui se plaisait tant à les tourmenter.

Les canonniers du *Dragon Vert* déclenchèrent terrible tir qui brisa tous les mâts, puis le navire royal, avec cette grande vitesse qu'on redoutait jusqu'à Alger et Chypre, envoya une seconde bordée qui ravagea les ponts.

Caché derrière le moignon du grand mât, William Pelhman attendit le troisième tir qui, cette fois, détruisit l'artillerie de *L'Eldorado*. Pâle et défait, le capitaine anglais éprouva fugitif respect pour Nissac et sa manière. Il admira comme il avait enseigné ses canonniers et comprit la redoutable méthode de son adversaire. D'un premier tir qui dématait, Nissac immobilisait sa proie. Le second, sur les ponts, tuait les hommes rassemblés pour l'abordage. Le troisième brisait l'artillerie du navire mise à mal. Il ne doutait point, et le vérifia sur l'instant, que la quatrième bordée toucherait son bateau en la ligne où celui-ci flottait, provoquant son rapide naufrage.

C'était là bel effet de l'intelligence en correspondance avec ce qu'il savait de ce chef froid, méthodique, parlant peu, voyant toute chose possible des ripostes de l'ennemi.

William Pelhman se jeta à la mer et peu en firent autant, la plupart se trouvant déjà morts ou blessés.

Le Dragon Vert réduisit la voilure. Ses marins, penchés vers le flot, observaient sans les aider les survivants de *L'Eldorado* mais ce fut au seul Pelhman qu'on lança filin avant de le hisser sur le pont.

Aussitôt, le galion s'éloigna des lieux du naufrage tandis que le capitaine anglais, entouré de deux rudes marins normands et d'un officier breton tous silencieux et hostiles, attendait qu'on statuât sur son sort.

Peu après, l'amiral se présenta, le regard glacé, la voix froide et le ton cassant :

— Ainsi, tu es l'Anglais Pelhman, ce porc immonde ?

Pelhman ne sut que répondre, notant la présence de fort jolie femme aux côtés de Nissac qui reprit :

— Tu t'es fait spécialité de violer tes captives et de les jeter nues à la mer.

Sans attendre réponse, Nissac se tourna vers son second :

— Monsieur des Ormeaux, qu'on déshabille cet homme.

Bientôt, le capitaine anglais se trouva nu sur le pont sous les rires cruels de l'équipage faisant commentaires peu flatteurs sur son anatomie.

Nissac s'approcha de lui à le toucher et le silence se fit aussitôt quand le comte, la voix contenant mal grande colère, lui souffla :

— Riait-il ainsi, ton équipage d'assassins, quand tu

faisais mettre nues ces pauvres femmes que tu avais souillées pendant des jours ?... En quel état est-on, nu, lorsque tous les autres sont vêtus et rient de vous ?...Et que pensaient-elles lorsque tu annonçais que tu allais les jeter par-dessus bord comme il sera fait de toi dans un instant ?....

Pelhman se mit à genoux devant Nissac.

— Pas à la mer, monseigneur !...

Nissac baissa encore la voix :

— Tu es un de ces hommes comme je ne les aime point, arrogant et cruel dans la victoire, rampant et s'humiliant dans la défaite.

Puis, au second :

— Monsieur des Ormeaux, jetez cette infamie à la mer où, par son fait, reposent onze de mes marins. Qu'il en soit ainsi !...

Pris aux pieds et aux mains, le capitaine anglais William Pelhman fut précipité par dessus bord.

Il nagea quelque temps, regardant s'éloigner *Le Dragon Vert* dans un ciel bleu semé de petits nuages blancs et tout empourpré par le soleil qui se jetait en les flots sur la ligne d'horizon.

Le Dragon Vert changea de cap et connut des jours tranquilles sous un vent qui mollissait peu souvente fois. Depuis la pointe sud de la Sardaigne, où il avait vaincu *L'Eldorado*, l'amiral choisit une route plus proche des côtes barbaresques que de celles du pays du royaume des lys.

Avec une audace extrême, il arriva de nuit au large d'Alger, s'approcha, et canonna les navires barbaresques au mouillage. Cette attaque lui fut attribuée, des pêcheurs ayant distingué la proue d'un dragon vert mais loin de susciter un désir de poursuite chez les pirates, ceux-ci restèrent terrés, ne croyant point que Nissac puisse entreprendre seul action aussi téméraire et estimant tout au contraire qu'il cherchait à les attirer dans quelque piège dont ils louèrent leur intelligence de les avoir ainsi détournés.

De cette manière, le comte de Nissac eut la tranquillité qu'il cherchait quand l'équipage se trouvait ivre de fierté d'avoir ainsi canonné Alger dont le nom faisait trembler les armateurs et nombre de marins.

Bien que ce ne fût point le but de ce voyage, l'amiral de Nissac arraisonna encore un navire léger. Il n'eut point du tout à combattre. S'approchant, il effectua cercle serré autour du navire qui battait pavillon noir et fit feu de toutes ses pièces : trente-six canons réglementaires, seize couleuvrines sur le pont principal, douze demi-couleuvrines sur le pont supérieur, à quoi s'ajoutait toute l'artillerie de supplément. Mais, chose fort curieuse, les boulets tombaient tous, et avec précision, à une toise de la coque si bien que le capitaine adverse, qui n'était point sot, comprit qu'il s'agissait là de sérieuse semonce.

Aussitôt, il se rendit.

Étrange capitaine, qui n'était point pirate mais commerçait avec eux et se protégeait à l'aide du pavillon noir. Ainsi venait-il d'acheter aux barbaresques cargaison volée pour la revendre en Espagne.

Nissac l'interrogea :

— Ainsi, monsieur, vous naviguez sous le drapeau noir ?... Vous serez donc pendu à la grand-vergue.

L'homme, un Espagnol de petite taille, protesta :

— Mais point du tout, senor Amiral. Yè souis espanol et plous près de nos côtes, yé navigue sous el pavillonne d'el Rey de Espana.

Nissac affecta d'être peiné.

— C'est plus grave encore, monsieur. Vous serez donc pendu, décroché et rependu pour piraterie et avoir trompé la marine royale sur vos pavillons. Au reste, c'est bien là mœurs de barbaresques.

— Mais yé souis espanol, senor Amiral.

— Nous allons vers la guerre avec l'Espagne. En avançant la besogne, et vous pendant sur l'instant, je vous fais gagner du temps. Marquez-m'en reconnaissance.

L'homme ne se démontait point, ce qui amusait Nissac, Isabelle et tout l'équipage. Il se frappa le crâne du poing.

— Ma, pourquoi ai-ze dit qué yé souis oune Espagnol ?... Yé les déteste, les Espanols. Mais c'est oune habitoude. En vérité, yé suis inglese. Si !

Nissac se tourna vers le second :

— Tiens, un nouvel Anglais tel ce capitaine William Pelhman que nous venons de noyer comme un rat. Notez l'étrangeté de la chose, monsieur des Ormeaux.

Celui-ci hocha gravement la tête.

— La période n'est point faste pour l'Angleterre : un noyé et un pendu !

Le capitaine espagnol, qui se croyait perdu, pleura et Nissac, qui n'aimait point voir pleurer un homme, cessa aussitôt le jeu.

— C'est bon, capitaine, vous aurez la vie sauve si de grâce vous cessez de vous lamenter. Votre bateau, que mon devoir devrait me faire obligation de couler incontinent, sera épargné. Mais la cargaison est saisie au profit du roi de France et de sa Marine.

Nissac, qui était subtil, nota le regard rusé de l'Espagnol heureux de sauver sa vie par petite comédie des larmes mais il ne lui déplaisait point d'être joué pourvu que ce fût avec talent.

Peu après, on transporta sur *Le Dragon Vert* porcelaine chinoise, poivre, noix de muscade, clous de girofle, coriandre, cannelle, gingembre, toutes choses provenant sans doute d'un malheureux navire anglais ou hollandais... mais qui, remises au cuisinier et à ses aides, améliora les repas de l'équipage.

Le Dragon Vert passa Gibraltar par une nuit sans lune et sans éveiller l'attention des Espagnols.

60

Comme il est bien connu depuis les temps les plus anciens que l'héliotrope se tourne toujours vers le soleil, le regard de la baronne allait irrésistiblement vers la dunette où se tenait, lointain car perdu en ses pensées, l'amiral de Nissac. Et Isabelle de Guinzan de penser : « Tant plus je le regarde, et plus je l'aime ! »

Devinant le comte en grande solitude, même lorsqu'on l'entourait, elle se sentait émue et la simple vision de cet homme la bouleversait.

Dès qu'il apparaissait sur le pont, le visage à la fois dur, marqué et tendre sous son beau chapeau à panache, elle se sentait fondre comme glace au soleil printanier.

En outre, sa discrétion tranchait avec forfanterie coutumière à bien des hommes, se vantant de la moindre action accomplie, et parfois même de celles dont ils n'étaient point les auteurs.

Ainsi aimait-elle avoir appris par hasard, et de la bouche du roi, que le magnifique cheval andalou du comte était aveugle. Elle se souvenait de l'écurie de l'auberge où, le premier soir, confié à un palefrenier, le beau cheval se cognait souvente fois, ses grands yeux sombres n'y voyant rien.

L'homme de peine, surpris, avait déclaré :

— Mais, il n'y voit point !... Ventre Saint-Gris, il est donc aveugle ?... Pourtant, il est arrivé ici en grande sûreté !

Et l'homme, stupéfait, de s'asseoir sur la paille en regardant la monture du comte sans plus bouger ni parler, ne pouvant point comprendre que, par ensorcelante complicité, la main d'un homme puisse être les yeux d'un cheval.

Ce dont la baronne, elle, ne douta jamais.

Comme elle ne douta point que cet amiral, sans aucun doute le plus habile en le monde ; que ce guerrier qu'on redoutait sur toutes les mers ; que ce marin intime de la mer et du vent bref, que l'homme qu'elle aimait fût par certains côtés encore un enfant.

Elle avait ainsi découvert elle aussi, dès la deuxième jour en mer, cérémonie étrange et magnifique où le comte de Nissac sortant à la nuit sur le pont saluait la lune comme une altesse royale, les belles plumes de son chapeau effleurant le pont du *Dragon Vert*. Et d'imaginer l'amiral enfant, regardant longuement et rêveusement l'astre mort, lui parlant au point que la lune, vieille dame lumineuse, devienne amie que l'on respecte et salue chaque nuit.

Certes, elle n'avait point osé en parler au comte mais approché en ce sens le second, Paray des Ormeaux, ne s'était pas dérobé :

— Tout l'équipage le sait, madame, et n'y trouve point à redire.

— Ni à sc moquer ?

— Nul n'y songe. La cérémonie est peut-être barbare, ou remonte à très anciens temps, mais les marins sont rassurés que l'amiral soit en si bonne et profonde intimité avec dame lune.

La baronne approuva :

— Il est vrai, et la chose est fort belle. Et ces plumes qui représentent si bien sa vie en leurs magnifiques couleurs est de sa part grand hommage.

Le second, très vivement intéressé, demanda :

— Ah çà, madame, auriez-vous découvert origine de ce beau panache dont nul, ici, n'a jamais percé le secret ?

— Je ne sais... Mais la profondeur verte du flot couronné d'écume blanche de la vague et au loin l'étendue bleue de la mer se confondant avec le ciel, n'est-ce pas les trois états de l'océan qui figurent en les plumes du chapeau de monsieur l'amiral ?... N'est-ce pas moyen de rendre hommage à telles beautés maritimes ?

Elle, en tout cas, le pensait. Il lui sembla que le comte tenait en cette délicatesse et son tendre sentiment pour lui y trouva à prospérer.

Le second, admiratif, lança :

— Les femmes seront toujours pour moi grand sujet d'étonnement car à n'en pas douter, vous avez raison.

Une autre fois, le cœur serré, elle avait entendu l'amiral, qui ne la voyait pas, aux prises avec monsieur Fey des Étangs :

— Ah çà, à la fin, monsieur, me direz-vous si c'est là aimer que de passer si vite d'une femme à l'autre sans les vraiment connaître, tel le papillon allant de fleur en fleur ?

— Hélas, monsieur l'amiral, pour qui sait les bien regarder, toutes les femmes au monde sont belles et je les désire toutes pareillement.

— Je vous souhaite pourtant d'aimer d'amour une seule femme, car c'est en le cœur de celle-ci que vous découvrirez la clef du monde. Et pareillement connaîtrez le bonheur.

La baronne courut aussitôt se cacher en sa cabine pour qu'on ne vît point sa joie car ces paroles allaient dans le sens de ce qu'elle croyait profondément elle aussi.

Elle dormait chaque nuit en la grande chambre de l'amiral qui, dès qu'elle arrivait, émigrait aussitôt vers le logis des officiers.

En cette pièce, elle observait longuement les lieux, passait une main légère sur cartes marines, plans de batailles et notes sur les combats, ce qui avait été fait et pourrait l'être mieux encore tout en admirant la belle écriture penchée du comte. Chez celui-ci, elle aimait tout, jusqu'à sa façon féline de se déplacer et cet air de ne point être là quand, sous apparence nonchalante, il se tenait perpétuellement aux aguets.

Elle se sentait également rassurée qu'ils partagent tant

de choses non seulement en la manière de penser, mais également d'exister.

Ainsi le comte était seul à se faire jeter, nu, des seaux d'eau sur le corps, chaque matin et quel que fût le temps... veillant simplement qu'elle ne se trouvât point en les parages !... En la même croyance des bienfaits de la propreté, elle avait obtenu qu'on lui hissât chaque matin un grand tonneau d'eau de mer en laquelle elle baignait. Certes, cela ne valait point ses usages à terre où elle se lavait pareillement chaque jour et tout entière avec de l'eau de fontaine chaude en laquelle avaient préalablement bouilli plantes odoriférantes !... Certes encore, sur ce bateau, cette eau donnait à la peau un goût salé mais tout plutôt que grande saleté en laquelle vivaient tant de gens.

Enfin, elle aimait que le comte partageât son goût des lettres et, sur la dunette, ils s'étaient plus d'une fois entretenus d'Horace, Ovide, Homère, Virgile et bien d'autres encore.

Ils se parlaient de tout et de rien, de choses lointaines en leur vie, de leur baptême où le comte, selon vieil usage, fut passé de mains en mains à travers la fenêtre de l'église – et non point la porte – afin que longue vie lui fût assurée quand pour elle, parrain et marraine sonnèrent eux-mêmes les cloches, et à toute volée, afin qu'elle ne fût point sourde... lors même qu'elle faillit bien le devenir en cette occurrence !

Cependant, elle songeait que peut-être, s'ils s'entretenaient de toutes ces choses, ils évitaient d'en venir ainsi à d'autres, plus actuelles et plus importantes, mais que disaient pourtant fort bien les regards qu'ils échangeaient.

La baronne aimait le comte, et pensait, bien qu'elle en doutât quelquefois, être aimée d'icelui en retour. Mais elle se désespérait en songeant que, s'il ne se déclarait, les choses pouvaient demeurer en l'état leur vie entière...

D'où lui venait alors une infinie tristesse...

— Sire, je le quitte à l'instant, arrivant de l'Arsenal, et puis vous le révéler : le duc de Sully n'est point en bonne satisfaction !

Le roi Henri quatrième leva les yeux sur son cher François de Bassompierre qui venait de prononcer ces paroles avec accent joyeux en la voix.

Se doutant, par l'attitude de son ami, que la chose n'était point si grave, le monarque répliqua :

— Sully n'est jamais content. Même lorsque l'or s'entasse en notre trésor, il trouve à y redire au motif qu'il n'y en a jamais assez et qu'il ne rentre point assez vite... Quel est, cette fois, motif de son courroux ?

— Nouvelles que vient sans doute d'apprendre elle aussi Votre Majesté : l'amiral de Nissac a canonné Alger, coulé trois galères et un galion barbaresques alors même qu'il a mission secrète contre les Espagnols. Monsieur le duc de Sully lui reproche d'avoir enfreint les ordres.

Le roi répondit, rêveur :

— Si tous pouvaient le faire ainsi... Trois galères et un galion, à lui seul, et ne subissant que dommages légers !... Et puis Sully ne se rend point compte de la réalité : on ne donne pas d'ordres à un Nissac dès lors qu'il est en mer, car autant dire chez lui.

— Quoi qu'en pense monsieur de Sully, c'est encore là bel exploit pour vous-même et pavillon à fleurs de lys. En outre, bien d'autres envient la France de posséder un comte de Nissac.

Le roi regarda amicalement Bassompierre.

— Tu aimes ce Nissac, n'est-ce pas ?

— Oui, Sire. C'est un homme rare. Son désintéressement à vous servir est tel que moi-même qui cependant vous aime en grande sincérité, et vous sers du mieux qu'il m'est possible, mais ne suis pas en indifférence de la fortune, je ne suis point pareil à l'amiral de Nissac.

Le roi hocha la tête et la main qu'il leva retomba, comme découragée.

— Que veux-tu, Bassompierre, Nissac n'est point comme nous et ne le sera jamais. Mais là où est sa grandeur, réfléchis-y, et où mon amitié pour lui trouve une de ses sources, c'est qu'étant tel, il n'exige point des autres qu'ils soient pareils à lui. C'est cela, un grand seigneur.

Bassompierre n'osa affronter le regard du roi.

— Grand seigneur que vous ne ménagez pourtant point, Sire : il n'en reviendra pas, vous le savez comme je le sais.

Le roi se mordit la lèvre inférieure puis, ayant attendu que Bassompierre le regarde à nouveau dans les yeux :

— Peut-être as-tu raison... Mais s'il en revient vainqueur, de tous les souverains, je posséderai la plus belle machine à tuer qui soit car preuve sera donnée qu'on ne peut point détruire monsieur de Nissac.

— Majesté, il vous faut pourtant considérer que Nissac n'est point homme à tuer n'importe qui si l'honneur n'y trouve pas son compte.

— Tu as raison, Bassompierre, mais considère, veux-tu, que l'honneur y trouve son compte lorsqu'on assassine des assassins, tous ceux, comploteurs et Espagnols, qui veulent détruire le royaume de l'intérieur comme de l'extérieur.

Bassompierre eût aimé parler plus longuement de tout cela mais il y renonça car le visage du roi s'était brusquement fermé.

61

L'homme aux cheveux rouges allait en les mauvais chemins du royaume de France, seul, et se parlant à lui-même.

Quoi qu'il fît pour y porter remède, il ne pouvait garder longtemps ami ou compagnon de route et même en les auberges, on se détournait rapidement de lui. Les choses étaient ainsi que ceux qui s'écartaient n'auraient su dire pourquoi ils agissaient pareillement après quelques instants et lui, qui se retrouvait en si désagréable situation, n'avait point davantage d'explication sur cet étrange phénomène.

Une pluie glacée tomba bientôt, collant cheveux rouges sur le crâne de l'homme et glissant en son dos par le cou mais cependant, il ne pesta point contre l'inclémence du temps, continuant sa marche hallucinée.

Il venait d'échapper aux curés qui tant bien soignaient son âme, l'entretenant d'un grand projet, mais il étouffait et, en outre, savait chez qui devoir se rendre pour donner corps à son ambition.

Un brouillard épais dissimulait presque petite vallée où le conduisait sa marche et, prudemment, l'homme ralentit son pas par crainte, n'y voyant plus guère, de quitter le chemin et de heurter un arbre.

Il avançait les yeux grands ouverts et les bras tendus en avant, ressemblant ainsi à ceux qui se lèvent et marchent tout en dormant, et dont on dit qu'il ne les faut point réveiller brutalement.

En sa pauvre tête malade, à jamais gâtée par les sermons de prêtres fanatiques, mille diables affrontaient autant d'anges et tous ces querelleurs ne tenaient point compte qu'en transformant en champ de bataille l'esprit de l'homme aux cheveux rouges, ils fatiguaient grandement ce crâne fragile qui servait de théâtre à ces furieuses mêlées.

— Arrière, les diables !... Je ne vous ai point mandés !... cria l'homme aux cheveux rouges mais en ces lieux rendus invisibles par épais brouillard, seule une chouette répondit et, si vivement tirée de son sommeil, elle protesta par sinistre hululement qui ajouta une note lugubre à ce paysage désolant.

Il savait donc qu'on le recevrait à Paris et comptait s'y rendre le dimanche ensuivant après qu'on l'eut vu assez longuement en Poitou et Saintonge, chemins détournés pour se rendre en la capitale depuis le sud mais il n'était point pressé d'arriver, redoutant fort ce qu'on allait lui demander d'accomplir pour le bon renom de Dieu.

Il ignorait s'il trouverait à dîner, et où dormir, comme il ne savait point qu'un jour prochain, il entrerait en l'histoire pour n'en jamais sortir.

L'homme aux cheveux rouges, tel un aveugle perdu, avançait en l'épais brouillard les bras en avant et cette image d'un instant résumait bien toute sa pauvre existence...

À une exception près, les choses se déroulaient en la bonne satisfaction de l'amiral de Nissac, bien qu'elles fussent des plus hardies en leur conception et des plus délicates en leur réalisation.

L'exception était la présence à ses côtés de la baronne Isabelle de Guinzan, qui avait ardemment souhaité participer à cette entreprise et comment lui refuser, eu égard au fait qu'elle lui avait sauvé la vie et, plus important à ses yeux, qu'il l'aimait – en secret, soit, mais follement ! Il l'aimait même si fort que l'idée de voir ombre de contrariété en ses beaux yeux, et tel eût été le cas s'il avait refusé sa présence, cette idée le terrassait et le comte, dont la raison perdait pied à proportion de son amour, s'accablait alors de reproches pour une chose qui ne fut point, mais aurait seulement pu être.

En revanche, raisons de contentement ne manquaient point. Ainsi, à vingt lieues de Bordeaux et invisible de la côte, *Le Dragon Vert* croisait sagement, à la vérité tournant en rond, sous le commandement du second, Charles Paray des Ormeaux. Celui-ci avait reçu du comte de Nissac consigne de tourner ainsi vingt-quatre heures. Passé ce délai, le second devait retourner à Toulon car si l'amiral ne rejoignait point le bord à temps, c'est qu'il avait été tué ou, plus improbable, capturé.

Bâtiment de marine léger affrété pour commerce et pouvant naviguer en les fleuves s'était discrètement approché du galion et, se trouvant contre son bord, dix personnes étaient passées du navire de guerre sur le modeste navire de commerce. Parmi ces dix se trouvaient le comte de Nissac, la baronne de Guinzan, le capitaine de Sousseyrac, le lieutenant Fey des Étangs, le seigneur Chikamatsu Yasatsuna très lourdement armé et cinq hommes d'élite de l'infanterie d'assaut du *Dragon Vert*.

Mais en le navire marchand, un onzième s'était joint à eux avec force embrassades, les attendant au fond de la cale du navire de commerce où la petite troupe pourrait se soustraire à d'éventuels contrôles et celui-là qui créait pareille surprise, capitaine aux prestigieuses Gardes Françaises, avait nom Stéphan de Valenty, libéré des galères par le comte de Nissac.

Plus surprenant encore, de derrière des tonneaux un douzième apparut, souriant, qui n'était autre que Louis de Sèze, comte de La Tomlaye, venu à Paris à la recherche de Nissac, le ratant de peu, rencontrant Valenty au Louvre et s'engageant en cette aventure par fidélité au comte de Nissac et goût de l'aventure.

Si la conception du plan de l'audacieuse affaire qui allait se dérouler devait tout à l'amiral de Nissac, sa réalisation en le chapitre des moyens avait pour instigatrice l'Église, peut-être les jésuites du Père Coton, à moins qu'il ne faille y voir la main des frères de l'Ordre de Saint-François d'Assise, proches de Luc de Fuelde, factotum du Père Joseph et de l'ambitieux évêque de Richelieu.

Quoi qu'il en soit, et comme toujours en ces affaires, l'Église de France avait fait preuve d'une discrétion à la mesure de son efficacité, fournissant l'aide qu'on lui réclamait sans demander explications sur la finalité des choses.

Le bateau de commerce, profitant d'un temps maussade et d'une brume persistante, était entré en l'estuaire de Bordeaux pour se trouver sur la rivière de Garonne en laquelle il poussa fort avant sans se trouver remarqué, la Peste de 1524 ayant dépeuplé cette région.

On accosta en endroit de rives escarpées où quatre moines attendaient, ayant regroupé plusieurs mulets de bât, lesquels furent remis à la petite troupe et ces choses se firent sans qu'on échangeât une parole.

Sans doute le jeune de La Tomlaye fut-il déçu par mission qui lui était confiée, consistant à garder le navire de commerce mais Nissac, qui songeait à Élisabeth et à l'amour déraisonnable qu'elle portait à son frère, ne voulait point exposer la vie de celui-ci. Il sut se montrer convaincant expliquant, ce qui n'était point faux, que sans ce bateau, toute retraite en cette région hostile serait impossible et qu'ils seraient tous massacrés.

Puis, les onze hommes et la jeune femme avancèrent en silence jusqu'à ce qu'apparût le château de Cadillac qui, bien qu'il ne fût point tout à fait achevé, frappait par sa magnificence et l'impression n'était point fausse car en son temps, il passa pour le plus grand et le plus splendide château de l'époque.

Le châtelain, qui tenait ce lieu de sa femme héritière des comtes de Foix, avait fait raser le vieux château et bâtir celui-ci à partir de 1597 sachant qu'après ces quinze années de construction il serait en tous points extraordinaire.

Aussi, alors que les travaux arrivaient à leur terme, et que déjà le château de Cadillac apparaissait de si grande beauté, on peut s'étonner qu'un homme de goût tel que Thomas de Pomonne, comte de Nissac et amiral des mers du Levant, se soit librement imposé, sans que nul lui en fasse suggestion, de causer plus grands dommages qu'il fut possible à endroit si fastueux.

Peut-être s'étonnera-t-on beaucoup moins en apprenant que le propriétaire du lieu avait nom Jean Louis de La Valette, duc d'Épernon, Grand Amiral de France, gouverneur de la Saintonge, de l'Angoumois et de l'Aunis... et âme charbonneuse d'un infâme complot visant à tuer le roi de France !

Sur ordre du comte de Nissac, chacun cacha le bas de son visage à l'aide de foulards rouges et le comte, tout en la préoccupation de son entreprise, ne pouvait deviner que beaucoup plus tard, en hommage à cette action d'éclat, son fils Loup qui n'était point encore né rendrait célèbres semblables foulards [1]...

Pourtant, en le début de cette affaire, les choses se présentèrent assez mal car nul ne pouvait savoir que d'Épernon avait choisi les communs de son château de Cadillac pour y rassembler spadassins qui devaient servir au meurtre du roi, et peut-être au coup d'État qui le suivrait. En outre, voulant cette troupe en bonne cohérence, il les faisait entraîner tous ensemble alors même que n'était point fixée la date de l'assassinat d'Henri quatrième.

Par comble de malchance, en cet instant précis, la trentaine de spadassins attendait en grande nervosité charrette amenant tonneaux de vins et, scrutant l'horizon en fébrile impatience, l'un d'eux aperçut la douzaine d'hommes portant foulards rouges et avançant en les vignes l'épée à la main, si bien que l'alerte fut promptement donnée.

À dix contre trente, l'affaire s'annonçait très délicate, mais point absolument irréalisable pour l'élite de la marine et de l'armée royale. Pourtant, icelle eut peu à œuvrer car

1. Cf. *Les Foulards Rouges*, Éditions J.C. Lattès.

le seigneur Yasatsuna, auquel justice oblige d'avouer qu'on n'avait point trop songé en le clan Nissac, Yasatsuna, donc, montra comme on se battait en le lointain pays du Soleil Levant.

Contre bon parti de cavaliers, Yasatsuna, coiffé de son effrayant casque à cornes qui semblait venir du fin fond des temps, s'avança seul, à sa demande, et Nissac se souvint que l'homme aux yeux en amande appelait « Kyndo » la « Voie de l'arc ».

Bandant l'arc à cinquante toises [1], Nissac et les siens crurent que leur étrange ami perdait l'esprit puis l'amiral se souvint des paroles de l'homme du Japon : « Ce que l'archer vise, au fond, c'est toujours le centre de lui-même. »

Un, deux, quatre, bientôt cinq cavaliers quittèrent les étriers et s'effondrèrent tandis que rapide, la main de Yasatsuna allait au carquois garnie de trente-six flèches ornées de plumes de cygnes. Fasciné, le capitaine de Sousseyrac observait le grand arc, la main du Japonais et, au-dessus de la poignée de cuir, crochet d'argent qui empêchait la flèche de glisser.

Un tir d'arquebuse répondit du côté des spadassins mais le seigneur Yasatsuna, fort peu impressionné, déroula petit tapis en peau de daim et, à la stupeur générale des deux parties, tira assis en pareille efficacité.

Un cheval échappé de l'écurie, sans équipement, apparut et l'on vit alors le comte de Nissac bondir prodigieusement et le monter sans selle ni étriers mais plus étonnant encore, avisant cheval sellé libre de son cavalier tué, il passa d'une monture à l'autre sans prendre terre.

À cet instant, le seigneur Yasatsuna arrêta beau cheval noisette et, à peine en selle, reprit l'usage de son arc si terrible, montrant qu'il savait s'en servir en toutes circonstances et différentes positions.

Déjà, l'épée à la main, madame de Guinzan s'élançait, aussitôt suivie de tous les autres et bientôt, tous ayant mis pied à terre, la mêlée fut confuse. Mais en le cliquetis des épées, on entendit :

1. Cent mètres

— Isabelle, prenez garde à gauche !... Isabelle, gardez-vous à droite !

Et le comte de Nissac d'accourir en culbutant son adversaire car la baronne se trouvant la seule femme entre tous ces hommes qui furent un moment quarante, quatre spadassins, rien de moins, croisaient le fer avec elle qui fut soulagée du prompt renfort de l'amiral dont chaque engagement, très court, était mortel pour l'adversaire.

Voyant leur nombre fondre, une dizaine de spadassins se replia vers hautes herbes et ajoncs tandis qu'au village, une cloche sonnant le tocsin donnait l'alarme.

L'amiral réagit rapidement :

— Yasatsuna et Sousseyrac à moi, sus aux spadassins.

Il hésita puis, avec un bref mais très charmant sourire, choisit de s'adresser à la baronne :

— Isabelle, avec les vôtres, détruisez ce maudit château. Nous nous retrouverons sur les berges de la Garonne.

Tandis que la baronne, Valenty, Fey des Étangs et trois fantassins des troupes d'assaut – deux avaient été tués – tiraient les mulets chargés de tonnelets de poudre vers le château de Cadillac, l'amiral de Nissac et ses deux compagnons se lançaient aux trousses des spadassins.

Mais, cette fois encore, le déconcertant seigneur Yasatsuna surprit son monde. Ainsi, bien qu'il fût de petite taille, portant singulières chaussures en peau d'ours à semelles cloutées, il courait très vite. Si vite, même, qu'il distança ses compagnons, le comte de Nissac et le capitaine de Sousseyrac, inquiets, voyant disparaître en les très hautes herbes le seigneur Yasatsuna toujours coiffé de son casque terrifiant et armé de son long sabre appelé « Katana » en son lointain pays.

Mais bien que l'amiral et le géant Sousseyrac n'eussent qu'un désir, porter assistance à leur ami venu du pays du Soleil Levant, ils ralentirent leur course et bientôt s'arrêtèrent, tant ce qu'ils voyaient ne ressemblait à rien de connu ici-bas.

Ainsi, jaillissant des hautes herbes où l'on ne voyait rien, et montant en l'espace jusqu'à hauteur d'une toise, voyait-on, comme jetées en l'air, et à rapide cadence, têtes de spadassins sans doute rattrapés et décapités par coups de sabre prodigieux du seigneur Yasatsuna.

— On ne nous croira jamais !... murmura le capitaine de Sousseyrac en grand abattement à cette perspective.

— C'est que la chose est bien singulière !... plaida l'amiral.

À cet instant, on entendit quatre très fortes explosions venant du château de Cadillac.

Sans plus d'inquiétude pour leur étonnant ami, ils se rapprochèrent et bientôt, Yasatsuna apparut, souriant. Aussitôt, il s'enquit sur ton de grande éructation qui ici passerait pour colère mais était sa façon familière de parler :

— Vous pas perdu moi ?

— On peut en quelque sorte vous suivre à la trace !... répondit l'amiral.

À cette réponse, Sousseyrac fut pris d'un grand rire en lequel entrait peut-être une part de nervosité.

Yasatsuna expliqua, radieux :

— Usage veut que l'on décapite ennemi.

— N'est-ce point fatigant, pour homme tel que vous, qui n'êtes point économe en l'extermination ?

— À la guerre, il ne faut jamais penser à soi-même, et point non plus à la fatigue. Fatigue, mort, au combat, il faut mépriser tout cela.

Nissac, voyant apparaître colonne de deux cents paysans armés de fourches et de faux, répondit :

— Sans doute, mais le temps presse, et il nous faut retourner au château.

Le seigneur Yasatsuna, ravi, demanda au comte comme s'il s'agissait d'un jeu des plus plaisants :

— Combat sans espoir de retour ?... Très agréable !... Honneur et mort, bon mariage !...

Guère davantage pressé que le fils du Soleil Levant, malgré le danger qui se rapprochait, l'amiral de Nissac répondit :

— Intéressant. Je m'en vais cependant vous montrer, si vous le permettez, ma conception de l'honneur... dans la survie, si la chose est possible.

— Cela en effet très passionnant !... répondit Yasatsuna qui, pas davantage que le comte, ne s'était aperçu que le baron de Sousseyrac, voyant arriver foule de paysans armés qui leur voulait faire très mauvais parti, ressentait malaise certain.

Bientôt, les trois hommes retournèrent vers le château de Cadillac qui brûlait en plusieurs endroits...

62

En la rive de la Garonne où le bateau de commerce se trouvait amarré à un saule au tronc épais, on était en grande impatience et commençait, le temps passant et ne voyant rien venir, à redouter qu'il ne fût advenu le pire au comte de Nissac et à ses compagnons. On entendait en effet sonner le tocsin sans interruption et monter la clameur des paysans qui voulaient tuer sur-le-champ ceux qui avaient provoqué incendie en le château de Cadillac et envoyer en l'au-delà hommes du duc d'Épernon.

De tous, la baronne de Guinzan était la plus impatiente, ne tenant point en place alors que Fey des Étangs, monté sur le cheval d'un spadassin mort, avait été en reconnaissance et constaté arrivée sur les lieux de centaines de villageois tandis que de l'amiral et de ses compagnons, il n'était nulle trace.

— Où sont-ils donc ?... demanda-t-elle comme s'adressant au ciel bas et morne, et sur un ton de tel accablement que le baron Fey des Étangs en fut ému, comme Valenty, La Tomlaye et les deux survivants de l'infanterie d'assaut. Les moines eux-mêmes, déguisés en marins pour le service de l'Église, ressentirent profonde commisération envers cette jeune femme au désespoir.

Fey des Étangs, qui de tous ceux là était celui qui connaissait le comte depuis le plus longtemps, entraîna la baronne à l'écart :

— Madame, l'amiral-comte de Nissac que nous

aimons tant et respectons est un bretteur d'exception qui n'a jamais connu la défaite. Il vous faut lui faire confiance et ne vous point mettre en pareille inquiétude qui vous procure grande souffrance.

— Ah, monsieur, j'entends bien cela mais toutes choses ont leurs limites et le comte de Nissac ne peut point triompher de centaines de paysans.

Martin Fey des Étangs ne fut point en approbation de ces paroles :

— Ah çà, madame, les cervelles vides de tous ces vilains ne se peuvent comparer à la science du combat de l'amiral qui sait prendre la mesure des événements en quelques secondes.

— Peut-être, baron, mais rien n'empêchera que je sois marrie de ne le point voir déjà parmi nous comme il se devrait.

Le baron de Valenty, qui s'était approché, intervint à son tour :

— Souvenez-vous pour l'avoir vu il y a si peu, madame la baronne, comme le comte, sitôt qu'il rompt sa garde, tue son adversaire !

— Oui-da, monsieur, mais point à trois contre cinq cents ! répondit la baronne en brisant là.

D'un pas décidé, elle approcha de l'avant-poste tenu par un des hommes du *Dragon Vert*, arquebuse en position, prêt à abattre tout intrus.

Mais comme elle l'avait rejoint, ils entendirent bruit léger et l'homme se dressa en criant :

— Qui vive ?

— Nissac !

La baronne, reconnaissant cette voix grave, fut transportée d'allégresse mais le comte, se trouvant derrière escarpement, mit quelques secondes à lui apparaître.

Longtemps après, la baronne se souviendrait de la sombre gravité de la scène...

Sur fond de château de Cadillac dont une aile était en feu, et tandis qu'arrivaient hommes nombreux brandissant fourches, apparurent tour à tour le seigneur Yasatsuna, portant plusieurs têtes coupées à la ceinture, puis, chacun un cadavre de fantassin du *Dragon Vert* sur les épaules, le capitaine de Sousseyrac et l'amiral de Nissac qui fermait la marche.

Le comte de La Tomlaye, jeune homme sensible incommodé par le spectacle des têtes coupées, prit à partie le seigneur Yasatsuna :

— Ah çà, monsieur, ne pourriez-vous cesser vos turqueries ?

Le fils du pays du Soleil Levant, vexé, répondit :

— Turcs peu comparables à samouraï !

La baronne, qui n'entendit point, se précipita vers le comte qui se laissa décharger par ses compagnons de son macabre fardeau.

— Ah çà, monsieur, que faisiez-vous donc ?

— Étiez-vous inquiète, madame ?... répondit le comte en souriant car en grand bonheur à cette idée.

— Assurément, que je l'étais !... répliqua la baronne qui ne savait point si elle devait rire, pleurer, ou sauter au cou de l'amiral.

Elle s'efforça cependant au calme :

— Me répondrez-vous, monsieur ?

Le comte observa Yasatsuna qui, cédant aux prières de La Tomlaye, jetait les têtes des spadassins en la Garonne non sans préciser :

— Il faut nourrir poissons, grands amis des hommes !

Enfin, Nissac expliqua :

— Madame, chez les Nissac, on n'abandonne point les corps des siens à l'ennemi. Jamais !...

— Vous pourriez donc mourir pour un cadavre ? demanda Isabelle, stupéfaite.

Nissac sembla très surpris par cette question.

— Sans aucun doute !

Ils furent les derniers à embarquer et il était plus que temps car les poursuivants arrivaient mais, accueillis par forte mousqueterie tirée du bateau et redoutables flèches du seigneur Yasatsuna, l'ardeur des nouveaux arrivés fut émoussée, leur rage impuissante décuplée par le fait qu'en raison des foulards rouges ils n'avaient point vu les traits de ceux qui composaient cette redoutable petite troupe.

Il venait au moine défiguré, à mesure qu'il le répandait, plaisir immodéré à verser le sang et mœurs d'Attila rasant village sur village pour satisfaire son goût immodéré de la puissance.

Et toujours l'affaire se déroulait presque semblablement. Ainsi, on attaquait le village et tuait les hommes. Puis, et là on inversait parfois les choses, on violait les trois plus belles femmes avant que de les tuer comme toutes les autres et les loups-garous se jetaient sur les enfants.

Tout cela fait, et les monstres repus de leurs vils plaisirs, on attaquait l'église, le prêtre étant crucifié puis brûlé vif sur la porte du saint lieu. Celui-ci pillé, on prenait de vive force le château de l'endroit, ne faisant là encore point quartier et pillant à nouveau.

Cette fois, cependant, il en fut différemment en raison que le château, appartenant à très riche marquis autrefois partisan de la Ligue et possédant parmi ses gens quelques hommes d'armes, risquait de surprendre Aldomontano et ses hommes-loups en les attaquant à revers.

Le marquis, ses soldats et ses gens exécutés avant l'attaque du village, le moine défiguré ne regretta point d'être venu. En effet, les loups-garous firent main basse sur missel couvert d'or, émaillé de couleurs et enrichi de diamants à quoi il fallait ajouter bijoux de la marquise et même aiguière en vermeil.

L'attaque du village se déroula sans que les assaillants rencontrent la moindre forme de résistance car les habitants se trouvaient sans espérance en voyant le château en flammes, comprenant qu'ils ne recevraient plus aucune aide du marquis et des siens.

L'ambrosien regardait de loin ses loups-garous à la besogne, les voyant ressortir des maisons où ils pillaient, violaient, tuaient...

En les apparences, les choses allaient en leur déroulement ainsi qu'il le souhaitait mais l'Ambrosien eût été très désagréablement surpris si, abandonnant un instant les trésors volés, il avait pris la peine de suivre « Rouge » qui, en proie au doute, ne se comportait plus du tout comme un loup-garou.

Ainsi n'avait-il point violé jeune fille découverte en maison basse. Il n'en éprouvait nulle envie et la simple idée de se jeter sur elle pour la prendre de force lui donnait la nausée. Sachant qu'elle serait tuée de toute façon, il l'avait étranglée rapidement puis entièrement dévêtue avant de la jeter en la rue sur un tas de cadavres... s'assurant cependant que l'ambrosien l'avait vu, ce qui était le cas.

Puis, sur un signe de « Bleu » lui désignant maison de laquelle s'échappaient des cris d'enfants, il avait suivi l'autre loup-garou en l'intérieur mais là encore, à la vue de deux petites filles de dix et douze ans, le cœur, si l'on ose dire, lui manqua.

Affolé, sachant qu'il risquait de devoir rendre des comptes à l'homme sans visage, il s'était jeté sur une poule, lui arrachant le cou et se barbouillant la bouche du sang de l'animal.

« Bleu », stupéfait, avait regardé son compagnon agir ainsi et les enfants eux-mêmes cessèrent de pleurer devant l'accablement qui venait à « Rouge » après ce simulacre.

Désespéré, il s'assit sur une chaise et demeura pensif.

Tout venait de « Jaune ». « Rouge » ignorait comment la chose se développait mais il savait que « Jaune » sauvant le petit garçon avec extrême gentillesse avait réveillé en lui des choses qu'il pensait mortes.

Tout ce qu'il avait été avant de devenir loup-garou lui revenait en mémoire et en le cœur. Ses souvenirs allaient si loin en le temps, pour la première fois depuis des années, qu'il en frissonna.

Il se rappela ainsi l'année de ses sept ans. Il avait un père brutal et cruel, seigneur d'un lieu retiré où il pouvait agir comme bon lui semblait. Sa mère était morte en le mettant au monde et sans doute, en ces circonstances, aurait-il grandi entre terreur en ennui si son père n'avait repris femme.

Elle avait dix-neuf ans, et son mari plus du double,

s'appelait Constance et était si belle que certains se signaient sur son passage.

En les premières années, il ne vit point comme elle était malheureuse car elle s'occupait de lui en si grande gentillesse, si tendrement, que « Rouge », alors enfant, ne songea point qu'elle pût se trouver en si grand désarroi.

Un mercredi des Cendres, sous un ciel gris et bas, un voyageur aux longues boucles blondes et beau maintien s'arrêta au château.

Il n'était point noble, mais fort riche, ayant bien réussi au service du duc de Lorraine dont il concevait avec goût raffiné les parcs et les jardins. Et sa réussite, ainsi que sa réputation, se trouvaient si grandes qu'il avait quitté sa belle maison forte de Revigny pour venir à Paris à la demande du roi.

Il n'était, et faut-il dire hélas ?, pas que riche mais jeune, fin et beau si bien que, dès que son regard croisa celui de Constance, il eût fallu n'y point voir pour ne pas comprendre l'irrésistible attirance que les jeunes gens ressentaient l'un pour l'autre.

Les choses eussent pu demeurer à jamais en cet état d'inachèvement, le jeune homme reprenant sa route dès le lendemain. Pourtant, il n'en fut point ainsi car le père de « Rouge », auquel rien n'avait échappé, cultivait goût du malheur, pouvant ainsi pour sa bonne satisfaction souffrir et faire souffrir. Ainsi, en manière artificieuse, proposa-t-il au jeune homme, chaque jour nouveau, de rester encore.

Et ce qu'il cherchait avec frénésie dissimulée finit par arriver puisqu'il les surprit, nus, sur les rives de la rivière Ornain, et occupés en choses de l'amour. Alors, fou de douleur mais aussi d'une joie perverse, il rendit ce qu'il appelait la justice.

Le jeune homme eut la queue coupée et fut pendu par les pieds, le père de « Rouge » espérant en grande naïveté qu'il se viderait ainsi de son sang par endroit où il avait péché mais le malheureux mit des jours à mourir et beaucoup furent soulagés lorsqu'il trépassa enfin par une étrange nuit d'orage.

Constance, devant la population rassemblée, eut la

tête tranchée et afin que nul n'oublie, cette tête fut clouée au-dessus de la porte du château où elle demeura dix ans.

« Rouge » se souvint. Il aimait Constance, espérant devenir son époux lorsqu'il serait plus âgé, quitte à tuer son propre père pour réussir en cette entreprise. Elle était pour lui la beauté la plus éclatante qui fût au monde et il perdit en partie la raison en voyant ainsi cette tête superbe clouée, livrée aux mouches et aux oiseaux, devenant charogne puis crâne aux orbites vides.

Dès lors, tout effarait « Rouge » et son père, rageant de voir en telles dispositions son fils unique, ne ménageait point sa peine pour l'endurcir. Un jour qu'il l'obligeait à regarder saigner mouton dont on ôtait la peau, et comme l'enfant pleurait, son père, au comble de l'agacement, lui jeta la peau sanglante sur le dos en disant :

— Si tu ne supportes point la vue de mouton qu'on écorche, c'est que tu es des leurs. Tant que tu seras mouton, reste avec les tiens et porte cette peau sur le dos.

Ainsi en était-il. Il grandissait au long des années avec cette peau puante sur les épaules puis, une nuit, son père rendit son âme au diable.

Alors on lui ôta la peau tannée par les années, on lui dit qu'il était libre et marquis, maître du château, des terres et des forêts.

Le nouveau marquis fit aussitôt enterrer le crâne de Constance avec le reste du corps et mêler en cette tombe les os du jeune homme qu'elle avait aimé. Mais cette vengeance, pourtant cruelle, ne lui suffit point car il ordonna qu'on cessât de nourrir les cochons et lorsqu'après quatre jours ceux-ci furent affamés, il leur fit livrer le cadavre de son père en disant :

— Tu es des leurs, sois dévoré par les tiens !

Puis, ayant donné ses biens aux prêtres afin qu'ils accueillent toujours les voyageurs de passage, il était parti sans rien emporter et pour ne plus jamais revenir...

« Rouge » sentit sur lui le regard de « Bleu » et celui des petites filles qui observaient cet homme à belle tête de loup en grande fascination.

Il hésita.

Puis « Bleu » vint tout près, gueule contre gueule, cherchant à lire en son regard.

On ne sait ce qu'il y découvrit de terrible, quelles souffrances et douleurs il devina mais il hocha gravement sa tête de loup à plusieurs reprises, en disant avec ton d'étrange douceur et gentillesse :

— Hon !... Hon !...

Et, prenant affectueusement « Rouge » par l'épaule, il l'entraîna dehors, renonçant lui-même aux petites filles.

Quelques minutes plus tard, l'ambrosien qui ne soupçonnait rien chevauchait vers le château des chimères, encadré par sa garde de loups-garous.

63

L'amiral de Nissac semblait préoccupé.

Ainsi, pendant deux jours, tandis qu'il ordonnait travaux étranges sur la proue, on le vit observer les vents, lire et relire ses cartes marines en effectuant longs calculs, manier le compas, suivre avec intérêt le vol des mouettes, hocher la tête ou la secouer, parfois se parler et se répondre seul...

Tous attendaient en respectueux silence.

Deux jours interminables pendant lesquels *Le Dragon Vert* tourna en rond à vingt lieues au large de Bordeaux.

Puis, alors que rien ne semblait s'être modifié en la course du vent qui justifiât changement si brutal, l'amiral donna ses ordres, insistant pour qu'on se hâtât à la manœuvre.

Le Dragon Vert pénétra en l'estuaire de la Gironde aux premières lueurs du jour et, bien qu'il eût assez peu d'expérience de l'endroit, le comte de Nissac gouverna en grande sûreté.

On passa ainsi très vite au large de Lespare, Pauillac et Saint-Julien puis, après quelques îlots, serrant de près le rivage, *Le Dragon Vert* parvint à faire demi-tour en très belle manœuvre qui, par vitesse et précision, étonna officiers et marins.

Mais cet étonnement devint fascination lorsqu'on sentit *Le Dragon Vert* comme porté par la main d'un géant et allant à la vitesse d'un cheval lancé au petit trot.

En ses savants calculs et sa diabolique complicité avec le vent, l'amiral avait mené le navire où il souhaitait, à l'instant voulu, pour profiter de la conjonction d'un vent arrière extrêmement favorable et de la marée qui, à cette heure de la journée, lui profitait totalement si bien que son vaisseau atteignait stupéfiante vitesse.

La surprise passée, en l'équipage, on s'interrogeait à voix basse. Quoi, cette longue préparation, cette attente qui n'en finissait point, la figure de proue maquillée, tout cela pour aller en l'estuaire, vers la mer, en vitesse inégalée ?... L'amiral, après la chaude affaire du coup de main dont le château de Cadillac fit les frais, n'avait-il donc en tête que satisfaire vanité d'être ici le premier en telle rapidité ?... Serait-il devenu fou ?

Fou !...

Fou, il l'était assurément, venant de donner ordre aux canonniers de se tenir prêts aux postes de combat !... Allait-il engager autre galion en l'estuaire de la Gironde où jamais ne s'était aventuré navire barbaresque ?

Fou !

Fou, il ne se trouva aucun pour n'y point songer au moins un instant lorsque, seul sur la dunette ou nul n'osait s'aventurer, l'amiral de Nissac ordonna :

— Hissez le drapeau noir !...

Échangeant des regards lourds, on amena le pavillon du roi de France pour hisser affreux drapeau noir orné d'une tête de mort.

— Messieurs, dans un instant !... dit le comte de Nissac et sa voix joyeuse, celle d'un homme sachant toujours ce qu'il fait et où il va, redonna espoir aux marins.

Une fois encore, on faisait confiance à l'amiral.

Des landes, des marais, des étendues de sable noir et un bien joli château de facture récente : on ne voyait rien là qui puisse justifier branle-bas de combat mais pour l'amiral de Nissac, on était prêt à canonner l'enfer lui-même et à y débusquer le diable le sabre à la main.

Le baron de Lestanque, réveillé par un garde, fut choqué de voir que cet étrange et fort beau galion ne faisait point baisser pavillon ni voile en passant devant le château de Beychevelle.

Beychevelle, cela ne signifie-t-il pas « baisse voile[1] » ? et ainsi l'entendait le très puissant, très respecté et très craint maître du lieu que chaque navire passant devant sa belle demeure devait baisser les voiles.

Le riche château de Beychevelle datait de quelques dizaines d'années, ce qui est peu pour un château et le vieux baron de Lestanque, ancien Ligueur comme le fut le maître de l'endroit, y commandait petite garnison depuis moins de cinq ans mais que ce fût en ces années là ou en ce qu'on lui avait dit des temps précédents, aucun navire n'avait encore osé passer devant le château de Beychevelle sans baisser les voiles.

Celui-là était donc le premier.

Le baron de Lestanque n'était point homme intelligent et, en le cas contraire, la chose se serait sue mais au moins ne pouvait-on lui ôter qu'il possédait esprit de méthode. Conséquemment, il songea donc avant toute chose à observer le drapeau de cet étrange vaisseau car il ne doutait pas qu'il s'agissait là d'étrangers ignorant – mais il leur en cuirait ! – la tradition des lieux.

Il se pencha... et fit un bond en arrière !...

Le drapeau noir !... Là, en ce paisible estuaire séparant Saintonge et Médoc, un vaisseau ayant hissé le drapeau noir !...

Le baron de Lestanque se dit qu'il fallait donner des ordres à sa demi-douzaine de soldats et au lieutenant qui les commandait.

Des ordres, certes, mais lesquels ?

C'est à cet instant que le baron perdit la tête, emportée par un boulet tiré depuis le vaisseau pirate.

Le lieutenant, accroupi derrière le balcon à colonnade, se dit que c'était là événement regrettable pour le baron, sans doute, mais pour lui aussi qui devait prendre le

1. En patois du lieu et du temps.

commandement de cette petite troupe qu'il ne savait à quoi utiliser.

Cependant, l'officier n'était point sans esprit et il songea à celui auquel il devrait rendre des comptes, le châtelain du lieu, Grand Amiral de France et Gouverneur : le tout-puissant duc d'Épernon.

La première bordée avait fait bel ouvrage mais la seconde, plus ajustée encore, fit grands dommages car non seulement boulets ravageaient la façade mais certains faisaient voler fenêtres en éclats, disloquant par ensuite l'intérieur des pièces.

De tout cela, il faudrait faire rapport au duc d'Épernon et, bien que l'endroit fût exposé, plusieurs toises de colonnes du grand balcon ayant été fracassées, l'officier s'obligea à bien regarder les choses telles qu'en leur déroulement.

Militaire, il nota tout d'abord que les artilleurs du navire à pavillon noir étaient excellents en leur besogne, à preuve : la toiture venait d'être emportée par nouvelle salve.

Il remarqua aussi que le navire ne ralentissait point, ce qui laissait à penser qu'il ne ferait qu'un passage en conséquence de quoi, canonnade allait bientôt cesser.

Enfin, il concentra son attention sur la proue du bâtiment, sachant qu'il trouverait sans doute là signe distinctif.

Et grande fut sa surprise !

Ainsi, en le château de Beychevelle appartenant au duc d'Épernon, l'emblème était navire à proue de griffon et sauf à douter de tout, le lieutenant n'ignorait point que le griffon est bête fabuleuse à tête et ailes d'aigle sur corps de lion.

Mais en le navire pirate, figure de proue était presque identique à ceci près qu'on avait inversé les choses en créant bête singulière n'existant point en la mythologie puisqu'on voyait à la proue du galion tête de lion sur ridicule corps d'aigle.

Ne doutant point qu'il y eut volonté d'affront, l'officier, qui n'aimait pas d'Épernon, sourit, se jurant de ne pas omettre de raconter tel détail au maître des lieux.

Une autre salve retentit, causant de nouveau grands dommages, et l'officier remarqua la puissance sans pareille de l'artillerie embarquée. Mais il remarqua également qu'on relâchait aux postes de combat, aussi se redressa-t-il, non sans prudence.

Déjà, le navire s'éloignait.

Mis à part le feu baron de Lestanque décapité, il ne comptait ni mort ni blessé en sa petite troupe mais, s'étant retourné, il constata qu'il faudrait bien longtemps, et beaucoup d'or, pour remettre le château en bel état.

De nouveau, il réfléchit à l'étrange inversion du griffon sur la proue du vaisseau pirate puis, songeur, il murmura :

— Tête d'aigle pour monsieur le duc, tête de lion pour les pirates. En la nature, lion mangerait aigle et en la réalité, pirates ont humilié monsieur le duc.

Il sourit une fois encore tandis qu'en son esprit il ancrait certitude que ces singuliers pirates avaient cherché à s'amuser aux dépens du duc.

Le lieutenant se frotta les mains, en grand contentement, imaginant comme le duc aux manières cassantes se trouverait défait.

Puis son regard s'attarda sur le beau vaisseau qui diminuait à l'horizon tandis qu'il cherchait à gagner la haute mer et l'officier murmura :

— Que Dieu me damne si ceux-là, plus militaires en la manière que les militaires, sont des pirates !... Mais je n'en dirai rien !...

64

Le Dragon Vert arriva exactement à l'heure fixée pour la rencontre secrète : minuit, au large de Saint-Vaast-La-Hougue et Barfleur, par une nuit froide de l'époque du carême.

Deux navires de commerce abordèrent sur bâbord et tribord et, à la lumière de la pleine lune, par mer calme, on commença transbordement d'armes légères : sabres, arquebuses, pistolets, grande quantité de tonneaux de poudre. On chargea également boulets et partie des canons constituée des réceptacles en bois et roues de ceux-ci.

L'affaire prit cependant plus de trois heures mais, malgré les difficultés dues au roulis et au fait que le pont du *Dragon Vert* se trouvait plus haut que celui des navires de commerce, on n'eut à déplorer qu'un blessé léger et la perte en la mer d'un tonneau de poudre qui se trouvait mal arrimé.

D'après un officier du *Dragon Vert*, le lieutenant d'Orville, homme très pieux et très occupé de religion, l'un des navires était sous la surveillance, rien moins, d'un général des jésuites quand sur le pont de l'autre, il reconnut un frère de l'Ordre fondé par saint François d'Assise mais en ces ordres différents, tous feignaient de ne se point connaître, s'ignorant superbement.

On ne pouvait le nier : une fois encore, le Père Joseph et le Père Coton avaient fort bien travaillé, cumulant qualités d'efficacité et de discrétion.

Le navire des jésuites s'écarta le premier du bord du *Dragon Vert* et sa voile s'éloigna rapidement.

Comme ils en étaient convenus, Nissac confia alors *Le Dragon Vert* au second, Charles Paray des Ormeaux, malgré sa mauvaise vue, avec pour consigne de rallier Rouen et de mettre à profit cette courte période pour envoyer le galion en bassin de radoub afin qu'on nettoie sa coque alourdie de coquillages. L'amiral savait que le bassin était réservé en priorité absolue et qu'on travaillerait jour et nuit sur *Le Dragon Vert*.

Nissac n'en parla point mais se trouvait impressionné par les moyens que monsieur de Sully mettait en œuvre pour la bonne réussite de l'opération. Ainsi, on n'avait point repris sabres, arquebuses, pistolets et autres matériels en échange de ceux qui arrivaient flambant neufs, mais reçu consigne du général des jésuites de jeter ces armes encore récentes à la mer, par dessus bord, sans plus de façons.

Oui, décidément, du côté des caisses royales, et comme le voulaient le roi et Sully, l'or coulait à flots en cette affaire.

Les frères de l'Ordre de Saint-François embarquèrent comme prévu l'amiral de Nissac, la baronne de Guinzan ainsi que les barons Fey des Étangs et Sousseyrac.

Sans oublier le seigneur Yasatsuna.

Par tradition, les Nissac proposaient soins du château et office de cuisine à couple âgé et démuni du village voisin, leur offrant en revanche gîte, couvert et davantage d'or que ces vies austères n'en avaient connu à l'époque de leur plus grande force.

Arrivés à marée haute sous jolie pleine lune, on quitta la plage pour ce château dont la superbe et massive silhouette médiévale – il fut bâti en 1111 – offrait grand contraste avec les récents châteaux de Cadillac et de Beychevelle, appartenant au duc d'Épernon et qu'on venait de mettre à mal eux qui, contrairement au berceau des Nissac, ne se riaient point des boulets.

En la grande salle, sur longue table de chêne éclairée par très anciens chandeliers à seize branches, le comte de Nissac offrit repas de venaison : perdrix, faisans et lièvres ainsi que, pour achever, poires confites et confiture de roses. La nourriture était en quantité raisonnable sauf peut-être en le point de vue de monsieur de Sousseyrac qui avait fort appétit pour soutenir sa grande carcasse, mais la qualité des mets, comme du vin récolté en Anjou, était indiscutable. Enfin, à la grande stupéfaction du couple de vieux serviteurs qui officiaient en le château, le seigneur Yasatsuna se jeta sur poisson cru que le comte de Nissac avait fait apprêter à son usage : soles, maquereaux et bars ainsi que chevrettes [1] dont il raffola aussitôt.

La baronne remarqua combien « Flamberge », grand chien noir de race indéterminée, ne quittait point son maître, se collant à sa cuisse à la manière d'un chat tant il se trouvait en grande émotion de ces retrouvailles. Au reste, la chose était en partage car souvente fois la main du comte caressait cette grosse tête où déjà le poil noir grisonnait sur le museau et au-dessus des yeux.

On s'en alla coucher peu après et le comte, embarrassé, mena la baronne en la chambre qu'il lui avait fait préparer, après avoir ordonné travaux mais le pigeon voyageur parti du *Dragon Vert* ayant musardé en chemin, il s'en était fallu de peu que tout ne fût point prêt à temps. Au reste, il flottait encore sur l'endroit odeur légère de peinture.

La baronne fut émerveillée, tant par le goût du comte que par l'intuition qu'il avait eue. Elle remarqua au plafond peintures azurines et, sur les murs, tapisseries en brocatelle à fond vert et gris semé de ramages incarnat et crème. On voyait chandelier incrusté d'émeraudes aux armes du Connétable Du Guesclin que celui-ci offrit jadis à un Nissac qui fut son compagnon de guerre contre l'Anglais, et le

1. Crevettes.

contraste de bel objet d'argent posé sur une table d'ébène présentait fort beau spectacle.

En des vases de cristal, des fleurs de serre distillaient discret parfum.

Enfin, et ce fut là long et coûteux travail, l'amiral avait ordonné qu'on posât des vitres et fenêtres à toutes les ouvertures du château mais la dépense ne pesa guère sur le comte qui puisa en l'immense trésor des Nissac dont les ancêtres furent mêlés au drame cathare, aux croisades et à l'affaire des Templiers qui mériteraient elles aussi d'être contées, et le seront peut-être, mais ne le peuvent ce jourd'huy.

Le comte regarda la baronne avec incertitude.

— J'espère, madame, que l'endroit n'est point trop austère et que vous ne vous y trouverez point mal.

— Je serais bien injuste, monsieur, si je ne vous remerciais mille fois.

Il jeta un regard à la cheminée où brûlaient des bûches provenant d'un pommier odoriférant :

— Aurez-vous assez chaud ?

— Davantage que sur *Le Dragon Vert*, bien que j'aie connu moins agréable encore.

— Le lit est-il à votre bonne convenance ?

Elle y jeta un regard : matelas, traversin, oreiller, couvertures de drap de lin. Une pensée lui vint : « Pourquoi dois je y dormir seule ? »

Elle en eut honte aussitôt, et rougit, ce que voyant, le comte éprouva semblable songerie, rosissant légèrement sous le hâle.

Embarrassée, elle déposa baiser rapide sur les lèvres du comte.

— Dormez bien, monsieur.

« Maintenant !... Je la prends dans mes bras maintenant ! »... Mais ayant dit, il hésita quelques instants et la magie de l'instant s'envola.

Longtemps, en les couloirs de son vieux château, il alla effleurant ses lèvres d'un doigt léger en songeant qu'il avait singulièrement manqué d'audace.

Longtemps, elle resta allongée sur le lit en se persuadant qu'elle s'était montrée trop audacieuse.

Mais en se répétant qu'elle ne le regrettait pas et que la fois prochaine, elle se montrerait plus décidée encore.

En les jardins des Tuileries, Henri quatrième congédia l'ambassadeur d'Angleterre assez froidement car il sentait combien Jacques Ier d'Angleterre et d'Écosse n'était point en grand enthousiasme d'en finir avec l'Espagne par le moyen de la guerre et bien qu'en son pays, on eût la détestation des catholiques en général et des Espagnols catholiques en particulier.

Apercevant alors d'Épernon, qui piaffait de lui parler, il adressa un signe à Bassompierre afin de n'être point seul avec le duc et Grand Amiral de France.

Le duc d'Épernon, tout vêtu de vert, salua le roi mais ignora François de Bassompierre car il jalousait le colonel général des Cent Suisses d'être en telle faveur auprès du roi.

Henri quatrième, qui vouait au duc d'Épernon une haine tranquille, remarqua :

— Tiens d'Épernon !... Quel horrible et blafard visage de damné est le vôtre, ce jourd'huy !

D'Épernon, l'ancien « archimignon », accordait à son aspect physique grande importance, aussi chancela-t-il mais, après le froid, le roi sembla souffler le chaud :

— Vous portez fort bel habit !

D'Épernon, flatté telle une jouvencelle, tourna sur lui-même gracieusement, retrouvant mimiques agaçantes du temps où il bénéficiait de l'ardeur et des rudes étreintes de feu Henri troisième :

— Vous trouvez, Sire ?

Le roi feignit soudaine contrariété.

— Ah, cependant !... Cependant !...

Brusquement inquiet, le duc s'enquit :

— À quoi songe Votre Majesté ?

— Vous êtes tout de vert vêtu et il est bien connu que le vert est la couleur des fous.

Vexé, d'Épernon se cabra.

— Que m'importe !... Le vert et toutes les autres couleurs du monde me siéent bien. Mais le vert en particulier.

— Hé, c'est bien ce que je disais, d'Épernon : la couleur des fous vous sied bien.

D'un petit geste agacé, d'Épernon sembla congédier ce sujet :

— Sire, on brûle mes châteaux !

— Sont-ce des hommes eux aussi vêtus de vert qui commettent telles vilenies car il faut être fol pour attaquer si beaux ouvrages ?

— Sire, l'un fut attaqué par la terre et l'on parle de mille hommes.

— À moi, on affirma qu'assaillants n'étaient que dix.

— On m'attaque par la mer, remontant la rivière avec gros bâtiment de guerre, Sire !

Henri quatrième n'eut guère à se forcer pour prendre un ton las :

— Mais vous êtes, d'Épernon, Grand Amiral de France !... À part moi, il n'est nul plus puissant que vous en tout le royaume pour les affaires maritimes. Que ne vous accordez-vous à vous-même un entretien pour mettre riposte au point ?

— Sire, je ne sais par où commencer.

Le roi soupira de nouveau.

— Consultez homme de bon conseil !... Savez-vous, monsieur le Grand Amiral de France, que l'amiral des mers du Levant va venir au Louvre ces jours prochains afin que nous parlions de la prochaine guerre avec l'Espagne ?

— Je l'ignorais, Sire.

— Que puis-je faire si un Grand Amiral égare ses amiraux, ne sachant où ils sont ?

Le duc d'Épernon resta un instant songeur.

— Voilà une idée... Cependant, on dit cet amiral peu bavard...

— Mais de grande efficacité, lui.

— Et qu'il serait de très bonne noblesse...

— Beaucoup plus ancienne que la vôtre.

Vexé, le duc d'Épernon prit rapidement congé.

Henri quatrième se tourna alors vers Bassompierre.

— Il est inquiet et c'est fort bonne chose...

— On le serait à moins, Sire, ses châteaux incendiés... Nissac ne perd pas de temps !

— Imagines-tu cela, Bassompierre ?... Je donne mission à Nissac, il part pour Toulon, coule trois galères et un galion, attaque par la terre le château de Cadillac et l'incendie, canonne en venant de la mer château de Beychevelle... et n'est jamais démasqué !... Et on me dit qu'en cet instant, ou peu s'en faut, il fait trafic d'armes avec les bons pères de l'Église !

— Tout de même, Sire, pour audacieuses et brillantes qu'elles soient, ces attaques contre d'Épernon étaient très risquées et Votre Majesté n'avait point donné pareil ordre.

— Bassompierre, c'est lorsqu'on me surprend d'agréable façon en agissant au mépris des ordres pour réussite supérieure qu'on se montre le meilleur de mes sujets.

— Meilleur, il lui faudra l'être considérant ce qui l'attend...

Le roi cessa de sourire.

65

Au matin, le comte de Nissac fut heureux de retrouver en l'écurie « Flamboyant » qui avait été mené ici par la route.

La chose avait été rendue possible en grande facilité par l'entremise de monsieur de Sousseyrac. Celui-ci, qui avait pour maîtresse comédienne bien en chair, savait que le frère de la dame s'en allait en Normandie, et qu'il accepterait de faire le détour eu égard au fait qu'il se trouvait flatté que sa sœur eût pour amant baron, qui plus est capitaine en la marine royale, commandant l'infanterie d'assaut du légendaire *Dragon Vert*.

Le comte de Nissac sellait « Flamboyant » lorsqu'il entendit en son dos :

— Puis-je vous accompagner ?

Se retournant, il découvrit Isabelle de Guinzan sans réelle surprise, mais non sans plaisir, aussi fraîche qu'après une longue nuit bien qu'en la réalité, celle-ci eût été fort courte. De plus, son sentiment amoureux fut fortifié par le fait que, comme lui, elle aima se lever tôt et affectionna les promenades à cheval car en le cœur naïf et pur de l'amiral, l'amour est communion en une multitude de petites choses. Il souhaitait que tout les réunisse, et haïssait ce qui les pourrait séparer. Il voulait qu'ils se fondent tous deux en une seule âme, un cœur unique, un esprit qui veille pour tous deux et détestait l'idée qu'ils ne puissent être émus, peinés ou émerveillés ensemble.

Et comme la baronne, bien que monsieur de Nissac ne le sût point encore, était sur toutes ces choses en communauté de vue, ils eussent vécu des jours magnifiques si l'une, ou l'un, s'était décidé à ouvrir son cœur à l'autre mais en raison de leur pudeur, semblable chose ne paraissait point sur le point d'arriver.

Monsieur de Nissac surtout souffrait de ne pouvoir tout dire de ses pensées tel hier soir où, voyant le couple de vieux serviteurs en réel contentement que tout se passât au mieux pour les convives, songerie lui était venue : pourquoi, chez tous les pauvres gens, et toute créature entre en cette catégorie, pourquoi cette aspiration au bonheur, si simple et émouvante, quand le terme abject de la vie est la mort, et de là lui venait envie de pleurer.

Ou bien en cet instant même où regardant la baronne il se disait qu'il faudrait avoir des ailes afin d'effleurer les êtres qu'on aime et, ne les touchant point, être en certitude de ne leur jamais faire de mal.

On sella pour Isabelle cheval de sept ans, de préférence à une jument et un cheval d'à peine trois ans très nerveux et la baronne remarqua qu'à l'égal de « Flamboyant », le bel Andalou aveugle, tous étaient d'un noir charbonneux.

Devinant sa pensée, le comte précisa :

— Il se dit depuis toujours en ma famille que le premier Nissac, voici des siècles et des siècles, arriva de l'est monté sur haut cheval noir, n'ayant pour seul bagage que sa longue épée à la main. Je suppose que s'il n'alla pas plus loin qu'ici, c'est qu'il fut arrêté par la mer. En tous les cas, légende ou histoire vraie, depuis des siècles tous nos chevaux sont noirs.

— Il trouva donc femme, cet ancêtre barbare ?... demanda la baronne avec petit accent de provocation.

— Ma présence ici semble l'attester, madame.

— On peut donc être Nissac et aimer d'amour ?... remarqua-t-elle avec un ton assez désagréable qu'elle regretta aussitôt.

Le comte ne répondit pas sur l'instant. Il monta en selle, puis :

— On peut aimer et ne point savoir parler d'amour,

madame, mais il ne me semble pas que la timidité retranche quoi que ce soit à la vérité et à la force de semblable sentiment.

Sans attendre de réponse, il lança son cheval au galop et le baronne ne put comme elle le souhaitait rattraper ses malheureuses paroles.

Les forêts des Nissac s'étendaient sur des lieues et des lieues, coupées d'étangs et, à mesure qu'on se rapprochait de la mer, apparaissaient landes désolées balayées par les forts vents glacés venus du large.

Durant cette longue promenade, ils échangèrent rares paroles et, peu avant le château, le comte mit pied à terre.

Avec fierté presque enfantine, il montra une garenne, des ruches, un verger, des colombiers et pigeonniers, jardin bouquetier et médicinal puis ils passèrent les douves et s'engouffrèrent sous la grande porte aux armes des Nissac qu'elle connaissait, ayant remarqué ce blason frappé, au souper, sur la vaisselle d'argent.

Enfin, il la mena à l'oratoire.

— C'est là bien modeste chapelle mais voici quelque temps déjà que nous ne faisons plus dire de messes au château, sauf très rares exceptions concernant nos villageois.

— Il n'est point besoin de messe pour croire !... osa-t-elle dire.

— Mais pour croire, faut-il espérer ?... répondit-il avec finesse.

Ils se regardèrent, prêts à se prendre en les bras l'un de l'autre mais, une fois encore, l'occasion fut manquée et le comte se détourna.

La journée s'écoula rapidement. Les barons de Sousseyrac et Fey des Étangs dormaient encore en le début d'après-midi. En revanche, le seigneur Yasatsuna ne ménagea point sa peine. Il revêtit son armure et s'exerça avec sa « yari », lance courte à l'aide de laquelle il frappait d'estoc toujours de haut en bas, la lame, droite, étant pourvue de deux tranchants.

Puis, tels des objets sacrés, il étala sur peau de daim ses trois sabres : le long, dit Katana, le court Wakasashi, les deux appartenant au genre diashô, et enfin le très court tantô, utilisé pour la défense personnelle en combat très rapproché.

Il réalisa ensuite figures à cheval, ayant décoré la selle de pompons rouges tels qu'en son pays.

Au souper, qu'avait tenu à préparer en secret Isabelle de Guinzan, grande fut la surprise de voir arriver les mets, gibiers, poissons, viandes et volailles tels qu'en la forme où ils furent déposés sur la table car on eût cru voir, très fortement réduits de tailles, girafes, singes, loups, éléphants et crocodiles. Et chacun fut plongé en l'émerveillement devant pareil prodige.

La soirée n'était guère très avancée lorsque le comte de Nissac proposa qu'on regagnât les chambres car on partait le lendemain fort tôt pour le Louvre.

Le duc d'Épernon transpirait sous sa cagoule de pénitent, et le fait n'était point dû seulement à la chaleur qui régnait en cet hôtel particulier de la rue Saint-Julien, mais à la peur qui lui collait à la peau à l'idée que des forces dont il ignorait tout l'avaient identifié tel le chef d'un complot visant à tuer le roi de France et qu'à travers ses châteaux attaqués commençait son châtiment.

Aussi ne put-il empêcher léger tremblement de sa voix et commit-il la bêtise de citer ses domaines ce qui l'aurait rendu identifiable si tous, ici, ne savaient déjà qui il était. Mais la faute était là tout de même.

— Mon château de Cadillac !... Mon château de Beychevelle !... Incendiés tous deux !... Mes gens tués !... Ils ont frappé avec la rapidité de l'éclair et se trouvent être des centaines, des milliers, peut-être !

On entendit rire aigre puis petite voix désagréable qui était celle de ce moine dont on ne connaissait point limite de la puissance, et que redoutait tant le duc d'Épernon :

— Vous vous égarez pour mieux nous perdre !

Le duc songea que si la phrase était sèche, au moins,

en la présence des autres comploteurs, le moine évitait de la tutoyer et de l'insulter. Il protesta pour la forme :

— Puissants et nombreux. Mes gens, ceux du moins qui ont survécu, me l'ont assuré.

En le silence total, on entendit le moine soupirer, puis :

— Épernon, vos gens allaient-ils vous confesser qu'ils furent battus, écrasés et humiliés par force beaucoup moins nombreuse ?... Car ainsi en était-il à Cadillac où les assaillants ne dépassaient point la douzaine.

— Comment le savez-vous ?... hurla d'Épernon, excédé.

— Tout doux, Épernon, tout doux !... Il n'est point cent façons de faire parler laquais ou paysans : la dague sur la gorge et les yeux dans les yeux. À moi, tous avouèrent le faible nombre des assaillants de Cadillac. Des gens d'épée exceptionnels et la chose est si rare en ce degré de perfection qu'il sera aisé de savoir qui ils sont. Pareillement, ce bateau, un galion, doit être identifiable pourvu qu'on demeure calme et sache poser les questions à qui de droit. N'êtes-vous point, tel qu'on m'a dit, Grand Amiral de France ?

Le duc baissa la tête.

Tout ce que disait ce moine lui semblait brusquement grande évidence et il se demanda pour quelle raison il n'y avait point songé lui-même.

66

Après un jour de voyage, le comte de Nissac et les siens arrivèrent au Louvre en la matinée.

Ils avaient dormi en auberge proche de Paris, craignant, la veille, de voir fermées les portes de la capitale.

Privilège rare, le roi vint au-devant du comte et de la baronne qu'il connaissait déjà tandis qu'un pas en arrière se tenaient les barons Fey des Étangs et Sousseyrac, tous deux fort impressionnés, ainsi que le seigneur Yasatsuna qui semblait comme égaré en pareil endroit.

Le roi, souriant, s'avança tandis que courtisans et belles dames regardaient les nouveaux venus avec grand intérêt car si tous avaient entendu parler du légendaire amiral de Nissac peu, ici, connaissaient ses traits.

Les hommes sentirent en leur instinct la force rare qui se dégageait de l'amiral au visage creusé sous très beau chapeau à plumes.

Les femmes, elles, l'observèrent avec soin, songeant qu'elles aimeraient avoir tel homme pour amant en raison qu'il est flatteur d'être la maîtresse d'un si vaillant seigneur mais, pour quelques-unes plus subtiles, elles étaient émues tant l'amiral semblait assemblage de l'eau et du feu, mélange d'audace et de timidité.

Les courtisans ne tardèrent pas à remarquer peu ensuite la baronne à robe bleue très simple mais portant dague à la ceinture, et les battements de leurs cœurs s'accélérèrent. La jeune femme blonde semblait tout à la fois de bonne noblesse mais possédant un petit côté amazone en une bande de brigands, si bien qu'on l'imaginait tout autant recevant invités en la salle d'armes d'un château que rançonnant voyageurs au cœur d'une forêt profonde. Tous devinaient n'être point le genre d'homme susceptible de séduire pareille femme. Mais, s'ils s'en doutaient, chacun imaginait cependant la chose possible et se voyait forçant en un lit la belle jeune femme à allure si sauvage, à moins qu'ils ne se pensent cerf couvrant biche fragile.

Les dames de la Cour jetèrent regard hautain, distant, voire méprisant sur la baronne mais toutes l'envièrent car non seulement le comte la regardait telle que son amour se devinait mais le roi lui-même, malgré de visibles efforts, ne parvenait point à dissimuler pensées lubriques que d'évidence lui inspirait la jeune femme blonde.

Cependant, leur chagrin, leur dépit et leur envie durèrent peu car, comme elles se trouvaient assemblées une dizaine, voix séduisante, mâle et câline les fit sursauter avec frissons en le bas des reins :

— Aucun bouquet de fleurs au monde ne renfermera jamais autant de beauté que votre petit groupe, belles dames.

Elles se retournèrent... et trouvèrent irrésistible ce jeune homme qui se présenta en s'inclinant avec mille grâces félines :

— Baron Martin Fey des Étangs, officier sur *Le Dragon Vert* de l'amiral-comte de Nissac. Pour vous servir, ravissantes dames.

Il fut aussitôt emporté par toutes les dames piaillantes et minaudantes, ignorant, l'imprudent, qu'on le menait vers les Tuileries, ses jardins et ses discrets bosquets...

Toutes agirent ainsi. Toutes, sauf une.

Celle-là, d'âge assez avancé, d'une tête de plus que les autres et de poids valant deux de ces péronnelles, mais qui n'en dégageait pas moins charme étrange et provocant, celle-là, donc, se tenait solidement jambes écartées et poings sur les hanches.

Princesse flamande fortunée, elle scrutait sans se

gêner monsieur de Sousseyrac, haut d'une toise et charpenté telle une armoire.

À la vérité, le baron se trouvait en certaine fascination de cette princesse de poids dont il songea : « Tudieu, quel beau morceau ! »

La princesse, de son côté, se trouvait en pensées assez voisines car c'est sans faire de façons qu'elle s'adressa au capitaine de l'infanterie d'assaut :

— Ah çà, monsieur, vous et moi en un lit : l'affaire serait chaude !

— Quel combat !... répondit Sousseyrac, une lueur intéressée en le regard. Lui qui ne reculait ni devant barbaresques ni face aux Espagnols sentait qu'on lui jetait là défi difficile mais, si l'honneur lui faisait obligation de ne se point dérober, sa raison, elle, ne vacillait pas malgré les circonstances :

— Cependant, madame, il est d'évidence qu'aucun lit n'y résistera.

La princesse flamande lui adressa regard énigmatique :

— Foin du lit !... Mais vous-même, y résisterez-vous ?

— Il n'est de réponse à cela qu'en tentant la chose, madame.

Tandis que la princesse emmenait le baron de Sousseyrac vers nouvelles aventures, que le séduisant Fey des Étangs se trouvait enlevé par belles dames de la Cour et que le roi marchait en compagnie de Nissac et de madame de Guinzan, le seigneur Yasatsuna regardait en grande perplexité bassin où nageaient carpes qu'on disait centenaires.

Puis brusquement, à la grande stupeur du roi et de tous ceux qui se trouvaient présents, le seigneur Yasatsuna bondit en le bassin, brisa la pellicule de glace formée par le froid, saisit une carpe d'une main agile et mordit en ce poisson avec grande conviction.

Revenu de sa surprise, et voyant Nissac assez gêné, le roi fit remarquer d'un ton badin :

— Vous devriez le mieux nourrir, Nissac !... Ce malheureux meurt de faim.

— Ce n'est que gloutonnerie de sa part, Sire.

— Que nenni, amiral, car s'il ne prend le temps de faire cuire ce poisson, c'est qu'il n'y tient plus de satisfaire grande faim.

— Sire, le seigneur Yasatsuna est ainsi fait qu'il préfère poisson cru et mange également sans les cuire, mais avec délices, algues et herbes de mer.

Le roi jeta bref regard désolé au fils du Soleil Levant puis, d'un ton plus bas qui se trouvait celui de la confidence :

— Ah çà, Nissac, quel plaisir vous m'avez donné à ravager châteaux de d'Épernon qui se croyait partout le maître en le royaume des lys. Il n'imaginait point la chose possible et à la vérité, moi non plus. Grand capitaine se voit certes en l'attaque, mais aussi en la façon dont il a pensé cette attaque.

Nissac éprouva quelque gêne, comme toujours lorsqu'on le complimentait :

— Sire, ces places n'attendaient point pareil assaut et la surprise fut notre alliée.

Mais Henri quatrième, roi-soldat ayant beaucoup combattu, avait avis autorisé :

— À Cadillac, la population est toute à lui. Vous avez couru gros risque mais votre façon de vous retirer est une merveille en le genre. Mais à Beychevelle, homme à cheval galopant sur les rives pouvait vous dépasser et faire bloquer l'estuaire. Ah çà, qu'auriez-vous fait ?

Nissac sourit.

— Votre Majesté, la route longe la rivière. Mes canonniers n'auraient laissé aucune chance à pareil cavalier.

— Quoi, un cavalier au canon ?

— Au canon, Sire.

— Mais c'est là arquebuse pour tuer moustique !

— Moustiques sont assez désagréables, Sire.

Le roi hocha la tête puis, regardant la baronne sans jamais se tout à fait départir de son désir pour elle, il demanda :

— Et vous, madame, commandiez ceux qui mirent le feu au château de Cadillac ?

— C'est là grand honneur que me fit monsieur l'amiral, Sire.

Le roi sourit, les regarda tour à tour puis, à Nissac :

— J'envie celui qui partagera la vie de madame de Guinzan. Pas vous, Nissac ?

L'amiral rougit, ce qui émut le roi et la baronne, puis il balbutia :

— Sans doute, Sire, sans doute.

C'est peu après qu'arriva en grand tapage le duc d'Épernon, entouré de courtisans.

Aussitôt, le roi murmura à Nissac :

— Il va vous vouloir parler, je me retire. Mais je ne serai pas loin.

D'Épernon se fit présenter Nissac et l'amiral dut marquer certaine forme de respect au Grand Amiral de France... dont il avait incendié les châteaux.

Très entouré, d'Épernon disait sottises et idioties en un grand débit de paroles, s'écoutant lui-même et les courtisans étaient si avides d'apparaître attentifs que le comte et la baronne se trouvèrent relégués au second, puis au troisième rang du cercle formé autour du Grand Amiral de France.

Isabelle murmura :

— Quel idiot !

— Saeculi Felicitas [1] ! répondit Nissac avec humour en chuchotant des « Miserere », ce qui fit rire le roi qui se trouvait derrière eux.

Nissac, revenu de sa surprise, interrogea Henri quatrième :

— Sire, Monsieur le Grand Amiral de France est-il jamais monté sur un navire ?

1. Le bonheur du siècle.

67

Nissac donna des ordres pour qu'on se préoccupât de fournir poissons frais au seigneur Yasatsuna et nourrît les barons Fey des Étangs et Sousseyrac si toutefois on les retrouvait et, comme on proposait pour ceux-ci potage aux asperges, perdreaux et fricandeaux, l'amiral répondit que la chose importait peu pourvu qu'elle fût en abondance, ajoutant :

— Ce me semble qu'ils auront très faim.

Pendant ce temps, Henri quatrième serrait de près jolie baronne car chez lui, l'état de nature l'emportait toujours, dès qu'il s'agissait des femmes, sur ses plus fortes résolutions.

En cet instant, le roi semblait vieux faune à barbe grise dégageant odeur forte, et n'étant point très conscient de son haleine alliacée. Se souvenant de la fermeté des fesses de madame de Guinzan, qu'il n'eut pourtant que quelques secondes pour éprouver, n'ayant point oublié « la délicieuse » gifle que lui valut son geste, il murmura, tout vibrant de désir, à la baronne :

— Madame, si vous vous trouviez libre quelque jour prochain, sachez que pour vous, je saurais l'être à mon tour.

— Majesté, j'aime ailleurs et si fort que je ne puis aimer nul autre fût-il comme vous très grand et très bon roi de France ou bien encore roi des rois.

Henri quatrième ne fut point dupe. Le compliment

était des plus flatteurs mais il avait assez l'habitude des femmes pour comprendre que celle-ci ne lui donnerait pas ce qu'il espérait avec ardeur.

Le roi attendit Nissac, puis lui souffla :

— Nissac, ne me montrez point trop la baronne car beauté qui n'est point destinée à ma couche me donne toujours grande douleur.

Nissac ne sut que répondre mais cela fut sans importance car, rejoignant la baronne qui les attendait, Henri quatrième changeait déjà de sujet :

— Amiral, on me dit que votre second, Monsieur Paray des Ormeaux, ne serait point catholique ?

— À mon bord, Sire, il n'est de catholiques ni huguenots mais des marins, les miens, qui ont ma confiance et mon estime et auxquels il ne sera point fait mauvais parti tant que je serai en vie.

Le roi, qui avait été contraint de changer plusieurs fois de religion en sa vie, aima cette réponse ferme.

Puis il ouvrit porte d'une petite pièce chauffée par grand feu en la cheminée qui contrastait avec la froidure du dehors.

Une table était dressée, mais qui ne comportait que deux couverts. Une expression de regrets sur le visage, Henri quatrième expliqua :

— J'eusse aimé ce repas en votre compagnie mais mes obligations m'appellent ailleurs. Vous serez mieux ici qu'à côtoyer gens de Cour que vous appréciez peu et j'ai veillé à choisir chaque plat qui vous sera servi.

Il leva la main pour qu'on ne le remercie point et, gagnant la porte, il se retourna cependant. La baronne et le comte ne lui avaient jamais vu encore visage si grave.

— Les difficiles missions que je vous ai confiées, Nissac, servent la cause du royaume de France. Je sais qu'à votre retour on vous emploiera à déjouer complot que d'Épernon et le parti espagnol fomentent contre ma personne.

Il baissa un instant la tête, songeur, puis reprit avec grand abattement en le regard :

— Nissac, je sais qu'ils me vont tuer. L'esprit d'un fou,

en grande intelligence en sa folie, monte chaque détail de l'affaire et à ce que j'apprends par qui m'informe, c'est si bien conçu que je ne me fais guère d'illusions quant à mes chances d'y échapper. Ils trouveront assassin qui, ayant renoncé à sa propre vie, réussira, car c'est la règle en ces affaires, tel pour Henri troisième, que celui qui ne pense pas même à sa fuite réussit à tuer. Ni vous ni ma police n'y pourront rien, aussi je vous le dis comme à quelqu'un que j'aime : ne vous faites point de reproches après ma mort, inévitable dès l'instant où j'ai choisi d'en finir avec l'Espagne. Ne cherchez pas à empêcher ce qui arrivera, ce n'est pas votre tâche.

— Quelle est-elle, Sire ?

— Ces chiens, si vous les pouvez tuer en grand nombre, et cela, je sais que vous le ferez, eh bien c'est là chose qui console mon cœur. Adieu, Nissac. Adieu, madame.

Il sortit.

Le comte et la baronne demeurèrent longtemps silencieux, ne faisant guère honneur aux plats que le roi avait fait préparer.

On leur servit pourtant très capiteux vin d'Orléans, agneaux cuisinés au beurre, sanglier, pâtés en croûte, truffes à l'huile et cerises confites. Les légumes étaient méprisés à la Cour, à de rares exceptions, qui furent servis avec les viandes : choux, réputés prévenir la calvitie, et artichauts dont le roi était friand car on les tenait en réputation qu'ils excitaient le désir du mâle pour la femelle.

Mais rien n'y fit : ni la baronne ni l'amiral ne montrèrent grand appétit ni goût pour se parler.

Au reste, ils avaient trop à se dire pour risquer une parole.

En les cuisines où un gentilhomme l'avait mené sur ordre du roi, le seigneur Yasatsuna fut invité à manger ce que bon lui plairait, en quantité à sa bonne convenance.

Curieux, le fils du pays du Soleil Levant goûta les poissons en abondance, ceux de mer comme ceux de rivière. L'air grave, il compara chair crue de saumon, sole, turbot, dorade, raie, hareng, sardine puis, gavé de poissons de mer, il essaya ceux qu'on trouve en eau douce tels truites, perches, brochets, lamproies, ombres et lavanets, ces derniers étant curieux poissons qu'on ne pêche qu'en les lacs des Alpes.

Fasciné, le gentilhomme qui avait mission d'accompagner Yasatsuna suggéra à celui-ci autres « plats » qui furent goûtés sur-le-champ, et toujours crus. Ainsi chair de baleine plutôt coriace et chair de seiche franchement glaireuse, mais aussi tripes de morues, huîtres, langoustes, écrevisses, moules, palourdes. Enfin, on glissa vers autre chose encore en dégustant, toujours crus, escargots, grenouilles, hérissons et couleuvres.

Très satisfait et repu, le seigneur Yasatsuna fit rôt retentissant, étala sa peau de daim sur le carrelage de la cuisine et s'endormit à la seconde en songeant que le royaume de France gagnait beaucoup à être connu.

Errant en un couloir du Louvre, on récupéra le jeune et très beau baron Martin Fey des Étangs, très repu lui aussi, mais de tout autre chose.

Il déclara ne plus savoir comment il s'appelait et ne daigna grignoter que légère fricassée de poulet à la suite de chapon et peu avant veau bouilli, moelle d'os, hachis de dinde avec pain émietté, gelée de pommes cuites, tout en buvant un vin clairet.

Puis il déclara vouloir dormir, mais seul.

Si en sa compétition d'un genre singulier le baron de Sousseyrac avait eu le dessus, ce qui valait mieux considérant le poids de la princesse flamande, ce fut cependant de bien peu car plusieurs joutes furent nécessaires pour que la rude princesse demandât enfin grâce en un soupir pâmé.

On se mit à table à deux heures de relevée mais, ayant avalé repas où l'on ne comptait plus perdrix, bécasses, ramiers, alouettes, viandes, pâtés, venaisons, tout en buvant vin de champagne d'Ay qui se trouvait le plus réputé, le baron demanda grâce le premier, mais avec panache, passant de l'héroïque au sublime.

Deux heures plus tard, épuisé, alourdi et légèrement titubant, bouteilles de champagne en les mains, d'autres sous le bras et précédé de trois violons, le baron de Sousseyrac quitta l'hôtel particulier de la princesse en la rue des Chartreux, y laissant souvenir impérissable et vague promesse de mariage avec un des plus riches partis de toute la Flandre et Pays-Bas.

Son arrivée au Louvre fut très remarquée et la garde lui interdisait de plus en plus fermement l'entrée lorsque cinq officiers, dûment chapitrés, accoururent en grande vitesse, criant du plus loin qu'ils pouvaient :

— Halte à la Garde !... Halte à la Garde !... Officiers du *Dragon Vert* vont et viennent au Louvre selon leur bon plaisir : ordre du roi !

Sousseyrac, très flatté, poussa son avantage :

— Tel qu'en l'esprit du roi, la mesure vaut aussi pour mes violoneux.

Les cinq officiers, dont rien moins qu'un colonel, échangèrent regards anxieux. Ils prenaient les mesures de sécurité très au sérieux mais savaient également que les ordres du roi avaient été répétés, chose assez rare.

On se mit d'accord pour fouiller les musiciens puis Sousseyrac entra et se fit jouer aubade en les jardins des Tuileries.

Les visages étaient durs, éclairés par les reflets des torches. Les ordres brefs semblaient aboyés, et comme hachés par les coups de fouet infligés aux chevaux.

En la nuit, long convoi de charrettes quitta l'Arsenal en grand secret, emportant armes et canons flambant neufs.

Monsieur de Sully regarda le comte de Nissac comme homme qu'on s'apprête à ne plus revoir.

— Faites-leur grand mal, amiral, et ne regardez point à la dépense : je couvre tout.

Car ainsi était-il fait que sa haine de l'Espagne catholique était plus forte que sa légendaire avarice au sujet des fonds de l'État.

Le comte de Nissac répondit, davantage pour lui-même que pour Sully :

— Leur faire mal ?... La guerre fait toujours mal.

68

Le voyage de Paris à Rouen avec les canons flambant neufs se déroula sous un ciel maussade et dura de longs jours.

Puis une vague de froid telle qu'on en voit peu souvent s'abattit sur le nord de l'Europe, n'épargnant point le royaume de France. Si bien qu'il neigeait lorsque *Le Dragon Vert* mit à la voile pour sortir de Rouen.

Le temps si grandement inclément rendait toute manœuvre épuisante, durcissant toile des voiles et transformant cordages en lourds câbles de fer.

L'équipage grelottait dès qu'il se trouvait sur le pont, exposé au vent polaire, et goûtait tel rare bonheur de se retrouver en les ponts inférieurs où régnait bien meilleure température, le navire ayant été parfaitement calfaté.

Occupation fut cependant donnée au large de Bruges où l'amiral de Nissac surprit brigantin à drapeau noir tirant une proie capturée, qui se trouvait navire de commerce turc.

En raison de vieille alliance existant entre marines française et turque, l'amiral décida d'intervenir.

Se plaçant lui-même derrière un canon, il réussit du premier coup à couper amarre reliant brigantin à sa proie mais malgré ce coup d'une diabolique précision, qui aurait dû l'inciter à la prudence, le barbaresque se prépara au combat.

Le comte de Nissac n'en parut point ému et, bien qu'il

eût semblé jusqu'ici assez désinvolte, il donna sèchement ses ordres.

Une première salve éradiqua les deux mâts du brigantin, la seconde ravagea les ponts, la dernière décima l'artillerie du barbaresque

Puis, ayant volé le vent à son bon avantage, *Le Dragon Vert* fondit sur le navire pirate.

Lorsqu'on fut pont à pont, on lança chausse-trappe sur le brigantin car, si l'infanterie du *Dragon Vert* montait toujours à l'assaut bottée, les barbaresques allaient souvent pieds nus et, cette fois encore, des malheureux eurent les pieds transpercés par ces hérissons de métal.

Puis, voyant peu de monde en le pont et craignant tireurs embusqués, on jeta les pots-à-feu-puants pour chasser l'ennemi de ses cachettes par l'odeur nauséabonde, et l'obliger à se montrer.

De combat, il n'y eut pas car contrairement à l'usage, barbaresques, qui tous parlaient anglais, se rendirent massivement.

Puis le capitaine, tenant à la main drapeau anglais – faute de mât où le hisser – parut enfin, cachant mal sa confusion mais le comte de Nissac avait déjà compris.

Il lança du ton insincère de l'étonnement profond :

— Tiens, nos amis anglais... Ah çà, monsieur, est-ce pour la mi-carême bien proche qu'un capitaine de la marine royale de Jacques Ier d'Angleterre joue au barbaresque ?

Pendant ce temps, sur le pont, marins « barbaresques » se trouvaient un peu rudoyés à coups de pied en le derrière tant est ancienne hostilité entre marins anglais et français.

Le capitaine anglais, gêné, expliqua :

— C'est que, monsieur l'amiral, ce gros Turc était bien tentant.

Nissac le regarda sévèrement.

— Ainsi, vous sortez le drapeau noir de temps à autre pour arrondir votre bourse ?... Curieuse manière qui vous vaudra d'être pendu à l'instant.

L'Anglais baissa la tête.

— Monsieur l'amiral, plaida le capitaine vaincu, nos pays ne sont point en guerre...

Bien que sa décision fût arrêtée depuis le premier instant, le comte de Nissac fit mine de réfléchir, mettant ainsi le capitaine anglais au supplice. Enfin, il lança :

— Soit, je vous laisse à votre destin, monsieur. Mais vous regretterez peut-être que je ne vous aie point pendu car dériver pendant des jours par ce froid est sort cruel quand d'autre part, verriez-vous à nouveau les falaises d'Angleterre, il vous faudra justifier de l'état de votre navire. Je ne vous envie point.

Bientôt, *Le Dragon Vert* se détacha de l'anglo-barbaresque mais l'équipage de celui-ci criant comme putois et insultant la France et les Français à mesure que ceux-ci s'éloignaient, le comte de Nissac, se plaçant derrière un canon, fracassa d'un seul boulet le gouvernail des transfuges qui se turent tout soudainement, en grande consternation.

Croisant le regard du second, l'amiral dit simplement :

— La route plein nord, monsieur des Ormeaux.

— Nissac !... Thomas de Pomonne, comte de Nissac, amiral des mers du Levant !... Et vous lui avez parlé, sombre idiot, mais si peu, occupé que vous étiez par votre petite cour ridicule !

D'Épernon n'en croyait pas ses oreilles, regardant l'ambrosien avec incrédulité :

— Mais comment la chose serait-elle possible ?... Ce Nissac est excellent officier, de très haute noblesse et considéré avec respect par l'hérétique qui nous sert de roi...

L'ambrosien secoua sa tête mutilée.

— Et alors, toutes ces raisons ne vont-elles point aussi dans mon sens ?... De « très haute noblesse », dites-vous ?... Justement, les comtes de Nissac, quoi qu'ils en aient pensé, ont toujours servi en absolue fidélité les rois de France tel que l'exigeait sans doute l'idée qu'ils se font de l'honneur. « Considéré avec respect de l'hérétique », avez-vous ajouté ?... Et comment en serait-il autrement, allant toujours au-delà, et avec quelle adresse, lui, des ordres reçus ?... « Excellent officier », précisez-vous ?... Ne l'a-t-il point montré par ses très audacieuses attaques de vos châteaux de Cadillac et Beychevelle ?... Et c'est même cela qui a éveillé ma curiosité, à défaut de la vôtre qui somnole : seul l'amiral de Nissac pouvait réussir pareil coup.

D'Épernon ne put s'empêcher de piétiner de rage :

— Mais il faut le tuer !... Le tuer en l'instant !...

La petite voix désagréable du moine rappela le duc d'Épernon à davantage de retenue :

— Calmez-vous !... Vous n'êtes plus archimignon fardé ayant le mal de nerfs devant Henri troisième. Le tuer ?... Il est en mer, nul ne sait où ni pour quelle mission secrète. Le tuer ?... La chose est facile à dire, mais c'est la meilleure lame de France et, face à lui, vous ne tiendriez que quelques secondes.

Il réfléchit et ajouta :

— Bien entendu, il faudra le tuer. Et nous le tuerons, la chose est certaine.

— Je vous en remercie !... répondit imprudemment d'Épernon.

L'ambrosien tourna vivement vers lui sa face mutilée et, d'une voix sifflante :

— Vous m'en remerciez ?... Mais que vous imaginez-vous, à la fin ?... S'il n'était question que de vous, je ne bougerais pas un doigt car ce Nissac vous vaut mille fois.

Le duc baissa la tête mais l'ambrosien ne s'en aperçut point car la colère le menait à se parler à lui-même :

— J'ai organisé magnifiquement ce complot, en chacun des détails où tout est prévu, où partout il existe solution de repli, où les spadassins auront ordres si précis que le plus stupide d'entre eux les pourra cependant exécuter. Ce complot est une merveille qui réduit à jeu d'enfant le complot de Brutus tuant César ou la conjuration de Catilina. Jamais, absolument jamais en les siècles à venir, on ne saura tout ce qu'il faut savoir sur la mort du Béarnais tant la chose est compliquée et dépasse l'entendement du commun comme de l'érudit.

Il secoua la tête et aperçut d'Épernon qui, fortement impressionné, se tenait en retrait, affichant attitude de soumission qui écœura le moine, celui-ci s'efforçant cependant au calme.

— D'Épernon, je vous ai choisi car vous êtes puissant et célèbre, non en raison que vous fussiez intelligent et courageux. Vous m'avez permis de rassembler l'élite du royaume, et même de l'Europe catholique. Tout cela, vous l'avez fait, je ne le nie point. Mais si vous voulez tirer profit de cette affaire, accroître votre puissance et votre immense fortune, ne soyez jamais pour moi un fardeau !... Jamais !... M'avez-vous compris ?

Le duc d'Épernon hocha la tête.

— Parfaitement, Maître !

69

Le second, Charles Paray des Ormeaux, se réveilla en sueur bien qu'il fît froid en la cabine des officiers.

Il n'osait bouger, tant son rêve le terrifiait.

Le second ne croyait point à l'innocence des rêves, pensant tout au contraire que ceux-ci ne doivent rien au hasard. Ainsi, en ce rêve affreux, devenait-il brusquement aveugle.

Allongé sur sa couchette, il chercha à rassembler fragments d'images qui, en son esprit, composaient cette horrible histoire.

L'amiral devait être en mission à terre, se livrant à destructions pour le compte du roi et, comme la chose était arrivée à plusieurs reprises ces derniers temps, on lui avait confié le commandement du *Dragon Vert*. Surgissait alors une lourde galère barbaresque mais cet ennemi redouté de tant de capitaines pesait peu face au *Dragon Vert* si fin, si rapide et si puissamment pourvu en artillerie.

Et c'est alors que toutes choses n'allaient point en leur bon sens. Ainsi, par maladresse, il n'arrivait point à prendre un vent capricieux car n'y voyant plus, il ne pouvait lever les yeux vers les nuées qui souvent indiquent par avance changement de direction du vent. Plus grave, il ne pouvait situer la galère, se trouvant ainsi en l'incapacité de diriger *Le Dragon Vert* qui dès lors courait grand risque de se faire aborder...

Paray des Ormeaux étouffa un sanglot. Ce rêve, au

fond, ne faisait que précéder, et sans doute de bien peu, chose inéluctable. Il en accentuait la réalité, et ne l'inventait point totalement.

Le second se demanda pour quelle raison sort si contraire s'acharnait contre lui, lui qui précisément n'avait jamais été un favori de la chance. Ainsi son père, gaspillant avec créatures la modeste fortune des Paray des Ormeaux, allant jusqu'à hypothéquer leurs terres. Et pareillement cette jeune femme qu'il avait aimée, et qui se trouvait en semblables dispositions, mais dont la famille ne voulut point entendre parler de mariage tant le prétendant se trouvait être un parti ruiné.

C'était, en ces deux drames, bien mal commencer sa jeune vie.

Choses ne furent guère plus riantes en sa carrière d'officier car la marine était solidement tenue par les papistes et appartenir à la religion réformée, tel que c'était son cas, le cantonnait *ad aeternam* en des rôles de second. Et cela en dépit des excellents rapports que l'amiral de Nissac – il le savait par un ami – envoyait à l'Amirauté.

Silencieusement, le second se leva et s'habilla, s'enroulant en une épaisse cape de drap bleu marine car en ces pays du nord, et en cette saison de l'année, le froid est parfois extrême.

Tout en accomplissant ces gestes, prenant garde de ne point réveiller les autres officiers, Paray des Ormeaux songeait à cette histoire de religion. En le royaume des lys, rien n'y faisait, pas même la grande tolérance du roi Henri quatrième car le peuple demeurait habité par le feu mauvais du fanatisme.

Toutes ces guerres de religion, tous ces massacres, à quoi avaient-ils abouti ?

Le second soupira.

Ainsi, lors de sa dernière visite à Paris, avait-il tenu à se rendre à Charenton, seul temple dont disposaient les protestants de la capitale. Et ce qu'il avait vu peina durablement son cœur. La nuit était tombée, cette nuit en laquelle, exclusivement, on enterrait ceux de la religion réformée car pareille chose ne se pouvait le jour. Torches à la main, malheureux formant cortège se hâtaient, portant cercueil à dos d'hommes sous les insultes et les jets de pierres d'une petite foule qu'animait grande haine.

Voir cela !... Suivre depuis Paris, en passant par La Rapée, Bercy et les carrières mauvaises routes de terre longeant la Seine, détrempées dès l'automne, pour arriver à Charenton où se déroule chaque jour semblable affaire !...

Rendu triste, le second avait tenu à visiter les deux seuls cimetières protestants de Paris, l'un à la Trinité, à proximité de la rue Saint-Denis, et l'autre à Saint-Germain... mais tous deux proches des voiries où l'on jette cadavres interdits en les lieux bénis, tels ceux des lépreux ou pestiférés.

Il avait rencontré pasteur pour s'en plaindre, mais celui-ci expliqua que la lutte serait longue pour qu'hommes soient égaux en leur manière de croire.

Paray des Ormeaux sourit en se souvenant du pasteur, un homme grand et massif portant habits noirs et barbe en fer à cheval.

Depuis les ports du sud, le second lui avait écrit, indiquant qualité de son correspondant : F.M.D.S.E., qui signifie « Fidel Ministre Du Saint Évangile ».

Parvenu sur la dunette, le second y trouva l'amiral de Nissac enveloppé en sa longue cape bleu marine, les belles plumes blanches, vertes et bleues de son chapeau couchées et frissonnantes sous un vent glacé qui arrivait du pôle.

L'amiral, qui comme toujours regardait au loin choses qu'il était seul à voir, sourit.

— Bienvenue en le royaume des glaces, monsieur des Ormeaux.

— Vous ne dormez donc jamais, monsieur l'amiral ?... demanda le second en sincère étonnement.

— J'aurai bien le temps de dormir lorsque je serai mort... Mais dites-moi, vous semblez soucieux. Auriez-vous fait mauvais rêve ?

« Comment diable peut-il le savoir, il ne s'est pas même retourné ? » songea des Ormeaux que ce genre de choses surprenait toujours car c'était là grande spécialité de l'amiral.

Néanmoins, il répondit :

— Rêves sont phénomènes extravagants que l'on ne dirige point, monsieur l'amiral.

Le comte de Nissac observa blocs de glace qui dérivaient sur la mer.

— Rêves sont aussi liberté pour celui qu'on enferme, beauté pour celui qui est laid, richesses d'Espagne et d'Amérique pour qui n'a point de quoi manger. Soyez heureux, monsieur des Ormeaux, que les hommes, gouverneurs ou prêtres, par exemple, n'aient aucun moyen d'intervenir sur le cours et la fantaisie des rêves

L'amiral eut un geste las et ajouta :

— Monsieur des Ormeaux, le roi nous a confié deux tâches qui ne sont point sans très grands périls. Certains d'entre nous seront tués. Je cours ce risque comme les autres. Aussi, sachez que je laisse une lettre au roi. J'y recommande chacun de mes officiers et marins, jusqu'aux mousses. Pour vous, et pour vous seul, je demande un commandement, celui d'une galère en attendant un de ces galions que monsieur le duc de Sully va faire construire. Je crois, monsieur des Ormeaux, que le roi ne me refusera point pareille faveur, que je sois mort ou vivant, car je ne lui ai jamais rien demandé et l'ai toujours servi en fidélité absolue.

— Monsieur l'amiral, je ne sais si...

L'amiral de Nissac le coupa, prenant, sans même s'en rendre compte, ce ton et cette voix que nul n'osait discuter :

— La chose devrait être faite depuis plus de dix ans et sachez, monsieur des Ormeaux, que ce retard ne m'est point imputable.

— Je sais, monsieur l'amiral, que vous me recommandez toujours en vos rapports à l'Amirauté.

Le comte de Nissac tressaillit légèrement, et lui jeta un regard bref et surpris avant de retourner à la contemplation des glaces qui dérivaient : ainsi était-il fait que la discrétion appartenait profondément à sa nature si bien qu'il ne demanda point au second comment il savait cela.

Il ajouta cependant :

— Faites donc soigner vos yeux. Il est préférable, pour

un bon capitaine, et vous en serez un excellent, qu'il ne confonde pas escadre de galères barbaresques avec banc de dauphins.

Le second sourit.

Il songea : « Quel grand dommage que la chose arrive si tard »...

Puis il regarda le comte de Nissac insensible au vent glacé qui couchait les belles plumes de son chapeau. Le sabre au côté, le regard des yeux gris perdus en un monde où nul n'entrait, les traits figés de son visage osseux et tourmenté : cet homme si dur en apparence, si rétif à toute manifestation de ses sentiments réels, eh bien cet homme l'aimait et tentait de lui apporter rien moins que du bonheur.

Il était même le seul, sur la terre, qui se préoccupât de le rendre heureux.

En cet instant, le second n'eut qu'un vœu : être celui qui mettra son corps entre une balle et l'amiral car malgré ses longs silences, sa solitude définitive et le sentiment d'une mort forcément prochaine, le comte l'aimait et était son seul ami.

L'amiral, en cet instant, sourit et se tourna vers le second qui distingua fossettes d'amusement et lueur joyeuse en les yeux gris. Mais la chose qu'il dit pétrifia monsieur des Ormeaux tant par cette sorte de pénétration de l'âme des autres proche de la divination que par sa gentillesse :

— Refrénez votre nature généreuse et ne songez surtout pas à mourir pour moi, monsieur des Ormeaux : j'aime que mes très rares amis soient bien vivants !

« Ami. »

Ce mot, le second eut brusquement conscience qu'il l'attendait depuis toujours. Et qu'il le touchait infiniment davantage que si le roi lui eût confié le commandement en chef de la marine royale sur toutes les mers du monde...

70

Le duc d'Épernon fut déçu par l'apparence de celui qu'on lui avait présenté comme étant en bonne intimité avec le démon.

Il s'agissait d'un petit homme gras, aux cheveux gris et au visage simiesque, vêtu comme un bourgeois : chapeau de laine de Vigogne, pourpoint de laine d'Usseau, manteau en rude drap d'Espagne garni de passements de soie, bas d'estame et chausses de velours. Telle une femme, sa chevelure avait été saupoudrée de civette odorante.

Entré en cette maison menaçant ruine de la rue Saint-Leu, le duc d'Épernon ne pensait déjà plus qu'à en sortir lorsqu'il remarqua belle pierre d'un bleu dépoli posée sur la table.

L'homme, appelé Lepeyron, suivit le regard du duc.

— C'est là magnifique pierre philosophale dont je partage le secret avec quelques autres, dont l'astrologue et nécromancien de la reine.

— Je connais cet homme, il ne vaut rien !... répondit sèchement d'Épernon qui prit la pierre bleue en sa main.

Il la considéra longuement, puis questionna :

— Tu as connu Paracelse ?...

— Son enseignement, votre Seigneurie !... répondit l'autre avec prudence.

— En quoi consiste-t-il ?

— Médications métalliques sont bonnes pour le corps.

— Sais-tu qui est médecin du roi ne ressemblant point

aux autres de sa corporation ?... demanda d'Épernon qui poursuivait implacablement son interrogatoire.

— C'est un médecin spagiriste, Votre Seigneurie.

— Que sais-tu des magiciens et sorciers ?

— On tremble partout devant eux.

— Pourquoi ?

— La raison en est, Votre Seigneurie, qu'il ne s'agit point là de vaine imagination mais que ceux que vous avez nommés sont en bon entendement avec le malin esprit.

— On dit que ta mère fut sorcière, et brûlée. Qu'arriva-t-il alors ?

— Aux derniers instants de sa vie, comme elle allait trépasser, des crapauds s'enfuirent de sa tête, ce qui mit le peuple en grand agacement.

— Tu fus prêtre ?

— Je l'ai été, me trouvant élevé par eux lorsque ma mère fut brûlée.

— Aimes-tu le roi ?

— Je puis l'aimer ou le haïr à votre bon plaisir car celui qui sert n'a goûts ni dégoûts que ceux de son maître.

— Que peux-tu faire pour hâter la mort du tyran qu'on nomme Henri quatrième du nom ?

— Je puis vous dire les évangiles me trouvant sur la tête, celle-ci au plancher et mes pieds en l'air. Et dire la messe à l'envers.

— Une messe noire ?

— On la peut nommer ainsi, Votre Seigneurie. Je serai, tête en bas, le célébrant, et utiliserai hostie de dérision, telle une rave noire.

— Que peux-tu encore ?

— Pour le bon aboutissement de votre vœu, vous faire manger enfant innocent en hachis et en second plat, corps de sorcier déterré.

D'Épernon réfléchit. Puis, comme c'était bien souvent le cas en son caractère, il prit sa décision rapidement :

— C'est bien. On viendra te chercher. Les yeux bandés, tu seras mené en carrosse en un lieu que tu ne dois point chercher à connaître car il va de ta vie.

Enfin, désignant un médaillon que le prêtre défroqué portait au cou.

— Qu'est ceci ?

— Serpent qui se mord la queue est symbole d'éternité, Votre Seigneurie.

— L'éternité est mon terrain de chasse favori !... répondit le duc.

D'Épernon sortit peu après, si satisfait et sûr de lui qu'il ne jeta pas un regard à misérable curé qui se trouvait en cette rue Saint-Leu. Celui-là ne devait pas, selon son apparence, servir la messe en belle chasuble de taffetas vert et rouge mais en surplis à aubes et chasuble fort pauvre en or.

Il portait vieille soutane de serge.

Il œuvrait également, étant en réalité jésuite, pour le compte du roi et nota soigneusement l'adresse d'où venait de sortir le puissant duc d'Épernon.

Bien qu'il fût peu de chose en l'ordre des jésuites, et qu'il sût de longtemps que sa pauvre vie n'aurait point grande importance hors le fait qu'elle fut dédiée à la gloire de Dieu, il détailla avec certaine imprudence le duc au pourpoint aurore, diamants au chapeau, collet élégant, gants ornés de dentelle, hautes bottes de chevreau liserés de pourpre... Mais il eut peu de temps pour semblable observation car le duc monta en luxueux carrosse tiré par magnifiques chevaux.

Le jésuite fut étonné de ne ressentir que profond mépris.

Elle vint le rejoindre sur la dunette.

Sur le pont, ne se trouvaient que marins et officiers indispensables au service, les autres demeurant en le ventre chaud du galion, loin du vent glacé qui déferlait en hurlant tel diable furieux.

Le comte se trouva fort ému que la baronne bravât

ainsi le froid pour ne le point laisser en une solitude qui, en réalité, ne le gênait nullement car elle était sa compagne depuis le jour où, la première fois, il avait posé le pied sur le pont d'un navire.

Le comte de Nissac trouva ravissant que le petit nez mignon d'Isabelle de Guinzan fût rosissant sous l'effet du froid, comme il aima ce geste de petite fille qui souffle sur le bout de ses doigts en le vain espoir de les réchauffer.

Il jugea en tous points adorable le petit manteau à capuchon de satin rose chamarré de broderies qu'elle portait ; adorable, certes, mais ne convenant pas à semblables températures du nord de l'Europe. Aussi, ne tenant aucun compte des protestations de la jeune femme, il la couvrit de sa longue cape bleu marine d'officier supérieur qu'il lui posa sur les épaules. Un fugitif instant, il la tint ainsi, ses mains sur les épaules menues, et ressentit si fort désir de la serrer contre lui qu'ayant renoncé à pareil geste, il en ressentit douleur physique tel ce coup de sabre qui lui avait un jour traversé le flanc en lui brisant trois côtes, ou cette autre fois lorsqu'une balle lui était entrée en l'épaule pour ressortir à la base du cou, ou...

Il cessa de penser à ses nombreuses blessures, regardant la mer sur laquelle descendaient flocons de neige.

« Jamais... Jamais il n'osera tenter quoi que ce soit. Mais pour quelle raison ?... Ne ressent-il aucun sentiment, ce que je ne puis croire à lire son regard, ou bien pousse-t-il si loin le respect qu'il porte aux femmes qu'il considère qu'un geste tendre serait perçu tel mépris de la liberté de celle-ci à choisir elle-même qui lui plaît ? »

La baronne souffrait. Par instants, elle en arrivait à souhaiter que le comte ne l'aime point et le lui dise car ainsi, elle ne vivrait pas en grande espérance si souvent et si cruellement déçue.

Sur le pont, indifférent au froid et à la neige, le seigneur Yasatsuna, torse nu, se battait remarquablement à coups de poing et de pied contre nombreux mais invisibles adversaires.

Madame de Guinzan regarda l'homme qu'elle aimait, le voyant de profil. Cette vision bouleversait son cœur et ravageait son âme. Les grandes plumes ondoyantes du beau chapeau de l'amiral, contraintes par le vent, lui descendaient par instants sur les yeux.

Elle eut envie de se presser contre lui, mais elle souhaita également le secouer avec violence pour qu'il abandonnât enfin ses bonnes manières.

En ces dispositions orageuses, elle lui dit d'un ton sec :

— Temps glacé, vent polaire, tempête de neige, mer charriant des blocs de glace et vous, toujours debout sur la dunette, solide comme un chêne, inébranlable, faisant fidèlement, remarquablement, loyalement votre devoir. N'en avez-vous donc jamais assez d'être toujours un exemple ?

Elle attendait regard courroucé, ou à tout le moins surpris ; il parut amusé.

— Le devoir recèle certain plaisir subtil car toute contrainte est occasion de se mesurer à quelque chose alors que ne rien faire, ne rien tenter, c'est, me semble-t-il, tomber en une lassitude qui donne dégoût de la vie.

Cette réponse agaça la jeune femme.

— Et c'est ainsi depuis que sur la terre il existe des Nissac, tous plus vertueux et fidèles les uns que les autres car ils trouvent cela en leur berceau.

— Les choses ne sont point ainsi que vous le dites, madame. La valeur des Nissac des temps passés est au contraire chose pesante dès l'enfance. Voyez-vous, tel qu'à chaque repas il faut dresser la table, chaque nouveau comte de Nissac doit prouver qu'il est digne de ceux qui l'ont précédé.

Elle se fit ouvertement ironique.

— Le cercle divin de ceux qui font leur devoir jusqu'à la mort qu'ils accueillent sourire aux lèvres, en véritables soldats.

— Des Nissac sont morts sans sourire, agonisant pendant des heures en d'horribles souffrances, une jambe emportée par un boulet ou un sabre en travers du corps. Notre ambition est celle que vous dites, être loyal et ne pas être un embarras pour les autres. Et puis comme le répètent les Anglais : « No explain, no complain »... Je suis comme mes ancêtres : c'est par peur de mal faire que je réfléchis beaucoup, ce qui me donne quelquefois un court avantage.

Il la regarda, tendrement moqueur, et la phrase qu'il dit alors bouleversa la jolie baronne :

— Plutôt que de vous les expliquer, ce qui est long et ennuyeux, j'espère quelque jour pouvoir vous faire vivre ces choses, madame.

Puis, changeant brusquement de ton comme s'il craignait le danger d'un tendre épanchement :

— Vous devriez vous préparer. Dans deux heures, nous serons arrivés à notre destination. Nous passerons immédiatement à l'attaque.

71

— Avez-vous des nouvelles ?... demanda avec anxiété le Père Coton, confesseur du roi, qui le représentait en cette rencontre secrète convoquée à son initiative sans la présence d'intermédiaires.

— Aucune qui soit récente. *Le Dragon Vert* se trouvait alors fort loin en les mers du nord, ayant fait long détour en la direction de l'Écosse afin de tromper les Espagnols. Cela réussi, après les îles Orcades, il devait aller droit vers Bergen, en le royaume de Norvège, pivoter complètement sur son flanc droit et fondre vers les îles Frisonnes d'Occident. Telle est la route qu'a voulue l'amiral, sans fournir d'explications.

Ayant ainsi parlé, le Père Joseph, qui agissait pour le compte de l'évêque de Luçon, duc de Richelieu, regarda autour de lui en cet endroit isolé du Louvre afin de s'assurer que nul ne les épiait.

Le Père Coton répondit :

— J'ai la fort désagréable impression que l'amiral de Nissac, pour une fois, et peut-être la première, peine à la tâche.

— Les conditions de navigation sont épouvantables. Voyez ce qu'il en est du froid à Paris, jugez de ce qu'il peut en être en l'extrême Europe du nord. Le navire est alourdi par la glace qu'il faut casser sur les voiles et les cordages plusieurs fois par jour. La tâche, comme vous dites, est inhumaine. Nous demandons l'impossible à Nissac car tous les bateaux demeurent en les ports, fuyant les vents polaires et les tempêtes de neige qui se succèdent.

— C'est bien ce qui rendra cette attaque éblouissante : aucun esprit humain, et pas plus les Espagnols que les autres, ne peut prévoir pareil assaut en ces conditions infernales.

— C'est en cela que le plan de Nissac est si redoutable.

Le Père Coton ne s'attarda pas à cet aspect des choses.

— Le roi veut des nouvelles.

— En son dernier message, parvenu à très grand peine, le comte de Nissac expliquait que le froid est si vif que ses pigeons gèlent en plein ciel et que les mouettes elles-mêmes tombent en la mer telles des pierres.

— Mais alors l'amiral, son navire si alourdi, ne risque-t-il pas de sombrer ?... demanda le Père Coton soudain en vive inquiétude.

Le Père Joseph, agacé, répondit :

— C'est ce qui semble le plus certain. Mais rassurez-vous, s'il ne sombre pas, à un contre mille, il est peu probable qu'il en revienne.

— Pourvu qu'il sème la panique chez les Espagnols et que ceux-ci ne se sentent en sécurité nulle part...

Devinant qu'il était allé un peu loin en le mépris de la vie humaine, le Père Coton ajouta :

— Prions pour l'amiral et son vaillant équipage.

— C'est cela même !... Prions pour *Le Dragon Vert*. Vous voir prier pour un dragon, créature infernale s'il en fut jamais, me sera vision inoubliable !... répondit le Père Joseph d'une voix grinçante.

Les loups-garous rentraient victorieux, mais durement étrillés.

Pas un, en cette nouvelle expédition, qui n'eût reçu balle ou coup d'épée.

Le moine défiguré chevauchait en tête sur son cheval

pâle puis venait charrette chargée de butin conduite par « Vert » et flanquée de part et d'autre de « Rouge » et de « Bleu » qui, souffrant atrocement, allait penché sur l'encolure de son cheval, menaçant à chaque instant de quitter les étriers et tomber lourdement sur le sol gelé.

Voyant passer cette charrette menée par six puissants chevaux et qui allait en faisant grand bruit car « Vert », debout, fouettait sans relâche les malheureuses bêtes, voyant également ce moine qui, capuchon baissé en raison du vent de la course, montrait visage atrocement mutilé qui faisait songer à la mort galopant de village en village en période de peste, voyant ces têtes de loup sur corps d'hommes puissants mais tous blessés et dont l'un avait tout le flanc rougi de sang, les paysans se signaient ou tombaient à genoux car pour eux il n'était point douteux qu'en la lutte séculaire qui l'oppose à Dieu, diable venait par force, ruse ou malice de l'emporter et que sa formidable armée composée de cadavres, de damnés et de loups-garous se trouvait vomie des entrailles de la terre où Satan constitua patiemment semblable force qu'on ne pourrait arrêter et dont on voyait ici une avant-garde.

Au reste, en les villages, on ne parlait plus que de cadavres amoncelés, femmes violées et tuées, enfants vidés de leur sang par la gorge, prêtres crucifiés sur les portes des églises et brûlés vifs.

On disait qu'en bien des cimetières et bientôt dans tous, en les nuits sans lune ni étoiles, les pierres tombales glissaient en bruit sinistre pour livrer passage à morts assoiffés de vengeance. On disait aussi qu'en le royaume d'Espagne, il avait plu des crapauds pendant sept jours et qu'en le ciel, certaines nuits, étoiles tournaient follement sur elles-mêmes en une course de damnés que seul le diable victorieux pouvait pareillement inspirer à tous ces astres morts.

L'ambrosien, en tête de son effrayante petite troupe, allait absorbé en ses pensées. Ainsi, il se demandait jusqu'où il pouvait s'aventurer en cet office étrange, violent et sacrilège, qui seul lui donnait bonne et profonde satisfaction en la vie.

L'or, les trésors fabuleux qu'il amassait l'épée à la main ?... Les bailleurs du complot qu'il organisait si soigneusement en fournissaient à profusion et même s'il existait volet inconnu de tous en cette affaire, et dont il assurait seul le financement, tout cela n'était que pauvre prétexte.

Aguerrir sa troupe de loups-garous ?... La chose, il est vrai, lui plaisait. Réputation de sa meute de loups-garous, connue jusqu'au Louvre, le flattait. Les gouverneurs faisaient monter des troupes et multipliaient les patrouilles mais tout cela ajoutait au plaisir de frapper encore, toujours plus fort, toujours plus souvent.

Le plaisir !...

Ce mot, en lui seul, suffisait pour résumer le sens de ses actions. Mais à longuement réfléchir tel qu'il l'avait fait depuis de longues années, le moine sans visage avait acquis la conviction que le plaisir est la seule chose qui vaille en l'existence et son prix se trouve au plus fort lorsqu'il est rare, extrême et sacrilège.

Tel que ce jourd'huy.

Un village, une église et un château. Mais quel village cossu, quelle riche église et quel redoutable château !...

Partout, même chez les paysans crottés, on avait rencontré très vive résistance si bien qu'à la fin, on glissait sur flaques de sang. Ah, quel âpre combat !... Tuer, tuer encore, tuer toujours !... Quel sentiment de puissance vous venait alors, quelle jouissance plus forte que toutes les étreintes charnelles imaginables !... Et quel amusement à voir ces moines coupés en plusieurs morceaux et suspendus en les boucheries !..

— Il faudra recommencer !... murmura l'ambrosien à son seul usage.

D'ici une semaine, le temps de soigner blessure de « Bleu », celles des autres loups-garous étant de moindre importance.

Un délai des plus raisonnables qu'il faudra respecter car lassitude et mélancolie risquaient de venir à ses loups-garous en raison de trop fréquent commerce avec les massacres.

« Rouge », le plus sanguinaire de tous, celui qui le défigura, « Rouge » lui-même avait semblé manquer de goût pour le sang frais.

Un peu de patience serait bon calcul. Le temps d'entreposer nouveaux trésors en les souterrains du château des chimères et de soigner les blessures avant de recommencer.

Recommencer jusqu'à quand ?... Le moine défiguré ne chercha point à répondre à cette question.

En le soir tombant, les ruines du château des chimères paraissaient encore plus désolantes.

Par une nuit claire, ils avançaient courbés sous le vent polaire qui les pénétrait jusqu'aux os.

Le Dragon Vert s'était beaucoup avancé, trop, peut-être, allant à l'extrême limite des glaces, la où la mer du Texel devenait surface gelée. Aussitôt, trois barques avaient transporté sur très courte distance allant du navire à la banquise les quarante de la troupe d'assaut, fine fleur des officiers, soldats et marins du galion royal.

Très lourdement chargés d'armes et de poudre, ils marchaient vers l'aventure.

Certains allaient mourir, chacun se demandait si ce ne serait point lui, mais nul pourtant n'aurait voulu céder sa place tant cette mission secrète en la mer du Texel était chose nouvelle en l'histoire des opérations de guerre. Tous pensaient qu'une gloire éternelle ruissellerait sur pareille action et donc sur eux-mêmes et cela, en les siècles des siècles.

Illusions de soldats qui servent sans songer aux trahisons...

Nissac, lui, se doutait, sans le savoir formellement, que mission secrète un jour peut le demeurer toujours, au moins quant aux noms de ceux qui l'entreprirent.

Au reste, l'amiral ne se battait point pour la gloire mais

par sens du devoir, car ainsi était sa raideur morale contre laquelle il ne pouvait rien. Un devoir, cependant, sur lequel il s'interrogeait en voyant tant peiner ses hommes et ses amis Fey des Étangs, Sousseyrac, Valenty, La Tomlaye et Yasatsuna.

Sans parler de la ravissante baronne qui allait à ses côtés, cheveux blonds collés par le gel, regard à la fois farouche et tendre. Sur les cils des beaux yeux verts, des cristaux de neige glacée scintillaient à la lumière de la lune.

La troupe des quarante avançait, glissant parfois sur la glace, marchant par trois de front pour affaire d'une audace inouïe qui allait marquer le temps avant que d'autres hommes, étriqués ceux-là, ne passent pareille action sous silence faute de l'oser recommencer, la jalousie exigeant finalement moins de qualité que l'héroïsme.

Car en l'art des peintres et des sculpteurs, la musique, le théâtre, la littérature, il en est comme pour la guerre : le silence tue plus certainement que l'adversaire.

Mais n'est-ce point le destin des hommes de valeur que d'être persécutés par des nains fiancés à la médiocrité ?... Nissac le savait, les braves qui survivraient à cette grande aventure le découvriraient avec amertume.

Tandis que l'amiral-comte de Nissac et les siens allaient vers leur destin en épouvantables conditions de vent, de neige et de froid, Paris, plongé en une nuit glacée, dormait.

Quelques pendus se balançaient au gibet de Montfaucon. Sur la place de Grève, toutes premières charrettes commençaient à amener marchandises arrivées en les ports de la rivière de Seine et destinées aux marchés aux grains, aux fourrages, au bois ; aux grandes halles de la paroisse Saint-Eustache, au marché neuf de l'île de la Cité, au marché du cimetière Saint-Jean derrière l'hôtel de ville, au marché dit « de la vallée de la misère », à ceux de Maubert, Saint-Médard ou Saint-Germain.

Paris dormait, légèrement dérangé en son sommeil par bruit des roues cerclées de fer des premières charrettes cahotant sur les pavés de grès.

Quelques tardifs carrosses avec laquais portant flambeaux ramenaient riches débauchés en leurs belles demeures tandis que les fols qui parlent seuls erraient en la ville sombre à peine éclairée, de loin en loin, par quelques lanternes fumeuses.

On dormait, souffrait ou gémissait de plaisir en les quelque seize mille huit cent dix-neuf maisons, hôtels particuliers, couvents, académies et hôpitaux de la ville, comme en ses quatre-vingt-deux hostelleries et ses innombrables bouges constitués de quelques planches.

En les locaux de la Milice, on entretenait très vaguement conversation. On se tenait prêts, en cas de troubles soudains, à tendre des chaînes en les rues à l'aide de rouets, utilisant grosses bornes blanches destinées à pareil usage.

Prêts, également, à crier : « Aux armes ! »

Bientôt, en une aube glacée, le Louvre allait surgir des brumes de la rivière de Seine avec ses tours, son pont dormant, son pont-levis, ses douves où stagnait une eau gelée.

Le roi, lui, venait de s'éveiller en sursaut. Et, peut-être parce qu'il était roi, il eut le pressentiment que Nissac allait passer à l'action pour assurer grand renom à son règne.

Alors il sourit et se rendormit en convoquant mille images de combats magnifiques et glorieux mais, peut-être parce qu'il était roi, il ne songea point aux larmes, au sang, aux tripes fumantes et aux cadavres pourrissants...

72

La nuit était profonde, mais lueur lunaire et épaisse chute de neige se reflétant sur la surface de la mer du Texel prise en les glaces donnait belle et étrange lumière.

La chose ne faisait pas l'affaire de l'amiral-comte de Nissac, qui eût préféré de beaucoup nuit sombre et profondes ténèbres.

Il donna ordre aux trente-neuf qui l'accompagnaient de se plaquer sur la glace afin qu'il puisse observer ce qu'il venait chercher après épuisante marche d'une lieue sur la mer gelée, s'étant constamment guidé aux étoiles.

Cinq !... Il venait d'en compter cinq !...

C'était bien le nombre que lui avaient indiqué marins des Pays-Bas, dits « Gueux des mers », irréductibles ennemis de l'Espagne catholique qui tant les persécutait, parfois férocement comme, voici peu, le duc d'Albe.

Cinq !...

Cinq magnifiques galions de la flotte de guerre espagnole qui, ayant été surpris par l'arrivée de l'hiver, se trouvaient prisonniers en les glaces comme mouches en toile d'araignée. Car les vaillants capitaines de Philippe III ignoraient sans doute, ou ne voulaient point croire, que la mer puisse geler telle une malheureuse flaque de pluie en l'ornière d'un mauvais chemin.

Si l'instant était mal approprié en raison de la luminosité, la date paraissait judicieuse. En effet, le printemps assez proche allait bientôt libérer les navires espagnols et, après cette longue captivité, équipage sur le qui-vive se laissait gagner par engourdissement d'une très prochaine libération, si bien que la vigilance se relâchait.

Nissac savait qu'il ne pouvait différer cette affaire car bien vite espions à la solde de l'Espagne ne manqueraient pas de signaler à leurs maîtres présence du tant redouté *Dragon Vert* croisant en les environs.

Par chance, les navires ennemis se trouvaient proches les uns des autres, ce qui évitait grand déploiement et dispersion des maigres troupes françaises sur la mer gelée.

L'amiral avait entraîné chacun à le comprendre lorsqu'il s'exprimait par gestes et ainsi fut-il fait car, par ce froid intense, assaillants ne pouvaient longtemps rester couchés sur la glace.

Les Français se formèrent donc en cinq groupes de six hommes ayant chacun à investir un vaisseau par surprise quand un ultime groupe de dix, sous les ordres de l'amiral de Nissac, se tenait en échelon de réserve au cas où les choses tourneraient mal sur l'un des galions espagnols.

Le visage indéchiffrable, le comte de Nissac regarda les cinq groupes qui s'élançaient.

Les trente hommes se dispersèrent bientôt, chaque groupe vers sa proie, et premier instant pénible surgit lorsqu'il fallut lancer les grappins qu'on avait pourtant astucieusement pensé à envelopper de chiffons pour atténuer le bruit du métal contre le bois.

Les chefs de groupe, Sousseyrac, Fey des Étangs, Valenty, La Tomlaye et Yasatsuna grimpèrent les premiers aux flancs des navires, équipements sur le dos, sabre entre les dents, pistolets à la ceinture, poignards de lancer en la tige des bottes, tel que l'avait ordonné le comte de Nissac.

Sans doute, placés plus près, ceux de l'échelon de réserve eussent pu entendre cris étouffés des sentinelles poignardées mais, en réalité, silence relatif était le garant de la bonne marche de l'attaque.

Le temps sembla fort long à l'amiral, la baronne et les hommes qui les accompagnaient.

Puis le groupe Sousseyrac redescendit d'un des galions, suivi de ceux de Yasatsuna et Fey des Étangs, tous n'étant séparés que par un très bref instant. Peu après, le groupe de Valenty redescendit à son tour en grande hâte.

Et ce fut tout.

Sans attendre, le comte de Nissac s'élança, les siens à sa suite.

Sabre entre les dents, il entreprenait l'escalade des flancs du galion lorsque exclamations et jurons en langue espagnole retentirent.

Dès aussitôt qu'il posa le pied sur le pont du vaisseau, Nissac mesura l'ampleur du désastre : Louis de Sèze, comte de La Tomlaye, gisait sur le pont, un sabre passé en travers de la poitrine, et trois de ses hommes étaient morts quand les deux derniers, acculés près du bord, tentaient de vendre chèrement leur peau.

Nissac chargea seul, et avec une telle violence, que les Espagnols, qui se trouvaient une quinzaine, reculèrent avec stupéfaction. La chose facilita l'arrivée du groupe Nissac où la baronne de Guinzan, cheveux blonds au vent, engagea aussitôt le fer, tuant un officier qui eut le tort d'hésiter face à une femme.

La situation empirait car, si les dix du groupe Nissac se trouvaient à l'ouvrage, d'autres Espagnols arrivaient de l'intérieur du navire et leur nombre semblait sans limites.

Mais c'est alors qu'obéissant à ordre confidentiel de l'amiral ayant prévu semblable cas, les chefs des autres groupes entraînèrent leurs hommes à la rescousse, jetant grappins en côtés différents, prenant Espagnols à revers, semblant une multitude.

Entrepris de partout, incrédules devant l'attitude du baron de Sousseyrac qui, tenant Espagnol par les pieds, balayait l'espace devant lui avec le corps de sa victime, effarés plus encore par le seigneur Yasatsuna qui coupait vingt têtes à la minute, moissonnant ces têtes en les décollant juste sous le casque, les Espagnols, qui avaient perdu les plus vaillants d'entre eux, crurent plus avisé de refluer vers l'intérieur du navire en s'y barricadant.

Nissac se jeta sur un des deux survivants du groupe La Tomlaye :

— Poudre est-elle en place ?

— Oui, monsieur l'amiral.

Il eût fallu faire très rapidement, on alla plus vite encore.

Cadavres des hommes du *Dragon Vert* furent jetés du haut du galion puis on descendit, sautant parfois de fort haut sur la glace.

Il s'avérait nécessaire de traîner les corps des camarades tout en s'éloignant le plus vite possible. Déjà, sur d'autres galions, quelques Espagnols – heureusement fort peu nombreux – réveillés déclenchaient tir de mousqueterie, qui tua deux nouveaux hommes du *Dragon Vert*.

Cependant, le plan audacieux et très précis jusqu'en les détails du comte de Nissac fonctionna avec parfaite discipline. En effet, vingt hommes du *Dragon Vert*, préparés à pareille action, formèrent ligne d'arquebusiers et déclenchèrent un tir qui, plus précis que celui de mousqueterie des Espagnols, impressionna ceux-ci, soulageant pression sur les survivants de l'attaque.

Courte distance fut encore nécessaire pour se mettre à l'abri et un second tir d'arquebuses des Français intimida définitivement les Espagnols.

Les trente-trois survivants du *Dragon Vert* comptaient plusieurs blessés. Les hommes épargnés ramenaient sur leurs épaules les cadavres de sept des leurs et ils s'éloignaient davantage encore lorsque...

L'explosion figea d'abord chacun, puis fit tourner toutes les têtes. Un des galions venait littéralement d'exploser, transformé en petit bois. Un second eut l'arrière arraché, qui fut coupé net du reste du navire, poupe tombant sur la glace qu'elle brisa.

Explosions jetaient magnifiques lueurs orangées vers l'est, qui, chatoyantes, se reflétaient fort loin sur la banquise.

Troisième explosion coupa un navire par le travers en deux et madame de Guinzan qui frémissait à chaque nouvelle secousse sentit deux mains solides se poser sur ses épaules. Elle se retourna et vit l'amiral qui lui faisait face. Elle ferma un instant les yeux, paupières chatouillées par frémissantes et douces plumes blanches, bleues et vertes du chapeau de l'homme qu'elle tant aimait.

Quatrième galion explosa à son tour, par le milieu, et dizaine d'Espagnols sautèrent du bord mais beaucoup de ces courageux marins furent happés par la mer car glaces s'étaient brisées sous la violence du choc et se reformaient instantanément au-dessus des malheureux.

Enfin, cinquième galion explosa en série de détonations qui ravagèrent son pont et couchèrent ses mâts.

Mais sur le millier d'hommes de valeur qui avaient constitué les équipages de cette orgueilleuse Flotte du Nord, trois cents au moins avaient survécu et, sous les ordres de leurs officiers, avec cette discipline, dureté à la peine et bravoure qui est la marque d'un grand peuple, ils s'organisaient déjà pour lancer la poursuite...

73

Les Espagnols gagnaient du terrain.

Ils avaient pour eux ces mois d'immobilisation de leurs vaisseaux en les glaces, d'où leur venait l'habitude de marcher sur celles-ci avec certaine sûreté.

Une trentaine d'entre eux, ayant chaussé patins comme le fait population des Pays-Bas allant sur lacs et canaux gelés, s'étaient même dangereusement approchés des traînards mais l'amiral de Nissac, reformant in extremis la ligne d'arquebusiers, les avait découragés de se trop approcher par un tir qui faucha plusieurs des Espagnols.

Les Français, qui manquaient totalement d'expérience sur la glace, perdaient beaucoup de temps à tenter, souvent en vain, de ne point tomber. En outre, ils devaient ramener les cadavres de sept des leurs, porter deux blessés graves qui ne pouvaient plus marcher et attendre des blessés plus légers qui cependant traînaient la jambe.

Voyant cela, Nissac ordonna qu'on abandonnât tout le matériel qui ne pouvait point servir à la défense. On en fit donc un tas et, afin qu'il ne tombât pas entre les mains des Espagnols, on y ajouta les rares tonnelets de poudre qui n'avaient point servi, puis on provoqua l'explosion.

Cependant, lorsqu'ils arrivèrent au trou ainsi formé en la glace par lequel on distinguait la mer, les Espagnols ne s'y attardèrent pas, ayant compris l'action de Nissac car, en semblable situation, ils auraient agi comme les Français.

Les troupes de Philippe III, qui allaient en trois

colonnes de cent hommes chacune, étaient menées, outre leurs officiers, par l'amiral commandant la Flotte du Nord, et qui n'avait point été blessé ni tué.

Et celui-ci, profitant de son rang, allait sur cheval blanc ayant eu le temps, avec ses écuyers, de dresser l'animal durant l'hiver de sorte qu'il ne s'effrayât point d'aller ainsi sur la glace devenue familière.

L'homme avait belle allure, le long panache blanc de son casque au vent, l'épée à la main, monté sur cheval caracolant en l'attente qu'on le lançât plus vivement. Ayant jugé de la moindre distance qui le séparait à présent des Français en pleine retraite qu'il escomptait voir se transformer en débâcle, il changea ses dispositions, faisant déployer ses hommes sur deux lignes serrées allant chacune de front. Il ordonna l'arrêt et les deux lignes de cent cinquante soldats chacune s'immobilisèrent tandis qu'on déroulait bannières et drapeaux. Lorsque ceux-ci claquèrent au vent, les soldats se mirent en marche, non sans majesté, au son des tambours.

La neige tombait de nouveau.

L'amiral de Nissac, qui se retournait de plus en plus fréquemment, sentit qu'il n'aurait point le temps de regagner les barques.

Il savait qu'en cette situation extrême il n'aurait bientôt plus qu'un ordre à donner : former le carré.

Mais il ne se faisait point d'illusions car ce carré, tout hérissé qu'il fût d'arquebuses, pistolets et flèches du seigneur Yasatsuna serait débordé par les ailes, attaqué de tous côtés et finalement enfoncé avant l'ultime corps à corps à l'arme blanche...

Sur la dunette du *Dragon Vert* dont il assurait le commandement durant l'absence de l'amiral de Nissac, Charles Paray des Ormeaux s'inquiétait fort.

Il avait accueilli avec joie, comme l'équipage qui

poussa longue clameur, le bruit lointain et assourdi des explosions. Il avait pareillement vu les cinq lueurs jaune orangé qui avaient successivement illuminé ce paysage de glace mais depuis, il trouvait le temps long.

En outre, sa très mauvaise vue le desservait pour distinguer quelque chose.

Aussi sursauta-t-il lorsque le lieutenant d'Orville s'écria en grand émoi :

— Ils arrivent !...

Paray des Ormeaux plissa les paupières mais ne vit à l'infini que glace et lueur lointaine des galions en flammes. Cependant, il lui fallait répondre :

— En effet, ils sont bien proches.

Le lieutenant d'Orville lui jeta regard d'incompréhension :

— Proches ?... Non, trop loin encore. Et les Espagnols les talonnent. Je crois qu'ils sont perdus.

Si le second du *Dragon Vert* se trouvait hélas demi-aveugle, son esprit, lui, n'était point altéré, aussi songea-t-il : « On est bien souvent perdu lorsqu'on en décide ainsi. Voyons, se trouvant à ma place, qu'aurait fait monsieur l'amiral ? »

Portant sur ses épaules le cadavre de Louis de Sèze, dernier comte de La Tomlaye, l'amiral de Nissac fermait la marche. Car ainsi est le destin de ceux qui mènent les autres en l'honneur et le courage d'être toujours premier à l'attaque et dernier en l'arrière-garde.

Les Espagnols, qui tenaient nombreuses torches, étaient tout proches et Nissac envisageait sa mort avec grande perplexité. Il ne l'avait jamais imaginée ainsi.

La neige avait cessé de tomber et l'amiral observait ce paysage balayé par un vent polaire.

Les mers du Levant lui manquaient. Il songea à ces paysages à l'est de Toulon, petits ports de pêche endormis sous le soleil, criques cernées de pins allant jusqu'à la mer, chênes des massifs et platanes des places de village, maisons aux tuiles rouges et rondes, odeurs violentes de thym, romarin et eucalyptus, couleurs joyeuses des œillets et du mimosa, stridence lancinante du cri des cigales, mer embrassant le ciel à l'infini en une éternelle étreinte bleue...

Rêveur et souriant, car beau joueur devant la mort, il dit adieu à tout cela, murmurant :

— Ce bleu... Tout ce bleu... Comme j'aurai passionnément aimé le bleu !...

Puis il se raidit, voyant que la baronne Isabelle de Guinzan l'attendait en désobéissance des ordres car il lui avait enjoint de marcher en tête de la petite colonne en retraite.

Mais sa colère tomba aussitôt, et pour trois raisons.

La première se trouvait qu'ils allaient sans doute mourir tous deux, alors à quoi bon prendre grosse voix faussement courroucée ?...

La seconde était qu'il la trouvait si jolie et tant émouvante, cheveux blonds au vent, air déterminé, trois arquebuses sur ses frêles épaules, des pistolets et un sabre à la ceinture, portant armes de ceux, marins et soldats du *Dragon Vert*, qui se trouvaient eux-mêmes chargés des cadavres de leurs camarades.

La troisième, tellement évidente, était qu'il l'aimait. Il l'aimait bien plus que sa propre vie.

Il la regarda en souriant puis, se retournant un bref instant, il vit les trois cents Espagnols qui s'apprêtaient à charger.

Aussi, puisque la fin était si proche, se décida-t-il à lui avouer qu'il l'aimait en grande folie :

— Madame...

Il s'interrompit en entendant la clameur des Espagnols qui chargeaient au pas de course, décidés à parcourir la cinquantaine de toises qui les séparaient de la petite formation française.

Ne semblant point troublée par mort si proche, Isabelle répondit :

— Monsieur ?...

Il fut émerveillé par pareil calme et si inflexible détermination. Elle attendait ses paroles, il le savait, et n'entendait point la priver de ce plaisir.

— Madame, puisqu'il n'est plus guère d'espoir, je me résous enfin à vous avouer que je vous...

Il s'interrompit.

Formidable tir d'artillerie venant du bâbord du *Dragon Vert* retentit. Les pièces crachèrent toutes ensemble, les coups de départ révélant et illuminant un instant la haute silhouette sombre du puissant vaisseau de guerre. Illuminant également la nuit, et les barques qu'on vit plus proches qu'on ne l'imaginait. Les marins et soldats français, tous ensemble, regardèrent vers les Espagnols et cette fois encore, l'amiral de Nissac put se féliciter d'avoir ainsi entraîné ses vaillants canonniers qu'on disait les meilleurs du monde.

Car chose belle et tragique se déroulait à proximité des Français, découlant du tir précis de l'artillerie du *Dragon Vert*. En effet, seconde puis troisième salve confirmant la chose, les canonniers ne visaient point les espagnols mais la croûte de glace juste devant eux. Et celle-ci se fendillait lentement...

Un vieux mousquetaire espagnol, devinant ce qui allait advenir, prépara le tir de son mousquet vers l'homme au beau chapeau à plumes qui semblait le chef des français.

Il hésita.

Tireur d'élite n'ayant jamais raté son affaire depuis plus de dix ans, il savait que son tir serait de grande précision et qu'il allait tuer son homme.

Mais une chose le troublait infiniment chez le chef français, une chose qu'on ne voyait plus du tout mais qui exista, disait-on, en le monde révolu de l'ancienne chevalerie. Et cette chose était que seul en ce cas, le Français n'abandonnait pas le corps de ses soldats à l'ennemi.

Le mousquetaire fut troublé, vivant fort cruel dilemme : tirer et faire jusqu'au bout son devoir en ne laissant point échapper à la mort officier commandant les Français, ou ne point tirer pour rendre hommage à un homme agissant si noblement ?

À l'heure ultime de son existence, le vieux soldat s'arrêta finalement à la décision qu'en la vie n'était décidément ni amis ni ennemis, ni gens de votre parti ni adversaires, ni Français ni Espagnols. Vérité était plus simple et plus sérieuse : il existe des hommes, d'où qu'ils viennent, qui partagent votre conception du monde, et ceux-là sont des frères.

Et puis il y a tous les autres...

Il modifia la ligne de tir de son mousquet et, par ultime dérision, visa l'Étoile polaire.

À la cinquième salve furieuse des batteries d'artillerie du *Dragon Vert*, résultat espéré fut obtenu.

L'épaisse couche de glace se fendit brusquement à la vitesse d'un cheval au galop. L'entaille profonde dessina une ligne fantasque d'abord puis, suivant les impacts des boulets, circulaire. Et bientôt énorme plaque de glace s'inclina vers l'avant, tel navire qui sombre, si bien qu'en quelques instants, tout fut précipité en la bouillonnante, sombre et glacée mer du Texel : soldats espagnols en formations impeccables, officiers aux casques ornés de panaches, amiral et son superbe cheval blanc, bannières, drapeaux, étendards, tambours... Tout bascula.

Puis, sur la banquise soudain déserte et en un bruit sinistre, les deux plaques de glace se heurtèrent avant de se réunir comme elles s'étaient scindées, se refermant sur une armée fantôme...

La surface de la glace était vide, du grand vide de la mort.

Les canons s'étaient tus. Il régnait sur l'endroit un

silence de deuil à la seule exception du vent qui hurlait comme pour rappeler aux rescapés la sauvagerie de la guerre.

74

Le comte de Nissac, devant l'équipage réuni, félicita le second pour son initiative qu'il qualifia d'« inspirée », « remarquable » et « de grande intelligence ».

Le second, au comble de la félicité, s'inquiéta cependant de si nombreux bonheurs en si peu de temps...

Puis, selon cérémonial existant sur *Le Dragon Vert*, on immergea les corps des huit tués – un blessé avait succombé, deux autres devaient mourir les jours suivants. Avec dix morts au total, Nissac avait perdu le quart de l'effectif lancé à l'attaque de la Flotte du Nord, et ce bilan lui parut bien lourd.

Il éprouva grande tristesse à voir disparaître en la mer bouillonnante le corps de Louis de Sèze, comte de La Tomlaye mais, sans chercher lâche consolation, il pensait que semblable mort, un sabre espagnol passé en travers du corps sur le pont d'un navire ennemi, était préférable à celle qui consiste à mourir enchaîné à un banc de galère sous les coups de fouet de la chiourme.

On avait lesté les cadavres, afin qu'ils ne soient point rejetés vers les Frisonnes orientales ou la baie d'Helgoland, puis l'amiral avait donné ordre de suivre route vers le sud.

Il se sentait épuisé, moins par la longue marche aller-retour sur la glace ou par les furieux combats au sabre que par la peur qui fut sienne de perdre tous ses hommes et la femme qu'il aimait.

Aussi, escomptant plonger rapidement en un profond

sommeil, vit-il arriver avec des sentiments mêlés le seigneur Yasatsuna qui prenait airs de conspirateur.

L'amiral tenta de sourire au fils du pays du Soleil Levant mais ses yeux gris disaient assez, pour qui savait déchiffrer ce regard, qu'il espérait vivement ne point entendre parler de la grâce des lotus mouillés de rosée sous premiers rayons de soleil printanier ou de « la voie de l'arc », à moins que ce ne fût de l'arrière-goût succulent du poisson cru, très légèrement pourri chez le véritable amateur.

Mais le seigneur Yasatsuna qui, après tout, était peut-être accessible lui aussi à la fatigue, alla droit au but.

— Vous très chanceux, admiral : dame Isabelle, cette jolie fleur de cerisier, veut voir vous.

Nissac fut surpris.

— Quoi, là, maintenant ?

— Maintenant, et en sa cabine qui fut autrefois la vôtre et pourrait l'être à nouveau avec beaucoup audace. Vous très chanceux, admiral !

— Eh bien... Vous a-t-elle indiqué motif de cette hâte si soudaine ?

Le fils du pays du Soleil Levant regarda le comte de Nissac d'un air désolé, tant il ne comprenait point qu'on puisse différer lorsqu'on vous enjoint si troublant commandement. Il reprit avec ce ton saccadé qui lui était particulier et semblait indiquer grande fureur lors même qu'il chuchotait aimablement :

— Seigneur Chikamatsu Yasatsuna n'est pas si chanceux qu'il soit intime avec la petite fleur de jasmin, admiral.

— Eh bien soit, je m'y rends donc.

Mais il n'avait pas fait trois pas que le seigneur Yasatsuna le rappela :

— Vous très chanceux, admiral !

— Nous verrons, seigneur Yasatsuna, nous verrons !... répondit le comte de Nissac, tenaillé par forte angoisse.

Il avait à peine refermé la porte qu'elle l'enlaça et l'embrassa, d'abord avec grande douceur puis avec fougue.

Il ôta son chapeau à plumes et la serra contre lui avec telle force qu'elle mesura la solitude, et peut-être le désespoir de cet homme qui cependant à tous semblait la force sans défaillance.

Ainsi s'embrassèrent-ils longtemps, alternant doux et violents baisers, caresses d'effleurement et grande passion. Ils parlèrent peu. Et ce fut madame de Guinzan qui prit cette autre initiative :

— Il y avait si longtemps que j'attendais. Je ne croyais plus guère en l'amour et pourtant, dès que je t'ai vu, j'ai su que c'était toi, toi que j'aimerais ma vie entière, toi que j'attendais depuis ma venue au monde.

Le tutoiement le toucha profondément mais il ne l'osa point sur l'instant.

— Par crainte, je différais à vous révéler mon amour, et vous dire combien il est immense et vient de loin, d'une enfance que je regrette depuis si longtemps déjà et que vous me renvoyez par bouffées parfumées et sucrées.

Elle le serra plus fort encore.

— Puisses-tu toujours m'aimer comme je t'aime !

— Et vous pareillement car, si je vous perdais, aucune mer au monde ne serait assez lointaine pour y cacher mon chagrin.

Elle ôta le pourpoint, la chemise de l'homme qui lui faisait face. Et le comte se laissa déshabiller par ces gestes doux et tendres car il eut le sentiment qu'en le mettant nu, elle prenait doucement possession de lui.

Bientôt, il voulut faire de même avec la baronne mais celle-ci lui adressa sourire et le poussa sur le lit.

Ainsi allongé, il la regarda se dévêtir avec grande lenteur, la soupçonnant, mais sans penser à s'en plaindre, d'agir ainsi par malice car il se trouvait au supplice.

Elle retira sa belle robe incarnat et aurore parsemée de fleurs d'argent brodées, robe qu'elle avait pourtant passée peu avant, puis, autres pièces d'habillement furent ainsi retirées en pareille lenteur et le comte de Nissac songea que cette façon de faire mériterait un nom particulier, faisant par exemple songer à la façon dont la mer se retirait, révélant un à un ses secrets laissés sur les plages.

Voyant le désir en les yeux du comte, elle conserva ses bas de soie noire tenus par des jarretières rouges à boucles d'argent et, brodé sur les jarretières, le comte put lire : *Feliz quien las aparta* [1].

Il se trouva en grand besoin de la baronne mais une part de son esprit fut touché qu'elle eût préparé semblable piège, sans doute à Paris où elle s'absenta un moment la fois dernière où ils s'y rendirent.

Il l'imagina, achetant ces jarretières dont elle savait – Dieu sait comment, secret de femme ! – l'existence et fut grandement ému à l'idée de sa jolie baronne, soutenue par l'espoir de le conquérir, spéculant ainsi sur l'avenir, échafaudant plans et hypothèses, et vivant déjà ses rêves, le cœur battant à l'idée de l'effet qu'elle produirait sur lui, peut-être.

Elle vint le rejoindre, légèrement tremblante, et il ne sut si le froid en était la raison, ou l'émotion, à moins que ce ne fût les deux.

Il la serrait, caressant les cheveux blonds de la jeune femme couchée sur lui, et son regard fit rapidement le tour de la cabine.

Le vent polaire parvenait à se glisser par très légères fentes des bordages où, sous l'effet du gel, manquait l'étoupe de chanvre. Certes, pour la première fois où elle se donnait à lui, il songea que sans doute existait de par le monde endroits plus confortables et plus luxueux mais quelque chose en son âme tourmentée se trouvait rassuré que ce fût en sa cabine du *Dragon Vert* où il se trouva si souvente fois seul.

Par la fenêtre aux vitres d'un bleu pâle à croisillons de plomb, il vit la pleine lune voilée par les flocons de neige qui tombaient dru et qu'on ne pouvait distinguer des étoiles étincelantes cette nuit-là. La flamme de la bougie dansait comme une petite âme capricieuse faisant attendre le paradis. Le navire oscillait doucement sur la vague, marquant à peine les creux. Le vent fou faisait craquer la

---

1. Heureux qui les dénoue.

mâture et tentait de s'engouffrer à tout prix en les ponts comme si lui-même avait trop froid en cette nuit glacée et cherchait refuge en le ventre du bateau où vivaient deux cents hommes. Loin, très loin, peut-être en le magasin du maître voilier, un marin chantait air nostalgique du pays de Bretagne. Tout cela était beau, exceptionnel et finalement bien à l'image de leur amour.

Puis, une voix douce mais un peu étouffée murmura :

— Je t'aime !... Je t'aime tant !...

Se tenant par la main, ils ne sortirent sur le pont qu'aux environs de midi et l'amiral de Nissac eut grande surprise de voir tout l'équipage impeccablement aligné en carrés encadrés par officiers en grande tenue de parade.

Puis une immense clameur venant de près de deux cents poitrines salua la fin de la légendaire solitude de l'amiral-comte de Nissac qui pour la première fois s'affichait avec une femme, précisément celle qui, l'épée à la main – mais la cheville si fine ! – avait chaviré le cœur de tous ces hommes rudes...

Chapeaux et casques furent lancés en l'air ou hissés en hauteur à la pointe des sabres.

Nissac, toujours réticent en sa nature à manifestations ostentatoires et effusions, embrassa la main de la baronne rayonnante puis, d'une voix grave et émue :

— Messieurs, la baronne Isabelle de Guinzan et moi-même nous voudrions marier au plus tôt. Pour une fois, je vous charge de trouver seuls solution à ce problème.

Le Dragon Vert arriva en le port de Dieppe à midi.

Autorités locales se trouvèrent alors en grande confusion car tous savaient quel était ce légendaire navire, et que le comte de Nissac, amiral des mers du Levant, le commandait.

Mais on était très étonné de voir ce magnifique vaisseau des mers du Sud si loin en un port du Nord, aussi, les officiers hochèrent-ils la tête d'un air convenu lorsque le baron de Valenty, qu'accompagnait le baron Fey des Étangs, fit remarquer :

— On vous dira peut-être, messieurs, que *Le Dragon Vert* a relâché en ce port... Ceux qui diront pareille chose sont des menteurs car ce navire n'est point le *Dragon Vert*, celui-ci étant signalé sortant de mer Tyrrhénienne pour entrer en mer Ligurienne.

— C'est exact !... fit remarquer vieux capitaine dieppois à l'esprit vif qui ajouta : Je crois qu'il a subi avarie légère en faisant manœuvres avec la flotte de guerre du Grand Turc.

— Ah, observa un autre, pour ma part, je confirme vos dires : on l'a vu en mer de Marmara, au large du Bosphore.

Très satisfait de pareille mauvaise foi au service d'une si bonne cause, Fey des Étangs répondit :

— Messieurs, roi qui n'est point le Grand Turc ne manquera pas d'apprécier intelligence, fidélité et diplomatie des officiers de Dieppe.

À quelque distance, c'est sans diplomatie, en revanche, que Yasatsuna faisait vider les étriers, en lui brisant la jambe, à un jeune seigneur arrogant flanqué de dix autres qui s'était permis plaisanterie sur le teint « jaune d'œuf » du fils du pays du Soleil Levant – celui-ci détestant les œufs, sauf ceux des poissons.

Yasatsuna n'étant accompagné que du seul Sousseyrac, les jeunes nobles qui se trouvaient une dizaine se montrèrent sûrs d'eux, tirant l'épée.

Le baron de Sousseyrac eut alors un geste apaisant.

— Soit, messieurs, mais regardez d'abord.

D'un geste prompt, le seigneur Yasatsuna banda son arc et toucha mouette haut en le ciel mais, comme elle retombait, il la toucha de nouveau et ainsi six fois de suite mais nouvelle flèche, chaque fois, coupait par le travers en deux flèche précédente.

Puis, d'un geste si rapide qu'on le vit à peine, seigneur Yasatsuna sortit son sabre du fourreau.

On entendit bruit de vent de l'air haché par le métal puis un des jeunes seigneurs se trouva en habit réduit à tristes lambeaux sans que la moindre goutte de sang eût été versée.

Sousseyrac proposa alors sur ton d'ironie :

— Le voulez-vous vraiment, messeigneurs ?

L'un d'eux, plus prompt en son esprit que les autres, répondit :

— Nous nous en voudrions de provoquer seigneur étranger aux si singulières manières.

— Pouvez-vous m'indiquer un prêtre ?... demanda alors Sousseyrac.

— Ah çà, monsieur, est-ce pour nous faire administrer derniers sacrements ?

— Non point, monsieur, mais pour affaire privée.

Un quart d'heure plus tard, après être monté en croupe de Sousseyrac, curé mariait sur le pont du *Dragon Vert* baronne Isabelle de Guinzan et Thomas de Pomonne, comte de Nissac, amiral des mers du Levant.

Puis, laissant étranges souvenirs en la jolie et gracieuse ville de Dieppe, où l'on se demanda si l'on n'avait point rêvé, *Le Dragon Vert* mit à la voile.

L'escale n'avait point duré plus d'une heure.

75

Plusieurs jours s'étaient écoulés depuis l'attaque du comte de Nissac et d'une partie de sa troupe contre les galions espagnols de la Flotte du Nord immobilisés en les glaces de la mer du Texel.

On pouvait, sans ridicule, imaginer l'arrivée du printemps car l'air tiédissait.

On pouvait également songer qu'on s'acheminait vers la guerre. Car, en Europe, les plus avertis n'ignoraient point que le vieil antagonisme entre la France et l'Espagne allait bientôt trouver solution violente, et sans doute définitive, le vaincu entrant par la force des choses en long processus de dépérissement.

Tels n'étaient pourtant pas, du moins en apparence, préoccupations de la Cour de France qui, sous la conduite d'Henri quatrième, se rendait à la chasse à Blois en longues files de carrosses, chariots et cavaliers.

Les paysans, émerveillés ou, plus rarement, scandalisés, selon la conscience qu'ils avaient de la justice et de l'égalité en ce monde, voyaient passer beaux seigneurs en habits d'or et de pierreries, valets de toutes les couleurs existant en l'arc en ciel, bouffons et nains auxquels s'ajoutaient plusieurs monstres, chiens de chasse en meutes, oiseaux de proie, ambassadeurs et leurs services, femmes quelquefois masquées, robins tenant leur écritoire, femmes encore et toujours mais celles-ci la taille prise et fort mince, couvertes de bijoux comme des déesses antiques, à cheval en prenant précaution de montrer avec impudence leurs jambes splendides, et jusqu'aux cuisses, gainées de soie.

En les villes et villages, laquais de grande prétention et manières provocantes semaient le désordre car ils n'ignoraient point que les toucher, c'était lever la main sur le blason que représentait leur livrée.

Henri quatrième allait à cheval, heureux que le froid ait brusquement cessé même si, bien souvent, pluie le remplaçait.

Du coin de l'œil il remarqua que l'ambassadeur d'Espagne, don Inigo de Cardenas, poussant son cheval, cherchait à le rejoindre et la chose l'amusa car il attendait cet instant depuis quelque temps déjà.

L'ambassadeur salua le roi de France avec signe extérieur de profond respect et cherchait moyen d'aborder sujet qui l'occupait lorsque Henri quatrième prit les devants, mais cependant point comme l'espérait l'ambassadeur de Philippe III :

— Ah çà, monsieur l'ambassadeur, m'expliquerez-vous chose qui intrigue l'Europe entière ?

— À quoi pensez-vous, Sire ?

— Pour quelle raison avez-vous tout soudainement transformé votre magnifique Flotte du Nord en petit bois servant à fabriquer les allumettes ?

— Votre Majesté ne sait-elle point que mille valeureux marins sont morts en cette tragique affaire ?

— Du fait d'une quarantaine d'hommes... et d'une femme, m'a-t-on dit, qui tous ne craignaient point de se lancer en pareille aventure qui paraissait sans espoir.

L'ambassadeur rougit, en l'impossibilité où il se trouvait de tirer l'épée. Il répliqua cependant avec certaine sécheresse :

— Quarante, peut-être, mais appuyés par le plus redoutable vaisseau qui soit au monde.

— Ah, voilà autre chose encore. Mais vous-même, de vaisseaux, n'en aviez-vous point cinq ?

— Pris dans les glaces, Sire.

— C'est grande maladresse de la part de vos capitaines.

L'ambassadeur, pensif, hocha la tête, puis :

— Sire, un seul navire est capable d'un feu si dévastateur dont ont parlé la dizaine de survivants parmi nos mille marins. Et un seul homme au monde est capable d'imaginer, de réaliser et de réussir affaire si audacieuse.

— Qui qu'il soit, il a bien du mérite... si nous considérons ces événements du point de vue militaire et tentons d'oublier que vous en fûtes victime.

— Sire, nous le croyons amiral.

Henri quatrième haussa les sourcils.

— Vous n'y pensez point car cette fois vous seriez la risée de l'Europe. Quoi, un amiral avec une poignée d'hommes aurait détruit votre orgueilleuse Flotte du Nord... en vous attaquant pied à terre ? Pied à terre, monsieur l'ambassadeur, imaginez-vous cela ?...

L'ambassadeur d'Espagne ne se laissa point démonter :

— Que Votre Majesté ne se méprenne point, mais j'aurais grande satisfaction à lui poser une question qui, bien entendu, n'est en rien officielle.

Henri quatrième sourit en caressant sa barbe.

— Faites, mon bon, faites !...

— Nous aimerions grandement savoir où se trouve exactement un de vos navires qui a nom *Dragon Vert* et est commandé par Thomas de Pomonne, comte de Nissac et votre amiral en les mers du Levant.

— N'est-il pas à sa place en les mers du Levant ?

— Tous les rapports indiquent qu'il n'y est point, Sire.

— Si vos rapports sont aussi fiables que votre marine de guerre...

— Je crois que l'amiral de Nissac est connu pour son audace.

— Nissac... Il me semble en effet connaître cet amiral de Nissac.

Maîtrisant son agacement, l'ambassadeur lança :

— Sa Majesté le connaît forcément car c'est le meilleur de ses marins.

Le roi affecta de n'avoir pas même entendu puis, soudainement, son visage s'éclaira.

— Nissac !... Il vient de se marier. À Dieppe, raison pour laquelle il n'est point en les mers du Levant.

L'ambassadeur n'en crut évidemment pas un mot, imaginant que le roi lui mentait. Cependant, en ce mensonge, précision donnée sur Dieppe l'intriguait :

— Dieppe est en effet bien loin des mers du Levant, Sire.

Le roi le regarda avec un feint découragement.

— J'ignore ce qu'il en est en Espagne, curieux pays qui prend si peu de soins de ses beaux navires qu'ils servent en brûlant à faire fondre la banquise, mais en le royaume des lys, pour se marier, il faut être deux. Je suppose donc que la jeune femme, une baronne qui a charmant sourire et bien joli petit cul, m'a-t-on dit, a de la famille à Dieppe. Mais vous vérifierez par vous-même puisque vous entretenez en mon royaume une forte armée d'espions qui vont et viennent, oreilles et bourses grandes ouvertes.

Henri quatrième, par sa police, n'ignorait pas que le comte de Nissac avait donné consignes de discrétion aux Dieppois. Mais l'or espagnol, coulant en abondance pour cet office, parviendrait à délier les langues et toute l'affaire semblerait d'autant plus en grande vérité que les susdits espions remarqueraient la discrétion exigée et observée par l'amiral de Nissac, qui allait contre l'idée d'un coup monté car alors au contraire Nissac n'eût pas manqué de faire largement connaître l'événement.

Le roi, pour lui-même, se demanda si Nissac avait poussé la diablerie jusqu'à organiser complaisant mariage ou si le hasard faisait que, même lorsqu'il servait l'amour, l'amiral obligeait la cause du royaume.

Don Inigo de Cardenas, pour ce qui le concernait, se trouvait grandement troublé. Il avait beau tenir le Béarnais qu'il haïssait pour le roi le plus menteur de toute la chrétienté, le monarque avait en cette affaire air tranquille et ton calme qui ne semblaient ni faux, ni hypocrites, comme il n'hésitait point à donner lieux et détails sur ce démon de Nissac.

Certes, il ferait vérifier tout cela, et plutôt mille fois qu'une mais en attendant, il était fort embarrassé pour écrire le rapport qu'exigeait l'Escurial.

Il crut donc de bonne politique d'achever cette conversation par menace à peine voilée :

— Un dernier point, Sire. Madrid m'informe, et j'en suis désolé, que le passage de Gibraltar est des plus délicats ces temps derniers. Tant de nos officiers et marins ont perdu qui des frères, qui des amis, en la destruction de la Flotte du Nord...

Henri quatrième cabra immédiatement à la menace, répondant d'un ton cinglant :

— Cardenas, conseillez à vos capitaines de se tremper le cul en l'eau froide, c'est bon remède pour hommes à nature de demoiselle.

Il sourit et ajouta :

— Une fois le cul en le baquet, qu'ils prennent garde au vaisseau fantôme !

Et, d'un mouvement de bride à son cheval, il laissa sur place l'ambassadeur bouillant de rage.

Henri quatrième se sentait d'excellente humeur, regardant les dames avec insolence en se demandant : « Laquelle vais-je foutre ce soir ? »

L'amour, la chasse, bonne chère et fine politique, il estimait que là se trouvaient éléments qui tous réunis font le bonheur d'un roi.

Fugitivement, il regretta son erreur à propos de l'affaire de Fontaine-Française dont la nature généreuse de Nissac lui laissait toute la gloire. En effet, s'il ne s'était point égaré en stupides préjugés, il eût pu utiliser un homme tel que Nissac beaucoup plus tôt car quelle que fût la mission, il en venait à bout. Oui, décidément, l'amiral eût été remarquable appoint pour le bon avancement de ses affaires.

Henri quatrième se persuada qu'il ne devait cependant pas abuser de la bonne étoile de Nissac car il n'était qu'un homme, et point le dieu de la guerre.

Si l'amiral réussissait la très délicate affaire des Pyrénées, il faudrait le laisser souffler car celle-ci s'ajoutant à celle de la Flotte du Nord décimée ruinerait le prestige de l'Espagne.

Et ferait réfléchir ceux qui se voulaient alliés à elle en la guerre qui n'allait point tarder à éclater.

76

Tous peinaient, trempés de pluie et glissant en la boue des étroits sentiers de montagnes des Pyrénées.

Le Dragon Vert, laissé une nouvelle fois au commandement du second, Charles Paray des Ormeaux, s'était approché au plus près qu'il fut possible du rivage une fois dépassés Biarritz et Saint-Jean-de-Luz. Puis, à la nuit, barques avaient emmené vers endroits secrets de la côte l'amiral de Nissac et quarante des siens. Là, selon ses instructions, on les attendait avec chevaux mais les jésuites, et moines de l'ordre de Saint-François-d'Assise, toujours associés en cette affaire quoique rivaux en d'autres, étaient tombés d'accord pour qu'ils voyagent par petits groupes, pareille troupe risquant d'éveiller les soupçons en cette région qui grouillait d'espions à la solde du roi d'Espagne.

Le regroupement avait pris quelque temps, le détachement commandé par le baron Fey des Étangs ayant un moment perdu sa route. Puis, laissant les chevaux à la garde des religieux, le comte et la comtesse de Nissac, Valenty, Sousseyrac, Fey des Étangs, le seigneur Yasatsuna et trente-quatre des meilleurs fantassins et marins du *Dragon Vert* s'étaient élancés vers cette nouvelle mission.

Ainsi, tonnelets de poudre sur le dos, arquebuses et pistolets en une main levée très haut, sabre ou épée entre les dents, ceux du *Dragon Vert* étaient entrés en les eaux glacées de la rivière Bidassoa qui servait de frontière entre la France et l'Espagne. En cette saison, où rivières de montagne sont souvente fois en crue, le flot s'avérait impétueux et puissant si bien que la petite troupe toucha l'autre rive en se trouvant dispersée sur grande distance.

Il fallut donc un certain temps pour rassembler les hommes et ramener le corps d'un jeune soldat qui s'était noyé, et dont l'équipement était perdu.

Puis, l'ascension commença en des conditions rendues très difficiles par pluie battante et le détour imposé épuisa mais idée du comte de Nissac consistait à attaquer le Fort du Feu – ainsi appelé par les Espagnols en raison du nombre de ses canons – non par la façade tournée vers la France mais par l'arrière donnant sur la Navarre espagnole. L'amiral espérait que ce côté, duquel ne pouvait venir aucun danger, serait moins gardé et les sentinelles plus négligentes en leurs rondes.

Malheureusement, mauvaise surprise attendait Nissac et les siens : le fort, construit sur plateau raide s'achevant en piton rocheux, semblait inattaquable.

Mais, tel en contrepoint, surprise plus agréable se révéla au regard aigu de l'amiral : les travaux, et de beaucoup s'en fallait, ne se trouvaient point en l'état d'avancement que prétendaient les Espagnols. Idée de Nissac s'avérait donc doublement payante car en l'imminence de la guerre, Madrid avait ordonné qu'on diligentât travaux de façade, c'est-à-dire en la partie regardant la France, tout hérissée de canons, et d'où arriverait, pensait-on, armée du duc de La Force. Tandis qu'en l'arrière du bâtiment, où nombreux échafaudages demeuraient et grand nombre d'échelles, l'aventure risquait d'être vécue.

Il restait quelque distance à parcourir avant d'arriver en la partie arrière du Fort du Feu, et la chose était rendue difficile en raison que va-et-vient des ouvriers faisait du sol boueux piétiné par milliers de pas surface des plus glissantes qui rappela aux vétérans la mer du Texel gelée.

Nissac, en tête de colonne, fit signe aux hommes qu'ils se rangent au pied des échafaudages dès qu'ils arriveraient.

L'amiral éprouva grande commisération pour ses marins et soldats car ils semblaient harassés, mais en très grande patience à la peine. Ils progressaient d'un pas lourd, barbes naissantes, visages boueux, cheveux collés par mèches et de grands cernes mauves sous leurs yeux injectés de sang.

Lorsque tous furent tapis au pied du fort, l'amiral donna le signal en abaissant l'épée qu'il tenait levée.

Aussitôt, qui agrippant échelle et qui escaladant échafaudages tel qu'on verrait faire des singes, marins et soldats du royaume de France investirent le Fort du Feu.

Rapidement, ils arrivèrent au rempart inachevé et les quatre sentinelles furent aussitôt semblables à hérissons en raison qu'une vingtaine de couteaux de lancer les percèrent de toutes parts et en même temps avant qu'ils ne poussent un cri.

Le comte de Nissac possédait un bon avantage en cette affaire qu'un moine espagnol, contre monnaie d'or, avait dressé un plan du fort si bien que l'amiral, qui l'avait appris en ses moindres détails, s'y pouvait diriger les yeux fermés.

Un des dortoirs, où logeaient cinquante hommes d'une place qui en comptait deux cents, fut rapidement atteint et, quoi qu'il en coûtât à Nissac, il savait qu'il ne pouvait progresser plus avant en le fort laissant troupe aussi considérable derrière lui.

Aussi, s'étant regroupés, les Français ouvrirent-ils la porte à coups de botte avant de se ruer en l'endroit. On se battait à l'arme blanche, au pistolet et même à bout portant à l'arquebuse qui arrachait tête ou membres entiers. Mais, comme le craignait Nissac, les derniers Espagnols en le dortoir, bien réveillés, vendirent chèrement leur peau, tuant deux soldats français.

On entendait cloches d'alarme sonner follement tandis que des voix hurlaient aux armes, écho renvoyant ce cri battre les murs du fort.

Ayant emprunté surcroît d'armement avec celui des Espagnols morts en le dortoir, Nissac barra la galerie à l'aide de lits et de matelas constituant solide barricade derrière laquelle, tel qu'il l'avait estimé en son projet, il plaça vingt arquebuses. Se relayant par groupes de dix, les uns tirant quand les autres rechargeaient, on pouvait espérer tenir un certain temps.

Continuant sa course, Nissac et ceux qui lui restaient nettoyèrent trois chambres d'officiers puis atteignirent les appartements du commandant de la place lequel visait Valenty avec son pistolet lorsqu'il fut crucifié sur sa porte par la courte lance « Yari » à deux tranchants du seigneur Yasatsuna.

D'un geste violent qui étonna Isabelle, Nissac jeta une torche sur le lit du commandant qui s'enflamma aussitôt.

Puis, à sa suite, tous se ruèrent en la poudrière, pièce sans fenêtre où se trouvait entreposée extraordinaire quantité de poudre à laquelle on joignit celle qu'on avait amenée du royaume de France.

Bruit de mousqueteries et tirs d'arquebuses s'amplifiait quand un homme, dépêché par Sousseyrac et Fey des Étangs qui commandaient la barricade, arriva hors d'haleine :

— Monsieur l'amiral, la barricade va céder, nous ne tiendrons plus longtemps. Plus nous tuons d'Espagnols, tant plus il en arrive. Leurs cadavres atteignent hauteur d'une demi-toise au pied de la barricade.

L'amiral de Nissac n'avait point escompté si opiniâtre résistance, même en ses hypothèses les plus pessimistes, croyant que la panique désorganiserait les rangs espagnols.

Conservant cependant tout son calme, il comprit qu'il devait changer ses plans.

— Prends un tonnelet de poudre et va dire à Sousseyrac de se replier en faisant sauter la barricade à l'instant où les Espagnols la prendront d'assaut. Hâte-toi !

L'homme s'exécuta aussitôt

C'est alors que l'amiral, après s'être approché de l'oreille de Yasatsuna puis de celle de Valenty, leva un regard triste sur la comtesse de Nissac.

— Madame, je ne voulais point faire si rapidement de vous une veuve...

Les deux bras qui semblaient d'acier du seigneur Yasatsuna enserrèrent Isabelle, empêchant tout mouvement, tandis que Valenty, avec courtoisie mais fermeté, lui liait les mains à l'instant où la jeune femme hurlait :

— Non ! !

Alors, délicatement, le comte mit bâillon de soie sur la bouche de la comtesse.

— Madame, voyez l'épaisseur de cette porte et ces lourds verrous qu'on ne peut forcer de l'extérieur. Ce n'est qu'en s'enfermant à l'intérieur de cette poudrière qu'on peut faire sauter le Fort du Feu et ouvrir la route de l'Espagne aux armées françaises... Ne me criez point dessus, je veux un instant vous dire adieu.

Il abaissa foulard de soie rouge qui couvrait la bouche de la comtesse. Elle ne cria plus et quoique sa voix tremblât, elle paraissait calme.

— Laisse-moi mourir avec toi. Que sera ma vie, sans toi ?... Tu sais que jamais je ne pourrai t'oublier un instant, y songeant mille fois par jour. Je t'en prie !... Je t'en prie !...

— Qui sait, madame, si vous ne portez point notre enfant ?... Le voulez-vous tuer, lui aussi ?

Et en cela, le comte devinait avec justesse car, à cette époque déjà, Isabelle portait le futur Loup de Pomonne, comte de Nissac[1].

Le comte embrassa longuement son cher amour et installa de nouveau, avec mille délicatesses, le bâillon de soie.

Puis, murs tremblèrent un instant en assourdissant vacarme : la barricade venait de sauter.

Gris de poussière, Sousseyrac arriva le premier, le sabre à la main. Ses yeux agrandis virent les liens de la comtesse, les larmes sur les joues de Valenty, les visages accablés de ceux qui se trouvaient là.

Il allait protester, Nissac ne lui en laissa point le temps.

— Si tu m'aimes, obéis.

Quelques instants plus tard, en le couloir, ceux du *Dragon Vert* entendirent lourds verrous que le comte poussait en s'enfermant à l'intérieur de la poudrière sans autre issue que cette porte solidement close..

Aussitôt, les survivants portant quatre cadavres des leurs sur les épaules se replièrent.

---

1. Cf. *Les Foulards Rouges*.

Tous se retournèrent en l'étroit sentier de montagne qu'ils dévalaient : formidable explosion venait de pulvériser le puissant Fort du Feu.

Il n'était plus possible d'espérer revoir vivant Thomas de Pomonne, comte de Nissac, amiral des mers du Levant et celui qui faisait rêver milliers de marins, ainsi que leurs femmes.

Car tous le savaient : il n'était point de fenêtre en la poudrière et jamais Nissac n'en aurait ouvert la porte.

Au reste, l'explosion répondait à toutes les questions en tuant tous les espoirs.

Officiers, soldats et marins allaient tête basse.

Les plus déterminés voulaient poursuivre jusqu'au bout mission du comte de Nissac, mais savaient qu'il n'était point remplaçable et cette certitude leur faisait davantage baisser la tête.

Seule Isabelle de Nissac, qu'on avait déliée, regardait droit devant elle, souhaitant qu'à présent, la mort vienne vite.

77

Un peu plus tôt en ce même jour, le duc d'Épernon, en un nouveau lieu que le précédent et alors qu'il ignorait la mort de son ennemi juré l'amiral-comte de Nissac, discourait en manière prétentieuse devant les autres conjurés lesquels, comme lui, portaient cagoules de soie noire :

— Ainsi ai-je l'assurance que celui qui nous gêne par sa fidélité à l'usurpateur et peut-être, disons-le, certaine efficacité en cet office, eh bien celui là qui a nom Nissac n'a plus longtemps à vivre. Soyez en grande assurance sur ce point.

— Pourquoi en serait-il ainsi ?... demanda la belle marquise de Verneuil.

— À terre, on l'attend de pied ferme et soyez en la persuasion qu'il n'ira ni très loin, ni très longtemps. Sur mer...

Malgré lui, d'Épernon regarda en la direction de l'ambassadeur d'Espagne, don Inigo de Cardenas, qui en fut agacé, puis il reprit :

— Sur mer, l'Espagne, la Très Sainte Espagne, celle que nous espérons voir bientôt unie au royaume de France afin qu'on y brûlât définitivement l'hérésie, l'Espagne, donc, a décidé d'en finir avec l'amiral de Nissac et son prétendu invincible *Dragon Vert*.

Satisfait, son regard s'attarda sur les conjurés silencieux. Il reprit alors :

— Qu'il faille cinq, dix, vingt ou trente vaisseaux de guerre, peu importe, l'Espagne en possède davantage et les mettra en lice pour couler *Le Dragon Vert*. Celui-ci est terré en la mer du Ponant mais, pour repasser en les mers du Levant, il lui faudra tôt ou tard doubler Gibraltar... Tué, noyé comme un rat, lui, son navire, ses officiers et ses marins !... Et cette promesse que je vous fais en cet instant qu'il en sera bien ainsi tient en la raison qu'il n'est guère douteux, même s'il manque preuve absolue, que ceux du *Dragon Vert* sont à l'origine de cette attaque que ne pardonnera jamais l'Espagne, cette attaque particulièrement lâche contre la Flotte du Nord qui fut... endommagée en cette occurrence. Mille marins espagnols, des officiers par dizaines et même l'amiral qui les commandait furent ainsi tués avec bassesse en leur sommeil.

— S'ils n'avaient point dormi, et posté des sentinelles, ils ne seraient pas morts !... remarqua Dietrich von Hoflingen.

— Vous n'y étiez pas !... répondit d'Épernon d'une voix cinglante.

— Ni vous non plus !... lança le marquis de Pinthièvre lequel, en ce complot, représentait les intérêts des puissants Guise.

Concino Concini, dont l'étoile risquait fort de se lever si Henri quatrième venait à mourir, en raison que cet intrigant avait épousé la meilleure amie de la reine et que celle-ci était, disait-on, sa maîtresse, Concini, donc, leva la main.

— Il ne s'agit point de se quereller entre nous. Dites-nous plutôt quelles sont vos dispositions en l'avenir le plus proche afin de mener à bien affaire qui nous réunit ici.

Le duc d'Épernon n'aimait point qu'on le bousculât ainsi en la conversation car il se faisait très haute idée de lui-même mais, en les instants où l'orgueil n'obscurcissait point sa raison, il se rendait bien compte que l'affaire qu'il organisait prenait du retard. Car si en apparence il semblait en effet l'organiser, ce qui le flattait vis-à-vis des autres comploteurs, il savait bien qu'en la réalité, il n'en était point l'architecte et que sa tâche consistait à accomplir publiquement ce que le moine à la petite voix méchante avait conçu et organisé.

— Je m'en vais bientôt vous présenter l'homme que

j'ai choisi, qui nourrit forte haine contre la hyène béarnaise et la tuera sans aucun doute car il croit ainsi servir Dieu.

— Il y a en effet bien des façons de servir Dieu !... lança onctueusement le cardinal Mathieu de Bellany.

— Sait-il tenir une épée ?... demanda Jehan de Bayerlin, officier qu'on disait la meilleure lame de France quoi que d'autres affirment que seul l'amiral de Nissac était digne d'un tel compliment.

D'Épernon masqua son agacement.

— Il tuera au poignard et pour cela, il n'est besoin que de force. Or notre homme n'en manque point, ayant celle d'un taureau furieux.

— Quoique le poignard ne requière point que force, mais aussi habileté pour porter le coup entre les côtes et percer le cœur en le fouillant avec la lame !... lança José d'Altamaros, ancien jésuite et chargé des basses œuvres de l'ambassadeur d'Espagne.

On l'écouta, car d'Altamaros était crédité de plus d'assassinats en cette façon qu'il n'est de jours en six mois...

À l'instant où, peu avant sa fin dramatique, l'amiral de Nissac se lançait à l'attaque du Fort du Feu, le roi Henri quatrième se trouvait en sa couche en compagnie de jeune fille d'à peine quinze ans, marquise attachée au service de la reine.

Elle était allongée sur le ventre, ainsi que lui avait ordonné le roi et celui-ci, pensif, observait ces fesses d'une parfaite rondeur.

Le jour même, duchesse espagnole Inès de Medina Sidonia lui avait fait ses adieux, précisément en ce lit, ne cachant point que, devant bruits persistants de guerre entre son pays et la France, elle estimait devoir regagner l'Espagne.

Cependant la chose avait été dite fort habilement, revêtant la forme de question appelant confirmation de celui qui se trouvait le mieux placé pour répondre : le roi de France.

Mais Henri quatrième, bien qu'il fût en grande et constante appétence de femmes, possédait assez d'expérience, depuis suffisamment longtemps, pour ne point mêler affaires de l'État et secrets d'alcôve. En outre, il avait appris à ses dépens à tenir en grande méfiance les femmes intelligentes, souvent un peu espionnes, comme c'était sans doute le cas de la duchesse de Medina Sidonia.

Il passa la main sur les fesses rondes, et la jeune fille tressaillit. Il croisa alors son regard et songea : « Fort jolie, mais des yeux de veau. »

Rassuré, il lui pinça les fesses et la toute jeune fille piailla en riant stupidement :

— Sa Majesté est fort coquine !

« Dieu qu'elle est stupide ! » pensa le roi en donnant claque sonore sur la paire de fesses.

Jeune fille sursauta en gloussant :

— Lassé de l'ainsi maltraiter, Sa Majesté donnera-t-elle bon contentement à ce cul affamé qui l'attend en grande impatience ?

« Quinze ans, songea le roi, et elle parle déjà comme bonne putain. »

Pourtant, il savait qu'avec cette jeune fille, il n'aurait point d'ennui car son épouse Marie de Médicis ne trouvait pas à redire, et même encourageait ses aventures pourvu que les maîtresses ne fussent ni intelligentes, risquant de le faire réfléchir à ce qu'il ne fallait point, ni trop ambitieuses, intriguant pour le séparer d'elle.

En cela, étonnamment, la reine montrait grande subtilité car à tenir serré et par la force mari auquel on ne souhaite point laisser faire certaines choses, celui-ci risque de se sauver tout de bon quand liberté contrôlée ne porte point atteinte à sûreté du couple.

Renonçant à s'amuser avec cette paire de fesses peut-être trop complaisamment offertes, le roi s'allongea sur le dos, mains derrière la nuque.

Déconcertée, la jeune fille se mit à genoux et observa le roi d'un air défait. Elle jouait gros, et ne l'ignorait pas, car qui s'attachait en le lit la reconnaissance royale pouvait recevoir rentes et châteaux. Et bien davantage en enfantant bâtard royal.

Elle l'ignorait, mais Henri quatrième avait suivi ses pensées. Il se trouvait hors l'illusion d'être aimé pour lui-même, sachant bien que s'il n'était point roi, il serait seul en son lit.

La très jeune fille lui fit pitié, aussi expliqua-t-il :

— Je suis ce soir fatigué.

Cependant, pour elle, il n'était point question de renoncer si vite et elle s'attarda sur le bas-ventre du roi.

Curieux de ses talents, le roi laissa faire. Mais de talent, il n'était point, aussi songea-t-il de nouveau aux affaires du royaume et à cette question lancinante : Nissac allait-il réussir cette fois encore ?

78

La pluie avait cessé.

Un vent puissant chassait de sombres nuages et la nuit devenait très claire sous l'effet d'un magnifique clair de lune.

Une lune superbe, ronde et étincelante.

La comtesse de Nissac fut la première à y songer, et fondit en larmes sans qu'on y puisse porter remède car, le mot passant très vite, des officiers Sousseyrac, Fey des Étangs et Valenty jusqu'aux marins et soldats sans oublier le seigneur Yasatsuna, tous éprouvèrent profonde tristesse et désespoir en revoyant par la force du souvenir image du comte de Nissac ôtant son beau chapeau à plumes pour saluer avec grâce celle que, tel qu'en le temps où il était petit enfant, il appelait « Dame Lune »et qui ce soir avait perdu un ami.

Jean-Sébastien de Sousseyrac grimaça.

— Il n'est point de bonne justice que notre amiral soit mort et que nous ayons laissé son corps sous les ruines du Fort du Feu car pas un d'entre nous ne le valait.

Martin Fey des Étangs secoua la tête avec résignation.

— Qu'un autre s'enferme seul en la poudrière pour faire sauter le Fort du Feu, nous permette d'échapper et ouvre la voie à l'armée du duc de La Force, monsieur l'amiral ne l'eût jamais permis. Toute sa vie il fut le premier à prendre l'épée et le dernier à la remettre en son fourreau. Le premier debout et le dernier couché. Et quand vivres manquaient à bord, le seul à dire qu'il n'avait pas faim pour le bénéfice de ses marins.

Sousseyrac, il était ainsi, vous le savez, et c'est la raison pour laquelle nous l'aimions tant et sommes si désespérés.

Se retenant de déraper sur l'étroit sentier menant à la rivière Bidassoa, le baron de Valenty soupira :

— Ce que je n'oublierai pas, dussé-je vivre mille ans, c'est vision de l'amiral de Nissac, indifférent aux boulets qui le frôlaient quand tous baissaient la tête, debout sur la dunette, ses yeux gris posés sur navire ennemi comme s'il voulait l'envoûter par la force de son regard.

Le silence retomba, chacun perdu en l'évocation de l'amiral disparu.

On approchait de la rivière lorsqu'un marin qui avançait en éclaireur revint vivement sur ses pas :

— Un homme, seul !... Je n'ai pas osé tirer car il est sur la rive française de la Bidassoa.

Tous approchèrent et, se trouvant sur la rive espagnole de la rivière, restèrent pétrifiés par spectacle qui les fit un instant douter de leurs yeux.

Et semblable chose, assurément, ne se peut croire que lorsqu'on la vit soi-même car affaires de l'au-delà sont difficiles à démêler en les croyances de chacun.

Mais ce que tous voyaient en cet instant, et qui devait demeurer une des plus belles images de leur existence, leur ôtait même la force de bouger ou de parler car chacun craignait qu'un mot, un souffle, ne dissipe cette apparition.

Et puisqu'il faut finir enfin par tout dire, car attente est mauvaise pour le caractère en cela qu'elle irrite les nerfs des impatients, image que ceux du *Dragon Vert* avaient sous les yeux, pour nouvelle qu'elle soit en ces circonstances, leur était cependant familière.

Ainsi, sur la rive française de la Bidassoa, se découpant parfaitement en silhouette sombre sur fond éclatant de pleine lune, un homme ne prêtant nulle attention aux arrivants, et tout ruisselant de l'eau de la rivière qu'il venait de traverser à la nage, lissait d'un geste élégant plumes mouillées de son chapeau de feutre marine.

Trois longues, fournies et ondoyantes plumes vertes, bleues et blanches comme on n'en avait connu qu'au plus vaillant des amiraux qui fût au monde.

Puis l'homme tourna la tête. Son regard chercha et trouva immédiatement celui de la comtesse de Nissac. Alors, jetant son chapeau sur le sol, il plongea en la rivière qu'il venait de traverser mais Isabelle de Nissac, qui ne craignait point de se mesurer à l'amiral en le domaine de la passion, plongea elle aussi depuis la rive espagnole si bien qu'ils se rencontrèrent en le mitan de la rivière Bidassoa, échappant ainsi au temps qui efface tout car choses si belles ne vieillissent pas ni ne meurent jamais.

Ils échangèrent long baiser passionné tandis que le courant les ramenait vers la France.

— C'est le diable en personne et il est notre chef !... murmura jeune marin que semblable croyance semblait plonger en un état proche de l'extase.

Car, stupeur passée, ceux du *Dragon Vert* acclamèrent le couple et monsieur de Sousseyrac, souriant d'une oreille à l'autre, glissa à Fey des Étangs :

— L'amiral est immortel, je vous l'avais bien dit.

— Vous ne m'avez rien dit de pareil !... protesta Fey des Étangs.

— Fussent-ils deux cents à l'assiéger en un fort inexpugnable, garnison ne pouvait venir à bout de l'amiral, comme bien je vous en avais donné l'assurance.

Fey des Étangs s'insurgea de nouveau :

— Jamais vous ne tîntes tels propos !...

Sur la rive où ils s'étaient hissés, le comte et la comtesse de Nissac, ruisselants, s'embrassèrent de nouveau et ceux du *Dragon Vert*, abandonnant le matériel lourd ainsi que le recommandaient les officiers, traversèrent à leur tour à la nage la Bidassoa.

Nissac, souriant, les accueillit en disant :

— Ah çà, messieurs, m'auriez-vous si vite enterré ?... Les Nissac ont la mer pour linceul et point les décombres, ne l'oubliez pas.

Lorsqu'on se fut enfoncé davantage en territoire du royaume des lys, à l'abri d'une contre-attaque espagnole et peu avant de récupérer les chevaux, Nissac expliqua raisons de sa surprenante survie malgré l'explosion du Fort du Feu :

— Je me trouvais en la poudrière bien close, résigné à

mourir, mais les Espagnols, s'aidant sans doute d'une forte poutre, tentaient d'enfoncer la porte. N'étant point en la bonne assurance que la porte résisterait à si furieux assauts, j'entrepris de déplacer tonneaux de poudre pour les installer derrière, afin de la consolider. Et c'est sous un de ces tonneaux que je distinguai dalle avec un anneau. Tirant sur celui-ci, je fis découverte d'un escalier menant à longue galerie – on ne m'avait point informé de son existence. La torche à la main, j'en compris immédiatement le sens ayant passé mon enfance à explorer les vastes souterrains du château des Nissac à Saint-Vaast-La-Hougue. Le passage allait en ligne droite, meilleur à la pratique que les sentiers de montagne. Il débouchait au bord de la Bidassoa, où j'arrivai avant vous.

Il se tut un instant, réfléchit, et reprit :

— Certains penseront peut-être, eu égard aux nombreux morts...

Il hésita un instant et poursuivit :

— N'ayez point de regrets de la destruction du Fort du Feu car c'était là redoutable invention, architectes espagnols ayant grand talent. En effet, en la conception des souterrains, garnison pouvait attaquer par surprise assaillant sur ses arrières, lui infliger lourdes pertes et regagner l'abri de sa forteresse.

— Mais n'avez-vous point manqué de temps ?... demanda Valenty.

— Il s'en est fallu certainement de bien peu que je ne disparaisse dans l'effondrement général. Je courais et la voûte s'écroulait à mesure derrière moi, parfois à moins d'une toise.

Bientôt, ils retrouvèrent ceux qui gardaient les chevaux et qui tressaillirent en voyant hommes du *Dragon Vert* placer leurs morts en travers des selles de leurs montures.

Puis, à vive allure, la petite troupe gagna l'endroit où attendaient les barques.

On leur fit fête sur *Le Dragon Vert* car, comme toujours en ces affaires, ceux qui ne sont point directement en l'action, qui a pour avantage de distraire de la peur, ceux-là sont davantage portés à l'angoisse.

Cependant, cette fois encore, la joie se trouva ternie

par le fait que les survivants ramenaient avec eux sept cadavres, l'un s'étant noyé en le passage de la Bidassoa, deux ayant été tués lors de l'attaque du dortoir, deux autres sur la barricade et les deux derniers ayant succombé à leurs nombreuses blessures.

Nissac prit alors décision qui lui coûtait mais, dépassant sa personne, engageait chose importante : ne pas céder à la peur, aller droit au sud.

En effet, il avait réussi la double mission dont il s'était trouvé chargé par par le roi et que beaucoup considéraient encore voici peu comme des plus délicates, sinon impossible : en temps très court, la double destruction de la Flotte du Nord au sud du Danemark et celle du Fort du Feu sur les Pyrénées. Ainsi, l'Espagne paraissait attaquée partout et toujours battue.

Mais l'amiral connaissait suffisamment les hommes en général, les Espagnols en particulier et Philippe III tout spécialement pour ne point ignorer que pareil affront ne lui serait jamais pardonné.

Déjà, à bride abattue, des messagers devaient galoper vers l'Escurial où la première des mesures prises consisterait à édifier infranchissable barrage en le détroit de Gibraltar. Quitte à aligner dizaines de vaisseaux, l'Espagne, humiliation pour humiliation, allait interdire la Méditerranée au *Dragon Vert* qui n'y pourrait jamais retourner.

Et au fond, rien n'obligeait le comte de Nissac à mettre le cap sur Toulon. Rien, si ce n'est l'honneur. Le sien, certainement, mais aussi celui de la marine de guerre et du royaume des lys.

Il tenait pour certain qu'obligé de contourner l'Espagne, il laissait le temps à ses ennemis de s'organiser mais savait également que plus il ferait diligence, moins les Espagnols pourraient aligner de vaisseaux pour lui barrer le détroit et le couler.

Bien qu'il fît encore nuit, mais profitant de la pleine lune et de vents favorables, il fit hisser toutes les voiles et ordonna la route au sud.

79

Philippe III d'Espagne regarda avec incrédulité le jeune général encore gris de poussière qui lui faisait face.

Puis, le saisissant violemment au col et le secouant :

— Répétez !...

Le général connaissait le monarque. Il parla donc d'un ton uni, tentant de lui donner, au moins sur ce chapitre, bonne satisfaction sur ce qu'il pouvait exiger compte tenu de la gravité de la nouvelle :

— Des Français ont franchi la Bidassoa de nuit, à la nage, et ont investi le Fort du Feu par l'arrière. Ils étaient environ une trentaine commandés par un homme grand et mince coiffé d'un chapeau à plumes vertes, blanches et bleues. Les deux cents hommes de la garnison sont morts dans l'explosion du fort. L'unique survivant, celui auquel j'ai parlé, gravement brûlé, n'est point en l'état d'être transporté.

Philippe III hocha la tête, retrouvant peu à peu son calme en grand monarque toujours capable de cacher ses sentiments et dissimuler ses émotions.

Il savait trop bien qui était l'homme au chapeau à plumes et n'avait point besoin de ce détail pour l'identifier : l'audace de l'opération en indiquait l'auteur.

Nissac !...

Oh, comme il haïssait cet homme !... Et comme il l'admirait, le haïssant davantage encore de susciter en lui pareil sentiment. Qu'était la vie de cet amiral, aussi heureux en ces combats sur terre que sur mer, fils chéri de l'audace et de la victoire ?... Qu'étaient ses joies, ses peurs, ses frissons et le souffle doux et sucré de la liberté d'aller, d'entreprendre, de vaincre ?... À la comparer en tout cela à celle de l'amiral français, Philippe III d'Espagne trouva sa propre vie bien étriquée.

Il soupira.

Il fallait tuer Nissac à tout prix. Pour l'honneur de l'Espagne qu'il avait offensée mais aussi pour raison plus secrète qui était que cet homme, par sa vie libre, donnait bien fâcheux exemple. Faisant rêver les monarques aujourd'hui, demain ce serait le peuple, et ceux qui rêvent de liberté finissent par se toujours révolter.

— Qu'on convoque les amiraux. L'amiral français va vouloir regagner la Méditerranée. Il ne doit absolument pas passer. L'épave du *Dragon Vert* et les os de son équipage doivent trouver dernière demeure à proximité des côtes d'Espagne. Allez !...

Le jeune général salua et s'éloigna rapidement pour remplir sa mission. Secrètement, il se réjouit de n'avoir point servi Dieu, le roi et son pays en la marine, mais en l'armée.

N'étant point encore averti, on n'avait pas réagi en le port de La Corogne, et pareillement aucun adversaire ne se présenta venant des côtes du Portugal. Cependant, ce calme ne rassurait point le comte de Nissac tandis que *Le Dragon Vert*, toutes voiles dehors, approchait du cap Saint-Vincent. L'ayant doublé, il lui faudrait virer à quatre-vingt-dix degrés en direction du Levant et entrer en cette sorte de goulot qui s'allait rétrécissant de plus en plus pour mener au détroit de Gibraltar.

C'est là, bien entendu, qu'on l'attendrait, en cet endroit de grande étroitesse où côtes d'Espagne et d'Afrique sont si proches qu'elles se touchent presque.

Le comte de Nissac avait peur. Comme toujours avant les batailles. Une peur qui lui glaçait le dos, lui serrait le ventre et desséchait la bouche. Comme toujours, il doutait. Il avait tenté de penser à tout pour limiter l'imprévu porteur de défaite, mais peut-on penser à tout ?... Et comme toujours, le plus difficile, peut-être, il devait dissimuler sa panique à tous, paraître ce qu'il n'était pas, afficher cet air lointain, inexpressif, d'une froideur de banquise quand son sang bouillonnait dans ses veines, que son cœur roulait du tambour, quand ses phalanges blanchissaient à force de serrer la poignée de son sabre.

Mais cela, il le devait à son équipage car si ses hommes doutaient de leur chef, ils perdaient la bataille et la vie par la même occasion. On lui faisait confiance ?... Ah, plutôt mourir mille fois que de trahir sentiment si émouvant !... Au reste, dès le premier boulet, cette peur, par grande chance, s'envolerait sans qu'il y fût pour quelque chose, ne sachant à qui, à quoi, adresser sa reconnaissance.

Il savait que ses hommes auraient préféré être poursuivis qu'attendus. En le premier cas, l'ennemi est derrière et on le surveille. Dans l'autre, on ne l'a point encore vu, ce qui paraît plus redoutable.

Nissac avait passé beaucoup de temps à réunir ses artilleurs, ceux de bâbord comme de tribord. Tous l'admiraient profondément comme marin mais aussi comme canonnier où il se montrait le meilleur d'entre eux. Mais décidément ce qu'il leur demandait, cette fois...

La comtesse vint le rejoindre sur la dunette. Il la prit par la taille et tous deux regardèrent silencieusement la mer.

Avec cette finesse qu'ont si souvente fois les femmes, et que ne remarquent hélas pas toujours les hommes, Isabelle évitait de parler du combat à venir, sentant que Thomas ne le souhaitait pas.

Ayant bonne conscience de la chose, il lui en sut gré.

Cependant, la jeune femme ne s'interdisait point les autres sujets car, outre qu'il était son amour, le comte de Nissac se trouvait homme avec lequel on pouvait parler de toutes choses. Or, en la vie de la comtesse, cela n'avait jamais été le cas, que ce fût avec ses cinq frères ou plus tard avec son éphémère époux.

Elle aimait parler de ce que le hasard ou la fantaisie lui faisait un instant passer en l'esprit comme elle appréciait infiniment que le comte, homme intelligent et de grand savoir, prît chaque fois quelques instants pour réfléchir à ce qu'elle venait de lui dire et apportât réponse qui élargissait l'entendement qu'elle avait de la vie et des choses humaines. Elle y voyait une forme de respect, ce respect et cette galanterie qu'il continuait à lui prodiguer à chaque instant quand tant d'hommes, sitôt mariés, traitaient leur épouse tel qu'ils ne l'osaient point avec leur chien.

— Imagines-tu, si nous ne nous étions point rencontrés ?

Sur sa taille, elle sentit légère pression de la main du comte de Nissac.

— Nous devions nous rencontrer.

— Comment sais-tu cela en si forte certitude ?

Son regard croisa les étranges yeux gris légèrement amusés de l'amiral.

— Raison que tu ne croiras point, belle amour, et tu auras tort, mais en toutes ces longues nuit de ma vie à regarder les étoiles et saluer « Dame Lune », celle-ci me l'avait dit, ou plutôt confirmé.

— Qu'avait-elle dit encore ?

— Que nous serions heureux. Que nous aurions un fils et que la mort ne nous séparerait point d'un long temps.

— La mort ?

Il lui caressa le menton d'un geste tendre et d'étonnante légèreté puis, toujours très souriant :

— Belle amour, la mort est chose inéluctable. Fuir pareille réalité est aussi vain que fol. Et le prix des instants de grand bonheur qui nous unit vient aussi du fait qu'ils ne sont pas éternels

— Comment ?... Quand ?... demanda-t-elle en grande inquiétude.

Il lui sourit.

— Je mourrais par traîtrise avec tous mes officiers,

mes hommes et *Le Dragon Vert* qui s'enfoncera pour toujours en les eaux noires d'une mer très lointaine... mais cela n'arrivera que dans dix ans. La chose me fut dite quand j'étais jeune officier par un vieux Crétois qu'en son île tous respectaient et qui me promit la gloire, la victoire, l'ingratitude des rois, un amour exceptionnel et, après dix ans de ce bonheur, traîtrise qui vaudrait explosion par poudre du *Dragon Vert* en une mer pourtant vide d'ennemis.

Il réfléchit, un instant rêveur :

— Qui sait, un espion de Philippe III ?

Il s'ébroua et reprit :

— Je répétais tout cela à « Dame Lune » et sais-tu quoi ?... Elle fit aussitôt éclipse que rien ne laissait prévoir. Cela me troubla fort puis je compris qu'elle confirmait ainsi prédiction du vieux Crétois.

La comtesse fut atterrée :

— Dix ans !... Mais c'est si court !...

Il la serra contre lui, caressant d'une main douce les cheveux blonds.

— Dix ans, c'est au contraire toute une vie !... Certains traînent longuement existence où ils ne connaîtront pas même une minute d'amour et de bonheur. Pense à mes marins et soldats tombés au Fort du Feu ou au Texel contre la Flotte du Nord, souviens-toi comme certains étaient jeunes et ardents et songe que, s'ils sortaient à l'instant de la mort pour se voir promettre dix années de bonheur, ils seraient les plus heureux des hommes qui furent jamais au monde. J'ai vu... J'ai vu tant d'hommes mourir, tant de souffrances et d'horreurs que l'idée de vivre toute ma vie en les dix années qui viennent, toute une vie de bonheur et d'amour à partager avec toi en cette merveilleuse décennie, eh bien me voilà presque honteux d'être si heureux.

La comtesse trouvait court, trop court, ce délai de dix années heureuses mais l'instant d'après, dix ans lui paraissaient temps dont on pouvait profiter en étirant chaque seconde. Finalement, elle ne savait plus quoi penser, effarée à l'idée de la mort du comte, enivrée par l'idée de vivre dix années de bonheur elle qui, avant cette rencontre, pensait n'en pas même vivre un instant.

— Répète, je t'en supplie, ce que dirent le vieux Crétois et Dame Lune ?

Il s'écarta légèrement pour la bien regarder dans les yeux afin qu'elle mesurât sa sincérité.

— Que je rencontrerais l'amour. Que nous aurions un fils. Que nous serions heureux dix ans et que tu me suivrais vite en la mort.

Ils se regardèrent intensément et il comprit son désarroi :

— Parfois, je n'y croyais qu'à demi car d'amour, je n'en voyais pas même l'ombre. Puis tu parus... Alors, déjà troublé par toutes mes victoires qu'il avait prédites, je sus qu'il disait vrai. Je n'y vois rien qui soit triste, car il n'est point femme ni homme qui ne serait transporté d'allégresse en apprenant qu'il a dix merveilleuses années à vivre.

Elle devina, par instinct, qu'il ne lui mentait pas. Elle décida de prendre les choses ainsi qu'il le disait. Mais ces dix années, elle comptait bien les organiser avec le plus grand soin, seconde après seconde...

Henri quatrième, pour ne point changer ses habitudes, se trouvait au lit, cette fois avec fort jolie femme de trente ans, épouse d'un membre du Parlement, lorsque François de Bassompierre, qui seul avait accès à cette secrète alcôve – uniquement en cas de circonstances de première importance – parut.

— Ah, Sire, comme vous allez être en grande joie !...

Entendant ces paroles et voyant l'éclatant sourire de Bassompierre le roi donna claque sonore sur les fesses rebondies de l'épouse infidèle qui, nue, se trouvait en cet instant assise sur la virilité du roi, lui-même allongé.

La jolie femme se coucha sur le côté, décidant de

prendre compensation en écoutant les nouvelles qu'apportait ce fort beau gentilhomme tout en prenant soin de ne rien tenter pour dissimuler ses appas.

Bassompierre parla sans gêne :

— Sire, il a réussi !... Ambassade d'Espagne à Paris est en très grand affolement, et messagers envoyés en moult endroits pour qu'on donne version de grande fausseté sur l'importance de l'événement car en vérité, le Fort du Feu n'existe plus.

Henri quatrième s'assit en la couche.

— Qu'entends-tu par là ?

— Il n'y a plus pierre sur pierre au Fort du Feu.

— Ah çà, Bassompierre, je ne veux point être déçu, alors réponds-moi : la source de tout cela est-elle sérieuse ?

— La plus sérieuse du monde, Majesté : il s'agit de messager espagnol de l'ambassade chargé d'aller porter la nouvelle en Flandres. Mais contre belle bourse d'or, il a fait comme à son habitude détour chez votre lieutenant de police.

Le roi, encore à demi convaincu, se leva pour s'habiller.

— Dis-m'en davantage : que sait-on qui soit certain ?

— Groupe de trente à quarante Français, dont une femme et un chef militaire portant chapeau à plumes vertes, bleues et blanches...

— Nissac et sa jolie épouse !... coupa le roi, se prenant à espérer que tout cela fût authentique.

Bassompierre répondit :

— Qui d'autre, Sire ?

— Ah, poursuis, Bassompierre : comment a procédé ce diable de Nissac ?

— Il a ménagé avec intelligence nombreuses complicités religieuses sur place, mais l'audace est qu'ils ont traversé la Bidassoa à la nage, poudre sur les épaules et sabre entre les dents, en pleine nuit et sous la pluie.

— Comme j'aime à rêver que j'eusse pu en être !... Eh bien, Bassompierre, poursuis, je meurs de t'entendre !

En semblable excitation que son roi, Bassompierre reprit :

— Or donc, Sire, après avoir traversé la Bidassoa à la nage, ils ont investi le Fort du Feu mais par l'arrière, là où l'Espagnol ne redoutant nulle attaque montrait quelque négligence.

— Par l'arrière !... Ruse digne de Grec contre les Troyens !...

— Ils ont fait ainsi, Votre Majesté. Il y aurait eu violente bataille à l'intérieur du fort où Espagnols opposèrent très vive résistance. On dit que finalement, Nissac se serait enfermé seul en la poudrière qu'il aurait fait sauter avec lui, tuant les deux cents Espagnols de la garnison.

Le roi s'approcha de Bassompierre à le toucher et, soudain livide :

— Quoi, Nissac est mort ?

— Attendez, Sire !... J'étais déjà en route pour vous porter cette consternante nouvelle lorsque message arriva par pigeon du *Dragon Vert*, et qui disait le contraire.

— Que disait-il ?.... demanda Henri quatrième en grande agitation.

— Le message, de la main de l'amiral de Nissac, disait ceci, Sire : « *Omelette aux champignons espagnols réussie mais certains convives déçus par ce festin m'attendent en grand nombre à Gibraltar. Priez pour nous, car ils seront très difficiles à convaincre. Nissac, amiral.* »

— Pourquoi repasse-t-il Gibraltar ?

— C'est là tout Nissac, Sire, il est ainsi fait et c'est pour cela que nous l'aimons.

— Quelles sont leurs chances, Bassompierre ?

— Leur situation est désespérée, Sire.

— Qu'en savons-nous ?

— De partout, navires de guerre espagnols brûlent les étapes pour rallier Gibraltar. Des navires de renfort ont mis à la voile à Saint-Sebastien, Santander, La Corogne, Lisbonne, Cadix et d'autres ports du Ponant pour couper toute retraite au *Dragon Vert* s'il changeait d'avis.... Une puissante flotte de secours est déjà en route depuis Carthagène pour intercepter Nissac si par miracle il passait Gibraltar.

— Que peut-on faire pour eux ?

— Il n'est hélas rien à tenter, Votre Majesté : notre marine est inexistante et l'armée n'est pas encore prête. Nous ne devons pas bouger.

— Alors à quoi bon être roi si je laisse massacrer ceux que j'aime par toute cette meute ?... répondit Henri quatrième en profonde amertume.

80

Il fallait juger très vite de la situation sauf à ne le plus pouvoir faire jamais, étant mort.

Nissac estima le dispositif espagnol. Il le trouva intelligent, mais sans surprise.

Il prit petit avantage en cette très inégale bataille navale, comprenant qu'elle serait violent duel d'artillerie, et rien d'autre ; ce qui n'était point exactement l'entendement qu'en avait l'amiral espagnol. En effet, celui-ci massait troupes nombreuses sur les ponts quand Nissac envoyait le plus d'hommes qu'il fut possible en renfort aux canonniers du *Dragon Vert*.

Première différence.

La seconde, qu'on voudra bien comprendre comme un avantage qui n'était point négligeable, tenait au fait que l'amiral de Nissac avait une fois encore réussi à voler le vent à ses adversaires. Ceux-ci n'en étaient pour une fois pas responsables, se trouvant contraints d'attendre le comte de Nissac sans trop bouger quand le Français choisit de doubler le détroit au meilleur moment, alors que ses voiles se trouvaient gonflées d'un vent puissant qui ne faiblissait pas.

Seconde différence, donc.

Le troisième atout se trouvait en l'artillerie du *Dragon Vert* surclassant de loin toutes celles existant en la planète. Puissance, vitesse, modernité la caractérisaient. À quoi s'ajoutait un nombre supérieur de canons, dont plusieurs pièces lourdes, toutes sortant, neuves, des arsenaux de monsieur de Sully.

Troisième différence, à l'évidence.

Enfin, quatrième carte de l'amiral français qui devait stupéfier ses adversaires, avait été jouée quelques jours plus tôt même si ses effets ne devaient se faire sentir qu'en la bataille. En effet, à la grande surprise de ses canonniers, le comte de Nissac avait fait avancer ses pièces plus près du bord et profondément modifier les affûts. Ainsi, au lieu que les canons, en certaine fixité, forment angle de quatre-vingt-dix degrés avec le vaisseau, les pièces sur affûts roulant en balayaient cent quatre-vingts, permettant de tirer sur navire adverse bien avant d'être à sa hauteur puis de le poursuivre de ses boulets. Un changement si brutal en la conception de l'artillerie que nul n'osera le reprendre d'avant longtemps. Pour couronner tout cela, on avait installé deux canons vers l'arrière balayant angle de cent trente cinq degrés.

Quatrième différence, enfin.

Debout sur la dunette, l'amiral français compta quinze galions espagnols, ce qui annonçait combat désespéré. Une fois en l'histoire maritime assez récente, soit dix-neuf ans plus tôt, semblable cas s'était présenté lors de la guerre anglo-espagnole. En effet, en 1591, au large de Flores, dans les Açores, le *Revenge* avait affronté seul quinze galions espagnols, mais fut capturé après lutte acharnée.

Navires de Philippe III d'Espagne, aussitôt aperçue la voile du *Dragon Vert*, avaient adopté formation de trois groupes de cinq galions en file, chaque groupe ne se trouvant point à la hauteur d'un autre afin d'éviter de se tirer dessus. En outre, tel quel au débouché du détroit, navires espagnols, en ces trois axes, ne laissaient aucune chance d'évasion au bâtiment français.

Nissac, sur la dunette, observait les quinze navires de ses indéchiffrables yeux gris, son visage demeurant comme toujours inexpressif. Seul le second, Charles Paray des Ormeaux, avait été admis à ses côtés. Plissant les paupières en raison de sa mauvaise vue, il lança un regard au pavillon fleurdelysé du royaume de France. Pensant sa dernière heure venue, il murmura :

— Que Dieu aie pitié de nous et veille sur cet engagement.

À quoi l'amiral de Nissac, toujours immobile mais doté d'une très fine oreille, répondit :

— Cette bataille est sans doute une des plus complexes que j'aie connue, monsieur des Ormeaux. De grâce, n'y mêlons point Dieu qui n'a guère pour habitude de simplifier les choses.

Le second en demeura sans voix.

Sur le navire amiral de la flotte espagnole, le commandant en chef regardait avec des sentiments contradictoires *Le Dragon Vert* qui venait droit vers lui.

Il ne doutait pas un instant de l'envoyer par le fond, savait qu'il en tirerait gloire et fortune et cependant, fort curieusement, éprouvait quelque gêne à être celui qui mettrait un terme à cette légende qu'il avait devant les yeux.

En effet, à présent qu'il voyait le magnifique vaisseau français, ses voiles gonflées, ce dragon de proue en bois joliment sculpté et peint en vert, il songea que l'histoire, souvent plus sévère que les temps présents, se souviendrait peut-être de lui comme étant celui qui coula *Le Dragon Vert*, mais en s'y mettant à quinze contre un.

Il souhaita que la mise à mort du vaisseau de la marine royale française s'accomplît en les plus brefs délais.

Isabelle de Nissac vint rejoindre l'amiral et le second sur la dunette. Elle s'y glissa sans un mot, mais avec cette détermination qui souvente fois émanait d'elle, et touchait beaucoup l'amiral car la comtesse lui faisait alors songer à petite fille.

Peut-être pensait-elle que, malgré la prédiction du Crétois, elle allait mourir, et comment ne le point penser à considérer des forces si disproportionnées ?.... Ancrée dans cette croyance, elle avait revêtu fort belle robe de soie grise mouchetée d'argent avec un joli rabat et des manchettes de dentelles. Elle portait en outre bas de soie incarnat et était coiffée d'une toque de velours marine où se trouvait plume d'autruche noire retenue par une agrafe d'argent.

L'amiral lui parla d'une voix dure, que démentait absolument son regard tendre et amoureux :

— Vous trouver en cet endroit est chose fort dangereuse, madame.

— C'est donc bien ma place, à vos côtés.

Il ne tenta pas même de faire preuve d'autorité. En cela, le comte de Nissac avait opinion très différente de celle du temps où les femmes n'avaient point leur mot à dire, pensant au contraire qu'Isabelle, dont il admirait l'intelligence, pouvait en conséquence choisir de se trouver sur la dunette plutôt qu'en les ponts inférieurs où elle ne serait pas davantage à l'abri si le vaisseau venait à couler brusquement. Et le fait qu'elle fût une femme n'altérait ni en un sens, ni en l'autre, le jugement de l'amiral.

— Quinze vaisseaux... Comment vas-tu faire ?... demanda-t-elle, plus perplexe qu'anxieuse.

— Du mieux qu'il m'est possible.

— Tu as une idée sur ce combat ?

— J'ai une idée assez précise.

— Et tu t'en vas me la dire ?

— Bien sûr que non !

Il se tourna vers elle, lui sourit, et lui glissa autour du cou belle chaîne d'argent où se voyait magnifique diamant en table :

— Je voulais vous l'offrir pour fêter le premier mois passé ensemble mais la présence entêtante de galions espagnols a pour effet de hâter les choses.

Elle l'embrassa avec force et il éprouva quelque peine à s'arracher délicatement à cette étreinte, lui murmurant :

— Je t'aime.

Monsieur des Ormeaux, qui venait par pudeur de faire deux pas en arrière, se demanda pourquoi la guerre venait chercher querelle à l'amour si souvente fois en l'histoire des hommes.

L'amiral espagnol soupira d'aise : *Le Dragon Vert* avait choisi de passer entre la file de galions de gauche et celle du centre.

Coup heureux, car c'est sur l'aile gauche, précisément, qu'il avait placé ses plus récents vaisseaux, appuyant ainsi la croyance selon laquelle, en tout dispositif de bataille, il faut une aile plus forte qui enveloppe et écrase l'adversaire sur lequel elle se referme. Certes, le Français, en tous les cas, n'avait guère de chance d'échapper à la destruction mais pris entre la file du centre et celle de droite, les choses eussent été moins nettes : les navires de droite, plus anciens, beaucoup plus lents, dotés d'une artillerie imprécise et d'équipages moins combatifs, auraient dû conjuguer tous leurs efforts pour assommer suffisamment leur adversaire afin que la colonne du centre, arrivant juste après, achevât le travail en grande sûreté.

Le second se pencha vers l'amiral.

— La chance est avec nous !

— Si Dieu le veut...

Le second, un grand Espagnol aux larges épaules qui ne doutait pas un instant de la victoire, s'approcha davantage encore, afin que les autres officiers n'entendent point ses paroles :

— Y aurait-il place pour le moindre doute, monsieur l'amiral ?...

La question, étrangement, eut effet de libération sur l'amiral en cela que dite, elle existait, quittant limbes incertaines et sauvages de l'esprit.

L'amiral éprouva aussitôt les choses en plus grande clarté :

— Non, le doute n'existe pas et nous l'allons couler. Mais regardez-le...

Le second observa *Le Dragon Vert*, puis :

— Il est...était...vraiment fort beau. Fin, de belle race, et c'est grand dommage que nous ne le puissions capturer.

L'amiral espagnol eut un geste agacé :

— Tout cela est vrai, mais vous ne l'avez point regardé comme il convient. Voyez, il semble courir sur les flots, étrave ne pénètre point profondément en la vague comme nos navires... Oui, il semble courir sur la mer et telle vitesse paralyse en nous renvoyant à notre impuissance. Il faut prendre garde à cet effet. Voyez-vous, une des grandes forces de ce navire fut que, par sa grande vitesse, il semble dominer toujours, pouvoir s'éloigner, revenir, frapper où il veut, quand il veut. Avant de livrer bataille, *Le Dragon Vert* gagnait celle des esprits et cet amiral français qui le conçut a dû beaucoup réfléchir. Allons, préparons-nous car...

L'amiral, stupéfait, demeura bouche ouverte sans finir sa phrase car devant le nez de son vaisseau, *Le Dragon Vert* venait de virer de bord et une formidable artillerie, telle qu'il n'en soupçonnait pas même l'existence, ouvrait le feu

Sur le navire amiral, c'est-à-dire sur lui-même...

81

L'amiral espagnol, pourtant bon marin, fut totalement pris au dépourvu en voyant *Le Dragon Vert* couper horizontalement sa route en ouvrant sur lui un feu d'enfer.

S'il avait disposé de temps, mais ce ne fut point le cas, il se serait rassuré en se persuadant que son navire se présentant de face offrait peu de surface qu'on puisse attaquer hors la proue, le beaupré et peut-être le mât de misaine, premier des trois mâts.

Mais les choses ne se passèrent point ainsi qu'il l'aurait pu penser.

En effet, ayant nouvellement installé sa terrifiante artillerie balayant cent quatre-vingts degrés, c'est bien en usant de ce formidable avantage que l'amiral français fit ouvrir le feu sur navire qui, après quelques encablures, n'était déjà plus de face mais exposait dangereusement un de ses bords.

L'amiral espagnol fut stupéfait par la haute cadence de tir du navire français. Le temps de quelques soupirs, les trois mâts de son navire étaient brisés. Déjà, nouvelle salve ravageait le pont, pulvérisant pêle-mêle infanterie, débris de mâts et de voilure, celle-ci se teintant de rouge au contact des morts et des blessés.

Mais l'étonnement de l'Espagnol ne dura pas davantage, un boulet lui emportant la tête et l'épaule gauche, si bien qu'il ne vit pas son navire couler.

L'amiral-comte de Nissac, ordonnant qu'on écrasât sous le feu premier navire de la file du centre, n'avait point agi à la légère, reconnaissant fanion d'un navire amiral.

Et l'effet escompté se produisit bel et bien en cela que sur les autres navires espagnols, bataille à peine commencée, on se désespérait doublement. Ainsi, comme en toutes les armées du monde, on ressentit sentiment de panique en perdant le commandant en chef à quoi s'ajoutait la manière en laquelle s'était produit l'événement, le navire amiral étant pulvérisé en un temps si court que nul n'avait jamais rien vu de semblable, et pas davantage entendu parler de pareille issue en si bref délai.

Et c'est alors que le navire français, qui en cette courte bataille avait navigué perpendiculairement aux trois files espagnoles, changea brusquement de route pour aller parallèlement, et à courte distance, à la rencontre des galions de la file de droite qu'il allait ainsi remonter sur toute sa longueur, n'ayant que la mer de l'autre côté.

Agissant de cette manière, Nissac se trouvait protégé par ses proies du tir des deux autres files de galions qui, ouvrant le feu, auraient d'abord touché les leurs.

En outre, l'amiral de Nissac, du premier regard, avait noté la faiblesse des navires de la file de droite trop anciens, trop lourds, trop lents et peu aptes à une manœuvre de défilement.

Au côté de Nissac, le second commençait à comprendre les grands choix de son amiral, et comment il engageait ce combat, mais il ressentait certaine tristesse à ne le comprendre qu'au fur et à mesure, n'ayant point deviné la manœuvre.

La comtesse de Nissac, quant à elle, ne jetait que brefs regards aux vaisseaux ennemis, toute captivée par l'homme qu'elle aimait. Elle s'étonnait qu'il fût si tendre, délicat et passionné en les choses de l'amour, si froid, inflexible et rude à la guerre. Elle se trouvait en grande difficulté dès lors qu'elle tentait de superposer les deux images. En cet instant, où était-il, le comte de Nissac cette nuit encore penché sur elle en souriant, embrassant sa poitrine, s'attardant sur son bas-ventre, la caressant, murmurant choses belles et douces de sa voix grave ?

Sous son chapeau à plumes, les yeux gris et froids étaient d'extrême mobilité, notant détails qu'on ne saura jamais, prévoyant, spéculant, devançant à tout prix les choses. Le visage paraissait soudain de grande dureté, mâchoires serrées, narines pincées, et toujours ce regard dur où flottait un léger mépris : s'obligeait-il à mépriser son adversaire pour dès lors le mieux vaincre ?... Allait-il jusque-là en le traitement qu'il s'infligeait à lui-même ? Il parlait peu, ordres brefs, dits sèchement, qu'on répercutait aussitôt.

Elle le trouva sans pitié. Ayant repéré dès avant tout le monde cette colonne de cinq galions assez faibles en leur aptitude au combat, il ordonna à ses canonniers de les prendre aussitôt en tir d'enfilade.

L'adversaire se trouvait terriblement défavorisé par la position fixe de ses canons, quand le navire français les atteignait avant même de les croiser.

Ordres de l'amiral furent exécutés à la lettre et les cinq galions espagnols se trouvèrent simplement démâtés, Nissac ne s'attardant point à les achever. Canonniers espagnols, pour leur part, considérablement gênés en leur tir par le déluge de feu sortant des batteries du *Dragon Vert*, ne parvinrent qu'à endommager partiellement la voilure de celui-ci.

Et, alors que les capitaines des quatre vaisseaux du groupe centre et des cinq de la file de gauche allaient ordonner demi-tour pour lancer la poursuite, *Le Dragon Vert*, follement téméraire, les prit de vitesse à la stupeur générale.

Loin de s'enfuir, ce fut lui qui opéra demi-tour très sec. Une fois encore, tout avait été diaboliquement calculé car, au lieu de se glisser entre les deux files espagnoles, s'exposant à un feu croisé, Nissac avait choisi de se placer entre la colonne qui était au centre et la mer, ayant ainsi un flanc libre de tout danger. Les navires de gauche, eux, ne purent qu'infléchir leur route pour tenter, sans grand espoir, de rejoindre le Français.

Chez les capitaines espagnols, hommes de valeur, l'amertume dominait. Tous avaient le sentiment que le Français les avait joués, morcelant leurs forces, ne se trouvant jamais noyé sous leur grand nombre.

Cette fois encore, même cause produisit semblable effet car, tirant au-delà de lui, *Le Dragon Vert* n'avait qu'à remonter la file quand les malheureux canonniers espagnols, pour tirer, devaient attendre que le Français se présentât devant leurs canons.

Les ordres de Nissac, pourtant, étaient différents et, derrière leurs pièces, artilleurs du navire à fleurs de lys concentraient leurs redoutables tirs sur les gouvernails, tuant les timoniers, arrachant les gonds, brisant la barre de commande et « le crapaud » qui est pièce de fer reliant la barre à la manuelle. L'un des quatre galions, sans doute touché aux poudres, explosa quand les trois autres sans gouvernail se dispersaient en toutes les directions, tels des aveugles.

Malgré l'affolement, quelques canonniers espagnols firent feu, secouant *Le Dragon Vert* qui, ayant dépassé ses victimes, s'enfuit en effectuant longue boucle pour virer. De ce fait, il passa très au large de l'ancienne colonne de gauche dont les cinq beaux navires, intacts, n'étaient point encore entrés en la bataille.

Sans hésiter, capitaines espagnols donnèrent ordre d'entamer la poursuite car à cinq contre un, ils estimaient pouvoir encore en finir avec *Le Dragon Vert* et pousser cri de victoire qui atteindrait – qui sait ? – la côte, puis se répercuterait jusqu'à l'Escurial où Philippe III, anxieux, attendait des nouvelles.

On avait aligné une dizaine de cadavres sur le pont du *Dragon Vert* où le chirurgien s'affairait, devant soigner davantage encore de blessés.

Pendant ce temps, on réparait grossièrement toiles et bois sur le galion malmené par les tirs espagnols.

L'amiral de Nissac, quant à lui, observait, lointain et silencieux, les cinq galions lancés à ses trousses.

Avec intelligence, les capitaines espagnols aux navires groupés prenaient très fréquemment relais les uns des autres en tête de la formation, ce qui assurait grande vitesse à l'ensemble.

Paray des Ormeaux, Fey des Étangs, Sousseyrac, Valenty, Yasatsuna et la comtesse se trouvaient eux aussi serrés sur la dunette, tentant de n'y point occuper trop de place et tous observaient tour à tour l'amiral et les cinq puissants vaisseaux espagnols.

Des Espagnols, il n'était rien à penser sinon que, leurs voiles intactes, ils gagnaient inéluctablement du terrain.

De l'amiral, on n'aurait su que dire, son visage ne trahissant rien de ce qui pouvait occuper son esprit.

Aussi, les hommes présents ressentirent-ils grand soulagement lorsque la comtesse de Nissac, qui n'avait point froid aux yeux, osa ce que nul n'avait jamais osé sur *Le Dragon Vert* : parler à l'amiral tandis que, muré en lui-même, il observait l'ennemi et cherchait le difficile chemin menant à la victoire.

Elle s'exprima d'une voix charmante, presque joyeuse :

— Nous rattraperont-ils ?

Le comte de Nissac sursauta, en effet très surpris de ce qu'il pensait usage établi : qu'on ne le dérangeât pas quand il réfléchissait.

— La chose est certaine si rien n'est tenté.

— Il nous faudra alors combattre ?... insista la comtesse.

— Si tel que vous le pensez ils nous rejoignent, il faudra en effet livrer bataille.

La comtesse reconnut, malgré dramatiques circonstances, la lueur amusée en les yeux gris du comte. Et en fut troublée et, fort amoureuse, eût alors aimé l'embrasser et qu'il la prît dans ses bras.

Elle se contint cependant et, devinant par intuition

que, contrairement à tous ceux réunis sur la dunette, il avait trouvé solution, elle demanda :

— Je n'ai sans doute point posé la bonne question ?

Nissac sourit.

— En effet.

Elle lui rendit son sourire.

— Bien. Autre chose, alors : que faites-vous depuis près d'une heure, ne bougeant point ?

La voix de l'amiral se fit plus lointaine :

— J'observe la manière de naviguer de chacun de ces cinq capitaines.

— Et qu'avez-vous appris ?

— Il suffit pourtant de regarder : l'un d'eux est d'un caractère plus faible que les autres. Je dirais qu'il a peur.

Et en tel état vivait en effet ce capitaine espagnol qui aurait été fort surpris d'apprendre que son manque de mordant, que nul ne percevait en son entourage, n'ait point échappé, par infimes détails, à l'amiral de Nissac.

D'ancienne noblesse, ce jeune capitaine n'était pourtant point lâche mais c'était là son premier combat et le Français au terrible nom de *Dragon Vert* lui semblait navire surnaturel ayant équipage de diables. Jamais, et bien qu'il ait lu nombreux ouvrages de marine, il n'avait eu connaissance, en délai si court, de deux navires coulés et huit si défaits qu'ils se trouvaient immobilisés.

Le jeune capitaine, peu rassuré, venait à son tour de prendre la tête de la meute lorsque chose incroyable se produisit : *Le Dragon Vert*, qu'on pourchassait pour la mise à mort, effectua prompt et superbe demi-tour, très court, puis, tel un lion blessé, ce fut lui qui chargea fougueusement ses poursuivants.

Affolé, le jeune capitaine donna aussitôt ordre de dérober sur bâbord et la panique étant chose qui se communique fort rapidement, les quatre autres galions agirent de même.

Semblant parader avec superbe insolence, *Le Dragon Vert*, quoique très étrillé, fit alors un lent demi-tour ponctué d'une salve de victoire puis, fleurs de lys au vent, il mit le cap sur Toulon en grande vitesse

Les cinq capitaines, dépassés, perdirent du temps à ne point vouloir être celui qui se placerait en tête pour reprendre la poursuite et firent tant traîner les choses que la traque devint impossible, le Français disparaissant à l'horizon.

Vingt minutes plus tard, la flotte de secours et celle de poursuite arrivaient presque ensemble, alignant dix-sept bâtiments venant des ports de Santander, La Corogne, Lisbonne, Cadix et Carthagène mais, devant les navires démâtés, ceux qui allaient sans gouvernail et cinq autres qui semblaient avoir déserté la bataille, les capitaines, soupçonnant Nissac de longer les côtes d'Afrique du Nord infestées de pirates, préférèrent renoncer à la poursuite alors que *Le Dragon Vert*, mutilé, eût certainement succombé sous le nombre.

82

Alors qu'il se trouvait à l'Arsenal en compagnie de monsieur de Sully, Henri quatrième accueillit la nouvelle que lui apportait François de Bassompierre avec émerveillement.

En cette occasion, il proféra grand mensonge :

— J'ai toujours su qu'il parviendrait à forcer le blocus et échapper aux Espagnols.

Bassompierre, qui avait été témoin du désarroi d'Henri quatrième, ne fit aucun commentaire, et pas un muscle de son visage ne bougea bien qu'il sentît posé sur lui le regard scrutateur de Sully.

Henri quatrième, s'adressant à celui-ci, lança :

— Voilà de l'or bien placé !

— Contre l'Espagne, l'or finit toujours par fructifier.

Car, malgré le succès de ces violentes échauffourées menées par le comte de Nissac, et qui contribuait, ainsi que l'action pernicieuse du duc de La Force sur la frontière, à préparer la guerre, la haine que Sully portait à l'Espagne catholique ne fléchissait point.

Le roi se tourna vers Bassompierre.

— Que sait-on ?

— Bref message du comte de Nissac arrivé à l'instant, Majesté : « *Merci de vos prières !... Sommes passés de justesse. Subi assez importants dommages. Rentrons Toulon. Nissac, amiral.* »

— Est-ce là tout ?

— De Nissac, oui, Sire. Mais, d'après notre espion à l'ambassade, les Espagnols ont perdu deux vaisseaux coulés, huit endommagés, cinq qui ont dérobé, et dix-sept qui n'ont point voulu entamer la poursuite.

Le roi, qui comptait rapidement, effectua courte danse de joie en frappant dans ses mains :

— Trente-deux vaisseaux contre un, et il leur échappe !... Ah, qu'on me donne cent Nissac et le monde entier est à moi !...

Heureux, il ajouta à l'intention de Bassompierre :

— Nous partons à l'instant pour Toulon et y serons avant Nissac car je le veux accueillir moi-même.

Sully, qui pour sa part n'envisageait point d'entreprendre pareil voyage, eut sourire malicieux.

— Sire, d'Épernon est en une pièce voisine où il m'attend pour toute autre affaire. Le voulez-vous voir ?...

Amusé, le roi approuva et bientôt d'Épernon fit son entrée, toujours à la façon d'un comédien pénétrant sur une scène de théâtre pour y jouer un rôle, se trouvant ainsi en la peau d'un autre. Épée au côté, botté, éperons aux talons, il salua, mélange d'arrogance et de servilité en parts égales car, bien qu'il fût cassant, autoritaire et franchement odieux semblant toujours savoir en grande détermination ce qu'il voulait, le duc n'était que perpétuels balancements et oscillations du caractère.

Le roi feignit air de gravité.

— Je suis fort aise de vous voir, d'Épernon, car j'ai grand besoin de vous.

D'Épernon sourit bassement, bien qu'il pensât : « Le porc hérétique empeste l'ail et pue du gousset[1] si tôt en la matinée. » Il affecta cependant air aimable pour répondre :

— Si je puis vous servir, Sire, disposez de moi sans hésiter car ce me sera grand bonheur.

Henri quatrième hocha la tête.

— C'est au Grand Amiral de France, que je m'adresse.

Très surpris, car il ne s'attendait nullement à pareille chose, le duc répéta :

---

1. Creux du bras.

— Moi ?...

— Quoi, vous n'êtes point Grand Amiral de France ?

— Certainement, Majesté.

— Alors vous devez m'aider à identifier curieux navire.

— Curieux navire ?... C'est qu'ils me semblent tous curieux, Majesté.

— D'Épernon, faites votre travail.

— Bien, Sire. Parlez, j'obéirai.

— Ce navire est en effet très étrange... Je soupçonne au reste qu'il s'agit de celui-là même qui incendia vos châteaux de Beychevelle et Cadillac, qui coula la Flotte du Nord espagnole prise en les glaces et qui vient, me dit-on, après mille autres forfaits, d'échapper à toute une escadre lancée à ses trousses par Philippe III, non sans endommager celle-ci. Sachant que ce navire est peut-être français, voyez ce qu'il en est.

Puis il sortit sans rien ajouter, laissant le duc d'Épernon en grande fureur car ayant appris de la bouche d'un homme qu'il haïssait que l'amiral de Nissac qu'il détestait venait encore de triompher.

Philippe III d'Espagne allait à pied, songeur, en son grand palais de l'Escurial. Grand cloître, jardins, bassins, rotonde de la fontaine, il ne voyait rien que ce messager qui arrivait, l'air sombre et grave, et en lequel il reconnut un de ses conseillers aux affaires maritimes.

Philippe III qui régnait sur le plus puissant empire qui fût au monde, si vaste que le soleil ne se couchait jamais dessus, devina que la nouvelle était mauvaise. Ainsi, on peut gouverner puissant royaume, soumettre des peuples, répandre la terreur en levant un sourcil... et ne point venir à bout, quels que soient les moyens qu'on y mette, d'un galion aux couleurs de France.

Les Français !... Tout viendrait d'eux, tôt ou tard, la

chute, ou plutôt le long engourdissement qui ferait du premier pays du monde puissance qui se refermerait sur elle-même et péricliterait. Telles étaient les choses, et Philippe III aurait pu en sourire, car tout l'or des Nouvelles Indes[1] ne pouvait rien pour permettre d'en finir avec un simple vaisseau de guerre.

— C'est un échec ?... demanda le roi d'Espagne d'une voix morne.

— Ils ont en effet échoué, Majesté.

— Où est le Français ?

— Il a doublé Gibraltar, franchi notre barrage en combattant et cingle vers la France. Sans doute Toulon, son port d'attache.

— Nos pertes ?

— Deux vaisseaux coulés, huit ayant subi grands dommages, Majesté.

— Le Français a-t-il été touché ?

— Assez gravement, Majesté.

Philippe III sentit qu'on ne lui disait point toute l'entière vérité et la chose l'irrita.

— Quoi, que n'osez-vous me dire ?... Et d'abord, n'étaient-ils pas quinze lancés à l'attaque ?

Le conseiller aux affaires maritimes, fort mal à l'aise, baissa la tête.

— Cinq n'ont point réagi, Majesté.

— Que voulez-vous dire ?

— Ils furent surpris, Votre Majesté. Ils poursuivaient *Le Dragon Vert* mal en point et gagnaient du terrain lorsque...

Il chercha ses mots n'imaginant point combien, ce faisant, il irritait davantage le roi qui dut prendre sur lui pour ne point hausser la voix.

— Parlez !...

— Quoique touché, *Le Dragon Vert* fit demi-tour et les chargea brusquement en telle détermination, agressivité et violence déchaînée qu'ils prirent peur, s'écartèrent et,

1. Amérique.

ayant perdu trop de temps, n'entreprirent point la poursuite.

— Que pensez-vous de cela ?

— La chose est vieille comme la guerre, Sire. Tous pensaient qu'en cas de combat le Français serait coulé mais qu'il entraînerait en sa perte bâtiments de Votre Majesté et nul ne voulait être de ceux-là.

Le roi hocha la tête puis :

— M'avez-vous cette fois tout dit ?

Le conseiller aux affaires maritimes regarda le roi. Il l'avait vu enfant, et le savait méfiant. Tout serait donc vérifié et il n'eût point été habile de lui mentir, ne serait-ce que par omission. Aussi ajouta-t-il :

— Détail humiliant pour notre flotte, Majesté. Ayant fait reculer nos vaisseaux, le Français, pourtant mal en point, est passé devant eux en insolente et provocante parade, tirant même une salve de victoire. C'est... C'est le détail qui me blesse le plus profondément, Sire.

Le roi d'Espagne se tut, l'esprit occupé par l'attitude du commandant du *Dragon Vert*. Attaquer alors qu'on est faible, paraître alors qu'on n'est plus rien, oser cette parade de victoire alors qu'on se savait par avance défait en cas d'affrontement, c'est par l'intelligence que l'amiral de Nissac avait gagné et contre cela, il n'est rien à faire.

Si ce n'est admirer, peut-être, lorsque, tel que Philippe III en le secret de son cœur, on fait passer la beauté en l'attitude avant les intérêts partisans.

— Qu'on traduise immédiatement ces cinq capitaines devant nos tribunaux au motif de lâcheté devant l'ennemi. Vous savez, j'espère, ce qu'à mes yeux entraîne ce genre de faute.

Le conseiller aux affaires maritimes prit mentalement note que le roi voulait un verdict de mort.

Mais Philippe III n'en avait point achevé, ajoutant :

— Ce *Dragon Vert* n'existe pas. Puisqu'on ne le peut couler, qu'on l'évite, on évitera ainsi le ridicule. Nous ne sommes pas, pas encore, en guerre contre la France et ce navire finira bien par payer.

Il hésita, et à mi-voix :

— Il payera. Dans cinq ans... Dans dix ans...Point par vengeance, au reste, mais en raison que, si l'Espagne veut survivre, elle doit toujours avoir le dernier mot.

Il hocha la tête, satisfait de ses résolutions, et poursuivit :

— La Flotte du Nord n'a point été détruite par l'amiral de Nissac mais les coques de nos vaisseaux furent brisées par le resserrement des glaces. Le Fort du Feu n'a point été détruit par l'amiral de Nissac mais par la maladresse d'un de nos canonniers en la salle des poudres. Quant à ces deux vaisseaux coulés et ceux qui furent endommagés, la faute n'en est pas à l'amiral de Nissac mais à flotte barbaresque trois fois plus nombreuse. Qu'il soit ainsi écrit dans les chroniques. Toute autre version colportée en les tavernes, ports, bordels et tout autre lieu par nos marins sera punie de mort. J'ai dit !

83

En le port de Toulon, le roi Henri quatrième, entouré de gentilshommes dont le gouverneur de Provence, attendait au milieu d'une foule joyeuse. D'après officiers de rapides petites embarcations côtières parties en reconnaissance, arrivée du *Dragon Vert* était imminente.

Il se présenta en effet aux environs de midi, sa haute silhouette grossissant d'instant en instant. En la foule, où attendaient femmes et enfants de marins, on n'aurait manqué pour rien au monde *Le Dragon Vert* s'en revenant de parfois très longues missions de reconnaissance et de destruction. Ses formes superbes, sa puissance et sa grâce, il était le joyau de la marine de guerre française, l'orgueil du port de Toulon et, lorsqu'il se trouvait amarré, qu'on fût charbonnier, perruquier, crocheteur ou porteur d'eau, dame d'honnête vie ou putain des « maisons de fillettes » comme on disait parfois en ce temps pour qualifier bordels, toutes et tous aimaient lever les yeux sur le grand navire qui semblait animal familier – mais toujours prêt à bondir – tirant paresseusement sur les câbles qui le retenaient captif.

Parfois, on emmenait parents en visite à Toulon voir *Le Dragon Vert* telle la grande curiosité du lieu. L'amiral de Nissac autorisait qu'on montât sur le pont et nombre de visiteurs et visiteuses ne manquaient pas de poser question sur les cercles blancs peints sur le beaupré, mât incliné qui surplombe l'étrave. On en comptait cent onze et, apprenant que chacun de ces petits cercles représentait une victoire, c'est-à-dire un navire coulé, le vertige vous prenait alors.

Pourtant, ce jour-là, tous ceux qui se trouvaient sur le port sentirent que le retour du *Dragon Vert*, pour victorieux qu'il fût, ne ressemblait point aux autres.

Et les plus vieux marins au cœur pourtant endurci, les soldats familiers de la mort, le roi lui-même, tous ressentirent grand peine en voyant l'état du vaillant *Dragon Vert*.

Les voiles se trouvaient criblées par la mitraille, certains trous n'ayant point encore été recousus. Le mât de contre-artimon, à l'arrière du navire, était brisé à hauteur d'homme. Des étais se trouvaient sectionnés, la civadière en lambeaux, des haubans, rabans et enfléchures en piètre état, la coque elle-même endommagée par des boulets... Et plus on regardait, découvrant nouvelles avaries, plus on devinait la violence de la bataille.

Enfin, à côté des couleurs royales en le grand mât, flottait très longue bannière noire de deuil à trente et un rubans de soie noire qui représentaient le nombre d'officiers, soldats et marins tués depuis le début de la mission en les glaces du Texel.

La foule, soudain anxieuse, chercha l'homme que toute la ville adulait et on le vit sur la dunette, visage fermé, ses yeux gris semblant refléter grande indifférence pour mieux dissimuler ses sentiments.

L'amiral de Nissac, auprès duquel se tenait la comtesse Isabelle, regardait le roi.

Celui-ci en fut gêné. Et d'autant plus qu'il ne se trouvait personne au monde auquel le monarque eût pu expliquer que cette longue mission considérée comme impossible avait jadis pour but la mort de Nissac et trouvait son origine en le malentendu de Fontaine-Française.

Mais le roi n'aurait pu être roi s'il s'était enfermé en la mélancolie, aussi ne voulut-il considérer que le bon aspect, des choses car, quels que soient deuils et chagrins, Nissac, qui représentait son roi et son pays, avait triomphé de tout et de tous d'éblouissante manière.

L'Espagne avait été gravement humiliée. Certes, elle demeurait toujours une très grande puissance, mais fragile devant l'audace et toutes les Cours d'Europe savaient, les agents d'Henri quatrième y ayant veillé, que la France n'était point étrangère aux malheurs qui frappaient Philippe III.

Enfin, *Le Dragon Vert* fut immobilisé à quai.

Vêtus avec grand soin, rasés de frais, les marins et soldats descendirent du bâtiment. D'abord vinrent ceux qui portaient les blessés sur des civières, puis arriva la troupe encadrée par ses officiers.

Ils défilaient en ordre impeccable au milieu d'un silence pesant, les talons des bottes frappant les quais. Puis, un marin distingua sa promise en la foule. Ils étaient tous deux très jeunes et s'aimaient très fort si bien que sans s'en rendre compte et en le temps d'un soupir, faisant un pas vers elle en lui adressant sourire et clin d'œil, le jeune homme venait de changer l'atmosphère du tout au tout.

Brusquement anxieux, le jeune marin se retourna vers la dunette et des milliers d'yeux suivirent son regard mais l'amiral de Nissac, un vague sourire aux lèvres, hocha la tête et à la gravité succéda aussitôt explosion de joie populaire. Par centaines, on jetait des fleurs sur les vainqueurs qui défilaient. Le roi, voyant ses rudes marins et soldats fleurir d'œillets les canons de leurs mousquets et arquebuses, ressentit très vive émotion en ce milieu qui était davantage le sien que celui des gens de Cour et il ne put empêcher que les larmes lui vinssent aux yeux tandis qu'il frissonnait de la tête aux pieds.

La vie et la beauté l'emportaient. Car quels que fussent les visages des soldats et marins, revenus victorieux et souriants des frontières du royaume des morts, tous paraissaient beaux.

À leur passage devant la tribune royale, les tambours qui allaient en tête battirent tandis que drapeaux et étendards s'inclinaient devant le monarque et que les officiers du galion tiraient l'épée.

Enfin, suivi des officiers qui lui étaient proches en l'amitié, c'est-à-dire Paray des Ormeaux, Sousseyrac, Fey des Étangs, Valenty et le seigneur Yasatsuna, on vit le comte de Nissac, amiral des mers du Levant, qui tenait la comtesse sa femme par la main, geste presque enfantin qui désarma tous les cœurs.

La jeune femme était rayonnante de beauté en une robe de velours bleu parsemé d'étoiles d'argent. Le comte était égal à lui-même, élégant et félin, les yeux gris légèrement ironiques, les belles plumes blanches, vertes et bleues de son chapeau ondoyant sous la caresse du vent.

Henri quatrième, qui le regardait avec tendresse, songea combien il eût aimé avoir pareil fils. Il ressentit amitié et profonde admiration pour cet homme qui cachait sous attitude hautaine sentiments de grande humanité, un homme qui aurait dû mourir vingt fois et s'en revenait victorieux, souriant et modeste. Il avait survécu à tout, triomphé chaque fois, et paraissait payé de tant de peines par la joie simple de revenir en son port d'attache en tenant la femme qu'il aimait par la main.

Bousculant la garde surprise, renversant une barrière, le roi se précipita et, sous les cris de joie de la foule et des soldats, il s'avança vers Nissac qu'il pressa contre son cœur.

Le roi n'avait accepté à sa table que le comte de Nissac, la comtesse et Bassompierre, au grand dépit de Guise, gouverneur de Provence.

C'était, de la part du monarque, idée fantasque mais, avisant maison sur le port avec vue splendide et petite terrasse ombragée d'une tonnelle de glycines, il avait demandé au propriétaire des lieux, un avocat, s'il consentait à prêter sa maison au roi de France le temps d'un repas avec ses amis.

L'homme crut défaillir de bonheur, lui qui précisément depuis le matin n'avait qu'un souhait, être remarqué du monarque.

Transpirant sous un chapeau de castor et un manteau de drap du Berry, il avait cédé les lieux avec mille grâces et le roi se trouvait en bonne satisfaction d'être ainsi à table face à l'amiral et sa belle épouse en ayant sous les yeux le très impressionnant *Dragon Vert* qui lui inspirait mille rêves et dont il imaginait les puissantes batteries crachant sur l'ennemi feu impitoyable.

Il faisait très beau temps, ensoleillé, agréable, ciel très bleu se trouvant vide de nuages, les glycines bruissant au-dessus des convives sous la caresse d'un vent léger.

Faisant venir les plats d'une excellente auberge, le roi avait tenu à ce qu'on lui serve les mets du pays. Il se délectait de cette cuisine assez relevée où ne manquaient point les épices et l'ail dont il raffolait, qu'on nichait ici jusqu'au cœur des légumes. Il voulut goûter plusieurs sortes d'huiles, d'olives, de noix, de chènevis ou de navette qu'on préférait un peu rance afin qu'elle eût davantage de goût. Enfin, on but le vin rosé, tel qu'on le trouve en Provence et sa fraîcheur ravit le roi.

L'appétit satisfait ouvrait le chemin, chez le monarque, à d'autres sens mais il s'efforçait de ne point trop regarder la comtesse, ni de se souvenir de ses fesses dont il avait, fort brièvement et à quel prix, éprouvé la fermeté. Au reste, pour tout à l'heure, il avait pris ses dispositions avec plantureuse femme d'armateur, le mari semblant le plus enchanté de l'hommage royal à venir.

Henri quatrième se sentait bien en compagnie de Nissac avec sous les yeux *Le Dragon Vert* qui tirait sur ses amarres tel cheval sur sa longe.

Pourtant, le roi n'était point certain que ce qu'il devait dire à l'amiral ravisse celui-ci mais, la chose étant inévitable, il ne voulut pas la différer davantage.

— Nissac, votre admirable aventure fut très remarquée partout en Europe, mais si nul n'ignore qu'on vous trouve derrière tant d'exploits, nous avons été assez habiles pour qu'on ne vous identifie point preuves à l'appui, sauf en l'affaire de Gibraltar où vous avez brisé le blocus mais de cela il ne sera sans doute jamais question car outre que l'escadre espagnole n'y paraît point sous un jour qui lui est favorable, nous pourrions plaider le bon droit puisqu'on vous interdisait indûment le passage.

— Je l'ai donc un peu forcé, Sire.

Le roi sourit et poursuivit :

— J'aimerais donc que ce que je m'en vais vous dire soit reçu de votre part tel un conseil, et non un ordre.

Le roi attendit un instant, mais l'amiral se garda bien de répondre, tel qu'il procéderait s'il envisageait de laisser venir.

Henri quatrième reprit :

— J'aimerais qu'on vous oublie un peu. L'agitation avec l'Espagne se poursuivra, elle dure déjà depuis quelque temps sur la frontière de Navarre, entretenue sur ma demande par le duc de La Force. Et, en cas de guerre, il violera la frontière sans grande difficulté car l'esprit des Espagnols n'est point bon, ceux-ci étant assez abattus depuis l'explosion du Fort du Feu...

Le comte de Nissac devina que le roi n'en avait point fini mais il crut cependant de son devoir de préciser :

— Sire, je comprends qu'il me faille me montrer discret quelque temps, mais point trop cependant, car projet funeste se prépare contre vous et l'on me dit que je pourrais être de quelque utilité en l'entreprise qui consiste à le vouloir déjouer.

— Je sais cela, Nissac, et que ce complot est beaucoup plus dangereux que ceux qui le précédèrent. Je sais également qui dirige forces qui le veulent faire échouer et où l'Église, puisque c'est elle qui me veut protéger en cette occurrence, tient le rôle principal. Je n'ignore pas que d'Épernon dirige cette bande de traîtres et d'assassins. Enfin, je ne doute pas que vous soyez excellent appoint mais il me serait agréable, je le répète, qu'on vous oublie quelque temps et que vous vous reposiez.

— Il en sera fait comme vous le souhaitez, Sire. Et jusqu'à quand Votre Majesté souhaite-t-elle que je me terre comme un rat ?

Henri quatrième rit franchement, Nissac se trouvant à cette occasion en mauvaise foi qui égalait presque la sienne :

— « Terrer comme un rat », c'est bien excessif !... Deux, trois, voire quatre semaines...

Il réfléchit et ajouta :

— Qu'on vous voie apparaître le 1er de mai et la chose est acceptable. Ne pourriez-vous mettre ce délai à profit pour apporter réparations au *Dragon Vert* en lieu discret ?

— Certainement, Sire.

Satisfait, le roi hocha la tête mais, étonné que les choses se passent en pareille facilité, il fut soudain pris d'un doute :

— À quel endroit songez-vous ?

— Lieu que j'affectionne, Sire, discret comme vous le souhaitez : l'île d'Aix.

— Mais c'est au large de Rochefort, en mer du Ponant.

— Tiens, c'est pourtant vrai !

Amusé, le roi poursuivit :

— Vous devriez, dès lors, repasser par Gibraltar ?

— Par surprise, sans être vu des Espagnols : la chose serait du meilleur effet, Sire, car l'apprenant, ils seraient très vexés.

Le roi, en son caractère, raffolait de ce genre de provocation. Il donna son accord, puis précisa :

— Sully vous fera parvenir mâtures, voiles, or, tout ce dont vous aurez besoin.

Puis, baissant légèrement la voix :

— Mais ne soignez point seulement votre navire... Nissac, je vous veux au mieux car je vais avoir besoin de vous : la guerre est imminente et je m'en vais vous dire pourquoi...

FIN DE LA TROISIÈME ÉPOQUE

QUATRIÈME ÉPOQUE

LA MORT D'UN ROI

84

MAI 1610...

L'homme aux cheveux rouges et à l'allure de vagabond, celui qui sur les mauvais chemins évoquait le diable, celui-là était âgé de trente-deux ans. Né à Angoulême, de taille élevée, le ventre gonflé et la corpulence imposante, il avait nez puissant et yeux au fond des orbites qui lui donnaient visage inquiétant.

Son père, greffier, était un ivrogne que le vin rendait violent et qui avait trouvé la mort aux côtés de partisans de la Ligue, qu'on nomme ailleurs la Sainte-Union.

Sa fort belle ville natale, défendue par de solides remparts, dominait la vallée. On y pouvait voir, au loin, le Limousin et la Champagne charentaise. Pourtant, à deux reprises, les huguenots avaient investi la cité. Ils y avaient rasé le clocher de la cathédrale Saint-Pierre en prenant soin de briser tous les vitraux fort anciens, incendié églises, chapelles, couvents et abbayes, cassé les sépulcres, violé les tombes, abreuvé leurs chevaux en les bénitiers.

Pour comble, les deux sœurs du jeune garçon s'en étaient vite allées vivre ailleurs si bien qu'à douze ans, il fut valet de chambre pour aider sa mère qu'il aimait avec déraison.

L'enfant n'avait plus l'entendement du monde. Trop de

violences et d'injustices, trop vite en sa vie, trop affreuses pour qu'il les puisse jamais oublier.

Bien qu'il fût jeune, il réfléchit et convint avec rage que ses malheurs avaient une cause unique. Que ce fût la mort de son père, la ruine de la famille, le triste état en lequel se trouvait la ville demi-détruite, le regard à jamais triste de sa mère tant chérie, il y fallait voir la main velue des hérétiques, ces huguenots qui amenaient en terre de France Sodome et Gomorrhe, la dépravation et le vice d'une nouvelle Babylone en insultant Dieu et ses fervents serviteurs.

Aussi, lorsqu'à la mort d'Henri troisième, succéda Henri quatrième, un de ces hérétiques cause de tous ses maux, fut-il saisi par la révolte et la haine.

Il se résolut alors à tuer le roi qu'il jugeait relaps et apostat et rien, jamais, ne le détourna de cette détestable pensée.

Mais, pour l'heure, l'homme regardait avec surprise les conjurés. Ils portaient de riches vêtements et masquaient leurs visages par étranges cagoules de satin noir tombant pour une extrémité sur les épaules quand l'autre, au-dessus des chevelures, s'achevait en un cône dont la forme lui sembla inquiétante.

Il remarqua aussi, non sans contrariété, qu'en la personne de deux des comploteurs se trouvaient... des comploteuses, vêtues l'une d'une riche robe en tissu de Hollande incrusté de pierres précieuses et rehaussée de dentelles de Brabant et l'autre d'une robe de satin noir de Milan brochée d'argent en manière de broderie.

Bien qu'il eût été mené céans les yeux bandés et sous escorte de quatre coupe-jarrets, et qu'il fût par ailleurs conscient de la gravité de l'heure, il dut retenir un demi-sourire lorsque celui qui paraissait le chef s'adressa à lui de sa voix sifflante. Car ce seigneur, ce très haut seigneur, avait pensé à se dissimuler, mais point sa voix, si bien qu'il reconnut sur l'instant le duc d'Épernon. L'homme n'était point un familier de la vanité mais, si tous ceux qu'on avait réunis en ce lieu secret étaient d'égale importance que le duc, il se trouvait en présence de l'élite du royaume des lys.

Distrait par ses pensées, l'homme prêta l'oreille aux paroles du duc d'Épernon :

— Tu as été choisi et c'est grand honneur pour toi, qui es homme du peuple. Dieu t'a choisi et, par les voies qui sont siennes, nous a fait savoir ce choix. C'est toi qui tueras l'hérétique qui s'est converti à notre foi en grande hypocrisie afin de la mieux ruiner. Il sème le doute et le trouble. Combien de bons catholiques égarés tolèrent à présent la liberté de culte aux huguenots maudits ?... Trop, bien trop !... Et c'est son œuvre !... C'est un tyran, le tuer est un devoir, ton devoir !... Le tyrannicide n'est point œuvre d'assassin !... Souviens-toi de Jacques Clément qui tua Henri troisième, ami des hérétiques, et combien le peuple l'aime, vénère sa mémoire et ne le traite point d'assassin mais de saint !...

L'homme entendait bien ces paroles. En toutes choses, elles allaient en le sens de ce que pensait déjà l'enfant dont la vie avait été détruite par ceux du parti huguenot menés par le renégat béarnais.

D'Épernon observa en grande satisfaction l'homme, qu'au fond il méprisait, mais qui hochait lentement la tête en situation de grand accord. Il reprit :

— Nous savons tout de toi. Qui tu es, d'où tu viens, ce que tu penses, ce que tu veux et pareillement ton magnifique destin dont tu ne sais pas même mesure !... Le peuple te vénérera tel un libérateur.

L'homme hocha la tête avec forte conviction.

Satisfait, le duc d'Épernon reprit en faisant tonner sa voix :

— Jamais, jamais, serais-tu martyrisé par le bourreau, tu ne dois parler ni livrer aucun nom !... Tu ne dois jamais te détourner de ceci : seul tu as décidé de châtier l'hérétique faussement converti. Absolument seul !...Tu n'as nul complice, nulle connaissance. Viendrais-tu à parler, nous te trouverions au fond des prisons les mieux gardées pour te donner mort infamante qui t'ôterait à jamais l'amour du peuple. Quant à ton âme... ta pauvre âme...

D'Épernon baissa la tête, comme soudain accablé,

puis, brusquement, il tendit un doigt vengeur vers l'homme et d'une voix de plus en plus aiguë :

— Alors tu serais maudit et damné en les siècles des siècles et jusqu'à la fin des temps !...

L'homme recula, pris de tremblements et ne pouvant dissimuler sa terreur :

— Non !...Non !... Jamais, jamais, messeigneurs !... Je ne parlerai jamais !...

— Alors va !

L'homme sortit.

Sous sa cagoule, l'ambassadeur d'Espagne ébaucha grimace qu'on ne lui pouvait voir et questionna :

— Vous lui donnez ainsi votre confiance ?

D'Épernon eut un geste de mépris au souvenir de l'homme aux cheveux et à la barbe rouges qui venait de quitter la pièce.

— Sa main ne tremblera pas. Ce fol ira jusqu'au bout de son destin.

L'ambassadeur demanda d'une voix froide :

— A-t-il un nom ?

— Ravaillac !...

Pendant ce temps, à quelques lieues de là, venait à cheval l'amiral de Nissac en compagnie de la comtesse Isabelle son épouse, de Valenty, Sousseyrac et du seigneur Yasatsuna.

Ils se rendaient à Paris, arrivant de l'île d'Aix. Paris où se devait jouer le dernier acte, non sans grandes surprises, de cette aventure.

À étapes moins rapides, et ayant revêtu tenues trompeuses d'un régiment de Bretagne qui n'existait point, allait l'équipage du *Dragon Vert*, moins dix hommes commis à sa garde en le port de Rouen où fut son chantier d'origine.

Ils se trouvaient sous les ordres de Paray des Ormeaux,

Fey des Étangs, le lieutenant d'Orville, ami de l'Église, et d'une douzaine d'autres officiers.

Nissac ne se sentait point en paix de l'esprit, n'étant pas certain, en ces complots et contre-complots qui tous se mêlaient les uns les autres, de bien comprendre la totalité des choses.

Une seule, hors la menace d'assassinat sur la personne du roi semblait acquise : on courait à la guerre qui sans doute serait la plus grande en le siècle.

Le roi lui avait ainsi révélé événement passé inaperçu des peuples, mais point des chancelleries d'Europe. En effet, un an auparavant, le vingt-cinq de mars 1609, était mort Jean-Guillaume de Clèves et au fil des mois s'envenimait la question de sa succession en les duchés de Clèves, Berg et Juliers qui occupaient situation unique, se trouvant être carrefour entre l'évêché de Liège, les Pays-Bas espagnols et les Provinces-Unies.

Aussitôt, prétentions s'étaient fait jour en Europe et, pour contrarier les Habsbourg, Henri quatrième avait aussitôt soutenu prétendants différents, et au reste beaucoup plus légitimes : le marquis Jean Sigismond, Margrave de Brandebourg, et Philippe-Louis, comte Paladin du Neubourg, tous deux, à la grande colère de l'Espagne, de la religion réformée.

L'Espagne ne voulait point céder, et ne cédait pas. La France demeurait inébranlable. On s'armait.

Ainsi, les préparatifs de guerre commencés en grande activité un an plus tôt allaient-ils aboutir en ce mois de mai 1610.

Côté Français, tout semblait en le meilleur ordre qui soit avec le duc de La Force bouclant les Pyrénées, le maréchal de Lesdiguières, à Lyon, n'attendant qu'un ordre pour envahir le Piémont et, à Châlons-sur-Marne, prête à se mettre en marche au premier roulement de tambour, formidable armée de cent mille hommes aux couleurs des lys de France qui devait culbuter irrésistiblement les Espagnols.

En un bref aparté, Bassompierre avait ajouté que le roi ne prisait guère que les Espagnols offrent l'hospitalité au prince de Condé, mari de mademoiselle de Montmorency, qu'Henri quatrième aimait à la folie bien qu'elle n'eût que quinze ans. Car, en cette affaire, le roi se sentait floué, ayant lui-même choisi l'époux de mademoiselle de Montmorency, ce prince de Condé qui, ce n'était nullement un secret, préférait les hommes aux femmes mais, sitôt marié, s'était opiniâtrement montré jaloux du roi au point d'enlever sa très jeune femme et de trouver refuge chez les Espagnols, bien entendu ravis de jouer ce mauvais tour au roi de France.

Nissac soupira et pressa son cheval, contrarié des nuages qui s'amoncelaient en le ciel de France.

85

Luc de Fuelde, abbé de Cour, cousin du baron Stéphan de Valenty et homme tout dévoué du futur duc de Richelieu par ailleurs évêque de Luçon, accueillit Nissac et les siens en l'auberge du « Poisson doré », proche de la rivière de Seine. Attablé en ce lieu, on pouvait voir les tours de Notre-Dame.

Lorsqu'ils furent restaurés, l'abbé les mena en un hôtel particulier qui serait leur base en le temps qu'ils resteraient à Paris pour tenter de porter coups sévères aux comploteurs.

L'hôtel particulier, situé rue Galande, eût nécessité quelques travaux notamment en la toiture mais précisément, du fait d'une certaine vétusté, on n'accordait point trop d'importance en le quartier à ceux qui y logeaient.

Au reste, Nissac se trouvait satisfait car, en cet endroit, il pourrait installer tous ses officiers tandis que de vastes écuries attendaient les chevaux.

Le comte fut heureux de retrouver « Flamboyant », son haut cheval noir et aveugle que les jésuites du Père Coton, confesseur du roi, avaient mené ici depuis la province.

L'amiral de Nissac, que ne quittait point la comtesse Isabelle, marcha donc ainsi avec l'abbé de Fuelde jusqu'aux écuries et s'enquit de l'endroit où serait cantonné l'équipage du *Dragon Vert*.

Luc de Fuelde hocha la tête.

— La chose fut difficile car c'est près de deux cents hommes qu'il fallait loger mais à la discrète demande du roi, vieux château en le Faubourg Saint-Jacques a été mis à disposition. Il comprend un vaste parc où l'on installe campement pour ce faux régiment breton. De cet endroit, sur cheval au galop, on peut se trouver en la cour du Louvre en moins de dix minutes.

Le comte de Nissac, soucieux, s'enquit :

— Mais à qui appartient ce château ?

Portant son regard vers les lointains, l'abbé répondit d'une voix que n'habitait point la passion :

— L'Église de France sait se montrer accommodante lorsqu'il s'agit de servir la couronne...

Isabelle de Nissac prit alors la parole :

— Eh bien parlons-en : comment voulez-vous qu'on la serve ?... Qu'attendez-vous de nous ?

L'abbé ne masqua point totalement son irritation qu'une femme fût si étroitement mêlée à ces choses. Mais il évita tout froissement d'orgueil par une réponse trop vive, choisissant cependant de s'adresser au seul comte de Nissac pour n'avoir pas à le faire à son épouse.

— L'idée d'une issue victorieuse ne préside hélas point à toute cette affaire. Le roi se trouve en la certitude qu'il sera tué, quoi qu'on fasse ou qu'on organise pour aller là contre.

L'amiral de Nissac, en raison de son caractère, n'appréciait point l'annonce d'une défaite avant même que combat fût livré. Et c'est un peu rudement qu'il questionna avec cependant une pointe d'humour :

— Pourquoi m'avoir fait venir, alors, quand les barbaresques du Levant doivent se languir de moi ?

L'abbé, qui observait une souris en la paille de l'écurie, sembla brusquement sortir d'un rêve.

— Monsieur l'amiral, que la chose soit dite une bonne fois : vous n'êtes point chargé d'empêcher l'assassinat du roi !

— Bien, mais qui s'occupe de cela ?

— La police secrète et... différentes forces que je ne

connais point toutes, bien que me trouvant près du cœur des choses.

— Vous commettez grave erreur en dispersant vos forces.

— Une erreur ?

— Non, une faute. C'est absurde.

— Absurde ?... Le mot est fort !

— Absurde et ridicule.

Nissac remarqua la souris grise et ajouta :

— Aussi ridicule qu'un crocodile rouge, un écureuil vert ou un merle bleu.

— Oh, un merle bleu, tout de même !... Un merle bleu : ah la vilaine petite horreur que ce serait là !... Et de surcroît, un volatile dépravé aux mœurs incertaines, la chose n'est point douteuse !...

— Laissons là ce merle bleu, je n'ai point de goût pour les histoires de volaille.

Nissac toussota et en revint à l'essentiel :

— Une fois encore : pourquoi m'avoir fait venir ?

L'abbé de Fuelde n'aimait point qu'on le pressât mais l'amiral l'impressionnait trop pour qu'il songeât à se dérober.

— Nous souhaitons que vous leur portiez de rudes coups, c'est notre seul espoir de déjouer le complot. Voyez-vous, si vous défaites une partie des conjurés, et en tout cas leurs troupes, ils se trouveront alors en un climat de grande incertitude qui ne sera pas propice à leur entreprise. Et peut-être les pourrions-nous alors faire renoncer... Oui, peut-être... Vous et vos hommes, seuls en ce cas, pouvez intervenir en grande rapidité et discrétion, et c'est bien de cela dont nous avons besoin.

— Et je dépendrai de vous pour savoir qui, quand et où je dois frapper ?

Le ton n'était pas de franche camaraderie, et l'abbé ne s'y trompa point qui adopta en retour ton de sucre et de miel :

— Mais, monsieur l'amiral, ce rôle n'est pas sans grandeur !...

La comtesse, qui n'y pouvait plus tenir, répondit la première :

— Il serait plus grand encore, ce rôle, si nous en savions davantage car la connaissance des choses ne nuit point à l'intelligence qu'on peut en avoir, si bien que les chances de succès paraissent dès lors plus grandes.

L'amiral jeta à la femme qu'il aimait regard où se mêlaient admiration et attendrissement et ce regard contrastait avec celui, très noir, de l'abbé qui répliqua froidement :

— Que voulez-vous savoir, madame ?

— La manière dont ils comptent mener l'affaire.

Luc de Fuelde porta de nouveau son attention sur la petite souris des plus charmantes qui, en la paille, se trouvait debout, se léchant les pattes avant. L'abbé tenait les souris en grande détestation mais moins, cependant, que les horribles merles bleus dont il venait de faire la découverte.

Il expliqua :

— Il y aura trois cercles d'acier et de mort autour du roi. En le premier cercle se trouve l'assassin qui a nom Ravaillac et que nous ne savons où chercher. Dans le deuxième cercle de métal et de mort, on verra un groupe de six ou plus qui, feignant la colère, tueront le dit Ravaillac après son crime afin qu'il ne parle point. Enfin, en le troisième cercle maudit, se rencontrera troupe de cinquante hommes, en les environs, vêtus en apprentis, crocheteurs, bateliers, compagnons, drapiers et tous métiers qui se puissent imaginer. Ces cinquante, si les choses ne tournaient point à l'avantage des comploteurs ainsi qu'ils l'ont prévu, se jetteraient sur la personne du roi en tuant hommes, femmes et enfants qui se trouveraient sur leur passage.

— Nous commencerons par ceux-là ! rétorqua sèchement le comte de Nissac qui ne détestait rien tant que d'annoncer ses plans mais voyait difficilement comment faire autrement.

— Si toutefois nous savons où les trouver et la chose

risque de dépendre de vous, monsieur l'abbé !... répondit Isabelle, plus glaciale que Fuelde n'avait été froid.

— Vous saurez cela !... affirma Luc de Fuelde.

Nissac en doutait, comptant davantage sur ses propres moyens. Il ajouta cependant :

— Je veux également qu'on me tienne informé.

— Vous savez tout, d'Épernon, l'ambassadeur d'Espagne et tous les autres.

— J'en veux davantage encore.

— Quoi d'autre ?... demanda l'abbé avec en le regard lueur ironique qui lui venait de la supériorité qu'il tirait de sa connaissance de choses que le comte ignorait.

Mais celui-ci et plus encore Isabelle étaient trop fins pour ne point saisir cet état des réalités et Nissac, opérant non sans logique, questionna :

— Par exemple, qui d'Épernon a-t-il rencontré dernièrement ?

— Un certain Lepeyron, qu'on dit avoir séjourné en Bohême mais qu'importe, c'est un demi-fol qui fut en le clergé et le quitta, dévoré d'une ambition que ne tempère que sa lâcheté. Quoi qu'il en soit, il pratiquerait messes noires et autres sortilèges qui semblent passion nouvelle du duc d'Épernon.

— Nous irons voir ce Lepeyron mais avant, je veux rencontrer monsieur de Richelieu.

Des rides de contrariété marquèrent aussitôt le front de l'abbé :

— La chose est bien difficile à arranger...

— Il le faudra bien, pourtant, ou mes hommes et moi rembarquons à l'instant sur *Le Dragon Vert*.

Luc de Fuelde sentit que l'amiral ne lâcherait pas sur ce point.

— Soit, j'arrangerai cela.

— Autre chose ?... demanda Nissac.

— Une dernière. D'après l'homme que nous avons introduit chez les conjurés, votre nom a été évoqué. Ils savent qui vous êtes, ce que vous avez fait pour le roi et peut-être devinent-ils ce que vous ferez. Il serait donc prudent que vous ne sortiez point seul tel que vous le faites ce jourd'huy.

Nissac sourit à Isabelle.

— Je ne suis point seul et l'épée de madame la comtesse en vaut bien d'autres, et des meilleures... Mais parlons encore de ceux qui dirigent ce complot.

En l'auberge de « L'âne mort », spadassins et jolies putains se tenaient légèrement à l'écart d'une table où, parlant à mi-voix, avaient pris place Dieulefit, qui commandait la bande, Levrault, qui le secondait en cet office, et Juan de Sotomayor, colonel de cavalerie envoyé par le roi d'Espagne pour tuer le comte de Nissac.

Le regard baissé sur un pichet de vin clairet, José de Sotomayor dit d'un ton sinistre :

— Le comte de Nissac est revenu en la ville de Paris avec quelques-uns de ses officiers. Les puissants seigneurs qui ont juré sa mort ont été très vite en besogne car nous savons déjà où logent l'amiral et Madame avec une poignée d'officiers.

— Quel est cet endroit ?... demanda Dieulefit sans marquer d'impatience.

— Hôtel particulier de la rue Galande. Une bâtisse assez délabrée.

Dieulefit et Levrault échangèrent un regard puis le chef de la bande de « L'âne mort » précisa :

— L'endroit est favorable à une embuscade car proche de la rivière de Seine où erre brouillard parfois tenace. En outre, on y peut accéder par le Pont-Neuf, la rue Saint-Jacques et la place Maubert, sans parler des petites rues perpendiculaires à la rue Galande. Mais la chose est risquée car, avec Jehan de Bayerlin, ce Nissac est la meilleure lame du royaume.

— Il faut donc ne lui laisser aucune chance et en finir

rapidement ! répondit l'Espagnol dont le caractère l'eût amené à préférer, et de loin, affrontement loyal.

Dieulefit, qui avait grande expérience des combats et des hommes, eut un vague sourire puis, non sans ironie :

— Rapidement, afin que votre âme noble ne se tourmente plus d'employer gens si vils que nous pour entreprise si abominable ?

Le colonel espagnol leva un regard farouche sur l'ancien marquis huguenot :

— Je n'ai pas dit cela, et ne le dirai jamais. Je ne vous trouve point vil, quel que soit l'état où vous avez choisi de vivre.

Dieulefit hocha la tête pour dissimuler son trouble, voire son émotion : il estimait cet Espagnol, et n'avait point l'habitude d'éprouver semblable chose pour ses employeurs.

Ainsi allait l'histoire en le royaume d'Henri quatrième où la canaille montrait parfois quelque noblesse quand la noblesse se vautrait en la fange. Mais en chaque camp, à l'ombre des fleurs de lys, poussait le lierre délétère de la trahison.

86

Vittorio Aldomontano, moine dévisagé souvente fois maudit, avait approché sa redoutable garde personnelle de Paris en vue de l'acte final où il comptait bien tromper les uns et les autres.

L'or ruisselait de ses mains, si bien qu'il ne lui fut point difficile de louer ancienne auberge entre Ivry et Paris, où il fit aménager les caves en cellules munies de barreaux. Les maçons et ferronniers employés à cette occasion trouvèrent la chose étrange mais outre qu'ils ressentaient grande terreur face à ce visage qu'on eût dit d'un cadavre fraîchement sorti de la tombe, les bourses qui leur furent offertes ne les incitèrent pas à souhaiter en savoir davantage.

Il serait dangereux de nier que l'ambrosien au visage et à l'âme pareillement repoussants possédait des qualités de tout premier plan. Ainsi en allait-il de sa vive intelligence jamais prise en défaut, de la grande maîtrise de lui-même qui toujours l'empêcha de céder à la panique, encore qu'elle ne parvînt pas à enrayer ses terribles colères, et enfin de son extraordinaire instinct.

L'instinct, avant tout, l'instinct !

Tout, en son être, criait déjà victoire et il savait sans en jamais douter que, cette fois, Henri quatrième périrait par le fer. Mais il savait aussi qu'allaient se heurter deux petites troupes qui n'auraient qu'un but, tuer ceux d'en face. Un combat feutré, à l'abri des regards du grand nombre, de ces foules vaines... Point d'appels, point de cris de joie ou de douleur, juste les gémissements des mourants et les grondements sourds de ceux qui porteraient les coups. De part et d'autre, des donneurs de mort obstinés, compétents et silencieux.

Il jeta un regard à ses trois loups-garous qui dévoraient à belles dents biche à peine cuite : ceux-là ne seraient point de trop pour le protéger car les hommes du roi allaient se montrer tenaces. Il ne craignait point la police secrète, qu'il avait habilement fait infiltrer par d'Épernon, mais ce comte de Nissac qu'il jugeait adversaire exceptionnel, d'autant plus dangereux qu'il ne recherchait ni or, ni honneurs, ni prébendes, ce qui ne donnait pas prise sur lui.

— Oui, il n'en est que plus à craindre !... maugréa l'ambrosien.

Le roi mort, Nissac ne renoncerait point à poursuivre ses assassins, moins par vengeance que pour servir la justice et la morale. Nul, alors, ne serait à l'abri de l'amiral et les puissants du « cercle des douze apôtres » pas davantage que les autres.

Le moine sans visage fut un instant distrait par « Rouge » qui mangeait sans grand appétit. La chose lui amena passagère contrariété car il voulait ses loups-garous en le meilleur état possible afin de le bien protéger.

Puis l'inanité de tout cela lui apparut. Le protéger ?... Il ne tenait pas vraiment à vivre, en tout cas à survivre à son œuvre. Tuer Henri quatrième ?... Certes, la chose aurait pu valoir pour la défense de la religion mais de religion, il n'en avait plus, tout ayant été si vite balayé ces derniers mois. Il ne croyait ni à Dieu, ni à diable, avec cependant un petit préjugé favorable pour ce dernier. Mais pour lui, après la mort, il n'était rien, si ce n'est la pourriture, l'état de momie, la poussière et le vide.

Ne demeurait que l'intérêt d'avoir imaginé pareil complot dont nul ne connaissait la seconde partie, d'avoir soigné les détails et allié en la circonstance puissants qui se haïssaient. Cet intérêt flattait son intelligence et suffisait à sa satisfaction. À quoi s'ajoutait le plaisir étrange, mais très vif, que l'histoire ne connaîtrait point le nom de celui sans lequel Henri quatrième aurait vécu, c'est-à-dire lui-même, mais d'un simple d'esprit appelé Ravaillac comme il s'en trouvait des milliers en le royaume des lys et dont le seul mérite aurait consisté en le fait d'abaisser un bras armé.

L'imposture qu'il créait là lui plaisait, il ne s'en lassait point alors que tout le reste, en sa vie, s'usait si rapidement pour le laisser malheureux, incertain et défait, suant d'une peur dont il ignorait la cause.

Même la mise à sac des villages, avec ses cortèges de meurtres, de viols et de vols ne l'amusait plus. Et pas davantage ces stupides curés crucifiés sur les portes des églises et brûlés vifs. Ils étaient sans finesse, semblables à des bêtes de somme, et leur ôter la vie n'ajoutait rien à la sienne.

Il eût aimé se convaincre que son visage hideux était la cause de sa lassitude de vivre. Las, dégoûté par la bassesse des hommes, il l'était dès longtemps avant que « Rouge » ne se jetât sur lui pour mordre en son visage.

Vivre, à quel profond ennui on l'avait exposé là ! L'eût-on consulté auparavant, il eût dédaigneusement repoussé pareille offre.

Il faisait frais en ce jour de mai et le peuple allait renfrogné à ses occupations.

La veille, un vol de corbeaux en très grand nombre au-dessus de la Seine avait jeté la consternation.

Ce jourd'huy, on disait qu'à Notre-Dame une chauve-souris avait plusieurs fois fait le tour de l'officiant, jusqu'à ce qu'il trébuche. Et d'autres signes encore, en les jours précédents, assombrissaient les cœurs, tant ils semblaient porteurs de malheur.

Mais d'autres, occupés en un obscur combat, n'avaient point le temps de s'arrêter à ces mauvais présages.

Ainsi, tandis qu'Isabelle attendait en un élégant carrosse que le roi avait mis à la disposition de Nissac, celui-ci pénétrait en l'église Saint-Médard où l'attendait Luc de Fuelde qui lui indiqua un confessionnal.

Après une brève hésitation, Nissac y pénétra. Il distinguait mal le visage derrière la grille, à peine ses contours d'assez grande noblesse. La voix était énergique et Nissac se douta qu'il s'agissait de celle de l'évêque de Richelieu que servait Luc de Fuelde.

Richelieu parlait rapidement :

— Vous connaissez la conspiration qui se trame et n'ignorez pas que vous seul pouvez sinon l'empêcher, puisque la trahison est générale, que nous n'avons point de temps et sommes à court de tout, au moins intimider ceux qui l'organisent. Je sais qui vous êtes, Thomas de Nissac.

— C'est là grand avantage car moi, je connais fort peu de chose de vous.

— C'est préférable... Nous avons peu de temps, comte, aussi irai-je en hâte pour mener mon récit. Au reste, Luc de Fuelde vous en a déjà entretenu et je sais que cette conversation n'a pour but que de vérifier ma bonne foi, pourtant totale

Il hésita un court instant et reprit :

— De tous les complots ourdis contre le roi, celui-ci est le plus grave car il mêle intérêts fort différents qui pour la première fois se rejoignent en un but commun : tuer Henri quatrième.

— Que n'allez-vous trouver Sa Majesté, même si elle sait cela ?

— Vous n'ignorez pas que Sa Majesté ne veut point entendre dès lors qu'elle apprend qu'on la veut tuer ou, si elle souhaite en parler, ce n'est pas avec moi. En outre, le roi ne m'apprécie point.

— Et vous êtes guidé par votre seul amour du prochain, c'est bien cela ?

L'évêque de Richelieu hésita, sentant la finesse du comte puis, d'une voix qui laissait deviner la colère :

— Certes. Mais ce n'est point tout. Attaquant le roi, ils

attaquent l'État et affaiblissent le pays. Cela, c'est inacceptable !

Richelieu attendit une réponse qui ne vint pas. Il en ressentit grande irritation, et plus encore de la devoir masquer, mais l'amiral de Nissac lui créait certaine gêne en cela qu'il dégageait une impression de force que rien ne semblait pouvoir altérer.

— Eh bien ?... demanda Richelieu.

— Sortons, cet endroit ne me convient point !... répondit Nissac en se levant.

L'évêque de Luçon dut s'incliner, sachant déjà qu'il se vengerait un jour de cette petite humiliation.

Dehors, une femme s'approcha que Nissac présenta comme son épouse. Richelieu la trouva jolie, bien qu'il évitât de la regarder plus longtemps en face. En outre, l'heure n'était point à cela. En effet, s'il voulait que Nissac le serve en son ambition d'apparaître comme un bon défenseur du roi, il le fallait d'abord convaincre.

— Amiral, ne me soupçonnez point de malice ou dissimulation. Je suis certes prudent, car l'ennemi est partout, mais à vous, je parle en grande franchise car vous avez ma confiance.

— Pourquoi ?... demanda le comte en posant sur lui le regard dur de ses yeux gris.

Richelieu s'était préparé à cette question.

— Votre loyauté à la couronne ne souffre pas le moindre doute. Et vous ne frémissez point de la qualité des comploteurs quand certains noms donnent le vertige.

Un léger sourire se dessina sur les lèvres de l'amiral.

— Nous avons, madame de Nissac et moi, quelque expérience du vertige.

Isabelle rougit, Richelieu également, mais il reprit néanmoins :

— Mettons les choses au pire lequel, étant donné l'apathie du roi, devient hélas le plus probable, et imaginons qu'il soit assassiné. Laissons alors de côté la profonde tristesse que susciterait pour vous comme pour moi pareil événement et voyons bien qu'après un tel acte, c'est l'image de l'État qui se trouve altérée. Henri troisième assassiné,

Henri quatrième assassiné, voyez-vous bien cela ?... Aurons-nous alors de peureux monarques terrés en leur donjon et n'osant prendre la moindre décision par crainte de déplaire et d'armer ainsi le bras d'un assassin ?

— Être roi, c'est accepter le pire.

Richelieu scruta les indéchiffrables yeux gris de l'amiral, mais baissa le premier le regard.

— Que voulez-vous dire ?

— C'est accepter de n'être point compris, ni aimé, et de vivre en grande solitude car un roi n'a pas d'amis, par devoir. C'est accepter aussi de déplaire, et d'être assassiné, car un roi ne doit avoir qu'une seule préoccupation qui est le bien public.

Richelieu regarda attentivement Nissac. Il aimait ces paroles, et pensa tout soudainement que ce qui se disait là d'un roi pourrait un jour valoir pour un premier ministre.

Il se félicita aussi que Nissac n'eût point d'ambition politique car entre son intelligence, sa haute naissance et son courage à l'épée, il pourrait atteindre les sommets. Néanmoins, Richelieu songea que, s'il parvenait à donner corps à son ambition, il devrait éloigner Nissac le plus qu'il fût possible. Le tenir loin en les mers, et faire taire la légende vivante qu'il devenait.

Richelieu se pensait fin renard de Cour, il redoutait ce loup solitaire.

Cependant, il sourit faussement.

— J'approuve ce que vous venez de dire et en viens à votre mission. Vous n'êtes point en la charge d'empêcher l'assassinat du roi, d'autres y travaillent et ce serait dangereusement distraire vos forces. Vous, vous devez montrer qu'on n'ambitionne pas impunément d'assassiner le roi, que semblable entreprise est dangereuse, qu'on y laisse la vie avant et même après que cet acte abominable a été commis. Ainsi, vous pouvez décourager le complot mais s'il a lieu, punissant les responsables, empêcher en les temps futurs de jamais recommencer.

— Je vous ai entendu !... répondit Nissac, employant à dessein un ton qui n'était point celui de grande conviction.

Richelieu l'avait déçu, aussi préféra-t-il songer à sa

propre vision des choses. Le sacre de la reine, qui avait tant tardé, aurait lieu le treize de ce mois de mai, assurant ainsi, quoi qu'il arrive au roi, la continuité du pouvoir.

Donc, dès le lendemain, Henri quatrième deviendrait gibier à abattre.

87

Alors qu'il allait en un couloir dérobé d'une belle demeure du faubourg Saint-Germain pour se rendre à une des ultimes réunions des « douze apôtres », l'ambrosien fut arrêté par le cardinal Mathieu de Bellany qui paraissait l'attendre, bien qu'il feignît le contraire.

Le cardinal semblait décidé à jouer de l'autorité que lui conférait son rang ecclésiastique.

— Nous ne sommes que deux représentants de l'Église en cette assemblée alors à la fin, ôtez cette cagoule comme j'ôte la mienne.

Ainsi fut-il fait par le cardinal qui ignorait cependant que l'ambrosien savait parfaitement qui il était, ayant approuvé son recrutement par le duc d'Épernon qui le lui soumettait.

— À votre tour !... ordonna le cardinal en grande impatience.

— Le souhaitez-vous vraiment ?... répondit le moine de sa petite voix agaçante.

— Je vous l'ordonne !... lança le cardinal avec d'autant plus de véhémence qu'il n'était point à son aise.

L'ambrosien réfléchit.

Quelle raison poussait le cardinal à le vouloir connaître, enfreignant, au nom d'un droit hiérarchique discutable en tel lieu et semblable situation, règle d'or des conjurés ?... Plusieurs d'entre eux, déjà, s'étaient plaints de sentir autour d'eux présence de gens de police et, en leur sillage, espions d'aspects variés dont l'insistance à les vouloir suivre ne laissait guère de doute sur la besogne qui les occupait.

Le moine défiguré eût pu s'offrir facile effet en ôtant vivement sa cagoule de pénitent provocant, par l'exhibition de son visage hideux, l'effarement du prélat. Agissant ainsi, il eût satisfait le goût qui était le sien de plonger les autres en situation de malaise.

Néanmoins, en cette occasion, il sut refréner cette envie car l'enjeu lui semblait de plus grande importance : il se trouvait peut-être espion du roi en la conjuration et, si tel était le cas, il fallait en grande urgence le démasquer.

Sans un mot, il retira lentement sa cagoule. Sans surprise, il nota le mouvement d'effroi du cardinal. Sans passion, il ne prit aucun plaisir à la chose.

S'étant ressaisi, le cardinal de Bellany demanda :

— Mais que vous est-il donc arrivé ?

— Un loup-garou demi-fou un soir de pleine lune s'est jeté sur moi tandis que je tentais de le ramener à Dieu et a dévoré mon nez, mes lèvres, ma joue, gobé un œil et causé ravages que vous voyez là.

L'ambrosien se garda de révéler que la curiosité, et non la foi, l'avait seule poussé vers la créature. À quoi s'ajoutait, encore mal formulée à l'époque, idée que pareil monstre pourrait servir son ambition.

Aussi est-ce non sans hypocrisie, et éprouvant quelque chose de suave en la menterie, qu'il ajouta :

— J'ai souffert, je souffre encore, mais au moins ai-je fait mon devoir.

Le cardinal demeura coi devant pareille abnégation, ou ce qu'il comprit comme telle, puis il suivit l'ambrosien vers la haute salle où se tenait la réunion.

La rencontre secrète des conjurés n'apporta rien qui fût réellement nouveau et certains soupçonnèrent le duc d'Épernon de l'avoir suscitée pour le seul plaisir de s'entendre discourir, à moins que ce ne fût pour se donner du courage car on se trouvait à présent très proche de l'instant où il faudrait entreprendre l'action définitive qui scellerait le sort de chacun, et celui du royaume.

Les conjurés sortirent en manifestant discrétion un peu feinte car la plupart s'étaient habitués à n'être point inquiétés à l'issue de ces rencontres mais on affectait vis-à-vis des autres de prendre très au sérieux les mesures de prudence.

L'un, pourtant, eût été avisé de bien surveiller les alentours, et celui-là était le cardinal de Bellany.

À peine s'engouffrait-il en son carrosse que l'ambrosien, d'un mouvement de tête, le désignait à un officier de la Milice qui dès lors entreprit de le suivre.

Contrairement aux espions de la police agissant pour le roi, ceux recrutés par le moine défiguré étaient gens de grand talent, longuement choisis parmi mille autres.

Cette foi, l'espion nota qu'au sortir de la réunion secrète le cardinal de Bellany rencontra en des lieux singuliers le chef de la police et Luc de Fuelde en compagnie du Père Joseph.

Pour l'ambrosien, lorsque la chose lui fut rapportée, il y vit trois raisons d'appliquer le seul châtiment qu'il connaissait : la mort.

Restait à mettre au point de quelle façon et avec quels raffinements, mais pareilles questions ravissaient le moine défiguré qui aimait, en cette matière, laisser libre cours à sa fertile imagination.

L'amiral de Nissac et la comtesse sortirent de l'hôtel particulier de la rue Galande accompagnés, sur l'insistance de Luc de Fuelde, de Sousseyrac, Valenty, le seigneur Yasatsuna et Fey des Étangs qui avait rejoint à bride abattue, porteur d'une dépêche de Paray des Ormeaux qui amenait l'équipage depuis Rouen à marche forcée.

Ils se présentèrent à deux heures de relevé chez ce Lepeyron, qu'on disait versé en la magie à laquelle il initiait le duc d'Épernon.

L'homme fut enchanté du nombre de seigneurs richement vêtus, et pareillement de la dame leur faisant escorte, qui pénétraient dans sa maison.

Nissac, seul, parla. En bonne inspiration, il expliqua que ses amis et lui-même avaient formé petite société secrète car ils se sentaient attirés par les choses infernales qui ont le mérite de rompre la monotonie de l'existence.

Ce faisant, il renforçait Lepeyron en la croyance qu'il avait affaire à seigneurs riches et désœuvrés, légers et assez stupides. Il en conclut qu'il lui serait aisé de les manœuvrer à se convenance et de s'enrichir à leurs dépens.

Un dernier point, cependant, empêchait encore le bon déroulement de ce plan, aussi Lepeyron se montra-t-il concis :

— Tout cela est parfait, messeigneurs et belle dame, et je vous puis satisfaire en toutes ces choses mais il n'est point sans risques de parler de certains sujets si bien que je dois, avant de déferrer à votre demande, vous poser une seule question : qui vous envoie ?

Le comte de Nissac feignit un brusque embarras.

— En vérité, nul ne nous envoie. Mais quelqu'un qui m'est proche m'a parlé de vous.

Lepeyron réfléchit un instant.

— La chose est flatteuse mais ma question demeure car si j'ai confiance en ce « quelqu'un », j'aurai confiance en ses amis.

— C'est que je ne suis pas certain qu'il apprécierait que je prononce son nom...

— Il le faudra cependant, monseigneur, car je dois être prudent. Mais sachez que ceci restera entre nous et que votre ami, que je m'honore de servir ainsi que vous le dites, n'en saura rien.

— Soit. Il s'agit de monsieur le duc d'Épernon, Grand Amiral de France.

Et, sur ces mots, tandis que Lepeyron, nerveux, prenait son menton en sa main, le comte de Nissac renversa le contenu d'une bourse rondelette sur la table.

L'homme observa les pièces d'or avec grande fascination, puis leva sur Nissac un regard servile.

— Je m'en vais tout vous dire.

Tout en parlant, il remettait déjà les pièces d'or en la bourse qu'il déposa bientôt en un pichet d'étain.

Juan de Sotomayor, colonel de cavalerie en l'armée du roi d'Espagne, Levrault, bras droit de Dieulefit qui commandait la redoutable bande de « L'âne mort » et une quinzaine de spadassins attendaient en la rue Saint-Leu où logeait Lepeyron, qui se prétendait magicien et recevait en cet instant précis Nissac et ses amis.

Cette fois, l'Espagnol, entouré de dix-sept très fines lames, ne doutait pas que l'affaire serait victorieusement et promptement menée car l'amiral français, outre sa femme, n'était accompagné que de quatre de ses officiers.

Sotomayor plaça ses spadassins. Douze se tenaient en l'échoppe d'un tailleur qu'ils menaçaient, et ne bondiraient que sur un signal. Les autres discutaient en la rue par petits groupes mais tous encercleraient Nissac et les siens dès qu'ils sortiraient de la maison du prétendu magicien. La seule chose qui gênait Sotomayor tenait en l'étroitesse de cette rue Saint-Leu, où l'on ne pouvait demeurer trop longtemps à discuter sans finir par attirer l'attention.

Sotomayor soupira. Tuer un homme courageux, qui plus est avec un nombre d'assaillants qui ne laissait aucune chance à l'amiral lui soulevait le cœur. Pour lui-même, et s'agirait-il d'une affaire de vie ou de mort, il n'eût point agi ainsi qu'il s'était résolu à le faire mais en le service de son roi, il ne pouvait dérober, quoi qu'il lui en coûtât.

Il souhaita en finir rapidement. Quitter ce Paris trop froid et trop peuplé, retrouver le soleil d'Espagne. Dès que le pavé de la rue Saint-Leu serait rougi du sang de l'amiral de Nissac et de ses compagnons, il se mettrait en selle.

Mais il ne doutait point qu'il ne trouverait jamais plus la paix de l'âme.

Il sembla au cardinal de Bellany que deux cavaliers, l'un à droite et l'autre à gauche, venaient de sauter de leurs chevaux pour prendre place près de l'homme qui menait son carrosse.

Et cette impression devint certitude lorsque, se penchant, il distingua deux chevaux sans cavaliers tandis qu'un troisième cavalier, sans quitter sa selle, rattrapait adroitement les deux bêtes affolées.

Le cardinal se trouva aussitôt plongé en grande perplexité mais celle-ci ne dura point. En effet, jetée de l'extérieur par la fenêtre ouverte, quelque chose roula à ses pieds.

Se penchant, le cardinal découvrit la tête sanglante de son cocher.

Il poussa un hurlement qu'il suspendit presque aussitôt car un homme, en agilité qu'on eût cru de créature surnaturelle, se glissa depuis l'avant à l'intérieur du carrosse.

Il tenait dague sanglante à la main.

Bellany envisagea de se jeter hors du carrosse pour fuir l'assassin et son complice qui à présent devait mener l'attelage.

Pourtant, et sans qu'il en comprît la raison, le cardinal de Bellany ne trouva jamais la force d'accomplir un tel acte.

Il demeurait immobile et fasciné.

En face de lui, « Rouge » ne le quittait pas des yeux...

88

L'amiral de Nissac était stupéfait, non point de ce que lui apprenait Lepeyron, soi-disant magicien, mais que le duc d'Épernon fût assez fol, ou assez sot, pour écouter pareille idiotie.

Certes, il faut toujours bien connaître l'adversaire pour le mieux vaincre, mais déjà l'amiral estimait en avoir assez entendu quand il jugeait par ailleurs que ce Lepeyron ne représentait point un danger pour la couronne.

Cependant, en toutes choses, l'amiral avait pour penchant de chercher la perfection, aussi s'obligea-t-il à écouter et questionner en grande patience son interlocuteur

— Je vous ai bien écouté, monsieur, mais dites-moi, ces diables : combien sont-ils ?

L'œil comme illuminé et la mine gourmande, Lepeyron répondit à mi-voix :

— Leur nombre exact, monseigneur ?

— S'il en manque un ou deux, je ne vous en tiendrai point rigueur.

— Bien. En les chiffres qu'on dit...

— Qui est ce « on » ?... coupa Nissac.

Lepeyron eut l'air étonné. En vérité, il n'en savait rien, ne s'étant même jamais posé la question.

Il mentit donc en grande effronterie :

— Cela, je ne puis hélas vous le révéler.

— Soit, poursuivez.

— Donc, d'après ces chiffres qui montrent que le

Malin n'est point seul, il existerait 72 princes des ténèbres et 7 405 926 diables divisés en 111 légions, chacune de 6 666 suppôts.

Nissac, qui comptait remarquablement vite en raison de son amour des mathématiques, secoua la tête.

— Le compte n'y est point, monsieur. Les suppôts multipliés par le nombre de légions, même en y ajoutant les 72 princes des ténèbres, nous arrivons à 739 998. Il nous manque 6 665 928 suppôts. Pourtant, pareil troupeau de diables et de suppôts errant sur les bords de Loire où en la ville de Paris ne devrait point échapper à un œil attentif.

Lepeyron n'avait jamais vérifié ses chiffres, aussi répondit-il :

— Sans doute, monseigneur, mais il est certains diables qui s'en vont leur chemin à leur façon, n'aimant point vivre en groupe car ayant mauvais caractère.

— Je vois !... répliqua Nissac qui ajouta : mais le diable en chef, celui qui commande à cette nombreuse compagnie, comment le reconnaît-on ?

Lepeyron hocha la tête une bonne vingtaine de fois, ce qui fit craindre à Nissac et ses amis qu'il ne fût brusquement envoûté mais il n'en était rien car le magicien reprit :

— C'est qu'il est fort habile, monseigneur, et change souvente fois d'aspect tel un caméléon. On peut donc le voir en serpent, en loup, en crapaud, en corbeau, en chat noir...

— Jamais en dinde farcie ?... demanda Fey des Étangs.

Lepeyron l'ignora, poursuivant :

— Pour les occasions importantes, on le voit en cavalier noir sonnant du cor.

Nissac eut l'air étonné.

— Comme c'est étrange... Mais s'il sonne du cor pour rappeler à lui les 7 405 926 diables répartis en 111 légions de 6 666 suppôts, à quoi il faut ajouter millions de diables qui folâtrent, il risque de sonner du cor jusqu'à expulsion de son dernier lambeau de poumon, ne pensez-vous point ?

— Point ne court ce risque, monseigneur, car le diable a deux oursins en place des poumons.

— C'est donc ainsi qu'il nage sous l'eau !... commenta Nissac d'un air pénétré.

— Eh... Voilà !... répondit l'autre qui était pris de court.

L'amiral demanda alors :

— Mais ce cavalier noir sonnant du cor, le reconnaît-on d'autre façon ?

— Certainement !... Son corps est puant et crasseux. Ses mains et ses pieds crochus. De plus, il est tout en poils et a des jambes d'âne.

— Je devrais en effet le reconnaître de loin !... commenta Nissac.

Isabelle, jusqu'ici silencieuse et qui s'amusait d'une telle bêtise, demanda à son tour :

— Mais ce diable aux jambes d'âne, où se rend-il ainsi ?

Lepeyron prit air entendu, comme si le diable et lui-même se trouvaient en grande intimité, vieux amis qui n'ont point de secrets l'un pour l'autre :

— Mais au sabbat !... Au sabbat qui est grande fête donnée la nuit par le démon.

Fey des Étangs, qui comme les autres se gardait de montrer son amusement, demanda :

— C'est là ce célèbre sabbat qui crée si grande peur en le peuple sans qu'on sache en vérité ce qui s'y passe exactement ?... Mais vous, monsieur, vous qui par rare privilège êtes en grande intimité avec le diable, nous le direz-vous enfin ?

Lepeyron, homme vaniteux, fut flatté. Voyant pourtant tous ces visages ouverts par l'amusement qui gagnait l'assistance de minute en minute, il s'abusait, croyant voir là manifestation d'une sorte de révélation.

— Le sabbat est toujours annoncé par le diable lui-même qui souffle dans un cornet que seuls peuvent entendre sorciers et sorcières. Ainsi, les nuits d'orage ou de pleine lune sont souvente fois appel de Satan. Après cette annonce, on se retrouve à quelque carrefour battu par le vent du nord ou en un champ touché par la foudre. Les sorciers, heureux de revoir ceux de leur compagnie, se frottent le corps avec un onguent. Puis, Satan apparaît enfin sous l'aspect d'un cochon noir. Il a une bougie plantée sur le front.

— Avec fort vent du nord ?... Il a quelque mérite !... remarqua Sousseyrac.

Lepeyron décida d'ignorer ces paroles et poursuivit en baissant le ton :

— Satan a donc cette bougie plantée sur le front. Sorciers et sorcières viennent y allumer la leur qui lance aussitôt ardentes flammes bleues. Les bougies allumées, les sorcières s'agenouillent derrière le cochon noir afin de lui embrasser les couilles et le cul.

— C'est fort malpropre !... observa Fey des Étangs tandis que madame de Nissac lançait, non sans véhémence :

— Pourquoi est-ce les femmes... les sorcières, qui embrassent les parties que vous dites de ce cochon ?... Pourquoi les sorciers sont-ils dispensés de ce répugnant ouvrage ?

— Je l'ignore, madame !... répondit avec prudence Lepeyron qui reprit le fil de son histoire : après viennent des danses frénétiques où l'on voit des stropiats caducs retrouver leurs jambes tandis que les femmes avortent. Enfin, cela s'achève en grande orgie de toute la corporation et souvente fois, fascinés par le mal, des prêtres rejoignent ces cérémonies infernales car les contraires ont parfois attirance l'un pour l'autre.

Le comte de Nissac, demeuré longuement silencieux, demanda alors :

— Connaissez-vous sorcier, monsieur ?

Lepeyron fut tout soudainement mal à l'aise sous le regard de ces deux yeux gris qui semblaient fouiller au fond de lui, aussi décida-t-il de répondre franchement :

— Un, au moins, qui se prétend tel mais il finira pendu, et pour tout autre chose. Il erre la nuit en les rues de Paris et je m'en vais vous dire en quel dessein. On dit qu'il s'agit d'un vérolé qui se venge des femmes. Haut d'une toise, il se cache dans l'ombre et, lorsqu'il en surgit, tel un géant de pierre, il donne si forte impression de terreur que les femmes en sont paralysées et n'osent ni hurler, ni tenter de s'échapper. Lorsque cette folie le prend, il oublie tout, et même la sorcellerie où il excelle car je l'ai vu faire apparaître colombe en sa main vide un instant auparavant... Or donc, il saisit les femmes entre ses bras puissants. Il porte chapeau à plumes noires qui dissimule son visage, aussi les malheureuses ne se souviennent que de son haleine qui sent l'oignon car il embrasse les femmes sur la bouche mais il commet aussi forfait plus grave... Oui, il fouille leur devantier[1] de sa main recouverte d'un gantelet de fer hérissé de pointes, créant ainsi épouvantables blessures et grandes souffrances. En la ville de Paris, on l'appelle « le tâteur ».

— Intéresse-t-il mon ami le duc d'Épernon ?

— Au plus haut point. Car j'ai dit à monsieur le duc, qui m'écoutait comme vous le faites vous-même, que « le tâteur », connu comme sorcier, faisait également courir le bruit qu'il était devenu loup-garou.

— Loup-garou ?... demanda madame de Nissac, surprise.

Lepeyron expliqua aussitôt :

— Il est presque impossible d'en rencontrer un vivant car, à peine capturés, ils sont brûlés vifs en grande urgence. mais « le tâteur » dit peut-être la vérité car les loups-garous sont quelquefois des sorciers. Cette chose a nom la lycanthropie, qui distingue celui qui se croit transformé en loup. J'ai vu le cadavre de l'un d'eux, à Meaux. Il aurait pu passer pour homme ordinaire n'étaient ses dents fort longues, belles et très blanches. Celui-ci, tué d'un coup d'arquebuse au cœur tiré à bout portant, avait des yeux de fol et des ongles noirs, très longs, sans doute pour s'enfoncer en la gorge de ses victimes. Ceux qui le tuèrent dirent qu'avant d'être occis, il bondissait et sautait avec la dextérité d'un singe.

Nissac sentait qu'il se trouvait proche de chose intéressante, bien entendu liée à d'Épernon, aussi insista-t-il :

— Que ferait le duc d'Épernon d'un loup-garou fort dangereux à domestiquer ?

---

1. Sexe.

Lepeyron hocha la tête.

— C'est là, monseigneur, question que je me suis moi-même posée. Monsieur le duc voulait en savoir sans cesse davantage sur ce sujet qu'il tenait en grande passion. Mais, en tout ce que je lui dis, une seule chose le fit tressaillir.

— Laquelle ?

Lepeyron sourit de façon irritante, gardant un silence narquois.

— Il veut de l'or !... souffla Fey des Étangs.

— Il n'en a eu que trop !... répondit Sousseyrac.

Nissac n'était point à court d'or. Le duc de Sully tenait pour lui coffres grands ouverts mais ainsi était le comte que, par principe, il n'aimait point payer les choses au-dessus de leur valeur. Aussi, après avoir murmuré quelques mots à l'oreille du seigneur Yasatsuna, dit-il :

— Monsieur, avec votre silence, vous irritez fort cet ami qui entend vous le montrer.

Yasatsuna s'approcha, salua Lepeyron d'une aimable courbette puis, hurlant le cri des samouraïs, il abattit le tranchant de sa main sur la table.

Celle-ci sembla un instant hésiter, puis s'effondra en deux parties avec craquement sinistre sous les yeux arrondis de stupeur du sieur Lepeyron.

Sousseyrac donna forte claque en le dos du magicien en précisant :

— C'est là tour à sa façon de notre espiègle ami, et ce tour ne doit rien à la magie. Voulez-vous qu'il vous donne léger soufflet sur la nuque pour pulvériser celle-ci ?

Lepeyron protesta, mains levées devant lui :

— Tout doux, messeigneurs !... Je n'entendais point me taire et reprenais simplement mon souffle avant que de vous conter la suite.

— Parlez !... répondit Nissac d'une voix froide.

— Eh bien... Je fus amené à dire à monsieur le duc d'Épernon que l'homme que je connaissais, et qui était loup-garou, risquait de ne s'offrir qu'à grand prix... Comprenez que j'étais intéressé à la chose, sachant par ailleurs la grande fortune de monsieur le duc. Ainsi lui ai-je confié que « le tâteur », que je n'appelais point ainsi, aurait de grandes difficultés à se rendre libre car un autre payait ses services et...

Il hésita. Nissac demanda d'une voix dure :

— Quel autre ?

— En vérité, cet autre ne fut point intéressé par « le tâteur » mais il n'empêche, il cherchait à recruter loups-garous. J'ignore son nom et mon ami, qui n'avait point convaincu le duc comme loup-garou, dit à celui-ci ce qu'il me dit à moi-même, qu'il s'agissait d'un moine cachant son visage et ayant petite voix désagréable. C'est à cet instant que le duc tressaillit.

— Qu'a-t-il dit ?

Lepeyron hésita une nouvelle fois.

Le seigneur Yasatsuna, sans qu'on lui demande rien de pareil, s'approcha d'une vaste armoire et la regarda. Sa nuque puissante bougea à peine, mais son front brisa la porte.

Lepeyron reprit vivement :

— Monsieur le duc dit simplement d'un air rêveur : « Des loups-garous !... Il recrute des loups-garous pour mieux nous commander alors que déjà nous lui obéissons tous ! »

Nissac réfléchit. Prodigieusement intéressé, il estimait en savoir trop et pas assez. Il regarda froidement Lepeyron.

— Je veux rencontrer ce faux loup-garou.

Lepeyron secoua négativement la tête.

Sans un mot, le seigneur Yasatsuna s'avança vers lui. Le magicien recula aussitôt en lançant :

— Il sera cette nuit sur le pont Notre-Dame à guetter les femmes.

89

Le comte de Nissac comprit immédiatement, bien avant ses amis. Pourtant, rien en la rue Saint-Leu ne donnait matière à nourrir suspicion. Ici, deux hommes discutaient aimablement ; là, trois autres qui semblaient s'amuser, et aucun de tous ceux-là ne regardait en direction de Nissac.

Cependant...

Cependant, le comte tira l'épée et le bruit de celle-ci sortant du fourreau agit en effet immédiat sur ceux qui l'accompagnaient et l'imitèrent aussitôt.

Ils firent bien. Ainsi, aux hommes de la rue qui avaient feint de tenir conversation s'en ajoutaient d'autres, une bonne douzaine, qui bondirent de l'échoppe d'un tailleur en tenant l'épée à la main.

Le comte et la comtesse, entourés de Sousseyrac, Fey des Étangs, Valenty et le seigneur Yasatsuna se placèrent dos au mur de la maison de Lepeyron.

Et le combat s'engagea.

En retrait, le colonel Sotomayor observait ce duel inégal en sentiment de grande honte, ne voulant point participer à ce qui lui paraissait une infamie.

Cependant, et tandis que Nissac faisait rouler en la poussière, et coup sur coup, deux adversaires, quand Sousseyrac, se servant de ses épaules massives, fonçait en le tas et en culbutait deux que Valenty cueillit alors au front, l'attention du colonel, un instant distraite par Isabelle qui faisait jeu égal avec le redoutable Levrault, fut attirée par chose d'une si grande étrangeté qu'elle ne ressemblait à rien de ce qu'il avait jusqu'ici connu sur les champs de bataille.

Ainsi vit-il, non sans surprise, une tête bien ronde voler à une toise au-dessus des combattants, puis une seconde un instant plus tard, puis une troisième, une quatrième...

À travers les rangs soudain éclaircis des spadassins, il distingua, fasciné, petit homme d'Asie tenant à deux mains sabre long et étrange dont il se servait en si grande vitesse qu'on ne voyait point le mouvement – mais l'effet, oui !...

Devant semblable hécatombe et force si indestructible, tandis que deux nouvelles têtes volaient, les spadassins, pourtant excellents combattants, fléchirent et bientôt le colonel Sotomayor les vit s'enfuir, les yeux agrandis par la terreur, certains jetant leur épée sur le pavé. Et il ne fut point jusqu'au redoutable Levrault qui ne courut lui aussi ventre à terre pour échapper au Dieu de la guerre asiatique qui opérait comme faucheur en les blés mûrs.

Cependant, et tandis que ne restait sur place que l'Espagnol, le comte de Nissac retint le seigneur Yasatsuna et s'approcha à sa place.

Le colonel Sotomayor, courageusement, sortit l'épée du fourreau, ignorant qu'il avait favorablement impressionné le comte de Nissac en ne fuyant ni devant lui ni, quelques instants auparavant, face au seigneur Yasatsuna.

Cependant, Nissac lui parla durement :

— Êtes-vous le chef de cette bande d'assassins ?

— J'ai en effet ce grand déshonneur.

Nissac et ceux qui l'accompagnaient furent surpris par les paroles de l'Espagnol et la noblesse qui émanait de sa personne.

Il reprit :

— Juan de Sotomayor, colonel de cavalerie.

Ainsi ne disait-il pas être espagnol, ce qui eût été trahir son parti quand Nissac préféra considérer que la chose allait de soi sans qu'il faille insister.

— Vous savez qui je suis ?... demanda Nissac.

— *Perfectamente*, monsieur l'amiral.

— Et vous me deviez tuer ?

— Tels étaient en effet mes ordres.

Nissac préféra ne point prolonger la situation car sa détermination vacillait.

— Eh bien essayez, mais loyalement.

Ils engagèrent aussitôt le fer et d'emblée, le comte de Nissac eut l'avantage par l'aisance et la domination qu'il exerçait sur son adversaire. Il parait les coups du colonel en le serrant toujours plus près, sans cependant conclure.

La chose étonnait ceux du *Dragon Vert* qui connaissaient le grand art de Nissac et l'habitude qui était la sienne de la manière espagnole en les combats à l'épée.

Il jeta un bref regard à ses amis, et découvrit le visage angoissé d'Isabelle si bien que, cette fois, il ne différa plus l'issue du combat.

Mais, au lieu de toucher d'un coup énergique la gorge de son adversaire, selon la manière qu'on lui connaissait, il le désarma d'un coup habile, la pointe de son épée appuyant légèrement sur la carotide du colonel.

Les deux hommes s'observèrent, les yeux gris du comte de Nissac cherchant les yeux noirs du colonel Sotomayor.

Enfin, d'un geste vif et précis, l'amiral replaça son épée au fourreau en disant :

— Vous seriez mieux en Espagne, colonel. Ici, et dans ce rôle, vous n'êtes point à votre place où l'on vous abaisse en prétendant vous élever, où la fidélité à un roi est sans doute grande infidélité à vous-même, où le déshonneur en les moyens altère l'honneur de servir la cause de votre pays.

Sotomayor baissa les yeux. Un instant, il eût préféré que le comte de Nissac ne lui laissât point la vie et tout, ainsi, eût été conforme à ce qu'il attendait, ce à quoi on l'avait préparé depuis l'enfance.

Il éprouva grande difficulté à dominer l'émotion qui le saisissait.

La vie. Il l'appréciait hors les batailles et les bruyants cantonnements. Il aimait mille choses, des ruelles des villes d'Espagne comme coupées en deux entre ombre et lumière au regard perdu d'une femme qui se pâme en l'amour. Oui, il aimait cette vie en laquelle on croisait un homme tel que l'amiral de Nissac car, pour le colonel, acte si généreux ne se pouvait perdre de manière isolée. Abasourdi de pousser si loin sa réflexion en un tel moment, il lui sembla tout soudainement que les actes de bonté se trouvaient tous rassemblés, depuis la nuit des temps, en un côté des nuées quand de l'autre côté se trouvaient forces du mal : cruauté, mensonges, jalousie, bassesse, sauvagerie, violence, mépris du faible...

L'Église mentait, ou ne disait qu'une partie des choses, car sa théorie nouvelle, qui lui venait juste comme on lui laissait la vie semblablement à une seconde naissance, cette théorie des forces du bien et du mal dissimulées en l'éther expliquait merveilleusement comportement de l'homme en général, tiraillé entre barbarie et grandeur d'âme en un dosage qui différait selon chacun, et le soin qu'il prenait de sa conscience.

Le colonel espagnol leva un regard lumineux vers Nissac.

— Merci !

Nissac fut ému, et pareillement ses amis, car la simplicité du colonel espagnol pour exprimer sa gratitude les touchait tous profondément.

Afin de mieux dissimuler son trouble et se donner bonne contenance, le jeune Martin Fey des Étangs ramassa sur le pavé la belle épée à lame de Tolède du colonel et la lui tendit.

— Merci !... répéta le colonel.

Nissac s'approcha, indéchiffrable sourire aux lèvres. Un petit vent assez frais lui rabattait par instants les jolies plumes de son chapeau sur le visage :

— Cette vie, colonel, faites-en bon usage.

Son regard se perdit au-delà des toits de la misérable rue Saint-Leu où s'alignaient maisons vieilles et hideuses aux façades comme atteintes de la lèpre. Il parla à mi-voix :

— J'ai tué tant d'hommes dont certains visages hantent mes nuits. J'ai moissonné tant de vies !... J'ai vu tant d'horreurs et de souffrances, tant de barbaresques qu'on disait sauvages et qui à l'approche de la mort imploraient « Maman » en vous regardant avec des yeux d'enfant... Tuer pour la justice, tuer même pour son roi n'est pas belle victoire car tuer, c'est toujours une défaite.

Il ôta ses fins gants gris perle et tendit la main au colonel Sotomayor qui la saisit aussitôt.

— Bonne chance, colonel.

— Bonne chance à vous, amiral : *Vaya con dios !*

Puis il s'éloigna d'un pas incertain.

Isabelle de Nissac regardait l'homme qu'elle aimait, menant d'une main sûre son haut cheval aveugle. Ils allaient au pas, suivis des officiers du *Dragon Vert* et du seigneur Yasatsuna. Isabelle fut un instant en proie au désespoir car l'amour qu'elle portait à Thomas de Nissac ne pouvait soulager la peine de celui-ci.

Elle se sentait impuissante à l'aider, et l'en aimait davantage encore. En dépit de sa présence attentive, elle le savait tourmenté et terriblement seul.

Une extrême solitude. Une solitude définitive.

Elle devait trouver les mots, et les trouverait. Elle l'aimait beaucoup trop fort pour ne point le secourir. Certes, il était si étrange, si différent des autres hommes qu'elle était sans cesse surprise, et comme bousculée, mais ne le regrettait point.

Durant toute la partie de sa vie qui précéda sa rencontre avec le comte, Isabelle pensa qu'elle n'aurait droit qu'au commerce des médiocres et estimait d'ailleurs se trouver à peine meilleure. Oui, elle avait cru cela jusqu'à cette rencontre, la découverte de ces contrastes cohabitant chez le comte, cette force écrasante et cette fragilité cachée, sa gentillesse prévenante et sa froideur au combat, sa douceur et sa violence, cette idée bouleversante que le prix de son devoir était une forme de damnation personnelle...

Il n'empêche, pour Isabelle, quoi qu'il en pensât, il était la vie même, et ses questions en disaient plus long sur lui et sur l'existence que les beaux discours de petits marquis qui se pressaient à la Cour.

Leurs chevaux allaient côte à côte en les rues de Paris. Elle allongea le bras et saisit en sa main celle du comte.

Il leva sur elle le regard de ses yeux gris. Un regard un peu perdu. Puis il lui sourit.

Elle eut alors envie de se presser contre lui et de le serrer fort, fort, si fort !...

90

En une réunion convoquée en grande urgence, et alors que tous n'avaient pu être joints, les comploteurs cagoulés apprirent de la bouche du moine au visage hideux la trahison patente du cardinal de Bellany.

Grande fut la consternation, à laquelle succéda une violente colère. Qu'un informateur du roi se fût glissé si haut en la hiérarchie du complot n'assurait guère l'avenir quand chacun, à présent, s'inquiétait de sa propre sécurité.

Ainsi risquait-on de passer de la rage à la panique, ce dont ne voulait à aucun prix l'ambrosien.

Il leva la main pour réclamer le silence et mettre un terme à cette atmosphère de volière excitée.

— Silence !... L'homme qui nous a trahis est entre nos mains.

Un murmure de satisfaction courut en l'assemblée, tranquillisée à l'idée que, silencieuse et efficace, la sécurité était assurée par des hommes de l'ombre.

L'ambrosien reprit de sa petite voix irritante plus aiguisée encore qu'à l'ordinaire :

— Son châtiment sera exemplaire !... Exemplaire !... Il en ira de même, sans considération de rang ou de services passés, pour tous ceux qui sciemment ou par négligence mettront notre cause sacrée en péril.

Tous approuvèrent mais l'ambrosien sembla les repousser d'un geste de la main signifiant profond mépris.

— Appartenir à cette conjuration qui aboutira à la

libération du royaume des lys est un privilège qui se mérite par la vigilance et l'ardeur à servir, fût-ce en bravant les plus grands dangers.

Il baissa légèrement la voix :

— C'est à présent une affaire de jours, m'entendez-vous, de jours !... Patience et prudence !... Henri quatrième, ce bouc puant, va mourir, j'en ai la conviction profonde et de la manière dont le vent chasse les nuées, nous jetterons en les fosses de l'oubli ceux qui le servirent avec trop de zèle !...

Les têtes encagoulées se tournèrent les unes vers les autres en un impressionnant spectacle et un instant, on n'entendit plus que le vent qui hurlait en les rues désertes de Paris. Tous les conjurés ou presque s'étonnaient de se trouver ainsi si près du but sans qu'il soit possible de reculer, condamnés à avancer en le sang d'un roi de France.

L'air, en la grande salle, se glaça d'un coup.

L'ambrosien, toujours habile et prompt à saisir semblable phénomène, fit en sorte, par ses paroles, que ses auditeurs se persuadent en effet que toute retraite était coupée :

— Pour nous, ce sera la gloire. Ou l'infamie !... Tout le pouvoir. Ou le plus honteux des châtiments : la mort en place de Grève !

En cette même nuit sombre et venteuse, où la clarté de la lune se trouvait souvente fois masquée par le passage de gros nuages d'un gris foncé presque violet, les rues de Paris étaient vides.

Ainsi semblait-il impossible de ne pas remarquer la femme qui allait seule sur le pont Notre-Dame garni de petites échoppes.

Elle marchait à pas menus mais rapides, sans doute apeurée de se trouver dehors en cette heure tardive. Cependant, elle eût été plus avisée d'avancer en le centre de la rue au lieu de quoi elle longeait les échoppes construites sur le pont.

Brusquement, surgissant de l'encoignure d'une porte, une silhouette massive, haute d'une toise, se dressa devant la femme de petite taille. L'homme, qui portait chapeau à plumes noires, lui soufflait au visage haleine qui empestait l'oignon.

Et cet homme aux yeux agrandis par le désir regardait avidement la femme qu'il dominait de plus de deux têtes. Il pressa violemment sa bouche contre la sienne afin d'y faire pénétrer sa langue mais sa menue victime, quoique semblant amollie par la force de l'étreinte, parvint cependant à ne point desserrer les dents.

Exaspéré, le « tâteur », puisque c'était lui, souleva la robe et glissa sa main en l'entrecuisse de la femme, cherchant l'orifice qu'il voulait déchirer de sa main gantée de fer.

Soudain, ses traits durs changèrent du tout au tout, marquant totale incrédulité tandis que la femme, brusquement souriante en son visage énigmatique, lui disait d'une voix virile et saccadée :

— C'est pour vous très désagréable surprise, honorable « tâteur », de trouver ce que vous venez de trouver et qui est chose à la fois de certaine taille et bonne circonférence qui donne généralement excellent contentement aux dames !

— Tu... Tu serais un homme, maudite chienne ?... murmura le « tâteur » sans dissimuler profond dégoût.

— Tu es très fin observateur, monsieur le « tâteur » !

— Un pédéraste !... souffla le « tâteur », atterré.

— C'est que les rues ne sont point sûres, vous savoir cela mieux que quiconque.

Sous les effets conjugués de la stupeur et de l'horreur, les acides, en l'estomac du « tâteur », s'intensifièrent en un abondant débit si bien qu'au parfum d'oignon de l'haleine se mêlait à présent fragrance de fosse commune et nul n'aurait pu résister à semblable arme secrète.

Nul, si ce n'est justement le seigneur Yasatsuna dont la grande consommation qu'il faisait de poissons pourris avait en quelque sorte insensibilisé, sinon perverti, l'odorat.

— Je vais te broyer ta maudite queue !... gronda le « tâteur ».

— Vous êtes un très présomptueux tâteur !... répondit le seigneur Yasatsuna dans un sourire.

Puis, l'air toujours aimable, il saisit en les siennes les mains – dont celle gantée de fer – du « tâteur » et les broya lentement jusqu'à ce que l'on entendît distinctement craquer les os en la nuit sombre.

Le « tâteur » poussa un hurlement de douleur puis, tel en un cauchemar, il vit des cavaliers qui, depuis les deux extrémités du pont, arrivaient au galop, l'épée à la main.

Sousseyrac et ses compagnons hissèrent le « tâteur » en selle, puis il fut entraîné par le groupe de cavaliers.

Il était seul en son cachot.

Une peur telle qu'il n'en avait jamais connu lui serrait la poitrine et le bas-ventre.

Enfermé en les caves d'ancienne auberge, on ne l'avait ni interrogé, ni rudoyé, le laissant seul dans le noir.

Puis il entendit long hurlement, auquel d'autres répondirent mais ils n'avaient rien d'humain, évoquant irrésistiblement des loups.

Enfin, suscitant angoisse plus grande encore, ce fut le silence. Un silence total, absolu.

Vinrent alors bruits légers qui se rapprochaient...

Chaque chose semblait ainsi graduée pour augmenter la terreur : hurlements de loups, silence, bruits légers et proches en ce noir total où il ne distinguait rien.

Il entendit bruit de serrure, celle de sa cellule et, bien qu'ils fussent totalement silencieux, le cardinal de Bellany sut qu'ils étaient là !

Plusieurs !

« Ils » emplissaient la cellule d'une chose qu'on ne

pouvait point nommer, qui remontait peut-être à la nuit des temps, celle de la barbarie absolue.

Il sentit une douleur horrible au visage et poussa un cri. Les frôlements s'éloignèrent, comme si on souhaitait lui laisser le temps d'apprécier sa blessure.

Le cardinal porta une main tremblante à son visage et constata avec horreur qu'il n'avait plus de nez. En son cerveau affolé, il comprit. Ce souffle chaud un instant au visage, le fugace contact de poils : un loup venait de lui dévorer le nez.

Mais il se trouvait debout en cet instant, or le loup n'avait point bondi car il eût entendu le saut. Donc, l'animal se trouvait debout sur ses pattes arrière ?... Impossible !... L'eût-il été que sa taille n'eût point suffit.

La vérité lui apparut d'un coup et grandit sa peur. Cette... « chose » portait un nom. Elle était réputée pour n'avoir point d'âme, et se trouver cruelle par état de nature. Et les deux mots qui la nommaient ne laissaient point d'espoir de survie : loup-garou !...

En outre, il n'était point seul, des congénères l'accompagnaient. En son esprit calculateur, le cardinal de Bellany songea à toutes les intrigues, toute la ruse et l'intelligence déployées pour obtenir ce chapeau de cardinal et que tout cela menait en une cave repoussante où des loups-garous l'allaient dévorer.

Pitoyable !

Il fut alors pris d'un remords. Craignant pour sa vie en fournissant trop de renseignements, il n'avait point signalé que Ravaillac, dont il avait donné le nom, était un homme roux à la barbe rouge, par quoi on l'eût facilement reconnu.

Brusquement, il fut attaqué des deux côtés, où l'on venait de lui dévorer les oreilles mais curieusement, la douleur pourtant vive lui fut moins désagréable que le bruit de ses cartilages broyés par de puissantes mâchoires.

Et la lumière fut. Le cardinal reconnut le moine de la conjuration des douze, bien qu'un capuchon cachât son visage, à sa petite voix désagréable :

— Eh bien, gros porc, apprécies-tu les compagnons que je t'ai donnés ?

Le cardinal vit les trois loups-garous qui, oreilles dressées, l'observaient en silence sous leur masque animal, puis, sous l'effet de la terreur et de la douleur, il s'évanouit.

Et l'on peut certes regretter pour lui que cet évanouissement ne fut point la mort car la suite dépassa en horreur ce qui avait précédé. Ainsi, sans nez ni oreilles, le cardinal de Bellany, tout vif, se vit lentement ôter la peau comme on le fait à un lapin. Et cela terminé, cette peau, bourrée de paille, forma grotesque pantin tel épouvantail que l'ambrosien plaça en sa chambre.

Satisfait, le moine défiguré conversa aussitôt avec son pantin ne craignant point, sans doute, que le cardinal de paille et de peau ne lui portât contradiction.

91

En la lumière incertaine de l'aube le roi, triste et songeur, regardait le Louvre et, au-delà, Paris.

L'avait-il convoitée, cette ville qui si longtemps s'était refusée à lui ?... Il l'avait désirée davantage que toutes les femmes – celles, très nombreuses, qui s'étaient données à lui mais aussi celles qui s'étaient refusées, beaucoup plus rares, et les seules qu'il respectait.

Il se souvint de la prise de Paris, le vingt et un de mars 1594, soit seize années plus tôt. La ville se trouvait alors aux mains de la Ligue, appuyée par des troupes espagnoles. Mais le peuple était las, irrité par la présence des Espagnols appuyés de contingents wallons et allemands. Pareillement, la Ligue s'était déconsidérée par ses excès : on avait été jusqu'à exhumer les « hérétiques » pour brûler leurs os !

Le gouverneur de Paris, le comte de Brissac, s'était secrètement rallié au futur roi et malgré les soupçons du duc de Feria, qui commandait les Espagnols cantonnés à Paris, avait dressé un plan.

Ce jour-là, les officiers espagnols, peu rassurés, faisaient montre de méfiance, inspectant les postes jusqu'à trois heures du matin.

Mais bientôt, tout change, et avec quelle rapidité !...

À quatre heures, en la nuit noire, monsieur d'Épinay Saint-Luc, un flambeau à la main et flanqué de cent arquebusiers du parti royal, se présente en avant-garde devant la Porte Neuve, que des hommes de Brissac lui ouvrent. Peu après, on massacre en silence le détachement wallon de garde à la Porte Saint-Honoré. Le pont-levis est abaissé. Le roi, poussant son cheval, foule enfin le pavé de la rue Saint-Honoré.

Toute l'armée royale s'engouffre à sa suite et déferle en la ville endormie avec armes et bagages en un interminable défilé.

Le jour n'est point encore assuré que ceux qui se firent remarquer par leur excès au sein de la Ligue ou leur zèle à servir l'envahisseur espagnol se sauvent à travers champs. Quelques heures plus tard, humilié, le puissant duc de Feria doit négocier le départ des troupes d'occupation menacées de massacres par la population libérée.

Seize ans !

Le roi eût aimé revivre ces années si vite enfuies. Il se sentait vieux. Il songeait, comme bien des hommes, que passé cinquante ans on est toujours fatigué et que sans cesse, en le corps, quelque chose ne va pas.

Il se retourna à demi et vit en sa couche forme d'une femme nue endormie. Il ne se souvenait même plus de son nom. Aujourd'hui, ses sens satisfaits, ne lui venait plus l'envie de plaisanter avec ses maîtresses comme par le passé. Sitôt la chose faite, il ressentait dégoût non des femmes mais de lui-même, et pensées de mort un instant reléguées en l'oubli par l'acte d'amour.

Il soupira.

Tout cela suivait une implacable logique. Ainsi, il ne pouvait entreprendre cette guerre qui serait la plus grande de son règne en laissant le désordre en les affaires du royaume car, si un boulet lui enlevait la vie, tous voudraient le pouvoir au détriment de son fils Louis. Il fallait donc procéder au sacre – si longtemps retardé – de la reine afin qu'elle puisse assurer une régence après sa mort. Mais si cette possibilité existait, dès lors, plus rien ne retiendrait le bras des assassins.

Henri quatrième regarda longuement Paris. En cette ville, quelque part, dormait sans doute l'homme qui l'allait tuer.

Le « tâteur », peu rassuré, regardait ceux qui lui faisaient face : Nissac, Sousseyrac, Fey des Étangs, Yasatsuna, Valenty et la comtesse de Nissac qui ne cachait guère son dégoût. Il eût aimé, malgré les circonstances, fouiller le bas-ventre de madame de Nissac avec son gantelet de fer hérissé de pointes car ainsi était-il fait qu'en toutes circonstances, son vice l'emportait sur toutes autres choses.

Craignant cependant qu'on ne lui donnât la mort, il avait jusqu'ici répondu sans trop mentir aux questions qu'on lui posait, se plaignant sans cesse qu'une de ses mains avait été brisée par le seigneur Yasatsuna.

Ainsi avait-il reconnu qu'il n'était point magicien mais vivait en réalisant sur les foires et marchés des tours d'habileté, telle cette façon de faire apparaître colombe en sa main vide un instant auparavant, et qu'il tenait d'un vieux maître sicilien.

Il avoua sans détour qu'un puissant seigneur l'avait souhaité rencontrer, croyant qu'il était loup-garou, mais disait qu'il ne connaissait point son nom. Il fallut donc bousculer quelque peu le « tâteur » qui cependant maintint qu'il ne connaissait pas son interlocuteur d'alors mais que celui-ci s'était troublé en apprenant que moine qui cachait son visage, et possédait petite voix désagréable, l'était venu rencontrer.

Questionné cette fois sur le moine, le « tâteur » précisa que la rencontre fut des plus brèves, le moine, de grande finesse, l'ayant très rapidement percé à jour en sa qualité d'imposteur si bien qu'il ne pouvait rien ajouter à ce qu'il avait déjà dit.

Le comte de Nissac se trouvait en certain embarras, ayant la conviction que le « tâteur » ne mentait point et qu'ainsi s'étaient déroulées ses rencontres avec d'Épernon et cet étrange moine apparemment craint par le puissant duc.

Il avait tout raconté, certes, de leurs conversations.

Mais avait-il tout dit de ses actions ?... L'homme, hors son vice de martyriser les femmes en grande férocité, ne semblait point un imbécile et paraissait tenir ses propres intérêts très à cœur.

L'amiral pensait qu'il n'était plus très éloigné d'une vérité dissimulée mais qu'il se trouvait en une ornière dont il ne pouvait sortir qu'en brusquant les choses.

— Mais ce n'est point tout. Vous le savez, je le sais, et vous savez que je le sais.

Nissac aperçut très léger sourire du « tâteur ». Il insista :

— Nous vous pouvons tuer à l'instant. Qui s'en inquiétera ?... Nous l'allons d'ailleurs faire, sans doute. Nous pouvons aussi vous acheter.

Il fit signe à Fey des Étangs qui vida lentement contenu d'une bourse sur le sol. Les pièces d'or roulèrent en plusieurs directions, affolant le « tâteur » qui voyait là insoutenable spectacle. Profitant de cet état de choses, Nissac lança :

— Vous les avez suivis l'un et l'autre en ces jours différents où ils rencontrèrent le magicien. Dites-nous cela et cet or est à vous.

Avidement, le « tâteur » se mit à genoux, à quatre pattes, fouillant, ramassant de sa main valide, accumulant les pièces sans même prendre conscience du dégoût qu'il inspirait.

Puis, Sousseyrac lui ayant envoyé coup de pied en les côtes, il leva sur les loyalistes un regard un instant perdu avant de dire très vite :

— J'ai suivi monsieur le duc d'Épernon jusqu'en la rue du Petit Lion où il s'entretint avec un homme dont j'appris qu'il est le vicomte de Château-Meslay et celui-là a fait préparer son hôtel particulier et donné congé aux domestiques car réunion sans doute secrète aura lieu demain à minuit.

Nissac ne douta point qu'il entendait là, et pour la première fois, confidence qui le pouvait mener droit à ceux qui voulaient attenter à la vie du roi.

Il observa le « tâteur » rampant sous un buffet pour y

chercher des pièces. Cet homme était précieux et son avidité telle, qu'il se trouvait alors inspiré en grande intelligence faisant mieux que la police secrète ou les espions des ordres catholiques pourtant de grande habileté, étant parvenu à découvrir lieu où se tiendrait prochaine réunion des conjurés.

L'amiral ordonna à Fey des Étangs :

— Une autre bourse.

Le jeune baron hésita un instant mais fut comme crucifié par les yeux gris de Nissac. Il obéit et jeta la bourse près de l'homme assis par terre qui en vérifia aussitôt le contenu en disant :

— Ah merci, merci à vous !... Grand merci !...

Nissac s'accroupit, tendit la main comme pour reprendre la bourse, feignit d'hésiter.

— Le moine !... Le moine, à présent !...

Le tâteur hocha la tête.

— Le moine était habile. Le suivre ne fut point chose aisée. Il rencontra un spadassin, Leonetti, qui commande à Meunier, habile au couteau et que je connais. Je le retrouvai en taverne de la rue du Temple et, l'ayant fait boire, j'appris qu'on cherchait des hommes sachant tenir l'épée. Je me doutais que ceux-là allaient œuvrer pour le moine qui cache son visage. Meunier me proposa d'en être. Ainsi, j'appris le lieu où ils se tiennent.

Nissac regarda le « tâteur » avec stupéfaction puis, se reprenant :

— Une troisième bourse !

Fey des Étangs obéit sur l'instant. Le « tâteur » hésita mais c'est à l'oreille du comte de Nissac qu'il murmura quelques mots.

Le comte se redressa aussitôt.

— Partons !

Certains quittaient déjà la pièce lorsque Isabelle de Nissac, saisissant chandelier, en appliqua coup violent sur le bas-ventre du « tâteur » dont les parties mâles furent ainsi mutilées et qui s'évanouit sous l'effet de la souffrance.

Croisant le regard indéchiffrable de Nissac, elle lui dit d'un ton qu'elle ne put empêcher d'être véhément :

— Il est noble de protéger le roi mais vous auriez pu songer, messieurs, aux femmes que ce porc a mutilées.

Nissac regarda Isabelle avec un sérieux désarmant, puis une lueur amusée courut en ses yeux gris.

— C'est pourtant vrai, madame... Ne changez jamais car c'est ainsi que je vous aime...

92

Vingt-quatre heures, c'était bien peu de temps pour réaliser si spectaculaire projet.

Mas le comte de Nissac n'était point homme à reculer devant choses difficiles, voire tenues pour impossibles.

Il fit donc chercher cinq de ses plus robustes marins qui, ainsi que tout l'équipage, cantonnaient en le vieux château du Faubourg Saint-Jacques.

À l'aube, il offrait petite fortune en pièces d'or espagnoles à un notaire qui, sans bien comprendre, accepta de laisser jusqu'au lendemain sa maison à ce haut seigneur entouré de beaux officiers et de dame ravissante : s'ils étaient fols, ou tous épris de cette dame qu'ils comptaient se partager, ce n'était point là son affaire, la sienne – et quelle affaire !... – étant tout cet or qui lui tombait du ciel.

Nissac ayant laissé les cinq marins ainsi que Sousseyrac, Fey des Étangs, Valenty et Yasatsuna en la maison du notaire, se rendit sans perdre un instant à l'Arsenal en compagnie de la comtesse Isabelle son épouse.

Tiré du lit où il dormait encore, le duc de Sully ne marqua point de mauvaise humeur. Cependant, inquiet, l'amiral le trouva abattu, comme si l'assassinat du roi était déjà chose faite.

Passant outre, Nissac communiqua liste de matériels dont il avait besoin et, au fur et à mesure qu'il lisait, le visage de Sully s'éclaira car l'amiral lui révéla bientôt ce qu'il envisageait.

Ayant compris l'essentiel, Sully n'écoutait plus que par instants le comte de Nissac. En effet, il se trouvait en grande fascination de celui-ci, se disant : « Toi, rien ne te décourage, rien ne peut t'abattre, ni la fatigue, ni la fatalité qui plane sur nous, ni cette certitude que nous avons tous de la mort du roi, et pas davantage l'usure qui s'attache à toutes entreprises humaines. Tu continues à te battre, tu veux croire possible la victoire de notre cause et te donnes les moyens d'y parvenir !... Je t'admire, Nissac, mais plus encore, je t'envie, car moi, je n'y crois plus. »

Il s'ébroua et donna ses ordres.

Et si le duc de Sully, très bien renseigné lui aussi, ne croyait plus qu'il fût possible d'éviter la mort du roi, il avait conservé en ses services cette remarquable promptitude en l'efficacité qui le faisait redouter de toute l'Europe.

Des soldats de l'armée royale se vêtirent de tenues de maçon et l'on chargea lourdement chariot bâché.

Une heure après son départ, le comte de Nissac était déjà de retour, les soldats du roi repartis vers l'arsenal et un nouvel épisode de la lutte entre loyalistes et félons commençait...

L'ambassadeur d'Espagne, don Inigo de Cardenas, regardait le colonel de cavalerie Juan de Sotomayor avec perplexité.

Il eût aimé le comprendre afin, le cas échéant, de le bien manœuvrer.

Sotomayor semblait enfermé en sourde hostilité à ce qui lui était demandé et Cardenas ne percevait point la raison de pareille attitude.

La peur ?... Il n'y fallait point songer. Le colonel était brave, un officier de très grande valeur, et sa carrière militaire ne laissait en cette occurrence point de place au doute.

La vexation de se voir assigner besogne si basse ?...

Stupidité !... Juan de Sotomayor savait qu'il n'est point tâche subalterne mais seulement l'impérieux devoir de servir Dieu, le roi et l'Espagne. Et, pensait l'ambassadeur, rien ne peut rebuter ceux qui ont pareille foi en le cœur car la noblesse supérieure de la cause balaye toujours l'indignité des moyens.

La mauvaise compréhension de la nécessité d'abattre l'amiral de Nissac ?... Impossible !... Sotomayor était un homme intelligent qui mesurait parfaitement combien Nissac causait de tort au prestige de Philippe III ayant à plusieurs reprises humilié la Très Sainte Espagne.

Irrité, l'ambassadeur feignit de ne s'être point aperçu du trouble du colonel. Aussi parla-t-il avec autorité qu'il espérait bien ne point voir remise en question :

— Colonel, vous êtes le meilleur, le plus habile à l'arquebuse comme au mousquet mais vous utiliserez la première de ces armes, plus légère que l'autre et qui ne nécessite point fourche de métal pour la soutenir. Pour avoir bon appui, vous poserez le canon de l'arme sur le rebord de la fenêtre de cette maison de la rue Galande, face à l'hôtel particulier où se trouve Nissac. Vous veillerez jusqu'à ce que l'amiral paraisse. Vous ne tirerez qu'une fois. Je serai, vous m'entendez, je serai à vos côtés.

Le colonel leva un regard étonné sur l'ambassadeur.

— Quelle est cette maison ?

— Elle est à nous pour quelque temps.

— Nous serons... Vous et moi sans nul autre ?...

— Non, plusieurs, et tous de confiance.

— Je suppose que je n'ai guère le choix ?

— En effet !... répondit sèchement don Inigo de Cardenas qui ajouta : pas davantage le choix que de faillir en votre tir.

Sotomayor perçut parfaitement la menace.

Ils creusaient.

Ils creusaient depuis des heures et des heures en la cave du notaire. Ils avançaient lentement, ne pouvant travailler qu'à deux de front en un intense effort d'une dizaine de minutes au bout desquelles deux hommes reposés les remplaçaient avec ardeur.

Tous étaient à l'ouvrage, des simples marins et soldats aux officiers, des anciens enfants trouvés aux vieux noms aristocratiques. Les hommes travaillaient le torse nu, madame de Nissac le haut du corps en chemise légère, portant elle aussi les bourriches de terre en un autre endroit de la vaste cave.

Visages, torses, les corps ruisselaient de sueur tandis que la glaise les couvrait mais nul ne s'arrêtait à pareil détail car ne comptait que le résultat qu'il fallait absolument obtenir avant l'arrivée des conjurés et le début de la séance prévue pour minuit.

Les conditions en lesquelles s'effectuait le travail étaient assez médiocres en raison de pierrailles et qu'il fallait prendre garde que pelles et pioches, causant trop de bruit, n'éveillent les soupçons du vicomte de Château-Meslay qui accueillait les conjurés en son hôtel particulier de la rue du Petit Lion. On savait l'homme seul, ayant renvoyé ses domestiques et se gardant de recevoir pour ne point troubler les conjurés par présence inattendue.

Le vicomte de Château-Meslay était un homme jeune, à peine vingt-quatre ans, fils d'un Ligueur tué en les rangs du duc de Mayenne qui combattait alors Henri quatrième. Cependant, chez le vicomte, les idées politiques tenaient aussi peu de place que la religion et il n'avançait en cette affaire que poussé par l'ambition, souhaitant plaire au tout puissant duc d'Épernon.

Une heure avant minuit, et tandis que certains, secrètement, désespéraient de réussir en les délais impartis, Sousseyrac sentit le vide sous sa pioche.

Furieusement, on agrandit le trou qui débouchait en une autre cave, assez semblable à celle du notaire.

Cependant, il fallut encore un bon quart d'heure pour installer en cette cave ce que l'amiral y souhaitait laisser. Enfin, sur ordre de Nissac, tous, sauf lui-même, se retirèrent. Un à un, ils gagnèrent le refuge d'une taverne placée presque en vis-à-vis et que le propriétaire avait louée sans faire de difficulté dès qu'il eut vu la couleur des écus de monsieur de Sully.

Bientôt, la comtesse, Sousseyrac, Valenty, Fey des Étangs, Yasatsuna et les cinq marins et soldats du *Dragon Vert* se trouvaient nettoyés de la terre qui les couvrait et vêtus d'habits propres.

Tous se pressaient derrière les carreaux de la taverne guettant, en la nuit profonde et la rue vide, silhouette du comte qui ne paraissait toujours point. La rue du Petit Lion était désespérément vide, à l'exception d'un marin du *Dragon Vert* dissimulé sous un porche et qui avait une mission spéciale, confiée par Nissac, et sans rapport avec celle qui se déroulait en cet instant.

En la taverne, angoisse profonde augmentait d'instant en instant, chacun communiquant la sienne aux autres.

Quelques minutes seulement séparaient de minuit lorsque très violente explosion retentit, soufflant toutes les vitres du quartier.

Et, dans la lueur aveuglante de l'explosion, on distingua, en sombre, silhouette qui courait vers l'auberge en une course effrénée.

La silhouette noire sur fond jaune orangé parut un instant soulevée de terre par le souffle mais l'homme, puisque c'en était un, retomba adroitement sur ses pieds chaussés de hautes bottes montant aux genoux.

Et tous soufflèrent d'aise car on ne pouvait se tromper sur la qualité de celui qui portait très beau chapeau à plumes vertes, bleues et blanches, courant à perdre haleine en la rue du Petit Lion dévastée.

93

Silencieux, le roi, flanqué de Bassompierre et du lieutenant de police, arpentait les gravats. Cependant, on ne pouvait dire que la tristesse marquait ses traits et ceux qui le bien connaissaient auraient distingué sur le visage d'Henri quatrième petit air de très discret contentement.

Bassompierre faisait précisément partie de ceux qui le bien connaissaient, aussi demanda-t-il, une lueur amusée en les yeux :

— Qu'en pensez-vous, Majesté ?

— Par Dieu, on dirait que Satan et ses légions infernales ont donné fête en cet hôtel de la paisible rue du Petit Lion.

Puis, se tournant vers le lieutenant de police :

— Et vous, qu'en dites-vous ?

— Sire, ils étaient plusieurs et ont creusé tunnel par les caves de la maison voisine. Une fois en la cave de feu le vicomte de Château-Meslay, ils y ont entassé tonneaux de poudre sur lesquels avaient été placées nombreuses barres de fer pour obtenir résultat plus meurtrier encore. Ensuite, ils ont dû se replier rapidement. Cette méthode est bien nouvelle, Majesté.

Le roi remercia et d'un signe congédia le lieutenant de police. Quelque chose d'heureux traversa son regard devenu si souvent triste.

— Quel diable d'homme, ce Nissac !... Je pourrais presque croire de nouveau en certaines choses car cette idée fortifie qu'il existe homme de grand savoir militaire, fidèle et en riche imagination. Oui, cette science de la guerre mariée à forte détermination, cette certitude qu'il va frapper mes ennemis et me surprendre agréablement, voilà qui adoucit grandement ces jours d'amertume.

— C'est en effet stupéfiant d'ingéniosité, Sire. Il est cependant dommage que seul Château-Meslay ait été tué.

Le roi secoua négativement la tête.

— Tout au contraire, Bassompierre !... Vois-tu, c'est en cela que j'admire la finesse de Nissac. Il s'agissait d'évidence d'une de ces réunions de chefs dont on m'a parlé. En les tuant tous, Nissac isolait les petits assassins de ceux qui donnent les ordres et les petits assassins m'auraient attendu en actions isolées, isolées mais nombreuses. Intervenant tel qu'il l'a fait, Nissac sème la peur à la tête du complot et peut espérer qu'ils vont reculer car à présent, ce sont les attaquants qu'on attaque. C'est calcul intelligent de sa part, mais cette fois Nissac se trompe complètement : rien ne fera reculer les plus durs des chefs de la conjuration. Ils attendent depuis trop longtemps.

C'était, en son genre, incontestablement le meilleur.

Bon marin, sans plus, il était imbattable à la course, tant pour la vitesse qu'en l'endurance sur très long trajet.

Chaque nouvelle recrue du *Dragon Vert* y avait laissé quelques écus car l'homme relevait toujours le défi – lancé par un complice – d'effectuer en courant sans s'arrêter le trajet de Toulon à Aix.

Et toujours il gagnait, arrivant parfois plus frais que les chevaux.

On l'appelait « Le Finlandais », car il venait de ce pays, ayant échoué à Toulon en raison d'un amour malheureux et il n'était pas loin de sombrer en le désespoir lorsque l'amiral de Nissac, devant compléter son équipage après de durs combats, l'avait recruté.

Mais aussi efficace qu'il fût, cette mission devait rester la plus périlleuse qu'il effectua jamais car surpris, il eût été tué sur-le-champ.

Se cacher sous un porche pour attendre le moine sans visage sitôt qu'il tourna bride en découvrant la catastrophe de la rue du Petit Lion, tout cela offrit peu de difficultés, surtout lors des premières lieues. Après, ce fut plus difficile. En effet, le moine et les trois hommes au col relevé qui l'accompagnaient se retournèrent plus de cent fois. Et à plus de cent reprises, « Le Finlandais » dut se jeter au sol, se blessant parfois.

Enfin rassuré, le moine finit par surveiller de moins en moins souvent ses arrières et mena « Le Finlandais » en l'Orléanais.

On s'engagea dans une première forêt, dense et sombre, puis le paysage devint des plus étranges. Et la fatigue pesa soudain sur les muscles du « Finlandais », moins en raison de la course de plus de trente lieues que de l'emprise de la peur qui fléchissait sa détermination.

Il vit d'abord village en ruine, abandonné de toute âme qui vive et couvert d'une épaisse poussière grise solidifiée auquel succéda forêt pétrifiée puis une rivière de laquelle s'échappait vapeur de soufre et l'on arriva enfin en vue d'un très vieux château demi en ruine mais dont la masse qui demeurait était des plus imposantes.

Le moine et les trois hommes qui l'accompagnaient mirent pied à terre et s'avancèrent vers d'épais buissons de houx en lesquels ils pénétrèrent et disparurent.

Pour « Le Finlandais », couché sur le sol, il eût été naturel de se redresser afin de gagner en courant le premier relais de chevaux, de s'y trouver une monture et revenir à bride abattue vers l'hôtel particulier de la rue Galande afin de faire rapport à l'amiral-comte de Nissac.

A tel comportement, il n'eût été rien à redire et pourtant, agissant de cette façon, « Le Finlandais » eût immanquablement été tué.

Mais l'homme savait conserver tous ses sens en alerte, habitude qui lui venait de ces longues années où, en son pays, il chassait du côté des grands lacs du sud proches du golfe de Finlande. Quelque chose, qui relevait donc davantage de l'instinct que de l'intelligence, lui fit obligation de ne se point redresser, et grand bien lui fit !

Sortant vivement de derrière le bosquet de houx où passage était ménagé, le moine inspecta minutieusement les alentours et, pour mieux voir, baissa sa capuche.

Le spectacle du visage mutilé, proche d'un cadavre décomposé, apparut si abominable au « Finlandais » qu'il faillit se redresser pour s'enfuir en courant, et être rapidement rattrapé par les compagnons du moine disposant sans doute de chevaux frais. Mais il tint bon, demeurant couché sur le sol et ne cherchant pas à voir l'atroce visage, prenant tout au contraire grand soin de ne le point regarder.

Le cœur battant, « Le Finlandais » entendit des pas qui se rapprochaient et, d'après le bruit, il n'était pas douteux qu'on venait droit vers lui.

« Le Finlandais » eût souhaité disparaître en le sol. La pensée insoutenable lui vint de la main décharnée du moine à l'aspect de cadavre le saisissant aux cheveux, lui redressant la tête d'un mouvement brutal et l'obligeant à regarder ce visage ravagé où la mort avait largement mordu.

Il observa une fourmi qui disparut entre deux pierres et songea qu'il eût donné cher pour se trouver à sa place. Et ce souhait revêtit une ardeur telle, en ces circonstances, qu'il perdit sa dimension ridicule, l'insecte symbolisant tout soudainement la vie même.

Mais le moine défiguré n'alla pas plus loin et, après un dernier regard, regagna le bosquet de houx.

L'ambrosien, lui, ne se sentait point à l'aise. Quelque chose d'indéfinissable, en ce lieu pourtant protégé, l'inquiétait. Le sentiment qu'on les avait suivis l'envahit à nouveau mais il le repoussa : aucun cavalier n'aurait pu échapper à sa vigilance tant il s'était retourné souvente fois à intervalles irréguliers.

En les sombres souterrains, il jeta un regard distrait aux nombreux ossements qui jonchaient le sol mais n'y trouva point l'excitation qui le prenait quelquefois à la contemplation de pareil spectacle. Se trouvant l'esprit moins occupé, il aimait, bien souvent, observer ces squelettes et penser qu'il s'agissait là des restes d'adolescentes et adolescents qui lui avaient donné bien du plaisir tandis qu'il les violait. Il aimait ce rapport trouble entre Éros et Thanatos, l'amour et la mort, et trouvait subtil plaisir à songer que ces pauvres os et ces crânes avaient été habillés de chairs désirables. Et possédées. Car pour l'Ambrosien, qui avait usé toutes les autres formes de plaisir, les sens ne pouvaient se pleinement épanouir que si l'esprit les soutenait, tel l'arc-boutant une voûte de cathédrale.

Il chassa ces pensées. L'heure lui parut grave car tout pouvait encore sombrer alors qu'on se trouvait si près du but.

— Que m'importe Henri quatrième !... murmura l'homme défiguré en haussant les épaules.

Ainsi avait-il si vite progressé depuis quelques mois en sa folie qu'il ne haïssait point le roi d'être hérétique et par ailleurs bouc puant et lubrique. Tout au contraire, cela le rendait sympathique et ne donnait point envie de le tuer. Seule excitait l'ambrosien l'idée d'avoir organisé pareil complot, de réussir et de demeurer à tout jamais inconnu en l'histoire. Cela flattait chez lui chose dont il ne parvenait à saisir l'essence, ni même à cerner les contours.

— J'y songerai une fois l'affaire réussie !... dit-il à mi-voix.

En attendant cela, il se demandait avec certaine anxiété comment Nissac – qui d'autre ?... – avait eu connaissance du lieu et de la date où devait se tenir réunion des conjurés.

Arrivé en sa chambre, le moine défiguré regarda longuement le bonhomme de foin fabriqué avec la peau du cardinal de Bellany.

Grand accès de rage le saisit alors et il ôta violemment

la paille du bonhomme puis, se trouvant devant la peau vide, il la cloua au-dessus de son lit.

Apaisé, il réfléchit de nouveau : qui avait trahi ?

Si près du but !...

Nerveux, il considéra la peau vide clouée au mur et lança d'un air sombre :

— Il faut à présent faire très vite !... Plus vite que Nissac !...

94

En ce jour du douze de mai, veille du sacre de la reine, l'amiral de Nissac partageait au moins une chose avec l'ambrosien : l'avis qu'il fallait agir très rapidement.

Poussé en cela par monsieur le duc de Sully et le Père Coton, qui tous deux se montrèrent insistants, Nicolas de l'Hospital, marquis de Vitry et capitaine des gardes du roi, qui se trouvait comme la plupart en mauvais pressentiment, accepta de livrer à l'amiral les itinéraires du carrosse du roi pour les jours à venir.

Dès qu'il fut en ce secret, l'amiral organisa les choses telles qu'il comptait les voir se dérouler, sachant qu'il disposait d'un court répit : rien ne serait tenté avant le sacre. Ainsi, par le « tâteur », savait-il où se terrait la forte troupe qui constituait le « Troisième Cercle », le plus large, celui qui avait pour mission, au cas où la tentative de Ravaillac échouerait, de tuer le roi, ses gens et tous ceux qui se trouveraient là.

La bande, selon le « tâteur », était confinée en un vieux château situé à mi-chemin de Paris et de Conflans.

Monté sur cheval rapide, Stéphan de Valenty se rendit sur place et nota en effet, quoiqu'ils fussent discrets, nombreux signes d'activité en ce château prétendument abandonné où se pressait la fine fleur du crime du royaume des lys. Valenty, qui connaissait le goût de Nissac pour le soin à apporter aux entreprises qu'il menait, dressa plan minutieux des lieux.

Nissac, qui s'en venait de recevoir la trentaine de marins et soldats venus du dépôt de Toulon pour remplacer les morts des précédentes missions, demanda peu après à être reçu par Bassompierre.

Aussitôt, il informa celui-ci en détail et le futur maréchal, préoccupé, répondit alors :

— Le roi ne veut rien, en cette affaire, qui apparaisse comme venant de son autorité, aussi est-ce vous, monsieur l'amiral, qui allez régler ce problème.

Nissac voyait bien, en le regard de Bassompierre, marque d'estime et même d'admiration mais il n'en jugea pas moins la manière assez abrupte. Aussi demanda-t-il :

— Et comment dois-je procéder pour satisfaire le roi ?

Bassompierre, ce qui est à porter à son crédit, regarda Nissac droit dans les yeux.

— Tel que le roi lui-même vous le dirait s'il se trouvait ici avec vous, à ma place.

— Mais encore ?

— Aucun survivant !

Cette fois, cependant, Bassompierre détourna la tête pour échapper au regard des yeux gris, soudain glacé, de l'amiral qui se retira sans un mot, ignorant que son interlocuteur se trouvait en grande confusion de demander tâche si pénible à un homme qu'il estimait.

Mais Nissac, seulement préoccupé de sauver le roi, ne s'attarda point en des pensées moroses et prit tout au contraire ses dispositions.

Ainsi, il régla les horaires de sorte que les deux cents hommes du *Dragon Vert*, infanterie d'assaut et marins, convergent en trois colonnes distinctes par chemins différents vers le château où se préparaient les spadassins du « Troisième Cercle ».

Déjà, la première colonne commandée par le capitaine de Sousseyrac quittait le cantonnement du Faubourg Saint-Jacques, car elle devait accomplir le plus long chemin.

Nissac s'efforçait au calme d'autant qu'il entrevoyait, à l'encontre des tragiques oracles, possibilité de sauver le roi.

Si le sort des armes lui était favorable, le « Troisième Cercle » serait anéanti. Restait alors à faire de même avec ceux du « Deuxième Cercle », que Luc de Fuelde appelait « les faux indignés » lesquels, simulant grand courroux, devaient tuer Ravaillac afin qu'il ne parle jamais sitôt que celui-ci aurait accompli le régicide. Et si la providence le voulait ainsi, ne demeurait plus que le « Premier Cercle », c'est-à-dire Ravaillac lui-même, dont il n'était peut-être pas impossible d'arrêter le bras.

« Que d'hypothèses ! » songea Nissac.

Accompagné de la comtesse son épouse, du seigneur Yasatsuna et des barons Valenty et Fey des Étangs, le comte sortit de l'hôtel particulier de la rue Galande.

Il s'entretenait avec Fey des Étangs lorsque la petite plume rouge du chapeau de celui-ci fut coupée net par un coup de feu.

Levant les yeux, Nissac et les siens virent la gueule encore fumante du canon d'une arme qui dépassait d'une fenêtre du premier étage de l'immeuble situé en vis à vis.

On se rua en cette maison. Cependant, arrivés en la chambre du premier étage, on trouva la pièce vide mais l'arquebuse encore fumante posée sur le bord de la fenêtre.

— Un maladroit !... lança Valenty.

Nissac sourit :

— Ou quelqu'un qui ne me voulait point tuer !... répondit Nissac qui savait que seul un tireur exceptionnel pouvait réussir pareil coup et avait idée précise sur l'identité de celui-ci.

Ils se trouvaient à présent quittes.

Don Inigo de Cardenas, ambassadeur d'Espagne, observait d'un regard qui n'était point exempt de tristesse le colonel de cavalerie Juan de Sotomayor. Puis, lui montrant deux hommes de la police secrète de Philippe III qui se tenaient à l'entrée de la salle :

— Ces deux officiers vous mèneront jusqu'à Madrid. Il vous est hélas impossible de faire vos adieux à qui que ce soit car vous partez immédiatement.

Le colonel se tenait comme toujours un peu raide, semblant à chaque instant prêt à relever un défi ou punir un affront. Il répondit d'une voix froide :

— Je n'ai d'adieux à faire à personne et puis me rendre à Madrid sans la compagnie de ces deux épouvantails.

— Ne les sous-estimez point, colonel Sotomayor, car pour être gens de police, ils n'en sont pas moins des tueurs. Aussi irez-vous à Madrid sans rien tenter et vous expliquerez-vous devant le roi.

— Il ne me recevra point.

L'ambassadeur eut un geste évasif car il savait que Philippe III ne voudrait rien entendre. Mais cette pensée le gênait, aussi passa-t-il à autre chose :

— Comment un tireur tel que vous a-t-il pu ainsi rater son coup ?

Le colonel ébaucha un sourire.

— J'ai tout de même coupé la plume du chapeau de l'homme qui se trouvait le plus proche de l'amiral de Nissac !... Le coup est beau, et l'honneur de l'Espagne est sauf.

L'ambassadeur sourit à son tour, moins de la réponse elle-même que de cette tournure d'esprit ironique qu'il ne soupçonnait nullement chez un homme tel que Sotomayor.

Don Inigo de Cardenas jeta un bref regard aux deux hommes de la police secrète puis, prenant le bras du colonel, il l'entraîna à l'autre bout de la salle afin qu'on ne les puisse point entendre. Il parla à mi-voix :

— À part qu'il est grand soldat, marin exceptionnel et tout ce dont on nous agace en compliments de toutes sortes, qu'y a-t-il donc qui fascine un homme tel que vous chez ce Nissac, au point de courir les plus grands risques personnels pour le sauver ?

Le colonel jeta un regard las à l'ambassadeur.

— Le comprendriez-vous ?

— Je le puis tenter, colonel, car j'ai pour vous grande

estime, estime telle que... les événements récents ne l'ont point altérée.

Le colonel, qui se savait perdu, ne jugea point utile de baisser la voix car, pensait-il, cette petite humiliation n'eût en rien modifié son sort.

— Je vous étonnerai peut-être, mais je ne suis pas ébloui par ses qualités militaires. Elles existent bien telles qu'on les dit : et alors ?... Nissac est avant tout un homme intelligent. Contrairement aux autres, il a *pensé*, vous m'entendez, *pensé* le métier des armes, sans doute des heures par jour et pendant des années... Il y a d'autres choses chez lui bien moins visibles et plus intéressantes. Je ne vous en dirai qu'une : il m'a laissé la vie quand tant d'autres à sa place, et moi le tout premier, ne l'eussent point fait.

L'ambassadeur réfléchit un court instant à ces paroles. Il n'était pas loin de penser que le comportement de Nissac épargnant son adversaire révélait avant tout une faiblesse.

— Certes, en plus de tout, il serait bon. Et ce serait là raison suffisante pour risquer votre propre vie ?

— Qu'est-ce qu'une vie, monsieur l'ambassadeur, si on ne décide de lui donner un sens ?

— La vie, c'est combattre pour son roi, son pays et pour Dieu. Voilà le sens de la vie : net, droit, joyeux à force de clarté.

— Joyeux ?... Je crois que l'amiral de Nissac a une conception tragique de l'existence, c'est sans doute ce qui m'a rapproché de lui tandis que je l'observais pour le bien connaître afin de le mieux tuer. Je savais que vous ne me pourriez comprendre, monsieur l'ambassadeur.

— Mais quoi, à la fin : oui, la vie est également tragique puisque son terme est la mort !... La belle affaire !... Il vole le vent aux autres capitaines, excelle à l'épée, manifeste grande bonté et se montre philosophe : quel homme est-ce là donc ?

— Justement, monsieur l'ambassadeur, d'un point de vue courant, l'amiral de Nissac pose un problème grave dont vous observez avec exactitude les prémices.

Oubliant les hommes de la police secrète, l'ambassadeur ne put dissimuler son vif intérêt.

— Que voulez-vous dire, colonel ?

— Je crois que le comte de Nissac, en dehors de ses qualités de soldat qui par rapport à notre objet n'ont aucune importance, est aujourd'hui ce que les jours futurs produiront de meilleur. Or, je ne suis point homme à insulter l'avenir. La police secrète comprendrait-t-elle cela ?

— J'en doute !... répondit don Inigo de Cardenas d'un air sombre.

— Et moi pareillement. Aussi ne vais-je point desserrer les dents.

95

Le temps avait brusquement changé.

Les trois colonnes avançaient péniblement, chacune par route différente, sous le vent et la pluie tombant en froides rafales.

Nissac commandait la première, Paray des Ormeaux la seconde et Sousseyrac la troisième, dite « compagnie lourde » en cela qu'elle transportait armes lourdes, tels deux fauconneaux[1] flambant neufs sortant des arsenaux de Sully.

Chacun se murait en ses pensées, car en raison du mauvais temps, il n'était point possible de parler au camarade qui marchait à vos côtés.

Les hommes avaient été informés qu'on procéderait d'abord à un regroupement en la forêt proche du château où cantonnaient les assassins pour n'attaquer qu'à la nuit, et par surprise. Malgré cela, nul n'ignorait que la partie serait rude même si tous se trouvaient en bonne confiance, et c'est là l'immense avantage d'être mené par un chef qui n'a jamais connu la défaite.

D'autres, qui aimaient secrètement la jolie comtesse de Nissac, espéraient se battre à ses côtés et qui sait, la sauver, peut-être, quoiqu'elle eût montré déjà qu'à l'épée comme au pistolet, elle valait n'importe quel homme.

Mais cela n'empêchait point de rêver et parfois d'y croire car, sans l'espérance, qu'en serait-il des hommes ?

1. Canons légers.

L'évêque de Luçon, Armand Jean du Plessis de Richelieu, attendait en grande anxiété car il croyait savoir qui lui avait donné rendez-vous et pensait que son destin, qu'il voulait exceptionnel, allait se décider en les minutes à venir.

Il eût préféré que la rencontre se fît à Saint-Germain l'Auxerrois, paroisse du Louvre, au lieu de quoi il se trouvait en le couvent du Petit Saint-Antoine qu'il connaissait peu bien qu'il eût une fois cependant assisté à l'office des Ténèbres en cet endroit.

L'évêque de Richelieu frissonna de froid, ayant reçu la pluie au sortir de son carrosse. En outre, il souffrait d'une irruption de furoncles sur tout le corps, mais particulièrement de l'un d'eux en le fondement qui l'obligeait à se tenir fesses écartées selon technique qu'il maîtrisait bien, ayant souvente fois furoncles en cet endroit et devant en souffrir toute sa vie.

Il attendait depuis plus d'une heure, grelottant. On était après vêpres et il désespérait lorsqu'une femme apparut.

Elle portait masque représentant la mort, mais cet artifice était inutile car Richelieu savait qui elle était.

Il éprouva difficulté à parler le premier, balbutiant :

— Majesté...

La femme attendit longuement avant de répondre, mettant ainsi fin à la torture de Richelieu :

— Demain, c'est le sacre de la reine.

Il songea : « Je le sais et vous le savez mieux que quiconque, Madame, puisque c'est vous qui serez sacrée. »

Il se contenta de hocher la tête.

La femme au masque de mort reprit :

— Si après-demain le roi est rappelé à Dieu, la reine dirigera la régence. Elle aura besoin de ministres, d'hommes nouveaux, ambitieux, jeunes et bons catholiques. Le roi ne vous fera jamais, vous m'entendez, jamais ministre. La reine le fera. Et vous fera élever au cardinalat.

Richelieu tomba à genoux devant la reine.

— Parlez, Majesté, je suis à vos ordres.

La femme au masque de mort, personnage que servait « la conjuration des douze » et qui se trouvait au sommet de celle-ci, tarda volontairement à répondre puis, sèchement :

— Abandonnez cet amiral de Nissac que je hais !... Ne voyez-vous donc point que sa fidélité au roi est le dernier obstacle entre vous et vos ambitions ?

Toujours à genoux, tête baissée en une attitude de soumission exagérée, l'évêque répondit :

— Je ne connais plus l'amiral de Nissac et ne le reverrai jamais. Mieux, je le briserai.

Il entendit un bruit de pas et leva la tête : la femme au masque de mort s'éloignait. Il est vrai que, pour elle, la journée du lendemain s'annonçait très chargée.

Sortant en grande discrétion, l'évêque de Richelieu observa la femme montant en son carrosse, les livrées des cochers, laquais et pages portant tous casaques et pourpoints de satin bleu et blanc. C'était là les couleurs de la reine.

Les trois colonnes se regroupèrent à proximité du château où se trouvaient la cinquantaine d'assassins qui devaient se préparer à agir dès le lendemain du sacre de la reine.

La pluie avait cessé mais la lune se trouvait souvente fois masquée par le passage de gros nuages sombres.

Sous le couvert de la forêt, les plus fervents loyalistes du royaume, tous du *Dragon Vert*, vérifiaient leurs armes et passaient en haut du bras gauche brassards marine à fleurs de lys jaune d'or afin de se reconnaître immédiatement en le furieux combat qui s'annonçait.

L'approche de Nissac, utilisant le seul côté qui n'était point à découvert, avait permis de se trouver très près du château en lequel le pont-levis n'avait point été relevé, mais la lourde porte qui lui succédait, elle, était fermée.

Tandis que certains vérifiaient la mèche de leur arquebuse, d'autres sans bruit sortaient l'épée ou le sabre du fourreau et quatre artilleurs d'élite du *Dragon Vert* mettaient en batterie les deux fauconneaux, leurs gueules menaçantes pointées vers la porte.

La garde était légère : deux hommes sur le pont-levis, un troisième sur les créneaux et celui-là seul posait problème.

Nissac s'approcha avec le seigneur Yasatsuna et un marin breton dit « Le Maltais », ainsi surnommé car c'est à Malte qu'il avait appris l'art du couteau avant de trouver femme à Messine et de l'épouser à Nieuport.

À la même seconde, deux poignards lancés par Nissac et le Maltais atteignaient la gorge des hommes de garde sur le pont-levis tandis qu'au même instant celui du créneau recevait une flèche en l'œil gauche aussitôt doublé d'une autre en l'œil droit, le fils du Soleil Levant baissant alors son arc en ne regardant pas même le résultat.

Un des hommes du pont-levis tomba en l'eau croupie mais le bruit fut léger car il ne vint aucune réaction du côté du château.

L'amiral de Nissac, qu'observaient deux cents paires d'yeux, tira alors l'épée du fourreau, la leva et l'abaissa en un geste rapide. Aussitôt, les artilleurs ouvrirent le feu et, sous la salve des fauconneaux, la lourde porte, dégondée, s'effondra sur le pont-levis qu'elle ébranla.

Les assaillants se mirent aussitôt en route, avançant au petit pas de course.

À l'étage, des hommes aussitôt réveillés se précipitèrent aux meurtrières. Muets de stupeur, ils virent la nombreuse troupe qui avançait vers eux, très compacte, semblable aux « tortues » de l'ancienne Rome, et la frayeur des régicides tenait au silence des assaillants. Contrairement aux troupes d'assaut qui toujours s'élancent en hurlant, les bouches demeuraient fermées et l'on n'entendait que l'horrible cliquetis des armes et les pas lourds que font deux cents hommes sur les planches d'un pont-levis.

En le château, on se dressait partout pour saisir ses armes et se précipiter vers l'entrée.

Le premier choc eut lieu en la vaste salle d'armes du bas et tourna immédiatement en faveur des loyalistes, les régicides devant reculer en combattant vers un escalier monumental qu'ils gravirent à reculons. Les félons recevaient d'incessants renforts venant de l'étage.

Sur un ordre de Nissac, Paray des Ormeaux par une aile, Fey des Étangs et Valenty par l'autre emmenèrent la moitié des effectifs du *Dragon Vert* afin de complètement nettoyer le rez-de-chaussée du château où des régicides en nombre assez réduit furent aussitôt passés au fil de l'épée.

Mais l'essentiel du combat se déroulait sur l'escalier de marbre, large de presque deux toises, où les spadassins se trouvaient en position plus élevée, et donc plus avantageuse.

Comme il était d'usage en son art de la guerre, le seigneur Yasatsuna moissonnait des têtes, certes, mais sa situation défavorable ne lui permettait point de briller autant que d'habitude. Il en allait de même pour Sousseyrac dont la force s'exprimait plus difficilement.

Les régicides, eux, qui se défendaient farouchement, et avec talent, tiraient excellent parti de leur emplacement mais cependant, en cette mêlée sauvage, ils perdaient pied et reculaient inexorablement vers l'étage. En leur défaveur, jouait le fait qu'ils n'avaient jamais combattu des hommes armés de sabres et de haches d'abordage qui taillaient des membres entiers.

Parmi les régicides, un petit homme voyant Sousseyrac culbuter coup sur coup deux adversaires le visa à la tête avec un pistolet et déjà le capitaine géant recommandait son âme à Dieu quand son futur assassin s'effondra, une balle en plein front.

Se retournant, Sousseyrac découvrit Isabelle de Nissac. Il s'en étouffa presque.

— Ah çà, madame la comtesse, vous m'avez sauvé. Sousseyrac sauvé par une femme, la vie est délicieuse et grand bienfait !... Je mourrai volontiers pour vous et avec grand bonheur, madame !...

— Vivez plutôt, monsieur, et songez à tous les violoneux qui sans vous seraient fort marris et moi-même fort triste de ne plus vous entendre dire bêtise sur bêtise !

Pendant ce temps, le combat continuait, âpre et sauvage. Les régicides reculaient pied à pied, vendant chèrement leur peau, ceux du *Dragon Vert* laissant au moins un mort ou un blessé grave pour chaque marche conquise. On glissait dans le sang.

Enfin, on fut à l'étage et, si la victoire ne laissait guère de doutes, il fallut encore plusieurs morts avant que les derniers régicides ne jettent l'épée.

On fit six prisonniers, dont deux blessés. Le roi, par la bouche de Bassompierre, avait parlé : « Aucun survivant. » Nissac s'entretint avec eux, à voix basse, pendant plusieurs minutes sans que nul entende mais, à voir comme ils s'alignèrent contre un mur spontanément, on comprit qu'ils avaient choisi leur mort : ni corde, ni gorge ouverte au couteau.

Tir de mousqueterie, à moins d'une toise, et tout fut dit.

Tandis qu'au rez-de-chaussée madame de Nissac assistait le chirurgien du *Dragon Vert* qui soignait les blessés, l'amiral fut appelé en une chambre de l'étage. Il y vit une femme nue qui se tenait assise sur un lit en conservant les yeux baissés. À ses côtés, sorti de sous le lit où il se cachait, un homme gras, nu lui aussi. Sans un mot, et avant toute chose, Nissac couvrit la femme de sa cape marine tachée de sang, soustrayant sa nudité aux regards avides d'une dizaine de marins.

Puis il écouta l'officier qui avait interrogé le couple.

— La femme est une bourgeoise du voisinage. Sans doute prise de folie, elle a tout quitté pour vivre au milieu des spadassins où elle fut choisie par ce lâche qui a abandonné les siens et espérait nous échapper en se cachant.

Nissac jeta un regard las à l'officier.

— Vous connaissez la consigne.

On entraîna l'homme et, presque aussitôt, on perçut un coup sourd.

Un jeune marin revint avec la tête du spadassin qu'il jeta en riant aux pieds de la femme. Celle-ci, un instant incrédule, hurla de terreur.

Nissac, qui semblait d'un coup épuisé, se tourna vers l'officier :

— Cet homme n'appartient plus à l'équipage du *Dragon Vert*. Qu'on lui donne de quoi rejoindre Toulon et qu'il quitte les lieux à l'instant, faute de quoi, il sera considéré comme espion et pendu sur-le-champ.

L'amiral fut envahi d'une grande tristesse. En deux ans à le côtoyer, c'est là tout ce que ce jeune homme avait appris : terroriser une femme déjà humiliée car s'étant trouvée nue devant tant d'hommes ?

Voyant que la tête était demeurée aux pieds de la femme, l'amiral s'adressa à un soldat de l'infanterie d'assaut :

— Eh bien, qu'attendez-vous ?... Débarrassez-nous de cette tête !

— À vos ordres, monsieur l'amiral !... répondit l'homme qui, en grande résolution, saisit la tête par les cheveux, spectacle assez pénible pour tous.

Puis, ayant ainsi fait, il marqua longue hésitation, ne sachant comment poursuivre.

Nissac, mais aussi la dizaine de marins présents, l'officier et la femme elle-même, levèrent tous les yeux vers le soldat qui, souriant d'un air de grande niaiserie, tenait toujours la tête par les cheveux, à bout de bras, tel un seau d'eau.

Enfin, de nouveau résolu, il affirma :

— Je vous débarrasse de cette tête, monsieur l'amiral !

Mais il n'en fit rien, ne sachant toujours pas comment agir et regardant, l'air perdu, aux quatre coins de la pièce.

Discipline militaire interdisant qu'on lui dise comment il devait s'y prendre, la bouche tordue, certains lui soufflaient quelque chose et Nissac lui-même, quoique sa bouche demeurât silencieuse, articulait un mot mais l'homme, la tête penchée à quarante-cinq degrés en l'espoir de mieux lire sur toutes ces lèvres, l'homme, donc, n'agissait point, étant en la totale incompréhension de ce qu'on lui susurrait de tous côtés.

N'y tenant plus, un sergent sortit en le couloir tandis que les autres regardaient le soldat avec cette sorte de fascination qu'exerce toujours bêtise extrême.

Le sergent sorti plus tôt, et qui se trouvait en le couloir, c'est-à-dire hors la zone de contrôle de l'endroit où l'ordre avait été donné, hurla à pleins poumons :

— Jette-la par la fenêtre, pauvre crétin !

Sous le regard fasciné de ceux qui se trouvaient en la pièce, le visage du soldat s'illumina. Avec conviction, il jeta la tête par la fenêtre mais crut bon, hélas, d'ajouter avec un bon sourire :

— Cette tête est oubliée, monsieur l'amiral !

À quoi sembla répondre, en le silence, le « plouf »sonore de la tête tombant en les eaux croupies des douves du château, comme si cette partie décollée du spadassin entendait bien, en cette querelle, conserver le dernier mot.

L'amiral-comte de Nissac, mais tous les autres aussi qui pareillement ne voulaient point rire en ces circonstances dramatiques, commencèrent par rosir. Puis, chez tous, la couleur s'affirma, virant au rouge. À quoi s'ajoutèrent en tempête hurlements sauvages d'un rire trop longuement retenu qu'alimentait sans cesse air de grande désolation du malheureux soldat.

Nissac, les yeux encore mouillés de larmes, leva sa main gantée de gris perle pour imposer un silence qu'il obtint aussitôt :

— Messieurs, le combat fut âpre et ceci explique cela.

Enfin, avisant la femme nue sous la cape :

— Nous allons sortir, madame. Habillez-vous et retournez chez vous.

Le retour vers Paris, qu'on atteignit à l'aube, fut des plus tristes. L'équipage du vaisseau royal comptait onze morts et plusieurs blessés graves.

Nissac qui allait en queue avec la compagnie lourde

de Sousseyrac regarda le ciel pâle qui blanchissait à l'est. Au moins avait-il réussi, en tuant ces cinquante régicides, à totalement détruire le « Troisième Cercle » de la conspiration.

Il regarda la comtesse qui allait à ses côtés.

Il eut brusquement envie de fuir Paris. Mais il savait que le plus difficile était encore à venir...

96

La journée du sacre fut fastueuse. Des princes y côtoyaient tout ce que le royaume comptait de gens de haute importance en costumes d'apparat. On y vit même, rentrée en grâce, la reine Margot qui avait fort grossi. Elle portait manteau où se voyaient fleurs de lys d'or et si long, que des barons en tenaient la queue.

Le comte de Nissac eût pu exiger, pour assister au sacre, place qui lui revenait de droit car sa noblesse était une des plus anciennes de France mais en vérité, si le sacre de la reine l'intéressait en cela qu'il risquait de plonger rapidement le royaume en le deuil, la cérémonie ne suscitait chez lui qu'indifférence.

Il s'y rendit pourtant, et fit demander qu'on allât quérir Luc de Fuelde qui fit répondre qu'il se trouvait « trop occupé » pour rencontrer l'amiral de Nissac.

Celui-ci, un instant perplexe, envoya autre émissaire avec message plus ferme mais la réponse fut plus désagréable encore, Fuelde prétextant qu'il « n'avait point de temps pour monsieur de Nissac ».

L'amiral n'insista pas.

Peu après la cérémonie, tandis que le carrosse où se tenait Luc de Fuelde allait en une rue tranquille, Sousseyrac arrivé au galop sauta de cheval et s'installa près du cocher. Il lui sourit, mais le regard demeura froid et, montrant ses larges mains :

— Déplais-moi en n'exécutant point mes ordres et je te tords le cou comme à un poulet.

— La chose n'est point nécessaire, monseigneur !... répondit le cocher en grande docilité.

Pendant ce temps, sautant depuis son haut cheval noir, Nissac s'invita à l'intérieur du carrosse tandis que Valenty et Fey des Étangs rattrapaient sa monture par la bride ainsi qu'ils avaient procédé avec celle du baron de Sousseyrac.

Le comte de Nissac observa les deux passagers du carrosse qui avaient soudainement pâli, Richelieu davantage encore que Luc de Fuelde.

Ce dernier, au comble de l'embarras, se torturait les mains. Nissac, très conscient du malaise de Fuelde, se garda bien de hâter les choses, ce lourd silence faisant partie de la punition.

Enfin, il se décida à parler :

— Eh bien, l'abbé, que ressent-on lorsqu'on a comme vous trahi son roi, ses amis et son propre cousin, monsieur de Valenty ?

S'en remettant au verbe, terrain où il excellait, l'abbé fut aussitôt plus à l'aise :

— Mais, monsieur l'amiral, je ne trahis personne !... Je sers mon roi à ma façon, qui n'est certes point la vôtre, et je remarque d'ailleurs que...

Il se tut, la mâchoire comme prise en un étau, la main gantée de gris de l'amiral s'étant refermée dessus tandis que de son autre main, Nissac ouvrait la porte du carrosse. Puis, tirant le visage de l'abbé en tenant toujours la mâchoire en sa main puissante, l'amiral l'obligea à se lever et le précipita dehors en disant :

— Adieu, marchand d'oublies !

Luc de Fuelde se brisa l'épaule en tombant du carrosse, roula sur lui-même puis se retrouva à genoux à proximité de deux hommes en vert qui déféquaient sur le pavé, escomptant sans doute qu'on accuserait les chiens.

Impuissant, l'abbé vit le carrosse s'éloigner, entouré des officiers du *Dragon Vert* à cheval parmi lesquels Stéphan de Valenty se retourna et, ôtant son chapeau à plumes d'un geste large :

— Oh, bien le bonjour, mon cousin !

Cependant, à l'intérieur du carrosse, l'évêque de Richelieu, au comble du malaise et souffrant horriblement du gros furoncle placé en son fondement, cherchait à éviter les yeux gris de l'amiral.

Sur un ordre de Sousseyrac, la voiture s'arrêta en la rue Saint-Sauveur et Nissac tira aussitôt les rideaux, ce qui ne contribua guère à rassurer Richelieu.

Assis en face de l'évêque, les coudes sur les genoux et le visage en les mains, Nissac, ses yeux gris à présent curieux, lança :

— Expliquez-vous.

Richelieu cherchait à se défiler sans en avoir sans doute conscience. Il admira mentalement les belles plumes du chapeau de l'amiral puis, trouvant la position du comte fort curieuse, et même assez émouvante, il songea : « Tenant ainsi son visage en ses mains, ce Nissac semble petit enfant attendant qu'on lui conte belle histoire... »

Puis, l'émotion qui ne faisait géneralement que passer en l'âme de Richelieu fit place au calcul : « S'il veut entendre belle histoire, je le puis gâter »...

Richelieu porta la main devant sa bouche, retint à demi petite toux des plus mondaines puis, se donnant accents de l'indignation :

— Amiral, vous outrepassez très largement ce que l'on attendait de vous.

— Mais encore ?

— Vous êtes partout à la fois, vous faites éclater hôtels, vous tuez, vous interrogez... c'est trop, beaucoup trop !

Nissac hocha la tête, intéressé :

— Très bien. Alors rappelez-moi donc les termes de ma mission.

Richelieu se troubla.

— Eh bien... Vous deviez porter rudes coups aux comploteurs.

— Qu'ai-je fait d'autre ?... Je viens de totalement

détruire ce « Troisième Cercle » qui tant vous effrayait vous tous qui n'entreprenez jamais rien l'épée à la main.

Richelieu connaissait depuis peu cette nouvelle, apprise pendant le sacre et qu'on se répétait de bouche à oreille.

— Sans doute, et je vous en félicite...

Nissac le coupa :

— Je n'ai que faire de vos félicitations. Venez-en au fait, voulez-vous ?

— Vous devez tout arrêter. Le mieux serait que vous repreniez votre service en mer où vous êtes irremplaçable.

— Et le « Deuxième Cercle » ?... Et ce Ravaillac ?

— C'est là tout le problème. Vous êtes intelligent et ce que je m'en vais vous dire devrait vous apparaître étant la vérité. Voyez-vous, vous ne pouvez tenter de déjouer le complot contre le roi. On ne vous a jamais demandé pareille chose et d'autres s'en occupent avec zèle. Allant en les mêmes lieux et suivant les mêmes pistes que les différentes polices requises pour cet office, vous gênez, vous embarrassez, si bien que vos actions auront effet contraire de ce que vous recherchez, et qui est de sauver le roi. Votre tâche consistait simplement à porter rudes coups aux comploteurs et vous avez réussi au-delà de toute espérance. Ce « Troisième Cercle » constituait la grande, la seule véritable menace, aujourd'hui dissipée grâce à vous. Voyons, que reste-t-il ?...Un assassin isolé, cc Ravaillac sans doute hésitant !... La demi-douzaine de drôles du « Deuxième Cercle » ?... Mais si peu d'individus, l'escorte en viendra facilement à bout !

L'amiral de Nissac ne répondit pas, se pénétrant des paroles de Richelieu.

— Je sais, et c'est très sage, que vous venez de renvoyer à Rouen la plus grande partie de vos hommes...

« Comment le sait-il déjà ? » songea Nissac qui en effet, pour la phase finale, ne conservait que quatre-vingts marins et soldats, les autres étant déjà repartis vers Rouen avec cependant ordre de s'arrêter à vingt lieues, au cas où... mais ce détail, l'évêque l'ignorait.

Nissac, sortant de ses pensées, parla à voix basse, comme pour lui-même :

— Comme il serait doux de vous écouter !... Quitter tout cela, en effet, qui n'est point mon monde, retrouver les choses que je connais, mon navire, la mer... Me laisser bercer par vos paroles et lâchement me conforter en le sentiment que j'ai fait ce que l'on attendait de moi, que j'ai en effet accompli mon devoir. Si vous saviez combien vous me tentez, combien tout soudainement je me sens lâche car je le sais, j'ai tout à gagner en partant à l'instant, et tout à perdre en demeurant. Et pourtant, je ne partirai point.

— Mais pourquoi ?... demanda Richelieu, tout de même touché par la sincérité de l'amiral et ému par l'âpreté de son conflit de conscience.

— Voyez-vous, planent en l'éther les âmes de mes marins et soldats tombés en grand nombre et parfois si loin, en terre étrangère, pour sauver le roi. Si toutes ces aventures, tous ces morts et tous ces combats ne devaient point avoir de sens, si je n'essayais pas tout jusqu'au bout, alors je ne guérirais jamais de pareille blessure.

Il se tut un instant et reprit avec tristesse :

— Vous tenterez quelque chose contre moi ?

Richelieu eut un geste las.

— Tout sera tenté contre vous. Mais pas par moi.

— Et si je m'en allais trouver le roi ?

— Il vous aime, Nissac, mais ne vous recevrait plus. Lui aussi est résigné à mourir. On ne se bat pas...

Il hésita, puis :

— Je refuse de renoncer à tout pour un homme qui ne se veut point défendre. Il est vieux, fatigué. Il ne veut plus d'espoirs. Son parti est déjà pris. Voyez-vous, Nissac, même vos adversaires vous estiment, bien des gens vous aiment... mais vous gênez tout le monde.

Nissac sentit venir une nausée de dégoût et de désespoir. Pour la dernière fois de sa vie, il regarda le futur cardinal :

— Puisqu'un jour vous serez tout, faites bon usage de ce pouvoir.

Il ouvrit la portière et sortit sans ajouter un mot.

Demeuré seul en son carrosse, Richelieu songea qu'il était sans doute le premier à voir Nissac aller tête basse, en vaincu. Puis il se dit : « Quel dommage !... Ce que j'aurais pu accomplir avec un tel homme à mes côtés ! »

Des nuages sombres s'accumulaient en le ciel. Il faisait lourd, à présent, mais l'orage ne semblait point décidé à éclater.

Le vieil homme, très fier de lui, montra son travail à l'ambrosien. Il s'y consacrait depuis quarante-cinq ans, d'abord en son Autriche natale et depuis une dizaine d'années, en France.

Il tendit une des deux arquebuses, de dimensions trois fois plus réduites qu'un modèle courant.

— Facile à dissimuler sous une cape. Trois fois moins encombrante, quatre fois et demie plus légère, cinq fois plus précise. C'est l'œuvre de toute une vie.

— Les deux fonctionnent ?... demanda le moine défiguré.

— Prêtes à servir.

— Et les balles ?

Le vieil homme exhiba une dizaine de balles.

— Elles sont en « pierre lourde [1] », un minerai suédois moins dur que l'acier mais qui ne se déforme point sous le choc. Elles ressortiront du corps et échapperont à toutes recherches si bien qu'on ne pourra leur imputer la mort de qui vous voulez tuer.

— Mais... leur taille est...

Le vieil homme sourit et, coupant le moine :

— Pas plus grosses que des crottes de lapin. En le cerveau, cela suffit pour causer dommages irréparables.

— Vous avez bien travaillé.

— Je souhaite quitter le royaume de France au plus vite.

1. Tungstène.

L'ambrosien grimaça, rendant son visage encore plus hideux si, toutefois, la chose avait été possible. Il regarda le vieil homme. C'est à lui qu'il avait remis l'or provenant des trésors pillés en les églises et les châteaux, à quoi s'ajoutait, détournée, une partie de l'or des conspirateurs et celui de l'Espagne : le vieillard était fabuleusement riche et visiblement ne souhaitait plus que rejoindre cette fortune déjà à l'abri en son Autriche natale.

— Hélas, répondit l'ambrosien, ta très belle aventure s'arrête ici, en ton vieil atelier...

Il sortit un poignard.

Une heure plus tard, le corps du vieil Autrichien avait totalement disparu, rongé par les acides et brûlé par le feu.

Demeuraient en la possession du moine défiguré les deux arquebuses, ces bijoux de conception absolument nouvelles, et les balles en « pierre lourde ».

Pour abattre gibier de choix...

97

Le roi s'était fait raconter par le menu affaire du « Troisième Cercle », ou du moins ce qu'on en savait par les gens de police arrivés rapidement sur les lieux. Ainsi avait-on découvert une cinquantaine de corps, certains décapités ou membres sectionnés à la hache. On disait déjà que le fine fleur des spadassins avait été exterminée et, si certains se demandaient par qui, à la Cour, la chose était sans mystère.

Le roi, las, se tourna vers Bassompierre :

— Hormis toi-même, Sully et quelques autres, il ne me reste que Nissac et son équipage qu'il a su dévouer à ma cause jusqu'au fanatisme.

Il sourit.

— Plus royalistes que je ne le suis moi-même à présent !

Il observa un vol de corbeaux qui lui fit vilaine impression et poursuivit :

— Bassompierre, après ma mort...

Le futur maréchal le coupa avec violence :

— Non, Sire !

Quoique touché par accent de sincérité qui ne le trompait point, Henri quatrième ignora l'interruption :

— Après ma mort, fais connaître à Nissac que je l'ai aimé. Comme un jeune frère fougueux qui m'effrayait mais me faisait rêver. J'ai toujours eu peur pour lui mais non sans égoïsme, j'en voulais toujours davantage. On parle de diable, de magicien à tout propos... Le seul magicien que j'aie connu jamais, c'est bien cet amiral du diable avec son franc sourire et ses étranges yeux gris.

— Sire, vous lui direz vous-même pendant cette guerre qui vient. Je connais Nissac, son *Dragon Vert* va ravager les côtes d'Espagne, interdire l'entrée des ports, couler des flottes entières. Par mer, les troupes de Philippe III ne recevront plus un homme, et pas les moindres vivres.

Le roi rêva un instant, un vague sourire aux lèvres. Puis :

— Je serai tué demain. Vois-tu, on ne peut rien contre un homme prêt à sacrifier sa vie pour prendre celle d'un roi. Cette guerre n'aura pas lieu. Toujours avant que de les livrer, j'imagine les batailles. Cette fois, nulle image ne me vient. Je n'irai donc pas car ils m'auront tué avant. Trop me haïssent, des parloirs des couvents aux salles du Parlement, des cabarets aux locaux de la Milice, partout ce ne sont que vilaines paroles. Je suis en la main de Dieu qui fera de moi ce qu'il voudra, mais qu'il fasse vite !

Le jeune homme menait grand tapage et avait déjà frappé le tenancier de l'endroit, ainsi qu'un paisible tapissier qui buvait tranquillement son vin, seul à une table, et auquel il chercha mauvaise querelle.

Les gens de police ne se seraient sans doute pas déplacés si le jeune homme demi-ivre ne clamait par ailleurs qu'il allait sauver le roi, aidé cependant en cette mission par les autres marins du *Dragon Vert* sur lequel il servait.

Or, un ordre venait d'arriver concernant officiers et marins du bâtiment royal de haute mer appelé *Le Dragon Vert* suspectés de complot collectif mettant en danger la vie d'Henri quatrième.

La capture d'un marin isolé du *Dragon Vert* fut nouvelle qui monta très vite et très haut vers certains sommets de l'État où l'on s'intéressait de près à l'amiral de Nissac.

La duplicité de la police était affligeante car la plupart de ses membres savaient Nissac et les siens innocents et les seuls à se battre pour un roi de plus en plus abandonné et dont on attendait la mort imminente.

Battu avec violence, le jeune marin avoua qu'il n'appartenait plus à l'équipage du *Dragon Vert*, en ayant été chassé pour une histoire de tête coupée qui n'intéressa point le lieutenant de police passé depuis quelques heures à la subversion.

On parvint sans peine à convaincre le jeune marin qu'étant ivre, il avait si fort frappé un homme que celui-ci en était mort et que pour ce crime, il serait pendu.

À moins que...

Un seigneur magnifique arriva alors en les lieux, précédé d'un murmure qui l'annonçait comme étant le tout-puissant duc d'Épernon qu'on disait l'homme de demain.

Le duc observa le jeune marin aux mains liées derrière le dos. Il le gifla à quatre reprises, non sans plaisir, puis déposa devant lui bourse demi-ouverte où se voyaient pièces d'or en quantité.

D'Épernon parla peu :

— Tu es mort, pendu et silencieux ou tu es vivant, riche et bavard : choisis !...

L'homme choisit d'être riche et de ne se point trouver pendu au gibet de Monfaucon où ses yeux seraient dévorés par les oiseaux.

Thomas de Pomonne, comte de Nissac et amiral des mers du Levant, avait loué l'auberge de « La licorne d'or » à son usage exclusif et celui de la comtesse.

Agissant ainsi, il payait l'endroit avec ses propres écus, sa nature scrupuleuse ne lui faisant utiliser l'or de monsieur de Sully que pour la cause du roi.

Se trouvant les seuls en ce lieu, où le propriétaire qui était au fourneau servait en outre lui-même, le comte et la comtesse vivaient intimité amoureuse qui eût été plus belle encore si la fatigue des combats de la nuit précédente ne se faisait sentir et si les affaires du royaume ne projetaient l'ombre de la trahison, de la félonie et du meurtre.

Peu avant le soir, ils s'étaient promenés main dans la main tandis qu'en la lumière du couchant les rues se doraient comme enluminures de livre saint.

L'auberge était située sur les quais, non loin du quartier Maubert. Soupant en le premier étage, le couple voyait les tours de Notre-Dame perdues entre la lune et les étoiles dont l'éclat miroitait en les eaux sombres de la rivière de Seine.

L'aubergiste avait couvert la table d'une fort belle nappe blanche brodée de dentelle. Sur celle-ci se trouvaient posés chandeliers de cristal provenant sans doute de son propre logis et en lesquels se consumaient avec lenteur deux bougies d'une belle cire très pure.

Fort conscient que sur les mauvaises routes, en les cantonnements de fortune, les champs de bataille et sur *Le Dragon Vert*, il n'avait guère eu l'occasion d'offrir repas de fête à la femme qu'il aimait, Nissac se voulait rattraper ce soir-là. On servit donc œufs pochés au jus d'oseille, tourte de chapon, soles, oie aux pointes d'asperges et aux pois verts, fromage de la Grande Chartreuse et un autre de Fleury, beignets et cerises confites... soit beaucoup plus qu'ils n'en pouvaient avaler !... Mais au moins essayaient-ils chaque plat, le regard s'attardant parfois vers Notre-Dame, un vol de chauves-souris se découpant sur clair de lune ou le scintillement des astres morts en la rivière de Seine.

Dehors, il faisait grand vent et on entendait craquer les branches des arbres qui séparaient l'auberge du bord de la rivière.

Le comte eût aimé parler à Isabelle de la douleur qui lui venait à constater que leur amour coïncidait avec événements historiques qui ne permettaient point complètement à leurs cœurs de s'épancher, combien il le regrettait et se promettait de rattraper le temps perdu dès bientôt. Car qu'il parvînt à sauver le roi ou qu'un sort contraire l'en empêchât, il ne souhaitait plus que partager sa vie entre celle qu'il aimait et sa mission qui consistait, sur *Le Dragon Vert*, à faire en sorte qu'en mer, la loi du plus fort ne s'impose pas au détriment de la justice.

Était-elle un peu sorcière ?... En tout cas, voyant bien son embarras, elle lui sourit en disant :

— Je sais combien tu m'aimes, tu sais comme je t'aime en retour. Je ne te blâme pas de ce que nous vivons, ta cause est la mienne. Aimons-nous très fort comme nous pouvons en ces circonstances et sauvons le roi pour quitter au plus vite ce Paris qui tant m'effraie.

Il lui prit la main, la porta à ses lèvres et répondit d'un ton plus sombre qu'il ne l'eût souhaité :

— Sauver le roi !... Nul n'y croit plus !... Regarde en cette ville tous ces étrangers qui brusquement s'y pressent, ces inconnus, ces hommes venus d'on ne sait où... Qui sont ils ?... Que viennent-ils chercher ici ?

À son tour, elle porta la main de l'amiral à ses lèvres.

— Peut-être sont-ils venus pour le sacre ?... C'était événement attendu en toute l'Europe.

— Je crois autre chose. Vois-tu, tout se déroule comme si chacun savait demain la mort du roi inévitable, à commencer par lui. Et nul ne se révolte, tous feignent de poursuivre vie ordinaire... Pourtant, cette ville est nerveuse.

— Demain...

— Oui, demain. Après, le roi sera aux armées, plus exposé aux boulets, mais mieux protégé contre poignards assassins dissimulés sous les capes.

Elle sembla un instant rêveuse.

— Demain, quatorze de mai de l'an de grâce 1610...

Cette phrase fit aussitôt réagir le comte de Nissac :

— Fey des Étangs, qui n'est point sot, m'a fait remarque étrange concernant cette date... Et plus exactement le chiffre quatorze.

Il observa nouveau vol de chauves-souris en le clair de lune à présent d'un blanc jaunâtre. Qui donc, à cette heure, pouvait ainsi les déranger en les tours de Notre-Dame ?... Nissac pensa à un arquebusier tireur des toits prenant tôt position en le projet d'abattre le roi le lendemain, puis il chassa cette idée et poursuivit :

— Fey des Étangs remarque que cette journée du quatorze de mai 1610 devrait être fatale au roi car il y a quatorze lettres en le nom d'Henri de Navarre comme d'Henri de Bourbon qui tous deux désignent notre monarque. Il est né un quatorze de décembre 1553, la somme des chiffres de cette année-là étant aussi quatorze et s'il meurt demain quatorze de mai 1610, il aura vécu quatre fois quatorze ans, quatorze semaines et quatre fois quatorze jours. Sa première femme, la reine Margot, est née le quatorze de mai 1552 et c'est le quatorze de mai 1588 que les Parisiens se révoltent. S'il remporte la victoire d'Ivry un quatorze de mars 1590, il fut battu en les faubourgs de Paris un quatorze de mai de la même année. Cette année-là encore, le pape Grégoire XIV publie bulle le quatorze de novembre l'excluant du trône, bulle enregistrée par le Parlement le quatorze de novembre 1592. Le quatorze de novembre 1599, il obtient soumission du duc de Savoie et c'est le quatorze de septembre 1606 qu'on baptise le dauphin. Pour Fey des Étangs, la chose n'est point douteuse : il mourra demain quatorze de mai.

Nissac se tut.

Ils échangèrent un long regard. Dehors, on entendit le cri d'une chouette tandis qu'un inexplicable courant d'air soufflait brusquement les deux bougies.

— J'ai froid !... dit-elle.

— Rentrons !...

L'ambrosien, suivi des deux étrangers qui baissèrent leurs arquebuses tant légères, s'approcha des mannequins qui avaient été touchés en pleine tête, malgré la distance.

Il se retourna vers l'homme venu de Syracuse et celui

arrivé de Moldavie, sans doute deux des meilleurs tireurs existant au monde.

— Je suis très satisfait !... Le travail achevé, vous repartirez immédiatement, mais fort riches, vers vos lointains pays.

Les deux tireurs d'élite échangèrent un sourire, ignorant que, « le travail achevé », ils seraient aussitôt abattus d'une balle en la nuque, leurs corps jetés en une fosse profonde et recouverts de chaux vive...

98

Le quatorze de mai 1610, les pressentiments qui depuis des jours accablaient le roi se concentrèrent en sa pauvre âme tourmentée avec telle force qu'il ne douta plus un instant qu'il vivait le dernier jour de sa vie, et en arriva à souhaiter qu'on le tuât rapidement.

Cependant, courageux et conscient, comme peu le furent, de la dignité de sa fonction, il décida d'afficher bonne humeur tout au long de la journée.

Pourtant, il s'effrayait à l'idée de sortir en les rues de Paris bien qu'il dût, depuis le Louvre, se rendre à l'Arsenal pour y rencontrer le duc de Sully, souffrant, qui l'attendait cependant pour l'entretenir de la guerre imminente.

Henri quatrième hésita longuement, prit même conseil, s'attarda à choses sans importance, mais tout cela lui apparut bientôt empreint de grande lâcheté et, la bouche sèche, il réclama qu'on préparât sa voiture, s'efforçant de ne point songer au mathématicien Guy de La Brosse qui prévoyait en ce mois de mai hostilité des astres vis-à-vis du roi. De même, il ne voulut point s'effarer du cri d'une chouette durant toute la nuit ou de « l'Arbre de mai », planté en la cour du Louvre, et qui venait sous ses yeux de mystérieusement choir, déraciné, à la stupeur générale.

En les dispositions étranges où se trouvait son esprit par rapport à la mort il refusa l'escorte que préparait monsieur de Vitry, capitaine des gardes. Se forçant à sourire, il déclara :

— Il y a cinquante et tant d'ans que je me garde sans capitaine des gardes, je me garderai bien encore seul !

En la cour du Louvre, il écarta Praslin, autre capitaine des gardes qui insistait pour l'accompagner.

Puis, arrivé devant le carrosse, il s'immobilisa, hésitant, avant d'enlever le manteau qui le révéla portant habit de satin noir.

Enfin, il monta en la grosse voiture et choisit de s'asseoir à gauche, sur la banquette du fond. Aussitôt, jouant des coudes avec les autres seigneurs, le duc d'Épernon, qui transpirait étrangement, vint s'asseoir à ses côtés.

Messieurs de La Force, de Montbazon, de Lavardin et de Roquelaure prirent place eux aussi. Enfin, Liancourt, premier écuyer, s'assit en compagnie de Mirebeau sur la petite banquette en face d'Henri quatrième.

Le tireur de Moldavie se trouvait rue de la Ferronnerie, sur un petit tertre. Protégé par une palissade, il attendait.

Attendait lui aussi le tireur venu de Syracuse, en l'étage d'un immeuble qui servait de dépôt de livres à une bibliothèque en construction. Le Sicilien s'efforçait de respirer calmement, conscient de l'importance de l'homme qu'il devait tuer. Le tireur de Moldavie, lui, caressait avec gestes très doux le canon de son arquebuse de conception entièrement nouvelle.

Le carrosse, empruntant la rue de l'Autruche, atteignit le carrefour des rues de l'Arbre Sec et Saint-Honoré.

Au même instant, par un dense réseau de relais, Nissac

faisait remonter ses troupes afin de sans cesse précéder le roi pour pouvoir toujours intervenir mais bientôt, chose étrange se produisit car l'amiral remarqua que, parmi ceux qui se pressaient pour voir le roi ou se trouver sur son passage, certains étaient saisis par les archers de la police royale et ceux-là, sans exception, appartenaient à l'équipage du *Dragon Vert*.

Comprenant les enjeux, les officiers du *Dragon Vert* n'hésitèrent pas un instant lorsque Nissac ordonna à son tour qu'on arrêtât les gens de police et, en confusion extrême, archers, dont beaucoup dévoués à la couronne et soldats loyalistes s'arrêtaient les uns les autres tandis qu'on signalait l'arrivée du carrosse d'Henri quatrième.

Cependant, à sa seule initiative, Fey des Étangs sauva provisoirement la situation. En effet, ayant remarqué près des officiers de police présence de l'ancien marin du *Dragon Vert* qui désignait discrètement ses ex-camarades, le jeune baron se pencha vers « Le Maltais » et ordonna :

— Tue-le !

Un poignard siffla en la grande vitesse du geste du lanceur et, atteint en pleine gorge, le délateur s'effondra, foudroyé.

À cet instant, le carrosse était déjà engagé en la rue de la Ferronnerie qui se trouve en continuité de la rue Saint-Honoré. Mais la rue de la Ferronnerie se resserre, tel un goulot de bouteille, en raison de construction d'échoppes devant les maisons et de l'affleurement qu'on y rencontre puisque les Halles sont proches. Le cocher royal, homme choisi à ce poste pour sa légendaire adresse, conserva cependant tout son calme et le lourd carrosse passa en la rue en rasant les bornes. Mais, bientôt, un incident entre une charrette transportant tonneaux et une autre du foin obligea le cocher à arrêter son attelage.

Profitant de cet incident, les valets de pied quittèrent les portières pour couper à travers les charniers du cimetière des Saints-Innocents et attendre le carrosse en un endroit où le passage s'élargit.

Inquiet, Henri quatrième se retourna sur son siège et jeta un regard par la lucarne située à l'arrière.

À cet instant, tandis qu'une partie de la petite escorte royale s'était portée en avant, Nissac, remontant la rue de la Ferronnerie, arrivait en compagnie de la comtesse, Sousseyrac et Yasatsuna.

Habitué à juger des situations en quelques secondes par sa longue pratique du commandement en les batailles, l'amiral de Nissac comprit que tout allait se jouer là, et que tout était déjà perdu.

Le secteur, d'une maîtrise extrêmement délicate, dépendait hélas de Charles Paray des Ormeaux et celui-ci, qui y voyait si mal, ne donna aucun ordre concernant un homme grand et roux de cheveux ainsi que de barbe qui allait droit vers le carrosse.

L'homme, vêtu à la flamande, fit un bond, posant un pied sur le moyeu d'une des roues arrière et l'autre sur une borne.

Mais Nissac, dont le regard perçut le couteau en la main de Ravaillac, puisque c'était lui, Nissac, donc, ne fut point sans remarquer que la tête du roi fut vivement projetée vers l'avant et, aussitôt après, en arrière.

Ravaillac porta le premier des trois coups qu'il devait donner au roi et celui-là ne fut point d'extrême gravité, traversant la manche du pourpoint, le pourpoint lui-même et la chemise mais n'atteignant rien qui fût mortel bien que la lame achevât sa course entre la deuxième et la troisième côte.

Étrangement, le roi saignait alors mais de la gorge et de la tête !...

Plus curieusement encore, lui qui avait tant guerroyé n'esquissa pas un geste de défense pour parer d'autres coups ou se réfugier au fond du carrosse !...

Enfin, malgré sa position très favorable, le duc d'Épernon ne bougea absolument pas, tel s'il se trouvait spectateur au théâtre !...

Très vite, un autre coup de poignard atteignit le roi plus bas et plus profondément, entre cinquième et sixième côte.

Le troisième coup traversa seulement la manche du

duc de Montbazon et arriva sans vigueur vers Henri quatrième.

En l'entourage du roi, on se jeta sur Ravaillac pour le maîtriser mais déjà cela n'intéressait plus l'amiral de Nissac. En cet aspect des choses, il savait ne pouvoir intervenir, et n'avait guère à s'opposer au fait que monsieur de Montigny emmena Ravaillac à l'Hôtel du duc de Retz, rue Saint-Honoré. et pas davantage à ce que le duc de La Force, faisant baisser les mantelets des portières du carrosse, ordonna au cocher de fendre la foule pour aller le plus vite qu'il fût possible au Louvre.

Nissac se trouvait engagé en une tout autre action qui concernait ceux du « Deuxième Cercle » car comme on le remarqua, et qu'il devait apparaître en les chroniques, à peine l'assassin maîtrisé, un groupe d'hommes « exaltés et indignés » surgit l'épée à la main en réclamant l'assassin. De fort mauvaise humeur, car la foule, les retardant, les avait empêchés d'exécuter Ravaillac, ils tentèrent d'ameuter celle-ci en lançant tous le même cri qu'on eût pu croire préparé à l'avance :

— Tue, tue !... Il faut qu'il meure !...

Et sans doute, arrivés plus tôt en le désordre, auraient-ils pu approcher Ravaillac qu'ils voulaient occire mais il leur manqua une à deux minutes, l'escorte royale s'étant réorganisée.

Empêchés, ils se dispersèrent en la foule, se séparant les uns des autres pour suivre des chemins différents comme la chose avait été prévue.

Si, concernant le pitoyable Ravaillac, l'amiral avait jugé d'un regard cet homme halluciné et farouche, sans doute pauvre instrument entre les mains de gens intelligents, il estimait en revanche n'en avoir point achevé avec le « Deuxième Cercle ».

Ceux-là devaient payer !... Ceux qui se croyaient en cet instant habiles, ceux-là mêmes qu'en tous pays et de tout temps on utilise pour tuer hommes qui tentent de modifier l'Histoire en le sens du mieux, tel Henri quatrième avec l'Édit de Nantes, ceux-là moururent donc tous, et comme des chiens enragés.

On attira certains sous des porches, d'autres en des impasses et un coup de sabre suffit à leur fendre le crâne, parfois jusqu'aux épaules. Eux qui auraient tué sans un frissonnement d'âme ce fol de Ravaillac qu'ils ne connaissaient point trouvèrent en leurs ultimes instants grande injustice à se voir prendre la vie par des inconnus.

Et celui qui fut tué en dernier, noyé à coups de talon de botte en l'égout où il avait trouvé refuge, ne survécut pas même une demi-heure au roi.

Le « Deuxième Cercle » était entièrement décimé.

Observant le corps qui flottait sur le dos, Valenty, ne pouvant réprimer sa colère, vida ses deux pistolets sur le cadavre.

À Paris, courait déjà la nouvelle de la mort par le fer d'Henri quatrième. Des poètes, souvent fort médiocres, composaient en la fièvre des épitaphes aux titres évocateurs : « Déploration », « Recueil de vers lugubres », « Discours lamentables »,...

Des boutiquiers se barricadaient derrière leurs volets clos. Ceux de la religion réformée s'armaient. Les Parisiens en colère débaptisèrent la rue de la Ferronnerie qui devint « rue de la Félonie ».

Le comte de Nissac, informé qu'il n'était plus de survivants en le « Deuxième Cercle », monta sans un mot sur son grand cheval noir et aveugle et la comtesse devina qu'elle devait le laisser aller seul, cet abandon qu'elle consentait étant en réalité une véritable preuve d'amour.

Nissac suivit longuement les berges de la rivière de Seine. Il observait sans les bien comprendre les Parisiens qui s'agitaient, se querellaient ou tombaient en larmes dans les bras les uns des autres.

Les yeux gris et froids notaient des choses grandes ou petites, tels les arcs de triomphe construits pour l'entrée de la reine sacrée la veille et qui semblaient à présent si dérisoires.

L'amiral avait hâte de reprendre la mer, de quitter cette ville, préférant, au fond, les barbaresques aux gens de Cour car les premiers ne prennent point la peine de dissimuler qu'ils sont des assassins.

Il savait, en outre, que le nouveau pouvoir ne chercherait surtout pas à le retenir.

Mais il estimait n'en avoir pas fini encore avec les conjurés : le sommet était intact !

99

L'amiral de Nissac et Isabelle allaient en tête, suivis des officiers et d'une quarantaine d'hommes du *Dragon Vert*.

En effet, vingt demeuraient en l'hôtel de la rue Galande, protégeant les lieux, surveillant les munitions et brûlant certains papiers. Vingt autres se trouvaient encore en prison, arrêtés par le lieutenant de police après qu'ils eurent été dénoncés par le jeune marin. Mais le duc de Sully, dont le pouvoir n'était point encore entamé, s'employait à les faire libérer. Enfin un des marins avait trouvé la mort lors de l'élimination des régicides du « Deuxième Cercle » et un dernier était parti au galop, afin de rapatrier les cent vingt hommes du *Dragon Vert* cantonnés assez loin sur la route de Rouen en l'échelon de réserve.

« Le Finlandais », homme de piste de la région des grands lacs nordiques, retrouvait sans peine le chemin parcouru lorsqu'il suivait l'ambrosien et les siens depuis l'attentat à l'explosif de la rue du Petit Lion qui avait coûté la vie au vicomte de Château-Meslay.

Après marche harassante sous le soleil, on arriva en lieu de grande étrangeté qui créa malaise certain chez les marins et soldats du *Dragon Vert*. On vit ainsi forêt pétrifiée, vapeur de soufre sortant d'une rivière et très ancien village en ruine couvert d'une étrange poussière grise solidifiée en épaisse croûte. Interrogé par le comte de Nissac, « Le Finlandais », qui avait traversé le pays, répondit qu'on y disait que des siècles plus tôt, une étoile serait tombée en ce lieu, damnant la rivière, ravageant la végétation, le village et le château fort appelé depuis « château des chimères » sans qu'on sache pour quelle raison il était ainsi nommé.

Pendant ce temps, médecins et chirurgiens pratiquaient l'autopsie du roi. Celui qui la dirigeait déclara, avant même de voir le corps, que la mort était survenue lors du deuxième coup de couteau. Ensuite, lors de l'autopsie, il affirma qu'il ne fallait point faire état des plaies légères à la gorge et à la tête, qui risquaient de créer confusion en le peuple et alimenter nombreuses rumeurs qui couraient déjà sur la mort du roi. Au reste, il avait la certitude que ces plaies qui, une fois nettoyées, révélèrent deux petits orifices ne pouvaient provenir que de l'effet de la chute du corps du roi lors de son transport, ce dont ne se seraient point vantés ceux qui en étaient responsables.

Tous parurent convaincus par cette version dont ils sentaient bien qu'on la souhaitait définitive chez la régente et les hauts seigneurs, les nouveaux maîtres, qui l'entouraient.

Un seul, pourtant, n'en crut pas un mot. Médecin fort habile, et sans doute le plus brillant de cet aréopage mais huguenot, ce qui brisa sa carrière, il comprit qu'il ne serait point habile d'attaquer cette version en passe de devenir officielle. Et de faire remarquer, par exemple, qu'à l'orifice en la gorge correspondait très exactement un autre, en la nuque : une balle n'aurait pas mieux fait !

Avec une hâte très inhabituelle, on ôta les entrailles du roi qui furent mises en un vase qu'on porta à Saint-Denis. Le cœur, lui, fut placé en une urne de plomb enfermée en un reliquaire en forme de cœur et aussitôt porté au collège de La Flèche dirigé par les jésuites. Enfin, on embauma et maquilla le cadavre qu'on mit aussitôt en bière.

Ne pouvant plus voir le corps, il devenait difficile, voire impossible, de contester les raisons de la mort du roi d'autant que le faste des cérémonies mortuaires qui suivirent eut pour effet de distraire la foule des questions qui se posaient ici et là.

Escamotant les raisons de la mort, on tuait le roi une seconde fois.

Si bien qu'on aurait pu se demander combien de fois, exactement, on avait tué Henri quatrième ?... Mais cette question ne fut point posée.

Du moins, pas officiellement.

On nettoya au sabre le bosquet de houx et il révéla, cette fois en grande clarté, l'entrée d'un souterrain.

Nissac fit allumer une torche pour trois hommes et cette douzaine de sources lumineuses éclairèrent voûtes et recoins des souterrains tels qu'ils ne l'avaient jamais été.

Cependant certains, qui ne le dirent point, regrettèrent peut-être qu'on y vît aussi bien car les galeries étaient littéralement jonchées de squelettes.

Sousseyrac se pencha sur plusieurs, saisit même en ses mains gantées deux crânes qu'il observa attentivement, vérifiant la dentition. Enfin, troublé, il se tourna vers Nissac :

— Monsieur l'amiral, tous sont des restes d'enfants. On a fait, ici, très grand carnage d'enfants !... Des enfants !...

Les paroles de Sousseyrac furent longuement portées par l'écho en les galeries et le mot « enfant » parut se répercuter plus longuement que les autres.

— Quelle barbarie !... lança Fey des Étangs qui regretta ses paroles car on entendit, longuement répété : « Barbarie ! »...« Barbarie ! »... « Barbarie ! »...

Les lueurs des flammes des torches dansaient folle sarabande sur le plafond voûté et tout suintant d'humidité des galeries si bien que les hommes commencèrent à éprouver une peur qui faillit tourner à la panique car...

Brusquement, dans le pesant silence, on entendit effarant et sinistre hurlement d'un loup auquel un autre, situé ailleurs, répondit, et un troisième encore depuis un endroit différent. Les hurlements se croisaient.

Cette fois, marins et soldats se regardèrent, chacun cherchant en l'autre le courage de quitter ces lieux maudits en oubliant toute discipline.

— Des loups !... balbutia un homme livide.

— Sortez les armes !... lança la voix calme de Nissac.

Le cliquetis des lames en les fourreaux rassura un instant tandis que l'amiral, se souvenant de l'intérêt du moine pour créatures fabuleuses, préféra prévenir pour endiguer toute panique à la vue de l'une d'elles. Il agita sa torche dont les lueurs dansèrent follement sur les parois.

— Levez les torches, serrez les rangs !... Et n'oubliez pas : les loups se combattent comme les hommes même si ceux-ci sont sans doute mi-hommes, mi loups.

— Loups-garous !... répétèrent plusieurs voix angoissées.

Et l'on serait sans doute resté ainsi, certains figés en l'horreur et incapables d'avancer quand d'autres, brûlant d'en découdre, voulaient au contraire se jeter follement en avant, lorsque, déchirant le silence, le seigneur Yasatsuna demanda d'une voix gourmande :

— Loup-garou est-il animal d'Europe pouvant être mangé par homme qui se trouve affamé tel que moi-même en cet instant ?

— En tout cas, il n'a point d'arêtes !... répondit l'amiral de Nissac en souriant.

Attisé par la peur et la nervosité, cet échange provoqua formidable tempête de rire qui se répercuta en écho interminable dans les souterrains creusés sous le château des chimères.

Comme les hurlements de loups peu avant, les rires se répercutaient en les souterrains du château fort en ruine.

L'Ambrosien demeura brusquement pétrifié de stupeur et la peur changea enfin de camp : en quoi étaient-ils faits, ces hommes du *Dragon Vert* qui riaient quand les autres auraient poussé terribles cris d'effroi ?

Le moine défiguré prit également la mesure de sa vanité, de sa grave sous-estimation des forces qui le pouvaient attaquer quand il s'était illusionné sur sa capacité à répondre avec vigueur à toute intrusion par la force. Ses loups-garous étaient certes invincibles contre des villageois ou quelques vieux soldats gardant château de province mais que pourraient-ils contre cette formation militaire disciplinée, considérée comme l'élite de la marine et de l'armée royale ?

Il ne fallait donc surtout pas attaquer de front mais utiliser ses maigres forces par harcèlements en donnant l'impression que loups-garous se trouvaient partout à la fois, se retirant sitôt le combat ébauché, frappant et disparaissant.

Ainsi, il pourrait jouer de cette arme qui lui avait toujours réussi : la terreur !

Les derniers, en la colonne royale où le calme était revenu, perçurent comme un frôlement, puis virent une torche tomber à terre.

S'approchant, ils découvrirent avec un haut-le-cœur deux marins du *Dragon Vert* en les soubresauts de la mort, la gorge ouverte, et le sang qui sortait en abondance par cette blessure.

Le chirurgien du bord, qui se trouvait de l'expédition des quarante, se pencha sur les deux corps et inspecta les blessures. Il se releva enfin, très pâle, et souffla à Nissac :

— C'est là l'œuvre de dents, mais pas celles d'un véritable loup.

Curieusement, ce premier sang chassa la crainte et souda l'équipage.

Satisfait, Nissac fit aussitôt prendre de nouvelles dispositions de combat. Ainsi, on ralentit considérablement la progression mais on plaça trois soldats en fin de colonne, chacun un pistolet en chaque main, et le trio marcha à reculons, éclairé par les torches de deux autres.

L'amiral savait que le temps travaillait pour lui. Ainsi, on y voyait mieux, l'effet des ossements s'atténuait et c'est à peine si on les regardait encore. Enfin, les loups-garous devenaient des ennemis comme les autres qu'il fallait tuer sauf à être tué.

Cependant, malgré les appels à la vigilance que Nissac lançait régulièrement, faisant passer le mot jusqu'en fin de colonne, un soldat et un marin, qui avaient cru entendre plainte en une galerie latérale, s'approchèrent. Pourtant armés, ils furent aussitôt saisis en mains puissantes tandis que des mâchoires avides se refermaient sur leurs carotides qu'elles arrachèrent de leur logement en la gorge.

Mais cette fois, le seigneur Yasatsuna se trouvant par hasard à proximité lança son poignard. On entendit cri étouffé.

Tout, alors, alla en grande vitesse. Telle, même, que lorsque l'amiral arriva en courant, la messe était dite. Capturé, le loup-garou blessé sous l'omoplate avait été immédiatement collé au mur et six arquebusiers avaient fait feu à bout portant, lui arrachant les poumons.

Nissac tira le loup-garou par les pieds pour l'amener en le passage puis, se baissant, il ôta la tête de loup d'un geste vif.

Il découvrit alors, non sans curiosité, le visage de « Vert » qu'il ne connaissait point sous ce nom. L'ancien tire-bourse n'avait en ses traits rien que de très ordinaire, à l'exception d'une forte mâchoire encore rouge du sang de ses dernières victimes.

Nissac se redressa et, portant la voix :

— Vous allez tous défiler devant cette charogne, un par un, et la bien observer. Ce n'est qu'un homme, rien qu'un homme déguisé en loup et qui vous ferait rire s'il s'était travesti plutôt en tomate.

Ainsi fut-il fait, et la chose se révéla habile, marins et soldats retenant surtout qu'un loup-garou est éminemment mortel.

On reprit la marche.

On entendit de nouveaux hurlements de loups mais à l'initiative heureuse de Sousseyrac, on y répondit par des grognements de cochons, ce qui provoqua l'hilarité sans cependant désarmer la vigilance.

Les loups-garous, profitant d'un renfoncement, tentèrent de s'emparer d'un soldat mais celui-ci, après s'être dégagé, eut le temps de tirer au jugé.

On entendit une plainte et, découvrant une traînée de sang frais, l'amiral ordonna qu'on suive cette trace à vingt, sous ses ordres, étant entendu qu'Isabelle l'accompagnerait.

Pour la capture du moine, dont il ne doutait point, il confia l'autre partie de sa troupe à Sousseyrac, Valenty, Fey des Étangs et le seigneur Yasatsuna.

— La victoire semble choisir son camp !... souffla Isabelle.

L'amiral lui sourit.

— Du jour où vous m'avez regardé, madame mon amour, le bonheur avait lui aussi choisi le sien.

Elle lui prit la main.

Il se hâtait de réunir les plus beaux diamants et pierres précieuses en un petit sac de cuir qu'il suspendit autour de son cou.

Il fallait fuir en grande urgence, quitte à abandonner choses de prix dans la précipitation.

L'ambrosien se trouvait comme assommé par la rapidité de la défaite : en moins d'une heure, le château des chimères qu'il tenait pour imprenable était tombé et sa garde de loups-garous, qu'il pensait invincible en ces lieux, se trouvait tenue à distance, tuée ou en fuite.

Il se reprocha de n'avoir pas davantage concentré ses efforts sur Nissac qu'il savait dangereux depuis le premier instant !...

La peur lui fit tomber des mains collier de diamants et émeraudes qui se brisa sur le sol, les pierres roulant aux quatre coins de la pièce.

La sueur inondait son visage mutilé. Il allait devenir gibier à son tour !... Il avait assassiné le roi de France, lui, lui plus que tout autre, comptait en la personne de la régente femme qui lui serait toujours dévouée, aurait bientôt amis ministres et se trouvait cependant réduit à fuir Nissac et ses soudards qui sans un mot collaient leurs adversaires au mur !...

— Ils ne m'auront pas !... hurla le moine.

— Je jurerai du contraire !... répondit Sousseyrac en entrant dans la pièce, sabre à la main, le regard un instant distrait par la peau du cardinal de Bellany clouée au mur...

100

L'amiral de Nissac fit déployer ses hommes de manière à former un large éventail.

À ses côtés marchaient la comtesse et « Le Finlandais », car nul autre tel que lui en l'équipage ne savait prendre la piste d'autant que des traces de sang, de loin en loin, simplifiaient sa tâche.

Nissac n'aimait point ce rôle, raison pour laquelle, sur ses terres, il n'allait guère à la chasse sauf en le cas qu'un sanglier ravageait les cultures de pauvres paysans. Et encore, en cette circonstance laissait-il l'animal abattu aux plus démunis de ses gens qui en faisaient exceptionnel festin.

Un fois, cependant, il n'avait point tiré. Ayant longuement poursuivi sanglier qui tentait bien en vain de le fatiguer en décrivant de larges cercles, il avait fini par rejoindre l'animal exténué en une jolie clairière. Il avait même déjà levé sa lance lorsque de petits marcassins, arrivant en manière pataude, s'étaient pressés autour de leur mère.

Échange de regard entre la bête et le comte sembla interminable à ce dernier.

Finalement, il baissa son arme et s'éloigna tête basse, s'inquiétant de lui-même. Quoi, il tuait des hommes mais sa résolution s'effondrait devant un animal ?... Il est vrai que ces hommes-là violaient et tuaient tout à la fois par plaisir et par métier, quand l'animal nourrissait encore ses petits.

Et les premiers, par l'existence d'une conscience donnée à chaque homme, savaient qu'ils faisaient le mal quand un sanglier qui, au clair de lune, en une nuit d'été parfumée et enchanteresse, se roule dans les champs ne fait que se conformer à l'état en lequel l'a placé, par sa condition même, la nature. Mais pourquoi, s'était demandé Nissac, les choses me sont-elles toujours si difficiles, compliquées et douloureuses quand les autres, tous les autres, avancent en la vie sans se poser de telles questions et en ferme résolution d'ignorer ce qui les pourrait troubler ?

« Le Finlandais », aux aguets, se redressa vivement :

— Ils sont tout proches, monsieur l'amiral.

« Rouge », aux abois, n'en pouvait plus de soutenir « Bleu » qui, blessé à la cuisse dans le tunnel, éprouvait grandes difficultés à marcher.

Et l'aristocrate devenu loup-garou se demandait pour quelle raison il aidait ainsi cet ancien capitaine d'un régiment d'Auvergne.

Les silhouettes des deux hommes à tête de loup dont peau grise retombait sur le haut des épaules se découpaient étrangement sur le soleil couchant.

Lassé, « Rouge » s'écarta de « Bleu ».

— Lâche-moi !... Cela suffit, à présent !...

Il s'éloigna d'un pas résolu tentant, sans y parvenir, de ne point entendre la voix de « Bleu » et son ton qui indiquait grand peur et désarroi à l'idée de la meute qui l'allait saisir :

— Hon !... Hon !... Hon !...

« Rouge » se retourna à demi et eut le cœur serré en voyant « Bleu », la jambe sanglante raidie par la douleur, qui tentait de le suivre alors qu'il le voulait abandonner.

Il parla d'une voix dure, mais n'en revint pas moins sur ses pas :

— Chacun pour soi quand tout s'effondre !... Je ne suis point blessé, je connais les forêts d'Orléans et puis facilement sauver ma vie, comprends-tu ?

— Hon !... Hon !... répondit l'autre en s'asseyant aux pieds de « Rouge », tel un chien retrouvant son maître, ce qui chavira le cœur du loup-garou valide.

Car « Rouge » savait.

Sans doute allait-il demeurer aux côtés de cette pitoyable créature appelée « Bleu », sans doute viendrait alors le temps de la capture puis celui de l'expiation avec une mort en les horribles souffrances du bûcher où l'on est brûlé vif. Peut-être aurait-il pu recommencer sa vie ailleurs mais quoi qu'il arrivât, il savait qu'il ne mourrait point en qualité de loup-garou.

Résigné, « Rouge » s'assit sur l'herbe à côté de « Bleu » et lui dit :

— Quel destin fut le nôtre, ami !...

— Hon !... Hon !...

« Rouge » arracha une herbe et la porta en la lumière pourpre du soleil couchant. Elle parut prendre les couleurs du prisme.

Il poursuivit, avec en la voix profonde tristesse :

— Avoir ainsi été maudits entre tous les maudits, chasseurs et chassés, soldats d'une cause qui n'en fut point une... Ne point même trouver pour soi explication à ce qui fut nos tant effroyables actions et finir en ne le sachant pas : elle est là, la véritable torture, et en ceci, le châtiment final !...

— Hon !... Hon !...

Il leva à demi le bras.

— Voici notre dernier coucher de soleil... Ah, vois-tu, il fut un temps où j'aimais susciter la terreur et la haine. La haine, surtout !... Je ne voulais exister qu'ainsi et voilà que je vais tout perdre car je ne peux me résoudre à t'abandonner à ta terreur.

« Rouge » aperçut les hommes déployés en un large

demi-cercle. Ils descendaient depuis la crête d'une colline et allaient droit vers eux.

Instinctivement, marins et soldats serrèrent les rangs, allant bientôt au coude à coude.

« Rouge », qui s'était levé, croisa fièrement les bras en attitude de défi.

— Hon !... Hon !...

Le cri de détresse de « Bleu », toujours assis dans l'herbe et dont la jambe blessée avait provoqué large flaque de sang, ce cri rappela à « Rouge » celui d'un enfant craintif. Aussi, sans même y songer, posa-t-il ses mains sur les épaules de « Bleu ».

Aucun des soldats de Nissac, ni lui-même, ni la comtesse, ne furent insensibles à l'étrangeté du spectacle qui s'offrait à leurs yeux.

L'un des loups-garous, blessé, était assis dans l'herbe, une jambe raidie par la douleur et baignant en le sang. L'autre, debout, tenait son camarade aux épaules. Ni l'un ni l'autre n'esquissa un geste pour sortir l'épée du fourreau.

Les têtes de loup étaient étonnamment ajustées du fait qu'évidées, la mâchoire inférieure ôtée, on les pouvait mettre telles des cagoules si bien que ces deux hommes semblaient réellement des hommes-loups sortis ainsi d'une de ces affreuses légendes comme il en court en le pays de France.

Les yeux gris de Nissac soutinrent sans faillir le regard bleu du loup-garou qui se tenait à moins de deux toises.

Le comte de Nissac comprit que les choses n'iraient pas, une fois encore, en grande simplicité. En outre, quoi qu'il pensât des loups-garous, et en tout cas rien qui jusqu'ici n'inclina à la moindre indulgence, il ne pouvait s'empêcher de s'étonner que l'un d'eux fût demeuré près de son camarade blessé alors qu'il ne devait guère s'illusionner sur le sort qui l'attendait.

Pour l'amiral, outre que semblable comportement indiquait que tout sentiment d'humanité n'avait point déserté l'âme de cette créature, pareille attitude correspondait à sa propre morale : on n'abandonne point ses blessés ni même ses morts à l'ennemi. Et, en ce cas, c'était pousser la noblesse extrêmement loin et que pareil exemple vienne de ces pauvres fous assoiffés de sang ne grandissait pas les hommes qui se prétendent exempts de reproches sans qu'en toute leur vie on notât jamais si haute tenue sur les principes.

« Rouge » se tenait cambré, fier, toujours les mains sur les épaules de son camarade blessé. Indifférent aux dix arquebuses braquées sur lui, il ne regardait que Nissac et parla d'une voix assurée :

— En des temps lointains, je fus marquis de Saint-Alban de Luinen et mon infortuné camarade capitaine des plus courageux en un régiment d'Auvergne.

Nissac répliqua froidement :

— Ce n'est point cette partie-là de votre vie qui m'intéresse. Qui vous mena en les dérèglements où vous vous trouvez à présent ?

« Rouge » tourna sa belle tête de loup vers le soleil en son déclin puis, avec lassitude :

— Folie, fatigue, effroyable enfance, dégoût de soi, peur, accablement, vanité des choses humaines...

— Qu'espérez-vous ?... demanda Nissac de cette voix qu'il savait rendre glacée.

— Pour moi, rien. Je ne cherche point votre compréhension, ayant de longtemps renoncé à me comprendre moi-même. Mais s'il est quelque part en ma malheureuse âme souillée parcelle d'innocence, il en est bien davantage encore chez celui-là qui ne peut plus marcher et se trouve livré tout entier à cette vieille et horrible terreur qui depuis la nuit des temps tient en sa main glacée le pauvre cœur des hommes, eussent-ils été déchus au point de devenir mi-homme, mi-loup.

— Qu'espérez-vous ?... répéta froidement l'amiral, ses yeux gris ne quittant point le loup-garou.

— Être tués tous les deux ici, par vous. Échapper aux

mains des paysans, bourgeois et gueux qui nous feront subir pires supplices avant que de nous brûler vifs.

Nissac sentit le regard lourd d'Isabelle posé sur lui. Il devina davantage qu'il ne la vit la ligne des arquebuses qui fléchissait. Il songea alors que la torture et le feu ne vengeraient point les victimes, n'apprendraient rien à ceux-ci qui allaient mourir et, une fois encore, flatteraient ce qu'il y a de plus vil chez les hommes : le goût de la cruauté.

Sa voix, lorsqu'il s'adressa à « Rouge », fut moins dure :

— Faites lever votre camarade.

Puis, tandis que « Rouge » aidait « Bleu » à se mettre debout, l'amiral se tourna vers ses hommes :

— Sur deux lignes !... Première ligne, un genou à terre !...

« Rouge » soutenait « Bleu », lui ayant passé le bras autour des épaules. Mais l'ancien capitaine fit effort pour ne point tomber. Retrouvant usages militaires qu'il avait jadis connus, il entendait à présent mourir avec dignité.

— Hon !... Hon !...

« Rouge », voilant ironie légère, ajouta :

— Ce sera le mot de la fin !...

Nissac ébaucha un sourire, ignorant qu'il en allait de même, sous la tête de loup, pour le marquis de Saint-Alban de Liunen.

Il abaissa le bras qui tenait l'épée.

On fit feu, et tous visaient les poitrines.

Foudroyés, le cœur éclaté, les deux loups-garous s'effondrèrent et, pendant quelques instants, nul ne bougea car en grande fascination de l'irrémédiable.

Nissac replaça en le fourreau son épée qui avait commandé le feu puis, d'un ton las :

— Qu'on les enterre ici même où ils sont tombés et sans perdre un instant. Que nul ne leur ôte leurs têtes de loup et qu'ils emportent leur terrible mystère en l'au-delà.

Il sentit à cet instant la main d'Isabelle en la sienne.

101

Dès les premiers temps qui suivirent la mort d'Henri quatrième, le duc de Sully sentit que c'en était fini du pouvoir, au reste exorbitant, qui avait été le sien.

La reine le ménageait encore, et ne pouvait certes point le congédier tel un valet, mais bien des petites choses indiquaient qu'on ne souhaitait plus qu'il dirigeât les affaires de l'État.

Sully savait donc qu'il allait vivre des jours difficiles en voyant son œuvre mise à mal. On allait dilapider les finances publiques et gaspiller l'or accumulé à grand-peine en le trésor royal. On verrait le triomphe de deux choses qu'il haïssait : le parti catholique et l'Espagne, celle-ci de nouveau en grâce à la Cour de France. Enfin, on veillerait à ne point punir ceux qui avaient participé à la conspiration ayant abouti à la mort du roi.

Mais, sur ce dernier point, Sully pouvait encore agir et le pourrait tant que lui resterait une parcelle de pouvoir... et que l'amiral de Nissac serait en vie.

Aussi, sans perdre de temps, mit-il à la disposition de Nissac château en les environs de Paris car les cent vingt hommes du second échelon venaient de rejoindre les quatre-vingts que l'amiral avait conservés à ses côtés.

Nissac avait fait enfermer Vittorio Aldomontano en les caves du château proposé par Sully.

L'amiral appréciait l'endroit, le château se trouvant accolé à une vaste forêt d'un côté tandis que la rivière de Seine, de l'autre, offrait protection naturelle, ce qui restreignait d'autant la surface à surveiller.

En une vaste pelouse, transformée en terrain de manœuvres, marins et soldats du *Dragon Vert* passaient leurs journées en durs entraînements et utilisations incessantes d'un matériel toujours neuf sortant des arsenaux de Sully et dont ils faisaient grande consommation, ayant priorité absolue sur toutes les autres forces armées.

Nissac avait rencontré l'ambrosien quelques instants, paraissant peu impressionné par son visage ravagé qui inspirait crainte à certains hommes du *Dragon Vert*. En outre, lorsque le moine défiguré tenta d'engager la conversation, l'amiral l'avait fait taire en levant sa main gantée.

— Je ne veux ni vous parler ni vous entendre.

L'autre, la stupeur passée, insista de sa petite voix désagréable :

— Mais vous devriez vouloir tout connaître !... Les détails... et comment l'affaire fut menée...

Nissac comprit que l'ambrosien, se sachant promis à la mort, ne pouvait guère exister encore qu'en vantant ce qu'il tenait sans doute pour un chef-d'œuvre d'intelligence. Pourtant, l'amiral ne consentit pas à lui donner ce plaisir.

— Ce qu'il faut savoir, je le saurai sans vous. J'ai donné ordre que nul ne vous écoute et parleriez-vous à un de mes hommes qu'il se retirerait aussitôt, emportant le repas qu'il vous destinait.

— Mais... C'est impossible... Vous ne pouvez pas me prendre la vie et me laisser le terrible secret que je ne voulais point dire alors que je brûle à présent de vous le révéler... Vous ne le pouvez point !...

— Eh bien si !

— Non !... Agissant ainsi, vous me prenez tout !

Nissac posa sur lui le regard glacé de ses yeux gris et sans doute n'aurait-il pas considéré autrement repoussant reptile.

— *Vogliamo tutto !...*[1]

Puis, se retirant, il laissa le moine le maudire depuis sa cellule.

Mais la solitude de Vittorio Aldomontano fut de courte durée bien que son premier compagnon, assurément, ne fût point venu de son plein gré goûter l'ombre fraîche de cette cellule.

En effet, le marquis de Pinthièvre qui, en la conspiration, représentait les Guise, le marquis, donc, sortait de chez sa maîtresse lorsque Valenty, Yasatsuna et trois hommes du *Dragon Vert* lui barrèrent le passage.

Le fils du pays du Soleil Levant lui sourit.

— Après les plaisirs de l'amour, vous connaître, suaves comme fleur de lotus, ceux du sommeil.

La gifle, il est vraie magistrale, que lui assena Yasatsuna suffit pour faire perdre connaissance au marquis.

Le baron Dictrich von Hoflingen vivait à présent sans méfiancc.

Il considérait l'assassinat d'Henri quatrième, auquel il avait œuvré, comme grande réussite personnelle et ne lésinait point à envoyer nombreux rapports en ce sens à ses maîtres, les Habsbourg d'Autriche. Au reste, il comptait bien tirer profit de cette affaire, tant en la fortune personnelle qu'en les charges et honneurs. En outre, ayant contrairement à d'autres agi en grande sincérité, sa conscience ne portait aucun fardeau car, se trouvant fervent catholique, il considérait réellement Henri quatrième

1. Nous voulons tout !

telle une hyène puante entrée par ruse en la religion pour la mieux détruire de l'intérieur.

Charles Paray des Ormeaux, qui commandait une dizaine d'hommes du *Dragon Vert*, coupa la route au baron.

— Monsieur, vous nous allez suivre sans faire d'embarras ou bien ce sera par la contrainte.

La baron allemand, surpris, posa la main sur la poignée de son épée :

— Qui êtes-vous ?

— Service du roi.

— Le roi ?... Mais le roi est mort !

— Pas pour nous.

Von Hoflingen, qui sortait l'épée de son fourreau, n'eut pas le temps d'achever son geste disparaissant presque, en la mêlée, sous l'assaut d'une dizaine d'hommes qui lui tombèrent dessus avec violence.

José d'Altamaros, ancien jésuite actuellement assassin et exécuteur des basses œuvres de l'ambassadeur d'Espagne, sortit d'une maison de jeu de la rue Trace Nonnain à l'instant où l'aube blanchissait déjà l'est de Paris qu'elle baignait d'une lueur laiteuse.

Il avait perdu beaucoup, en cette longue nuit, mais ne s'en souciait guère car son maître se montrait généreux en la reconnaissance où il se trouvait de la participation de son âme damnée au sommet du complot contre feu le roi de France.

D'Altamaros n'ignorait point la joie provoquée à la Cour d'Espagne par l'annonce de la mort d'Henri quatrième. Pareillement, il savait qu'en les choses humaines la reconnaissance est toujours de courte durée. Tôt ou tard, il lui faudrait retourner en Espagne, ce pays qui pour être le sien ne lui en semblait pas moins austère et ennuyeux.

Ici, entre le jeu et les femmes, tout l'émerveillait. Le peuple de France ne se prenait pas au sérieux et serait toujours en le bonheur de vivre, sauf à changer cette façon un jour en l'Histoire...

José d'Altamaros avait même l'impression qu'aujourd'hui seulement commençait sa vie.

En quoi il se trompait.

— Suis-nous, charogne !... lança Sousseyrac.

— Messieurs, quelle erreur : je sers l'ambassadeur d'Espagne !

— Tudieu, c'est bien toi, alors, vile pourriture !... répondit Fey des Étangs.

En l'esprit d'Altamaros, au reste embrumé par le vin de Bourgogne dont il avait fait grande consommation durant la nuit, toutes choses s'embrouillaient au point qu'il se demandait s'il ne devenait point fol face à ces deux officiers et aux dix hommes farouches qui leur faisaient escorte, et l'avaient discrètement entouré en un cercle qu'il savait infranchissable.

Il repoussa la panique qui commençait à le saisir.

— Qui êtes-vous ?

— Service du roi !

Alors, alors seulement, José d'Altamaros comprit la gravité des choses. Ceux-là, remarquablement informés de la conspiration, étaient des fidèles du feu roi.

— Je puis m'expliquer !... répondit-il, en grande certitude que son verbe viendrait à bout de l'intelligence de ces hommes.

En quoi il se trompait une nouvelle fois.

Jehan de Bayerlin, colonel en les chevau-légers et réputé la meilleure lame du royaume des lys – mais d'autres, moins nombreux, prétendaient que Nissac était celui-là –, mena son duel, tel un virtuose.

En effet, il lui suffit d'une petite minute, pas même achevée, pour tuer le mari trompé d'une de ses nombreuses maîtresses, un pauvre apothicaire connaissant mieux les onguents que l'art de l'épée.

Déjà, les nombreux amis de Bayerlin se bousculaient autour de lui qui se disait presser d'aller foutre la veuve de celui qu'il venait de tuer lorsque l'amiral de Nissac, accompagné d'Isabelle et de cinq rudes soldats de l'infanterie d'assaut du *Dragon Vert*, se présentèrent au marché aux chevaux où venait de se dérouler le duel.

Les amis du colonel s'écartèrent.

Nissac, ôtant sa cape bleu marine, retira ses gants avec une lenteur calculée puis, froidement, fit face à Bayerlin :

— Thomas de Pomonne, comte de Nissac, amiral des mers du Levant. Ce duel ne vous ayant guère fatigué, en accepteriez-vous un autre ?

Ne quittant point Isabelle du regard, Bayerlin répondit avec un mauvais sourire :

— Nissac !... On parle beaucoup de toi, pas assez de celle qui va être à l'instant ta veuve et dont je compte m'occuper.

— Et moi, je te passerais plutôt cette lame à travers le ventre, sale porc !... répondit Isabelle, sortant l'épée du fourreau d'un des soldats du *Dragon Vert* que ses quatre camarades aidèrent à retenir la comtesse.

Jehan de Bayerlin allait répondre lorsque son regard fut aimanté par la façon dont Nissac tirait l'épée. En véritable bretteur, il dut la reconnaître d'une pureté absolue.

Et, pour la première fois de sa vie, après tant et tant de duels, tant de morts, Bayerlin connut fugitivement la peur. Qu'il chassa. Et qui revint lorsqu'il surprit sur lui le regard de Nissac, ces yeux gris d'une froideur minérale.

Le combat s'engagea aussitôt. Bayerlin, en sa science du combat, comprit ce dont beaucoup d'hommes furent victimes sans le jamais saisir : les plumes !... Les magnifiques plumes du chapeau de Nissac, les si belles couleurs, le mouvement de balancier de droite à gauche, ce côté ondoyant tel un ballet : elles fascinaient et distrayaient. À dessein ?

Nissac bloquait comme en se jouant la lame de Bayerlin, à la stupéfaction de ses partisans qui ne l'avaient jamais vu en difficulté. Et de duel, on fut volé car, en moins d'une minute, la lame de Nissac traversa le bras droit de Bayerlin. Qui lâcha l'épée... pour la ramasser de la main gauche, la nature l'ayant fait ambidextre.

Pourtant, le doute le rongeait. Il savait, lui, que Nissac l'aurait pu tuer. Pourquoi ne l'avait-il pas fait ?... Pourquoi le laissait-il vivre, en quel dessein ?

La blessure... Le doute... La déception en les yeux de ses partisans... Le sourire moqueur des soldats de l'amiral... Le regard méprisant de la jolie comtesse de Nissac... C'en fut trop, Bayerlin perdit ses remarquables moyens et le bras tenant l'épée fut à son tour traversé de part en part.

Vaincu, Bayerlin se trouva les bras sanglants pendant le long du corps, en l'impossibilité de se battre. Enfin, humiliation supplémentaire, Nissac ramassa l'épée abandonnée et en brisa la lame sur sa cuisse.

Aussitôt, Bayerlin fut entouré des cinq hommes de l'amiral et l'un d'eux, jeune sergent, lui dit :

— Suis-nous !

Il se rebiffa :

— Holà, change la manière, toi, je suis colonel en les chevau-légers.

Le sergent le regarda, lui cassa le nez d'un coup de tête et précisa :

— Pour nous, pourriture régicide, tu n'es que de la merde !

Jeté dans un carrosse aux rideaux tirés, Bayerlin n'opposa aucune résistance.

102

Les Parisiens se méfiaient tant des hauts seigneurs entourant la régente que des magistrats chargés d'instruire le procès de Ravaillac.

Des rumeurs couraient partout en la ville. Il fallut placer des gardes devant l'ambassade d'Espagne, tandis qu'en la rue, des jésuites étaient sauvagement frappés par la foule.

Les temps changeaient si vite qu'on était pris de vertige. Au Louvre, déjà, le duc de Feria, envoyé du roi d'Espagne, négociait avec la reine le mariage de son fils Louis le treizième avec l'aînée des Infantes...

Ils étaient cinq, tous anciens du groupe dit des « douze apôtres » qui représentait la direction suprême du complot ayant abattu le roi. Ils se trouvaient enfermés en une vaste cave du château où l'amiral de Nissac et ses deux cents hommes cantonnaient.

Sur ordre de l'amiral, on avait retiré au moine Vittorio Aldomontano sa robe à capuchon, le laissant en chemise. Et comme l'avait escompté Nissac, le visage hideux de l'ambrosien, révélé, lui fit perdre son mystère et lui ôta l'autorité qu'un moment il exerça sur les autres.

Ceux-ci avaient tous blessures au visage, tuméfié de partout, nez et dents brisées. La raison en était les conditions de leur enlèvement souvent mouvementées, mais aussi visites nocturnes de groupes de soldats et marins loyalistes en grande colère. Visites que Nissac avait immédiatement interdites en voyant l'état des prisonniers.

Ils étaient assis sur le sol. Ainsi le baron Dietrich von Hoflingen, le marquis de Pinthièvre, le colonel Bayerlin ou José d'Altamaros. Et tous s'interrogeaient sur les bruits de scies et de marteaux qu'on entendait du matin au soir en la proche forêt.

Une nuit, Martin Fey des Étangs pénétra en la cave et jeta chose étrange aux pieds de l'ambrosien. S'approchant, les quatre autres constatèrent qu'il s'agissait là de peau humaine et d'une tête vidée de son crâne.

Ils se demandaient qui avait été cette pauvre chose lorsque Fey des Étangs, toisant l'ambrosien, lança d'une voix sifflante :

— Nous l'avons identifié grâce à son valet qui a reconnu ses cicatrices et autres détails sur la peau avant, pauvre jeune homme, de s'évanouir...

L'ambrosien détourna la tête, les quatre autres attendaient.

Fey des Étangs s'approcha de l'ambrosien assis sur le sol et lui donna coup de pied en les côtes.

— Il n'est pas de bon commerce de laisser un de vos compagnons, le cardinal Mathieu de Bellany, ainsi cloué au mur de votre chambre du château des chimères car si pour conserver ses amis, il les faut à présent clouer au mur, où va-t-on ?... Monsieur le comte de Nissac, dans sa grande indulgence, a pensé qu'il vous serait agréable qu'il vous soit apporté pour partager votre captivité.

Dès cet instant, les autres détenus n'adressèrent plus jamais la parole à l'ambrosien.

Ainsi, ils étaient à présent six, soit la moitié du groupe dit des « douze apôtres », enfermés en une vaste cave du château...

Le comte de Nissac avait insisté pour qu'Isabelle l'accompagnât et le duc de Sully, sachant comme elle s'était battue l'épée à la main pour le roi, avait fait une entorse à l'un de ses principes qui était de ne point mêler les femmes aux affaires d'État.

Ils se trouvaient cinq en une pièce aux rideaux tirés. Les deux inconnus, hommes d'un certain âge, furent présentés à l'amiral et à la comtesse de Nissac. Le premier, un chirurgien huguenot, avait participé à l'autopsie du corps d'Henri quatrième et ne partageait point les avis qui y furent émis. Le second, procureur huguenot proche du président Seguier et du premier président Achille de Harley, était effaré par ce qu'il apprenait, et ne pouvait dire publiquement.

Tous deux savaient bien des choses mais en ignoraient d'autres. Leur rencontre avait permis d'éclairer des zones d'ombres.

Sully invita le procureur à prendre la parole et celuici, n'hésitant point, sortit de sa poche une petite bille métallique :

— Deux furent tirées à partir d'arquebuses d'un modèle dont nous ignorons tout, comme nous ne connaissons point la nature du métal qui compose cette balle... car il s'agit d'une balle.

— Allons au fait !... le pressa Sully.

Le procureur hésita un instant puis reprit :

— Le roi a été assassiné en manière très subtile et compliquée. Ravaillac a porté ses coups sur un mort, ou un mourant. En tout état de cause, sur un homme qui ne le pouvait repousser après le premier coup reçu, pourtant inoffensif. Le piège était impitoyable : si le roi n'était pas tué par balle, il se trouvait en tel état qu'il demeurait exposé, offert presque, au couteau de Ravaillac. Il n'avait aucune chance !

Sully se tourna vers le chirurgien :

— Parlez-nous de ces blessures au cou et à la tête.

— Une balle est entrée en l'arrière de la tête du roi, par la lucarne arrière du carrosse, se logeant en la partie droite du cerveau où elle est demeurée. Une seconde est entrée en la gorge du roi, pénétrant près de la carotide et ressortant par la nuque. C'est celle que vous venez de voir, retrouvée par mes soins en le carrosse. Ainsi, monsieur le duc d'Épernon assis à côté du roi n'ayant rien pour arrêter le bras de Ravaillac, Henri quatrième, pourtant très robuste, ne le pouvait davantage en raison de ses blessures d'une extrême gravité.

Nissac, songeur, répondit :

— J'ai vu en effet la tête du roi projetée avec rudesse vers l'avant, puis presque aussitôt vers l'arrière, et ce serait le cas s'il avait reçu une balle dans la tête par l'arrière et une autre en la gorge par l'avant... mais alors...

Sully l'encouragea du geste.

— Il n'y avait point un mais deux tireurs. Le premier derrière le cortège, le second devant.

Le procureur hocha la tête.

— J'ai passé plus de vingt heures sur les lieux, n'économisant point mes pas ni mon temps. Le premier tireur, d'une exceptionnelle habileté, a tiré à travers la lucarne arrière dépourvue de vitre. Il a sans aucun doute fait feu depuis un dépôt de livres... Le second tireur, placé à l'avant du carrosse, a tiré depuis un petit tertre situé à l'abri d'une palissade. Ce tireur se trouvait sans doute sur la droite du carrosse car témoins remarquèrent que le roi s'affaissa légèrement sur la gauche. Une fois encore, il est tout à fait certain que sans ces deux balles le roi, averti par le premier coup de poignard sans gravité de Ravaillac, eût facilement bloqué ce bras assassin ou se serait rejeté en arrière, Ravaillac ne pouvant dès lors plus l'atteindre.

Un profond silence succéda à ces paroles. La pluie commença à tomber, tintant contre les carreaux sertis de plomb et en forme de losanges. On eût dit une veillée mortuaire.

Isabelle de Nissac fut la première à se ressaisir, regardant Sully droit dans les yeux :

— Sachant tout cela, qu'allez-vous faire, monsieur le duc ?

Mains derrière le dos, Sully entama une série de courts va-et-vient avant de s'immobiliser devant Isabelle.

— Je ne ferai rien, madame la comtesse, car on ne peut rien tenter. Au plus haut niveau, on patauge en le sang du roi : il n'est donc rien à espérer de ce côté où l'on bloquera tout ce qui pourrait mettre en péril les nouveaux maîtres du royaume des lys.

Il se déplaça légèrement, de manière à se trouver face à Nissac :

— Monsieur l'amiral, cette vérité-là, vous méritiez de la savoir et ainsi l'aurait sans doute voulu le roi s'il avait connu par avance son tragique destin.

Il réfléchit un court instant et reprit :

— Votre tâche ne fut jamais d'empêcher cet assassinat et, pourtant, vous fûtes bien près d'y parvenir. Vous n'avez à aucun moment démérité, cher Nissac : vous deviez porter de rudes coups aux comploteurs, vous avez décimé les deux premiers cercles de la conspiration. Et puis... Et puis voyez-vous, vous avez fait rire et frémir notre pauvre roi et pour cela, Bassompierre et moi-même qui en fûmes témoins vous conserverons toujours notre amitié.

Il posa la main sur l'épaule de Nissac et ajouta :

— Comte, je vous aime beaucoup. Prenez garde aux coups bas. Ici, certains qui vous haïssent souhaitent votre mort. Vous devez retourner sur *Le Dragon Vert* où ils n'oseront vous toucher. Ils savent votre très grand prestige et qu'il serait imprudent de tenter de jeter un héros à la Bastille.

Il baissa les yeux.

— Bientôt, je ne pourrai plus rien pour ceux que j'aime. Partez avec votre ravissante épouse. Quant aux conjurés, Dieu les jugera.

— Je préférerais que ce soit vous. Ils étaient douze...

— Je sais.

— J'en détiens six.

Sully regarda Nissac avec stupéfaction mais l'amiral poursuivit :

— Sur les six, de l'un, il ne reste que la peau. Les cinq autres, à l'exception d'un seul condamné au silence, ont été interrogés par mes officiers. Tous sont coupables. Je vous les offre pour véritable justice, celle de la reine ne l'étant point.

Sully réfléchit :

— Soyez demain en place de Grève pour l'exécution de Ravaillac au cas où il parlerait à la foule. Après, nous irons rendre justice en le nom de notre feu roi.

103

Il fallait tuer Ravaillac, et vite !

Trop de choses, et chaque jour davantage, prouvaient qu'il n'avait été qu'un instrument entre les mains de gens intelligents. Trop de questions risquaient de provoquer réponses accablantes pour les nouveaux maîtres.

Ainsi, comment ce pauvre hère qui allait demi-mendiant sur les routes, ce malheureux comme il en existait des millions en le royaume, avait-il pu être hébergé en le château de la marquise de Verneuil à Malesherbes, mais aussi hébergé par le duc d'Épernon et enfin hébergé par mademoiselle du Tillet, maîtresse du duc ?...

Pourquoi la demoiselle de compagnie de madame de Verneuil, ayant entendu de la bouche de celui-ci les projets assassins de Ravaillac, fut-elle violemment rejetée par la reine qu'elle venait avertir ?... Et non seulement rejetée mais dès lors mise au secret, mourant mystérieusement en sa cellule quand les archives de son procès brûlaient étrangement ?...

Pourquoi, dès 1608, le gendarme La Garde remettait-il de l'or à Ravaillac de la part du duc d'Épernon ?...

Pourquoi, son crime commis, Ravaillac fut-il arraché à l'hôtel de Retz où on l'avait placé pour être enfermé en l'hôtel du duc d'Épernon qui lui parla très longuement en tête à tête ?...

Et tant d'autres questions !... Et tant de réponses que Ravaillac ne devait à aucun prix formuler !...

Arrivé en place de Grève, Ravaillac s'étonna d'y voir

foule si haineuse alors qu'on l'avait assuré que le peuple le traiterait en héros.

Prévoyant telles qu'allaient se dérouler les choses, le comte de Nissac tenta de renvoyer la comtesse afin de la soustraire à spectacle affreux mais elle ne le désira point ainsi, voulant tout partager avec l'homme qu'elle aimait.

Stéphan de Valenty, qui se trouvait en compagnie de l'amiral et d'Isabelle, ressentit lui aussi grande gêne à voir et entendre la foule s'abandonnant à ses désirs sanglants.

Ravaillac apparut déjà défait, ayant subi le tourment des tenailles, poix, soufre, plomb fondu, huile et résine brûlantes. Puis il fut couché sur une claie. Il demanda l'absolution, on la lui refusa en prétextant qu'il était en état de péché mortel et devait livrer d'abord ses complices, ce qu'il refusa, son pauvre esprit craignant l'enfer.

On attacha son corps à des piquets tandis que la foule hurlait. Quatre chevaux tirèrent ensemble mais le corps de l'homme, exceptionnellement solide, résista. On tira ainsi une heure sans démembrer cette ombre martyrisée si bien que ce fut le bourreau qui le démembra.

La foule, armée de couteaux, se précipita alors en grande excitation. Chacun se servit un morceau de viande ou d'entrailles.

Isabelle s'était détournée, Stéphan de Valenty, pourtant un homme solide, vomit de dégoût. Seul Nissac regarda jusqu'au bout, sans que bougeât un muscle de son visage. Puis il prit Isabelle en ses bras et, tandis qu'elle sanglotait sur son épaule, il lui murmura :

— Nc pleurez pas. Nous allons partir, quitter tout cela, cette haine, cette barbarie. Nous avons à vivre l'un pour l'autre et pour l'enfant que vous nous allez donner. Et, peut-être, réfléchir sur la façon de changer ces choses...

Sully, Bassompierre et le procureur huguenot, après avoir très brièvement entendu chacun des accusés – à l'exception de l'ambrosien interdit de parole –, avaient siégé quinze minutes en délibérations pour juger José d'Altamaros, Jehan de Bayerlin, Vittorio Aldomontano, Louis de Pinthièvre, Dietrich von Hoflingen et Mathieu de Bellany dont le cas, bien qu'il fût mort, leur parut indissociable.

Aux questions concernant appartenance des six hommes à conspiration constituant crime de lèse-Majesté et visant à tuer le roi, trahir le pays, servir les intérêts étrangers des ennemis de la France, ainsi que dix-sept autres délits plus secondaires, la réponse des trois juges fut « oui ».

Le tribunal jugea que la sentence était exécutoire sur-le-champ, les conditions délicates et précaires en lesquelles était rendue la justice permettant à des forces extérieures de venir les armes à la main libérer les coupables.

Ceux-ci furent aussitôt conduits en vaste clairière de la forêt, ainsi que la peau du cardinal de Bellany car tous ici ignorant qu'il informait la couronne du complot, Sully, bien que Nissac fût réticent, décida de faire subir à ses restes sort commun aux autres coupables.

Les cinq hommes, mains liées derrière le dos, furent menés devant une estrade de bois neuf et placés derrière nœuds coulants. Cet échafaud à trappes d'un genre nouveau était dû aux charpentiers de marine qui, confrontés au problème de pendaisons massives, avaient trouvé ce système.

Les troupes étaient impeccablement alignées, les deux cents marins et soldats se tenant raides comme des statues.

Nissac, les plumes de son chapeau caressées par le vent printanier, lut d'une voix dure la sentence que le tribunal, l'informant de sa décision, l'avait chargé de rédiger à la hâte :

— Vous avez le sang de votre souverain sur les mains et secondairement attenté aux intérêts du pays. Mais il est avéré que vous avez accoutumée de trahir. Le chanvre de la marine royale, lui, ne vous trahira point !... Votre action ne fut courageuse ni belle même si j'aperçois bien que certains d'entre vous ont peut-être été sincères mais par les moyens de combattre idées qui n'étaient point les vôtres, vous avez fait à votre cause les plus mauvais offices qui soient. Ce que prenant en considération toutes ces choses tel que c'est son devoir en respect de la mémoire de notre feu roi, le tribunal vous a condamnés à pendaison jusqu'à ce que mort s'ensuive. À dieu, messieurs.

Les tambours roulèrent puis, sur un signe du duc de Sully, des trappes s'ouvrirent sous les pieds des condamnés, y compris les restes du cardinal de Bellany lestés d'un sac de terre.

Sully regarda les corps en les ultimes convulsions de la mort et, frappant le sol du talon de sa botte, dit avec conviction :

— Justice est faite !

Les pendus furent retrouvés quelques mois plus tard, à l'état de squelettes se balançant au bout de leur corde.

À l'exception d'un seul, au cadavre hideux mais momifié. Celui-là, qui fut en sa vie ambrosien, même les corbeaux n'en avaient point voulu.

Le lendemain, alors que Nissac, Isabelle, les officiers et les deux cents hommes du *Dragon Vert* s'apprêtaient à partir pour Rouen en longue colonne comprenant chariots pour le matériel, soldats royaux de plusieurs régiments les encerclèrent.

Nissac ordonna aussitôt les dispositions de combat et la rapidité de cette réaction fut telle que les soldats envoyés par la régente et d'Épernon hésitèrent tout comme – rien moins ! – le maréchal et les trois généraux qui commandaient cette troupe.

Affronter l'amiral de Nissac et son équipage d'élite ne tentait personne en vérité, si bien qu'on négocia.

L'amiral de Nissac qui, en grand dédain, ne se voulut point même déplacer dépêcha en son nom l'habile Charles Paray des Ormeaux.

Il obtint que ceux du *Dragon Vert* conservent leurs

armes et leurs drapeaux ainsi que le commandement des officiers sur leurs hommes. En revanche, il ne put fléchir les nouvelles autorités sur le fait que, pour regagner Rouen, soldats et marins du *Dragon Vert* ainsi que leur commandement, formés en colonne, seraient « accompagnés » sur chacun des flancs par les soldats de la régence.

On se mit en route à midi.

Cachés à demi derrière la tonnelle d'un pauvre cabaret situé sur une poussiéreuse route de campagne, le duc de Sully, le futur maréchal de Bassompierre et monsieur de Roquelaure, la mort dans l'âme, attendaient le passage du cortège.

Pris de chaque côté par cordons serrés de mousquetaires et arquebusiers de la régente, ceux du *Dragon Vert*, « vaincus » mais magnifiques, parurent enfin, dernier carré des fidèles parmi les fidèles d'Henri quatrième, l'homme qui le premier en l'Histoire de l'humanité avait donné à d'autres hommes la liberté de conscience, premier pas vers d'autres droits qui suivraient un jour...

Sous le superbe ciel bleu d'Île-de-France venait en tête l'amiral-comte de Nissac monté sur son haut cheval noir, plumes au vent, ses yeux gris exprimant profond mépris de ceux marchant sur les flancs. À ses côtés, les yeux flamboyants de colère, allait la ravissante comtesse.

Contrastant avec la grise mine de ceux qui les gardaient, les hommes du *Dragon Vert* avançaient d'un pas superbe, drapeaux au vent. Sous les fleurs de lys, officiers et soldats montraient tenues irréprochables et armes rutilantes.

Le seigneur Chikamatsu Yasatsuna était très entouré par ses amis officiers, Fey des Étangs, Sousseyrac, Valenty et Paray des Ormeaux.

Il faut dire que, peu avant, un soldat l'ayant brutalement bousculé, le glorieux fils du pays du Soleil Levant s'était laissé aller à très inhabituelle petite colère, faisant voler une demi-douzaine de têtes de mousquetaires qu'on dut bien ramasser, notant au passage le grand étonnement qu'on lisait en leurs yeux morts.

Jusqu'au bout, ceux du *Dragon Vert* maintinrent haute tenue, élégance et panache. En le bord des routes, paysans, découvrant avec étonnement des militaires gardés par d'autres militaires, firent ovation aux fidèles d'Henri quatrième et huèrent troupe de la régente quand ils apprirent qui gardait qui.

Aux proches abords de Rouen, et sans en référer aux soldats de la reine et à leurs généraux qui durent bien s'en accommoder, l'amiral de Nissac ordonna une halte.

Sous le regard morne des troupes de la régence, on brossa les uniformes avec un soin méticuleux, décrotta les bottes, lissa les plumes des chapeaux et alla jusqu'à chasser la poussière des drapeaux.

Enfin, à midi exactement, ayant fait venir en tête les porte-drapeaux puis les fifres et les tambours, on découvrit entrant en la ville de Rouen l'amiral de Nissac, la comtesse et leurs amis officiers qui allaient à cheval précédant la troupe et ignorant superbement leurs geôliers.

La nouvelle du retour de l'amiral et des siens fit le tour de la ville en grande vitesse. La population sortait de partout. En le port, les membres d'équipage en garde du *Dragon Vert* firent tonner les canons de celui-ci. Des cloches résonnaient d'église en église. On se jetait au cou des marins et soldats de l'infanterie d'assaut du glorieux navire. Des jeunes gens prenaient à partie mousquetaires de l'escorte, leur jetant pierres et bouteilles – vides ! – au visage.

« L'escorte » de la reine fut ainsi comme dissoute, aspirée en le peuple, submergée de partout. Les militaires royaux eux-mêmes quittèrent leurs forts et leurs remparts pour accueillir l'amiral et les siens. Très vite, des rixes violentes opposèrent soldats de la garnison de Rouen à ceux de la régence.

Maréchal et généraux tournèrent bride tandis que les

soldats de la reine choisirent de ne point insister, reprenant par petits groupes dispersés la route de Paris.

On fit la fête, buvant et dansant jusqu'en fin d'après-midi en les cabarets, les places, les rues et les jardins.

Le Dragon Vert quitta Rouen en la magnifique lumière du soleil couchant qui dorait ses voiles et ses mâts. De l'amiral au plus jeune des mousses, on savourait la joie de retrouver la mer loin des ambitions et des complots fomentés par ceux qui sont sortes d'infirmes et ne vivent que pour le pouvoir.

Sur la dunette, l'amiral tenait la comtesse en ses bras, lui serrant la taille.

Il murmura :

— Quel rêve étrange nous avons fait...

— Ce n'était point un rêve, monsieur mon amour !

Et, comme pour le lui mieux prouver, elle lui donna long, très long baiser...

ÉPILOGUE

LES DOUZE DE LA CONJURATION...

Six des douze de la conjuration avaient péri de mort violente, pendus – dont un cadavre – sur ordre de Sully à la fin des aventures de l'amiral de Nissac brièvement contées ici même.

Les autres ne perdirent rien pour attendre car ceux qui échappèrent au fer ou au feu connurent l'amertume de la déchéance.

Ainsi un septième, Ravaillac, était mort comme on sait. Il n'est point nécessaire de revenir sur sa fin atroce mais peut-être de songer qu'ayant été le plus abusé, il ne fut pas forcément le plus coupable. Victime crédule des puissants dont il cherchait, comme tous les faibles, la reconnaissance ; croyant que l'Enfer ici-bas lui ouvrirait les portes d'un problématique Paradis en l'au-delà, il n'attira jamais la compassion, ni en son temps, ni en ceux futurs où les hommes qui écrivent l'Histoire n'ont guère de temps à perdre avec humaine broutille.

Seul le comte de Nissac si secret, si fragile, si vulnérable à l'abri de son épée et de la froideur apparente de ses yeux gris songea, en regardant ces quartiers de viande qu'une foule barbare se partageait, que Ravaillac avait été aussi petit bébé puis enfant aimant follement sa mère qui le lui rendit et à laquelle fut épargné le spectacle de ce qu'il advint du petit qu'elle avait porté. Et Nissac songea encore que, bien qu'en état de folie totale, les deux loups-garous affichaient davantage de dignité et noblesse devant la mort que ces bourgeois qui se battaient pour plonger leurs mains en les entrailles d'un homme. Enfin l'amiral, en la définitive solitude de son âme, se convainquit sans peine qu'un homme cesse d'être un homme dès qu'il appartient à une foule.

L'ambassadeur d'Espagne devenu très âgé s'enticha d'une femme plus dure encore qu'il ne l'avait été et, se trouvant paralysé, cloué en son lit, il la vit un jour se servir d'une bougie pour mettre le feu à son lit. Il finit ainsi brûlé vif, tel le premier loup-garou venu...

Concino Concini dont on dit qu'il fut l'amant de la reine accéda enfin à ce pouvoir qui le fascinait depuis toujours. Devenu maréchal d'Ancre et maître du royaume des lys, il révéla sa nature cruelle, son avidité à s'enrichir et son cynisme. Assassiné sur ordre du jeune Louis XIII qui voulait enfin exercer le pouvoir qui lui revenait, son cadavre fut déterré le jour même. On traîna son corps en les rues et le fit rôtir sur le Pont-Neuf avant que d'en manger les parties charnues.

Dépecé comme un vulgaire Ravaillac, le maréchal eût détesté cela si on l'en avait informé de son vivant.

Son épouse, dixième de la conjuration, le suivit presque aussitôt en le trépas. En effet, Leonora Galigaï fut jugée, condamnée, décapitée, brûlée et ses cendres dispersées au vent...

Madame d'Entragues, marquise de Verneuil, qui fut la maîtresse d'Henri quatrième et souhaita devenir reine de France, vit son étoile pâlir dès après la réussite du complot, écartée par les soins de la reine qui ne lui avait pas pardonné d'avoir volé cet époux qu'elle aida à tuer. Elle mourut seule et en grande aigreur, songeant qu'au bout du compte elle avait davantage perdu à la mort du roi qu'elle n'aurait gagné à laisser vivre un homme qui toujours se montra avec elle généreux et indulgent.

Le douzième membre de la conjuration, Jean-Louis de Nogaret de la Valette, duc d'Épernon, ancien archimignon d'Henri troisième, profita peu du crime dont il fut un des plus actifs artisans. En effet, Richelieu l'écarta sans douceur et définitivement du pouvoir. Sa morgue et son mépris des autres lui valaient beaucoup d'ennemis qui tous s'amusèrent beaucoup de l'aventure qui lui arriva, un an jour pour jour après la mort du roi. Se trouvant en les jardins des Tuileries, il vit venir à lui six hommes et une femme le bas du visage masqué par foulards rouges. Plus tard, un courtisan devait affirmer avoir vu un groupe ôtant des foulards rouges et reconnu le comte et la comtesse de Nissac ainsi que cinq de ses officiers : Paray des Ormeaux, Fey des Étangs, Sousseyrac, Valenty et le seigneur Yasatsuna. Qu'importe puisque du côté de la reine et des siens, dès lors qu'on prononçait le nom de Nissac, tous regardaient ailleurs : ne disait-on pas que pour mystérieuses raisons, si Richelieu ne voulait concéder nul avantage à l'amiral, il avait interdit qu'on tentât quelque action contre lui ?

Quoi qu'il en soit, d'Épernon fut magistralement giflé par un petit homme d'allure asiatique portant foulard rouge puis attiré en les buissons où il reçut une très sévère correction, perdant toutes ses dents qui étaient sa fierté. N'ayant plus toute sa connaissance, il fut lâché peu après en une allée et, à la surprise puis à l'hilarité générale, le très prétentieux duc d'Épernon apparut habillé en fou, coiffé du bonnet à grelot, la marotte à la main et monté sur un âne qui louchait.

Monsieur de Bassompierre crut en mourir de rire...

Enfin, au-dessus des « douze apôtres », celle qui avait contribué à la mort d'Henri quatrième son époux se fit ravir le pouvoir et exiler par le roi Louis son fils qui, sans le savoir, en punissant sa mère vengeait son père !...

*
* *

CEUX QUI NE FIRENT QUE PASSER EN CE RÉCIT...

La duchesse Inès de Medina Sidonia épousa un richissime prince italien grandement âgé. Elle l'épuisa en moins de deux ans d'un régime amoureux très sévère. Veuve, elle collectionna dès lors les châteaux et les amants. Sa fringale d'hommes réussit fort bien à sa santé puisqu'elle mourut centenaire, ne se donnant pas même la peine de paraître dévote et tenant la main de son très dévoué écuyer, un fort beau jeune homme dont elle fit son héritier...

Dieulefit, l'élégant bandit et marquis huguenot qui régnait sur sa bande de « L'âne mort », ne conserva point l'impunité que lui accordait le défunt roi. Il fut pendu au gibet de Montfaucon ainsi que onze hommes et femmes de sa bande...

Armand Jean du Plessis, duc et cardinal de Richelieu, atteignit comme il le souhaitait le sommet de l'État où il poursuivit la carrière éblouissante que l'on sait. Quoique satisfait, il envia deux hommes en sa vie. Le premier fut Louis treizième, parce qu'il était roi et qu'il ne pouvait espérer l'être à sa place. Le second fut Thomas de Pomonne, comte de Nissac et amiral des mers du Levant pour la raison qu'il faisait choses extraordinaires comme s'il se fût agi d'actes sans importance. Et parce que le cardinal, plus coquet qu'on ne l'a dit, lui enviait son sourire, sa naturelle élégance et ses magnifiques yeux gris...

Élisabeth de Sèze de La Tomlaye entra dans les ordres et abandonna ses biens à l'Église. Elle consacra ses ardentes prières à la mémoire de son frère Louis et à toutes les pauvres créatures qui souffrent. D'une grande rigueur en la pratique de la religion, elle mourut quelques années plus tard, évitant de songer que sa vie aurait été tout autre si...

Par un curieux hasard, François de Bassompierre, l'ami du défunt roi, fut ambassadeur en Espagne avant de l'être en Suisse et en Angleterre après une très belle carrière militaire où son intelligence et sa bravoure le firent élever à la dignité de maréchal de France. Aimant toujours la vie, les femmes et l'insolence, il ne pouvait que déplaire à Richelieu qui, sous un fallacieux prétexte, le fit enfermer douze longues années à la Bastille. Le pouvoir, c'est bien connu, n'aime ni l'esprit, ni le goût pour l'indépendance.

Maximilien de Béthune, duc de Sully, fut comme il le pressentait écarté des affaires. Jusqu'au bout, il pratiqua la religion réformée.

Le petit enfant de deux ans blond et dodu, qui fit revenir « Jaune » et après lui « Rouge » vers le genre humain, celui-là, qui ne retrouva jamais sa famille éplorée, connut une enfance et une jeunesse difficile. Cependant, ayant observé les animaux en les fermes et gardant en le secret de son cœur le souvenir de ce loup-garou qui se sacrifia pour lui, il en vint à observer les hommes et les femmes. Si bien qu'à force de travail et d'études, il devint à trente-huit ans un des plus grands chirurgiens militaires de son temps, sauvant davantage de vies que n'en avaient pris tous les loups-garous réunis. S'étant retiré en le nord du pays après une belle carrière, il soigna alors les pauvres et mourut fort âgé, entouré de sa nombreuse famille et du respect général.

Mais son dernier regard se perdit vers la forêt où subsistaient quelques loups...

Juan de Sotomayor fut, comme on sait, emmené à la frontière espagnole sous bonne garde. Enfermé en un sombre cachot, il y demeura deux années avant d'être étranglé en sa cellule sur ordre de Philippe III.

*
* *

CEUX DU *DRAGON VERT*...

Le seigneur Chikamatsu Yasatsuna fut ramené dix-huit mois plus tard en son lointain pays à bord du *Dragon Vert*. On l'accueillit en héros revenu d'entre les morts.

Il garda à terre toute une semaine ceux du galion royal français et le septième jour, voyant s'éloigner en le soleil levant les voiles du *Dragon Vert*, il pleura pour la première et dernière fois de sa vie. Puis, prenant son pinceau, il écrivit longue supplique à son empereur, attendrissant le cœur de celui-ci. Si bien que quittant le service à terre, il servit à la surveillance des côtes. Les pirates chinois, qui le craignaient et l'admiraient, le surnommèrent « Le voleur de vent ».

On se demande où ils allèrent chercher chose pareille...

Martin Fey des Étangs, après cinq années de service sur *Le Dragon Vert*, reçut son propre commandement. Chargé d'une manœuvre maritime de diversion lors de l'expédition de la Valteline menée par Annibal d'Estrées, il tomba par hasard sur le gros de la flotte de guerre espagnole qu'il attaqua sans hésiter. Il ne fut coulé qu'à la nuit, après six heures d'un combat désespéré en lequel il déploya un courage et un talent qui forçèrent l'admiration de ses adversaires. On ne compta aucun survivant chez les Français.

Charles Paray des Ormeaux, dont la vue s'altérait d'année en année, dut renoncer au service en mer et se retira à La Rochelle. Lors du siège de la ville, et bien qu'il fût très âgé et presque aveugle, on le remarqua pour son exceptionnel courage. Il trouva la mort lors d'une sortie des huguenots assiégés venus harceler les troupes royales

Stéphan de Valenty ne demeura point en les Gardes Françaises et servit le roi en un régiment de cavalerie. Il se distingua tant par son courage que par ses qualités militaires, lisant les détails d'une carte d'un seul regard. Promu maréchal, très écouté de Richelieu, il fut tué au combat en 1630, à Saluces, en servant aux côtés du maréchal de La Force.

Jean-Sébastien de Sousseyrac, fort curieusement, fut le seul à mourir en son lit. Gravement blessé par un boulet lors d'une attaque contre des Anglo-Hollandais irréguliers, on dut l'amputer d'une jambe, et il ne survécut qu'en raison de sa remarquable constitution. La jeune et très jolie religieuse qui le soignait, n'ayant pu résister au baron, jeta le voile et accepta l'anneau que Sousseyrac lui passa au doigt. Ils eurent cinq fils et trois filles et, par un hasard qui n'en est peut-être pas un, un Sousseyrac servit sous les ordres d'un Nissac cent soixante ans plus tard, lors d'une étourdissante aventure qu'il faudra peut-être vous narrer quelque jour prochain...

Thomas de Pomonne, comte de Nissac, et la comtesse Isabelle, connurent dix merveilleuses années de bonheur avant que l'amiral ne trouve la mort lors d'un très mystérieux naufrage en mer de Chine. Il fut dit, à l'époque, qu'un espion du roi d'Espagne aurait fait sauter la salle des poudres du galion royal mais qu'importe, et pourquoi cela serait-il plus vrai que ces récits de nombreux capitaines qui, au cours des siècles suivants, prétendirent que certains jours d'orage sur les mers apparaît galion fantôme dont le capitaine s'amuse avec le vent ?...

La comtesse Isabelle lui survécut peu, malgré l'amour qu'elle portait à son fils Loup.

Les derniers jours, elle regardait courir l'enfant libre et nu sur la plage près le château de Saint-Vaast-La-Hougue, vieille terre des comtes de Nissac. Elle se demanda quel homme il serait, ignorant qu'il deviendrait général d'artillerie puis maréchal de France, chef des redoutables « Foulards Rouges » sous la Fronde et vivrait les plus passionnantes aventures qui soient aux côtés de Mathilde, son grand amour.

Mais c'est là histoire différente qui vous fut déjà, me semble-t-il, contée ailleurs...

Paris, Saint-Vaast-La-Hougue, Orléans, Amsterdam,
Cologne, Le Lavandou, Paris, 10 juin 2002.

Du même auteur (suite)

NOUVELLES

Égérie légère (La Table Ronde)
La lorette hallucinée (La Table Ronde)
Perdre la pause (La Table Ronde)
Mort d'un lapin urbain (Les Belles Lettres/Poche)
Les neuf cercles de l'enfer (Les Belles Lettres/Poche)
Chrysalide des villes (Les Belles Lettres/Poche)
Le loup par les oreilles (Le Rocher)
Un dimande anglais (Le Rocher)
Cendres et sang (Le Rocher)

Sur Frédéric H. Fajardie

Frédéric H. Fajardie, Jérome Leroy, Le Rocher, collection « Domaine Français », 1994.

Photocomposition Nord Compo
59650 Villeneuve-d'Ascq

Impression réalisée sur CAMERON
par BRODARD ET TAUPIN
La Flèche
en janvier 2003

Imprimé en France
Dépôt légal : janvier 2003
N° d'édition : 10138 – N° d'impression : 16482